W0215007

Bloody Pledge

KINGS OF DIABOLO

KRISTIN GLIMMER

BLACK EDITION

Die Bücher von Kristin Glimmer bei *Black Edition*:

Kings of Diabolo Reihe

1. Bloody Pledge
2. Sweet Damnation
3. Hunting Game

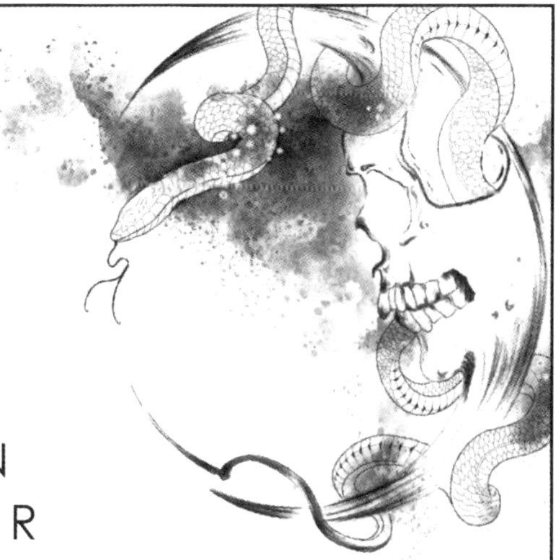

KRISTIN GLIMMER

BLOODY PLEDGE

BLOSSOM & DIABOLO

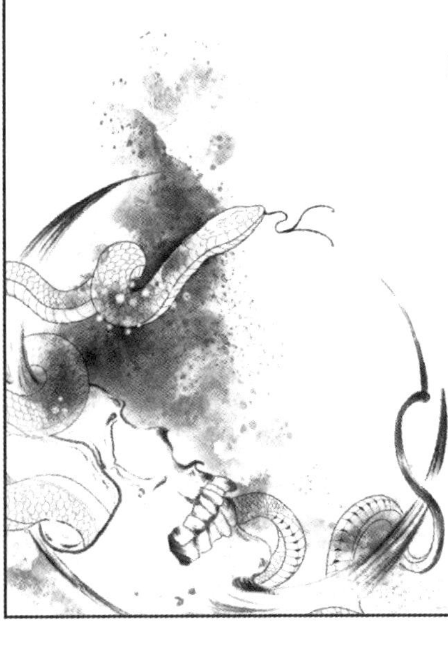

Black Edition

Black Edition by Versum Verlagsgruppe GmbH

Bloody Pledge erschien erstmals im Jahr 2023, herausgegeben von Kristin Glimmer. © 2023 by Kristin Glimmer
Für die Neuauflage: Copyright © 2024 by Versum Verlagsgruppe GmbH, Am Himmelkamp 10, 30890 Barsinghausen
Alle Rechte vorbehalten. Unbefugte Nutzung, etwa wie die Vervielfältigung, Verbreitung, Übertragung oder Nachdruck, auch auszugsweise, nur mit schriftlicher Genehmigung der Versum Verlagsgruppe GmbH.

Coverdesign: Jaqueline Kropmanns
Umschlaggestaltung: Jaqueline Kropmanns und Caroline Keller
Bildmaterial: ©Kristin Glimmer, freepik.com
Lektorat: Alexandra Schönlein
Satz: Christelle Zaurrini
Druck und Verarbeitung:
FINIDR, s.r.o. Lípová
Printed in EU
ISBN 978-3-68908-005-1

Weitere Informationen unter:
www.black-ed.de
TikTok: black.edition.verlag
Instagram: black.edition.verlag

Warum sollte ich mich für das Monster entschuldigen,
zu dem ich geworden bin?
Niemand entschuldigt sich jemals dafür, dass er mich so gemacht hat.

Triggerwarnung

Ich werde nicht gut zu dir sein.
Ich werde dich schlecht behandeln, dir schlimme Dinge antun und noch schlimmere erzählen.
Ich werde Gewalt ausüben und dir meinen Willen aufzwingen.
Wenn das nichts für dich ist, solltest du gehen, bevor du nicht mehr die Chance dazu hast.
Sollte ich dich einmal in meinen Bann gezogen haben, dann wird dich kein Held in glänzender Rüstung befreien.
Bei mir herrscht nur die Dunkelheit.

(Eine explizite Triggerliste findest du hinten im Buch)

KAPITEL 1

Blossom

Genervt wandert mein Blick auf die kleinen Zahlen in der Ecke des Bildschirms. Ein frustrierter Seufzer entfährt mir, als mir die strahlenden Nummern entgegenleuchten. 21.32 Uhr.

Ich habe es einfach satt.

Nervös trommle ich mit den Nägeln auf die hölzerne Oberfläche des billigen Schreibtisches. Mein Blick huscht ungeduldig über meinen Rücken, doch durch die gläsernen Trennwände kann ich niemanden erahnen. Trotzdem schlägt mein Herz einige Takte schneller. Als der Bildschirm endlich schwarz wird, betätige ich den Schalter der Steckdose und springe auf. In Windeseile raffe ich meine wenigen Sachen zusammen und stopfe alles willkürlich in die abgetragene schwarze Handtasche zu meinen Füßen. Stöhnend nehme ich für einen Moment das abblätternde Leder wahr, welches mir beinah entgegenspringt. Lange kann ich diesen desaströsen Zustand nicht mehr ignorieren.

»Miss Blossom?« Seine heisere Stimme jagt mir einen eisigen Schauer über den Rücken. Langsam, beinah in Zeitlupe richte ich mich vollständig auf. Mein Kopf wandert in

Richtung der Tür, welche inzwischen von meinem Chef ausgefüllt wird. Dabei schnellt mein Blick für einen Moment abfällig über seinen fülligen Körper und die wulstigen Hände, mit welchen er sich die Seite stützt. Sein lüsterner Blick tastet sich an meinem Ausschnitt herab. Ich spüre seine widerlichen Augen auf jedem noch so kleinen Zentimeter meiner Haut. Dabei sollte die hässliche Holzfäller-Bluse genau das verhindern. *Gut*, billig war sie auch. Ein Pluspunkt mehr, der für den Kauf gesprochen hatte.

Er nimmt sich einen Moment, während ich ungeduldig umherzapple. Natürlich entgeht ihm seine Wirkung nicht. Ein unheilverkündendes Lächeln zeichnet sich auf seinen dünnen Lippen ab, während er sich über die rote, schwitzige Stirn fährt. »Sie sind noch da.« Seine Feststellung klingt dumpf und trocken. Ein dunkler Schatten huscht über seinen Blick und mir wird erneut ganz schlecht. Dabei hatte ich genau diese Situation unbedingt vermeiden wollen.

Zunächst möchte ich nicht antworten, dann kommen die Worte wie von allein aus mir heraus: »Ich musste noch schnell den Jannings-Fall fertig schreiben, damit er für die Verhandlung bereit ist. Aber jetzt bin ich schon weg.« Meine Stimme klingt hohl und unsicher. Mindestens genauso wie ich mich fühle. Verlegen lache ich, winke mit der Hand ab und raffe meine Tasche auf. Unbeholfen gehe ich zwei Schritte auf ihn zu, doch noch immer rührt er sich nicht von der Stelle.

Stattdessen wandert sein Blick erneut über mich und das Lächeln auf seinen Lippen wird breiter. »Nicht doch. Hier muss sich niemand für seine Arbeit entschuldigen. Schließlich leben die kleinen Kanzleien von der Arbeit eines jeden Einzelnen. Noch dazu ist es ein weit besseres Gefühl, am Ende des Tages hart gearbeitet zu haben.«

Er nickt mir zu und verschränkt die Arme vor der Brust. Innerlich verdrehe ich die Augen. Als hätte ich eine andere Wahl. Natürlich würde ich auch lieber in einem entspannten Liegestuhl liegen und die Arbeit anderen überlassen. Nur brauche ich eben auch Geld. *Leider*.

Die Zeit scheint beinah endlos zu sein und die Zeiger auf der tickenden Uhr über der Tür schieben sich quälend langsam dahin. Ich wanke. Unsicher, ob ich mich bewegen soll. Mit seiner wulstigen und massiven Gestalt würde sich nicht einmal ein abgemagertes Model an ihm vorbeidrücken können – was ich ganz sicher nicht bin. Schließlich scheint er eine Entscheidung zu treffen und noch immer nickend wendet er sich ab.

Die Luft entweicht schlagartig aus meinen Lungen und blanke Erleichterung macht sich in mir breit. Zufrieden, dass ich dem Teufel erneut davongekommen bin, raffe ich mich auf. Ich warte noch einige Sekunden, in welchen mein Herz wie wild pumpt und meine Atmung gepresst ist. Dann verschwindet sein massiger Schatten durch die gegenüberliegende Tür und ich eile den Gang entlang. Meine Füße tragen mich wie von selbst, während meine Schritte auf den viel zu hohen Peeptoes wacklig sind.

Meine Hand schließt sich um die Klinke und Freude explodiert in meinem Magen. Gleichzeitig mit einem flauen Gefühl. Ruckartig reiße ich die Tür auf. Zumindest will ich das. Sie rührt sich keinen Millimeter. Hektisch rudere ich in der Bewegung, um das Gleichgewicht zu behalten.

»Ach und Miss Blossom?« Seine dunkle Stimme trieft vor Spott. Das spüre ich auch ohne mich umzudrehen. Trotzdem tue ich es, während ich die Zähne fest zusammenbeiße und hart mit dem Kiefer mahle.

»Ich würde mich gern noch kurz mit Ihnen unterhalten. In meinem Büro.« Er gibt sich nicht einmal Mühe, den

Blick auf meine Augen zu richten. Stattdessen sorgt er dafür, dass ich mich in der karierten, unglaublich hässlichen, unförmigen, hochgeknöpften Bluse beinah nackt fühle. Alles in meinem Inneren verhärtet sich und ein eisiger Schauer schleicht mir durch die Glieder. Überraschend schnell für seine füllige Figur dreht er sich in dem mit einem Mal unglaublich eng und stickig wirkenden Gang um. Ich bleibe allein zurück. Für den Moment. Genau diese Einsamkeit ist es, die ich noch mehr hasse als ihn.

Natürlich macht er sich nicht die Hände schmutzig, in dem er mich zu sich zieht. Das hat er nicht nötig. Er weiß auch so, dass ich ihm folgen werde. *Warum?* Die einfache Antwort wäre, dass ich meinen Job nicht riskieren kann. Nur leider weiß ich, dass tief in meinem Inneren weit größere Probleme dafür sorgen, dass ich nicht gehe.

Ein letztes Mal huscht mein Blick über die Schulter, hin zu den wenigen Zentimetern, die mich von der Außenwelt trennen. Eine Sekunde überlege ich die Tür einzutreten. Nichts würde ich in diesem Moment lieber tun, als meine Faust immer und immer wieder auf das Holz einschlagen zu lassen. Solange, bis sich die berstenden Splitter in meine Haut bohren. Nicht um zu fliehen, sondern aus Frustration und Selbsthass.

»Miss Blossom, ich erwarte Sie.« Seine Stimme verheißt nichts Gutes. Ich beiße die Zähne zusammen und schließe blinzelnd die Augen. Nur für eine Sekunde, doch ich muss meine Atmung beruhigen. Dann öffne ich sie erneut und ich bin nicht mehr ich selbst. Ich verschließe meine Gefühle tief in meinem Inneren und versuche alle Gedanken aus meinem Kopf zu vertreiben.

Zögerlich tragen mich meine Füße den Gang entlang. Das Klackern der Absätze begleitet die wenigen Schritte, die mit einem Mal viel zu schnell vergehen. An der Tür zögere ich, dann trete ich ein.

Brauche ich den Job? Das ist wohl keine Frage, wenn man sich meinen dürftigen Kontostand ansieht.

Will ich ihn? Auch die Antwort fällt mir leicht. *Natürlich nicht.* Trotzdem habe ich keine andere Wahl. Zumindest nicht im Moment. Dieses Schwein nutzt meine Situation aus. Das habe ich von Anfang an gemerkt. Schon bei unserem ersten Treffen wusste ich, dass die gierigen Blicke und die spöttischen Kommentare erst der Beginn sind. Etwas, was sich leider als Wahrheit bewiesen hat. Zwar habe ich selbst mit meinen 24 Jahren nicht das leiseste Problem mich durchzusetzen, doch leider bin ich nicht in der Position, um Forderungen zu stellen. Zumindest so lange nicht, bis ich mit meinem abgebrochenen Jurastudium etwas Ordentliches gefunden habe. Dabei sollte man meinen, dass das in einer Stadt wie Boston kein Problem wäre. Bedauerlicherweise gibt es da noch etwas, oder besser gesagt jemanden, der mir diese Suche unfassbar erschwert.

»Und Miss Blossom? Schließen Sie die Tür.« Seine Augen wandern zu meinem Gesicht und sein lustverhangener Blick trifft mich. Seine Augenbraue zuckt herablassend in die Höhe, als ich in der Bewegung innehalte. Er befasst sich nicht weiter mit mir, denn er weiß, dass ich gehorchen werde. *Wie immer.*

Stattdessen tritt er mit wenigen Schritten zurück, bis er an die Kante seines Schreibtisches stößt. Sein Schatten zieht sich wie in Zeitlupe langsam hin, während er sich nach vorn lehnt. Ich sehe, wie seine Arme zucken, während er den Gürtel quälend langsam öffnet. Er hat Kraft. Das weiß ich nur zu gut. Genug Kraft, um mir die Luft abzudrücken, währenddessen meine beiden Hände in Schach zu halten und mich erneut nach unten zu pressen.

Zu Beginn habe ich den Fehler gemacht ihn zu unterschätzen. Etwas, was mir nicht mehr passiert.

»Sie sollten die Tür schließen, Miss Blossom.« Seine Stimme wird bedrohlich, während ich schwer schlucke. Mein Blick fliegt nach rechts und links. Niemand ist noch in dem verfluchten Gebäude. Niemand, der mir helfen wird. *Natürlich nicht.* Wer arbeitet auch noch um diese Uhrzeit? Ich muss einen wehmütigen Schluchzer unterdrücken und beiße die Lippen zusammen, rühre mich aber nicht von der Stelle.

»Miss Blossom ... Sie wissen, was geschieht, wenn Sie mir nicht gehorchen.« Meine Lippen beginnen zu zittern und meine Hände werden ganz kalt. Ich halte den Blick gesenkt, trotz seiner bedrohlichen Stimme, welche durch den Raum klingt.

»Ja.« Meine Stimme ist nur ein leiser Hauch. Trotzdem spüre ich, dass er mich verstanden hat. Er hat mir bereits viel genommen, sodass kaum noch etwas übrig ist. Es gibt kein Fallnetz und keinen doppelten Boden. Wenn ich auf der Straße lande, war es das für mich.

Scharf zieht er die Luft ein und sein herablassender Blick streift mich im Augenwinkel.

Ich gehe.

Ich will das nicht.

Am liebsten würde ich die Worte hinausschreien.

Es geht nicht. Ich kann es nicht, auch wenn es herabwürdigend und ekelerregend ist. Trotzdem ist es das kleinere Übel meinen Chef oral zu befriedigen, als mich mit meinen wahren Problemen auseinanderzusetzen.

Ein abgebrochenes Studium, welches mir kaum etwas bringt und mit dem ich mir geradeso meinen Unterhalt leisten kann. Eine Familie, die mich verstoßen, verleumdet und weit Schlimmeres getan hat. Und dann ist da noch der bedauernswerte Umstand, dass ich schlichtweg völlig allein bin. Während ich zittrig nach vorn trete, frage ich mich, wie krank ich eigentlich bin. Macht es mich an, von ihm erniedrigt zu werden? Eigentlich sollte es das nicht. Aber manchmal ist die Einsamkeit zu groß und der Ekel vor mir selbst nimmt überhand. Vielleicht möchte ich mich selbst dafür bestrafen, dass ich nicht die bin, die alle von mir erwarten. Meine Familie, mein ganzes Umfeld.

Vielleicht bin ich aber auch nur völlig verrückt.

Betont langsam streife ich nach vorn. Gerade möchte ich mich sinken lassen, da packt er mich grob im Genick und reißt mich herum. Ein kurzer Schrei entrinnt meiner Kehle, welche sich augenblicklich zuschnürt. Er drängt sich fest gegen mich, während er die Hand in meine Haare krallt. Tränen treten in meine Augen und mein Hals wird trocken. Das Rasseln seines Reißverschlusses schreckt mich hoch. Ich schrecke aus meiner Trance hoch, als sein Gürtel endgültig neben mir scheppernd zu Boden geht. Mein Blick folgt dem Leder. Wie verrückt pulsiert mein Herz, als ich den Stoff spüre, der dicht an meinem Gesicht herabsinkt. Ich schlucke schwer und ein Wimmern entfleucht mir.

Ein schrilles Geräusch ertönt. Das blende ich aus. Alles um mich herum ignoriere ich und konzentriere mich nur auf die nächsten Minuten. Alles fühlt sich taub an. Abgestumpft. Ich denke nicht mehr, sondern folge dem, was er will. Schwer atmend schließe ich die Augen. Langsam beuge ich mich nach vorn und lecke mir kurz über die Lippen. Ein Schmerz geht durch meinen Kopf, als ich grob an den Haaren zurückgerissen werde.

»Ah, Mr. Thomas, es freut mich, dass sie mich zurückrufen.« Die lüsterne Stimme ist verschwunden. Stattdessen hat er sich augenblicklich in den erstzunehmenden Geschäftsmann verwandelt. »Perfekt, ja natürlich. Mir passt es sehr gut.« Er stößt mich grob von sich, sodass ich nach hinten geworfen werde und unsanft auf dem Hintern lande. Mein linker Fuß knickt in den ausgeleierten Schuhen um und ich stöhne leise. Der Blick meines Chefs fixiert mich für einen Moment und seine Augen verengen sich. Kein Mucks entweicht mehr meinen Lippen und ich presse diese fest zusammen.

»Einen Moment, ich suche mir Ihre Akte sofort heraus.« Er wendet mir den Rücken zu, während ich wie versteinert auf dem Boden kauere. Ein kurzes Rascheln, dann einige Klicks und ich bin nichts mehr als Luft.

Ich bleibe einige Sekunden sitzen, wobei ich erleichtert sein müsste.

Das Einzige, was ich spüre, ist Leere. Sie durchströmt meinen Kopf und meine Glieder und treibt mir die Kälte durch die Venen.

Das Gespräch stockt für einen Moment und der kalte Blick meines Chefs landet auf mir. Gepresst bewegt er lautlos die Lippen. Ich verstehe auch so, was er sagen will.

Verschwinde.

Ein paar Mal blinzle ich und erhebe mich stockend. Ohne mich anzusehen, legt er eine Karte auf den Schreibtisch, während er erneut in das Telefon spricht. Meine Finger fühlen sich taub an, als ich das Stück Plastik umgreife. Es ist der Moment, in dem sich mein Gehirn endlich wieder anschaltet. *Die Karte. Die verdammte Karte, die sonst nur von außen benötigt wird.*

Alles scheint mit einem Mal zurückzukehren und die Hitze steigt mir in die Wangen. So schnell und gleichzeitig leise wie möglich entferne ich mich, ohne auch nur ein letztes Mal über die Schulter zu sehen. Gehetzt eile ich den Gang entlang. Meine Hände sind schwitzig, als sie die Klinke erneut ertasten. Ein paar Mal ziehe ich die Karte über den Scanner, bis endlich das erlösende, grüne Licht aufflammt. Mein Herz setzt aus und die Karte segelt aus meiner Hand. Ich beachte sie nicht weiter und stürme nach draußen. Meine Beine tragen mich in Windeseile die vier Etagen hinab, bevor er sich mir erneut in den Weg stellen kann.

Erst als ich in meinem Auto sitze, völlig durchnässt dank des starken Regens, schluchze ich erschrocken und schnappe nach Luft.

Gierig sauge ich den Sauerstoff ein und presse die Hände fest gegen das Lenkrad des alten Hondas. Tränen brechen aus mir hervor und brennen sich ihren Weg feurig über meine Wangen. Ich schluchze und werfe den Kopf gegen den Sitz.

Es dauert, bis ich mich beruhige.

Meine Lider sind schwer und fühlen sich geschwollen an. Mein Blick klebt an den Rinnsalen, die die Scheibe herabfließen. Mein Kopf ist schwammig und meine Hände zittrig.

Was soll ich nur tun?

Die Worte spuken durch meinen Schädel. Meinen kranken, verworrenen Kopf. Dabei wollte ich alles richtig machen. Wenn ich daran denke, wie unfassbar stolz meine Familie war, als ich zum Jurastudium vorzeitig angenommen wurde – und das mit besten Ergebnissen.

Ich hatte alles.

Geld, Macht, Freunde. Nichts davon ist übriggeblieben. Das Blatt hat sich gewendet. Wer will auch eine angehende

Anwältin, die nicht nur über keinerlei Erfahrung verfügt, sondern den Prozess ihrer eigenen Familie gegen den Baum gefahren hat? Dabei war ich es nicht einmal, die die Entscheidungen getroffen hat. Offenbar zählt das Wort der Familienkanzlei mehr als das der eigenen Tochter. Leider kann ich selbst jetzt nicht sagen, ob dieser Idiot einen Fehler begangen hat, oder der Verlust Absicht gewesen ist.

Schon nach kurzer Zeit bei ihm in der Kanzlei kam mir der Typ merkwürdig vor. Unternommen habe ich nichts ... Ein Fehler, welcher mich teuer zu stehen gekommen ist.

Stefan ist seit Jahren in unseren Diensten. *In ihren Diensten,* verbessere ich mich automatisch. Schließlich bin nicht länger ein Teil der Familie.

Als würde er solch schwerwiegende Fehler begehen.

Als würde jemand so erfahrenes, wie unser Anwalt, so einfache Dinge übersehen.

Als könnte man dir vertrauen.

Er hat mir die Worte entgegengeschleudert. Mein Vater. Genauso wie meine Sachen, die er mir kurzerhand um die Ohren geworfen hatte. Und was habe ich getan? Geweint, gefleht, gebettelt. Kein Wunder, dass er mich nach dem Verlust einiger wichtiger Geschäftszweige nicht mehr ernst genommen hat. Auch jetzt begehe ich immer wieder die gleichen Fehler. Im Stillen weiß ich längst, dass es meine Schuld ist. Damals wie heute.

Ich habe nichts gesagt und nichts unternommen. Selbst jetzt ziehe ich dieses widerliche Schwein der erdrückenden Einsamkeit meiner Wohnung vor. Das ist es, was mich in Wahrheit quält und jeden verfluchten Tag über einen Ausweg fantasieren lässt. Die Wohnung ist ein Witz. Ein verschimmeltes Kellerloch irgendwo in der Pampa. Hätte ich die Wahl, würde ich die Bruchbude anzünden. Nur hätte ich in dem Fall nichts mehr, wo ich schlafen könnte.

Abfällig verziehe ich das Gesicht bei den Erinnerungen daran und starte den zuckelnden Motor.

Ein letztes Mal schließe ich die Augen, nur um sie Sekunden später blinzelnd erneut zu öffnen. Ich drücke die Lippen fest zusammen und genehmige mir einen kurzen Moment des Selbstmitleids. Dann lege ich den Gang ein und das Auto setzt sich ruckartig in Bewegung.

Die Landschaft fliegt in völliger Dunkelheit an mir vorbei, während ich die Lichter Bostons hinter mir lasse. Sie verschwinden langsam am Horizont, wie ich mit einem Schaudern feststelle. Ein letztes Mal rücke ich den Spiegel zurecht, während mein Wagen zwischen den dichter werdenden Bäumen eintaucht.

Mein Puls beginnt merklich zu rasen und ich halte meinen Blick starr nach vorn gelenkt. Die Dunkelheit war noch nie unbedingt mein Freund gewesen, denn in den bedrückenden schwarzen Stunden nehmen die Einsamkeit und die Trauer überhand. Es fühlt sich ein bisschen so an, als warten die düsteren Gedanken nur auf die hereinbrechende Nacht, um sich meiner zu bemächtigen.

Trotzdem habe ich nicht wirklich eine Wahl, während ich den Wagen grob in Richtung Providence lenke. Nicht, dass ich dort wohne. Spätestens nach dem Rauswurf meiner Familie kann ich mir gerade einmal eine 1-Zimmer-Wohnung mitten im Nirgendwo leisten. Trotzdem hoffe ich, – wobei inständiges Beten vermutlich eher zutrifft – dass sich der Schatten meiner Vergangenheit bald lichtet.

Leider hat mein Vater großartige Arbeit geleistet, als er meine Misserfolge verbreitete und sich von mir lossagte. In gewisser, absurder Weise konnte ich es beinahe nachvollziehen. Der verzogene Spross hat den Prozess vergeigt und der Vater zeigt ihr endlich die Grenzen auf. Fast muss ich bei dem Gedanken lachen, trifft er zumindest in Teilen zu.

Noch vor einem Jahr war ich ein völlig anderer Mensch. Party und Spaß standen für mich an erster Stelle. Erst weit dahinter kam jegliche Verantwortung und ernsthafte Probleme. Die Einsamkeit und die Veränderungen haben mich schnell in die wahre Welt geworfen. Gut, der neue Lebensstil und die fehlenden Geldmittel haben auch ihr Übriges beigetragen.

Dabei hätte ich nie erwartet, dass er so weit geht.

Kein einziger hat mich aufgenommen. Keine meiner Freundinnen, die noch einen Tag zuvor meine größten Fans waren. Nicht das Personal, nicht einmal Becky, die mir schon seit Kindesalter stets die ein oder andere Leckerei zugesteckt hatte. Niemand.

Erst da habe ich gemerkt, wie schnell sich alles im Leben wenden kann und wie wenig wir eigentlich über uns selbst und unser Umfeld wissen. Das war eine harte Lektion, auf die ich nur zu gern verzichtet hätte. Als ich dann endlich nach vier Monaten der Suche, einen Vorstellungstermin bei Ranga & Partner, einer Anwaltskanzlei in Boston bekam, habe ich natürlich nicht lange gezögert. War mir bei der ersten Begegnung klar, dass mein neuer Chef ein Widerling ist? Traurigerweise ja.

Habe ich den Job trotzdem angenommen? Ganz offensichtlich. Meine Alternativen waren begrenzt, genau genommen nicht vorhanden und meine Finanzen beinahe ausgeschöpft. Ich habe alles, was ich an dem Tag mitgenommen habe, zu Geld gemacht, doch das Leben in den Staaten ist teuer. Und auch wenn ich dieses nur zu gern hinter mir gelassen hätte, mitsamt meiner Familie und all den lächerlichen Verknüpfungen, auf die ich nur zu gern pfeife, hatte ich schlichtweg nicht das Geld, um das Land zu verlassen. Fluchend wandert mein Blick umher, während ich eilig auf die Bremse trete. Ich ärgere mich über mich selbst, während der Wagen zum Stehen kommt und ich mich suchend umsehe. Die flackernden und schwachen Scheinwerfer werfen einen viel zu kleinen Lichtkegel auf die unebene Straße nach vorn. Die Bäume strecken ihre dunklen Schatten zu mir aus und das Mondlicht glitzert nur sanft hinter dem dicken wolkenbehangenen Himmel.

Wenige Meter vor mir wird die eh schon schlechte Straße immer unebener, während sich grobe Wurzeln durch die Fahrbahn ziehen. Ich schüttle harsch den Kopf und stoße erneut einen leisen Fluch aus. Irgendwann muss ich eine falsche Kreuzung genommen haben. Was bei der mangelnden Beleuchtung und den beinah lächerlichen Scheinwerfern meines Autos eher weniger verwunderlich ist. Gekoppelt mit meiner wundervollen Orientierungsgabe ein absoluter Albtraum.

Eilig wandert mein Blick über den Rückspiegel. Auch dort erahne ich nur gähnende Schwärze.

Zwei weitere schnelle Blicke nach rechts und links sagen mir, dass ich besser nicht von der Straße abkommen sollte. *Verdammt. Wie konnte ich so abgelenkt gewesen sein?* Dabei habe ich absolut keine Rücklagen für Sprit, um irgendwelche Ausflüge zu unternehmen. Seien sie auch noch so klein.

Seufzend schaue ich in den Rückspiegel. Allein die Dunkelheit bereitet mir mehr als ein wenig Sorge. Zögernd lege ich den Rückwärtsgang ein, traue mich dann aber nicht die Bremse zu lösen. Möglicherweise liegt das an meiner mangelnden Fahrpraxis und vielleicht auch an meinem nicht vorhandenen Führerschein. Wobei, vorhanden ist er. Gemacht habe ich ihn nur nie. Warum auch? Schließlich hatte ich noch vor einigen Monaten einen schnuckeligen Fahrer, der mir stets zur Verfügung stand. Und das nicht nur hinter dem Steuer. Kurz seufze ich bei dem Gedanken an Jim auf, verweile dann aber wieder bei meinem aktuellen Problem. Es ist traurig, dass gerade ein Führerschein und ein abgewetzter, 12 Jahre alter Honda die letzten Gefallen waren, die ich aus meinem alten Leben eingefordert habe. Was hätte mir meine Affäre mit dem Sohn der Zulassungsstelle auch sonst bringen können? Eine kostenlose Probestunde? Danke, ich verzichte.

Auch, wenn sich der Gefallen damals wie ein Segen angefühlt hatte, bringt er mich aktuell in eine verdammt miese Lage. Ich bin noch nie rückwärts gefahren, denn bisher haben sich nahezu alle meine Auto-Probleme im Vorwärtsgang lösen lassen. Wenn auch teilweise etwas umständlich. Kurz seufze ich bei dem Gedanken an einen besonders hitzigen Tag vor drei Monaten auf. Geschlagene 21 Minuten habe ich auf dem Parkplatz gewartet, bis der ältere Herr seinen Wochenendeinkauf erledigt hatte und meinen zugeparkten Wagen endlich freigab.

Habe ich versucht rückwärts auszuparken? Jap.

Lief es gut? Denken wir besser nicht daran zurück. Die Umstände, dass der ältere Herr beinah blind und noch dazu genauso verunsichert war wie ich, sind wahrscheinlich dafür verantwortlich, dass ich nicht noch teure Lackausbesserungen auf meiner zu-bezahlen-Liste habe. Was zwar für einige hässliche, bleibende Kratzer an der linken Rückseite meines Wagens sorgte, aber immerhin kein Finanzchaos darstellte. Ich erschaudere, während ich meine Gedanken zurück in die Gegenwart lenke. Bedauerlicherweise waren ausschweifende Überlegungen und Ablenkungen schon immer mein Mittel der Wahl, wenn ich in schwierige Situationen gekommen bin. Aber auch das löst nicht mein Problem, weshalb ich versuche mich zu konzentrieren.

Während mein Herz wie wild pocht, denke ich kurz nach. Ich habe genug gruslige Filme gesehen, um zu wissen, dass eine Frau, noch dazu allein und im Dunklen, nicht in einem verlassenen Wald aussteigen sollte.

Deshalb bleibt mir nichts anderes übrig.

Mit klopfenden Herzen spiele ich für einen Moment erneut an dem Schaltding herum und lasse ihn zurück in den Rückwärtsgang schnippen. Wobei schnippen recht optimistisch ist. Drücken trifft es eher.

Quälend langsam rolle ich rückwärts, während mein Blick immer wieder aufgeregt hin und her fliegt. Gefühlt alle zwanzig Zentimeter presse ich den schmalen Absatz meines linken Schuhs fest auf die Bremse, nur um mich kurz umzusehen.

Als ich nach einigen Metern einen dunklen Schatten am Rand wahrnehme, atme ich erleichtert auf. Nicht nur, dass das riesige Tor Zivilisation bedeutet, die Einfahrt ist auch breit genug, dass selbst ich im Mondlicht darin wenden kann.

Ich blinzele ein paar Mal in den Rückspiegel und fahre zögerlich zurück. Nach wenigen Sekunden lächele ich zufrieden. Mit einem liebevollen Seufzen lege ich den ersten Gang ein und ein vertrautes Gefühl breitet sich in meinem Magen aus. Dass ich einmal so froh sein würde diesen einzulegen, hätte ich auch nie erwartet. Ein letztes Mal blicke ich nach rechts und links. Die Dunkelheit jagt mir eine ordentliche Gänsehaut über den Körper.

Meine Reifen quietschen kurz, was mir eine gewisse Befriedigung verpasst, als ich schwungvoll Gas gebe.

Oh ja. Ich fühle mich unbesiegbar.

Zumindest für einen winzigen Moment. Dann stirbt der Motor mit einem verfluchten Stocken ab. Das Licht erlischt und ich verdrehe genervt die Augen. Leise fluchend fummle ich nach dem Schlüssel, um den Wagen neu zu starten.

Ein dröhnendes Geräusch lässt mich aufsehen. Mit gerunzelter Stirn verenge ich die Augen, welche automatisch zur Mittelkonsole wandern. Hin zu meiner nicht vorhandenen Zentralverriegelung. Lichter flammen nicht weit entfernt auf und bewegen sich schnell näher. Ein schepperndes Krachen ertönt, während ich wie erstarrt in meinen Sitz sinke. Mit geweiteten Augen starre ich die unebene Straße entlang, aus welcher das Geräusch kommt. Es scheppert. Das Licht flackert und wird mit einem Mal dunkler. Mein Puls beschleunigt sich. Automatisch kralle ich die Hände fest in das Lenkrad und drücke mich in den Sitz.

Zwei Wagen krachen scheppernd ineinander und ich zucke zusammen, als wäre ich selbst betroffen. Der Vordere wird grob zur Seite geschleudert und kracht gegen den Baum. Mein Herz setzt für einen Moment aus. Auch der zweite Wagen kommt zum Stehen. Für einen Augenblick ist es totenstill. Mein Herz rast wie verrückt und meine Finger tasten hektisch über den Gurtöffner. Was ich vorhabe, weiß ich selbst nicht. Möglicherweise Hilfe holen? Gerade will ich mich aufrappeln, da springen Männer aus dem zweiten Wagen.

Dann läuft alles wie in Zeitlupe vor meinen Augen ab. Die Tür des ersten Wagens wird aufgerissen. Stimmen ertönen. Laute und offenbar aufgebrachte Stimmen. Ich verstehe kein Wort, doch dafür höre ich etwas anderes umso deutlicher.

Ein einzelnes knallendes Geräusch.

Mein Körper zittert. Ich habe das Gefühl ein dumpfes Kreischen wahrzunehmen, gefolgt von einem erneuten Knall, der den Wald durchhallt. Mein Puls schnellt durch die Decke und scheint zu explodieren. Ich bin in meiner

Starre gefangen. Hektisch atme ich, taste am Lenkrad entlang und drücke mich Haltsuchend daran ab.

Meine Hand rutscht ab. Bebend sinkt sie auf meinen Schoß nieder. Ein weiterer dumpfer Schlag lässt mich aufsehen. Die Tür des ersten Wagens wurde geschlossen.

Hektisch sehe ich mich um. Meine Augen wandern unzählige Male den Wald entlang. Immer wieder öffne ich meinen Mund. Ich schlucke schwer. Sind mir vor wenigen Sekunden noch unzählige Fragen durch den Kopf geschossen, ist dort inzwischen nur Platz für eine einzige: »Wo verflucht nochmal sind diese Typen hin?« Bei meinen eigenen gemurmelten Worten schrecke ich zusammen.

Erst dann schaltet sich mein Kopf wieder ein.

Im Grunde gibt es nicht viele Möglichkeiten. Entweder warte ich darauf, dass diese Menschen, diese Mörder mich entdecken. Oder aber ich sehe zu, dass ich Land gewinne.

Es braucht keine einzige Sekunde, um mich zu entscheiden. Ruckartig trete ich das linke Pedal durch. Unbeholfen fummle ich an dem Schlüssel, drehe ihn drei Mal ruckartig herum, bis schließlich ein Brummen ertönt. In der Stille der Nacht ist es erschreckend laut, doch darauf kann ich keine Rücksicht nehmen. Grob trete ich das Gas durch, ohne noch einmal zurückzusehen. Gerade so schaffe ich es das Lenkrad herumzureißen, bevor ich geradewegs in den Wald gebrettert wäre. Mit gebannter Angst nage ich an meiner Lippe, während meine Finger sich fest in das Leder des Lenkrades krallen. Meine Fingerknöchel fühlen sich verkrampft an. Ich beiße mir fest auf die Zunge. Meine Augen flitzen umher, während mein Kopf starr geradeaus gerichtet ist. Das Herz sinkt mir in die Hose und ich habe das Gefühl, als wäre ein riesiger Kloß in meinem Hals. Mir ist, als würde ich das Geräusch noch immer hören. Ich habe es sofort erkannt. Nicht selten war ich mit meinem Vater auf dem Schießstand.

Damals, als ich noch Daddys Mädchen war.

Ich brettere die Straßen entlang und mein Puls überschlägt sich beinah, als mit einem Mal Lichter hinter mir auftauchen. Meine Atmung geht rasselnd und ich habe das Gefühl, nicht genug Luft zu bekommen. Für einen kurzen Moment macht sich Erleichterung in meinem Inneren breit.

Menschen.

Zivilisation.

Hilfe.

Dann schleicht sich ein anderer, brennender Gedanke in mein Bewusstsein. Die Scheinwerfer am Horizont, welche sich in brechender Geschwindigkeit nähern, müssen kein gutes Zeichen sein.

Erneut drücke ich den rechten Fuß nach unten, während der Wald an mir vorbeizieht. Ich achte nicht darauf, wohin ich fahre. Es ist mir auch egal. Einfach nur weg von den sich bedrohlich nähernden Scheinwerfen.

Schon wenige Sekunden später weiß ich zwar, wo ich bin – das hat mir das Boston 20 Meilen Schild nur gut genug zu verstehen gegeben – dafür nimmt die Bedrohung in meinem Rücken zu. Die Scheinwerfer sind gleißend hell und brechen durch die Rückscheibe meines Wagens. Immer wieder hämmere ich auf dem Gas herum. Ich bin einfach nicht schnell genug. Nicht auf der kurvigen Waldstraße im Nirgendwo, noch dazu mit meiner Fahrpraxis und der Schrottkarre, die ich mein Auto nenne.

»Fuck,« stoße ich leise einen grimmigen Fluch aus, als ich in einer scharfen Kurve stark bremsen muss, um nicht die Kontrolle zu verlieren. Die Lichter kommen näher.

Meine Augen weiten sich schockartig. Verbissen kralle ich mich an das spröde Leder des Lenkrads.

Ein heftiger Ruck geht durch meinen Wagen und ein letzter Gedanke heftet sich in mir fest, während ich den Graben immer näherkommen sehe.

Ich bin so dermaßen am Arsch.

KAPITEL 2

Blossom

Pulsierende Schmerzen hämmern durch meinen Schädel. Mein Sichtfeld beginnt langsam wieder klar zu werden. *War ich bewusstlos?* Panisch starre ich auf die Anzeige meines zerstörten altmodischen Radios. Dort, wo vorher die Zeitanzeige war, ist jetzt ein Riss. *Mist*. Mir ist speiübel und alles tut weh. Der eine Arm fühlt sich eigenartig an. Nass, taub und schmerzhaft. Ich brauche nicht hinzusehen, doch ich tue es trotzdem. Augenblicklich hasse ich mich dafür und verziehe das Gesicht schmerzhaft. Von der hässlichen Bluse ist kaum mehr etwas übrig, dafür hängt umso mehr davon in der offenen Wunde, welche meinen Arm ziert.

»Oh, fuck«, stoße ich benommen aus und betaste die Stelle achtsam. Zittrig zupfe ich ein Stück Stoff von der blutigen Wunde, während ich die Zähne zusammenbeiße. Kurz wimmere ich und meine Hand sinkt zittrig nach unten. Mein Kopf fühlt sich matschig an und die Aufregung pocht in meinem Inneren.

Zunächst will ich mich bewegen, doch ich bin zwischen dem Airbag und dem Sitz verkeilt. *Verdammt*. Ich wusste, dass mir meine kurzen Beinchen und meine mickrige Statur irgendwann zum Verhängnis werden.

Jammernd beginne ich zu heulen. Mehr vor Frustration als vor Schmerz. Mein ganzer Körper steht unter Anspannung. Hektisch taste ich nach dem Griff unter meinem Sitz. Krampfhaft ziehe ich daran, drücke die Beine zittrig nach vorn und rutsche unbeholfen nach hinten. Holprig fahre ich mit der Hand auf den Beifahrersitz. »Wo ist das Handy?« Meine Stimme klingt erstickt. Mein Schädel pocht und immer wieder tanzen helle Punkte durch mein Sichtfeld.

Meine Finger schaben über die weichen Kanten meiner Haarbürste, den Resten meines Asia-Mittagessens und dem Atlas, welcher eigentlich in der Seitentür steckte. »Das verdammte Handy ...« Normalerweise beruhigt es mich meine eigene Stimme zu hören. Leider klingt sie in dem Moment weinerlich und schwach.

Fluchend drücke ich mich zurück in den Sitz. Mein Schädel sticht und ich hebe die Hand an die Schläfe. Diese zittert und schimmert rötlich im gelblichen Mondlicht. Ich will meine Suche fortsetzen, als ich eine verschwommene Bewegung am Rande meines Sichtfeldes wahrnehme. Lichter tauchen auf, nur wenige Meter von mir entfernt. Stimmen nähern sich.

Mein Herz setzt augenblicklich zu einigen Sprüngen an und auch mein Hirn ist offenbar wieder am Start.

»Verdammte Scheiße.« Erneut fluche ich leise, während mir eiskalt bewusst wird, was soeben passiert ist. Auch wenn mein Kopf sich nur zu gern einreden würde, dass nichts davon echt ist und meiner blühenden, wenn auch morbiden Fantasie entstammt, sagen mir die tanzenden Schatten hinter der kaputten Scheibe etwas anderes.

Ich halte die Luft an, als bellende Worte hinter dem Blech erklingen.

»Macht die verdammte Tür auf und holt raus, wer auch immer dort drin ist.« Die Stimme schlägt mich augenblicklich in ihren Bann. Es ist das Letzte, was ich in diesem Moment denken sollte, doch ich kann es nicht ändern. Sie ist düster und lässt mir die Haare ordentlich zu Berge stehen. Ein Kratschen ertönt und ein Kreischen entweicht meiner Kehle, als sich das Metall um mich herum in Bewegung setzt. Dieses Geräusch lässt mich ruckartig aus meiner kurzen Trance erwachen. Panik bricht in mir aus. Erneut versuche ich mich freizustrampeln.

Meine Beine spüre ich, was ich als gutes Zeichen deute. *Immerhin etwas.* Langsam kämpfe ich den Airbag zur Seite und drücke mich fest in den Sitz. Meinen linken Arm halte ich schräg zur Seite, während meine Augen immer wieder zur Tür schnellen. Die Stimmen sind laut und spöttisch. Offenbar angespornt von meinem Schrei. Mein Puls pocht heiß unter meiner Haut, während ich mein rechtes Bein nach oben zerre. Das linke folgt nur Sekunden später. Genau in dem Moment, als die Tür krachend zur Seite gerissen wird. Blendende Lichter brechen zu mir herein und feuern mich noch zusätzlich an. Die Angst ist allgegenwärtig und alles um mich herum scheint zu verschwimmen. Am liebsten würde ich aus dem Sitz springen. Nur wohin? Ich kann nicht weg, bin eingequetscht und panisch.

Ein dunkles Lachen lässt mich in meiner Bewegung erstarren. »Danke. Ab hier komme ich allein zurecht.« Jede Faser meines Körpers ist sich der Bedrohung bewusst und jede Zelle ist zum Zerreißen gespannt. Mein Blick fliegt herum, hin zu dem hellen Licht, dank dessen ich nichts als Schemen erkennen kann. Ich presse die Lippen zusammen und starre hartnäckig der Helligkeit entgegen, während mein ganzer Körper scheinbar seine Funktionen eingestellt hat. Eine Bewegung im Augenwinkel schreckt mich erneut auf und ein schmerzhafter Schrei entweicht mir, als ich grob herausgezerrt werde.

»Wen haben wir denn hier?« Die unheilverkündende Stimme bahnt sich durch mein Bewusstsein und lässt mich erschaudern. Übelkeit breitet sich in mir aus und ich wimmere. Mein Blickfeld wird herabgelenkt, als ich grob auf dem unebenen Waldboden lande. Tannennadeln schieben sich stechend in meine Haut und ich schnappe nach Luft, als ich nach unten gedrückt werde. So viele Gedanken rasen durch meinen Kopf. Nur wenige davon sind von Bedeutung: *Was zur Hölle geht hier ab und wie verflucht komme ich da raus? Im besten Falle lebend?*

»Du kommst nicht von hier.« Seine Stimme ist ein düsteres Flüstern und lässt meinen Hals noch eine Spur trockener werden. Er zögert für einen Moment. Oder denkt darüber nach, wie er mich am besten tötet. Dann blitzt etwas auf. Metall. Eine Klinge. Meine Atmung geht schneller. *Mein zweiter Gedanke war ein Scherz ... er sollte mich beruhigen. Mist.* Beinah panisch. Schwer schlucke ich ein paar Mal. Ich kann das nicht. Ich will nicht sehen, wie er es tut. Scheiße, wenn er mich tötet, dann soll nicht sein Gesicht das Letzte sein, was ich sehe. Seine Hand schnellt nach vorn und schließt sich fest in meinen Hals, sodass mir die Luft stockt. »Wenn ich etwas frage, antwortest du.« Pure Bedrohung geht von ihm aus. Ich strample mit meinem ganzen Körper und presse mich gegen den Druck seiner Hand. Grob versuche ich mich ihm zu entziehen, doch er ist zu stark. Dunkle Flecken beginnen vor meinen Augen zu tanzen und Schmerz schießt durch meinen Körper. Ein harscher Ruck geht durch mich, als er mich grob von sich stößt. »Du wolltest mir antworten, wenn ich mich recht entsinne.« Noch immer ergreift mich die heiße Bedrohung der gesichtslosen Stimme, umleuchtet von dem gleißenden Licht. Ich will den Blick heben, doch ich kann mich nur langsam aufrappeln, während ich nach Luft schnappe.

»Nein«, wimmere ich wie ferngesteuert, während mein Puls in die Höhe schnellt. Feine Anzugschuhe schieben sich in mein Sichtfeld. Begleitet, von dem dazugehörigen Körper. Ich hocke, strauchle zurück, wimmere und presse meinen linken Arm an den Körper. Ein Geräusch ertönt. Reifen quietschen, Bremsen ertönen. Mein Blick fliegt hektisch umher. Hin zu dem anderen Wagen. Hoffnungsvoll reiße ich den Kopf nach oben.

»Verpiss dich!« Der Mann vor mir brüllt den Befehl in die Richtung und für einen Moment herrscht Ruhe. Meine Augen huschen durch die Dunkelheit und ich versuche etwas oder jemanden zu erkennen.

»Angst, dass dir jemand den Arsch aufreißt?« Keine Ahnung, woher meine Aussage kommt. Mut und ein durchdachter Plan sind es nicht.

Am Anfang sind meine Worte nur ein leises Wimmern. Nach wenigen Sekunden reiße ich mich zusammen, gebe mir eine gedankliche Ohrfeige. Dann schreie ich, was der Teufel kann. Wer auch immer das ist. Er ist vermutlich meine einzige Chance lebend aus der Nummer herauszukommen. Wieder werde ich grob nach oben gerissen und die feste Hand schließt sich spielend leicht um meinen Hals. Die Luft und die Worte bleiben stecken und dringen nur noch stockend aus mir heraus. Ich rudere mit den Armen.

»Erschieß sie einfach. Das ist den Stress nicht wert.« Eine andere Stimme nur wenige Meter entfernt lässt mein Herz schlagartig noch schneller schlagen. Der Retter ist offensichtlich keiner. Ich trete um mich. Beiße, kratze und schlage nach allem, was sich in meiner Reichweite befindet.

Gedanklich juble ich auf, als ich auf einen Widerstand treffe. Ein dunkler Fluch ertönt und der Druck um meinen Hals und meinen Oberarm verstärkt sich. Helle Punkte tanzen vor meinen Augen und ich werde panisch. Ich gebe alles, was mein Körper an Kraftreserven übrighat. Es scheint dem Fremden kaum etwas auszumachen. Meine Kehle fühlt sich kratzig an, als ich versuche einen Ton hervorzubringen. Selbst wenn es mir gelungen wäre, ich hätte nicht gewusst, was ich sagen sollte. Meine Laute sind eine Mischung aus Jammern und Panik.

»Verpiss dich.« Eine Aufforderung, der ich nur zu gern nachkommen würde, doch sie ist nicht für mich bestimmt.

»Verpiss du dich. Ich regle das.«

»Dann regle es aber auch, ich habe keinen Bock auf noch so eine Scheiße.«

Die Hand an meinem Hals verschwindet und ich lande hart auf dem Boden. Es dauert einige Momente, bis ich wieder klar denken kann. Am Rande nehme ich wahr, wie die beiden Männer kurz diskutieren. Ihre Worte verstehe ich nicht. Dafür rauscht das Blut zu sehr in meinen Ohren. Erst als sich Schritte entfernen, schrecke ich auf. In einem eigenartigen Gefühlszustand gefangen hebe ich den Kopf. Ein Motor brummt auf und die Räder rotieren. Der Stolz in meinem Inneren kehrt zurück und ich hebe stur den Kopf. Mit ein wenig Sauerstoff im Hirn fühle ich mich schlagartig besser. Und trotziger. Ich werde nicht kampflos gehen. Verräterische Hoffnung keimt in meinem Herz auf. Augenblicklich werde ich am Oberarm ruckartig nach oben gerissen und dieser Funke erlischt. Schwarze Haare, brennende dunkle Augen schieben sich in mein Blickfeld. Seine Miene ist verkniffen und ernst. Mein Herz setzt für einen Moment aus. »Die Leute hier sind es gewohnt wegzusehen.« Seine Stimme ist harsch und gleichzeitig nachdenklich.

Mir bleibt die Luft weg, so intensiv lastet sein Blick auf mir. Meine Augen wandern hektisch an ihm auf und ab und ich sauge jedes noch so kleine Detail in mich auf. Schwarze Jacke. Schwarze Hose. Anzugschuhe. Ich brenne mir all das ein, als wäre es unfassbar bedeutend in diesem Moment. Seine Hände sind gestreckt und umgreifen meine Oberarme fest und bestimmt. Hitze breitet sich von den Stellen aus und ich starre ihn an, während er mich auf die Beine stellt. Mein Fuß knickt schmerzhaft zur Seite und mein Arm brennt. All das nehme ich nur im Hintergrund wahr. Mein Blick landet auf seiner Brust, die nur wenige Zentimeter vor mir aufragt. Schwarze Tätowierungen schlängeln sich an seinem Hals hinauf. Seine Haltung ist ablehnend, doch etwas in seinem Blick lässt alles in meinem Inneren erstarren. Eisige Kälte breitet sich von seinen Augen aus und brennt sich dennoch heiß in mein Inneres. Grobe Stöße gehen durch meinen Körper, als er mich schüttelt.

»Hallo? Lebst du noch oder bist du in einer Schockstarre?« Er zieht die Stirn gerunzelt zusammen und für einen Moment scheint er sich ernsthafte Gedanken zu machen. Bei dieser Idee muss ich beinah lachen. Schließlich entstammt sie lediglich meiner Fantasie.

»Als würde das eine Rolle spielen.« Ich schnaube wütend. Warum weiß ich selbst nicht. Sein Blick ruht weiter auf mir. Nachdenklich, während ich ihn bockig anstarre. Die Muskeln seines Kiefers zucken kurz, dann legt er den Kopf interessiert schief.

»Mein Arm tut verdammt weh. Also, willst du mich jetzt umbringen oder mir helfen? Ich wüsste gern, ob ich einen Krankenhausbesuch einplanen muss oder direkt einen Termin beim Bestatter machen kann.« Als wäre das aktuell mein Hauptproblem. Meine Worte sind allein der Nervosität geschuldet. Ich labere Schwachsinn, wenn ich

Panik bekomme. Und genau in diesem Moment könnte ich heulen vor Angst und Aufregung. Trotzdem verdrehe ich die Augen unter seiner Musterung.

Ein kurzes Lachen entrinnt seiner Kehle. Gemächlich wandert sein Blick an mir herab. Entspannt und abtastend. Dann spüre ich ihn kribbelnd auf meinem Körper und schnappe nach Luft. Etwas, was er offensichtlich falsch interpretiert, denn augenblicklich lässt er mich ruckartig los. Ich stolpere. Lediglich seinem stützenden Arm ist es zu verdanken, dass ich nicht erneut falle.

»Langsam.« Seine Stimme ist gepresst und ich sinke in mich zusammen. Die Erschöpfung und Aufregung überrollen mich mit einem Mal und alles bricht aus mir hervor. Ich falle in die Hocke und nehme unwirklich durch den Tränenschleier wahr, wie er sich ebenfalls sinken lässt. Eine sanfte Berührung streift meine Schulter, die mich augenblicklich in Sicherheit wiegt. Schlagartig werde ich ruhig.

»Na, Liebes. Eben warst du noch weit besser drauf. Weißt du, deine Dickköpfigkeit hat mir gefallen. Das war etwas, wofür es sich lohnt, eine Ausnahme zu machen.« Er wirkt für einen Moment in Gedanken versunken. Als erinnere er sich an etwas.

Ich nutze die wenigen Sekunden, um mich umzusehen. Eine Flucht in die Bäume? Wahrscheinlich wenig erfolgsversprechend. Das Auto? Seins vielleicht …

»Sieh mich an.« Seine Stimme ist sanft und rau. Die plötzliche Änderung darin überrascht mich so sehr, dass ich tatsächlich seinen Worten folge. Die Hand legt er um mein Kinn und brodelnde Hitze schießt durch meinen Körper. »Sch«, macht er leise, als ich erneut schluchze. Ich brauche einige Sekunden, um mich zu beruhigen. Der Tränenschleier vor meinen Augen beginnt sich zu lichten und mein Blick fällt auf den Mann dicht neben mir. Er hockt nur wenige Zentimeter entfernt. Seine Haut so dicht neben meiner, dass ich die Hitze spüre, die von ihm ausgeht. Die Miene ist nachdenklich und sein Blick ernst. Er ist auffallend attraktiv. Verrückt, dass ich das in der Situation überhaupt bemerke. Seine Gesichtszüge sind hart und kantig, doch liegt etwas Faszinierendes darin.

Er scheint mich mit seinem Blick bedrohlich durchbohren zu wollen, bis er schließlich seufzt. Seine Hand schnellt nach hinten und zieht etwas hervor.

Schockartig öffne ich die Augen. Ein dumpfer Schlag trifft meine Schläfe. Ich sacke benommen zusammen. Alles wird schwarz. Eins steht fest: Ich werde den Anblick seines Gesichtes nie wieder vergessen, da bin ich mir sicher.

Auch noch Monate später sind es seine Augen, welche mir am Morgen als erstes durch den Kopf schießen und das Letzte, was ich vor dem zu Bett gehen sehe. Ich will ihn nicht vergessen. Ihn, dessen Namen ich nicht einmal kenne, dem ich aber mein Leben verdanke. Noch immer pulsieren hitzige Gefühle durch meinen Körper, wenn ich an meinen Retter denke.

Zweifle ich manchmal selbst an mir? – Ja!

Habe ich schon mehr als ein paar Mal gedacht, dass ich mir alles nur eingebildet habe? – Ja!

War all das mehr als nur irre, absurd und könnte mir noch immer um die Ohren fliegen? – Doppeltes Ja!

Tja, nur irgendwie hat das niemand meinem Gehirn gesagt. Denn bisher habe ich mich nicht davon aufhalten lassen und das wohl Dümmste getan, was man tun kann, nachdem man beinah umgebracht wird. Noch dazu, weil der vermeintliche Retter den Bösewicht offensichtlich kannte und statt mich umzubringen, mir einige tausend Euro in die Hand gedrückt hatte. Zumindest nehme ich das an. Als ich zu mir kam, lag ich am Boden. Ich hatte Schmerzen, war benommen und orientierungslos. Da war lediglich dieser dicke Batzen Geld unter meinem Arm.

Seufzend reibe ich mit den Fingern über meine Stirn. Klar habe ich das Geld für einen Arzt ausgegeben, in erster Linie zumindest. Und was den Rest angeht ...

Seufzend lasse ich den Blick aus dem Fenster meines neuen Wagens gleiten, hinweg durch die zahlreichen Bäume, welche am Straßenrand in den Himmel aufragen. Ich beiße mir hart auf die Lippe und scanne den Wald mit meinen Augen ab, als gäbe es einen Anhaltspunkt darauf, wo ich war.

Wo es passiert ist.

Und wo ich ihn vielleicht wieder finde ...

KAPITEL 3

Blossom

War dieser Tag vor drei Monaten der Schlimmste in meinem Leben? Irgendwie schon. Aber irgendwie auch nicht.

Die Erlebnisse haben mich wachgerüttelt und dafür gesorgt, dass ich verdammt nochmal meinen Arsch hochbekommen habe. Unter Druck konnte ich schon immer am besten arbeiten. Auch wenn es fraglich ist, aber an diesem Tag habe ich ein Ziel entwickelt. Etwas, wofür ich jeden verdammten Morgen aufstehe. Es mag ein mehr als zweifelhaftes Ziel sein, diesen grusligen Typen zu finden, aber es ist etwas, worauf ich hinarbeiten kann.

Ich habe das Geld genutzt, um mein Leben in den Griff zu bekommen. Auf der Arbeit endlich mal Eier gezeigt und mich durchgesetzt und man mag es kaum glauben: Sogar eine Freundin gefunden. Lola. Ein verrückter Zwerg mit mehr dummen Ideen im Kopf als ich zählen kann.

Ein Schmunzeln schleicht sich auf meine Lippen, als eben diese mir entgegenkommt.

»Blossom, Süße, ich habe dich schon überall gesucht!« Lachend zieht sie meinen Arm an sich und reißt mich in einem begeisterten Ausruf mit. Grinsend eile ich ihr durch den feinkörnigen Sand hinterher, während dieser sich hitzig in meine Füße brennt. Es ist ungewöhnlich heiß, selbst für Boston im Sommer. Und auch wenn meine Fußsohlen sich beinah unangenehm brennend anfühlen, genieße ich die Sonne auf meiner Haut.

»Als erstes brauche ich einen Cocktail und zwar einen mit viel Alkohol.« Sie betont das letzte Wort, während die Sonnenstrahlen über ihr gebräuntes Gesicht wandern. Ich muss schmunzeln, denn ihre Freude ist ansteckend.

»Etwas anderes hätte ich auch nicht zugelassen«, gebe ich mindestens genauso beschwingt von mir, während ich mich mit einem zufriedenen Seufzen auf einen der Barhocker fallen lasse. »Habe ich schon mal erwähnt, wie wundervoll ich es hier finde?« Ich seufze zufrieden und schüttle meine langen blonden Locken über den Rücken. Zwar kleben sie mir jetzt schon im Nacken und die Hitze lässt sie spröde werden, doch ein Zopf ist einfach nicht mein Ding. Es fühlt sich eng und eingeklemmt an. Davon abgesehen würden mir hinterher meine Ansätze höllisch wehtun. Kurz schweifen meine Gedanken ab. Noch nie konnte ich diese Kondome für Haare leiden. Zumindest habe ich es mir immer so für einen Mann vorgestellt, eines zu benutzen. Sie engen ein und hinterlassen ein unbefriedigtes Gefühl.

»Hast du. Mehr als einmal und damit absolut recht. Es ist schon ein schnuckeliges Plätzchen.« Sie sieht mich verführerisch an und ich lache laut. Was mir zwar einen verwunderten Blick des Barkeepers einbringt, mich aber nicht weiter stört. Zufrieden lehne ich mich zurück, während ich ihm kurz zunicke. In der Hoffnung, dass er sich unsere Vorlieben bereits gemerkt hat. Schließlich waren wir in den letzten Wochen nicht nur einmal hier. Währenddessen sehe ich mich um. Lola zwirbelt ihre kurzen braunen Haare mit den Händen und sieht mich auffordernd an. »Und willst du mir endlich sagen, wie du dieses ›schnuckelige Plätzchen‹ gefunden hast?«

Ich lächle spitzbübisch auf ihre gebannte Frage. Dabei war das keine große Sache. Einer der Mandanten hat davon geschwärmt. Gut, der Strandbereich ist privat und an eine große Hotelkette angeschlossen, doch davon haben wir uns nicht abhalten lassen. Von hier aus hat man dafür den besten Blick auf die Sonne, welche zwischen den Häuserfronten untergeht.

Trotzdem lächle ich verschmitzt und schließe die Lippen fest. »Das, meine Liebe, ist und bleibt eines meiner dunklen Geheimnisse! Schließlich braucht jeder von uns ein paar davon.« Ich sehe sie verschwörerisch an und wende den Blick spielerisch am Strand entlang.

Lola lacht heiter und lehnt sich über den Tresen, um dem Barkeeper endlich unsere Bestellung zu geben. »Zwei Tequila Sunrise bitte.« Sie verdreht die Augen genervt.

»Du weißt schon, dass es hier durchaus noch andere Gäste gibt?«, gebe ich zum Besten, da der Arme bereits schnell den Rückzug antritt.

Sie zuckt lediglich lässig mit den Schultern. »Aber keine so Hübschen.« Dabei zwinkert sie mir selbstgefällig zu.

Zufrieden warte ich auf den Cocktail, der garantiert nie meine erste Wahl gewesen wäre. Lola, die ich vor einigen Wochen zufällig beim Shoppen– besser gesagt bei meinem Versuch ein dringend notweniges, neues Herdfeld günstig zu ergattern – kennengelernt habe, hat darauf bestanden, dass das Flair und die Umgebung etwas mehr als ein Wasser erfordern. Ihre Worte, nicht meine. Trotzdem kann ich ihr nur recht geben. Wie so oft.

Schon bei unserem ersten Treffen hat sie als damals noch fremde Person meine Auswahl im Laden angezweifelt und mir stattdessen ein günstigeres und sogar besser aussehendes Stück aufgequatscht.

Die Sonne steht bereits tief am Himmel, als ich mich genüsslich auf meinem Handtuch ausstrecke und die letzten Sonnenstrahlen genieße. Es ist unfassbar, dass Lola mich einfach sitzengelassen hat. Wobei, andererseits kann ich es ihr bei der Begleitung auch nicht verdenken. Dafür sah der Mann, der sie zum ›schwimmen gehen‹ aufgefordert hat, einfach zu unanständig heiß aus. Dass sie dann davon nicht wiederkommt und ich die beiden nur eng umschlungen abhauen gesehen habe, war dann irgendwie fast zu erwarten. Wenn auch trotzdem dreist.

Ich blinzle der Sonne entgegen, die bereits am Horizont verschwindet und ein Schauer streift mir über die Haut. Bald werde ich aufbrechen müssen, zumindest, wenn ich mir nicht den Arsch abfrieren möchte.

Bedauernd richte ich mich auf und reibe mir seufzend über die Augen. Sonntage sind der absolute Albtraum. So viel steht fest.

Mein Blick wandert umher, während ich mich aufrapple und das Handtuch mit mir ziehe.

Mit einem Mal stockt meine Atmung und mein Puls beginnt zu rasen. Ich habe das Gefühl, als würde mir das Blut in den Adern gefrieren. *Nein*, das kann nicht sein. *Oder doch?*

Ich blinzle ein paar Mal schnell, während mein Herz wieder zu schlagen beginnt und eine kribbelnde Welle durch meinen Körper jagt. Der Blick aus dunklen Augen trifft mich selbst über die Entfernung wie ein Schuss. Ich schlucke schwer. Unwirklich spüre ich, wie mir das Handtuch aus den Fingern gleitet und neben mir in den Sand sackt. Meine Nägel krallen sich in die Innenflächen meiner Hände, als er das Kinn hebt und ein Lächeln seine Lippen umspielt. Dann wendet er den Blick ab.

Erst nach wenigen Sekunden wird mir klar, dass ich mich auf ihn zubewege. Dem Mann mit dem kantigen Gesicht und den wilden, dunklen Locken. Ihm, der mich beinah umgebracht hätte und sich dann unaufhaltsam in mein Gedächtnis eingebrannt hat.

Mein Puls beginnt immer schneller zu schlagen. Trotzdem kann ich mich nicht aus seinem Bann befreien. Es ist, als wäre er ein Magnet, der mich unweigerlich näher zieht.

Jedes bisschen Vernunft in mir sagt, dass ich das Weite suchen sollte. Er ist gefährlich. Und zwar nicht auf die interessante Art, das weiß ich genau. Trotzdem gehe ich weiter auf ihn zu.

Naiv und dumm.

Nur Sekunden vergehen, dann ragt er groß neben mir auf.

»Hey.« Das Wort huscht mir atemlos über die Lippen, noch ehe ich mich versehe und weiß, was überhaupt geschehen ist. Angespannt beiße ich mir auf die Lippe und werde mir erst jetzt der Situation bewusst. Er ist nicht allein. Natürlich nicht. Zwei Männer und eine Frau stehen bei ihm, welche mich alle schlagartig mit teils belustigter, teils skeptischer Miene betrachten. Einzig sein Mundwinkel zuckt nach oben, während er mich mit fragender Miene betrachtet.

Ich spüre, wie mir die Hitze in die Wangen schießt und beiße mir unwillkürlich auf die Zunge.

»Na, hübsche Frau.« Es ist nicht er, der spricht, sondern einer seiner Freunde. Belustigung liegt auf seiner Miene. Ich nehme ihn kaum wahr. Schließlich weiß ich, dass ich mich vermutlich völlig zum Affen mache. Allerdings habe ich drei Monate an nichts anderes gedacht als an ihn. Jeden verfluchten Tag. Oftmals habe ich mich gezwungen die Erinnerung zu verdrängen, habe mir eingeredet, dass ich lediglich frustriert und einsam bin. Und trotzdem bin ich beinah jeden Tag die Strecke abgefahren, nur um eine Spur von ihm zu finden. Auch wenn ich es nicht wollte und mich jeden einzelnen Tag dafür verflucht habe. Er hat etwas an sich, was ich einfach nicht vergessen kann. Etwas, was mich dazu bringt, mein Gehirn auszuschalten und gegen jede Vernunft zu handeln. Und jetzt steht er vor mir, nur wenige Meter entfernt und betrachtet mich mit skeptischer Miene. Ich schlucke den Kloß in meinem Hals herab und blinzle ein paar Mal schnell. Mein Blick ruht noch immer auf ihm. Wo auch sonst.

»Wir kennen uns.« Erneut ein leichtes Zucken seines Mundwinkels. Eine winzige Geste. Sie entlockt mir ein triumphierendes Gefühl. *Oh ja*, er versteckt seine Emotionen gut, aber ich habe es trotzdem bemerkt. Er legt den Kopf schief. In dem Moment schließt sich ein Arm so überraschend um meine Taille, dass ich ruckartig zur Seite springe.

»Für dich bin ich gern, wer auch immer ich sein soll.« Ich erschaudere, als ich den alkoholgetränkten Atem des anderen Typen auf meiner Wange spüre. Gelächter bricht aus und ich schüttle verwirrt den Kopf. Den Blick weiterhin auf Ihn geheftet.

»Nein, ich meine ihn. Dich …« Ich bin für einen Moment verwirrt, als dieser den Blick abwendet. Beinah bedauernd. Inzwischen versuche ich ihn nicht anzustarren.

Seine Muskeln, das breite Kreuz, diesen göttlichen Körper ... *verdammt! Konzentrier dich Blossom!*

»Ich wüsste nicht woher.« Seine Stimme ist genauso, wie ich sie in Erinnerung hatte. Dunkel, stark und unfassbar anziehend. Meine Atmung geht augenblicklich schneller. Auch wenn mein Gehirn mir sagt, dass ich langsam den Rückzug antreten sollte, wenn ich mich nicht noch mehr blamieren will. Beinah ist es, als würde die Nacht erneut vor meinen Augen vorbeiziehen. Jedes noch so kleine Detail davon.

»Doch ...«, stammelt mein übereifriger Mund wie von selbst. Der andere reißt mich an sich und seine heißen Finger landen auf meiner Haut. Ich schüttle mich und ein ungutes Gefühl breitet sich in meiner Magengegend aus.

»Du hast ihn gehört. Er kennt dich nicht. Dafür können wir unsere Begegnung gern vertiefen.« Er drängt sein Gesicht in mein Blickfeld und ein laszives Zwinkern huscht über ihn. Ich brauche einige Sekunden. Dann übernimmt endlich der weniger hormongesteuerte Teil meines Körpers.

»Du nimmst erst einmal deine Griffel von mir. Tut mir leid dir das zu sagen, aber das ist widerlich und abschreckend.« Die angehende Volljuristin in mir jubelt auf und sperrt die nervöse unsichere Blossom tief in meinem Inneren weg. »Und du ...« Ich befreie mich aus dem Griff des Typen und wende mich rasch zu ihm um. »Du solltest unsere Nacht nicht so schnell vergessen haben. Dafür war sie doch zu ... besonders.« Mein Blick huscht über ihn und die blonde Schnalle, die sich an seine Seite krallt und alles andere als begeistert aussieht.

Spöttisch hebe ich das Kinn, drehe mich auf dem Absatz um und gehe zwei Schritte. Gespielt süß wende ich mich um. Mein Blick fixiert ihn und seine dunklen Augen scheinen mich erneut zu durchbohren. »Wenn du dich erinnerst, weißt du, wo du mich finden kannst.« Ich zwinkere ihm lässiger zu, als ich mich fühle.

Möglichst entspannt wende ich mich ab und kneife die Augen panisch peinlich berührt zusammen. Gelächter ertönt in meinem Rücken, wenn auch nur vereinzelt.

Autsch.

Stöhnend und mit zittrigen Beinen wanke ich zu meinem Handtuch zurück. Mein Körper fühlt sich eigenartig schwammig an und ich mich mies. Das verletzte, unsichere, zurückgewiesene, alte Ich meldet sich in meinem Inneren zu Wort. Ich verdränge die Gedanken augenblicklich. Ganz sicher habe ich mir nicht die letzten drei Monate den Arsch abgerackert, um mich von so einer Kleinigkeit dermaßen herunterziehen zu lassen. *Pah*, dann pfeif ich eben auf den Typen.

Dem muss ich nicht hinterherrennen.

Trotzdem sitze ich zwei geschlagene Stunden später noch immer an der Bar. Fröstelnd in meinem Bikini und mit gehobenem Blick, als würde mir die Einsamkeit absolut nichts ausmachen. Etwas, was offenbar nur mäßig von Erfolg gekrönt ist, denn selbst der Barkeeper wirft mir bereits mitleidige Blicke zu. *Super*, als könnte ich das gebrauchen.

Hin und wieder huschen meine Augen den Strand entlang. Er ist bereits vor einer ganzen Weile aus meinem Blickfeld verschwunden. Trotzdem habe ich noch immer das Gefühl, seinen brennenden Blick auf meinem Körper zu spüren.

Warum ich nicht inzwischen die Biege gemacht habe, vor allem, da er nicht mehr da ist?

Vielleicht lässt Lola den heißen Typen überraschend sitzen, um mit mir Zeit zu verbringen.

Vielleicht bin ich gern hier.

Oder ich genieße verflixt nochmal gern die Cocktails. Allein. An einem Sonntagabend. Bei einer scheiß Kälte und nur im Bikini.

Die Einsamkeit macht mir nichts aus.

Zumindest rede ich mir das ein.

Irgendwann kann ich mir selbst nichts mehr vormachen. Ich halte Ausschau nach ihm. Und hoffe mit jedem Fremden, der am Strand erscheint, dass er zurückgekommen ist. Warum ich dermaßen fixiert auf ihn bin, weiß ich selbst nicht, doch ich verfluche mich im Stillen dafür, dass ich nicht vorhin ... Kurz stocke ich in meinen Gedanken.

Das ich vorhin was? Ihn angesprochen habe? Habe ich versucht, war nur nicht besonders von Erfolg gekrönt.

Das ich ihn nicht bedrängt habe?

Pff ... so tief bin ich nicht gesunken. *Außerdem,* denke ich stur, wollte ich mich ja nur bei ihm bedanken. *Genau*, gebe ich mir im Stillen recht. Da er offenbar anderweitig beschäftigt ist und nicht zu mir kommen wird, brauche ich auch nicht weiterhin auf ihn warten, entscheide ich energisch. Ruckartig springe ich von dem Hocker und spüre, wie mir das Blut in den Kopf schießt. Für einen Moment ist mir schwarz vor Augen, dann habe ich mich wieder gefangen. »Ist bei Ihnen alles in Ordnung Miss?« Ich werfe dem Barkeeper, der mich aufrichtig besorgt mustert, einen herablassenden Blick zu, den er möglicherweise nicht verdient hat.

»Alles bestens«, sage ich kühl, greife meine Handtasche und spaziere betont gelassen den Strand entlang. Es macht mir nichts aus allein zu sein. Und nein, die verurteilenden Blicke habe ich nicht bemerkt. Genauso wenig wie die mitleidigen.

Der inzwischen frische Wind lässt mich frösteln, aber ich marschiere weiter. Lediglich das dünne Kleid ziehe ich aus meiner Handtasche und werfe es mir locker über. Es ist kalt. Verdammt kalt sogar. Erst recht, da mein Körper so wundervoll von der Sonne gewärmt war. Weil ich nicht damit rechnete, überhaupt so lange zu bleiben, habe ich mir nichts Dickeres zum Anziehen eingepackt.

Mit einem kurzen Gähnen, welches meinen Lippen entweicht, verlasse ich den Strandabschnitt. Zur Ablenkung plane ich in Gedanken bereits mein Abendessen. Tortellini? Vielleicht eine Gemüsepfanne? Ironischerweise habe ich festgestellt, dass kochen Spaß machen kann, wenn man es denn einmal versucht. Eine erschreckende Erkenntnis für jemanden, der sonst von Köchen bekocht wurde, oder lediglich Dosenessen aufwärmen konnte.

Schlagartig erstarre ich, als sich mir jemand in den Weg stellt. Mein Herz beginnt wie wild zu rasen, als mein Blick langsam an der langen Hose nach oben wandert. Ich schlucke schwer, als mein Blick die starke Brust streift und sacke augenblicklich in mich zusammen. Blaue Augen, blonde Haare. Es ist nicht er.

Reiß dich gefälligst zusammen, Blossom! Oder willst du dich bei jedem Fremden heulend auf den Boden schmeißen, weil es nicht ER ist? Ganz – sicher – nicht!

Ein bisschen Achtung habe ich noch.

Ich räuspere mich, ohne vorher etwas gesagt zu haben, und wende den Blick schweifend ab. Entschuldigend will ich mich links vorbeidrücken, als sich das massige Hindernis erneut in meinen Weg stellt. Fragend runzle ich die Stirn, verdrehe die Augen und weiche erneut aus. Wieder lande ich vor der muskulösen Brust des Mannes.

»Sorry, ich muss hier durch«, gebe ich genervt von mir und sehe auf. Sein Blick ist trocken und ausdruckslos und ruht für eine Sekunde auf mir. Seine Augen verengen sich für einen Moment, als er die Stimme erhebt. »Was Sie müssen, ist mit mir zu kommen.«

Ein paar Mal blinzle ich schnell. »Ähm? Sorry, wie bitte?« Ich glaube, ich habe mich verhört. Mit gerunzelter Stirn stemme ich die freie Hand in die Seite. Der Mann zuckt noch immer nicht einmal mit der Wimper. »Sie haben mich verstanden. Mein Chef wünscht Sie zu sehen.«

Lachend, aufgrund seiner absurd strengen Miene, schüttle ich den Kopf. Belustigt runzle ich die Stirn. »Aha, will er das? Nun, ich kenne ihren Chef nicht, also richten Sie ihm meinen besten Dank aus.« Ich grinse zuckersüß. »Oh, und meine Ablehnung zu seinem Vorschlag.« Dabei lache ich spöttisch, nicke ihm kurz zu und schiebe mich an ihm vorbei. Weit komme ich nicht, da baut er sich bereits wieder vor mir auf, als wäre er aus dem Boden gewachsen.

»Ich denke nicht, dass die Einladung optional war. Außerdem kennen Sie ihn sehr wohl. Sie haben vor wenigen Stunden mit ihm gesprochen, wenn auch nur kurz. Ihr letztes Treffen liegt etwas weiter zurück. Drei Monate, wenn ich recht informiert bin.« Mein Herz setzt aus.

Augenblicklich sind alle Gedanken aus meinem Kopf wie weggeblasen und ich schnappe hitzig nach Luft.

Der Arm des Mannes schießt nach vorn und ich zucke reflexartig zurück. Entgegen meiner Erwartung will er mich nicht packen, sondern reicht mir lediglich eine Zimmerkarte.

»Plaza Harbor. Etage 16. Lassen Sie ihn besser nicht warten.« Seine Stimme hat einen bedrohlichen Unterton angenommen, der mir einige Schauer über den Rücken treibt. Er drückt mir das Stück Plastik in die Hand, dreht sich augenblicklich auf dem Absatz um und lässt mich stehen. Verdutzt sehe ich ihm nach und mein Blick huscht immer wieder zwischen seinem sich entfernenden Schatten und der kühlen Karte in meiner Hand hin und her.

Für einen Moment lasse ich mir all das durch den Kopf gehen. Ich habe keine Ahnung, wer der Typ ist. Genau genommen kenne ich ihn nicht einmal. Das Einzige, was ich weiß, ist, dass sein Boss oder wer auch immer das war, mich beinah umgebracht hätte. Von den Schüssen die ich zuvor vernommen habe, einmal ganz abgesehen. Zugegeben, ich habe ihn all die Wochen gesucht. Nur habe ich nicht damit gerechnet, ihn auch jemals zu finden.

Zumindest nicht wirklich.

Jetzt, da ich ihn ganz offensichtlich getroffen habe und er mich sehen will, noch dazu allein in einem Hotel, breitet sich ein ungutes Gefühl in meiner Magengegend aus. Auch wenn eine gewisse Faszination von dem Mann ausgeht, wie ich leider zugeben muss, bin ich noch immer nicht lebensmüde und diese Aktion würde ganz sicher in diese Kategorie fallen.

Außerdem: Wieso schickt er Jemanden, anstatt sich mir selbst zu stellen? Ist er ein Feigling. Traurig. Vor allem wenn er mich zuerst wegschickt, nur um mich dann zurückholen zu lassen.

Rasch wende ich mich ab und marschiere stur auf mein Auto zu, um ihn und dieses verfluchte Hotel so schnell wie möglich hinter mir zu lassen. Einzig den Schatten des bulligen Typen spüre ich in meinem Rücken. Er hat mich gehen lassen und auch wenn er mir nicht folgt, laufe ich augenblicklich zügiger. Vermutlich steht er nur wenige Meter entfernt und beobachtet mich. Oder wartet darauf, dass er mich entführen kann.

Diesen Typen muss man scheinbar alles zutrauen.

Jeder gesunde Menschenverstand sagt mir, dass ich – besser gesagt jeder – in so einer Situation das Weite suchen sollte.

KAPITEL 4

Blossom

15 Minuten später stehe ich fröstelnd in dem glänzenden Aufzug und spiele mit den Fingern an der Karte herum. Der Knopf mit der 16 ist nicht vorhanden. Stattdessen befindet sich daneben ein kleiner Schlitz, wie geschaffen für das Plastik in meiner Hand. Mein Herz pumpt wie verrückt und mir wird mit einem Mal ganz schlecht. Ich weiß selbst nicht genau, wie ich überhaupt hier gelandet bin. Doch mein Verstand brüllt mir deutlich entgegen, schnellstmöglich das Weite zu suchen. Ich lehne mich an die kühle Wand des Fahrstuhls und denke für eine Sekunde nach. Das, was ich hier vorhabe, ist nicht einmal ansatzweise eine gute Idee. Gehen wäre das einzig Sinnvolle. Und zwar am besten sofort, bevor ich das nächste Mal wirklich tot in einem Seitengraben lande. Stöhnend richte ich mich auf, genau in dem Moment, als sich die Fahrstuhltüren öffnen. Mein Puls schnellt in die Höhe und automatisch zucke ich zurück. Natürlich ist es nicht Er.

Ein älteres Ehepaar schenkt mir ein freundliches Nicken zur Begrüßung, bevor sie sich zu mir stellen. Ich halte den Atem an und mein Blick wandert hektisch umher.

Kaum das wir uns in Bewegung setzen, scheint der Fahrstuhl immer enger zu werden. Natürlich weiß ich, dass es Schwachsinn ist. Aber mit jeder einzelnen Etage komme ich Ihm näher. Dabei war ich noch nicht bereit dafür. Nicht für eine Entscheidung, geschweige denn für ein Treffen.

Die Frau wirft mir einen besorgten Blick über die Schulter zu, den ich ignoriere. Ich kralle mich an der Wand fest, ganz so, als bräuchte ich Halt. Das Ping ertönt scheinbar viel zu laut und durchklingt die stille Kabine. Die beiden setzen sich in Bewegung. Kurz bevor sie den Fahrstuhl verlassen, wirft mir die Frau noch einen schnellen Blick zu.

»Ist bei Ihnen alles in Ordnung?« Ihre vorsichtigen Worte reißen mich aus meiner Trance und ich nicke knapp. Mein Lächeln ist gequält und als sich die Türen schließen, hält sie die Hand dazwischen. »Sind Sie sich sicher?« Ihr skeptischer und besorgter Blick lastet auf mir und ich gebe mir in Gedanken eine Ohrfeige. *Jetzt reiß dich zusammen, Blossom* rede ich mir selbst gut zu. Erneut verziehe ich kurz das Gesicht, als sich die Türen zum zweiten Mal schließen wollen und wieder aufgehalten werden.

»Alles Gut. Frauenprobleme.« Ich verdrehe die Augen und meine Hand wandert zu meinem Bauch. Ihr Blick wird weicher. Sie nickt ein letztes Mal, bevor sie sich mit wachsamer Miene zurückzieht. Das warme Gefühl durchströmt meinen Körper und ich atme tief ein, als die Türen geschlossen sind. Allein, dass die Frau mich nicht kannte und trotzdem nach mir gefragt hat, treibt mir beinah die Tränen in die Augen. Deshalb schließe ich die Lider und versuche das Gefühl der Rührung zu verdrängen.

Manchmal bin ich eine verdammte Heulsuse.

Ein letztes Mal halte ich gedanklich inne. Es dauert einige Minuten, bis ich meine Gedanken fokussieren kann.

Nervös lecke ich mir über die Lippe. Mein Blick richtet sich in Richtung der gläsernen Fahrstuhldecke. Ich selbst blinzle mir erschrocken entgegen und senke den Blick auf meine silbernen Flipflops.

Sicher ist es keine gute Idee zu einem Fremden ins Hotelzimmer zu gehen, aber was will ich mir selbst vormachen? Ich wäre nicht hier, würde ich nicht gehen wollen. Dafür habe ich ihn zu lange gesucht. Verdammt nochmal, ich will ihn sehen, aber noch dringender will ich wissen, was dort eigentlich passiert ist. Wer er ist und diese Menschen.

Es brennt mir auf der Seele Antworten zu bekommen.

Die gleiche Neugier hat mich zu dem Jurastudium gebracht und auch jetzt kann ich sie nicht unterdrücken. Wenn ich weiß, dass jemand etwas vor mir verbirgt, ist da dieses nagende Gefühl, welches immer drängender wird. Solange, bis ich das Geheimnis gelüftet habe. Auch wenn ich dabei auf meine Überlebenschance scheißen muss. Aber hey, immerhin bin ich bisher noch nie gestorben – was ich definitiv als Argument für meine Entscheidung gelten lasse.

Ohne noch einmal darüber nachzudenken, stecke ich die Karte in den Schlitz. Die 16 leuchtet und der Fahrstuhl setzt sich ohne weiteres Zögern in Bewegung. Gerade als in der Anzeige die richtige Etage erscheint, kommt mir stöhnend ein Gedanke. Dieser Typ hat mir keine Zimmernummer genannt. *Prima.* Das heißt dann wohl …

Meine Gedanken werden unterbrochen, als sich die Fahrstuhltüren geschmeidig öffnen und den Blick auf einen in Dämmerung liegenden Raum freigeben.

»Oh …«, murmle ich leise. Damit hat sich die Zimmersuche wohl auch erledigt. Mein Kopf wandert umher und mein Blick huscht über die Einrichtung. Dunkle Schatten ziehen sich tief durch die bodenlangen Fenster, die den Blick auf das strahlende Meer freigeben. Sofort gehen meine Augen den Strand entlang und ein Kribbeln schießt mir durch den Körper, als ich die Bar erkenne. Kurz bleibe ich an dem zweiten Hocker von links hängen, auf welchem ich vor wenigen Minuten noch saß. Mein Herz beginnt wie wild zu schlagen und mein Mund wird trocken.

»Ich weiß nicht, ob ich mich darüber freuen soll, dass du deinen Weg zu mir gefunden hast.« Überrascht von der plötzlichen Stimme in meinem Rücken zucke ich hektisch zusammen. Meine Hand schießt wie von allein an meine Brust und hin zu meinem pochenden Herzen. Ich versteife mich augenblicklich und ein Kribbeln schießt durch meinen Körper. Das war nicht die Begrüßung, die ich erwartet habe. Auch wenn ich zugegebenermaßen nicht wirklich Erwartungen hatte. Ich spüre ihn, seine Präsenz, ohne mich umzusehen. Stockend öffne ich den Mund. Meine Kehle fühlt sich rau an und kein Ton kommt aus mir heraus. Unruhig räuspere ich mich leise und spüre einen leichten Hauch, als er näher an mich herantritt.

»Dabei habe ich wirklich gehofft, dass du schlauer bist.« *Autsch. Das habe ich erst recht nicht erwartet.* Seine Worte sind beinah tonlos und schlicht, als würde er sich mit mir über das Wetter unterhalten. In mir hingegen rütteln sie etwas auf, sodass ich aus meiner Starre erwache.

»Dabei warst du es doch, der mich eingeladen hat.« Ich gebe noch ein schnippisches: »Humpf« hinterher. Zeitgleich wirble ich herum. Mein Blick tastet sich durch das vom Sonnenuntergang beschienene Zimmer. Ich brauche nur wenige Sekunden, um ihn zu erkennen. Er steht nur einige Meter entfernt, leicht versetzt hinter mir. Ich kneife die Augen zusammen und ziehe die Lippe bockig in die Höhe.

Ein dunkles Lachen kommt von ihm und bringt meinen Körper zum Beben. »Liebes, wir werden eine Menge Spaß miteinander haben.« Er tritt näher, sodass der Schatten aus seinem Gesicht weicht und die einzelnen Lichtpunkte der letzten Sonnenstrahlen auf ihm tanzen.

»Du weißt nicht einmal, wer ich bin. Außerdem hältst du mich offenbar nicht für sonderlich schlau.« Herablassend lasse ich den Blick über ihn wandern, auch wenn alles in meinem Körper zum Zerreißen gespannt ist und die Nervosität sich heiß durch meinen Körper brennt. Trotz allem was passiert ist, bin ich auch noch immer die Tochter meines Vaters und als solche bin ich es gewohnt, meine Gefühle zu verbergen und meinen Kopf stolz zu heben.

Wieder tritt er einen Schritt näher. Seine Fingerspitzen streifen meine Taille, während seine andere Hand sich fest um meinen Arm schließt. Ich zucke im ersten Moment zurück. Entgegen seiner harschen Worte streicht er sanft mit dem Daumen über mein Handgelenk. Sein Blick ist gesenkt und seine Miene nachdenklich.

»Du hast keine Ahnung, wie sehr du dich irrst.« Seine dunkle Stimme jagt mir einen Schauer über den Rücken und in meinem Magen löst sich ein angenehmes Kribbeln. »Ich weiß so einiges über dich, Blossom.« Meinen Namen aus seinen Lippen zu hören, lässt mein Herz sofort einige Takte schneller schlagen. Nachdenklich beiße ich mir auf die Lippen und hebe den Kopf. Für eine Sekunde setzt meine Atmung aus, als mich der Blick seiner tiefen braunen Augen trifft. Im Gegensatz zu mir ist er riesig. Selbst mit hohen Schuhen wäre ich nicht einmal ansatzweise so groß wie er. Wie von selbst betrachte ich ihn, während seine Hand heiße Wellen über meine Haut schießen lässt. Mir fallen die Tätowierungen ins Auge, welche sich an seinen Armen hoch zu seinem Hals strecken. Mein Herz pocht wie wild und unwillkürlich trete ich einen letzten Schritt auf ihn zu. Sein intensiver Blick ruht schwer auf mir, während ein Lächeln seine Lippen umspielt.

»Glaubst du mir nicht?« Auffordern sieht er mich an. Dabei habe ich die Frage bereits wieder vergessen, sollte er eine gestellt haben. Bemüht lässig verziehe ich das Gesicht zu einem nichtssagenden Grinsen. Zumindest hoffe ich, dass es ansatzweise so eindrucksvoll wirkt, wie ich es schon tausende Male getan habe.

Er mustert mich für einen Moment und der Griff um meinen Arm wird fordernder. »Du bist mir sofort aufgefallen, als du den Strand betreten hast.«

Überrascht blinzle ich, um mich zu sammeln. Ich ziehe die Stirn kraus, noch immer gefesselt von seinem Blick. »Das schien mir aber nicht so.«

Klingt meine Stimme ein wenig bockig?

Für einen kurzen Moment sieht er amüsiert aus. Dann entspannt sich seine Miene wieder. Erst jetzt bemerke ich seinen Geruch. Zuvor haben mich seine Augen gefesselt, doch jetzt strömt dieser auf mich ein. Er riecht unfassbar gut. Nach Wald, Feuer, gut keinem Feuer. Eher nach einem Waldbrand. Auf eine gute Art und genauso betörend, wie er aussieht. Die Feststellung lässt mich erröten und in diesem Moment bin ich froh, dass er meine Gedanken nicht lesen kann.

Ich schlucke schwer, als sich sein Kiefer kurz anspannt.

»Nun, ich gebe zu, dein Auftauchen hat mich überrascht. Habe ich hier nicht mit dir gerechnet. Das ändert nichts daran, dass du jede andere Person augenblicklich mit deiner Anwesenheit in den Schatten gestellt hast.« Seine Worte sind betörend. Trotzdem muss ich beinah lachen.

Seufzend verdrehe ich die Augen. Der Typ ist gut. Richtig gut. Die meisten Anmachsprüche klingen nicht einmal ansatzweise so einnehmend, noch dazu, weil ich ihm jedes Wort sofort abkaufen würde …

Wobei, was heißt würde?

Ich bin ihm schon jetzt verfallen. *Verdammt.*

Was für eine elende Idiotin.

Die Gedanken verdränge ich sofort und konzentriere mich auf die Berührung seiner Finger. »Das klingt nett.«

»Nett? Ich bin nicht nett ...« Sein Ausdruck wird bitter, für einen Moment ist er still und die Bewegung auf meiner Haut erlahmt. Augenblicklich spanne ich mich an und bereue meine Aussage sofort. Ich will auf keinen Fall, dass er sich zurückzieht. Andererseits nervt mich meine eigene Reaktion. Wieso mache ich es ihm so einfach? Habe ich es wirklich so bitter nötig, dass mir jemand seine Aufmerksamkeit schenkt? Die bittere Antwort darauf ist ein eindeutiges: Ja – Leider.

»Doch bedeutet das nicht, dass ich nicht weiß, wer du bist.«

Ein unzufriedenes Lachen rutscht mir heraus und ich lasse den Blick schweifen. »Ich schätze, das ist wohl auch schwer zu vergessen. Zumindest war es diese Nacht für mich.«

Im Augenwinkel erhasche ich erneut ein leichtes Lächeln, welches seine Lippen umspielt. »Ich rede nicht nur von dieser Nacht, wobei ich zugeben muss, dass es mich schon jetzt hart macht, wie du davon sprichst.« Sprachlos blinzle ich ein paar Mal schnell und mein Blick schießt zurück zu seinem Gesicht. Meine eigenen Wangen beginnen heiß zu pochen und mir bleiben die Worte im Mund stecken. *Hat er das etwa gerade wirklich gesagt?* Wenn ich mir sein teuflisches Grinsen so ansehe, offenbar schon. Ich schlucke, doch er spricht weiter, noch ehe ich meine Gedanken wieder in eine einigermaßen geregelte Bahn lenken kann. »Ich habe dich im Auge behalten und ich muss sagen, mir gefällt, was ich sehe.« Seine Finger beginnen sich schleichend wieder in Bewegung zu setzen.

Quälend langsam ziehen sie sich an meinem Arm hinauf und streichen über die nackte Haut. Ein Frösteln, welches nichts mit der Temperatur zu tun hat, ergreift meinen Körper und ich lehne mich ihm entgegen.

»Du hast mich beobachtet?« Die Frage rutscht mir heraus, trotz seiner Wirkung auf mich.

»Wieso auch nicht?« Seine Stimme wird leiser, bedrohlicher. Trotzdem schreckt sie mich keineswegs ab.

»Wieso solltest du das?« Ich zucke mit den Schultern. Unsicher, was ich davon halten soll. Schließlich habe ich ihn all die Zeit über versucht zu finden und jetzt offenbart er mir, dass er während ich durch die Wälder geschlichen bin, sinnbildlich hinter dem nächsten Baum lauerte?

»Vielleicht interessiere ich mich für dich. Vielleicht wollte ich sehen, ob es dir gut geht.« Er lässt das ganze wie eine Aussage klingen, nicht wie eine Frage. Etwas, was mein Blut erneut zum Kochen bringt. Auch wenn ich tief im Inneren weiß, dass er sich vermutlich kein Stück für meine Gesundheit interessiert hat.

»Und du? Geht es dir gut?« Die Worte purzeln unbeholfen durch meine Lippen. Seine Bewegungen stocken auf meiner Schulter und mein Herz scheint aus meiner Brust springen zu wollen. Inzwischen tobt ein Kampf in mir. Einer zwischen: Blossom, halt bloß den Mund und genieße, was immer er mit dir macht. Und einem: Merkst du es eigentlich noch? Weis den Typ in seine Schranken und verpiss dich.

Er neigt den Kopf zur Seite und mustert mich aufmerksam. »Das klingt beinah so, als würdest du es ernst meinen.«

»Was?« Ich bin verwirrt. Beinah panisch hebt sich meine Brust. Inzwischen bete ich, dass ich keine der beiden Aussagen laut geäußert habe. Die Berührung seiner Hand löst ein beinah unerträgliches Kribbeln in mir aus und ich beiße mir fest auf die Lippe.

»Du fragst dich, ob es mir gut geht?« Er lacht rau auf und ich zucke peinlich berührt die Schultern.

»Wieso auch nicht? Schließlich hättest du in dieser Nacht auch mit dem Gesicht nach unten im Graben landen können.« Meine Wangen erhitzen sich und ich senke den Blick. Mit einem Mal komme ich mir für meine Aussage unfassbar dämlich vor. Ich laufe ihm nach wie ein dummes Entchen. Noch dazu mache ich mich ganz offensichtlich lächerlich.

»Tu das nicht.« Seine Hand wandert zu meinem Gesicht und umfasst mein Kinn fest. Er zwingt mich den Blick zu heben und seine Augen brennen sich bis in meine Seele vor. »Senke nicht beschämt den Blick. Nicht vor mir und nicht vor jemand anderem.« Ich schlucke in seinem Griff und das Atmen fällt mir mit einem Mal schwer. Ein paar Mal blinzle ich, dann verschwindet seine Hand genauso rasch, wie sie gekommen ist. Er zieht sich einige Zentimeter zurück. Augenblicklich fröstelt es mich.

»Ich werde dir jetzt ganz direkt sagen, was ich von dir will.« Seine Stimme ist leise und überrascht mich mit der plötzlichen Ruhe. Erneut hebe ich den Blick und meine Augen suchen seine. Er tritt an mich heran und seine Hände streifen meine Schultern. Sanft beginnen seine Finger den Rand meines dünnen Kleides zu umspielen, während er sich leicht über mich lehnt.

»Seitdem ich dich das erste Mal gesehen habe, frage ich mich, wie wundervoll deine Lippen schmecken.«

Mich durchläuft ein heißer Schauer und sein Duft umhüllt alle meine Sinne. Dieser ruckartige Themenwechsel überrumpelt mich. Ich kenne ihn nicht, weiß nicht einmal seinen Namen. Außerdem habe ich keine Ahnung, was damals passiert ist. Wer er ist und was er mit mir vorhat. Und trotzdem schaffe ich es nicht, mich wie eine starke Frau von ihm loszumachen und mein Leben weiterzuleben. Ohne ihn. Ohne zu wissen, was er mir sagen will. Ohne zu wissen, wie es ist, ihn ... kennenzulernen. Verwirrt weiten sich meine Augen und mein Mund wird trocken. »Oh«, hauche ich leise, unsicher was ich erwidern soll. Er weicht keinen Zentimeter zurück und sein Kopf senkt sich zu meinem herab. Unsicher lecke ich mir über die Lippen und sein Gesicht ist das Einzige, was ich wahrnehme. Nur Millimeter vor mir hält er inne und ich wage es nicht, mich zu rühren.

»Aber Blossom, deine Lippen sind nicht das Einzige, was ich gern schmecken möchte.«

Oha. Mein Herz setzt zu einem Purzelbaum an, während mein Gehirn sich schon lange verabschiedet hat. Es befindet sich inzwischen in einer wohligen Wolke aus rosaroten Sexfantasien.

Noch immer rührt er sich nicht. Fixiert mich abwartend mit seinem Blick. Sein Atem streift meine Lippen und meine Nippel richten sich unter dem dünnen Stoff schmerzhaft auf. Mein Mund wird trocken und ohne ein letztes Mal darüber nachzudenken, überbrücke ich den winzigen Hauch, der zwischen uns ist.

Unsere Lippen treffen hitzig aufeinander. Es gibt keine Zurückhaltung mehr. Soeben hat er mir die Wahl gelassen. Jetzt spüre ich, dass er nicht mehr auf mein Einverständnis wartet. Gierig dränge ich mich ihm entgegen und ein Knistern entlädt sich in meinem ganzen Körper. Seine Berührung ist weich. Ein starker Kontrast zu seinem rauen Bart, der über mein Gesicht kratzt. Seine Zunge dringt bestimmt in meinen Mund und erforscht diesen. Hitze wallt in mir auf, als er mir sanft in die Lippe beißt. Ich schnappe nach

Luft, doch er drängt sich mir nur intensiver entgegen. Seufzend kralle ich meine Hände in seinen Körper, während sich die Empfindungen in meinem Inneren zusammenbrauen. Verlangen keimt in mir auf und lässt mich alles vergessen.

Seine Hände wandern über meine Hüfte und pressen sich fest durch den dünnen Stoff. Für einen Moment unterbricht er den Kuss und ein anzügliches Lächeln umspielt seine Lippen.

»Langsam, Liebes ...« Seine Worte sind atemlos. Die feste Berührung seiner Hände sagt mir, dass er nicht halb so entspannt ist, wie er tut. Dieser Gedanke verschafft mir, zugegeben, eine gewisse Befriedigung.

Zögernd hebe ich meine Hände von seiner Brust, ohne wirklich zu wissen, wann ich diese dort hingelegt habe. Ich streife mit zittrigen Fingern den Stoff meines dünnen Kleides und schlucke kurz. Quälend langsam schiebe ich den Träger über die Schulter und höre augenblicklich, wie ein tiefes Knurren seiner Kehle entrinnt. Es treibt mir einen Schauer durch den ganzen Körper und ich strecke mich ihm nervös entgegen. Langsam schiebe ich den Stoff meines Kleides herab und lasse es Stück für Stück nach unten sinken. Mir ist wohl bewusst, dass er trotz der Dämmerung einen fantastischen Ausblick auf mein Dekolleté bekommt und er jeden Zentimeter meiner Haut, den ich freilege, genauestens in Augenschein nehmen kann. Mein Puls beginnt immer schneller zu rasen, während mir die Hitze in die Wangen steigt. Spätestens an diesem Punkt setzt mein Hirn wieder ein und ich verfluche mich im Stillen. Dafür, dass ich zu ihm gekommen bin und erst recht, weil ich mich vor ihm ausziehe. Was denke ich mir dabei? Die einfache Antwort ist: Nichts. Ich habe absolut nichts gedacht.

Langsam spüre ich, wie ich zunehmend erröte. Meine Wangen fühlen sich kochend heiß an und ich stocke in meiner Bewegung. Dieser Gedanke löst eine kleine Krise in mir aus. Was soll ich tun? Mein Kleid wieder hochziehen? Sorry, hab mich im Zimmer vertan, brummen und gehen? Ja ... wohl eher nicht.

Ich spüre seinen Blick auf mir. Er ist still und wartet, wie ich mich entscheide. Deshalb atme ich tief ein. Es kommt mir beinah so vor, als würde ich an der Kante des Sprungturms stehen. Als hätte ich durch Dummheit und Leichtsinnigkeit behauptet, ich könnte locker herunterspringen. Und dann stehe ich oben. Alle anderen sehen mich an und mir wird bewusst, dass ich ein verdammter Feigling bin. Die Frage ist, was ist die mutigere Reaktion? Einzugestehen, dass ich falsch lag und wieder herunter gehen oder aus Scham zu springen.

Ruckartig hebe ich den Kopf. Ich verenge meine Augen, spiele mit meiner Lippe und senke schließlich die Lider. Dann schiebe ich mein Kleid mit einer schnellen Bewegung weiter herunter. Ein Rückzug ist nicht meine Art. Dafür bin ich zu versessen darauf mein Leben zu nutzen. Auch wenn das bedeutet, jede noch so dumme Entscheidung mitzunehmen. Als ich gerade die Ansätze meines Höschens erreiche, pressen sich seine Hände fest gegen meine Schultern. Ich beiße mir auf die Lippen und ein überraschter Laut entweicht mir, als er mich stark an sich zieht. Die Zeit scheint still zu stehen und ich halte schnappend die Luft an. Alles um mich herum verstummt und alles, was ich wahrnehme, sind seine Finger auf meiner Haut. Sofort sind meine zweifelnden Gedanken verschwunden. Es scheint, als gäbe es dafür keinen Platz. Der heiße Hauch seines Atems streift mich, bis sich nur Sekunden später sein Mund fest auf meinen presst. Einladend öffne ich diesen im gleichen

Moment, in dem sich seine Zunge fest durch meine Lippen drängt. Ohne auch nur eine Sekunde zu zögern, drücke ich mich fest gegen seinen Körper und spüre augenblicklich die Erektion unter seiner Stoffhose. Ein stöhnender Laut entweicht meiner Kehle und ich bin nicht sicher, ob er diesen teilt. Er packt mich fest. Mit Wucht werde ich hart gegen eine Wand gepresst, sodass mir für einen Moment die Luft aus den Lungen weicht. Er gibt mir keine Sekunde, um mich zu erholen und ich brauche sie auch nicht. Ich sehe, wie ein erregtes Funkeln in seinen Augen aufflammt und mein Bauch fühlt sich an wie in einer Achterbahn.

Mein Kopf hat sich verabschiedet und ich denke keine Sekunde nach, bevor ich mich ihm weiter entgegen dränge. Ich will ihn, dass ist das Einzige, was in diesem Moment zählt.

Mein Kleid bauscht sich um meine Füße.

Für einen Moment löst er sich von mir und sein Kinn streift meinen Haaransatz. Beherzt beiße ich mir auf die Lippe und schlage die Lider nach unten. Mein Körper ist hitzig und mein Mund geschwollen.

»Was habe ich dir gesagt?« Erschrocken aufgrund seiner Stimme hebe ich den Blick, welcher von seinen tiefen Augen aufgefangen wird. »Senke niemals den Blick.« Er streichelt mit der Hand mein Kinn, sodass ich den Kopf erneut hebe. Sein hungriger Blick huscht über meinen Körper und ich spüre diesen auf jedem Zentimeter meiner Haut. *Holy Shit.* Absolut alles, was dieser Typ sagt, geht runter wie ein Erdbeer-Smoothie. Fruchtig süß und berauschend in der Wirkung.

»Du solltest dich von mir fernhalten.« Seine harschen und gleichzeitig so sanften Worte überraschen mich. Wieder schleichen leichte Schauer über meinen Rücken. Der Typ hat scheinbar heftigere Stimmungsschwankungen als ich. Bei dem Gedanken verdrehe ich die Augen. Erst bestellt er mich zu sich, dann nennt er mich dumm. Küsst mich, nur um mich dann von sich zu stoßen. Langsam frage ich mich, was genau er eigentlich will.

»Wieso hast du mich dann hierher eingeladen?«, hauche ich leise an seiner Brust. Mit meiner Erwiderung bin ich zufrieden. Mit dem Ton nicht. Besser gefühlt hätte ich mich, wenn ich bestimmt, stark und selbstbewusst geklungen hätte. Etwas, woran ich definitiv arbeiten sollte.

»Weil ich es brauchte. Ich brauche dich.«

Kurz weiß ich nicht, was ich sagen soll. Die Antwort ist so klischeehaft und sorgt bedauerlicherweise trotzdem für ein Ziehen in meinem Magen. »Dann solltest du nicht zögern.« Die Worte sind über meine Lippen, noch ehe ich auch nur eine Sekunde darüber nachgedacht habe. Trotzdem bereue ich sie nicht. Nicht, wenn er diese Art von Gefühlen in meinem Inneren auslöst.

Einige Atemzüge verstreichen, während er mich mustert. »Dann wirst du mir ausgeliefert sein ...« Er lässt den Satz unvollendet im Raum klingen. Ich verdrehe die Augen. Ein bedrohlicher Unterton schwingt in seiner Stimme mit, doch alles, was ich spüre, ist Erregung.

»Kann mir nichts Besseres vorstellen.« Ein Lächeln lässt mein Gesicht zucken und ich sehe ihn herausfordernd an.

»Du weißt nicht, wo du dich da hineinbegibst ...« Er fährt sich grob durch die Haare, während sein Kiefer sich anspannt. Knapp trete ich näher.

»Vielleicht doch? Vielleicht auch nicht. Vielleicht ist es mir egal. Machen wir nicht mehr daraus, als es ist.« Wohlwollend nicke ich. Die Nervosität lässt mich Schwachsinn erzählen. Ein Lachen entrinnt seiner Kehle. Schmunzelnd sehe ich ihn für einen Moment an und seufze, ohne noch etwas zu erwidern. Langsam drücke ich mich auf die

Zehenspitzen, um mich ihm zu nähern. Für einen Moment ist sein Blick gequält. Dann kehrt der unbändige Ausdruck zurück auf sein Gesicht. Hungrig erwidere ich diesen und die Aufregung und Anspannung erlöschen in dem Moment, als er seine Hände erneut über meinen Körper gleiten lässt.

Bedrohlich langsam tritt er vor mich und geht in die Knie, während sein Blick noch immer fest auf meinen Augen ruht. Eine Gänsehaut kriecht über meinen ganzen Körper und mein Herz setzt ein paar Schläge aus. Nervosität rauscht durch mich hindurch und mein Mund wird trocken, als er mit seinen heißen Fingern an meinem beinah nackten Körper herab wandert. Sanft streicht er über meine Haut, während ich nur daran denken kann, wie bedrohlich nahe er meiner Mitte ist.

Seine Finger wandern über den Saum meines Bikinis und ich danke Gott dafür, dass ich mich an diesem Morgen frisch rasiert habe. Komplett. Nicht nur die schnelle Bikini-Variante. Dieser Gedanke ist wie weggewischt, als er das Höschen Zentimeter für Zentimeter nach unten schiebt. Seine Finger bewegen sich darunter, hin zu dem Punkt, wo es bereits hitzig pulsiert. Bereitwillig spreize ich die Beine, während mir ein leises Seufzen entweicht. Kurz zögert er in seinen Bewegungen, sieht zu mir auf, gibt mir eine letzte Chance, um ›nein‹ zu sagen. Dabei ist es längst zu spät.

Ich keuche lediglich lustvoll auf und drücke mich ihm entgegen. *Ich will das. Ich will ihn.* Den Kopf legt er in den Nacken. Ein diabolisches Grinsen zeichnet sich auf seinen Lippen ab. Neckend umspielen seine Finger meine Perle, während sich die Lust bereits in mir sammelt. Mein Kopf ist wie leergefegt und alles, worauf ich mich noch konzentrieren kann, sind seine Finger, die sich quälend langsam in mich schieben. Mein Körper bebt und feuchte Hitze sammelt sich zwischen meinen Schenkeln.

»Du hältst den Atem an«, haucht er leise und ich spüre die Worte auf meiner Haut.

Ich stöhne lustvoll auf und kann gleichzeitig nicht glauben, dass der Laut von mir kommt. Keuchend drücke ich mich ihm entgegen, während er einen zweiten Finger in mich schiebt und mit dem Daumen begierig meine Klit reibt. Seine Worte ignoriere ich. Was soll ich darauf auch erwidern?

Meine Finger krallen sich zittrig in seine Schultern. Ich atme schnappend und sauge gierig seinen Geruch auf.

»Du machst mich verrückt!« Ein erneutes leises Stöhnen entkommt seinen Lippen und ich erschaudere, als er den Druck zunehmend verstärkt. Kurz lache ich. Ist er es doch, der mir buchstäblich jeden Gedanken raubt und alle meine Emotionen zum Kochen bringt.

Ich klammere mich an die Wand hinter mir und gleichzeitig an ihn, während meine Beine zunehmend wackliger werden. Mein ganzer Körper pulsiert und ich spüre, wie ich immer feuchter werde. *Als wäre das überhaupt noch notwendig.*

Neckend reizt er mich mit seinen Fingern, bis er sich mit einem Mal zurückzieht. Ärgerlich stöhne ich, während ich kurz schwanke. Ich spüre sein Lachen auf meiner heißen Mitte, was einen Schauer über meinen Körper schickt. Ruckartig schnappe ich überrascht nach Luft, als sich sein Mund auf meine Scham legt und seine Zunge mich berührt. Inzwischen ist es endgültig um meine Beherrschung geschehen. Ich bin willenlos. Ich brauche unbedingt mehr von ihm.

Ein Stöhnen entweicht mir, und ich kralle mich krampfhaft an seiner Schulter fest. Dabei spüre ich ein überlegenes Grinsen auf meiner Haut. Offenbar scheint sich meine Willenskraft dank ihm vollständig verabschiedet zu haben.

Meine Erregung bäumt sich immer weiter auf, während

er kreisend meine Perle umspielt. Ich presse mich ihm entgegen, während meine Beine zu zucken beginnen.

»Willst du kommen, Liebes?« Er zögert für einen Moment, neckt mich spielerisch mit seinen Berührungen, während er auf meine Antwort wartet. Das Blut schießt in meine Wangen und ich gebe ein eindeutiges Stöhnen von mir. Die Frage ist mir unangenehm. Die ganze Situation, um genau zu sein. Nur fühlt es sich schlichtweg zu gut an, um ihn von mir zu stoßen. Deshalb gebe ich lediglich ein zustimmendes Brummen von mir.

»Oh nein, du wirst mir sagen müssen, was du willst.« Seine Stimme ist herausfordernd, wie auch seine Berührungen. Ich drücke mich ihm entgegen, doch er entzieht sich mir sofort. Frustriert und völlig verrückt nach ihm grummle ich leise. »Ich will dich verdammt. Ich will das du es mir machst.« Die Worte stoße ich ruckartig aus und werde augenblicklich mit seinen Berührungen belohnt. Scheiße, darüber bin ich froh. Hätte er mich weiterhin angesehen, wäre ich nicht nur vor Ungeduld, sondern auch vor Peinlichkeit gestorben.

Ein erstickter Laut entrinnt meinen Lippen, als er seine Finger erneut in mich schiebt. Mein Herz hämmert wie wild in meiner Brust, als seine Fingerspitzen mich sanft umkreisen. Meine Beine erzittern und alles in mir scheint elektrisch aufgeladen. Ich kralle mich an ihm fest und mein Körper erbebt durch den Höhepunkt, an welchen er mich katapultiert. Vermutlich wäre ich schwach zu Boden gesackt, hätte er mich nicht stützend gehalten.

Er gibt mir einen Moment, um mich zu sammeln, während mein Puls noch immer wie verrückt rast und das Blut in meinen Kopf schießt. Dabei beiße ich mir auf die Lippen, berauscht von seinen Berührungen, während er sich langsam aufrichtet und ein teuflisches Grinsen auf seinen Lippen erscheint. »Du bist köstlich, Liebes.« Brummend neigt er sich mir entgegen und seine Lippen umspielen sanft meine.

Seine Worte lassen mich gleichermaßen erhitzt wie verlegen werden. Ich wische sie unbeholfen mit einem Augenrollen weg.

Einige Atemzüge vergehen, dann drücke ich mich sanft von ihm weg und sehe ihn fordernd an.

»Dann ...« Ich zögere und er merkt es. Aufmerksam hebt er das Kinn in meine Richtung. Ein paar Mal schlucke ich, um die Unsicherheit zu vertreiben. Er ist heiß. Verdammt heiß. Das lässt sich nicht bestreiten. Noch dazu scheint er ganz genau zu wissen, was er will. Und noch besser: Was ich will. Ich wäre die dümmste Frau der Welt, in diesem Moment zu gehen. Deshalb schließe ich die Augen, hole tief Luft und sage, was so ziemlich jeder Charakter in meinen Büchern sagen würde: »Verdammt, dann nimm mich endlich.« Ich halte den Atem an. *Zwischen den Seiten funktioniert so etwas immer, oder nicht?* Diesen Gedanken habe ich kaum zu Ende gebracht, da dringt ein tiefes Knurren aus seiner Kehle. Für einen Moment wandern seine Augen prüfend über mein Gesicht. Ganz so, als müsste er sich überzeugen, dass ich die Wahrheit sage. Dabei weiß ich selbst nicht, was ich hier tue. Meine Vernunft ist lange weg und gesiegt hat die pochende Lust in meinem Inneren. Seine Zunge schiebt sich grob in meinen Mund und erobert ihn. Starke Hände schließen sich ruckartig um meine Hüfte. Bestimmt reißt er meine Schenkel nach oben und ich schlinge die Beine intuitiv um seinen Körper. Ich kralle mich an ihm fest, während sein Mund meinen umschließt. Mein Puls hämmert in meinen Ohren. Wir bewegen uns, miteinander, aneinander und durch das Zimmer. Es kommt mir vor, als wären Stunden oder nur Sekunden vergangen, bis er mich nach hinten fallen lässt und sich augenblicklich über mich senkt.

Seine Hände, welche sich neben mich auf das Bett pressen, sorgen für eine Gänsehaut an meinem ganzen Körper. Ich spüre seine Erregung an meiner Haut, was sofort ein neues Feuer in meinem Inneren entzündet. Deshalb kralle ich meine Finger in seinen Rücken, als er die Bewegung kurz unterbricht, um die Körbchen meines Bikinis herunterzuziehen. Er entblößt meine Brust und augenblicklich recken sich ihm meine harten Spitzen entgegen. Seine Lippen verschwinden von meinen und wandern an meinem Körper herab. Dann zieht er eine Spur heißer Küsse an meinem Schlüsselbein entlang und beißt hin und wieder neckend zu. Schließlich stützt er sich seitlich ab, noch immer über mir, während meine Hände an seinem Körper entlangwandern. Zittrig beginne ich die Knöpfe seines Hemdes zu öffnen, wobei ich mehr Versuche brauche als erwartet. Ein herausforderndes Schmunzeln umspielt seine Lippen, als seine Finger über meine Brust wandern. Am liebsten hätte ich etwas in der Art gesagt: Ja, die kleinen Dinger sind verdammt flutschig. Nur habe ich Angst zu stottern und ungewöhnlich piepsig zu sprechen. Deshalb bin ich lieber still.

Überraschend packt er meine Brust und reibt die Spitze zwischen Daumen und Zeigefinger, was dafür sorgt, dass ich erneut einen zweiten Versuch für den Knopf brauche. Ich keuche erschrocken auf, als sich seine Zähne fest in den Ansatz graben.

»Hey!«, jammere ich leise, was er völlig ignoriert. Ein neckendes Lachen entrinnt seiner Brust, was ich mit einem spielerischen, vorwurfsvollen Grinsen beantworte. Ruckartig richte ich mich unter seiner Bewegung auf, lasse ab von dem halb geöffneten Hemd. Stattdessen wandern meine Finger zu seinem Gürtel. Es ist an der Zeit, dass auch er die Fassung verliert.

Klappernd und mit zittrigen Bewegungen öffne ich diesen. Gerade als meine Finger ins Innere seiner Hose wandern, stockt er in der Bewegung.

Mit einem entschuldigenden Lächeln zieht er sich zurück und betrachtet mich mit gequälter Miene. Herausfordernd hebe ich eine Augenbraue und stütze mich auf.

»Wir sollten es dabei belassen, Liebes.« Er streicht sich locker durch die Haare und kniet sich aufrecht über mich.

Ein Schnauben entweicht meinen Lippen und meine Hand wandert wie von selbst über seine Brust. »Wage es nicht, jetzt einen Rückzieher zu machen. Sonst wirst du das Hotelzimmer nicht lebend verlassen.« Ich erkenne mich selbst nicht wieder und erröte augenblicklich unter seinem hitzigen Blick. Für einen Moment wird seine Miene verdutzt, dann legt er den Kopf in den Nacken und lacht laut auf. Das Geräusch erfüllt meinen Körper augenblicklich mit Hitze. Ich beiße mir verlegen auf die Lippen. Meine Gedanken überschlagen sich, von meinen Gefühlen einmal ganz zu schweigen. Für einen Moment ist es ruhig. Dann stößt er einen kehligen Laut aus und drückt sich erneut auf mich. Seine Zähne bohren sich in mein Schlüsselbein und seine Zunge schnellt über meine Haut.

Ich werde von seiner Bewegung zurückgeworfen und lande hart auf dem Bett, seinen Körper auf meinem.

»Gut, ich werde nicht gehen, Liebes.« Seine Stimme ist ein Knurren an meinem Hals, welches eine erneute Hitze durch meinen Körper schießt. »Doch bin ich nicht sicher, ob dir die Konsequenzen gefallen werden.« Ich wische seine Worte mit einer wegwerfenden Handbewegung hinfort, während sich ein Grinsen auf meine Lippen schiebt. Das verbuche ich auf jeden Fall als vollen Erfolg.

Für mich – natürlich.

Fahrig wandern meine Finger an seinem Bund entlang. Ich öffne seine Hose mit wenigen Bewegungen, als sich seine Erektion mir bereits entgegen schiebt. Instinktiv lecke ich mir über die Lippen und ein berauschendes Kribbeln breitet sich in meinem Bauch aus. Ich spüre seinen Blick, der über mich wandert. Hitzig röten sich meine Wangen und meine Finger tasten sich an ihm entlang.

»Oh, Blossom …«

»Wehe …«, unterbreche ich seinen letzten Einwand. Sein Blick schießt zu mir herauf und ein Schatten schiebt sich vor sein Gesicht. Es ist der Moment, in dem er alle Bedenken über den Haufen wirft. Grob reißt er mich an sich und ein Keuchen entrinnt meiner Kehle.

»Auf die Knie«, bellt er die Worte, welche ein Prickeln in meinem Unterleib auslösen. Sein Blick ist dunkel und meiner hitzig. Ohne ihn aus den Augen zu lassen, rapple ich mich auf und bringe mich vor ihm in Position. Ich recke meinen Hintern spielerisch in die Höhe und ein Schauer schiebt sich über meinen Körper.

Dann schließe ich die Augen mit einem zufriedenen Lächeln und gebe mich ihm völlig hin.

Du faszinierst mich.
Leuchtest hell und strahlend wie der Mond am Himmel. Sag mir,
spürst du bereits meine Schuppen, die an deinem Nacken kratzen

KAPITEL 5

Diablo

Soweit wollte ich nicht gehen. Ich rapple mich langsam auf, während mein Blick über ihre nackte Haut wandert. Als meine Augen an ihren sanften Rundungen hängen bleiben, stöhne ich leise und meine Hand wandert wie von selbst zu meinem harten Schwanz. Er drückt sich fest gegen die Decke, welche auf meinem Schoß ruht. Stöhnend lehne ich mich für einen Moment gegen das Kopfteil des Bettes, bevor ich mich langsam aus den Laken schäle.

Ursprünglich war es mein Plan gewesen, sie in diesem verdammt knappen Stofffetzen einfach am Strand stehen zu lassen und keines Blickes zu würdigen. Dieses Ding, welches sie trug, ließ definitiv mehr frei, als es bedeckte. Noch dazu ihr Anblick, ihr Körper, das ganze Auftreten haben mich wie eine Welle überrannt. Wieso ich an diesem Tag überhaupt hierhergekommen bin, weiß ich selbst nicht genau. Wusste ich schließlich, dass sie da sein würde.

Anstatt sich vom Acker zu machen, saß sie da, streckte mir ihren herrlichen Körper entgegen und provozierte mich mit ihrer bloßen Anwesenheit. Eigentlich wollte ich noch ein Stück mit ihr spielen, doch als sie sich erhoben hat, konnte ich einfach nicht widerstehen. Letztendlich ließ ich sie zu mir bringen. So sehr wie ich befürchtet habe, sie würde das Weite suchen, so sehr habe ich mich auch nach ihr gesehnt.

Missmutig streife ich meine Sachen über, während bereits die ersten Sonnenstrahlen auf ihrer Haut zu tanzen beginnen. Sie streckt mir ihren herrlich gebräunten Hintern nackt und bereitwillig entgegen. Wie gern würde ich sehen, wie sich die Backen unter meinen Schlägen in ein sanftes rosa färben.

Der Gedanke entlockt mir ein erneutes Stöhnen und ich presse meinen Schwanz schmerzhaft in meine Hose.

Sie seufzt im Schlaf und zieht die Decke noch ein Stück weiter von ihrem Körper herab, sodass ihr halber Rücken freiliegt.

Hat diese Frau denn überhaupt keinen Selbsterhaltungstrieb? Sie gibt sich mir so bereitwillig hin. Selbst ihr Körper reagiert unbewusst auf die Kleinste meiner Bewegungen. Beinah, als würde sie spüren, dass ich kurz davor bin, mich vom Acker zu machen. Mit jeder Sekunde, die vergeht reizt sie mich weiter, allein mit ihrer bloßen Anwesenheit. Ihr Selbstbewusstsein und gleichzeitig ihre Sanftheit. Das leichte Erröten, während sie so bestimmt fordert, was sie will. Eine teuflische Mischung. Genau das ist es, was mich dazu gebracht hat, von ihr zu kosten.

Würde ich nach einer Frau suchen, die die Beine für mich breit macht, weil ich der bin, der ich bin, hätte ich keine Probleme. So Eine, wie sie ist es, die meinen Schwanz zum Zucken bringt und selbst die wenigen Stunden mit ihr bereiten mir ein ungemeines Vergnügen. Warum ich sie nicht schon vor drei Monaten umgebracht habe, kann ich nicht sagen. Sie hatte etwas an sich, was mich innehalten ließ. Wie ein neues Projekt. Es ist lange her, dass ich mir eins gesucht habe. Ein hübsches Spielzeug, mit dem man seinen Spaß haben kann. Genau genommen sogar mehr als das. Ich wollte sehen, wie sie reagiert. Und ich muss sagen: Sie hat ihre Aufgabe gut erledigt. Viel zu gut. Alle anderen wären weggelaufen, zur Polizei gerannt oder hätten geweint. Gut, die Tränen auf ihren Wangen würde ich lieben, aber mir gefällt ihr Kampfgeist. Nur deshalb hat sie mein Interesse erregt. Also dachte ich mir: Wieso nicht?

Nichtsdestotrotz muss ich zusehen, dass ich hier verschwinde, bevor ich sie mit mir in die Tiefe reiße.

Als meine Gedanken vor zwei Monaten nicht zum ersten Mal zu ihren vollen Lippen und dem gehetzten Blick ihrer blauen Augen schweiften, wanderte meine Hand wie von selbst in meine Hose.

Es bedurfte mich nicht viel Arbeit, herauszufinden, wo sich die hübsche Blondine herumtrieb. Beinah hätte ich gelacht, als ich sie einige Tage später in den Wäldern nicht weit unseres Grundstücks beobachtete. Ihr Blick schoss fiebrig umher. Ich kann noch immer nicht glauben, dass sie nach mir gesucht hat. *Nach uns.* Vor allem, nachdem sie unser erstes Treffen beinah nicht überlebt hat.

Genau das hat die Jagd für mich umso interessanter gestaltet. Es hat den Drang, sie in meine Welt zu entführen und mein Spiel mit ihr zu spielen, verstärkt.

Ich habe mir vorgemacht, dass ich sie im Auge behalte, sollte sie sich auf den Weg zu den Bullen machen. *Als hätte sie das nicht längst schon tun können.* Trotzdem konnte ich es nicht lassen. Gelassen werfe ich einen letzten Blick über die Schultern. Das Lächeln auf ihren Lippen spiegelt sich auf meinen wider, als ich die Tür sanft schließe. Zugegeben, es fällt mir nicht leicht sie zurückzulassen. Wie schon zuvor wird sie nach mir suchen. Nur werde ich sie dieses Mal begierig erwarten.

Viel zu schnell bin ich vor dem großen schmiedeeisernen Tor angekommen, welches das weitläufige Grundstück säumt. Ich halte einen Moment inne, während sich die Gitter bereits in Bewegung setzen. Dabei fahre ich mir mit den Fingern durch die wirren Haare. Das Klingeln lenkt mein Blick auf das Handy neben mir. Knapp überfliege ich die wenigen Worte. Meine Augen treffen mich selbst im Spiegel und ein Lächeln zuckt um meine Lippen. Dann trete ich das Pedal durch und lenke den Geländewagen auf die Straße zurück.

Die Nachricht hat meinen eh schon guten Gemütszustand noch zusätzlich verbessert.

Schon seit acht Monaten ist mir dieses dreckige Stück ein Dorn im Auge. Auch wenn ich nur zu gut weiß, dass ich solche Aufgaben anderen überlassen sollte, reizt es mich ihn leiden zu sehen.

Wie viele andere vor ihm wird auch er schnell verstehen, dass man sich besser nicht mit den Diabolos anlegen sollte.

Eine Lektion, die einige über die Jahre schmerzhaft lernen mussten. Schon bevor wir die Geschäfte unseres Vaters übernommen haben, war dies eine der wichtigsten Botschaften unserer Kindheit. Die Familie geht über alles und muss geschützt werden. Erst recht, da unsere Geschäfte den semi-legalen Bereich längst überschritten haben. Es gibt nicht ohne Grund klare Regeln und noch definierte Gebiete. Jeder hat sich daran zu halten, ansonsten ist es unsere Aufgabe, ihnen die Grenzen aufzuzeigen. Das würde auch er noch sehr bald lernen.

Ich muss ein Gähnen unterdrücken, während mein Blick durch die schäbige Bar schweift. Die Farbe blättert bereits von dem Holz und gelangweilt stelle ich fest, wie heruntergekommen das Gebäude ist. Meine Gedanken sind weit weg von dem, was hier eigentlich passiert, als eine schneidende Stimme meinen Schleier durchbricht. »Du bist abgelenkt, Lucien.«

Mein Kiefer zuckt und mein Blick schwenkt lässig aus meiner Ecke zu Damien. »Dann solltest du die Themen spannender gestalten, Bruder.« Ein Schatten huscht über sein Gesicht. Er kann es nicht leiden, wenn ich so mit ihm spreche. Trotzdem lehne ich mich gelassen zurück. Ja, ich liebe es verdammt nochmal ihn zu provozieren. Mein Blick ist herausfordernd und mit einem Mal herrscht Ruhe. Ich sehe, wie seine Muskeln sich anspannen und sein Kiefer zuckt. Seine Hand schließt sich fest um die Kehle des lächerlichen Schwachkopfes zu seinen Füßen. Beinah gelangweilt betrachte ich, wie er sich windet. Ich hatte gedacht, dass es mir mehr Freude bereitet, ihn leiden zu sehen. Ein Grund mehr, warum ich die Gereiztheit meines Bruders verstehen kann. Wenn ich mich schon gemeinsam mit ihm dazu herablasse diesem Typ den Arsch aufzureißen, sollte ich nicht nur gelangweilt in der Ecke sitzen.

Das Problem ist nur, dass ich nicht bei der Sache bin. Ich bin abgelenkt und wenn das der Fall ist, mache ich nicht nur mich angreifbar. Dann bin ich eine Bedrohung für unsere Familie. Diese Art von Aufgaben verschaffen mir für gewöhnlich eine größere Freude. Manchmal muss man einfach sein Gesicht und die Macht dahinter zeigen. Sonst denken die Leute, sie können sich alles erlauben. Eine lästige Angelegenheit, doch die ›Firma‹ meines Vaters besteht inzwischen schon seit 34 Jahren. Und auch wir würden nie zulassen, dass der Ruf unserer Familie leidet.

Wie aus dem Nichts schlägt mir eine Hand grob auf den Rücken und reißt mich aus den Gedanken.

»Sei kein Arsch, Luc. Wir haben keine Lust wegen dir zu verrecken.« Silvers spielerisch strenge Stimme holt mich seufzend in die Realität zurück. Schließlich hat er nicht unrecht. Nicht damit, dass wir uns in dem Moment in einer schwierigen Situation befinden. Die Lage ist eindeutig. Eindeutig gegen unsere Feinde. Trotzdem darf ich mir keine Nachlässigkeit erlauben. Nicht in der Öffentlichkeit.

»Wie weit sind wir?« Ich sehe zwischen den beiden hin und her und ein spöttisches Lächeln umspielt Damiens Gesicht.

»Wie heißt die Frau, die dich dermaßen ablenkt? An der Vorbereitung unseres Geschenks liegt deine Abwesenheit wohl kaum«, fragt er, statt eine Antwort zu geben. Ich hasse es, dass er sich nicht von mir provozieren lässt. Verdammt. Schließlich liebe ich es, wenn der kleine Wichser seine einstudierte Maske fallenlässt und dem Monster die Zügel übergibt. Ein Röcheln ertönt von dem Typen zu seinen Füßen, was ich kaum beachte. Trotzdem bin ich es, der sich gelassen zurücklehnt und herablassend grinst.

»Ich bin nach dem Deal zu einem hübschen kleinen Vögelchen gezwitschert. Du hast sie schon kennengelernt, wenn auch nur kurz.« In dem Moment kann ich es mir einfach nicht verkneifen es ihm unter die Nase zu reiben.

Der Blick meines Bruders verdunkelt sich für einen Moment und ich sehe, dass ich sein Interesse geweckt habe. Ein Schatten huscht über sein Gesicht und fragend hebt er das Kinn.

Ich zucke mit den Schultern und mein Blick wandert zu Silver, der uns amüsiert mustert. Ja, Damien will nur zu oft mein Spielzeug haben. Es ist quasi unser Ding. Weil ich kein Arsch bin, teile ich mit ihm. Manchmal. Aber erst, wenn ich mit ihr fertig bin. Nicht eher. »Blossom Reeds.« Ich werfe ihnen den Namen entgegen und sehe, dass er ihnen nichts sagt. Natürlich nicht. Dafür ist sie zu unbedeutend. Deshalb nicke ich kurz, in Gedanken noch immer bei ihr. »Du hast sie nach Kols Verrat von der Straße gedrängt und im Graben meiner Gnade überlassen.«

Ich sehe, wie sein Hirn für einen Moment arbeitet, dann weiten sich seine Augen wissend. Missmutig verzieht er das Gesicht. Kann ich ihm nicht verübeln, schließlich war dies ein beschissener Tag. Selbst für unsere Verhältnisse. Verrat in den eigenen Reihen ist einfach das Letzte. »Ah, die Kleine. Wie ist sie?« Ich spüre, wie mein Bruder abdriftet. Seine Augen verdunkeln sich, während er sich nach vorn lehnt. Leise summend spielt er mit der Klinge in seiner Hand. Gemütlich führt er sie über das Gesicht des Mannes. Dieser brüllt, als das Blut aus den Schnitten schießt. Mein Bruder lächelt lediglich. Er genießt das hier möglicherweise eine Spur zu sehr. Grinsend lehne ich mich zurück. »Köstlich.«

Bei meiner Antwort hält mein Bruder für einen kurzen Moment inne. Abwägend legt er den Kopf zur Seite. Mit größter Freude wendet er sich wieder seinem Opfer zu. *Seinem Kunstwerk,* verbessere ich mich selbst in Gedanken. Anders kann man das nicht bezeichnen, was er da macht. Als wäre der Typ seine Leinwand, führt er das Messer über seinen Körper. Mühevoll zeichnet er sein Schlüsselbein nach. Seinen Oberkörper und die Arme. Blut tropft auf den Boden. Einiges davon. Glänzend zieht es dunkelrote Schlieren an dem Körper entlang.

Ich weiß, was er da macht. Er schafft ein Ebenbild seiner Tattoos in Rot. Währenddessen verschränke ich die Arme. Mein Bruder ist für einen kurzen Moment in seiner eigenen Welt gefangen. Ich spüre, wie er abdriftet, während er fortfährt, den Mann leiden zu lassen. Ganz ehrlich – ich habe keine Ahnung, was in Momenten wie diesen in seinem Schädel vor sich geht. Noch ehrlicher: Ich will es nicht wissen.

Stattdessen hänge ich meinen eigenen Gedanken nach, während mein Bruder sich seinen finstersten Fantasien hingibt. Er genießt das hier. Er braucht es. Deshalb lasse ich ihn.

Schließlich beobachte ich, wie er die Spitze ganz langsam von unten in das Kinn des Mannes bohrt. Den Kopf hat er an den Haaren zurückgezogen. Mit einem Funkeln in den Augen beobachtet er das schmerzerfüllte Gesicht des Mannes. Auffordernd sieht er mich an. »Dann solltest du sie uns vorstellen.« Seine Worte werden beinah vom Hall meines Schusses überdeckt.

Aber nur beinah.

KAPITEL 6

Blossom

Scheiße.

Mein Herz steht still und meine Hand reiße ich nach vorn, um sie auf meinen Mund zu pressen. Ein Knall ertönt und ich beiße mir fest auf die Zunge. Ich habe das Gefühl, das gurgelnde Geräusch bis hierher zu hören.

Inzwischen habe ich die Augen zusammengekniffen und mein Puls scheint aus meinem Hals zu brechen. Kalt schüttelt es mich.

Was habe ich getan?

Mein Blick ruht auf den beiden Männern, die gemächlich die dreckige Bar hinter sich lassen. Mein Herz pocht wie verrückt und alles in mir schreit danach, so schnell wie möglich, so viel wie möglich Abstand zwischen mich und diese ... diese Menschen zu bringen.

Nein, korrigiere ich mich selbst in Gedanken. *Das sind Monster, keine Menschen.*

Langsam öffne ich zuckend die Lider, ohne wirklich zu wissen, wann ich sie geschlossen habe. Meine Atmung setzt ein paar Mal aus, als sie sich lachend den Weg entlangbewegen. Alles scheint wie in Zeitlupe abzulaufen. Sie kommen in meine Richtung, die Steine knirschen unter ihren Schuhen. Anzugschuhe. Mein Blick bleibt an denen des dunkelhaarigen Mannes hängen und ich schlucke schwer. Die hübschen Anzüge, das heitere Lachen. All das lässt nicht darauf hindeuten, dass zwei Mörder nur wenige Meter von mir entfernt sind.

Die letzten Stunden ziehen in Sekundenschnelle an meinen Augen vorüber und unwillkürlich frage ich mich, welche meiner Entscheidungen wohl die dümmste war.

Mich am Morgen schlafend zustellen, zähle ich wohl oder übel nicht dazu. Dafür aber die Idee, dem fremden Mann nachzueilen, um herauszufinden, wer er ist. Nun, zumindest habe ich erfahren, was er ist. *Ein Mörder.*

Mir läuft es bei dem Gedanken eiskalt über den Rücken. Ich presse mich an die Wand der schmuddeligen Bar, direkt auf dem verlassenen Parkplatz. Sie gehen nicht mehr in meine Richtung. Trotzdem habe ich meinen Wagen nicht weit von ihrem geparkt. Leise fluche ich und halte mir augenblicklich die Hand vor den Mund. Warum zur Hölle bin ich auch so dumm gewesen? Ich presse die Augen verzweifelt zusammen und Panik, gemischt mit Wut und Unsicherheit, steigt in mir auf. In diesem Moment verfluche ich mich selbst. Wieso habe ich auch nicht abseits geparkt? Wenigstens eine Querstraße weiter? Allerdings habe ich auch nicht erwartet, das hier vorzufinden.

Beinah muss ich über meine eigene Dummheit lachen, während ich mich langsam und vorsichtig von ihnen entferne.

Unwillkürlich frage ich mich selbst, was genau ich denn erwartet habe. Vor allem wenn man die Gegebenheiten bedenkt. Ich habe einem Typen, der mich im Straßengraben aufgelesen hat, aufgelauert. Wohlbemerkt, nachdem einer seiner Bekannten oder Freunde mich abgedrängt hat.

Noch dazu wollten sie mich umbringen. Zumindest vorübergehend. Ok, ich habe ihn gefunden, soweit so gut. Nicht unbedingt rational, aber ok. Wir hatten Spaß. Kurz werde ich verlegen und gleichzeitig sauer bei dem Gedanken daran, wie wir uns vor nur wenigen Stunden die Zeit vertrieben haben. Schnell kehre ich in die brenzlige Gegenwart, in welcher ich mich befinde, zurück.

Dann bin ich ihm, nachdem er sich nicht sehr gentlemanlike rausgeschlichen hat, hinterhergefahren. So aggressiv wie er gefahren ist, war das ein Wunder. Noch mehr, dass ich ihn wiedergefunden habe, nachdem ich ihn zwei Mal aus den Augen verloren habe. Ich würde es gern als Talent verbuchen, nur war dieser Umstand absolutes Glück. Also bin ich ihm gefolgt, habe einige abgelegene Straßen abgesucht, bis zu einer heruntergekommenen Bar. Erst da habe ich sein Auto wiedergefunden. Mitten im Nirgendwo. Dass die Aktion schief geht, hätte ich jeder Figur in einem Buch schon von der ersten Seite an sagen können. Nur hat sich genau dieser vernünftig mitdenkende Teil meines Gehirns bedauerlicherweise nicht gemeldet. Stattdessen habe ich mich auf die Lauer gelegt, um etwas in Erfahrung zu bringen.

Verfluchte Neugier. Vermutlich wäre ich niemals Anwältin geworden. Und wenn, dann eine sehr schlechte.

Dass ich dann beobachte, wie sie diesen armen Typen hinrichten, war unter den Gegebenheiten im Nachhinein beinah zu erwarten. *Mist.*

Wieso gerate ich auch immer in solche Situationen? Früher war mein Leben einfacher. Normal würde ich es nicht nennen, doch definitiv ausgeglichener. Seitdem mein Vater mich vor die Tür gesetzt hat, scheinen mich alle Glücksbärchen verlassen zu haben. Seit dem Unfall läuft bei mir alles eigenartig. Rückwärts und bergab noch dazu.

Immerhin läuft es überhaupt, stelle ich erstaunlich nüchtern fest, was mir in der Situation keineswegs hilft.

In diesem Moment erlischt das Lachen der Männer. Die fehlenden Geräusche lassen mich verschreckt aufsehen. *Verdammt*, die Typen müssen meinen Wagen entdeckt haben. Sie haben das alte Gebäude umrundet und sind auf dem Parkplatz angekommen. *Wobei Schotterfläche eher zutrifft.*

Ihre augenblicklich angespannten Körper reißen mich aus meiner Starre, während meine Atmung flacher wird. Ich husche um die Ecke der Bar und hoffe inständig, dass nicht gleich weitere von ihnen auf der anderen Seite auf mich warten. Schnell werfe ich einen hektischen Blick über die Schulter. Blöderweise ins Innere der Bar und hin zu dem leblosen Körper am Boden. Jemand steht neben ihm und telefoniert, doch ich kann ihn im Schatten nicht erkennen. Das erinnert mich daran, wie unglaublich ernst die Lage ist. Auch wenn mein Kopf das noch nicht ganz verstanden hat. Anders kann ich mir nicht erklären, warum ich nicht längst heulend vor Verzweiflung auf dem Boden liege.Mein Herz setzt für einen Moment aus, als sich meine Augen an dem Körper festheften. Das Blut rinnt sachte auf den Boden und sickert über die dunklen Planken. Hektisch atme ich. Meine Hände krallen sich in das Fleisch meiner eigenen Beine. Immer wieder verschwimmt sein Gesicht vor meinen Augen und stattdessen sehe ich mich selbst dort liegen. Tränen beginnen in meinem Inneren zu brennen und ich schlucke schwer. Ich beiße mir auf die Lippe, werfe einen letzten Blick zurück, als ich meine, Schritte zu vernehmen. Gehetzt denke ich nach. Sie sind auf dem Parkplatz. Bei meinem Wagen. Zumindest im besten Fall. Im schlechtesten suchen sie mich bereits. Nun ja, nicht mich. Aber den Besitzer des Wagens, was bedauerlicherweise wieder zu mir führt. Leise fluche ich. In die Bar zu gehen ist keine Option. Ich bin mitten im Nirgendwo. Deshalb habe ich nur eine Chance. Entschlossen springe ich auf die Beine. Panisch treibe ich mich selbst in Richtung des nahen Waldes und rechne mir ernsthaft Chancen aus, mich dort wenigstens verstecken zu können. Gehetzte Stimmen und das Aufheulen eines Motors begleiten mich wie ein Rudel Wölfe.

Komm schon Blossom. Beweg deinen Arsch, sonst kannst du dich bald für immer ausruhen. Und zwar unter der Erde, versuche ich mich selbst anzuspornen. Blöderweise stelle ich schnell fest, wie, gelinde gesagt, beschissen meine Kondition wirklich ist.

Japsend treibe ich meine mit einem Mal viel zu kurzen Beine an, so schnell ich nur kann. Ich stolpere immer wieder und schaue nicht zurück. Besser ich sehe gar nicht erst, ob sie mich bereits entdeckt haben. Die ersten Äste schlagen mir gegen den Körper. Schützend halte ich die Hände nach oben. *Weiterlaufen. Einfach weiterlaufen.* Ironischerweise kommt mir in dem Moment Dori aus Findet Nemo in den Sinn. Als hätte ich keine anderen Sorgen.

Durch die Ablenkung strauchle ich und kann mich nur mit Mühe aufrecht halten. Das Dröhnen eines Motors lässt mich hektischer werden. Meine Lunge brennt und meine Atmung geht schnappend. Ich drücke mir die Hand an die stechende Seite und ignoriere jeden Gedanken im Inneren meines Kopfes. Alles ist wie leergefegt. Das Einzige, worauf ich mich konzentriere, ist zu rennen. Ich habe das dunkle Gefühl, dass mein Leben davon abhängt.

Die Geräusche der Jagd hallen in meinem Kopf wider. Stumm kauere ich im Dickicht und versuche zu Atem zu kommen. Obwohl ich mit Sicherheit schon Stunden unterwegs bin, fliegt mein Blick immer wieder gehetzt umher. Mein Kopf schnellt nach oben, als ein Knacken ertönt. Mit geweiteten Augen sehe ich mich um. In dem dichten Geäst über mir kann ich nichts und niemanden entdecken.

Mein Puls rast wie verrückt, sodass ich beinah Angst habe, vor Schreck umzukippen, sollte auch nur eine Maus vor mich springen.

Die Sonne steht hoch am Himmel und bahnt sich ihren Weg unaufhaltsam durch die Blätter. Fröstelnd reibe ich mir meine zerkratzten Arme. Mir ist übel und schwindlig. Ich trage noch immer das dünne Kleid über dem Bikini. Wobei wieder wahrscheinlich zutreffender wäre. Es war ein spontaner Entschluss diesem Typen, ihm, zu folgen, sodass ich nicht noch Zeit hatte erst Shoppen zu gehen.

Meine Flipflops haben sich bereits nach den ersten Metern verabschiedet. Auch wenn mein Verstand und meine Füße mich augenblicklich dafür gehasst haben, habe ich nicht zurückgesehen. Meine Beine schmerzen, meine Füße noch schlimmer. Mein Schädel wummert wie verrückt.

Ungefähr in diesem Moment fällt mir ein, dass mein Chef mich in … Nervös blicke ich auf mein Handy. Vor etwa 20 Minuten erwartet hätte. Gut, Gleitzeit sei Dank wäre da noch ein Puffer drin, aber wie konnte ich das vollständig ausblenden? Fluchend schließe ich für einen Moment die Augen.

Ein dunkles Lachen dringt an meine Ohren und mein Blick schießt umher. Ich meine, einen Schatten zu erahnen, der durch das Dickicht huscht. Panisch wandern meine

Augen umher. Gehetzt springe ich erneut auf die Beine und bewege mich leise in die entgegengesetzte Richtung.

Ich habe keine Ahnung, wie lang ich bereits auf den Beinen bin. Mein ganzer Körper schmerzt und meine Lunge hat sich schon vor Ewigkeiten verabschiedet. Vermutlich bin ich dehydriert, halb erfroren und noch dazu ausgelaugt. Mein Körper ist ganz nett, nur absolut nicht für Belastung ausgelegt.

Immer wieder tauchen Stimmen, Schritte und Geräusche auf. Ständig wende ich mich panisch in die andere Richtung.

Nachdem erneut ein finsteres Lachen den Wald erfüllt, halte ich inne.

Ich bin erschöpft und vermutlich siegt mein Trotz langsam über meinen Verstand, aber ich habe das Gefühl, als würden sie mit mir spielen. Als wäre ich die Beute und sie die Wölfe.

Skeptisch lasse ich den Blick durch die Bäume schweifen und schüttle den Kopf. Egal, wie schnell ich renne und wie weit ich fliehe, sie scheinen immer dicht hinter mir zu sein. Wie kann es sein, dass ich renne wie verrückt, aber nie entkomme? Fast fühlt es sich wie in einem Albtraum an, in welchem man einfach nicht vorwärtskommt.

Erschöpft lehne ich mich an den Baum und lasse meinen Blick schweifen. Sie scheinen immer nur knapp an mir dran zu sein, selbst wenn ich mich ausruhe, holen sie nicht auf.

Frustriert sinke ich auf den Boden und verschränke die Arme bockig vor der Brust. Ich presse die Lippen aufeinander und mein Blick wird starr. Auch wenn ich nicht die leiseste Ahnung habe, was sie planen, habe ich es schlichtweg satt ihr Spielchen mitzuspielen.

So sitze ich da, in meinem dünnen Kleid und den nackten, wunden Füßen. Ein leichtes Frösteln zieht sich über meine Haut und mein Blick bleibt aufmerksam, auch wenn der Waldboden plötzlich so angenehm nach einer Pause von der Wachsamkeit ruft.

Ein Knacken hier, ein Schatten dort. Sie lauern nicht weit, das spüre ich. Auch wenn ich weiß, dass sie mich nicht am Leben lassen, werde ich ihnen nicht die Genugtuung geben und weiter fliehen. Nicht, wenn ich offensichtlich keine Chance habe. Bockig schiebe ich die Unterlippe nach vorn.

Sie lassen mich zappeln, eine ganze Weile. Irgendwann ziehen die Bäume ihre Schatten lang und tief über den Boden. Ein mulmiges Gefühl macht sich in meinem Inneren breit. Stöhnend erhebe ich mich und richte mich auf. Meine Beine fühlen sich taub und eingeschlafen an. Ich hebe das Kinn, ganz so, als würde ich sie erwarten. Wenn ich schon sterbe, dann mit erhobenem Kopf und nicht zusammengekauert und voller Angst in einer dunklen Ecke.

Ich versuche nur noch mein wild pochendes Herz davon zu überzeugen, nicht erneut wie eine Verrückte durch den Wald zu rasen. Sekunden verstreichen, in denen nichts passiert. Dann beginnt mein Nacken zu kribbeln und ein

Schauer fährt über meinen Körper. Es ist eher eine Präsenz, die ich spüre, als dass ich etwas sehe. Meine Sinne scheinen sich zu schärfen, während meine Kehle trocken wird. Das sanfte Rascheln eines Stoffes, ein Geruch, der mich umhüllt.

»Mein Bruder meinte, dass ich hätte härter durchgreifen sollen. Nun, das ist nichts, was man nicht nachholen kann, kleines Reh.« Seine dunkle Stimme jagt Wellen der Übelkeit durch meinen Körper. Panik steigt in mir auf und meine Atmung geht augenblicklich schneller. Es ist, als würde seine Stimme mich magisch anziehen. Meine Augen wie von selbst zu ihm wandern lassen. Mein Blick fliegt gehetzt herum und landet nur Sekunden später auf ihm. Auf seinem finsteren Gesicht, dem stoppeligen Bart und den dunklen, beinah schwarzen Augen, aus welchen er mich mustert.

Für den Bruchteil einer Sekunde scheint der Wald wie erstarrt, ganz so, als würde jedes Lebewesen darin die Luft anhalten. Vermutlich liegt das auch nur an mir. Ich bin gefesselt von seinem Blick.

Mein Körper reagiert, noch bevor ich überhaupt darüber nachgedacht habe. Unwirklich trete ich ihm entgegen, während mein Herzschlag wie wild pulsiert. Das wäre der Moment gewesen, in welchem ich hätte weglaufen, um Hilfe schreien oder ihn anbetteln sollen. Auch wenn ich ihn erwartet habe, hat mich sein plötzliches Auftauchen eiskalt erwischt. Sollte ich den Tag überleben, werde ich mich für meine Schwäche schämen, so viel steht fest. Ich schnappe nach Luft und beiße mir fest auf die Lippe, während ich hinter mir eine weitere Bewegung wahrnehme. Unruhe macht sich in meinem Inneren breit und das Blut rauscht in meine Ohren. Gepresst schlucke ich, dann gebe ich mir eine gedankliche Ohrfeige. Krampfhaft zwinge ich mich dazu ruhig zu bleiben und nicht erneut zu flüchten. Es würde mich lediglich lächerlich machen. Ein Triumph, den ich ihnen nicht gönnen werde.

Deshalb versuche ich mir das in Erinnerung zu rufen, was ich durch unzählige TikTok-Videos in den letzten Monaten gelernt habe: Selbstliebe und Selbstbestimmtheit. Ich entscheide über mein Leben und nur ich allein kann mich aus miesen Situationen befreien. Zumindest meisten-s.Statt Schwäche zu zeigen, setze ich mein überlegenstes und boshaftestes Blossom-Reeds-Lächeln auf. Dann hebe ich spöttisch das Kinn. Ich fixiere ihn mit meinen Augen, während sein Blick belustigt über meinen Körper wandert. Lust liegt in seinen Augen und ich sehe die Muskeln an seinem Hals kurz zucken. Auch wenn ich es will, kann ich den Blick nicht von ihm lösen. Er ist wie ein Magnet, der mich anzieht und dessen Kraft ich mich nicht widersetzen kann. Ich traue mich nicht, mich umzudrehen, oder den Blick zu senken. Während seine Augen über meinen Körper wandern, werden meine Hände schwitzig.

Stark bleiben. Zeige ihm, dass du kein Opfer bist.

Die Worte versuche ich mir immer wieder in Erinnerung zu rufen.

Alles in mir schreit danach zu fliehen und so viel Abstand wie möglich zwischen mich und ihn zu bringen. Ich tue es nicht. Stattdessen wird mir unter seinem Blick heiß und meine Nippel stellen sich auf. Eine Bewegung, die ihm auch nicht zu entgehen scheint.

Diese Verräter.

Fluchend würde ich nur zu gern die Arme vor der Brust verschränken, während sich ein teuflisches Grinsen auf seine Lippen schiebt. Ich lasse es. Stattdessen stemme ich sie ganz selbstverständlich in die Seiten und sehe ihn herausfordernd an. »Und nun? Bist du fertig mit deinen

Spielchen oder soll ich mich auf die Suche nach einem hilflosen Tier machen, damit du es jagen kannst?«, blaffe ich genervt.

Habe ich das echt gesagt? Ja, Verdammt! Ich bin kein schüchternes Kind, was sich in die Ecke treiben lässt.

Seine erhärtende Miene sagt mir augenblicklich, dass das vielleicht keine gute Idee war.

»Du bist alles andere als hilflos.« Schon allein wie er die Worte ausspricht, jagt mir eine ordentliche Gänsehaut über den Körper. Wieso schafft er es auch jedes Mal mich wieder in seinen Bann zu schlagen?

Vermutlich bin ich ein hoffnungsloser Fall.

Sein Blick ruht weiter auf mir und ich beiße mir fest auf die Lippe, um nicht erneut etwas Dummes zu erwidern, auch wenn mir die Worte bereits auf der Zunge liegen.

Er neigt den Kopf, abwartend, wie ein Wolf auf der Lauer. *Ja, der Vergleich passt*, gebe ich mir im Stillen recht. *Nur bedeutet das nicht, dass ich mich zur Beute machen lasse.*

Weil ich nicht darauf antworte, scheint er das als Aufforderung zu sehen. Er tritt einen Schritt näher, so nah, dass ich die Schatten in seinem Blick tanzen sehe. Ich muss den Kopf heben, um ihn weiter direkt ansehen zu können. Schon allein das kotzt mich an. Schließlich ist es nicht sonderlich schwer eindrucksvoll zu sein, wenn man denn größer ist.

»Was ist es, dass dich so besonders macht?« Seine Stimme wird leise, bedrohlich und sein Blick wandert an mir vorbei, ganz so, als stelle er sich selbst die Frage – oder zumindest nicht mir. Seine Hand wandert nach vorn und ich zucke unwillkürlich zurück. Anstatt mich zu packen, umschließt er eine Strähne meiner wirren Haare mit den Fingern. Spielend dreht er sie dazwischen und lässt sie sanft hindurchgleiten. Fasziniert, obwohl ich abgeschreckt sein sollte, beobachte ich die winzigen Bewegungen seiner Finger, so nah vor meinem Gesicht. Sie wiegt mich beinah in Sicherheit. *Ein dummer Fehler.* Das braucht mir niemand sagen.

»Ist es dein hübscher Körper?« Ein Ruck geht durch meinen Körper, als er grob an der Strähne zieht. Heiße Tränen treten mir in die Augen, doch ich dränge sie zurück. Ich presse die Lippen fest aufeinander und hebe den Blick weiterhin trotzig an.

»Ich muss sagen, deine Intelligenz beeindruckt mich wenig.« Er schüttelt den Kopf und lässt die Strähne sinken. Bei seinen Worten kneife ich die Augen fest zusammen. Das ist, wenn man gestern mitzählt, bereits das zweite Mal, dass er sagt, dass ich nicht sonderlich schlau sei.

»Dann verpiss dich doch.« Ich spucke ihm die Worte entgegen. Vermutlich spricht da der Stolz aus mir, doch ich bin froh darüber. Es gefällt mir nicht verschreckt vor ihm zu kuschen. Augenblicklich umschließt seine Hand mein Kinn. Schmerzhaft drücken sich seine Finger um mein Gesicht, sodass er mich zwingt, seinem eisig unbestimmten Blick erneut zu begegnen.

»Du sprichst, wenn ich es dir sage, und dann sind deine Antworten gefälligst gefügig.« Er drückt erneut fest zu und ich versuche mich aus seinem Griff zu winden. »Haben wir uns verstanden?« Seine Stimme ist ein Knurren und zum ersten Mal steigt wahrhafte Angst in meinem Inneren auf. Bisher habe ich immer noch, naiv wie ich bin, gehofft, dass alles gut wird. Auch wenn ich in diesem Moment selbst nicht weiß, was ich mir dabei dachte. Wie sollte das alles hier auch gut enden?

Wobei, vermutlich kam das auf die Perspektive an.

Nur würde ich dann in irgendeinem Leichensack vermodern, während er die nächsten Menschen umbringt.

Für einen Moment schüttelt es mich bei diesem Gedanken. Dann halte ich mich an meinem Stolz fest. Ich werde nicht einknicken. Nicht vor ihm und vor niemandem sonst. Trotzdem muss ich schwer mit mir ringen, um mich körperlich nicht zu wehren. Mitten im Wald, ganz allein, noch dazu mit der Kondition einer Wassermelone habe ich leider keine Chance gegen ihn. Was nicht bedeutet, dass ich aufgebe. Nein, ich warte lediglich auf meinen Moment.

Seine Hand entfernt sich von meinem Kinn. Bevor ich mich ihm entziehen kann, wandert sie zu meinem Hals. Grob liegen seine rauen Hände auf meiner empfindlichen Haut, ohne groß Druck aufzubauen. Ein spöttisches Lächeln umspielt seine Lippen und ich sehe ein Zucken, welches durch sein Gesicht geht. Nun, da ich mich nicht mehr wehre.

»Ich werde dir zeigen, wie es ist, wenn ich dich besitze. Wie eine Trophäe werde ich deinen hübschen Körper nehmen, bis du dich entschließt dich zu fügen.«

»Ich bin kein Gegenstand und gehöre niemandem.« Vielleicht bin ich naiv, habe mich in ihm getäuscht oder auch nur ein Idiot. Aber ich kann mir nicht alles gefallen lassen. Ich bringe das letzte bisschen Stolz auf, hebe den Kopf in seinem Griff und sehe ihm direkt in die finsteren Augen. *Bloß nicht heulen. Bloß nicht heulen …* denke ich, während sich seine Hand grob in meine Haut bohrt und der Schmerz meinen Körper erschüttert. Der Druck an meinem Hals nimmt zu, während sich sein Blick verdunkelt. Er lässt seine Augen über meine Schulter wandern, fixiert etwas oder jemanden.

Er nickt kurz, während er sich stärker um meinen Hals schließt. Ich versuche mich gar nicht erst zu wehren, auch wenn alles in meinem Inneren danach schreit, um mich zu treten. Am liebsten würde ich meine Fingernägel in sein

Fleisch schlagen, solang bis er aufgibt. Ihm die garstigen, dunklen Augen auskratzen und so heftig zwischen die Beine treten, dass er nicht mehr geradestehen kann.

Doch das Atmen fällt mir bereits schwer, das Denken noch mehr. Alles ist so taub, hitzig und wie hinter einem Schleier.

Beinah sanft lehnt er sich mir entgegen und seine Stimme dringt zischend durch den dunklen Nebel, welcher in meinem Kopf aufzieht. »Das hättest du leichter haben können.«

Ich röchle nach Luft, alles verschwimmt vor meinen Augen. Als sich zwei weitere Hände um meine Arme schließen, spüre ich, wie sich sein Griff lockert. Etwas bohrt sich in meinen Oberarm und ich hätte vor Schmerz aufgeschrien, wäre noch Sauerstoff in meinen Lungen gewesen. Verschwommen kippt mein Blick. Jemand umfasst stützend meine Hüfte. Ich sacke in mich zusammen und meine Augen verdrehen sich. Taumelnd sinke ich nieder und falle.

Möglicherweise fühlt es sich auch nur so an, doch alle meine Glieder scheinen schwer und taub zu werden.

»Wer bist du?« Ich bin mir nicht einmal sicher, ob meine Worte meine Lippen verlassen oder aber nur in meinem Kopf sind. Selbst wenn, ich erhalte keine Antwort.

Stattdessen falle ich in tiefe Schwärze.

KAPITEL 7

Blossom

Hektisch fliegt mein Blick umher. Ich fühle mich gehetzt, gejagt und verloren. Da sind diese dunklen Schatten, die sich immer wieder nähern. Sie holen mich ein, beugen sich über mich und verschlingen mich in ihrer Dunkelheit.

Schreiend schrecke ich hoch. Mein Herz pumpt und meine Atmung ist unruhig. Als ich mit dröhnendem Schädel und trockenem Mund erwache, richte ich mich stöhnend auf. Mein ganzer Körper scheint zu schmerzen und ich habe einen eigenartigen Geschmack auf der Zunge. Ich brauche einige Sekunden, um mich zu orientieren. Auch so merke ich sofort, dass ich nicht in dem kleinen Schuhkarton bin, den ich meine Wohnung nenne. Irritierende Bilder tauchen vor meinem geistigen Auge auf. Dunkelheit. Bäume. Blut. Dumpf versuche ich sie zu fassen zu bekommen, doch die Erinnerungen entgleiten mir immer wieder.

Mein Kopf schießt umher und allein das sorgt für stechende Kopfschmerzen.

Wo zum Teufel bin ich hier?

Bedauerlicherweise habe ich keine Ahnung.

Allein der Umstand macht mich wahnsinnig.

Ich blinzle gegen die Helligkeit an. Panisch wandern meine Augen umher und versuchen meine Umgebung zu erfassen.

Holz. Stroh. Dreck.

Das ist alles, was ich wahrnehmen kann.

Ich brauche einige Sekunden, um zu realisieren, dass ich in einem Stall sein muss. Unweigerlich frage ich mich, wie ich hier gelandet bin. Schnell wird mir klar, dass das Wo nicht mein größtes Problem ist. Viel wichtiger ist, was als nächstes mit mir geschieht.

Sobald ich richtig zu Bewusstsein gekommen bin, fällt mir die Kälte auf, die mich umgibt. Mein Hintern ruht auf harten, unebenen Steinen. Auch mein Rücken lehnt an etwas Festen, das ich nicht richtig zuordnen kann. Die Arme sind mir schmerzhaft nach hinten verdreht und mit etwas Rauem befestigt. Unruhig versuche ich mich zu bewegen. Etwas, was nur mäßig von Erfolg gekrönt ist. Vermutlich wird mein Körper durch Seile fixiert. Zumindest fühlt es sich so an. Flüchtig wandern meine Augen über meine Haut. Bis auf einige oberflächliche Wunden scheint es mir gut zu gehen. Das ist es, was mich am meisten zum Durchatmen bringt. Wenn sie mich hätten umbringen wollen, warum haben sie es nicht getan? Er und dieser Fremde. Wobei, genaugenommen sind sie beide Fremde. Nur weil ich die Nacht mit einem von ihnen verbracht habe, glaube ich mich in Sicherheit zu wiegen? Dabei sollten mir allein die letzten Stunden deutlich zeigen, dass dies bedauerlicherweise nicht der Fall ist.

Stöhnend schließe ich für einen Moment die Augen, um das Pochen in meinem Schädel zu vertreiben. Ich reibe meine zittrigen Finger aneinander. Sie sind kalt und durchgefroren. Alles schmerzt und Erschöpfung beherrscht mein ganzes Denken. Meine Hände zittern. Nicht nur der Kälte wegen. Schließlich habe ich es geschafft, mich in eine verzweifelte und richtig beschissene Situation zu bringen. Ich bin allein, verwirrt und erschöpft. Ein Verrückter hat mich ganz offensichtlich entführt und betäubt. Wie zur Hölle konnte ich nur denken, dass ich die Sache im Griff habe? Bei dem Gedanken schluchze ich leise und presse den Schädel gegen die harte Wand in meinem Rücken. Erschöpfung beherrscht mich und sorgt dafür, dass ich beinah durchdrehe. Panisch ziehe ich an den Seilen hinter meinem Rücken. Sie sind straff und schneiden ein, wenn ich daran ziehe. Keinen Millimeter scheinen sie lockerer zu werden. Im Gegenteil. Leise fluche ich, reibe die Beine unschlüssig und trete dann gegen den steinigen Untergrund. Meine Atmung wird hektischer und der Sauerstoff scheint zu wenig zu sein.

Ich hyperventiliere.

Mir geht es elendig.

Hier ist niemand, der mir helfen wird.

Vielleicht werde ich sterben.

Diese Fakten werden mir irgendwann bewusst.

Krampfhaft versuche ich mich auf meine Atmung zu konzentrieren. Vier Sekunden ein, sieben warten und wieder aus. Trotzdem pulsiert mein Herz wie verrückt und ein Horrorszenario nach dem anderen spielt sich in meinem Schädel ab. Darin lässt er mich von fremden missbrauchen, verkauft mich an einen boshaften Albaner oder verkauft meine Organe auf dem Schwarzmarkt. Verdammt, ich habe keine Ahnung, was man überhaupt verkaufen kann. Überlebe ich ohne Niere? Ohne Lunge? Kann man eine Lunge entnehmen? Braucht die überhaupt jemand?

Fuck.

Irgendwann beruhigen sich meine hektischen Atemzüge. Vermutlich mehr aus Erschöpfung als aus tatsächlicher Ruhe heraus. Meine Situation hat sich nicht im Geringsten verbessert. Trotzdem versuche ich mich herunterzufahren. Ich rufe mir Bilder von schönen Orten vor Augen, an welchen ich viel lieber wäre. Ein wundervoller Sandstrand an der Küste Kubas. Ein altes Schloss, welches ich mit meiner Familie vor Jahren in England besucht habe. Das streunende Kätzchen, welches mich hin und wieder in meiner neuen Wohnung besucht hat.

Daran halte ich mich fest.

Dann öffne ich die Lider blinzelnd, ganz so, als würde ich dann nicht mehr Gott weiß wo elendig verrecken.

Missmutig verziehe ich das Gesicht. In diesem Moment stürzen die Gefühle in meinem Inneren mich beinah in den Abgrund. Mir ist schlecht und mein Magen rumort. Ich habe Angst, bin wütend und beschämt. Die Unsicherheit macht mich verrückt, weswegen ich bestmöglich versuche die ganzen Umstände zu ignorieren und mich abzulenken.

Mein Blick wandert erneut umher. Einfach nur um etwas zu tun zu haben. Da sind ein vereinzeltes Schaben und Schnaufen. Vermutlich von Tieren. Erkennen kann ich keine. Der Boden ist aus Stein. Verdammt kalt, wenn ich das erneut erwähnen darf. Das Holz um mich herum wirkt spröde und ist von zahlreichen Furchen durchzogen. Die Balken ragen bis nach oben und erstrecken sich dann lückenhaft als Dach über mir. Das Stroh liegt überall, genauso wie zahlreicher Dreck. Und trotzdem hat es einen gewissen Charme. Sofort verfluche ich meine Gedanken.

Nichts von dem, was diese Leute mir angetan haben, hat irgendwas Reizvolles an sich.

Meine Augen huschen hin zu einer Stalltür. Sie ist aus Holz, doch ich sehe die Metallstreben darin. Sehnsüchtig wandert mein Blick hinab zu dem Riegel. Wie wild fängt mein Herz an zu pulsieren. Es sind drei Meter. Vielleicht vier.

Nur bin ich noch immer festgebunden.

Ich fluche leise und ziehe an den Seilen um meine Hände. Es schneidet ein. Schmerzhaft. Trotzdem spiele ich daran herum, dehne mich und versuche etwas zu erkennen, was mir weiterhilft. Ich meine einen Nagel oder einen Stumpf von einem Ast mit den Oberarmen zu ertasten. So sehr ich die Hände auch drehe, ich komme nicht dran. Vor Verzweiflung steigen mir die Tränen in die Augen und ich fluche erneut. Wenn auch jämmerlich.

Irgendwann kippt meine Selbstbeherrschung.

Ich schimpfe, weine, rufe um Hilfe. Zuletzt sinkt mein Kopf ermattet auf meine Brust. Inzwischen bin ich müde, meine Kehle brennt, genauso wie meine Handgelenke.

Mein Puls schnellt in die Höhe, als ein Geräusch von der Tür ertönt. Augenblicklich zucke ich zurück, presse mich gegen den harten Widerstand in meinem Rücken. Etwas drückt sich in mein Schulterblatt. Ich ignoriere es. Auch wenn ich Minuten zuvor noch so dringend darauf gehofft habe, dass sich eben diese Tür bewegt, bekomme ich völlige Panik.

Quälend langsam bewegt sich der Riegel zur Seite und die Tür schwingt auf. Mein Blick fliegt zuerst auf den muskulösen Mann, der mit verschränkten Armen an der Wand lehnt. Schnell wird meine Aufmerksamkeit von der zierlichen Brünetten mit dem gequälten Lächeln beansprucht.

Mein Herz setzt für einen Moment aus, nur um dann umso schneller wieder zu schlagen zu beginnen. Ein paar Mal öffne ich den Mund. Dann schließe ich ihn wieder. »Fuck«, murmle ich leise. »Lola? Heilige Scheiße! Mach mich los! Was machst du hier?« Mein Entsetzen spiegelt sich in meiner Stimme wider und fassungslos glücklich will ich auf sie zugehen. Nur zu schnell werde ich mir der Fesseln bewusst und zurückgezogen. Deshalb sehe ich lediglich mit hektischer Atmung und bebenden Lippen zu ihr auf. Ihr Blick wirkt anders, kühler, gelassener, wenn auch noch immer mit einer Spur Unsicherheit.

»Genau genommen ist mein Name Maria.« Sie beißt sich auf die Lippen, senkt den Kopf, seufzt und hebt ihn dann wieder. Ihre wenigen Worte bereiten mir ein verdammt mieses Gefühl. Eines, was bereits Sekunden später noch schlimmer wird. »Ich kann dich nicht los machen, aber ich habe dir etwas mitgebracht und ...« Sie zögert und wirft einen schnellen Blick über die Schulter. »Glaub mir, dir wird nichts passieren.« Sie hebt ein Bündel Stoff in die Höhe, welches mir zuvor nicht aufgefallen ist.

Für einen Moment stutze ich, als ich sie ansehe, dann verziehe ich das Gesicht zu einer Grimasse. Ich bin völlig perplex. Ihre Anwesenheit allein hat mich kalt erwischt, doch ihre Worte muss ich zunächst verarbeiten. »Moment, warte mal.«

Sie stockt augenblicklich in der Bewegung und bleibt gut zwei Meter entfernt stehen. Am liebsten würde ich aufspringen, sie an den Schultern packen und schütteln. »Was ist hier eigentlich los? Und ich rate dir, dass deine Antwort etwas in der Richtung ist wie: Ich habe gemerkt, dass du weg bist und dich überall gesucht. Natürlich habe ich nichts mit diesen Geisteskranken zu tun und will dich retten.« Auffordernd und mit klopfendem Herzen fixiere ich ihre grünen Augen mit meinem Blick. Mein eigener Schädel ist wie leergefegt. Ich drehe mich ein Stück, um meine linke Hand zu entlasten – was leider wenig bringt.

Sie seufzt leise und senkt den Blick auf ihre hohen Schuhe, die in dem Stall so fehl am Platz wirken, wie ich mich fühle. »Es ist schade, dass es so gelaufen ist. Aber mir tut es nicht leid.«

Ich starre sie fassungslos an. Das alles fühlt sich so unglaublich surreal an. Und nur eine Frage beschäftigt mich immer wieder: *Wie zur Hölle konnte ich hier landen?*

Im Inneren kann ich mir diese gut beantworten. Eine Prise Dummheit, gepaart mit einem fehlenden Selbsterhaltungstrieb und möglicherweise einer nicht unbedingt geringen psychischen Störung. Auf beiden Seiten, wohl bemerkt.

Ein trockenes Lachen entweicht meiner Kehle. Für einen Moment senke ich den Kopf. Dann sehe ich stöhnend auf. Ich betrachte sie einige Sekunden, verziehe das Gesicht und nicke. »Ich hoffe, du hast eine verdammt gute Erklärung für diese Scheiße.«

Schon wenige Sekunden später bereue ich diese Aussage. Lola, oder Maria, lässt sich neben mich auf den Boden sinken und streicht den Stoff ihres Rockes sanft aus. Dabei fällt mir auf, dass sie genug Abstand hält, sodass ich sie selbst mit meinen Beinen nicht erreichen kann. Etwas, das ich mit einem müden Schnauben kommentiere.

»Du hast ganz schön für Unruhe gesorgt, das kann ich dir sagen. Dabei hättest du einfach tun sollen, was sie dir sagen.« Sie seufzt resignierend und ich werfe ihr einen spöttischen Blick aus dem Augenwinkel zu.

»Genau. Als ob das die einzig logische Reaktion ist, wenn jemand versucht dich zu töten«, gebe ich mürrisch von mir.

»Hätte er dich töten wollen, wärst du es schon längst.« Erwidert sie schlicht, wodurch sie sich einen erneuten, skeptischen Blick von mir einfängt. Was sie kaum zu stören scheint.

»Du kannst froh sein, dass Lucien sich um dich sorgt. Wärst du Damien in die Finger geraten, würdest du jetzt ganz sicher nicht hier sitzen. Davon einmal abgesehen solltest du mir die Füße küssen, denn ohne mich wärst du längst Matsch im Wald.« Ich horche bei ihren Worten auf. *Lucien und Damien.* Das sind endlich mal Namen. Trotzdem lasse ich mir meine Überraschung nicht anmerken und warte darauf, dass sie weiterspricht, was sie nicht tut. Nach einigen Sekunden der Stille seufze ich widerwillig. »Und du bist?«

»Maria«, kommt es sofort wie aus der Pistole geschossen. Ich zucke zusammen, doch sie spricht im Kontrast dazu ruhig weiter. »Lucien bat mich ein Auge auf dich zu haben.« Kurz verdreht sie die Augen. »Naja, beziehungsweise ich habe mich angeboten. Du willst gar nicht wissen, was der ursprüngliche Plan gewesen ist.« Sie lacht trocken und zuckt mit den Schultern, als wäre, was sie sagt, das normalste der Welt. »Diese Idioten. Wenn sich einer von ihnen etwas in den Kopf gesetzt hat, hast du leider nicht die leiseste Chance. Trotzdem habe ich ihm gleich gesagt, dass er die Scheiße vergessen kann. Jedenfalls ist er nicht so übel, wie er immer tut.« Ihre Stimme wird bei den letzten Worten meiner Meinung nach eine Spur zu schwärmend, wenn sie von ihm spricht. Und damit meine ich keineswegs, dass ich eifersüchtig bin. Eher frage ich mich, was sie mit diesen Verrückten zu schaffen hat. Ich bin frustriert.

Diese Typen sind offenbar völlig irre und sie kein Stück besser. Noch dazu ist es mies, wenn sich die einzige Freundin als bezahlte Spionin herausstellt.

»Ach ja? Und wo bin ich? Was wollen die von mir und was hast du damit zu tun? Und was soll dieser ursprüngliche Plan gewesen sein? Warte. Mir egal. Mach mich los. Sofort.« Das letzte Wort sage ich mit Nachdruck. Langsam drehe ich mich um. Die Unsicherheit in ihrem Blick spricht Bände. Genauso, wie ihr Zögern. »Du sagst, dass ich nichts zu befürchten habe. Außerdem willst du mir erklären, dass diese Geisteskranken, die mich betäubt und entführt haben, eigentlich ganz ok sind. Und noch dazu steht dieser riesige Schrank vor der Tür. Mach mich los.« Ich betone jedes Wort und sehe sie herausfordernd an. Eine Zeit lang scheint sie nachzudenken. Dann schluckt sie schwer. Ihr Blick huscht zur Tür. Hinter dem Spalt am Boden sehe ich zwei dunkle Schuhe. Der Schrank. So viel steht fest.

»Du musst mir versprechen keine Probleme zu machen …« Sie beißt sich auf die Lippe. Ich schnaube frustriert als Antwort, doch nach einigen Sekunden kommen mir Zweifel. Was ist, wenn sie auch nicht freiwillig hier ist? Vielleicht wurde sie entführt, genau wie ich. Nur dass sie ein Stockholm Symptom entwickelt hat. Oder zumindest etwas in der Art. Deshalb sehe ich mit gerunzelter Stirn zu ihr auf. »Bitte«, setze ich verzweifelt nach.

Sie nickt schließlich, erhebt sich und verschwindet aus meinem Sichtfeld. Einige Sekunden bleibt sie hinter einer der hölzernen Trennwände, welche sich schräg hinter mir befinden, verborgen. Dann erscheint sie wieder. In der Hand ein altes Messer.

Noch einmal zögert sie. Flehend sehe ich sie an. »Es ist kalt. Mir tut alles weh und ich bin völlig fertig. Wenn ich nichts zu befürchten habe, dann bitte, tu es.« Sie scheint sich einen Ruck zu geben und sinkt neben mir auf die Knie. Dann macht sie sich an meinen Fesseln zu schaffen und ein Schluchzen entrinnt meinen Lippen. Mein Herzschlag wird immer schneller. Bald bin ich frei. Danach habe ich eine Chance. Die Seile schneiden ein und die Bewegung macht es noch schlimmer. Fest presse ich meinen Kiefer zusammen. Ich halte mich an dem Gedanken der Freiheit fest. Es ist das Einzige, was ich in dem Moment tun kann. Ruhig bleiben.

Zumindest versuche ich es.

Im Stillen stelle ich einen Plan auf, schon allein um den zerrenden Schmerz zu vertreiben. Ich werde sie ausfragen, möglichst viel aus ihr herausbekommen und schauen, wo zur Hölle ich hier eigentlich gelandet bin. Dann werde ich abwarten. Mich ruhig verhalten und zunächst machen, was man mir sagt. Inzwischen suche ich einen Weg hinaus. Dann, wenn ich ein paar mehr Infos habe, gut vorbereitet bin, dann verdammt nochmal sehe ich zu, dass ich Land gewinne. Was das Vergessen von dem Typen angeht ... Ja. Daran arbeite ich als nächstes.

Ich seufze leise, als sich die Seile lockern. Gedanklich trage ich nach meiner hoffentlich baldigen Flucht noch einen ausufernden Besuch in einem Wellnesscenter ein. Oder in der Psychiatrie. *Oder im Leichenhaus*, füge ich nüchtern hinzu.

Schwerfällig erhebe ich mich, als meine rechte Hand frei ist. Zufrieden seufze ich. Dann strecke ich ihr auffordernd die andere entgegen. Sie schüttelt den Kopf und entfernt sich zügig.

»Bitte?« Ich klinge bestürzt. Kein Wunder in meiner Situation.

»Tut mir leid, das geht nicht.«

»Lola, willst du mich verarschen?«

»Maria«, korrigiert sie mich automatisch.

Ich presse die Zähne fest aufeinander, um sie nicht anzuschreien. »Bitte mach mich los.«

»Das kann ich nicht. Nicht, bevor wir dir nicht vertrauen können.« Sie wirkt nervös.

Beinah hätte ich vor Frustration gelacht. »Ihr könnt mir nicht vertrauen? Maria ...« Den Namen betone ich besonders. »Ich wurde entführt. Nicht du!« Zumindest nehme ich das an. Sie reagiert kaum darauf, sondern entfernt sich noch weiter und umklammert das Messer fest. »Dann müssen wir wohl lernen einander zu vertrauen.«

Verbissen presse ich die Lippen aufeinander. Am liebsten würde ich sie anschreien oder anschweigen. Beides hätte sie verdient. Mein Blick fällt auf meine weiterhin gefesselte Hand. Ich folge den Schnüren an einem Balken hinauf. Der Knoten befinden sich einige Meter über mir. Leider bin ich mir sicher, dass ich nicht daran kommen würde. Zumindest nicht, ohne den Balken hinaufzuklettern. Andererseits erscheint mir auch das nicht völlig unmöglich.

»Was überlegst du?« Wieder will ich sie ignorieren, doch ich merke den zweifelnden Unterton in ihrer Stimme. Deshalb seufze ich und drehe mich ihr zu. Sie hat die Augen verengt und beobachtet mich ganz genau. Aktuell ist sie meine beste Chance, um aus dieser Scheiße herauszukommen. Darum gebe ich mir einen Ruck.

»Du kannst dir sicher vorstellen, dass die Situation alles andere als leicht für mich ist.« Leise räuspere ich mich. »Meine Hände tun so weh, ich habe Hunger und mir ist schlecht.« Ich jammere, aber das ist okay. Sie soll sich schlecht fühlen.

»Trotzdem kann ich dich nicht losmachen. Noch nicht. Aber wenn du dich benimmst ...« Maria klingt beinah hoffnungsvoll. Am liebsten würde ich ihr sagen, dass ich einen Scheiß machen werde. Erst recht nicht mich fügen. Natürlich mache ich genau das nicht. Stattdessen nicke ich langsam und hebe schließlich den Kopf.

»Ich weiß nicht, was passiert ist. Was hier los ist oder wo ich bin. Genau genommen weiß ich nicht einmal, was du hier machst oder wer du in Wirklichkeit bist.« Die letzten Worte füge ich leise hinzu. Ich will sie nicht provozieren, auch wenn meine Finger vor Wut und Enttäuschung jucken. Offenbar war unsere gesamte Freundschaft ein Witz. Im besten Fall. Im Schlechtesten eine Falle. Ja, ich würde ihr allein dafür, dass sie mich angelogen hat, am liebsten eine klatschen. Wieder ermahne ich mich zur Ruhe. *Sei nicht dumm, Blossom. Leben ist wichtiger als dein Stolz.* Ich will meine Chance, sie auszufragen nutzen, bevor sie wieder verschwindet.

»Nun, sagen wir, ich gehöre quasi zu ihrem Kreis.« Sie belässt es bei dieser Aussage und ich beiße mir auf die Lippe, um nicht nachzubohren. Ich merke bereits, wie abweisend sie wird. Wenn ich nicht aufpasse, wird sie mir nichts mehr sagen. Für einen Moment ist es still, dann spricht sie schließlich zögerlich weiter. »Du bist im Anwesen der Diabolos ...« Sie lässt den Satz in der Luft hängen, als müsste der Name mir etwas sagen. Für einen Moment runzle ich die Stirn konzentriert. Etwas, was sie offenbar schnell merkt. »Lucien und Damien sind die Anführer ihres Clans. Beziehungsweise waren sie das. Also sind sie nicht ... Seit dem Tod ihres Vaters haben sie die Führung übernommen. Mehr oder weniger.«

Sie hält schlagartig im Satz inne und ich drücke mich auf die Arme hoch. Ihre Miene wird verschlossen und sie streckt mir den Stoff in ihren Händen entgegen. »Du solltest dich umziehen. Er wird dich bald besuchen.« Kurz bleibt sie stehen und seufzt. »Glaub mir, ich habe mein Bestes getan, damit es dir gut geht. Ich weiß, wie heuchlerisch das klingt. Ernsthaft.«

Mein Blick wandert über sie, doch ich mache keine

Anstalten das Kleid, oder was auch immer das sein soll, zu nehmen. Klar würde ich nur zu gern aus dem dünnen Stoff herauskommen, welchen ich schon seit zwei Tagen trage. Für einen Moment halte ich in meinen Gedanken inne. »Was für einen Tag haben wir eigentlich?«, frage ich ruckartig und richte mich voll auf. Mein Herz beginnt erneut zu rasen und ich presse die Lippen gebannt zusammen.

Ihr Blick wird weich und sie lächelt leicht. »Du hast nur wenige Stunden geschlafen. Es ist Abend.« Ich nicke erleichtert. Für eine Sekunde habe ich befürchtet schon wer weiß wie lang hier zu liegen. Wobei das bedauerlicherweise nichts an meiner Situation verbessert. Trotzdem sorgt es dafür, dass ich mich beruhige. Wenn auch nur ein wenig. Dabei wandern meine Gedanken automatisch zu meiner Arbeit. Jemand wird mich suchen oder zumindest als vermisst melden.

Ich beiße mir auf die Lippen und hebe den Blick. »Mein Fehlen wird sicher bald bemerkt werden.«

Sie legt das Kleid in ihrer Hand vor mir ab. »Darüber solltest du dir keine Gedanken machen. Eher darüber, was mit dir passiert.«

»Lola? Äh Maria«, korrigiere ich mich sofort, während meine Stimme bebt und sie sich eilig zurückzieht. Sie huscht zu der Tür, ohne ein weiteres Wort zu sagen. Ich springe sofort auf die Beine und bin nur wenige Zentimeter hinter ihr. Dann geht ein fester Ruck durch meinen Arm und ich werde zurückgerissen.

»Lola verdammt! Was soll das?« Sie zieht die Tür auf und ich blicke dem muskulösen Mann entgegen. Er tritt einen schnellen Schritt nach vorn, als Maria, an ihm vorbei huscht. Für einen Moment wandert sein Blick über meinen Körper und zum ersten Mal fühle ich mich in dem Outfit eigenartig nackt. Ich presse die Arme vor meine Brust.

Noch bevor ich weitergehen kann, reißt er die Tür herum. Mein Blick zieht an ihm vorbei, hin zu Maria, die sich unsicher an eine Holzwand drückt. Dann fällt die Tür ins Schloss und das Klappern erschüttert meinen Körper.

»Scheiße, verdammt! Das kannst du nicht machen.« Schon ertönt das Schaben des Riegels und die Tür bewegt sich keinen Millimeter.

Als wäre das bei dem Berg, der davor wartet, überhaupt notwendig.

KAPITEL 8

Blossom

Die Stunden ziehen dahin, zumindest kommt es mir so vor. Da ich nichts außer dem Stand der Sonne habe, ist das schwer zu sagen. Diese stand bereits bei meinem Aufwachen tief am Horizont und lässt ihre letzten Strahlen durch die schiefen Bretter scheinen. Ich habe mich wieder in meine Ecke gesetzt. Mit verschränkten Armen und schmollender Miene, wohlgemerkt. Wobei ich unsicher bin, was daran trauriger ist. Dass ich es als ›meine Ecke‹ bezeichne, oder es sich dabei noch immer um einen staubigen und steinig unbequemen Platz handelt. Das trägerlose, türkise Kleid, welches mir Maria gebracht hat, bauscht sich noch immer unverändert zu meinen Füßen. Alles, was ich tun kann, ist sie für ihre Worte zu verfluchen. Klar, für einen kurzen Moment hat es sich gut angefühlt, nicht allein zu sein und Gesellschaft zu haben. Noch dazu, weil ich dank ihr inzwischen wenigstens ein paar Namen kenne. Eine Information, die sich ganz sicher noch irgendwie gebrauchen lässt. Leider hat sie mich mit mehr Fragen als Antworten zurückgelassen und ich verfluche sie dafür, dass sie nicht einmal den Mund aufgemacht hat und mir gesagt hat, was Sache ist. Kurz seufze ich. Mein Auge zuckt für einen Moment. Trotzdem halte ich den Blick weiterhin starr nach oben gerichtet. Ich bemühe mich die Kamera, welche unweigerlich dieses schwarze, runde Ding an einem der Balken darstellt, zu ignorieren. Gut, ganz halte ich nicht durch, weil mein Genick mit der Zeit schmerzt, doch die Absicht ist wohl klar.

Langsam zieht sich eisige Kälte über meine Haut und die Dunkelheit schleicht sich mehr und mehr in diesen verfluchten Schuppen. Es gibt nichts hier drin, womit ich mich ablenken könnte, selbst wenn ich es wollte. Ich bin gelangweilt, erschöpft und hin und wieder döse ich ein. Zumindest vermittle ich exakt diesen Eindruck.

In Wirklichkeit scanne ich, während ich müde blinzle, den ganzen Schuppen mit meinen Augen ab. Jede noch so kleine Kleinigkeit versuche ich mir einzuprägen. Meine Hand ist frei. Zumindest eine. Trotzdem halte ich meine gefesselte Hand hinter meinem Rücken, während ich mich lautstark darüber beschwere, wie sehr das Seil juckt. Inzwischen reibe ich einen Stein daran. Immer wieder fahre ich prüfend mit den Fingern über das raue Material. Ganz sicher ist es noch nicht durchgeschnitten, doch da ist definitiv eine Furche, welche ich immer tiefer treibe.

Auch hatte ich die Zeit, um meine ›Unterbringung‹ genauer in Augenschein nehmen zu können. Es ist ein Stall, ein Schuppen, eine Scheune. Irgendetwas in der Richtung. Bisher war ich noch nie an so einem Ort, weswegen ich nicht viel dazu sagen kann. Davon einmal abgesehen, dass es dreckig ist und stinkt. Die Tiergeräusche dringen ebenfalls immer wieder zu mir hindurch. Wenn ich mich nicht täusche, müssen dort Pferde sein.

Aus einem mir selbst nicht erklärlichen Grund geben mir die Tiere ein Gefühl der Sicherheit. Jemand, der sich um seine Pferde kümmert, kann schließlich nicht vollständig schlecht sein, oder?

Ja, vermutlich wird selbst mir bewusst, wie verzweifelt dieser Gedanke ist. Noch dazu, da ich keine Ahnung habe, in welchem Zustand sich die Tiere befinden. Oder was mit ihnen geschehen wird. Vielleicht sind sie das Abendessen. *Besser, als wenn ich es werde.* Diese Überlegung lässt mich erschaudern, weshalb ich mich sofort auf die rostigen Nägel konzentriere, die in der gegenüberliegenden Wand stecken.

Kurz verziehe ich das Gesicht und strecke mein kaltes Bein krampfhaft aus. Es fühlt sich ekelhaft taub an. Noch dazu dreckig. Ich kann nur hoffen, dass ich morgen keine mordsmäßige Blasenentzündung habe. *Wenn ich dann noch am Leben bin.* Immer wieder wandern meine Gedanken zu Marias Worten. ›Er wird bald zu dir kommen.‹ Das glaube ich ihr aufs Wort.

Dies in Kombination mit den schwer aussehenden Seilen an der Wand hinter mir, bereitet mir zunehmend Bedenken. Auch wenn ich sicher bin, dass eben diese ursprünglich für etwas anderes gedacht waren, wirken sie in meiner aktuellen Lage wie die Vorhut einer gut ausgestatteten Folterkammer.

Als erneut Schritte ertönen, versetzen diese meine Sinne automatisch in Alarmbereitschaft. Mein Körper spannt sich an und meine Atmung beschleunigt sich. Ich richte mich gerade auf und mein Blick liegt unsicher und voll nagender Zweifel auf der Tür. Mich beschleicht ein dunkles Déjà-vu, als sich diese in Bewegung setzt. Dieses Mal ist es nicht Maria, die hindurchtritt.

Ich spüre ihn schon, bevor er durch die letzten Sonnenstrahlen beschienen wird. Seine Präsenz scheint den Raum zu erfüllen und mein Herz setzt für einen Moment aus. Er sieht beinah genauso perfekt aus, wie er mich an diesem

Morgen verlassen hat. *Ich hasse es.* Allerdings sieht er auch genauso düster aus, mit verheißungsvollem Blick, wie in dem Wald. Lediglich die Lederjacke hat er abgestreift.

»Mir war, als brachte dir Maria ein Kleid.« Seine dunkle Stimme erfüllt den Raum, während seine Augen meinen Körper abtasten.

»Das hat sie.« Ich hebe den Kopf und deute locker mit dem Kinn zu meinen Füßen. Noch bevor mein Blick wieder zu ihm wandert, spüre ich das Knurren, welches seiner Brust entrinnt. Am liebsten würde ich ihm sagen, dass dieses Geräusch absolut lächerlich und dumm ist. Wer knurrt schon jemanden an? Allerdings glaube ich nicht, dass das meine Situation verbessern würde.

Bedauerlicherweise sorgt es zusätzlich dafür, dass ich mich aufrichte und ein leichter Schauer meinen Nacken streift. So viel zu: Das beeindruckt niemanden.

Sein Blick hat sich verdunkelt und sein Kiefer spannt sich an. Dabei habe ich nicht einmal etwas von meinen Gedanken geäußert. Dem Typen würde eine Beruhigungstherapie gut tun. Die Muskeln auf seiner Brust beginnen zu tanzen, als er die unebene Stalltür ergreift und mit einer groben Bewegung zustößt.

Panik breitet sich in meinem Inneren aus und ich schlucke ein paar Mal, während ich ihn dabei beobachte, wie er schleichend nähertritt. Hinfort sind meine belustigten Gedanken, welche mich soeben noch bei Laune hielten. Trotzdem bemühe ich mich um einen neutralen, beinah gelangweilten Gesichtsausdruck. Natürlich habe ich Angst vor ihm. Höllische Angst, um genau zu sein!

Aber werde ich ihm das zeigen? Nicht eine einzige verfluchte Sekunde!

Die Hand legt er nachdenklich an sein Kinn. Gedankenversunken betrachte ich die kleine Bewegung. Ich halte den Atem an und spüre seine Berührungen beinah wieder auf mir. Wie sie zunächst so bestimmt und lustvoll über mich wanderten, er mich in dem Hotel auf das Bett geworfen hat …

Ich bin ein verflucht hoffnungsloser Fall.

Ich schlucke schwer und weiche am Boden zurück, als er vor mich tritt. »Blossom, du solltest lernen dich zu benehmen, sonst wird das mit uns kein gutes Ende nehmen.« Bei den Worten spüre ich, wie sehr er sich beherrschen muss. Vermutlich würde er mir sonst am liebsten augenblicklich den Hals umdrehen. Oder was auch immer er sonst mit seinen Entführungsopfern macht.

Seine Wut ist beinah spürbar, weswegen ich ausnahmsweise den Mund halte und die Lippen fest aufeinanderdrücke. Ich senke den Blick auf das Kleid. Mit einem Mal bereue ich es, es nicht einfach angezogen zu haben. *Wieso bin ich auch immer so verdammt stur?*

Ein Ruck geht durch meinen Körper, als er sich herabbeugt und seine Hände grob um meine Oberarme schließt. Ich schnappe nach Luft, öffne den Mund weit zum Schrei und presse mich, soweit es geht zurück. Der dunkle Blick lässt mich erstarren. Er ist beinah … freundlich. Sein Atem streift meine Wange, während meine eigene Atmung schnappend wird.

»Du solltest mir gehorchen. Nicht meinetwegen. Es wäre besser für dich.« Seine Stimme nimmt einen dunklen Ton an und er reißt meine Beine nach unten. Ich lande hart auf dem Boden. Dann packt er meine Hände und zieht sie nach oben. Mir entweicht ein leiser Schrei. Ich spüre meinen Puls vibrieren und mein ganzer Körper spannt sich an. Mit zittrigen Fingern versuche ich mich von ihm loszumachen, während mein Blick über seinen Körper wandert. Über die Tattoos, die sich um seinen Hals schließen, sein kantiges, markantes Gesicht und die Lippen, die zu einer harten gepressten Linie verzogen sind.

Eine einzige Bewegung, in der er seine Hände auf meine drückt, reicht aus, um meinen Widerstand erlahmen zu lassen. Während er mich fixiert, hebt er ein Bein über mich und lässt sich langsam über mir nieder. Mein Körper wird schmerzhaft auf den Untergrund gepresst. Mehrere Steinchen drücken sich in meine Haut. Leise wimmere ich. Seine eine Hand umgreift grob meine beiden und die andere beginnt an meinem Körper herabzuwandern. Schockiert sehe ich ihn an. Ich fluche und jammere. Es ist endgültig mit meiner Beherrschung dahin. Währenddessen versuche ich mich zu winden, zu befreien oder etwas gegen ihn auszurichten. Es ist als säße ein Elefant auf mir. Gut, ein attraktiver und noch dazu angsteinflößender Elefant. Nur ändert dies nichts daran, dass ich machtlos gegen den Druck und das Hindernis bin.

»Du bist hübsch, das gestehe ich dir zu. Aber wenn du nicht tust, was ich dir sage, bist du nicht viel wert.« Ein Funkeln schießt durch seine Augen und die Brutalität darin flammt auf. Ich schlucke hart und nicke, ohne dass er mir eine Frage gestellt hat. Mein Blick ist gehetzt und meine Gedanken überschlagen sich. Unruhig drehe ich mich in seinem Griff. Als seine Hand grob meine Seite umfasst, liege ich wie erstarrt unter ihm. Unwirklich wird mir bewusst, wie sich etwas hart gegen meine Mitte presst.

Schlagartig wird meine Atmung schneller und stockend. In dem Moment bin ich völlig verwirrt. Er ist übergriffig und brutal. Noch dazu hat er mich entführt und betäubt. Er tut mir weh und behandelt mich schlecht. Und trotzdem kann ich nicht verleugnen, dass sich Hitze zwischen meinen Beinen sammelt. Warum? Vielleicht habe ich einen Hirnschaden erlitten. Oder ein massives Stockholm

Syndrom kickt in diesem Moment. Oder ich bin völlig geisteskrank. Keine Ahnung. In dem Moment habe ich dringendere Probleme, als mich damit zu beschäftigen. Ich beiße mir auf die Lippe. Seine Finger bewegen sich spielend dorthin, wo die Lust bereits in mir zu pochen beginnt. Neckend zwickt er mir in die Hüfte und lässt seine Bewegungen tiefer wandern. Mein Atem stockt. An dem Saum meines Bikinis hält er für einen Moment inne. Ohne darüber nachzudenken, drücke ich mich ihm entgegen, was ihm ein dunkles Lachen entlockt.

»Gut, mir gefällt es, wie willig du bist.« Ich erröte unter seinen Worten und lasse mich zurückfallen. Allein dieser Satz sorgt dafür, dass ich mich schäme. Er hat recht. Mein Verhalten ist billig und dumm. Mein Blick ist gesenkt und mein Kopf pulsiert heiß. Unbewusst frage ich mich selbst, ob ich eigentlich völlig übergeschnappt bin.

Meine Gedanken werden unterbrochen, als ein schmerzhafter Ruck durch meinen Körper geht. Ein Kratschen des reißenden Stoffes ertönt und ich schlage überrascht die Augen auf. Heiß brennt sich die Spur meines Spitzenbikinis über meine Haut und ich jaule auf. Mein Hintern scheuert bei der Bewegung über den Boden. Seine Finger bahnen sich ihren Weg zu meiner Mitte, die sich ihm trotz dessen, dass mich mein Hirn anschreit zu verschwinden, heiß und bereit entgegenreckt. Er zieht die Hand grob über meine Feuchte, gibt ein Stöhnen von sich und hebt die Hand an mein Gesicht. Ich spüre die heiße Spur auf meinen Wangen, als er sanft darüber streicht. Es ist mir unangenehm. Was ich krampfhaft verdränge.

»Das meine Liebe, ist der Punkt, an dem ich dich für deinen Gehorsam belohnen wollte.« Seine Stimme ist zu Beginn beinah sinnlich. Dann nimmt er einen groben Ton an. Sein Kiefer verhärtet sich und ein ungutes Gefühl bahnt sich in meinem Inneren auf. *Oh oh…* ich komme nicht dazu den Gedanken zu Ende zu denken, da reißt er mich in einer harten Bewegung herum, sodass ich vor ihm auf dem Bauch lande. Immerhin gibt er meine Hände frei. Mein rechter Arm knickt schmerzhaft um. Ich verziehe das Gesicht und taste vorsichtig über die Steine, um mich hochdrücken zu können. Wimmernd bewege ich meinen linken Arm, welcher in dem Seil eigenartig verdreht wird.

»Shh«, ertönt seine Stimme beinah liebevoll an meinem Nacken und der warme Hauch seines Atems streift über meine Haut. Ich gebe ein leises, schmerzhaftes Geräusch von mir und beiße die Zähne zusammen. Vielleicht lässt er mich in Ruhe, wenn ich tue, was er sagt. *Oder zumindest wird es weniger schlimm.* Der zweite Gedanke sorgt dafür, dass leise Tränen an meinen Wangen herablaufen.

Seine Finger wandern federleicht über meine Wirbelsäule und ich spanne mich zunehmend unter seine Berührung an. Es ist ein eigenartiges Gefühl der Gänsehaut, welches an mir herabführt. Dabei spüre ich seinen Blick auf mir, wie er hitzig über mich wandert. Sein steifes Glied drückt sich fest an den Ansatz meines Pos und meine Gedanken spielen verrückt. Ich sollte ihn hassen – was ich definitiv auch tue. Trotzdem sind in meinem Inneren diese verräterischen Überlegungen. Es könnte viel schlimmer sein. *Ja, Blossom, sei dankbar, dass dein Entführer wenigstens hübsch ist. Das bringt dich weiter.*

Ich stöhne leise, etwas was er möglicherweise falsch interpretiert.

Seine Hand führt meine rechte wieder nach oben. Ungelenk drehe ich mich voll auf den Bauch. Dabei will ich gar nicht erst an die unzähligen Tierchen denken, die leider vorzüglich über meinen nackten Körper marschieren können.

Er umfasst meine beiden Hände wieder mit einer, was ich bereitwillig geschehen lasse. Immerhin sitzt er weiterhin auf meinem Rücken, was einen Widerstand beinah ausschließt.

Die Anspannung treibt mir einen Schauer über den Körper. Ich rühre mich nicht, während er meine Arme nach unten bewegt. Das Seil führt dadurch straff an meinem Kopf vorbei, was mir zunehmend zu denken gibt. Während dieser Bewegung rutscht auch er an meinem Körper herab.

Seine Finger setzen sich erneut spielend in Bewegung, gleiten über meinen Hintern, den ich ihm – zu meiner Schande – bereitwillig entgegen strecke. *Nur um das Schlimmste zu verhindern, natürlich.* Mein Körper wird fiebrig heiß. Der sowieso schon durchgeschwitzte Rest des Stoffes meines Kleides klebt immer mehr an meinem Körper. Ich verziehe das Gesicht bei diesem Gedanken. Dabei sollte es das letzte sein, was mich interessiert.

Seine Hand wandert tiefer, hin zu meiner Nässe. Entgegen meiner Erwartung nähert er sich nicht weiter, sondern zieht seine Hand für einen Moment zurück. Sofort streicht die kalte Luft über meine Mitte und ein Schauer läuft über meinen Rücken. Dann sind seine Finger zurück und umspielen meine Perle. Überrascht atme ich schnell ein, während sich meine Hände ineinander krallen.

»Wirst du das nächste Mal gehorchen, wenn ich dir etwas befehle?« Ich spüre den Hauch seiner Worte heiß an meinem Ohr. Augenblicklich gebe ich ein zustimmendes Stöhnen von mir. Was soll ich auch sonst sagen? Nein und lass mich gehen? Ja … Dann zucke ich ruckartig zusammen, als die federleichten Berührungen verschwinden und mich stattdessen sein fester Schlag trifft. Ich wimmere, sauge schnappend die Luft ein und versuche mich seinem Griff zu entreißen. Mein Hintern brennt und die Scham treibt mir

Hitze in die Wangen. Die Steine pressen sich schmerzhaft in mein Becken und ich muss den Kopf einziehen, um nicht gegen die Holzwand zu stoßen.

»Ich habe dir eine Frage gestellt.« Seine Stimme ist ein einziges dunkles Knurren. Ich spüre ihn, seine Anwesenheit und den Druck seines Körpers auf meinem. Nicht zu wissen was passieren wird, raubt mir beinah den Verstand. Er ist völlig übergeschnappt. Trotzdem habe ich keine Wahl. Zittrig befeuchte ich meine Lippen »Ja«, hauche ich leise.

»Wie soll ich mir da sicher sein?«

Unwissend, was ich erwidern soll, entrinnt ein Schluchzen meiner Kehle. Ich warte schon auf den nächsten Schlag, der nicht kommt. Stattdessen reißt er mich erneut herum. Ein überraschter Schrei entrinnt meinen Lippen und als nächstes sehe ich den Lauf seiner Waffe dicht vor meinem Gesicht. Mein Puls rast wie verrückt und alles in mir schreit. Verrenkt hocke ich auf dem Boden. Sein Blick durchsticht mich beinah. Meine Augen werden glasig und ich senke das Kinn. Keine Regung zeigt sich auf seiner Miene, während ich mit pochendem Herzen das schwarze Metall anstarre. Unwirklich nehme ich wahr, wie sein Finger für einen Moment zuckt. Meine Atmung stoppt und mein Körper zieht sich zusammen.

Ich warte auf das Ende.

Ich weiß, in diesem Moment, dass er es tun wird.

Ich will schreien, weglaufen, irgendwas tun, doch stattdessen sitze ich nur wie gelähmt da. Da ist der wilde Herzschlag in meiner Brust. Die Verzweiflung und Angst.

Doch da ist auch ein kleiner Funke Kampfgeist.

Langsam hebe ich den Blick. Hoch zu ihm. Zu seinen dunklen Augen, die boshaft funkeln. Für einen Moment verschwimmt sein Gesicht vor meinen Augen, dann rasen die letzten Monate an mir vorbei. Nie habe ich mich gewehrt. Nur gejammert und gehofft, dass jemand anderes dafür sorgt, dass mein Leben gerettet wird. Vermutlich hat eben diese Einstellung dazu geführt, dass ich an dem Punkt lande. Allein, verstoßen und verschleppt.

Aber ich habe mir vor drei Monaten etwas geschworen.

Zielsicher sehe ich ihn an. Ein paar Sekunden muss ich meine zitternden Lippen aufeinanderpressen und tief einatmen. Dann hebe ich das Kinn und ignoriere die Waffe so dicht vor meinem Gesicht. Kurz zuckt mein Mundwinkel, bevor ich mit Sprechen beginne. »Du willst jemanden, der für dich die Beine breit macht? Der bei deinem kranken Spiel mitmacht oder Gott weiß was tut? Geh und hol dir eine Nutte. Sie wird die einfachere Wahl sein.

Dann kannst du sie schlagen, misshandeln und ficken.«

Bei meinen eigenen Worten muss ich hart schlucken. Mein Kiefer fühlt sich verhärtet an und es fällt mir schwer, die Worte herauszubringen. Trotzdem tue ich es. Ich habe das Gefühl, dass mein Leben davon abhängt.

»Aber ich denke, das weißt du bereits. Du scheinst niemand zu sein, dem man erklären muss, wie er eine Frau für die Nacht findet. Nun bin ich nicht deshalb hier. Dafür hast du mich nicht hergebracht.

Darum biete ich dir etwas weit Reizvolleres.

Ich werde mich niemals beugen. Du kannst dir sicher sein, dass ich nicht klein beigebe. Dass ich mich von niemandem herumschubsen lasse. Nicht einmal von dir. Tja, ich werde die Herausforderung sein, nach der du immer gesucht hast und dein Leben auf den Kopf stellen. Du kannst dir sicher sein, dass ich nie wieder den Blick senke. Verdammt, ich werde kein Püppchen sein, mit dem du spielen kannst.« Für einen Augenblick senke ich den Blick. Ich bin beinah ruhig, schaue auf den Lauf der Waffe, der mir direkt gegenüber ist. Dann sehe ich erneut auf. »Ich glaube, das ist genau das, wonach du gesucht hast.« Dabei fixiere ich ihn, um meine Worte zu untermalen. Auch wenn mein Kopf, mein Herz und alles in mir laut aufstöhnt. Ich flehe mich selbst an, ihn um Vergebung zu bitten.

Genau in diesem Moment habe ich nur zwei Chancen. Entweder ich kämpfe, oder ich sterbe. Nur ist zweiteres keine Option, die ich akzeptieren werde.

»Du bietest mir also an, dich zu zähmen?« Belustigung erfüllt sein Gesicht und während er mich prüfend betrachtet, klinkt sich mein Verstand für einen Moment aus. Für einen Augenblick bin ich völlig verwirrt. Die starke Blossom will ihm am liebsten eine reinhauen, während die andere Stimme in meinem Inneren zaghaft sagt: *Zähmen klingt besser als Umbringen.*

Genau genommen bin ich mir da nicht so sicher. Bevor ich voll darüber nachgedacht habe, vernehme ich eine leichte Bewegung. Seine eiskalte Schale hat Risse bekommen und prüfend sieht er mich an. Ich beiße mir fest auf die Lippe und spüre, wie mein Auge zuckt. »Vielleicht«, gebe ich unsicherer als beabsichtigt zurück. Ein Schatten huscht kurz über sein Gesicht. Dann hebt er die Hand. Lässig, als würde er am Strand entlangspazieren, streicht er damit über den Bart und betrachtet mich prüfend.

Ich erschaudere unter seinem Blick. Meine Kehle ist trocken und ich weiß, dass es allein an ihm liegt, ob ich weiterleben werde. Es ist ein fürchterliches Gefühl. Dann, beinah zögerlich, schiebt sich ein spöttisches Lächeln auf seine Lippen. Die Waffe sinkt vor meinem Gesicht herab und verschwindet aus meinem Sichtfeld. Kurz greift er hinter seinen Körper, dann kehrt seine Hand zurück zu meiner Perle und seine Finger dringen ohne Vorwarnung grob in mich ein.

Meine Augen weiten sich. »Was …« Unzusammenhängende Wortfetzen verlassen meine Lippen. Gleichzeitig löst er ein berauschendes Gefühl in mir aus. Deshalb strecke ich mich ihm stöhnend entgegen und lasse mich auf die Knie ziehen. Hitze schießt durch meinen Körper und Nässe sammelt sich in meiner Mitte. Mein Körper bebt unter seinen Berührungen. Lustvoll stöhne ich und kann gleichzeitig nicht glauben, wie ich in diese Situation geraten bin. Ohne darüber nachzudenken, drücke ich mich ihm entgegen. Er löst die Hand von meinen Fingern, lehnt sich weiter über mich und ich vernehme ein leises Klimpern. Ich strecke mich stöhnend unter ihm und spüre, wie sich etwas kaltes festes um meine Hände zieht. Es könnten Handschellen sein. Darüber denke ich kaum eine Sekunde nach. In dem Moment bin ich ihm in mehr als einer Hinsicht ausgeliefert. Ohne zu zögern, reißt er grob an dem Stoff meines Kleides, der mit einem leisen Ratschen sofort nachgibt. Kurz seufze ich und trauere dem hübschen Stück nach, doch da bringt mich die Berührung seiner Finger augenblicklich wieder zurück zu ihm. Ich winde mich spielerisch in seinem Griff, als er sich langsam zurückzieht.

»Was soll das?«, jammere ich. Mit meinen eigenen Worten gelange ich zurück in die Wirklichkeit. Leise fluche ich. Schließlich vergnüge ich mich nicht mit einem hübschen Mann. Er hat mich entführt. Nur hat mein dummes Hirn das offenbar wieder verdrängt.

»Gut, denn auch wenn ich das hier äußerst genieße und es noch weit mehr gibt, was ich mit dir machen möchte, werde ich nicht weitergehen, bevor du nicht mir gehörst. Bevor du dir nicht eingestehst, dass du mein bist. Du hast dich meinem Willen zu beugen und meinen Befehlen zu gehorchen, das solltest du schnell lernen, Chérie. Dieses Mal bin ich nachsichtig. Nächstes Mal werde ich es nicht sein und ein drittes Mal wirst du nicht überleben.« Unbändige Schärfe umspielt seine Worte. Sie treffen mich tief und brennen sich in mein Gedächtnis. Genauso wie sein Blick und seine Berührungen.

Verflucht. Wo bin ich da nur hineingeraten?

Dachtest du wirklich,
dass es so leicht werden würde?
Ich bin nicht mein Bruder,
das solltest du dir gut merken, Chérie.

KAPITEL 9

Diablo

Ich beobachte, wie sich die Sonne am Horizont erhebt und die Landschaft in ein sattes Rot taucht. Tief in Gedanken fahre ich mir mit den Fingern über den Bart und reibe kurz mein Kinn. Mein Blick huscht umher, wachsam und aufmerksam, trotz dessen, dass ich schon seit einigen Stunden auf den Beinen bin. Ich gönne mir eine kurze Pause, obwohl ich mich nur kaum auf die Akten konzentrieren kann und ich nicht einmal ansatzweise so viel geschafft habe, wie ich es sollte. Stattdessen flattern meine Gedanken immer wieder zu der nackten Frau, die sich unter mir windet.

Deshalb habe ich die Papiere ruhen lassen. Es nützt nichts, wenn ich unkonzentriert bin und Fehler begehe. Sie könnten uns das Leben kosten.

Mein Blick führt wie von selbst über unser Gelände. Hin zu dem Stall, der schon seit Jahren im Familienbesitz ist. Meine Gedanken werden ruhelos, während ich die Bretter mit meinen Augen entlangstreife. Nicht nur einmal ist mein Blick auf die Monitore gewandert, hin zu ihrem nackten Arsch, den sie in der jämmerlichen Position zu verstecken versucht.

Kurz muss ich schmunzeln, habe ich ihr auch kaum eine Wahl gelassen. Nicht einmal eine Decke habe ich ihr in Reichweite gelegt, soll sie meine Unzufriedenheit am eigenen Leibe spüren. Dabei muss ich mir selbst eingestehen, dass mir ihr Angebot durchaus reizvoll erschien. In gewisser Weise wollte ich es zu Ende bringen. Mein Bruder hat recht damit, dass wir sie nicht anders behandeln sollten. Ich habe sie mit dem Rücken an die Wand gestellt, ohne selbst zu wissen, was dabei herauskommt.

Warum?

Vielleicht damit sie weint, schreit oder bettelt.

Dass sie hingegen ihr verflucht neckisches Kinn hebt und mich herausfordert, darauf wäre ich im Leben nicht gekommen. Allerdings sind es auch genau Momente wie dieser, die sie mir so verlockend machen.

Tief in Gedanken schiebe ich mich mitsamt dem bequemen Schreibtischstuhl zurück.

»Wohin gehst du?« Die piepsige Stimme sorgt dafür, dass ich die Augen verdrehe. Mein Blick gleitet über meinen Schreibtisch. Besser gesagt, über die Blondine darauf. Sie streckt mir ihren nackten Arsch entgegen. Dies entlockt mir kaum mehr als ein leises Schnauben. Zugegeben, die roten Striemen darauf sehen verlockend aus. Vermutlich wird sie noch in einigen Tagen meine Schläge spüren.

Und obwohl sie sich mir allzu bereitwillig hingegeben hat, bin ich nicht ansatzweiße zufriedengestellt. Deshalb halte ich mich nicht mit einer Antwort auf und erhebe mich.

»Willst du nicht noch ein wenig bleiben?« Vermutlich soll die leise Stimme verführerisch klingen. Auf mich wirkt sie nur billig. Genauso, dass sie sich leicht dreht und die Beine breit öffnet. Sie ermöglicht mir einen perfekten Blick auf ihre Pussy, in welche ich mich zuvor gerammt habe.

»Nein«, erwidere ich knapp.

»Sei kein Arsch.« Die Stimme meines Bruders klingt amüsiert. Etwas, was ich nur zu gut nachvollziehen kann. Wäre er an meiner Stelle, hätte ich mich ebenfalls über ihn lustig gemacht.

»Hm?« Mein Bruder kommentiert ihren erneuten Versuch mit einem Grinsen.

Seufzend fahre ich mir mit den Fingern durch die Haare. Ziellos gehe ich ein paar Schritte durch das Büro. Mein Blick wandert über die Akten, das Sofa und wieder zurück zu der Frau. Ich erinnere mich nicht einmal an ihren Namen, sollte sie ihn überhaupt genannt haben. Für mich ist sie nicht mehr als die anderen Einrichtungsgegenstände. Da, um einen Zweck zu erfüllen. Meinen Zweck, um genau zu sein. Vielleicht auch den meines Bruders, wenn mir danach ist. *Zumindest versuche ich mir einzureden, dass ich wie er bin.*

»Du hast mir weh getan. Willst du das nicht wieder gut machen?« Ich reagiere mit einem Schnauben. Sie hat keine Ahnung, wie dicht ich davor bin, mich wirklich um sie zu *kümmern.* In dem Fall würde der Abend für sie nicht mit einem Orgasmus und einem netten Dreier enden – wie sie es zweifelsohne erwartet. Noch schlimmer trifft es sie nur, wenn nicht ich es bin, der sich ihrer annimmt.

Ich bin der ruhigere, ausgeglichenere Bruder, auch wenn es manchmal nicht danach aussieht. Zuletzt habe ich mich zugegebenermaßen ein wenig gehen lassen. Noch immer pulsiert die Lust in meinem Inneren, wenn ich daran denke, wie sie mir ihre hübschen Backen so bereitwillig entgegengestreckt hat. Schon allein der Gedanke an sie lässt mich hart werden. Ich weiß selbst nicht, was mich geritten hat. Ihre spöttische Miene und ihr Widerstreben, meinen Befehlen zu folgen, haben etwas in meinem Inneren zum Kochen gebracht.

Sie hat etwas an sich, was mich neugierig macht. Ihr Blick war forsch, doch ich habe die Lust in ihren strahlenden Augen gesehen. Dass sie sich mir entgegenstellt, hat mein Interesse geweckt. Dennoch muss ich, so schwer es mir fällt, meine Gedanken von der Kleinen wenden und mich stattdessen um etwas Wichtigeres kümmern. Etwas, woran mich die Worte meines Bruders erneut erinnern. »Hast du unser Paket versendet?« Ein leichtes Zucken huscht über sein Gesicht. Dann nickt er gelassen.

»Der Cenessa-Clan wird es sich in Zukunft gut überlegen, ob sie sich noch einmal in unsere Geschäfte einmischen.« Er rauft sich kurz die Haare, während ich gedankenversunken nicke. Bei seinen Worten erhebt er sich, schlendert gelassen zu meinem Tisch. Wir haben die Plätze getauscht. Ich lehne mich entspannt auf dem Sofa zurück und er lässt sich auf meinem Stuhl nieder. Interessiert lege ich den Kopf schief, während er die Ärmel nach oben krempelt.

Die Frau räkelt sich. Sie stützt sich auf die Ellenbogen und überstreckt den Hals weit nach hinten. Begierig leckt sie sich über die roten Lippen, während er die Hand zwischen ihre Schenkel gleiten lässt.

»Gut. Es ist ihre eigene Schuld, wenn sie nicht in ihrem Teil des Landes bleiben.« Ich spüre die Anspannung in dem Raum. Unser Angriff wird nicht ohne Reaktion bleiben, da bin ich mir sicher. Mein Blick huscht von meinem Bruder zu dem einzigen Bild im Raum. Darauf sind wir, gemeinsam mit unseren besten Freunden Blac und Silver. Als wir die Firma übernommen haben, schworen wir uns, nicht die gleichen Fehler zu machen, wie unser Vater. Wir sind eine Familie und verdammt nochmal, der vertrauen wir.

Was alle anderen angeht ...

»Nein, ganz sicher müssen wir darüber nicht diskutieren.« Er wirkt nachdenklich. Einige Sekunden ist es still. Lediglich ihr leichtes Stöhnen erfüllt den Raum. Etwas daran stört mich. Bedauerlicherweise kann ich nicht sagen was. Genervt wende ich den Blick ab, nehme eines der Gläser vom Tisch und schwenke die Flüssigkeit darin.

Ein leises Geräusch lässt mich aufsehen. Mein Bruder dirigiert die Frau auf den Bauch. Sie folgt seinen Bewegungen nur zu bereitwillig.

»Du hast deinen Frust an ihr ausgelassen«, merkt er trocken mit einem Blick auf ihren leuchtend roten Arsch.

Ich zucke mit den Schultern. »Nicht ansatzweise.«

Seine Lippen zucken amüsiert. »Dann wird es Zeit. Ist sie nicht dafür hier?«

Kurz überlege ich. »Ich wüsste da jemanden, der meine Wut mehr verdient hat.«

Die Kleine macht einen erstickten Laut. Ob es daran liegt, dass mein Bruder sie in Position bringt oder an meinen Worten, kann ich nicht sagen. Er lacht trocken, zuckt die Achseln und öffnet seinen Gürtel. Langsam erhebe ich mich. Dabei beobachte ich, wie er sich zwischen ihre Lippen schiebt. Ich habe mich noch nicht entschieden, was ich tun will.

Die beiden zu beobachten, lenkt meine Gedanken nur wieder hin zu ihr. *Blossom.* Warum sie mich derart anmacht, weiß ich nicht. Vermutlich ist es der Reiz dessen, dass ich sie nicht haben kann. Zumindest nicht so leicht. Wobei sie es mir auch nicht sonderlich schwer macht. Nicht, wenn sie mir bei jeder kleinen Bewegung ihren knackigen Hintern entgegenstreckt.

Du willst es, oder nicht? Du willst, dass ich dir meine Dämonen zeige. Ich habe das Gefühl, sie werden deinen schmeicheln.

Eine rötliche Kondomverpackung landet auf der Kante des Schreibtisches. Mein Bruder sieht mich erwartend an. Trocken lache ich. »Wenn das mal keine Aufforderung ist.«

»Ist es. Mach etwas draus. Es kommt schließlich nicht alle Tage vor, dass ich dir eine Ablenkung derart präsentiere. Direkt aus den höllischen Feuern der Schattentöchter.« Die letzten Worte richtet mein Bruder an die Kleine. Er bringt damit meinen Mundwinkel zum Zucken.

»Da hast du wohl recht.« Mit diesen Worten nähere ich mich. Seitlich trete ich an sie heran. Ihr Körper wird ruckartig über den Tisch bewegt, während mein Bruder sich in ihre Kehle rammt. Hin und wieder stößt sie ein leichtes Röcheln aus, welches ihn nur zusätzlich ermutigt. Blossom hat mich geil gemacht. Auch wenn ich es nur zu gern sehen würde, dass sie die Konsequenzen dafür trägt, wäre es zu schade, sie schon jetzt zu belohnen. Noch soll sie auf mich warten. Sich nach mir sehnen. An mich denken und ihre nackten Beine aneinanderreiben, weil sie das Gefühl meiner Finger dazwischen vermisst.

Hm, spürst du das? Diese Sehnsucht? Diese eigenartige Erinnerung an etwas, dass du eigentlich nicht genießen solltest?

Willst du es? Den Rausch? Die Lust?

Mich?

Zufrieden schließe ich die Augen, während die Kleine sich an meinem Gürtel zu schaffen macht. Ich spüre die Worte beinah auf den Lippen. Es wird nicht mehr lang dauern, dann werde ich sie Blossom ins Gesicht sagen können. Die Kleine holt meinen immer härter werdenden Schwanz aus meiner Hose. Genussvoll lege ich den Kopf in den Nacken.

»Gefällt dir das?« Sie widmet ihre volle Aufmerksamkeit mir und entzieht sich stattdessen meinen Bruder. Vermutlich will sie mir gefallen. Dabei merkt sie nicht, was für einen Fehler sie begeht.

Fest presse ich aufgrund ihrer Worte den Kiefer aufeinander. Blinzelnd öffne ich die Augen. Als Strafe dafür, dass sie gesprochen hat, lasse ich meine Hand auf ihren sowieso schon roten Arsch klatschen.

»Hey!« Sie schnappt empört nach Luft. Dabei sehe ich selbst von meiner Position aus, wie sie bereits zu tropfen beginnt. Noch dazu hat sie den gleichen Fehler zweimal hintereinander gemacht. Wie soll ich mir vorstellen, dass sie eine andere ist, wenn sie nicht endlich den verfluchten Mund halten kann? Sie muss leise sein.

Mit diesen Gedanken zücke ich die Waffe. Es ist das zweite Mal an diesem Tag. Behutsam streichle ich sie. Sie ist immer da.

Die Hand der Kleinen erstarrt an meinem Schwanz. Dann schnappt sie nach Atem und öffnet bereits wieder ihre verdammten Lippen. Ohne zu zögern, schiebe ich ihr den Lauf dazwischen. Sie versucht sich mir zu entziehen. Schockiert sieht sie auf und rudert mit den Armen.

»Du willst uns nicht schon den Spaß verderben, oder?« Die Stimme meines Bruders nervt mich. Trotzdem packt er ihren Haarschopf fest und sorgt dafür, dass sie nicht zurückweichen kann. Allein diese Geste sorgt dafür, dass ich mich beruhige.

»Gut, pass auf. Ich erkläre dir ein letztes Mal, wie das hier laufen wird.« Zwischen meinen Worten reibe ich mit den Fingern über meine Kieferknochen. Dann versuche ich mich zu entspannen. »Wir werden mit dir machen, was auch immer wir wollen. Dich schlagen, dich ficken, dich umbringen.« Bei meinem letzten Wort weiten sich ihre Augen. Ich wende den Blick ab. Sie geht mir gehörig auf die Nerven. »Das wusstest du, noch ehe du hierhergekommen bist. Also wirst du lediglich brav den Mund öffnen, wenn wir dich dazu auffordern, verstanden?« Sie öffnet die Lippen, windet sich um die Waffe und nickt dann endlich mit gesenktem Blick.

»Gut.« Mit diesem Wort ziehe ich mich vorerst zurück. Ich bin zu aufgewühlt, um mich fallenzulassen. Aus diesem Grund überlasse ich sie meinem Bruder. Er wird sie besser behandeln als ich. Zumindest, wenn ich in einer derartigen Laune bin.

Stattdessen drehe ich mich wieder den Bildschirmen zu. Mein Blick fällt auf ihre geröteten Wangen, auf die müden Augen, die ihr immer wieder zufallen. Ich bemerke ihre Hände, welche sie hinter ihrem Rücken reibt. Dies sorgt für ein zufriedenes Grinsen auf meinen Lippen.

Versuchst du dich zu befreien, Chérie? Willst du mich so unbedingt wiedersehen? Mich reizen, provozieren und verführen? Hm, wenn das dein Ziel ist, erreichst du es verdammt schnell. So viel steht fest.

Schon bald wirst du ihren Platz einnehmen.

Nein, dein Körper wird den Platz ihres Körpers einnehmen. Was deinen Charakter angeht, der ist ein ganz anderer.

Du bist so viel verdorbener als sie.

Was hättest du getan, wenn ich dir den Lauf in den Rachen gesteckt hätte? Daran geleckt? Mich provoziert? Verspottet? Vermutlich nichts davon. Genau diese Ungewissheit treibt mich in den Wahnsinn.

Vielleicht wird es Zeit, dass ich es herausfinde.

Ursprünglich war es mein Plan, in diesen verdammten Stall zu marschieren und sie hart gegen die Wand zu nehmen, bis sie weiß, wem sie gehört. Selbst als ich die Tür aufgestoßen habe, ist sie nicht aufgewacht. Vielleicht war sie todmüde, nachdem sie die halbe Nacht fluchend in der Ecke lag und über ihre Schulter hinweg die Kamera fixiert hat. Vielleicht ist sie auch nur schlau genug, sich schlafend zu stellen, um nicht erneut meinen Unmut auf sie zu ziehen. Der Gedanke amüsiert mich tatsächlich. Es wäre ein Anfang, wenn sie endlich Respekt vor mir bekommt. Oder Angst. Mit beidem könnte ich umgehen.

Langsam führt mein Blick zu dem Tablett, welches auf dem Boden liegt. Oh, es war köstlich, ihr dabei zuzusehen, wie sie sich danach gestreckt hat. Mit Absicht habe ich es weit entfernt gestellt, sodass sie sich ihren hübschen Körper verrenken musste, um daran zu kommen. Noch interessanter war es zu beobachten, wie anschließend ein Kampf in ihrem Inneren tobte.

Hunger oder Trotz.

Gehorsam oder Stolz.

Interessiert habe ich sie beobachtet, wie die verschiedensten Regungen über ihr hübsches Gesicht zuckten. Sie hat sich für das Richtige entschieden. Etwas, wofür ich sie nur zu gern belohne, wenn sie mich denn lässt.

Ich betrachte sie, während ich langsam nähertrete. Mein Blick wandert über ihren Körper und als meine Augen ihren geröteten Hintern bemerken, beginnt mein Schwanz schmerzhaft zu zucken. Mich wundert es, dass sie überhaupt schlafen kann, wohingegen ich die halbe Nacht wach lag. Beinah erscheint es mir etwas unfair.

Natürlich hat ein wachsames Interesse meine Männer erreicht, als sie hörten, dass ich eine Frau mit zur Villa gebracht habe. Noch dazu, weil sie am Morgen noch immer bei uns ist. Schließlich kann ich mich selbst kaum entsinnen, wann eine von ihnen mir länger als eine Nacht Gesellschaft leisten durfte. Genauso gehe ich davon aus, dass sich mein Bruder um die Kleine von letzter Nacht gekümmert hat.

Ein teuflisches Gefühl befällt mich, während ich dicht neben sie trete. Ihre Art, ihr gesamtes Auftreten fasziniert mich mehr, als ich beabsichtigt habe. Noch dazu hat sie bereits nach unserem ersten Treffen nicht den Weg zu den Bullen gesucht. Sie hat sich aufgerappelt und das Geld genutzt, um ihr Leben in den Griff zu bekommen. Ich muss zugeben, dass mich das durchaus aufmerksam gemacht hat.

Wohingegen ihr Körper natürlich ebenfalls keineswegs zu verdenken ist.

Langsam lasse ich den Blick über ihre langen, welligen Haare gleiten, die sich wild um ihren Kopf bauschen. Kleine Blätter hängen darin. Sie ist dreckig und auch so könnte ihr eine Dusche nicht schaden. Ihre Finger krallen sich in den dünnen Stoff des Kleides, mit welchem sie sich zu bedecken versucht. Da sie offenbar keinen Selbsterhaltungstrieb zu besitzen scheint und nicht einmal dann erwacht, als ich neben ihr in die Knie gehe, seufze ich leise.

Meine Geduld ist erschöpft, deshalb lehne ich mich nach vorn. Mit der Hand umfasse ich ihr Gesicht und langsam drehe ich es in meine Richtung. Ich will, dass ich das Erste bin, was sie an diesem Morgen sieht.

»Guten Morgen, Chérie«, summe ich leise, dicht vor ihrer hübschen, kleinen Nase.

Schockartig weiten sich ihre Augen. Entsetzen und Abweisung steht in ihrem Gesicht. Sie erwacht unsanft und will sich augenblicklich von mir losreißen. Ich spüre die Angst in ihr, obwohl ihre Blicke lustvoll über mich streifen. Ein Ruck geht durch ihren Körper, als ihre Augen zur Tür wandern. Ein Lächeln erscheint auf meinen Lippen, während ich sie betrachte. Sie ist mein Besitz, doch was ich besitze, ist nicht nur ihr Körper. Ich will sie. Vollkommen.

»Keine Sorge. Du hast dich gut benommen letzte Nacht.« Blossom soll lernen, wie sie sich benehmen muss. Deshalb lobe ich sie selbst dafür, dass sie nicht auffällig war. Sanft streiche ich über ihr Gesicht. Sie entspannt sich unter meiner Berührung und ich beobachte, wie ein leichter Schauer ihren Körper ergreift. Trotz dessen versucht sie sich mir zu entziehen. Es ist wundervoll zu sehen, wie ihr Körper auf mich reagiert, auch wenn sich ihr Kopf noch immer gegen mich wehrt. Mit diesem Gedanken beschließe ich mehr auf sie einzugehen. Beziehungsweise, ihr zu sagen, was genau ich von ihr erwarte.

Ich lehne mich ihr entgegen und beobachte, wie sie erneut zurückweicht. So weit, wie die Fesseln an ihren Händen es ihr erlauben. »Wenn du dich mir hingibst, werde ich deine Lust entfesseln. Ich will sehen, wie du mich reitest und es bereitet mir äußerstes Vergnügen dich kommen zu lassen.« Ihre Augen weiten sich überrascht und ihre Lippen bilden ein stummes O, in welches ich nur zu gern tief eindringen würde. Mit meinem Daumen reibe ich sanft ihre Lippe.

»Du hast dich benommen, was bedeutet, dass ich dich erst nehme, wenn du mich bittest.« Ich sehe sie herausfordernd an und für einen Moment beißt sie sich auf die Lippen. Dann beobachte ich, wie sie mit sich ringt. Auch wenn sie versucht es sich nicht anmerken zu lassen, so spüre ich, wie ihr Körper unter meinen Berührungen erschaudert.

»Und wenn ich das nicht werde?« Ihre Nippel recken sich mir genauso reizvoll wie sie selbst entgegen. Ihr Blick ist hochnäsig und unglaublich provozierend. Jedoch bringt er meinen Schwanz erneut begierig zum Zucken. Wie gern würde ich ihr zeigen, wie sehr sie mich erregt und sie spüren, während meine Fingerspitzen sanft ihre Haut erforschen.

»Und wie du das wirst. Du wirst mich anflehen, dich hart zu ficken.« Ich steige, ohne groß darüber nachzudenken, über sie und drücke sie mit meinem Körper auf den Boden. Dabei sehe ich, wie sie sich windet und ihre Hüfte nach oben presst. Ob nun, um mir näher zu sein, oder den Druck von ihrem sicherlich brennenden Arsch zu nehmen, kann ich nicht sagen.

»Ich dachte, dass ich das Sagen habe? Als Belohnung.« Die letzten Worte sind leise und sie errötet sanft. Spöttisch streckt sie mir das Kinn entgegen, während meine Hände langsam zu ihrer Kehle wandern. Sanft lege ich diese darum und verstärke den Druck. Nur leicht, um ihr begreiflich zu machen, wie das hier laufen wird, sollte sie mir erneut widersprechen. Ein Schatten huscht über ihr Gesicht. Anstatt meine Dominanz einfach zu akzeptieren und sich verflucht nochmal mir zu beugen, streckt sie sich mir erneut spöttisch entgegen und windet sich in meinem Griff.

»Du solltest nicht vergessen, wer wirklich das Sagen hat, nur weil ich nett zu dir bin.« Es ist lächerlich, dass sie es überhaupt versucht. Eigentlich sollte ihr klar sein, dass sie gegen mich keine Chance hat. Ihre Augen glühen auf und ihr Mund öffnet sich leicht. Kurz zögert sie, den Blick auf meinen geheftet. Ich sehe ihre Lippen zittern, als sie diese fest zusammendrückt.

Pochend spüre ich ihren Puls unter meinen Fingern. Als sie die Lider senkt, gebe ich sie frei und ziehe mich ein Stück zurück. Ich wende mich von ihr ab. Sie ist nicht bereit für mich. Noch nicht. Schon bald wird sie sich nach meinen Berührungen sehnen. Das tut sie bereits jetzt, auch wenn sie sich dies noch nicht eingestehen will.

Man könnte meinen, es stört mich zu Waten. Das Gegenteil ist der Fall. Ich liebe es zu beobachten, wie sie sich Schritt für Schritt verändert.

»Wer bist du? Was seid ihr? Böse Menschen?« Ihre Stimme klingt dünn und ich habe nicht mehr damit gerechnet, dass sie noch etwas sagt. Überrascht drehe ich mich an der Tür um und fasse sie für einen Moment ins Auge. Ihre Wangen sind gerötet, ihr Blick ist hitzig. Sie schiebt sich weit nach hinten, möglichst weit weg, während ihre Augen gierig über mich wandern.

»Böse? Das ist ein schwammiges Wort. Wir tun, was notwendig ist. Für unsere Familie und für uns.« Ich fahre mir übers Kinn, während mein Blick auf ihr ruht.

»Und was ist mit mir? War es notwendig mich hierher zu bringen?« Sie fährt sich mit der Zunge über die Lippen und mir fällt auf, dass ihre Hände sich zusammenballen.

»Nein, aber ich wollte es. Anderenfalls wärst du nicht mehr am Leben.« Ich sehe etwas in ihren Augen aufblitzen und wende mich ab.

Sie hat verstanden.

KAPITEL 10

Blossom

Eine gefühlte Ewigkeit starre ich ins Leere. Stumme Wut erfüllt meinen Körper, während ich verzweifelt darüber nachdenke, wie es weitergehen soll. Eigentlich war mein Leben bisher sehr geregelt und normal gewesen. Gut, ich gebe zu, nachdem mein Vater mich recht überraschend vor die Tür gesetzt hat, geriet es etwas aus den Fugen. Allerdings dachte ich immer, dass alles wieder wie vorher werden würde. Dass er eines Tages vor meiner Tür steht, verlegen die Augen rollt und mit gepressten Lippen zugibt, dass er überreagiert hat.

Das hier ist keineswegs die Normalität, nach der ich mich gesehnt habe. Auch wenn ich zugeben muss, dass meine Gegenwehr mäßig ausgefallen ist. *Halt*, rufe ich mich selbst zur Ordnung. Ich werde diesen Verrückten nicht in Schutz nehmen, getreu nach der, *ach naja, er kann ja nichts dafür-Manier.* Was auch immer das hier ist, normal ist es nicht, soviel steht fest. Was hätte ich ihm auch sagen sollen, als er mir diese verfluchte Waffe an den Kopf gehalten hat? *Ich möchte das nicht. Würdest du bitte aufhören?* Ja ... das wäre sicher von Erfolg gekrönt.

Ein gutes Stück ist vergangen, seitdem er weg ist. Seine Anwesenheit treibt mich in den Wahnsinn. Bedauerlicherweise seine Abwesenheit auch, wie ich trocken feststelle.

Alles an ihm ist ein einziges auf und ab. Selbst jetzt, nachdem er weg ist, finde ich keine Ruhe, auch wenn ich mich am liebsten zusammenrollen und schlafen würde.

Er rettet mich im Wald und verschwindet dann.

Er nimmt mich mit zu sich und verschwindet.

Er … kurz verharre ich bei dem Gedanken an den Schlag und die Waffe in meinem Gesicht, woraufhin sich mein Körper schmerzhaft zusammenzieht. Auch danach ist er verschwunden, obwohl ich mich verdrehterweise nach nichts mehr gesehnt habe, als dass er mich in seine Arme zieht. Ganz offensichtlich ist das seine Masche. Das mit dem Verschwinden. Ansonsten würde ich nicht immer noch allein in dieser verfluchten Scheune liegen.

Trotzdem ziehen die Bilder unserer wenigen gemeinsamen Zeit immer wieder vor meinen Augen auf. Ich frage mich unwillkürlich, ob ich etwas anders machen würde, sollte ich nochmal von vorn beginnen können. Nur zu gern würde ich sagen, dass ich mich so weit wie möglich von ihm fernhalten würde. Schließlich hat mich genau das in diese Situation gebracht. Und trotzdem geht gleichzeitig eine Anziehung von ihm aus, die mich schier in den Wahnsinn treibt. Allein seine intensiven Blicke auf mir zu spüren, während ich nackt vor ihm liege, lässt meinen Körper erschaudern. Stöhnend ziehe ich an der Schnur, welche sich eng um meinen Arm legt. Ein Schaben ist zu hören, als das grobe Material an der Wand scheuert. Er fühlt sich unangenehm und taub an. Mein Blick wandert überrascht zur Tür, als ein Geräusch ertönt. Das Öffnen reißt mich augenblicklich aus meinen Gedanken, doch es ist nicht Er, der hereintritt. Ein muskulöser Mann kommt zu mir.

Möglicherweise derjenige, der letzte Nacht vor meiner Tür stand. Sicher bin ich mir dabei allerdings nicht. *Seiner Tür,* korrigiere ich mich automatisch. Immerhin ist dieses schäbige Ding nicht das, was ich als mein bezeichnen möchte. Sein Blick wandert einen Moment zu lange über meinen Körper und ich weiche zurück. Er tritt, ohne einen Ton zu sagen, an mich heran und ich presse ebenfalls die Lippen aufeinander. Ich öffne ein paar Mal die Lippen, nur um sie wieder zu schließen. Soll ich ihn um Hilfe bitten? Schreien? Versuchen zu kämpfen? Allein der letzte Gedanke ist lachhaft und bringt mich dazu, den Mund zu halten. Stattdessen presse ich die Arme fest vor die Brust. Nicht dass es irgendetwas ändern würde, doch das Gefühl hilft mir. Irgendwie.

Als er noch näherkommt, werde ich panisch. »Was willst du von mir?« Meine Worte klingen ruckartig. So viel zu: ›Wir halten besser den Mund um ihn nicht zu provozieren.‹

So oder so, er antwortet nicht. Etwas, das mich zusätzlich frustriert. Stattdessen beugt er sich herab und zückt ein Messer. Ich weiche zurück. Nun ist es endgültig mit meiner Selbstbeherrschung dahin. Er macht sich nicht die Mühe mir hinterher zu kriechen. Stattdessen greift er nach dem Seil, welches zu meinen Händen führt. Mit einem groben Ruck zieht er daran.

»Nein«, wimmere ich leise. Immer wieder wiederhole ich das eine Wort. Ich winde mich, fluche und weine. Und Sekunden später ist es vorbei. Er zieht das Messer flüssig über das Seil. Ein paar Mal muss er dies wiederholen, dann ist es durchtrennt. Meine Emotionen schlagen um. Von panischer Angst zu Unsicherheit und völliger Überforderung. Schließlich ende ich bei Dankbarkeit. Wieder laufen Tränen an meinen Wangen herab, wenn auch aus anderen Gründen. Binnen weniger Sekunden springe ich auf die

Beine, taumle kurz, und fange mich schließlich. Mit schnellen Bewegungen streife ich die Reste des Seils ab. »Danke«, hauche ich leise. Trotzdem drücke ich mich einige Meter von ihm entfernt gegen eine der hölzernen Trennwände. Dahinter vernehme ich ein Schnauben, welches ich ignoriere.

»Mitkommen.« Seine Stimme klingt heller als erwartet. Beinah muss ich schmunzeln, verdrücke es mir dann aber.

Ohne sich nach mir umzusehen oder auf mich zu warten, verlässt er den Stall.

Ich zögere einige Sekunden, da ich keine Ahnung habe, was mich auf der anderen Seite der Tür erwartet. Ein Erschießungskommando? Das hätten sie auch in der Hütte regeln können. *Außer sie wollen keine Blutspritzer auf dem Holz.*

Um den Gedanken zu vertreiben, schüttle ich irritiert den Kopf. Ich weiß nicht, was ich davon halten soll, dass mein ironisches Ich wohl zurückgekehrt ist.

Ein lautes Poltern lässt mich panisch zusammenzucken und einen Schrei herausrutschen. »Raus da. Sofort.« Wieder seine Stimme. Sie sorgt nicht dafür, dass ich mich beruhige. Im Gegenteil. Mit zittrigen Knien setze ich einen Schritt vor den anderen. Achtsam schaue ich auf den Boden, um mit meinen nackten Füßen nicht in irgendwas Spitzes zu treten. Es fühlt sich eigenartig an wieder zu laufen, nachdem ich einen Tag – wenn meine Zeitwahrnehmung richtig ist – nur auf einem kalten und steinigen Untergrund lag. Langsam nähere ich mich der Tür. Mein Blick geht an meinem Körper herab. An dem Kleid herab und über meine nackten Beine. Ich zerre eine dicke Jacke, die hinter der nächsten Holzwand hängt vom Haken und wickle mich darin ein. Mein nackter Körper sollte in dem Moment mein kleinstes Problem sein, aber so ist es nicht. Allein diese

Jacke gibt mir ein trügerisches Gefühl von Sicherheit. Wimmernd verziehe ich das Gesicht. Mein Magen fühlt sich flau an und mein Kopf brummt wie verrückt. An der Tür zögere ich noch einige Sekunden, dann schließe ich für eine Sekunde schwer atmend die Augen, trete nach draußen und blinzle wie verrückt.

Es ist hell, das habe ich bereits durch die Bretter gesehen. Aber jetzt blendet die Sonne mich beinah. Kurz bin ich wie erstarrt, dann erwache ich aus meiner Trance und sehe mich um. Niemand erwartet mich. Zumindest keiner mit einer Waffe.

»Los.« Er hat sich bereits einige Meter entfernt. Als ich der Stimme mit den Blicken folge, weiten sich meine Augen. Das, was ich dort sehe, sorgt dafür, dass ich sofort wieder in meiner Bewegung verharre.

»Verdammt«, murmle ich leise. Nur wenige Meter entfernt ist ein Haus. Nein, korrigiere ich mich selbst. Dieser Begriff kommt dem nicht ansatzweise gerecht.

Es handelt sich um eine Villa – ein altes Herrenhaus oder wie auch immer ich es beschreiben sollte – mir fehlen die Worte dafür. Direkt vor mir führt die Fassade drei Stockwerke in die Höhe. Dichte Eichen ragen an den Seiten auf und strecken ihre Kronen um die umlaufenden Veranden aus.

Der Mann ist inzwischen einige Meter entfernt. Er hält direkt auf eine kleine Tür zu, welche sich zwischen den Efeuranken, die das Haus zieren, versteckt. Bevor er die Klinke ergreift, dreht er sich auffordernd um. Ich setze mich in Bewegung, noch ehe er etwas sagt. Das Haus übt einen merkwürdigen Einfluss auf mich aus. Beinah magisch. Deshalb trete ich näher, hebe die Hände in Richtung der Ranken und streiche sachte mit den Fingern darüber.

»Rein.« Selbst sein eigenartiger Ton kann mich nicht aus

dem Zauber befreien. Mit einem Lächeln auf den Lippen trete ich durch den runden Türbogen und ducke mich zwischen den dichten Blättern hindurch. Es ist, als würde ich einen geheimen Eingang entdecken.

Dann fällt die Tür hinter mir ins Schloss. Der Mann packt mich am Oberarm und führt mich mit sich. Binnen Sekunden werde ich aus meiner Fantasie gerissen. Ich bin nicht an einem Lost Place, den ich erforsche. Stattdessen bin ich verdammt nochmal allein ins Innere des Hauses getreten, anstatt meine Chance zur Flucht zu nutzen.

Verzweiflung wegen meiner eigenen Dummheit macht sich in mir breit. Ich jammere, weine und fluche.

Wie zur Hölle konnte ich nur so dumm sein?

Schon immer war ich fasziniert von alten Gebäuden und verlassenen Plätzen. Nicht nur einmal bin ich auf der Suche nach eben diesen Orten durch die Welt gereist. Ja, die Villa und vor allem der zur Hälfte versteckte Zugang hatte mein Interesse geweckt. Nur bin ich nicht auf einer Lost Places Tour. Es geht um mein Leben. Wie konnte ich das nur verdrängen? All mein Widerstand bringt nichts. Der Mann schleift mich eisern weiter. Eine Treppe hinauf. Einen Gang entlang und wieder eine Treppe hinunter. Ich weiß, was er damit bezweckt. Er will mich verwirren. Aber nicht mit mir. Deshalb präge ich mir jeden einzelnen Winkel genau ein und wiederhole alles bei jeder neuen Richtungsänderung im Stillen. Währenddessen ziehe ich immer wieder an meinem Arm, halte inne oder starre ihn zu Tode.

»Pass mal auf.« Ruckartig hält er nach einigen Metern mit diesen Worten inne. Er drückt mich ein Stück weit von sich weg und zieht etwas aus seiner Tasche. Besser gesagt zwei Sachen. »Ich werde dich jetzt in dein Zimmer bringen. Wie wir dorthin gelangen, ist deine Entscheidung.« Mein Blick führt auf die Gegenstände in seiner Hand. Eine Waffe und eine Spritze. Dann sah ich mit geweiteten Augen auf. Ruckartig lässt er mich los, nickt in Richtung des Ganges. »Geh und erspar uns allen einen Haufen Arbeit oder wehre dich und ich absolviere mein Training heute mit 80 statt mit 130 Kilo«, brummt er inzwischen genervt.

Es dauerte einen Moment, bis ich seine Worte verstand. Dann schnappte ich empört nach Luft. Ich bin vielleicht nicht die Schlankste aber 80 Kilo sind ein Unterschied zu meinem Gewicht. Beleidigt hebe ich das Kinn. »Hättest du mir gleich gesagt, dass du mich lediglich in ein Zimmer und nicht die Folterkammer bringen willst, hätten wir uns schon eine Menge Aufwand sparen können.« Biestig verziehe ich das Gesicht, verschränkte die Arme vor der Brust und starre ihn zu Boden.

Er verdreht wenig beeindruckt die Augen und murmelt etwas von: »Frauen ...« Dann setzt er sich wieder in Bewegung.

Wenig später erreichen wir tatsächlich eine Tür, vor welcher er innehält. In dem Moment, als er sie öffnet, wird mir bewusst, dass der sorgsam eingeprägte Weg in dem Augenblick aus meinem Gedächtnis verschwunden ist, als wir unsere kleine Diskussion im Flur hatten. Ich fluche leise, was mir einen erneuten Blick von dem Typen einbringt.

»Ist noch etwas?« Mit den Worten marschiere ich an ihm vorbei und trete die Tür schwungvoll mit dem Fuß zu. Das Letzte, was ich sehe, ist ein Blick, der einen lüsternen Ausdruck angenommen hat. Kurz überläuft mich eine eisige Gänsehaut, dann fällt die Tür ins Schloss und ich bin wieder allein.

Für einen Moment zögere ich, dann strecke ich mich voll aus und fahre mir mit den Fingern durch die Haare. Schon nach wenigen Millimetern bleibe ich in den unzähligen Fitzen hängen. Leise jammernd versuche ich diese grob durchzukämmen und tapse barfuß durch das Zimmer. Die Jacke ziehe ich fest um meinen Körper. Ich schenke der schlichten Einrichtung kaum meine Aufmerksamkeit und laufe direkt zu der einzig anderen Tür im Zimmer. Meine Glieder schmerzen, von meinem Po einmal ganz zu schweigen. Aktuell habe ich ein dringenderes Problem, weswegen ich verdammt froh bin, diesem jetzt ungehindert nachgehen zu können.

Eilig husche ich in das Badezimmer und mein Blick tastet sich suchend an den Wänden entlang. Ich kann keine Kamera entdecken. *Da kann er auch froh sein, sonst hätte ich ihm gehörig die Meinung gegeigt.* Allein und ohne eine Überwachung kommt mein Selbstbewusstsein langsam zurück. Erst recht, nachdem ich seufzend auf das Klo sinke. Zufrieden schließe ich die Augen. Das war verdammt nochmal notwendig.

Die ganzen Stunden in diesem dreckigen Loch musste ich unfassbar dringend. Jedes Mal, wenn ich dachte, dass es nicht mehr geht, habe ich einen Blick zu der Kamera an dem Balken geworfen. Dies hat mich dazu bewegt, stur in meiner Ecke sitzen zu bleiben und auszuharren. Ich wollte mir nicht die Blöße geben, und mich vor seinen Augen in die Ecke hocken. Ganz sicher nicht.

Allerdings muss ich zugeben, dass ich es vermutlich keine Stunde länger ausgehalten hätte.

Zufrieden seufzend erhebe ich mich. Dabei ist es ironisch, dass so etwas einfaches, wie eine Toilette, mich derart glücklich macht. *Wobei*, stelle ich fest, genau genommen ist es eher traurig, wie weit meine Maßstäbe gesunken sind. Mein Blick fällt auf mein Spiegelbild und angewidert verziehe ich das Gesicht. So wie ich aussehe, wundert es mich, dass der Typ von eben mich überhaupt angefasst hat. Vielleicht habe ich seinen Ausdruck falsch interpretiert. Wenn ich mir mich so anschaue, dann war dieser wohl weniger lüstern als abfällig.

Prioritäten setzen, ermahne ich mich selbst. Es ist wohl eher weniger ein Problem, wenn der Wachhund des geisteskranken Typen mich nicht attraktiv findet. Genau genommen spielt mir das wahrscheinlich noch eher in die Karten. So fasst er mich zumindest nicht an.

Mein Make-Up ist verschmiert, meine Haare verfilzt. Ich stutze, als ich die rötlichen Abdrücke an meinem Hals wahrnehme.

Schockiert fahre ich mit den Fingern darüber, spüre aber glücklicherweise nur noch einen sanften Schmerz.

»Dieses Schwein«, murmle ich kopfschüttelnd und ungläubig.

»Lucien.« Ich hauche den Namen leise und beobachte, wie sich meine Augen weiten. Sofort verdränge ich ihn aus meinen Gedanken und mein Blick wandert wieder zu meinem Spiegelbild.

Langsam atme ich tief ein und aus. Dabei beobachte ich, wie sich meine Brust hebt und senkt. Ich schäle mich aus der Jacke und werfe sie vorerst zur Seite. Dann lege ich den Kopf in den Nacken und denke nach. Die letzten Stunden haben mich nicht nur aus meinem normalen Leben gerissen, sondern auch völlig überfordert. Deshalb sind feste Strukturen, ein Plan und vor allem ein Ausweg aus diesem Wirrwarr umso wichtiger für mich. Weil ich keine Ahnung habe, wo ich beginnen soll, fange ich mit dem

Offensichtlichsten an. Ich drehe mich, durchquere das Zimmer und halte erst inne, als ich vor der zweiten Tür ankomme. Diese öffne ich mit einer schnellen Bewegung. Meine erste Freude darüber, dass sich diese bewegen lässt, fällt schnell in sich zusammen.

»Suchst du etwas?« Der Typ von eben steht davor. Die Arme verschränkt, die Beine breit. Seine Augen wandern an meinem Körper herab. Anstatt einer Antwort schnaube ich lediglich und schmeiße die Tür wieder zu. Still hoffe ich darauf, dass er sie wenigsten abbekommt. Was wahrscheinlich nicht passiert.

Seufzend drehe ich mich wieder in Richtung des Bades und komme wenige Schritte später vor dem Spiegel an. Irgendwie war es klar, dass ich nicht einfach so gehen kann. Trotzdem wäre es schön gewesen.

Stöhnend stütze ich die Hände auf dem Rand des Waschbeckens auf. Dann beobachte ich meine eigenen Regungen im Spiegel. Ich bin unsicher, was ich denken soll. Wie geht es weiter? Was passiert nun?

Komischerweise bin ich nicht halb so panisch, wie ich es vermutlich sein sollte. Ob es an meiner fehlenden Intelligenz oder einer anderen psychischen Störung liegt, kann ich noch nicht voll feststellen.

Mit dem Finger reibe ich über meine Augen. Reste des Mascaras bleiben daran hängen. Ich verziehe das Gesicht.

Vollkommen egal, wie ramponiert ich aussehe, ich bin immer noch ich und ich werde mich nicht von ihm brechen lassen. Vollkommen egal, was er hier abzieht. Für sie, für ihn scheint all das hier normal zu sein. Eine Frau einfach so zu entführen, Menschen zu töten, wenn es ihm in den Kram passt. Selbst die Male auf meinem Hals sind mit Sicherheit nichts Besonderes für ihn.

Seufzend greife ich nach der Bürste, welche neben dem

Waschbecken bereit liegt. Sanft beginne ich meine Haare zu entfilzen. Schließlich habe ich in dem Moment nichts Besseres zu tun. Leider stelle ich nur zu schnell fest, dass es mit ein wenig kämmen nicht getan ist. Ich habe meine Haare seit mindestens einem Tag nicht gebürstet, war auf der Flucht, lag in einem Wald und schließlich in einer Scheune. – Oder was auch immer das war. Was in der Zwischenzeit mit mir passiert ist, will ich besser gar nicht erst wissen. Bevor mir erneut die Tränen in die Augen treten können, konzentriere ich mich auf meine Haare. Ich brauche ein Ziel, sei es noch so klein.

Haare entfilzen.

Sauber werden.

Wieder wie ich selbst fühlen.

Das ist der Plan.

Ich brauche einige Versuche, bis mir die hellen Locken endlich wieder einigermaßen lose über den Körper fallen. Die leichten, kitzelnden Berührungen meiner Spitzen erinnern mich dumpf an das Bandage-Kleid, welches ich trage. Irgendwann hat der Stolz verloren und die Kälte gesiegt. – Nicht, dass das Kleid etwas daran geändert hätte. Trotzdem habe ich es angezogen, um wenigstens etwas zu tragen. Ich ziehe es mit wenigen Bewegungen aus und werfe es auf den schwarz gefliesten Untergrund. Eine kleine Staubschicht breitet sich in einer Wolke davon aus. Dies entlockt mir ein Schnauben. Wenn das Kleid bereits vor Dreck strotz, will ich nicht wissen, wie viel davon an meinem Körper klebt. Im besten Fall. Im schlimmsten Fall haben sämtliche Krabbelviecher letzte Nacht eine Party auf meinem Körper gefeiert. Dabei reichen mir bereits die vier Mückenstiche, welche ich auf meiner Haut gefunden habe. Ich seufze.

Wieder lasse ich die Augen suchend durch den Raum wandern. Die Wände sind bis an die Decke grau gefliest.

Das Waschbecken, eine Dusche, das Klo und eine runde Badewanne sind die einzigen Einrichtungsgegenstände. Keine Schränke, keine Regale, keine Möglichkeiten, eine Kamera zu verstecken. – Hoffe ich.

Mit meinem Körper komme ich grundsätzlich ganz gut klar. Damit, dass mich hier jeder jederzeit begafft, eher nicht. Allein die Blicke des Typens von eben haben mir gereicht. Wobei die Stimme in meinem Hinterkopf mir sagt, dass ich mich eher um das sorgen sollte, was er, Lucien, mit mir getan hat … und noch tun wird.

Meine Finger zittern und die Flasche Shampoo, welche neben der Bürste stand, bebt in meinen Händen. Ich atme ein paar Mal tief ein und aus und bemühe mich, mich zu beruhigen.

Ich werde hier rauskommen. Auf die eine oder andere Art. Dabei werde ich vielleicht bei seinen Spielchen mitmachen müssen, doch das heißt noch lange nicht, dass er mich dadurch besitzt.

Auch wenn er sich das in seiner verdrehten Welt offenbar so vorstellt.

Okay, m ehrlich zu sein bin ich nicht halb so überzeugt, wie es vielleicht klingt. Nur muss ich mir diese Worte einreden Ansonsten würde ich heulend auf dem Boden zusammenbrechen.Ich schüttle rasch den Kopf, bevor ich mich ausgiebig dusche.

Wenig später seufze ich zufrieden. Endlich habe ich das Gefühl, wieder sauber zu sein. Dies bestärkt mich zusätzlich und löst eine enorme Stärke in mir aus. Nie hätte ich gedacht, dass es so gut tut, sauber zu sein. Es zeigt mir auch, wie gut es mir selbst in meiner nicht optimalen Lage in den letzten Monaten ging. Trotzdem könnte ich auf Erfahrungen dergleichen verzichten.

Als ich zudem noch einen Stapel Kleidung, ein Buch und ein neues Tablet auf meinem Bett finde sind meine

Gedanken ziemlich zwiegespalten. Einerseits fühle ich mich endlich wieder wie ein richtiger Mensch. Andererseits war jemand in meinem Zimmer, während ich nackt unter der Dusche war.

Nein, korrigiere ich mich augenblicklich. Es ist nicht *mein* Zimmer. Es ist sein Zimmer. In seinem Haus. Diesen Umstand sollte ich nicht vergessen. Schließlich bin ich hier nicht im Urlaub.

KAPITEL 11

Blossom

Ein gutes Stück später öffnet sich die Tür langsam. Ich schrecke von dem Buch auf und versteife mich automatisch auf dem seidig weichen Bett. Es gleicht einer Wohltat, wenn man an meine letzte Unterbringung in diesem Haus denkt.

Ein strahlendes Grinsen umsäumt von einem hellen Schopf blickt herein. Für einen Moment huscht mein Blick von den Zeilen und wandert zu ihm. Über die leuchtenden, grünen Augen und seine große Statur. Ich kenne ihn nicht, auch wenn mir sein Gesicht einen vertrauten Eindruck vermittelt. Das Gefühl überfordert mich schlagartig. Er gehört zu ihnen. Mit Sicherheit. Sonst wäre er nicht hier. Mein Herzschlag wird schneller. Da ich nicht damit gerechnet habe, dass jemand zu mir kommt, bin ich überrumpelt. Dieser Typ hat mich binnen Sekunden aus meiner Wohlfühlwelt herausgerissen und zwingt mich dazu, mich wieder mit der Realität zu befassen. Eine Realität, in der es immer nur bergab geht. Wo ich entführt und vermutlich misshandelt werde. In der man mich einsperrt und mir jegliche Kontrolle entrissen wird.

Ich werde hektisch. Mir wird übel.

Krampfhaft versuche ich mich auf etwas zu konzentrieren. Die Decke, meine kalten Füße, das Buch.

Daran halte ich mich fest.

An dem Buch.

Einer fiktiven Welt, in der schlussendlich alles gut wird.

»Du scheinst nicht besonders glücklich über meinen Besuch.«

Ich sehe im Augenwinkel, wie er nähertritt, ziehe nur skeptisch die Augenbraue in die Höhe. »Nun, vielleicht habe ich keine Lust auf noch einen Typen, der mich anstarrt. Davon abgesehen fehlen mir nur noch zwei Seiten.« Schnell werfe ich ihm einen kurzen Blick zu, um nicht vollständig unhöflich zu sein. Seine Miene wird nachdenklich und ich nutze die Zeit, um meine Augen eilig weiter an den Worten entlanggleiten zu lassen.

»Zu deinem Glück bin ich nicht nachtragend und führe dich trotzdem aus.« Seine Stimme wird schlagartig übermäßig freundlich, was mich die Augen verdrehen lässt. Dann denke ich über seine Worte nach und sehe ihn irritiert an. Für einen Moment lache ich. »Du führst mich aus?« Ich betone jedes Wort davon belustigt. Schließlich kann ich mir kaum vorstellen, wie das gehen soll. Wobei der Gedanke hier herauszukommen unfassbar verlockend ist. Noch dazu frage ich mich, wer er eigentlich ist. Wieder ein Lakai? Ein Freund? Und wenn ja, von wem? Von mir oder den grusligen Typen hier?

Wie zum Beweis hält er mir den Arm entgegen und sieht mich herausfordernd an. Ich strecke ihm den Finger abwartend entgegen, während mein Blick schnell zurück zu dem Buch in meinen Händen wandert. Meine Augen fliegen über die letzten Zeilen und ich höre, wie er belustigt lacht.

»Kommst du oder schmollst du weiter in deiner Ecke?« Schalkhaft blitzen seine Augen und mit einem leisen Stöhnen überfliege ich die letzte Seite grob. Zufrieden seufze ich und schlage das Buch ruckartig zu. Für einen Moment presse ich es an meine Lippen, grinse, froh dass die beiden Protagonisten es endlich noch geschafft haben und springe schließlich auf.

»Kennst du dieses Gefühl, wenn du dir die verbleibenden Seiten des Buches ansiehst und dir einfach nur denkst: Shit, das wird niemals zum Ende kommen? Zumindest nicht in diesem Buch?« Beschwingt springe ich auf die Beine.

Seine Miene ist belustigt. »Sehe ich aus, als würde ich lesen?« Die Situation ist so absurd! Wir tun, als wäre das alles hier normal. Dabei ist nichts hier mein Alltag. Ich bin nicht zuhause und auch nicht in der Bibliothek.

Aber damit kann ich mich nicht beschäftigen …

Deshalb mustere ich ihn mit einem aufgesetzten, schrägen Lächeln. Ehrlich gesagt könnte ich mir das bei ihm sehr gut vorstellen. Motiviert von dem Buch gehe ich ein paar Schritte auf ihn zu. Zugegeben, als ich das Buch gesehen habe, war ich etwas misstrauisch. Zuerst habe ich eine Falle darin gewittert. Wie auch immer diese aussehen sollte.

Ausgerechnet *Dark Romance*. Das konnte lustig werden. Ich kannte das Genre, gelesen habe ich es aber noch nie. Irgendwie hat es sich … falsch angefühlt. Verboten. Überraschenderweise hat es mich zunehmend fasziniert, sodass die paar 400 Seiten wie nichts dahingeflossen sind. Was das über mich sagen sollte, weiß ich zwar selbst nicht genau, doch habe ich diesen Umstand, gepaart mit meinem unfreiwilligen Aufenthalt hier, grundsätzlich in den Hintergrund geschoben.

Kurz schüttle ich mein Bein, welches sich eigenartig taub anfühlt.

Der Typ beobachtet meinen kleinen Tanz noch immer belustigt. Ich ignoriere seinen Blick und marschiere stur an ihm vorbei, ohne seine ausgestreckte Hand zu betrachten. An der Tür halte ich inne und schwinge meinen Arm einladend: »Ich warte.« Inzwischen habe ich es eilig, das Zimmer zu verlassen. Vollkommen egal, wer der Typ ist und wo er mit mir hin will. Er macht nicht den Eindruck, als würde er mir schaden. Deshalb gehe ich grundsätzlich davon aus, dass mir der Ausflug etwas bringen wird. Im besten Fall meine Flucht. Im schlechtesten springen vielleicht ein paar Informationen für mich dabei raus. Was nebenbei bemerkt immer noch ein Fortschritt wäre.

Er schüttelt lachend den Kopf und brummt etwas in Richtung, ›Was er sich da nur angelacht hat‹. Da kann ich ihm nur recht geben. Lucien hat nicht einmal ansatzweise eine Ahnung, was er sich mit mir eingebrockt hat. Auch wenn es noch immer eigenartig ist und die Panik nicht vollkommen aus mir gewichen ist, fühle ich mich auch seltsam beschwingt. Was vermutlich auch an dem Buch liegt. Geschichten mit starken Frauen haben genau diese Wirkung auf mich, dass ich mich danach beinah unbesiegbar und bestärkt fühle. Die Protagonistin war zunächst schwach und unbeliebt, doch sie hat sich erhoben, wie ein Phönix aus der Asche. Sie stand für sich selbst ein, hat allen Männern gezeigt wo es lang geht und sich nicht unterkriegen lassen. Genau, wie ich es nicht werde.

Ein teuflisches Lächeln schiebt sich auf meine Lippen, wenn ich daran denke. Auch sie hat sich nichts von den Typen vorschreiben lassen, auch wenn diese das etwas anders gesehen haben. Genau das habe ich gebraucht, um nach vorn zu sehen.

»Na dann, wenn ich bitten darf.« Er hält sich nicht damit auf mir seinen Arm erneut anzubieten, sondern krallt sich meinen mit einer flinken Bewegung. Seine Hand schließt sich um meine Hüfte und mein Blick wandert zurück zu der Kamera. Bedauerlicherweise gibt es in dem Schlafzimmer sehr wohl eine. Lediglich im Bad hat Lucien sich mit seinem Überwachungsdrang zurückgehalten.

»Sag mal, wird das hier eine Entführung?« Kurz zucke ich mit den Schultern und verziehe das Gesicht. »Schon wieder?«

Er lacht und tätschelt für einen Moment meine Taille, immer hoch genug, um mich nicht zu betatschen. »Keineswegs Du wirst schnell merken, dass man sich manchen Leuten in diesem Haus besser nicht in den Weg stellt.« Kurz wirft er mir einen schnellen Seitenblick zu. »Auch wenn ich nicht sicher bin, ob du einer davon bist.« Ich schnaube aufgrund seiner zunächst ernsten Worte. Schließlich kann ich davon inzwischen ein Lied singen. Den zweiten Satz ignoriere ich getrost.

»Also hat dich Lucien zu meinem Babysitter abgestellt«, stelle ich belustigt fest.

Ich spüre, wie er sich für einen Moment verspannt. Dann schiebt er mich sanft den Gang entlang und dirigiert mich mit kleinen Bewegungen durch das Haus. »Mich wundert es, woher du diesen Namen kennst.« Mein Blick huscht zu ihm. Seine Miene ist verschlossen. Auch wenn noch immer das Lächeln auf seinen Lippen ruht, wirkt es mit einem Mal erstarrt. Ich kann nicht anders als mein Gesicht triumphierend zu verziehen. Auch wenn es weniger mein Erfolg war als vielmehr Lolas Rededrang. *Verdammt, Maria*, erinnere ich mich selbst. Noch immer ist es ungewohnt für mich sie so zu nennen. Erst recht ungewohnt sind alle anderen Dinge, die in den letzten Stunden passiert sind, sodass mich diese Kleinigkeit wohl eher weniger wundern sollte. Noch dazu kommt, dass es in diesem Moment bei mir Klick macht. Meine Augen weiten sich schockiert, doch bevor ich etwas sagen kann, übernimmt er wieder das Gespräch. »Auch wenn du nicht antwortest und dir somit eigentlich keine Antwort meinerseits verdient hast, aber nein. Lucien« betont er kurz und zwinkert mir knapp zu »ist unterwegs und hat mich gebeten ein Auge auf dich zu haben. Nicht, dass du dich noch langweilst. Ich befürchte, dass wir nicht genügend Bücher im Haus haben, um deinen Lesedurst zu stillen.«

»Du warst am Strand. Mit ... Maria.« Kommt meine Erkenntnis völlig ungefiltert heraus. Für einen Moment zögere ich bei dem Namen, um mich nicht erneut zu verhaspeln. Dann verenge ich die Augen und sehe ihn prüfend an. Locker zuckt er mit den Schultern, als wäre das nichts besonders.

»Sicher, schließlich ist sie meine Freundin.« Seine Selbstverständlichkeit lässt mich die Stirn runzeln, während ich mich von ihm durch die Gänge führen lasse. Damit habe ich ehrlich gesagt nicht gerechnet. Wenn ich es mir allerdings überlege, kamen mir die beiden am Strand recht vertraut vor. So schnell, wie sie mit ihm mitgegangen ist. Diese Erklärung beruhigt meine Nerven. Zumindest teilweise. Ich kann nur hoffen, dass dies bedeutet, dass er weitaus bessere Absichten bei mir hat als sein Freund. Für einen Moment schüttelt es mich bei dem Gedanken, dann schlucke ich die Aufregung und mein pochendes Herz herunter und beiße mir auf die Lippe. Skeptisch wandert mein Blick erneut zu ihm, während er mich durch einheitliche, beige Gänge führt. Ich kann nur hoffen, dass er mich nicht ebenfalls beobachtet hat. Als wir den Flur weiter entlangschreiten, frage ich mich unweigerlich, wer das Haus eingerichtet hat. Der Stil ist schlicht, schön und elegant. Viele helle Töne und große Fenster. *Nein halt*, rufe ich mich selbst zur Ordnung. Genau genommen stelle ich mir ihn gar nicht vor. Nichts, was diese Leute betrifft. Stattdessen fällt mir etwas anderes ein und ich stocke kurz im Gehen und zwinge ihn auch zum Anhalten.

»Sag mal, wie heißt du eigentlich?«

»Blac«, ist seine schlichte Antwort, bevor er mich weiterzieht.

»Ich bin Blossom«, erwidere ich, ohne darüber nachzudenken. Was ihm ein leises Lachen entlockt.

»Das habe ich mir schon fast gedacht. Schließlich hast du das halbe Haus mit deiner Ankunft in Aufregung versetzt.« Schmunzelnd wandert sein Blick über mich. Ich verziehe die Stirn und setze bereits zu einem spöttischen Kommentar an. Bevor ich etwas sagen kann, hebt er den Finger abwartend, genauso wie ich es vor wenigen Minuten getan habe. »Du solltest es dir nicht mit mir verderben. Schließlich bin ich dein Date.« Er entlockt mir mit seiner charmanten Antwort ein leises Lachen, woraufhin ich tatsächlich den Mund halte und mich weiterführen lasse. Nicht weil er mich eingewickelt oder beeinflusst hat. Ich bin nur nicht dumm. Solange wie ich nett zu ihm bin, wird auch er nett zu mir sein. Zumindest vermute ich das. Trotzdem vergesse ich nicht, was meine Position in diesem Haus darstellt.

Lange schaffe ich es nicht still zu sein. »Sag mal …« setze ich an, doch in dem Moment schwingt er ausladend den Arm. »Wann sind wir da? Jetzt.« Er öffnet die Tür vor mir und dirigiert mich nach drinnen.

»Genaugenommen wollte ich fragen, wo wir hingehen.« Ich habe mir beide Fragen gestellt. Unter anderem. Natürlich sind da noch einige mehr. Trotzdem versuche ich ausnahmsweise meine Neugier zu zügeln. Bisher hat mich diese Eigenschaft ausschließlich in Probleme hineingeritten. Etwas, was ich anhand meiner eh schon schlechten Gesamtsituation besser nicht noch verschlimmern sollte. Was nicht bedeutet, dass ich mir nicht im Stillen bereits einen Plan zurechtgelegt habe. Oh nein, ich werde jede noch so kleine Information aus ihm herauspressen und dann in gut dosierten Mengen verwenden, um Lucien so richtig schön auf den Sack zu gehen. Wenn ich Glück habe, lässt er mich von allein wieder gehen. – Nicht das ich daran glaube, aber die Vorstellung gefällt mir. Schlagzeile: ›Entführung scheitert. Opfer entkommt durch nervtötendes Verhalten. Entführer verzweifelt.‹ Gut, die könnte man noch verbessern, aber die Idee gefällt mir.

Meine Gedanken werden zurück in die Gegenwart gelenkt, als ich den Raum betrete. Unbewusst gleitet mein Blick von dem dunklen vertäfelten Boden hin zu den gläsernen Wänden, welche den Raum zieren. Staunend sehe ich mich um und betrachte schweigend die weite Landschaft. Es ist einfach ein Traum. Das Gelände muss beinah unmittelbar am Strand liegen. Von meinem erhöhten Blick aus kann ich bereits das Wasser am Horizont sehen. Malerisch zieht sich das Blau endlos hin, umrissen von zahlreichen Bäumen, die mir ihre Kronen entgegenstrecken. Für einen Moment habe ich alles um mich herum vergessen. Sogar meine Höhenangst schaltet sich aufgrund des Gefühls der Freiheit aus. Mir ist im Inneren bewusst, dass ich noch immer eine Gefangene bin, doch fühlt es sich in diesem Augenblick nicht so an.

Mein Nacken beginnt zu kribbeln, kurz bevor mich ein leichter Windhauch streift.

»Ich dachte mir, dass es dir gefällt. Es ist Marias Lieblingsplatz im Haus.« Seine Stimme ist dicht an meinem

Rücken und jagt mir einen leichten Schauer über den Körper. Unbewusst beiße ich mir auf die Lippen. Ich spüre heiße Tränen in meinem Inneren aufsteigen, ohne dass ich es überhaupt will. Sie drohen aus mir hervorzubrechen und ich reibe mir mit den Fingern grob über die Wangen. Dann bemerke ich eine Bewegung hinter mir und leise Schritte, die sich entfernen. Wahrscheinlich will er mir nur einen Moment geben, doch seine Rücksicht macht es noch schwerer, mich zu beherrschen. Ein erstes Schluchzen dringt aus meinem Inneren hervor und meine Schultern beginnen zu beben.

»Was?« Wieder ein Wimmern. »Warum bin ich hier? Was hat er getan und was hat er vor? Wieso betäubt er mich und kettet mich an wie ein Tier? Wieso?«

Ich erhalte keine Antwort.

Die Stille sorgt dafür, dass meine Schultern von einem erneuten Beben geschüttelt werden.

Jetzt reiß dich aber mal zusammen Blossom, ermahne ich mich selbst. *Bisher hast du das ganz gut hinbekommen.* Kurz schniefe ich auf, während die letzten Tage vor meinen Augen herziehen. Ich weiß selbst nicht, warum ich ausgerechnet jetzt so dramatisch reagiere. Schließlich habe ich mir immer geschworen, nie das hilflose Ding zu werden, was heulend in der Ecke sitzt und sich selbst bemitleidet. Nur habe ich mir das vorgenommen, als ich in der Villa meiner Eltern saß. Auf meinem flauschigen Bett und umgeben von Sicherheit. Dabei weiß ich nicht einmal mehr, warum ich damals traurig war, doch im Vergleich zu dem, was mir widerfahren ist, wirkt alles lächerlich banal.

Ein erneutes Schluchzen entrinnt meiner Brust und ich wische mir grob die Tränen aus dem Gesicht. Mein Blick heftet sich auf das Meer. Es bedeutet Freiheit für mich, auch wenn mir das zuvor nie bewusst war. Genau in diesem

Moment würde ich mich am liebsten lachend in die Fluten werfen und vergnügt über den Strand schlendern. Der Wunsch, einfach weit nach draußen aufs offene Meer zu schwimmen und nie zurückzusehen ist in diesem Moment unfassbar groß.

Eine Hand streicht sanft über mein Schulterblatt und ich drücke mich der Berührung entgegen. Er gibt mir ein Gefühl der Bestärkung. Gleichermaßen baut sich ein Druck in mir auf. Der Druck, schlagartig damit klar kommen zu müssen. Es ist mir unangenehm, mich derart hängen zu lassen. Meine Lippen beben erneut, was ein Grund dafür ist, dass ich mich nicht umdrehe. Mir reicht es, dass ich vor einem völlig Fremden anfange zu heulen. Mein verquollenes Gesicht muss er dabei nicht unbedingt sehen.

Immer wieder rufe ich mir aufbauende Floskeln in Erinnerung. Etwas in Richtung: ›Am Ende eines jeden Tunnels gibt es ein helles Licht.‹ Beinah möchte ich lachen. In meinem Tunnel ist es verdammt schwarz. Vermutlich ist das Ende bereits eingestürzt. Oder ich steuere direkt auf eine Klippe zu. Würde passen. *Von einem Drama ins nächste.*

»Woran erinnerst du dich?« Seine plötzliche Frage überrascht mich. Ich sehe auf, drehe mich aber nicht zu ihm herum.

»Du meinst, bevor oder nachdem dein Freund mich entführt hat?« Meine Antwort ist patziger als beabsichtigt. Was nicht bedeutet, dass er das nicht verdient hat.

»Davor«, erwidert er schlicht.

»Ich war im Wald und bin ... Oh fuck.« Leise fluche ich. Aufgrund meines eigenen Dramas habe ich völlig vergessen, wieso ich überhaupt vor ihnen weggelaufen bin.

Schockiert drehe ich mich um. »Er hat diesen Mann umgebracht! In dieser Bar! Verdammt, ihr seid Mörder.« Die Einsicht ist nichts Neues, doch erst in dem Moment verarbeite ich es. *Fuck,* sie haben einen Menschen umgebracht. Das kann nur ein Scherz sein. Ein schlechter Streich. Ich murmle leise vor mich hin. Meine Atmung wird hektischer.

»Manchmal ist so etwas notwendig.« Er klingt in Gedanken versunken.

»Notwendig?« Die Aussage macht mich beinah sprachlos. Langsam schreitet er an mir vorbei.

Seine Finger wandern sanft über meine Schulter. Die beinah unschuldige Berührung lässt mich erstarren. »Vielleicht sollten wir diese Diskussion zu einem späteren Zeitpunkt führen. Du wirkst aufgeregt.«

»Aufgeregt?« Ich komme mir inzwischen vor wie ein Papagei. Trotzdem kann ich nicht damit aufhören seine Worte zu wiederholen. Jedes einzelne davon schockiert mich. Noch mehr, dass er dabei so abgebrüht und gelassen wirkt. Dabei dachte ich ... *Ja was?,* frage ich mich selbst. *Das er hier lebt und ein Teil davon ist? Trotzdem aber ein guter Mensch sein kann?* Vermutlich war das eher eine Wunschvorstellung als ein realistischer Gedanke.

»Denkst du denn, dass es dir hilft dich gegen uns zu wehren?«

Mit geschürzten Lippen schüttle ich den Kopf. Nicht als Antwort, sondern aus Fassungslosigkeit. »Was soll ich denn deiner Meinung nach machen?«

Er tippt überlegend mit den Fingern auf seinen Arm. Sein Blick richtet sich in weite Ferne. Irgendwann scheint er zurück ins Innere des Zimmers zu kommen und sieht mich direkt an. »Vermutlich bist du verwirrt. Gut möglich, dass du nicht sonderlich gut auf die Betäubung reagierst und noch darunter leidest.« Ich spare es mir, ihn erneut nachzusprechen. Eine Antwort erhalte ich deshalb sowieso nicht. Stattdessen bin ich still und höre zu.

»Pass auf, wir machen einen Deal. Du setzt dich hin und isst mit mir und im Anschluss beantworte ich deine Fragen.«

Damit hatte ich nicht gerechnet. Meine Augen wandern zu dem gedeckten Tisch, den ich zwar zuvor gesehen, aber großzügig ignoriert habe. Ich möchte wissen, was Sache ist und möglichst viele Antworten. Essen kann ich immer noch, wenn ich hier herausgekommen bin. »Gegenvorschlag …«

»Nein«, unterbricht er mich bestimmt. »Mein Haus, meine Regeln. Zumindest so ungefähr.« Er verdreht die Augen und schiebt den Stuhl zur Seite. »Los, komm. Am Ende werde ich noch dafür verantwortlich gemacht, wenn du vom Fleisch fällst.«

Ich spüre, wie angespannt er ist. Blac verliert langsam die Geduld. Deshalb atme ich tief durch. Wenn ich überleben will, muss ich nach seinen Regeln spielen. Darum wische ich mir mit einer schnellen Bewegung unter den Augen entlang und hoffe, dass ich nicht wieder völlig verheult aussehe. »Du bist merkwürdig«, versuche ich von mir abzulenken und auf ihn einzugehen.

Er schüttelt resignierend den Kopf. Trotzdem bleiben seine Augen wachsam. »Ich bin merkwürdig? Ich biete einer hübschen Frau lediglich etwas zu essen an. Jedoch bekomme ich so langsam das Gefühl, dass sie leicht irre ist.« Spaßhaft wandert sein Blick zu mir, während ich mich auf den von ihm herausgezogenen Stuhl fallen lasse. Irgendwie genieße ich die angenehme Unterhaltung mit ihm. Zumindest die Illusion davon. Mir ist durchaus bewusst, dass wir keine Freunde sind. Keine richtigen Freunde. Er soll mich ablenken, aushorchen oder Gott weiß was. Aber das habe ich schließlich auch vor. Deshalb würde ich uns eher als Zweckgemeinschaft beschreiben.

Blac ist trotzdem nett und irgendwie fällt es mir leicht, Zeit mit ihm zu verbringen. Davon einmal abgesehen ist Lucien wohl eher der, der Irre ist. Was ich ihm auch gleich sage: »Ich? Da hast du etwas verwechselt. Dein Meister hat völlig ein Rad ab. Er hat mich ausgezogen und angekettet.« Für einen Moment erröte ich über meine eigenen Worte. Ich habe zuvor nicht unbedingt darüber nachgedacht, was ich sage.

Blac zuckt amüsiert die Achseln. »Ja. Daran erinnere ich mich. Lebhaft.« Er zwinkert mir spöttisch zu, was mir erneut die Hitze in die Wangen treibt. Augenblicklich wende ich den Blick ab. Beschämt und verlegen.

Wir werden von einer hübschen Brünetten in einem schlichten schwarzen Kleid unterbrochen. Sie öffnet die zweiflüglige Tür vorsichtig und betritt den Raum zaghaft. Für einen Moment stockt sie in der Bewegung. Noch bevor Blac etwas sagen kann, winke ich sie herein. Schließlich bin ich froh über jede Ablenkung, solang wir nicht bei den Erinnerungen an meinen nackten Körper verweilen. Außerdem glaube ich, dass meine Lebenserwartung mit einer zusätzlichen Person im Raum steigt.

Sie geht mit einem Tablett auf dem Arm zu uns und stellt die Teller ab. Viel zu schnell ist sie verschwunden und nur der einsame Tisch am gläsernen Fenster, Blac und naja, ich, bleiben übrig. Möglichst schnell schlinge ich das Essen hinunter, auch wenn es mir schwerfällt. Ich will Antworten und die werde ich erst danach bekommen.

Überraschenderweise unterbricht Blac einige Minuten später die Stille. »Willst du mir erzählen, was dich bewegt?« Seine Stimme strahlt Ruhe aus, welche ich gerade nur zu gern in mich aufsauge, wie ein kleiner aufgeregter Schwamm. Trotzdem empören mich seine Worte und sorgen gleichzeitig dafür, dass ich sprachlos bin.

Beinah hätte ich gelacht, doch dann sehe ich ihn lediglich skeptisch über den Rand meines Weinglases hinweg an. »Soll das ein Scherz sein? Wie du wohl unschwer feststellen kannst, bin ich nicht freiwillig hier. Ich habe ein Leben. Einen Job.« Dabei schüttle ich den Kopf und schweige erneut, um meine Gedanken zu sortieren. Irgendwie wird mir erst jetzt bewusst, was das hier alles bedeutet. Deshalb sehe ich erneut auf. »Ich meine, seid ihr euch überhaupt darüber im Klaren, was hier los ist? Da hätten wir als erstes den Mord in dieser Bar.« Kurz werfe ich ihm einen spöttischen Blick zu. »Ich gehe einfach mal von einem Mord aus. Je nach Vorsatz, Tathergang und Schwere des Verbrechens stehen darauf in Massachusetts 20-30 Jahre. Wenn es schlecht läuft, lebenslang. Aber gut, gehen wir von einer sehr großzügigen Jury aus. Gaber ist in letzter Zeit mit den Verurteilungen nachlässig geworden. Sagen wir 15 Jahre Mindeststrafe. Dazu kommt Freiheitsberaubung, Gewaltverbrechen, arglistige Täuschung, sexuelle Nötigung ...« Kurze hebe ich den Blick, während mir bereits die Finger zum Zählen ausgehen. »Muss ich weitersprechen?« Herausfordernd landet mein Blick auf ihm. Entgegen meiner Erwartung sieht er nicht einmal verschreckt aus. Er hat sich zurückgelehnt, ganz so, als würden wir uns über das nächste Baseballspiel unterhalten. Ich kneife die Augen zusammen. »Vollkommen egal, wie lange ihr mich hier festhalten wollt. Drei Staaten weiter würdet ihr dafür auf dem Stuhl landen, verflucht nochmal. Ist dir das nicht bewusst, oder hängst du so wenig an deinem Leben?«

Seufzend hebt er das Messer an und balanciert es spielerisch zwischen den Fingern. Für einen Augenblick ist sein Blick nachdenklich und ich sehe, wie sein Kiefer mahlt. Er scheint etwas sagen zu wollen, beißt sich dann auf die Zunge und lächelt mich schräg an.

»Wollen wir uns dem nächsten Gang widmen?« Seine Stimme klingt eigenartig. Ich kann nicht zuordnen, was er in dem Moment denkt.

Inzwischen bin ich tief in Gedanken versunken, bis ich irgendwann die Augen aufschlage und ihn panisch ansehe. In der Sekunde ist mir etwas bewusst geworden. »Ihr wollt mich nicht mehr gehen lassen.« Meine Stimme klingt piepsig und ein Schauer läuft mir über den Rücken. Übelkeit steigt in mir auf, als ich seinen leeren Blick sehe. Ich schlucke ein paar Mal schwer und mein Kopf fliegt hektisch umher, als müsste es irgendwo einen Ausweg geben. Erneut spüre ich, wie mir die Hitze in den Kopf steigt und sich Tränen nach oben drängen. Natürlich hätte ich das wissen müssen. Wie könnten sie mich auch gehen lassen, nachdem ich sie gesehen habe? Nachdem all das hier passiert ist. Ich schüttle den Kopf, um den Gedanken zu verdrängen. »Irgendwie bin ich die letzten Stunden davon ausgegangen, dass alles gut wird.

Wie in einem Märchen.

Am Ende bekommt jeder, was er verdient hat und alles wird gut.« Meine Stimme gerät ins Stocken und ich bin mir nicht einmal sicher, wann ich angefangen habe, meine Gedanken laut zu äußern. »So ist es doch? Oder?« Verzweifelt sehe ich zu ihm auf. Sein Blick bleibt leer und traurig.

»Wir sind in keinem Märchen, in dem die Guten gewinnen und der Prinz in glänzender Rüstung erscheint. Wenn, lebst du unter dem Dach vom King der Diabolos und das ist keine Welt voll Glitzer und Feenstaub. Es ist hart, blutig und du wirst immer in Gefahr sein. Und nicht immer kannst du dich auf Diabolo verlassen. Nicht weil er es nicht will. Er kann nicht immer das machen, was er will. Nicht in seiner Position.« Seine Hand schnellt nach vorn und greift nach meiner. Mein Besteck landet klappernd auf dem Tisch und ich zucke zurück. Jedoch umklammern mich seine warmen Finger fest.

»Blossom ...«

»Nein!«, unterbreche ich ihn leise. Zuerst flüstere ich das Wort nur, dann rufe ich es laut in das Zimmer. Ich erhebe mich ruckartig. Der Stuhl fällt polternd um. Atemlos blicke ich zu ihm herab. Mein Herz schlägt wie verrückt. »Nein«, murmle ich wieder und stolpere ein paar Schritte zurück.

»Blossom, setzt dich wieder hin. Wohin willst du denn gehen?«

Zuerst möchte ich ihn ignorieren.

Er steht ebenfalls auf, tritt näher. Zu nah. Abwehrend hebe ich die Hände und schüttle den Kopf, um mich zu orientieren. »Raus aus diesem verfluchten Haus.« Die Worte sind mehr für mich selbst als für ihn bestimmt. Nach ihnen zögere ich nicht lange, drehe mich auf dem Absatz um und halte starr auf die Tür zu. Ich rechne jede Sekunde damit, dass er mir nachgeht und mich grob am Arm zurückreist. Dass er mich wie ein kleines, bockiges Kind auf mein Zimmer schleift.

Es passiert nicht.

An der Tür halte ich inne. Er hat sich kaum bewegt, aber ein gequälter Ausdruck liegt in seinen Augen. Vermutlich hat er recht mit dem, was er sagt. Ich bin ihre Gefangene. Ihr Eigentum. Aber ich werde nicht länger hier sitzen und darauf warten, dass ich erfahre, was genau das bedeuten soll. Schwungvoll öffne ich die Tür. Dann drehe ich mich intuitiv nach rechts. Zwar weiß ich nicht, wo der Ausgang ist, allerdings kann es nicht unmöglich sein ihn zu finden. Mit schnellen Schritten durchquere ich den Gang. Ungehalten werde ich schneller, als ich eine Treppe entdecke und stolpere mit rasendem Herzen darauf zu.

»Ich kann nicht zulassen, dass du gehst.« Blacs Stimme kommt von der Brüstung. Sie folgt mir die Stufen hinunter. Keine Sekunde halte ich mich damit auf, ihm zu antworten und gehe zielsicher weiter. Auch, als er aufholt und bald neben mir her joggt. Mir ist durchaus bewusst, dass er mich jederzeit packen könnte. Ich hätte ihm nichts entgegenzusetzen. Allein dieser Gedanke kotzt mich an.

»Hasst du ihn? Mich? Das hier?« Blacs Worte sorgen dafür, dass ich stolpere. Überrascht sehe ich zu ihm auf. »Ist es so, dass du jede Sekunde verabscheust? Dass es dich anwidert, wenn du ihn ansiehst oder er dich berührt?« Ein wissender Ausdruck liegt in seinem Blick. »Oder ist es so, dass du freiwillig mit ihm mitgegangen bist? Dass du ihn sogar gesucht hast und auch jetzt nichts ändern würdest, wenn du in dergleichen Situation noch einmal wärst?« Mein verräterisches Herz schlägt immer schneller. Betroffen senke ich den Blick.

»Darum geht es nicht.« Die Worte richte ich in Richtung der Wand. Blac tritt um mich herum. Erst da wird mir bewusst, dass ich stehen geblieben bin.

»Worum dann?« Er hat diesen herausfordernden Ausdruck, der mich in den Wahnsinn treibt.

Ich schnalze mit der Zunge. »Vollkommen egal, was zuvor war, das alles hier ist nicht in Ordnung.«

»Eine hübsche Villa? Gutes Essen? Dass du dich frei bewegen kannst?«

Bei seinen letzten Worten kann ich nicht anders als vor Frustration zu lachen. »Frei bewegen? Deshalb läufst du mir also hinterher. Machen wir uns nichts vor. Ich bin eine Gefangene, auch wenn man mir die Sache anders verkaufen will. Alles was ich tun kann ist darauf zu warten, ob ich freigelassen oder im nächsten Moment wie eine fliege zerquetscht werde.«

Abwartend hebt er einen Finger, legt die andere Hand unter sein Kinn. »Ok, weißt du was? Du bist nicht übel anzusehen. Vielleicht auch nicht ganz dumm. Aber wenn du Forderungen stellen willst, solltest du deinen Arsch hochbekommen und sie dir verdienen.« Er zuckt mit den Schultern. »Take it or leave it. Das ist es nun mal. Wenn man in dir mehr als eine verzogene Göre sehen soll, musst du aufhören, dich genau so zu verhalten.«

Mir steht der Mund offen. Mehr als eine Beleidigung geht mir durch den Kopf. »Du Arsch …«, murmle ich lediglich leise.

Er geht kaum auf meine dünne Aussage ein. »Kann schon sein, aber es ist die Wahrheit. Sei mehr als eine jammernde Bitch, die sich in ihrer Ecke verkriecht und ein wenig Gift spritzt. Dann wirst du auch nicht wie ein Kind aufs Zimmer geschickt.«

Ich schlucke für einen Moment, dann atme ich ein paar Mal tief ein und aus und hebe den Blick. Verbissen spiele ich an meiner Lippe. Es nervt mich, wie recht er hat. »Wenn ich das durchstehen soll, dann muss ich wissen, was hier eigentlich los ist. Was mich erwartet.«

»Lucien und Damien haben nicht den besten Ruf, doch man kann gut mit ihnen auskommen. Sie sind …« Kurz zögert er und ich erhasche im Augenwinkel ein schelmisches Grinsen. »Zuweilen etwas ungeduldig und impulsiv. Aber grundsätzlich ok.«

»Ok?« Innerlich verdrehe ich die Augen. Er hat recht. Wie soll mich jemand ernst nehmen, wenn ich entweder jammere oder ihm alles nachspreche? »Ich würde sie irgendwo zwischen geisteskranke Irre und Psychopaten einschätzen, Lucien zumindest. Damien durfte ich noch nicht kennenlernen. Ob das gut oder schlecht ist …« Dabei zucke ich die Achseln und lasse mich auf die Stufen sinken.

Blac macht es mir gleich und streckt die Beine aus.

»Hm, die Beschreibung finde ich nicht wirklich gut gewählt.«

Spöttisch lache ich. »Warum das?«

»Psychopathen besitzen keine Empathie. Soziopathen schon. Ich würde sagen, es ist ein großer Unterschied, ob man sich entscheidet oder keine Wahl hat. Und was den Irrsinn angeht ...«

Abwehrend hebe ich die Hände. »Ok. Lass gut sein. Sie sind nicht ganz sauber im Schädel, können wir uns darauf einigen?«

Er schmunzelt. Dieser verfluchte Typ schmunzelt allen Ernstes, während ich einen gefühlten Nervenzusammenbruch erleide.

»Können wir. Aber hey, wer ist das schon? Du wurdest – nach deiner Aussage – entführt und misshandelt, richtig?«

Dass er klingt, als würde er mich verspotten, ignoriere ich getrost. »Richtig.«

»Gut, warum rennst du dann nicht schreiend weg? Schlägst um dich und weinst die ganze Zeit? Wieso bist du nicht direkt gerannt, als du aus dem Stall gelassen wurdest? Und wieso wirst du immer feucht ...«

»Hey!« Impulsiv schreite ich ein. Abwehrend hält er die Hände in die Höhe und lehnt sich gemütlich mit dem Rücken gegen die Wand. Ich sitze da wie eine reife Tomate und warte darauf, dass ich vom Ast gepflückt werde. Bei dem Gedanken schüttle ich den Kopf, hebe ebenfalls die Hände und seufze schließlich. »Ok, neues Thema.«

»Perfekt. Wusstest du, dass Eichhörnchen sich bei jeder Begegnung küssen?« Aufmerksam legt er die Hand unter das Kinn und tut, als wäre dies das wichtigste Thema der Welt. Sprachlos starre ich ihn an.

»Eichhörnchen. Klein, flauschig ...«

»Ich weiß, was Eichhörnchen sind.«

Er nickt zufrieden. »Super. Alles andere hätte mich gewundert.«

Seufzend sinke ich gegen die gegenüberliegende Wand des Treppenhauses. »Du machst mich fertig.«

»Ja? Ist das gut oder schlecht?«

Ich schnaube. »Weiß ich noch nicht.«

»Dann sollte ich mich auf jeden Fall zurücknehmen. Nicht, dass du noch meinem Charme verfällst.«

»Keine Sorge.« Ich schmunzle bei den Worten.

»Das ist schon zu spät? Hatte ich befürchtet.« Er seufzt leise. »Es ist ein Fluch so toll zu sein.«

Kopfschüttelnd schlage ich halb im Spaß nach ihm.

»Wow. Vorsicht! Wir wollen schließlich keine gewalttätige Beziehung führen.«

Am liebsten würde ich ihn richtig schlagen. »Sagte der Entführer«, erwidere ich lediglich schlicht.

»Der Freund des Entführers.« Bei diesen Worten nickt er wohlwollend. Dann deutet er die Treppe hinauf. »Wollen wir fertig essen?«

»Nein«, erwidere ich bockig.

»Warum?«

Blac ist leider sehr beharrlich. Noch dazu anstrengend und irgendwie ... nett. »Weil ich eine jammernde Bitch sein will, die nur in der Ecke sitzt.«

Er lacht trocken. »Das nimmst du mir noch ein Stück übel, oder?« Als ich nicht darauf antworte, stößt er mich leicht mit dem Fuß an. »Gut, ich beiß an. Was stellst du dir als Entschuldigung vor?«

Mit einem wissenden Lächeln sehe ich ihn an. »Ein Auto, ein Kompass und freies Geleit? Ich würde auch ein Handy statt dem Kompass nehmen.«

»Wie wäre es mit einer Führung und ein paar Infos«,

schlägt er im Gegenzug vor.

Seufzend wiege ich den Kopf. »Da musst du noch ein Eis drauflegen.«

»Deal. Du bekommst sogar zwei.« Mit diesen Worten zwinkert er mir zu und erhebt sich. »Komm, mein Guide-Job ist mit einem Ablaufdatum versehen.«

»Ach ja? Musst du dann zurück in die Folterkammer deines Meisters und unschuldige Menschen aufschlitzen?«, stichle ich, während ich mich ebenfalls erhebe.

»Ganz genau.«

Seine Worte lassen mich überrascht zur Seite sehen. Er setzt ein so gutes Pokerface auf, dass ich nicht die leiseste Ahnung habe, ob er es ernst meint oder auf meinen Scherz eingeht. Vorstellen kann ich mir inzwischen leider alles. »Okay ...« erwidere ich gedehnt und folge seiner ausschweifenden Handbewegung.

»Lucien und Damien sind der Kopf eines sehr erfolgreichen Familienclans und niemand wagt es, sich ihnen in den Weg zu stellen. Ihre Geschäfte sind nicht immer einfach und möglicherweise nicht ganz legal. Sie sind viel unterwegs und ihre Arbeit bringt sie durch die ganze Welt. Trotzdem kehren sie immer nach Hause zurück, wenn auch mit besserer oder schlechterer Stimmung.« Schmunzelnd sieht er mich an. Im Erzählen legt er den Arm wieder um meine Hüfte und führt mich durch einen weiteren Gang.

Nachdenklich runzle ich die Stirn, verziehe das Gesicht zu einer Grimasse und entwinde mich seinen Griff. »Ich bin mir gerade nicht sicher, ob du mir sagen willst, dass ich beim Teufel persönlich gelandet bin oder aber, ob das hier ein kleiner Wellness-Trip wird und ich eh größtenteils allein bin.«

Schallend beginnt er zu lachen und auch um meine

Lippen zuckt ein Lächeln. Dann hebt er die Schultern. »Das meine Liebe, musst du wohl selbst herausfinden.«

»Ich werde elendig hier verenden und irgendwann von den Hunden gefressen«, jammere ich leise. Auch wenn mein Kommentar als Scherz gemeint ist, bin ich mir nicht sicher, ob vielleicht mehr Wahrheit in meiner Aussage liegt.

»Blossom, das hier ist ein Käfig, aber einer mit golden glänzenden Gitterstäben. Du bist jetzt Eigentum der Diabolos. Was nicht bedeutet, dass dein Leben vorbei ist. Wenn du sie ...« Kurz stockt er in seiner Bewegung. »Wenn du Lucien überzeugst, wird es dir hier gut gehen. Du musst zugeben, dass es bisher nicht halb so schlecht war, wie es hätte sein können. Außerdem solltest du nicht vergessen, dass du hier einen Freund hast.

Und wir haben keine Hunde.« Er zwinkert mir leicht zu, wenn auch wesentlich weniger spaßhaft. Trotzdem vertreiben seine Worte die Tränen, welche jederzeit wieder in mir aufsteigen könnten. Ich nicke stoisch und trotte ihm hinterher.

»Das Anwesen ist seit 1821 im Familienbesitz. Über die Zeit hinweg gab es einige Verwendungen, doch diese Tatsache hat sich über all die Zeit nicht geändert.«

»Und du bist auch ein Teil der Familie?« Die Frage brennt mir schon eine ganze Weile auf der Zunge.

»Ich bin der Guide für alle Entführungsopfer mit den Anfangsbuchstaben A bis E.« Er zuckt lässig die Schulter.

»Wow. Was für ein Glück ich habe.« Mir fällt natürlich auf, dass er meine Frage großzügig umgangen hat. Am liebsten würde ich nachbohren, aber irgendwas hält mich davon ab.

»Hast du. F bis J landen standardmäßig für zwei Wochen im vorhin benannten Folterkeller, in welchen ich nachher zurück muss.« Mit diesen Worten schiebt er mich durch eine Türschwelle. Überrascht bleibe ich stehen. Dahinter befindet sich eine Küche. Entgegen meiner Erwartung tummeln sich dort keine Angestellten oder Bedienstete. Sie ist leer und sauber.

»Hat hier schon einmal jemand gekocht?« Mit gerunzelter Stirn trete ich ein und streife mit den Fingern über die schwarzen Oberflächen. Eine dunkle Marmorplatte kommt nicht ansatzweise dem gleich, was ich in den letzten Monaten als Arbeitsfläche benutzt habe. Einige umgedrehte Kartons. Traurig, aber wahr.

Ein Kochfeld gab es zwar zur Übergabe, sonst aber nichts.

»Nein, wir sind in Wahrheit Vampire und ernähren uns vom Blut der Jungfrauen.«

Ich verdrehe die Augen. Blac scheint in den letzten Minuten richtig in Fahrt gekommen zu sein. »Mein neuer Freund macht keinen guten Eindruck. Kann ich ihn noch umtauschen?«

»Kleine Unfälle unter Freunden sind okay, oder nicht?«

Was ich darauf erwidern soll, weiß ich wirklich nicht. Deshalb schweige ich. So reite ich mich wenigstens nicht in irgendwelche Probleme.

Kurz ist es still, dann wird sein Blick erneut undurchdringlich. »Trotzdem meinte ich meine Worte ernst. Betrachte mich als deinen Freund.« Ich nicke und kann mir das freche Grinsen nicht verkneifen. »Aha, mein Freund-Freund oder mein Freund?« Ich ziehe das Wort in die Länge und sehe ihn vielsagend an.

Wissend sieht er mich an. Auch wenn seine Miene freundlich ist, klingt er ernster. »Dein Freund. Glaub mir, da will ich mich nicht reinhängen.«

»Lucien teilt wohl nicht gern? Und lass mich raten, du willst deinem Meister nicht widersprechen?« Ich sehe ihn herausfordernd an, auch wenn ich nicht das leiseste Interesse an ihm habe. Irgendwie macht es Spaß, mit ihm herumzualbern. Mehr noch. Es lenkt mich von meinem eigentlichen Problem ab. Etwas, was ich gerade gut gebrauchen kann. Jetzt gerade bin ich verdammt froh, wenn ich nicht anfange zu heulen. Da ist mir so ziemlich jedes Thema recht.

Erst nach einigen Sekunden fällt mir auf, wie lange er still ist. Ich hebe den Blick, doch in dem Moment kratzt er sich nachdenklich das Kinn. »Ich glaube, du solltest Lucien noch ein bisschen besser kennenlernen, bevor du Scherze auf seine Kappe machst.« Die Kombination aus seinem Blick und den Worten treibt mir eine ordentliche Gänsehaut über den Körper. Er klingt unheilverkündend. Etwas, was mir in meiner aktuellen Situation nicht gefällt. Blac nickt und zwinkert mir zu. Binnen Sekunden legt er einen Schalter in seinem Inneren um und zurück ist der lächelnde freundliche Typ.

»Ok, mein Freund also.« Prüfend sieht er mich an. Deshalb bemühe ich mich, es ihm gleich zu tun. Ich schätze ihn als einen guten Verbündeten ein, wenn ich es denn schaffe, dass er mich ebenfalls so sieht. »Also wollen wir mal etwas unternehmen? Freundschaftlich?«

Er sagt keinen Ton und sieht mich abwartend an. Ich tue ihm den Gefallen und spreche weiter. Auch wenn ich mir zwischendrin kurz Zeit nehme, mich genüsslich umzusehen. »Nun, dann können wir Dinge tun, die Freunde eben so machen. Eine DVD schauen, schwimmen gehen …« Er entspannt sich leicht, wenn auch noch nicht ganz. Noch immer sieht er mich abwartend an. *Schlauer Junge*. Langsam spreche ich weiter. »Mal was unternehmen. Kino, Strand, einen Urlaub Gott weiß wohin, am besten ans Ende der Welt …« Ich lasse den Satz locker in der Luft hängen und mache eine wegwerfende Handbewegung zum Zeichen dessen, dass das keine große Sache ist. Erst sein dunkles, belustigtes Schnauben lässt mich zurück zu ihm sehen. Schmunzelnd sieht er mich an und schüttelt den Kopf. »Süße, du hast es faustdick hinter den Ohren. Ich glaube, ich werde Lucien eine Warnung zukommen lassen, sonst hat der arme Kerl nicht die leiseste Chance. Und Maria hat mich gebeten ein Auge auf dich zu haben.«

Ich lache und stöhne aufgrund seiner Worte gleichzeitig. Was in einer merkwürdigen Mischung endet.

KAPITEL 12

Blossom

Einige Zeit später schmerzen meine Füße. Die Sandalen, welche zu meinem lockeren Outfit dazu waren, sind alles andere als bequem. Die Riemen scheuern und mein kleiner Zeh wird eigenartig eingedrückt. Trotzdem beschwere ich mich nicht. Dafür freue ich mich zu sehr, dass Blac mich herumführt.

Ich folge ihm eine Treppe hinauf in die zweite Etage. Allein die Fenster sorgen dafür, dass ich nicht völlig den Überblick verliere.

Ein eigenartiges Geräusch lässt mich in meiner Bewegung erstarren. »Was …«, setze ich an.

»Ah, wir sollten diesen Teil später besichtigen.« Blac klingt nüchtern. Schon ist seine Hand wieder an meinem Rücken.

Ich entziehe mich seiner Berührung. »Warte. Was war das für ein Geräusch?« Dabei deute ich den Gang entlang. Es war ein Klatschen. Vielleicht ein Stöhnen oder Röcheln dazu. Im ersten Moment kann ich nicht zuordnen, ob es Freude oder Leid ist. Das Unheimliche daran ist, dass mir beides Sorge bereitet.

»Du bist neugieriger, als dir gut tut.«

»Kann schon sein. Also? Sagst du mir die Wahrheit? Als mein Freund?«

»Puh, die Freundeskarte?« Er führt mich ein paar Meter zurück, weg von der Tür, hinter welcher inzwischen Stille herrscht. »Gut. Die Wahrheit ist, dass ich es nicht weiß und nicht das Interesse hege, es herauszufinden.«

Seine Antwort lässt mich die Augen verdrehen. Es ist mal wieder eine Ausweichtaktik, welche mir inzwischen nur zu vertraut von ihm ist. »Komm schon. Dann sag mir, was du denkst.«

»Gehen wir mal davon aus, dass Lucien dort ist. Dann hat er entweder schlechte Laune und reagiert sich an jemandem ab oder er ist trotz deines widerspenstigen Verhaltens in guter Stimmung. Was ich eher nicht annehme.« Seine Worte sorgen für eine Gänsehaut. Sie erinnern mich daran, dass dies leider keine romantische Villen-Führung ist. Auch wenn er mir sie gern als das verkaufen möchte.

»Wer soll es denn sonst sein? Damien?«

»Es gibt noch ein paar andere Menschen, die hier ein und aus gehen. Keiner von denen wäre eine bessere Gesellschaft. Nur für den Fall, dass du dir das gerade zusammenspinnst.«

Ein weiteres Geräusch sorgt für ein Prickeln in meinem Nacken. Schritte ertönen. Stur halte ich den Blick auf Blac gehaftet, auch als ich im Augenwinkel eine Bewegung wahrnehme.

»Hey King.« Blac der Verräter blickt über meine Schulter. Bei seiner Anrede verziehe ich spöttisch das Gesicht. *Wie lächerlich*. »Wen willst du denn auspeitschen. Oder hast du schon?« Bei dem Kommentar schießt mein Kopf ruckartig herum. Der Flur verschwimmt vor meinen Augen.

Alles, was ich noch sehe, ist Lucien. Und die Peitsche in seiner Hand.

Panik gemischt mit einer gewissen Faszination kochen in mir auf. Ich starre ihn an und kann nicht verhindern, dass mein Magen zu einigen Purzelbäumen ansetzt. Noch weniger, dass sich einige anschauliche Bilder in meinem Schädel formen. Fantasien, in welchen Lucien vor mir in die Knie geht, wie er mich sanft berührt und die Peitsche dabei in der ... Ok, rufe ich mich selbst zur Ordnung. Die Gedanken kann ich vielleicht nicht vertreiben, dafür habe ich umso mehr Kontrolle über meine Worte.

Zuerst ignoriere ich die Peitsche und konzentriere mich lieber auf ein sanfteres Thema. »Deine Freunde nennen dich King? Autsch. Das ist bitter.« Ich zucke die Achseln und höre ihn leise, bedrohlich knurren. Dabei verdrehe ich lediglich die Augen. Immer noch nicht halb so eindrucksvoll wie er wahrscheinlich meint – sprach der Körper mit den zittrigen Beinen.

Blac betrachtet uns amüsiert.

»Du solltest vorsichtig sein. Vor allem, wenn wir beim Thema auspeitschen sind.« Bedrohlich wandert Luciens Blick an mir hinauf. Augenblicklich verdränge ich die Gedanken und kneife die Augen zusammen. Das Kinn schiebe ich arrogant nach vorn. Es ist eine Schutzhaltung und in meinem alten Leben hat sie stets gut funktioniert.

Für einen Moment hebt er das Ding in seiner Hand hoch, abwägend, als müsste er nachdenken. Prüfend fährt er mit den Fingern darüber. Ganz so, als hätte Blac ihn auf eine wundervolle Idee gebracht. Sein Blick wandert zu mir und ein boshaftes Grinsen hebt sich darauf ab. Noch bevor er etwas sagen kann, platzen bei mir die Sicherungen. »Wage. Es. Nicht.« Ich zische ihm die Worte entgegen, als er auf mich zu tritt.

Die Hand in meinem Rücken löst sich und Blacs Grinsen schiebt sich in mein Blickfeld. »Ich glaube, das ist der Punkt, an dem ich die Biege mache.«

»Verräter«, murmle ich leise. Ein Geräusch ertönt und ich sehe überrascht zu Lucien auf. Hat dieser Mann soeben gelacht? Ich war mir nicht sicher, dass er zu solchen Tönen in der Lage ist. Er sieht mich belustigt an, zieht herausfordernd die Augenbraue in die Höhe. Dann wendet er sich zu seinem Kumpel um. »Danke, dass du auf sie aufgepasst hast. Kümmerst du dich inzwischen um unseren anderen Gast?«

Ich gebe ein »Humpf« von mir und will nicht einmal wissen, wer *der andere Gast* ist. Der Tag mit Blac war durchaus nett, doch so wie er es sagt, klingt es, als wäre ich ein kleines Kind. Oder wahlweise ein Einkaufswagen im Supermarkt, den man nur mal kurz bei jemandem abstellt.

So oder so gefällt es mir nicht.

Ich verschränke die Arme vor der Brust, während Blacs Blick zu mir wandert. »Treibt es nicht so wild. Und pass auf dich auf.«

Ich verziehe das Gesicht zu einer Grimasse und für einen Moment wird mir kalt und gleichzeitig warm von seinen Worten. Dann nicke ich. »Danke«, murmle ich leise. Lachend schüttelt er den Kopf und dreht sich zu Lucien um. »Nein, ich meine dich. Der bist du nicht gewachsen, Mann.« Jetzt ist es an mir triumphierend den Hals zu recken und Lucien herausfordernd anzusehen.

Lachend sucht Blac das Weite. Wenn ich Luciens Blick so sehe, gerade rechtzeitig. Offenbar kennt er ihn weitaus besser als ich. Traurigerweise bin ich jetzt die Einzige, die seinen Launen entgegen steht. Trotzdem möchte ich meine neugewonnene Stärke nutzen. »Pass mal auf. Dein Freund und ich haben einen netten kleinen Ausflug gemacht, der mich zum Nachdenken angeregt hat. Ich bin gewillt noch einige Zeit hier zu bleiben. Als dein Gast. Nicht deine Sklavin.«

Er scheint einige Sekunden nachzudenken. »Das ist eine vorzügliche Idee. Du als meine Sklavin.« Genussvoll stöhnt er und legt den Kopf in den Nacken.

»Äh?« Auffordernd sehe ich ihn an. »Du hast nicht richtig zugehört. Ich sagte, dass ich Nicht deine verfluchte Sklavin bin.« Er scheint meinen Einwand nicht einmal in Erwägung zu ziehen. »Wage es nicht.« Impulsiv hebe ich die Hand, um ihn abzublocken. Außer einem kurzen Zucken seines Gesichtes gibt es keine Regung.

Bedächtig setzt er einen Schritt vor den anderen. Ich weiche nicht zurück. Stattdessen lasse ich die Hände an den Seiten herabsinken und fixiere ihn mit meinem Blick. Als er dicht vor mir steht, zuckt mein Auge und mein Herz beginnt zu rasen. Mein Blick huscht zu dem Ding in seiner Hand. Es wäre ein Traum, es ihm wegzureißen und ihn damit auf Abstand zu halten. Nicht, dass ich denke, dass er Angst davor hätte. In meiner Vorstellung gefällt mir dieses Bild trotzdem verdammt gut.

Noch ehe ich etwas machen oder sagen kann, steht er dicht vor mir. Der Ausdruck seiner Augen hat sich verändert, doch das teuflische Grinsen ist noch immer da. »Los, trau dich.« Herausfordernd sieht er mich an. Sein Ton ist neckend und sein Körper zu mir gelehnt. Seine Augen blitzen amüsiert auf und mein Mundwinkel zuckt leicht.

Verlegen beiße ich mir auf die Lippe und hebe meine Hand. Ich sehe, wie er die Muskeln anspannt und lasse meine Finger sanft über seinen Körper gleiten. Vorsichtig fahre ich mit den Händen an seinen nackten Armen hinab und spüre eine leichte Gänsehaut darauf. Auch mich überläuft es für einen Moment kalt und mein Puls schnellt in die Höhe.

So hatte ich das eigentlich nicht geplant …

Bevor ich meinen eigentlichen Plan, ihm das beschissene Ding wegzunehmen, umsetzen kann, geht ein heftiger Ruck durch meinen Körper und sein starker Arm drückt mich gegen seine feste Brust. Ich stoße einen Laut der Überraschung aus. Eigentlich wollte ich ihn ablenken und das Ding dann aus der Hand reißen.

Blöd gelaufen, wenn man das Pokerface einer Tütensuppe hat.

Noch ehe ich blinzeln kann, drückt er seine Lippen auf meine und ich spüre, wie sich das Grinsen auf seinem Gesicht noch verbreitet. Unwillkürlich kralle ich mich in seinem Shirt fest. Dann halte ich für einige Atemzüge in der Bewegung inne. Normalerweise müsste in meinem Gehirn diese Stimme sein, die mich vor ihm warnt. Die mir sagt, dass das eine unfassbar dumme Idee ist.

Sie kommt nicht.

Ich sollte mir die Sache ausreden. Stattdessen mache ich das Gegenteil. Gedanken wie: ›Das eine Mal macht es auch nicht mehr.‹ Oder: ›Ich benutze ihn, damit ich hier herauskomme‹, sorgen dafür, dass meine eh schon geringen Zweifel völlig verschwinden.

Deshalb dränge ich mich ihm entgegen. Ich will mehr. Mehr von ihm.

Lucien scheint es ähnlich zu gehen. Seine Hände bewegen sich an mir herab, umgreifen meinen Hintern und ruckartig hebt er mich in die Höhe. Ich spüre das kalte, bedrohliche Material der Peitsche dauerhaft an meiner Seite. Nervosität ergreift meinen Körper. Erneute Zweifel lassen mich den Blick senken. Er legt die Hand unter mein Kinn. »Denk nicht darüber nach.« Seine raue Stimme sorgt dafür, dass mein Herz noch einige Takte schneller schlägt. Dann drückt er mich besitzergreifend an sich, während seine Zunge meine Lippen öffnet.

Eine dunkle Stimme weit hinten in meinem Kopf sagt mir, dass ich mich bei ihm nicht so fühlen sollte. Dass er der Böse ist und ich ihn eigentlich hasse. Bedauerlicherweise interessiert das meinen Körper recht wenig.

Deshalb werfe ich alle Zweifel endgültig über Bord.

Sein leises Lachen kitzelt über meine Haut und mit pochendem Herz schlage ich die Augen auf. Der dunkle Blick liegt schwer auf mir und, als würde ich magisch von ihm angezogen, drücke ich mich ihm erneut entgegen. Kurz bevor ich seine Lippen berühre, streift mich der Hauch seines Atems. »Weißt du, schon den ganzen Tag muss ich pausenlos daran denken, wie ich dich genauso packe ...«

Ich verdrehe die Augen. Seine Worte sind mir unangenehm. Trotzdem kann ich nicht vermeiden, dass sie mehr als ein sanftes Kribbeln in mir auslösen.

»Und dich dann übers Knie lege.« Bei diesen Worten verpasst er mir einen kurzen Schlag mit der Peitsche.

»Was?« Meine entsetzte Erwiderung ist heraus, noch ehe ich darüber nachgedacht habe. Erst dann kommen seine Worte vollständig in meinem Hirn an. »Du spinnst doch«, setze ich nach.

»Oh, ich liebe diesen Blick. So unschuldig und hitzig.« Ich winde mich in seinem Griff. Die Nähe zusammen mit seinen Worten fühlt sich eigenartig an. Nicht unbedingt schlecht, einfach ... überfordernd.

Er lässt nicht locker. Stattdessen drückt er mich fest gegen die Wand in meinem Rücken, sodass ich überrascht nach Luft schnappe. »Wobei ich sagen muss, dass mich noch ein weiterer Gedanke beschäftigt hat.« Für einen Moment ist er still und ich sehe mit gemischten Gefühlen zu ihm auf. Ich bin nicht sicher, ob ich hören will, was er denkt. Dann grinst er breit. – Was mich nebenbei bemerkt keineswegs beruhigt. »Und zwar, wie ich meinen Schwanz so lange in dich schiebe, bis du nicht mehr geradestehen kannst. Allerdings habe ich gehört, dass du dich benommen hast. Deshalb lasse ich dir die Wahl. Als Belohnung ...«

Den Rest seiner Worte verstehe ich kaum noch. Ein dauerhaftes Fiepen in meinen Ohren ist alles, was ich wahrnehme. Wie erstarrt, stehe ich da. Mit geweiteten Augen und offenem Mund. Ich würde mich nicht als prüde bezeichnen, aber das. Er kann nicht ...

Dann atme ich tief ein.

Beruhige mich.

Fahre meinen Puls runter und konzentriere mich.

Angespannt beginne ich zu zählen.

Es hilft nicht.

Wie ein Fisch öffne ich meinen Mund, nur um die Lippen wenige Sekunden später wieder zu schließen. »Du willst deinen ...« Ich räuspere mich leise. Das bringt diesen Idioten ernsthaft dazu, zu lachen. *So ein Arsch.*

»Du hast mich schon verstanden, Liebes. Aber wenn es dir hilft, kannst du mich auch gern nochmal genauer in Augenschein nehmen. Vielleicht fällt es dir dann leichter, das Wort auszusprechen.«

Er verspottet mich und ich hasse es.

Am meisten, dass es ihm aufgefallen ist.

Ich verdrehe die Augen. »Es ist kein Problem das auszusprechen.«

»Solange du es als Hauptproblem siehst, wenn ich dir sage, was ich mit dir vorhabe, keineswegs aber mein Vorhaben an sich anzweifelst ...« Ein wissender Ausdruck erscheint auf seinem Gesicht.

Ich fluche innerlich. Er hat recht. Darüber habe ich keine Sekunde nachgedacht. Besser gesagt: Natürlich habe ich ständig darüber nachgedacht, nur nicht darüber, dass ich es nicht will. Ein Schatten huscht über sein Gesicht und ohne darüber nachzudenken, lehne ich mich erneut nach vorn.

Meine Antwort ist ein brennender, hitziger Kuss.

Falsch. Absolut alles hier dran ist falsch.

Warum fühlt es sich dann so verdammt gut an?

Seine Fingerspitzen streifen die nackte Haut an meinem Schlüsselbein. Mir entrinnt ein leises Wimmern. Er gibt mir keine Sekunde, um zu Atem zu kommen. Stattdessen drängt er mich weiterhin gegen die Wand.

Sein Blick folgt mir, als ich mich von ihm losmache. Ich entziehe mich ihm nicht. Könnte ich auch nicht, schließlich steht er noch immer wie ein Fels unmittelbar vor mir. Sein hitziger Blick ruht auf mir und treibt mir erneut die Röte in die Wangen. Angespannt versuche ich meine Atmung zu beruhigen. In der Zeit versuche ich mich zu fokussieren. *Ich habe ihn geküsst. Freiwillig. Trotz der Situation. Was sagt das über mich aus?*

Das ich völlig durchgedreht bin.

Oder der Unfall hat tatsächlich einen dauerhaften Hirnschaden ausgelöst.

Blöderweise ist das Einzige, woran ich denken kann, dass meine Beine wie verrückt zittern.

Ich muss ein paar Mal schlucken, bevor ich meinen Körper endlich wieder im Griff habe. Die Situation ist merkwürdig und gleichermaßen angenehm. Er steht da, gibt mir Halt und Zeit. Beides brauche ich.

Abwägend beiße ich mir auf die Unterlippe. Schließlich nehme ich meinen Mut zusammen und lasse meine Hand langsam an seinem Arm nach unten gleiten. Er gibt ein kurzes Knurren von sich, als ich die Peitsche in seiner Hand umgreife. Fordernd ziehe ich sanft daran, während ich eine Spur aus Küssen um seinen Mund führe. Er schnappt scherzhaft nach mir. Die Bewegung bringt mich zum Schmunzeln. In dem Moment erinnert er mich an einen süßen übermütigen Welpen, nicht an den brutalen ... Ich führe den Gedanken nicht zu Ende. Jetzt gerade will ich nicht darüber nachdenken, was er getan hat. Stattdessen bin ich bereit eine Dummheit zu begehen. Eine von vielen.

Ich umschließe die Peitsche fest, wenn auch mit zittrig schweißigen Fingern.

»Dieses eine Mal überlasse ich dir die Führung, Liebes. Aber daran solltest du dich besser nicht gewöhnen.« Sein Ton ist sexy, wenn auch warnend. Ich lege den Kopf in den Nacken, sehe zu ihm auf und grinse frech. Dann gebe ich ihm einen leichten Klapps mit dem Peitschen-Ding in meiner Hand.

»Ja? Vielleicht gefällt es mir aber das Sagen zu haben und ich gebe die Macht nicht mehr ab.« Ich zwinkere ihm spöttisch zu und hole zu einem erneuten Klaps aus. Noch bevor ich ihn auch nur streife, umfasst er meinen Arm, entwindet mir das Ding schwunghaft. Ich jammere, da er meine Hand verdreht. Tränen treten mir in die Augen. Er achtet kaum darauf. Ruckartig dreht er mich herum, sodass ich mit dem Rücken zu ihm stehe.

»Oh, Liebes, du treibst es zu weit.« Sein Atem trifft mich als erstes. Dann legen sich seine Lippen sanft auf meinen Nacken.

Ich schnappe nach Luft. »Ich treibe es zu weit? Mit einem Schlag? Wärst du mein Angestellter würde ein ungenügend in deinem Arbeitszeugnis unter Belastbarkeit erscheinen.«

»Vermutlich meinst du, dass deine Aussagen lustig sind. Vielleicht hilft es dir auch nur mit der Situation umzugehen. So oder so. Lass es.« Sanft spüre ich sein Lachen auf meiner Haut. Spielend knabbert er kurz daran herum. Das Gefühl ist eigenartig. Irgendwie neu und ungewohnt.

Und ... Ein Klatschen ertönt. Ich schnappe nach Luft. Das Schwein hat mich tatsächlich auf den Hintern geschlagen.

Wohl bemerkt wesentlich fester als ich ihn.

Sofort schießt mein Kopf in die Höhe und mein Puls beschleunigt sich. »Hey!«, maule ich. Erst will ich mich ihm entziehen. Dann wandern seine Finger von meiner Schulter an meinem Rücken herab. Ich erschaudere und die sanften Berührungen bringen mich zum Verstummen. Er zeichnet meine Wirbelsäule nach und ich lasse die Stirn gegen die Wand sinken. Dabei schließe ich die Augen und kann gerade noch ein Seufzen unterdrücken.

»Nun, dafür war sie eigentlich nicht gedacht, doch die Verwendung gefällt mir wesentlich besser.« Die Worte streifen meinen Nacken. Ich spüre, wie sich seine Lippen zu einem anzüglichen Grinsen verziehen.

Daraufhin gebe ich ein leises Schnauben von mir. »Als hättest du sie nicht genau dafür hergebracht. Mal im Ernst, wer steht schon darauf geschlagen zu werden? Das kannst du dir aber gleich abschmatzen.« Ich ignoriere die leise Stimme in meinem Inneren, die sagt, dass ich selbst es nicht einmal so schlecht fand. Dennoch hebe ich trotzig das Kinn und werfe ihm einen spöttischen Blick über meine Schulter zu. Für einen Moment ist er still, dann zuckt sein Mundwinkel und er dreht mich bestimmt herum. Er gibt mir ein wenig Freiraum, wenn auch nicht viel.

»Nun, darauf stehen ist die eine Frage, aber manchmal ist es notwendig. Für deine Erziehung sollte ich mir etwas ganz besonders überlegen. Leider fehlt mir im Moment noch die richtige Idee.« Er streicht sich sanft über den Bart und mustert mich dabei ausgiebig. Ich spüre die Hitze, welche sich in meinem Inneren zusammenbraut und beiße mir auf die Lippe.

»Notwendig? Das ist etwas übertrieben. Und was soll das mit der Erziehung? Ich bin kein Kind« An diesem Punkt sollte Empörung in meiner Stimme liegen. Leider ist das Gegenteil der Fall. Still hoffe ich, dass er meine Begierde nicht spürt. Oder hört.

»Und ich nicht dein Vater. Aber wenn du willst, kannst du mich trotzdem gern Daddy nennen.«

Sprachlos starre ich ihn an. Ich habe keine Ahnung, wie ich seinen Blick deuten soll. Geschweige denn, was ich darauf erwidern will. Für ihn kann ich nur hoffen, dass das ein beschissener Witz war. »Keine Ahnung, was bei dir alles schiefgelaufen ist, aber schlag eine andere.«

»Nun, Shila hatte keine Probleme damit.« Erneut umspielt ein teuflisches Grinsen sein Gesicht und aufgrund seiner tanzenden Berührungen über meine Seite brauche ich eine Sekunde, um seine Worte zu verstehen. Sofort trete ich ruckartig zurück und stoße hart gegen die Wand in meinem Rücken.

»Wie bitte?«

Er zuckt lediglich lässig mit den Schultern, was mich erneut zum Rasen bringt. Es ist lächerlich. Absolut dumm und erniedrigend, doch ich kann nicht verleugnen, dass es zwischen meinen Beinen zu prickeln beginnt. »Aha, also kommst du gerade von irgendeiner alten und meinst, dass ich auf den gleichen Fetisch-Scheiß stehe? Dann geh zurück zu Shila.« Ich spucke ihm die Worte giftig entgegen. Natürlich weiß ich selbst, dass ich nicht eifersüchtig sein sollte.

Ich meine, Hallo? Erde an Blossom? Dieser Typ hat dich entführt! Soll er sonst was mit sonst wem tun, solange er dich in Ruhe lässt.

Die Worte sind in meinem Kopf. Ich höre sie, nehme sie wahr und verstehe ihren Inhalt. Nur kann ich sie nicht für mich annehmen.

»Das hatte ich vor, nur hast du meine Pläne mit deiner Anwesenheit unterbrochen. Wobei ich sagen muss, dass sich die Unterbrechung gelohnt hat. Auch wenn sie sich aktuell in keine gute Richtung entwickelt. Für dich. Denn du wirst schon wieder frecher, als dir gut tut. Dieses eine Mal bin ich gewillt dir das durchgehen zu lassen, denn ich muss sagen, ich genieße deine Eifersucht.« Gönnerisch lehnt er sich mir entgegen, während er zuletzt die Stimme senkt.

Am liebsten würde ich ihm eine reinhauen.

Dafür, dass er mich entführt hat, mich verspottet und mir weh tut. Ok, realistisch gesehen auch einfach nur dafür, dass er all das getan hat und sich trotzdem mit jemand anderem vergnügt. Warum zur Hölle juckt es mich überhaupt?

Ich drücke mich von ihm weg und sehe ihn boshaft an. Für einen Moment öffne ich den Mund, dann überlege ich es mir anders und drücke mich grob an ihm vorbei. Verbissen presse ich den Kiefer zusammen. Mir fehlen die Worte. Hauptsächlich seinetwegen, doch auch in gewisser Weise wegen meiner eigenen Naivität.

Weit komme ich nicht. Traurigerweise gibt er mir für einen Moment das Gefühl, dass er mich gehen lässt, nur um mich im letzten Moment am Arm zurück zu reißen.

»Was?«, fauche ich ihn bockig an. Ich ärgere mich über ihn. Über all das hier, doch am meisten über mich. Kann ich nicht wenigstens einmal in meinem Leben Prioritäten setzen? Mein Freund, der mich betrügt: Ist ein Problem. Der geisteskranke Irre, der mich entführt hat und es mit einer anderen treibt: Ist kein Problem.

Sollte es zumindest nicht sein.

Er lacht amüsiert, hält meine Hand fest in seinem Griff und spielt lässig mit dem Peitschen-Ding.

»Es ist göttlich dich so zu sehen. Beinah habe ich das Interesse verloren, aber ich muss zugeben, allein deshalb genieße ich deine Anwesenheit.

Du gehst jetzt und ziehst dich um.« Kurz wandert sein Blick an mir herab. »Dann schwingst du deinen Arsch binnen fünf Minuten wieder zu mir, sonst werde ich ihn dir versohlen, bis er flammend rot aufleuchtet und du drei Tage nicht sitzen kannst. Wobei, lass uns das als zusätzliche Option vermerken.« Sein Ton wird ernst. Ungehalten. Wenngleich sein Blick spöttisch ist. Zwinkernd lehnt er sich mir entgegen und ich mich augenblicklich empört von ihm weg.

»Sag mal, spinnst du?« Bevor ich weiterkomme, spricht er wieder, ganz so, als hätte ich nie etwas gesagt.

»Und dann werde ich dir zeigen, wie ich die Gerte verwende. Bei dir und bei Shila.«

Hitzig drehe ich mich zu ihm um. »Bist du noch ganz dicht? Ich werde garantiert nicht mit dir irgendwas machen und mich von dir auspeitschen lassen. Noch dazu, während eine andere danebensteht. Du spinnst doch.« Die Alarmglocken schrillen in meinem Kopf. Amüsiert betrachtet er mich ausgiebig, während ich mich in seinem Griff winde. Mein Inneres sagt mir, dass hier irgendwas gehörig schiefläuft. Ich schalte meinen Verstand aus. Vollkommen egal was in seinem verdrehten Kopf vorgeht.

Ohne. Mich.

Wie um mich selbst zu überzeugen, versuche ich mich noch einmal ihm zu entziehen. Was natürlich in einem genauso kläglichen Versuch endet, wie zuvor. Dann geht ein Ruck durch meinen Körper und ich werde fest an ihn gepresst. Er senkt die Stimme und ist dicht an meinem Ohr. »Du wirst Shila, mein Pferd, kennenlernen. Reiten werde ich nicht nur sie. Und was die Reitgerte angeht, so sollte sich dein hübscher Arsch auf etwas gefasst machen. Unser anderer Gast hat sie auf sehr unschöne Weise kennenlernen müssen.

Weil ich nachsichtiger bin, als ich es sollte, hast du drei Minuten, um dir etwas Richtiges anzuziehen. Sonst schleife ich dich sofort nach draußen, vollkommen egal, wie wund deine Beine dann sind.« Ich erstarre unter seinen Worten. Prickelnde Röte steigt in meine Wangen und ich beiße mir auf die Lippen. Um seine Worte zu untermahlen, trifft mich erneut dieses Reit-Ding mit einem brennenden Klatschen. Ich zucke zusammen, als er mich ruckartig loslässt und ich davon stolpere.

Unbeholfen laufe ich den Gang entlang. Meine Beine sind zittrig und mein Kopf schwammig. Seine Worte spuken durch meine Ohren. Meine Beine tragen mich wie von selbst.

Überraschenderweise ist es leicht mein Zimmer zu finden. Wie auch nicht, wenn ein bulliger Typ davorsteht. Ich drücke mich an ihm vorbei, schließe die Tür und lehne mich an die Wand. Mein Puls rast wie verrückt und mein Schädel scheint zu kochen. pDas Schlimmste ist, dass seine Worte immer wieder durch meinen Schädel spuken und sich meine Mitte dabei jedes Mal zusammenzieht. Einen Moment stehe ich nur so da. Dann beiße ich mir auf die Lippe und schlage kurz die Hände vors Gesicht. Ich gebe ein frustriertes Stöhnen von mir.

Woher sollte ich das auch wissen?

Als alle Mädchen die Rosa-Reitphase hatten, hat mich mein Vater auf den Schießstand geschleppt. Ganz offensichtlich hätte er es lieber gehabt, wenn ich ein Körperteil in der unteren Region mehr gehabt hätte. Vollkommen egal, blöderweise habe ich mich trotzdem ordentlich in die Scheiße geritten. *Wohl wortwörtlich.*

Als ich mich endlich gesammelt habe, husche ich eilig zu dem Spiegelschrank in der Raumecke. Ich fange meinen eigenen, hitzigen Blick auf, während ich mich selbst mit erröteten Wangen mustere. Sofort wende ich den Blick ab, schiebe die Türen auf und betrachte den kargen Inhalt. Diesen habe ich bereits kurz nach meiner Umlagerung in dieses Zimmer geprüft. Auch wenn ich es als Inhaftierung bezeichnen würde.

Stumm schüttle ich den Kopf.

Inzwischen habe ich entschieden, mich nicht um meine widersprüchlichen Gefühle zu kümmern. In dem Moment will ich das hier. Ihn. Alles. Trotzdem rede ich mir ein, dass ich mich jederzeit dagegen entscheiden kann. Ich bin eine starke unabhängige Frau.

Die schon bei dem Gedanken an den grusligen Typen vor der Tür fast ausläuft.

Die Einsicht treibe ich weit in den Hintergrund. Stattdessen konzentriere ich mich auf meinen Schrank.

Kleider, Röcke, dünne Hosen ... Genau genommen habe ich keine Ahnung, was man zum Reiten anzieht. Dabei ist mir nicht einmal bewusst, was ihm an meinem aktuellen Outfit nicht gepasst hat. *War es nicht gut genug? Oder hässlich? Lag es nicht an den Sachen, sondern an mir?*

Da sind sie wieder, die zweifelnden Gedanken der Unsicherheit. Ich versuche sie durch Wut zu verdrängen, welche schnell in Trotz umschlägt.

Was genau ist eigentlich sein Problem?

Mein Blick fliegt immer wieder auf die Uhr, während ich mich durch die Kleidung wühle.

Ich hüpfe gerade auf einem Bein herum, in dem hitzigen Versuch meinen Schuh anzubekommen, als ein Poltern ertönt. Die Tür öffnet sich quälend langsam und für einen Moment komme ich mir vor wie in einem Horrorfilm. Es ist weder ein grusliges Kind noch ein Clown, der mich dahinter erwartet.

Wobei ich nicht sicher bin, ob die Realität besser ist.

Luciens Blick liegt schwer auf mir und sofort halte ich in der Bewegung inne, schüttle meinen Fuß ein letztes Mal unbeholfen und spüre, wie der Riemen über den Knöchel rutscht. Langsam tritt er näher und ich richte mich auf. Sein Eintreffen erinnert mich erneut an meine Eifersuchtsaktion von eben. *Ich meine, geht es noch peinlicher?* Davon einmal abgesehen, dass er nun garantiert denkt, dass ich bescheuert bin, hätte ich ihm auch gleich einen Liebesbrief schicken können. *Wäre vermutlich auch nicht schlimmer geworden.*

Als er vor mir steht, atme ich tief ein. Dann lege ich den Blossom Reeds-Schalter in meinem Inneren um. Ich hebe das Kinn, schließe die Augen leicht und lasse meinen Blick lässig an ihm vorbeigleiten. Beinah so, als nähme ich ihn kaum wahr. Auch wenn alles in meinem Inneren laut *Lüge* brüllt, ignoriere ich die Stimme und sehe ihn herausfordernd an. »Können wir dann?« Mein Blick schweift über dieses Reit-Ding, was er noch immer in der Hand hält und ich sehe, wie er mir mit den Augen folgt. Ich drehe mich ruckartig herum und laufe möglichst elegant vor ihm entlang, wobei ich mir Mühe gebe, meine Hüfte lässig zu schwingen.

Kurz vor der Tür bellt seine Stimme durch den Raum. »Stopp.«

Als würde mein Körper augenblicklich auf ihn reagieren, halte ich in der Bewegung inne. Drehe mich nicht herum. »Ja?«, frage ich gedehnt. Ich spüre den Lufthauch, dann ist er an meiner Seite.

»Du trägst einen Rock. Einen sehr kurzen noch dazu.« Seine Stimme ist angespannt und ich strecke mich ein wenig. Sofort vernehme ich sein Knurren und weiß, dass die Kleidung ihren Zweck erfüllt hat.

»Das ist mir durchaus bewusst«, schnurre ich leise. Er lacht, dann reißt er mich grob an sich.

»Liebes, das wirst du noch bereuen.« Seine Stimme ist ein dunkles Versprechen und lässt die Hitze durch meinen Körper schießen. Sofort sammelt sich feuchte Lust in meiner Mitte und ich lasse mich von ihm hinausführen.

Drei Dinge habe ich nicht durchdacht. Zum einen ist ein Rock aus mehr als einem Grund ungünstig zum Reiten. Wobei das Aufsteigen und der vermutlich gute Blick darunter noch der geringste ist. Allerdings hatte ich zugegebenermaßen kaum bessere Alternativen, sodass ich irgendwann entschieden habe: Wenn, dann richtig.

Das zweite Problem ist meine Höhenangst. Nicht optimal, vor allem wenn ich dieses große Ungetüm von Pferd sehe, welches kurz darauf vor mir steht.

Und damit kommen wir schon zu Problem Nummer drei: Verflucht nochmal, ich saß noch nie auf einem Pferd und diese Dinger jagen mir eine höllische Angst ein. *Shit*.

KAPITEL 13

Blossom

»Du willst das Sagen haben? Gut, dann zeig mir, was du drauf hast.« Er tritt nah an mich heran und sein Atem streift meine Wange. Seine Hand setzt sich spielend in Bewegung. Ich schlage die Augen hoch und fange seinen Blick direkt auf. Die letzten Minuten ziehen an meinen Augen vorbei. Man könnte mein Verhalten als dumm bezeichnen. Immerhin habe ich den Teufel persönlich zu einem Deal herausgefordert. Er gegen mich. Ein Wettreiten und der Sieger hat einen Wunsch frei.

Zu meiner eigenen Überraschung ist mir dabei nicht sofort meine Freiheit in den Sinn gekommen. Zumindest nicht so, wie es eigentlich sein sollte.

»Was ist los, Liebes? Hast du es dir anders überlegt?«

»Wieso sollte ich?« Wie so oft ist meine Zunge schneller als mein Hirn. Genau genommen hat eben dieser Zustand mich erst in diese Lage gebracht. Eine Lage, in welcher ich behauptet habe, ein Rennen gegen ihn zu gewinnen.

Dabei muss ich mir eingestehen, dass ich es vermutlich nicht einmal schaffe, mich auf dieses riesige ... Tier zu setzen.

»Du siehst nicht danach aus, als wüsstest du, was du da machst.« Seine Stimme hat diesen verfluchten, spöttischen Unterton, der mich rasend macht und mein Gehirn zum Verstummen bringt. Sofort hebe ich lässig die Augenbraue. Es ist eine Reaktion, gegen die ich nichts tun kann. Scheiß auf meine Angst. Dem Typen kann ich nicht einfach so klein beigeben. Deshalb beachte ich das Ungetüm von einem Pferd kaum, welches dicht vor mir steht.

»Du hast mich vielleicht kennengelernt – beziehungsweise gestalkt«, füge ich mit einem lässigen Seitenblick auf ihn hinzu. »Aber war dies zu einer Zeit, in welcher ich finanziell nicht besonders gut aufgestellt war. Du solltest dabei nicht vergessen, dass das nicht immer so war. Ich bin wohlhabend aufgewachsen und da wird einem so etwas in die Wiege gelegt.« Arrogant schüttle ich seine Berührung ab, greife mir die Zügel und sehe ihn herausfordernd an. Auch wenn ich mich zeitgleich am liebsten selbst ohrfeigen würde. »Nur hatten damals die Männer noch Anstand und haben mir aufgeholfen. Schließlich will ich mir nicht die Nägel abbrechen.« Bekräftigend verdrehe ich die Augen und sehe ihn bestimmt an. Dass meine Nägel schon längst nicht mehr so gepflegt und lang sind, ignoriere ich getrost. *Hallo?* Maniküren sind teuer.

Je länger er meinem Blick standhält, umso schwerer fällt es mir, nicht den Kopf zu senken. Trotz dessen, dass er mich bisher zugegebenermaßen recht gut behandelt hat, stehe ich nicht weit vor dem nächsten Nervenzusammenbruch. Deshalb brauche ich das hier. Die Bestätigung und das Gefühl, meinen Stolz behalten zu können.

Kurz zuckt ein Lächeln über sein Gesicht, dann nickt er gelassen. Seine Hände wandern über meine Hüfte, spielen an dem Saum meines Rockes entlang und fahren dann über meinen Hintern. Mein Mund wird trocken und ich warte darauf, dass er mich packt und anhebt.

Er tut es nicht.

Stattdessen schmiegt sich sein Kopf dicht an meinen, während seine Finger sich an meinem Körper entlangtasten. Spielerisch zieht er eine hitzige Spur der Berührung darüber. Seine Hand ruht für eine Sekunde auf meiner Hüfte, dann gleitet sie weiter an meinem Bein herab. Instinktiv presse ich die Schenkel zusammen. Mir wird schwummrig. Meine Kehle ist trocken.

»Du denkst, dass ich gut zu dir sein werde, oder nicht? Dass ich nicht halb so schlimm bin, wie ich immer sage?

Dabei irrst du dich.«

Als seine Fingerspitzen die nackte Haut an meinem Oberschenkel berühren, schaltet sich mein Kopf endgültig aus. Ich gebe lediglich ein leises »hm« von mir.

Lucien gleitet mit den Händen unter meinen Rock. Mitten in der Öffentlichkeit.

Und ich? Stehe da und halte ihn nicht auf.

Deshalb fühle ich mich wie die größte Schlampe. Trotzdem kann ich mich nicht bewegen. Nicht, wenn er den Arm dicht an meinen Körper presst und die Finger mittig zwischen meine Beine platziert.

»Fuck, Blossom. Du trägst keine Unterwäsche.«

»Hm«, gebe ich lediglich von mir, als seine Finger sich durch meine Feuchte ziehen. Was soll ich auch dazu sagen?

Ja? Das ist offensichtlich.

Die eigentliche Frage wäre, was ich mir dabei gedacht habe. Bloß kann ich ihm darauf keine Antwort geben. Ich weiß es selbst nicht. Mein Puls beschleunigt sich und seine Berührung kribbelt durch meinen ganzen Körper. Ein wenig benommen lehne ich mich an ihn, stolpere beinah. Beherzt packt er meinen Arm. Schmerzhaft verziehe ich das Gesicht. Trotzdem bringe ich keinen Ton heraus. »Es gefällt mir sehr«, brummt er leise hinter mir, während er meinen Rock nach oben hebt.

Kurz zögere ich. Das fühlt sich so verboten an. Dann beschließe ich die Zweifel über Bord zu werfen und drücke mich ein wenig nach vorn, um ihm einen noch besseren Blick auf meinen nackten Hintern zu geben.

Seine Finger wandern fordernd auf und ab, doch berührt er nicht den Punkt, welcher so hitzig zu pulsieren beginnt. Ich recke mich ihm entgegen, während meine Mitte immer feuchter wird. Meine Begierde auf ihn wächst und ich winde mich unter seinem Griff. Ein gieriges Lächeln schiebt sich auf meine Lippen, als er endlich einen Finger in mich schiebt. Ungehalten stöhne ich und winde mich erneut in seinem Griff. Ein verzweifelter Versuch, mich zu ihm herumzudrehen.

»Liebes, du solltest dich beherrschen. Sonst werde ich dich nicht kommen lassen.« Ich höre seiner Stimme das arrogante Grinsen an und gebe ein unzufriedenes Stöhnen von mir. In dem Moment will ich ihn. Richtig. Und zwar sofort.

Er packt meine Hüfte mit der anderen Hand und dirigiert mich in Richtung des Stalls. Mein Herz beginnt bei dem Anblick einige Takte schneller zu schlagen. Es erscheint mir unfassbar, dass ich eine Nacht darin verbracht habe. Inzwischen ist es lediglich eine müde Erinnerung. Seine Erektion drückt sich von oben gegen meinen Hintern. Dies entlockt ihm wenigstens ein leichtes Stöhnen, was ich immerhin als Triumph verbuche. Seine Bewegungen sind spielend und neckend, doch nicht genug.

»Komm schon«, flehe ich, während die Begierde mich durchflutet. Ich erkenne mich selbst nicht wieder, aber in diesem Moment ist mir das völlig egal.

»Bitte was?« Seine Stimme trieft vor Zufriedenheit. Zögernd beiße ich mir fest auf die Lippe, während er einen zweiten Finger in mich schiebt, nur um sich wenige Augenblicke später wieder zurückzuziehen. Trotzdem kommt kein Laut über meine Lippen. So verzweifelt bin ich nicht.

Zumindest rede ich mir das ein.

Und widerspreche meinen eigenen Gedanken schlagartig mit meiner Reaktion.

»Verdammt«, knurre ich leise und drücke mich ihm entgegen. Weiterhin umspielen seine Finger für wenige Sekunden meine Perle und ich murre, als er sich wieder zurückzieht.

»Du musst mir schon sagen, was du willst.« Seine Hand wandert an meiner Hüfte hoch und streicht durch den dünnen Stoff über meine Brust. Wie auf Kommando reagiert mein Körper und meine Nippel strecken sich ihm entgegen. In einer schnellen Bewegung dreht er mich herum. Ich presse die Lippen fest aufeinander, dann führt er seine Hand nach vorn und umschließt meine Kehle.

Fest.

Ungewollt gebe ich ein Röcheln von mir. Panik steigt in mir auf. Überrascht weiten sich meine Augen. Damit habe ich nicht gerechnet.

»Ich liebe es, wie sich dein Puls beschleunigt.« Seine andere Hand umfasst meine Brust hart. Spielerisch reibt er meinen Nippel zwischen seien Fingern. Ich schnappe nach Luft, schlage die Augen auf und treffe seinen hitzigen Blick. Nicht nur einmal bin ich kurz davor, meinen Stolz herunterzuschlucken. Genau wie in dem Hotelzimmer hat er ein Talent dafür, mich in den Wahnsinn zu treiben.

Trotzdem bleibe ich standhaft.

»Gefällt es dir? Mein Haus, mein Pferd ... Ich?« Er wirkt so unfassbar selbstgefällig. Wie ein arroganter Typ, der genau weiß, dass ihm die halbe Welt zu Füßen liegt. Allein dieser Gedanke sorgt dafür, dass ich die Arme vor der Brust verschränke und seinen fordernden Blick erwidere.

»Und ich? Gefalle ich dir so sehr, dass du dich nicht eine Sekunde zurückhalten kannst? Scheint bald so. Oder schiebst du jeder Frau, die du triffst, deine Hand zwischen die Beine?«

Da ist diese Vene an seinem Hals, die auf so herrliche Art zu zucken beginnt. Sie verdeutlicht meinen Triumph noch einmal.

Er gibt lediglich ein Schnauben als Antwort. In diesem Moment packt er meine Hände und reißt mich herum. Ich muss mir auf die Lippe beißen, um nicht vor Überraschung zu schreien. Lucien stützt seine Hände rechts und links von mir gegen die Wand. Abwägend sehe ich dazwischen hin und her. Mein Blick bleibt an dem einzelnen Ring an seinem rechten Zeigefinger hängen. Gerade will ich mir dazu eine spitze Bemerkung einfallen lassen, da unterbricht er meine Gedanken.

»Dieses Ding solltest du nicht in der Öffentlichkeit tragen. Das ist wohl ein Witz von einem Kleidungsstück.«

»Hm, es lag in meinem Schrank«, gebe ich schnurrend wieder. Wir kennen uns kaum, doch schon jetzt liebe ich es, ihn zu provozieren. Mir fällt auf, wie er die linke Hand zu Faust ballt. Die Knöchel treten weiß hervor. Kurz befürchte ich, er würde gegen die Bretter schlagen. Ich drehe mich nicht um. Stattdessen beuge ich mich ein Stück weit nach vorn. Wie er zischend einatmet, ist die beste Bestätigung, die er mir geben könnte.

»Dann sollten wir dringend über deine Garderobe reden.« Mit einer flüssigen Bewegung drückt er sich ab. Kurz befürchte ich, er würde sich zurückziehen. Stattdessen wandern seine Fingerspitzen über den Kragen der dünnen Bluse. Sie sind der Grund dafür, dass ich auf eine Antwort verzichte.

Ein Ruck geht durch meinen Körper, als er grob daran zieht. Überrascht vom Ratschen des Stoffes sehe ich auf.

»Hey!«, maule ich. »Ich mochte die Bluse!« Mochte ich nicht. Genau genommen ist es mir egal. Es war nicht einmal meins und ich weiß kaum noch, wie es aussah.

»Keine Sorge, ohne siehst du besser aus.« Er führt die Hand an meinem Schulterblatt entlang. Der Berührung folgen einige Schauer. »Zieh diesen Streifen aus.«

Unschuldig hebe ich den Kopf und sehe ihn schief an. »Welchen Streifen meinst du?«

Seine Antwort ist ein Knurren und sein Gesichtsausdruck wird dunkel. »Sag, hat dir irgendjemand gesagt, dass es attraktiv ist, angeknurrt zu werden? Oder liegt es an mir? Bin ich das Stück Filet, welches dich zum wilden Tier werden lässt?« Bei meinen Worten umfasst er meine Schulter hart und bestimmt. Ich verziehe das Gesicht, als es zu schmerzen beginnt. »Oh«, sage ich gespielt überrascht. »Du meinst den Rock?«

Er schnaubt dicht hinter meinen Rücken. Es ist ein eigenartiges Gefühl, wenn jemand hinter mir steht. Ich fühle mich beobachtet und angreifbar. Und trotzdem drehe ich mich nicht herum. Fast, als befürchte ich, dass es dann endet.

»Einen Rock nenne ich das nicht. Vielleicht sollte ich mich mit Maria über deine Kleidung unterhalten.« Ihren Namen zu hören, versetzt mir einen kurzen Stich. Resolut ignoriere ich das Gefühl des Verrates und verziehe das Gesicht.

»Vielleicht solltest du mich selbst einkaufen lassen«, schlage ich vor, während ich meine Hände zittrig an meinen Körper führe. Es bin nur ich, mein eigener Körper, doch als ich den Saum umspiele und die Finger darunter wandern lasse, schlägt mein Herz um einiges schneller. Währenddessen strecke ich meinen Po noch einige Zentimeter in seine Richtung. Zart spüre ich die Berührung seiner Hose. Und der harten Beule darin.

»Vielleicht«, antwortet er leise und seine Antwort gleicht einem Stöhnen. Es stimmt mich äußerst zufrieden, dass seine Selbstbeherrschung auch nicht unfehlbar ist.

Mit den Händen umfasse ich meinen Rock. Langsam lasse ich ihn nach unten sinken und bewege mich währenddessen dazu. Nie zuvor habe ich mich so vor einem Mann gegeben, mich so bereitwillig gezeigt oder ausgezogen. Unter seinem Blick fühle ich mich nicht billig und peinlich sondern unfassbar heiß. Ich halte den Atem an, als der Rock zu Boden fällt und ich heraussteige. Beinah scheu werfe ich einen Blick über die Schulter. Dann drehe ich mich langsam herum. Er lässt es geschehen. Meine Augen folgen seinen an mir herab. Über meine Beine, bis hin zu den hohen Keilabsätzen, auf welchen ich kaum laufen kann. Zumindest nicht in einem Stall.

Er schürzt die Lippen. »In welcher Welt dachtest du, dass dies das richtige Outfit zum Ausreiten ist?«

Leider kann ich mein Grinsen nicht verbergen, auch wenn ich versuche, unschuldig den Blick zu senken. Es kostet mich einiges an Überwindung, doch dann spreche ich meine Gedanken aus. »Von Ausreiten wusste ich nichts. Ich dachte nur Ich würde reiten.« Hitzig hebe ich den Kopf und treffe seinen Blick. In dem Moment schlägt er mit der Hand auf meinen Hintern. Überrascht schnappe ich nach Luft. Ein Fluch entweicht ihm.

»Zieh den BH aus.«

Ich gehorche ohne zu zögern, auch wenn ich versuche, mir Zeit zu nehmen. Schon nach wenigen Sekunden liegt der dünne Stoff am Boden und ich bin völlig nackt. Mein Herz klopft mir bis zum Hals und meine Atmung wird für einen Moment stockend. Ein teuflisches Grinsen huscht über seine Züge und langsam fährt er sich mit der Hand durch sein Haar. Etwas unbeholfen versuche ich die Unterhaltung über mein unzureichendes Outfit und seine Pläne mit mir wieder aufzunehmen. »Vielleicht solltest du dich besser ausdrücken. Sonst kann es sein, dass es schnell zu Missverständnissen kommt und ich ...« Kurz stockt meine Stimme unter seiner Musterung. Dann sammle ich meine Gedanken und fahre fort: »Nicht verfügbar bin.« Sein Blick liegt noch immer auf mir und ein dunkles Flackern huscht durch seine Augen.

»Du ahnst nicht, was du da anrichtest. Noch dazu irrst du dich in so vielen Hinsichten. Eines solltest du nicht vergessen. Du wirst immer für mich bereit sein. Ich glaube, ich sollte dir endlich zeigen, wem du gehörst. Auch wenn du das eigentlich nicht verdient hast und ich dich stattdessen übers Knie legen sollte.«

Es ist das zweite Mal, dass er das sagt. Allein bei seinen Worten wird mir ganz schlecht. Jedoch wird die Übelkeit von wallender Hitze in meinem Inneren begleitet. Ich muss völlig durchgedreht sein. Ein Mann droht mir mit Schlägen und ich? Ich kann mir nichts Sehnlicheres wünschen.

»Dreh dich um.« Seine Stimme ist rau und klingt mit einem Mal so verändert. Ohne darüber nachzudenken, folge ich ihm. Dabei nehme ich meine Umgebung wahr. Den Stall, die hölzerne Wand. All das verschwimmt vor meinen Augen, als er sich mir nähert. »Schließ die Augen.« Meine Lider schließen sich flatternd und ich beiße mir auf die Zunge.

»Heb die Hände an die Wand.« Mein Puls schnellt zusammen mit meinen Armen in die Höhe. Ich presse die

Finger auf das glatte Holz, fahre sanft darüber und strecke meinen Hintern in die Höhe. Ein Knurren ertönt, dann ist er dicht hinter mir. Mein ganzer Körper steht unter Strom, obwohl er mich nicht einmal berührt. Meine Atmung geht schnappend und mir ist ganz mulmig vor Lust.

»Entspann dich.« Seine Stimme ist leicht und sanft. Wieder gehorcht mein Körper, ohne darüber nachzudenken. Schauer überlaufen mich und ich fahre mit den Fingern ungeduldig über das Holz.

»Ich liebe es dich so zu sehen. Ich will alles von dir. Deine feuchte Muschi, deinen Arsch ...« Kurz stockt er in seinen Ausführungen, während er mir sanft mit den Fingern über den Hintern fährt. »Nur zu gern würde ich ihn nehmen. Jetzt und hier.«

»Warum machst du es dann nicht?« Meine Stimme klingt atemlos und hitzig. Während seine Finger zu meiner Mitte wandern, presse ich mich ihm entgegen. Mein Verstand ist lange weg und alles, woran ich denken kann, ist er.

»Das werde ich noch, aber nicht heute.« Für einen Moment bin ich beinah enttäuscht. Dann gleitet sein Daumen durch meine Nässe. Mit Nachdruck tastet er sich langsam vor und ich stöhne.

»Spreiz die Beine.« Seine Anweisung klingt weit weg und hallt durch meinen Körper. Ich hole tief Luft, dann folge ich ihr. Mein Körper spannt sich an und meine Kehle wird eng.

»Sehr gut.« Seine Stimme ist ein sanftes Schnurren, während seine Finger sich erneut an meiner Mitte entlangtasten. Als er kreisend vor und zurück fährt, gebe ich ein leises Wimmern von mir.

Die Lust pocht in mir und ich schlucke schwer. Irgendwann habe ich genug, beiße mir kurz auf die Lippe und öffne flatternd die Augen. »Verdammt, nimmst du mich jetzt endlich oder spielst du nur?« Kurz ist es still. Seine Bewegung erstarrt. Dann trifft mich ein Schlag auf den Hintern. Ich spüre die Berührung noch Sekunden danach, doch treibt sie meine Lust nur weiter voran. »Oder willst du mich nicht?« Meine Stimme ist atemlos und gepresst. Unsicherheit macht sich in mir breit.

»Überreize mich nicht, Liebes. Sonst habe ich schneller genug von dir, als dir vermutlich lieb ist.« Dann entzieht er sich mir voll.

Nervosität erfasst mich. Trotzdem bewege ich mich nicht. Ich verharre starr in meiner Position und lasse lediglich die Stirn gegen das Holz sinken.

Im nächsten Moment höre ich das Rascheln seiner Hose. Erleichterung macht sich in mir breit. Alles um mich herum verschwimmt und ich konzentriere mich nur auf seinen Atem. Seine Bewegungen und seine Nähe. Die leise Stimme in meinem Inneren sagt, dass ich wie auf Droge bin und nicht wirklich ich selbst. Bestimmt schiebe ich sie weit zurück.

Seine Finger suchen erneut meine Mitte, gierig und fordernd. Ich spüre seine Spitze an meinem Eingang und drücke mich ihm zittrig entgegen. Alles, was ich will, ist er.

Ich weiß, dass das hier falsch ist. Aber in dem Moment spielt es keine Rolle. Er dirigiert meine Beine auseinander. Seine Hand fährt an meinen Oberschenkel hinauf und schließlich dazwischen. Bestimmt schiebt er meine Hüfte zurück. Lustgetrieben werfe ich einen Blick über die Schulter. Sehe ihn, seinen wilden Blick. Dann stoße ich einen überraschten Laut aus, als er sich mit einem hitzigen Stoß in mich versenkt. Ich schnappe nach Luft und drücke mich ein wenig auf die Zehen, um den Winkel zu verändern. Dann nehme ich ihn mit seiner vollen Größe in mich auf.

Er gibt mir einen Moment, hält zögernd inne, doch ich reibe mich unruhig hin und her. Ein Knurren entrinnt seiner Kehle. »Blossom, wenn du so weiter machst, werde ich keine Rücksicht nehmen.«

Ich verdrehe die Augen, werfe einen hitzigen Blick über die Schulter und drücke mich ihm gleichzeitig entgegen. »Dann tue es nicht, verdammt!« Worauf will er auch Rücksicht nehmen? Mein Ego und Stolz sitzen bereits auf der Reservebank. Alles andere spielt keine Rolle.

Die Aufforderung genügt, endlich stößt er einen lustvollen Laut aus. Seine Hände pressen sich fest um meinen Arsch und ruckartig reißt er mich zu sich. Verlangen schießt durch meinen Körper, als er sich zurückzieht und erneut in mich stößt. Meine Beine werden schwach und ich klammere mich an das Holz. Ich stoße einen leisen Schrei aus als er eine Hand in meine Haare krallt. Er reißt meinen Kopf zurück. Sofort drücke ich mich ihm entgegen, um den Schmerz zu umgehen. Flatternd schließe ich die Lider, wimmere leise und öffne berauscht die Lippen. Nichts davon hält ihn davon ab, mich weiter hart zu nehmen.

Lucien umfasst mein Kinn, verdreht meinen Kopf, während er mit der anderen meinen Oberkörper stützt. Bestimmt und voll Leidenschaft presst er die Lippen auf meine. Sein rauer Bart reibt an meinem Kinn.

Eine Woge überrollt mich und mein Körper zieht sich zusammen. Ich stöhne, drücke mich ihm entgegen, als ein letztes Schaudern meinen Körper überläuft. Seine Hand sucht meine Perle und ich schreie, als er darüberfährt. Alles in mir pulsiert heftig, als ich spüre, wie er anschwillt und sich in mir ergießt. Erst als er auf meinem Rücken zusammensackt, stoße ich den Atem aus. Ich wäre längst zusammengebrochen, würden mich seine Arme nicht stützen.

Mein ganzer Körper bebt und eine hitzige Gänsehaut zieht sich über meinen Körper.

Für einen Moment stehen wir da, keuchend, versunken in die Berührung. Langsam zieht er sich aus mir zurück. Lucien dreht mich herum und seine Lippen legen sich leicht auf meine. Schlagartig schießt mir das Blut in die Wangen und die Lust durch den Körper. Seine Spitze streicht meinen Bauch und oh Gott … Ich würde ihn am liebsten sofort wieder wollen.

»Sollen wir das nicht woanders fortsetzen?«

Wie ein Wolf auf der Jagd huscht ein dunkler Schatten über sein Gesicht. Dabei spüre ich, wie sich seine Muskeln anspannen. »Das werden wir. Zuvor hast du noch ein Versprechen einzulösen.« Ruckartig dreht er mich herum. »Besser gesagt eine Wette, oder gibst du schon auf, bevor du antrittst?«

Mein Blick fällt durch die offene Stalltür auf das Pferd, nur wenige Meter weiter. Gelassen steht es da, knabbert an der Wiese und wirkt mit sich völlig zufrieden. Ich seufze tief. Es sorgt dafür, dass das Feuer und die Anspannung in mir endgültig nachlassen.

»Würde ich nur zu gern. Nur jemand hat meine Bluse zerrissen.« Auffordernd sehe ich ihn über die Schulter an. Mit einigen schnellen Bewegungen zieht er seine Hose hoch und schließt sie. Für einen Moment wendet er sich ab, um etwas zu holen. Inzwischen fahre ich mit den Stofffetzen über die Innenseite meiner Schenkel. Ein Schauder ergreift mich.

Nur Sekunden später ist er wieder bei mir.

Er schiebt mich langsam vor sich her. Wie eine Puppe lasse ich mich von ihm dirigieren, ziehe den BH und die Jacke an, die er mir reicht. Dann steige ich in den luftigen Tennisrock, welcher natürlich nicht länger geworden ist.

Herausfordernd sieht er mich an. »Na los. Ich will sehen, ob du hältst, was du versprichst.«

Meine Antwort ist ein hochnäsiges Stöhnen. Was soll ich auch sonst darauf erwidern? Dass er Recht hat? *Ganz sicher nicht.* Stur verlasse ich das Haus und betrete die Weide.

»Das wäre deine Chance zuzugeben, dass du nicht vollkommen und mir weit unterlegen bist.« Seine Stimme klingt spöttisch. Ich erschaudere bei dem Gefühl seines warmen Atems dicht an meinem Ohr.

Sie bewirkt das Gegenteil. Ich verenge die Augen, richte den Blick starr geradeaus und recke das Kinn. »Hilfst du mir oder muss ich selbst aufsteigen?« Bei meinen Worten meide ich es, zu dem Pferd zu schauen, welches nur wenige Meter vor mir steht.

Statt einer Antwort schnaubt er lediglich belustigt. Er dreht sich um und verschwindet. Für einige Momente bin ich erleichtert. Mein Puls beruhigt sich und meine Schultern sacken entspannt nach unten.

Dieser Zustand hält so lange an, bis er mit einem Sattel auf den Armen zurückkehrt. Ich öffne den Mund und schließe ihn im nächsten Moment wieder. Hitze steigt mir in die Wangen. Verlegen räuspere ich mich. Das hätte ich mir auch denken können.

Lucien sattelt kommentarlos das Pferd. Er wirft mir einen schnellen Blick zu, während er an den Steigbügeln herumspielt. Ein paar Mal überlege ich, ihm meine Hilfe anzubieten. Ich entscheide mich dagegen. Sind wir mal realistisch. Nützlich wäre ich nicht gewesen. Deshalb halte ich meinen Mund und warte, bis er wieder zu mir kommt. Was er nach einigen Minuten macht. Er geht geradewegs auf mich zu. Sofort schließen sich seine Finger um meine Hüfte und dirigieren mich nach vorn. Mit einem Ruck befördert er mich auf den Pferderücken. Mein Herz pumpt wie verrückt und meine Atmung beschleunigt sich. Ich schwinge ein Bein zur Seite, ignoriere die fehlende Unterwäsche und ... meine tropfende Feuchte. Herablassend sehe ich zu Lucien herab, wobei ich dringend vermeide den Boden zu beachten. Dank meines nicht vorhandenen Wissens über Pferde kann ich nicht einschätzen, ob das Tier besonders groß ist. Mir kommt es riesig vor. Trotzdem senke ich bemüht lässig den Blick. »Siehst du, nichts Besonderes. Schon tausendmal gemacht.« Amüsiert lehnt er sich zurück, während ich mir zur Bestätigung die Zügel greife. Er macht mich nervös, auch wenn er nichts sagt. »Willst du nicht dein Pferd holen?«, frage ich, um von mir abzulenken und deute auf die beiden Pferde, welche nur wenige Meter entfernt stehen. Er lässt sich Zeit mit der Antwort, dann zuckt er mit den Schultern und deutet auf mich.

»Das ist mein Pferd.«

Ein Lächeln umspielt meine Lippen. »Jetzt nicht mehr.«

Lässig schiebe ich meine Füße in die Steigbügel. Sie sind beinah ein wenig kurz. Glaube ich. Ich sage nichts. Schließlich habe ich keine Ahnung, wie hoch sie sein sollten. Dann tue ich etwas – und ich weiß auch im Nachhinein nicht, was mich in diesem Moment geritten hat und wie ich so dumm sein konnte – doch genau jetzt fühle ich mich unantastbar und unfassbar gut. Deswegen fasse ich die Zügel nach, presse meine Beine instinktiv an das Pferd und klammere mich fest. Ein Ruck geht durch den Körper des Tieres und dadurch auch durch meinen. Ich werde nach vorn gerissen und ein wenig eleganter Schrei entweicht meinen Lippen. Schockiert kneife ich die Augen zusammen. Lucien flucht, ruft meinen Namen, aber es ist schon zu spät. Seine Stimme wird schnell leiser und klingt in weiter Ferne. Panisch kralle ich die Finger um die Zügel und zusätzlich an den Sattel. Krampfhaft versuche ich Halt zu finden. Wo, ist mir egal. Mein Körper befindet sich in einer Starre. Mir ist speiübel und ein Rauschen setzt in meinen Ohren ein, während meine Atmung immer schneller wird. Ich schreie und mein Herz scheint aus meiner Brust zu springen.

Bäume ziehen an mir vorbei und mein Blick fliegt immer wieder umher. Das Pferd schnaubt und versetzt mir einen zusätzlichen Schock. Die angelegten Ohren vermitteln mir ebenfalls ein mieses Gefühl. Meine Panik vervielfacht sich und klammere mich noch besessener an die Zügel. Bevor ich daran ziehen kann, entreißt sie mir eine große Hand. Ich spüre sofort, wie Ruhe in das Tier einkehrt. Es wird langsamer. Selbst als das Monster unter mir endlich zur Ruhe gekommen ist, halte ich mich noch immer krampfhaft fest. Meine Schultern zucken, meine Atmung bebt. Die Innenseiten meiner Beine brennen. In der Seite sticht es schmerzhaft und ich schnappe nach Atem. Das alles nehme ich nur am Rande wahr. Ich befinde mich in einem eigenartigen Rauschzustand.

»Schh ruhig, Shila.« Seine Stimme ist sanft und beruhigend, auch wenn ich nicht sicher bin, wem er eigentlich gut zureden will. Trotzdem reagiere ich instinktiv. Die Aufregung in meinem Inneren beginnt sich langsam zu lösen und die Anspannung sinkt. Vorsichtig werfe ich ihm einen Blick zu. Lucien führt mein Pferd ruhig neben seinem her, doch sein Blick wandert immer wieder zu mir. Herablassend sieht er mich an und seine Augen scheinen meinen Körper zu scannen. Der Blick gibt mir beinah den Rest.

»Alles ok bei dir?«

Ich nicke zittrig, noch immer unsicher, was ich machen soll. Als das Pferd den Kopf schüttelt, zucke ich überrascht zusammen.

»Ganz ruhig. Lass die Beine locker hängen.« Er spricht

langsam, beinah so, als würde er mit einem Kind sprechen. Wie das fühle ich mich zwar nicht, dafür aber wie eine Vollidiotin. Wie konnte ich glauben, das im Griff zu haben?

Langsam und begleitet von einem unguten Gefühl löse ich zittrig die Beine. Stattdessen klammere ich mich mit meinen schweißig kalten Händen noch fester an das Leder des Sattels.

Glücklicherweise erreichen wir nur wenige Minuten später die Stallungen, welche am Ostflügel des Gebäudes anschließen. Ich kann es kaum erwarten endlich von dem Tier herunterzukommen. Auch wenn man fairerweise sagen muss, dass das meine Schuld war und nicht die des Pferdes.

Erleichtert lasse ich mich sofort nach unten gleiten, glücklich darüber, endlich wieder festen Boden unter den Füßen zu spüren.

Er folgt meinem Beispiel und versperrt mir den Weg, indem er sich vor mich stellt. Meine Beine zittern. Sie fühlen sich wund und aufgescheuert an. Alles scheint zu schmerzen und meine Glieder sind schwer. Als er mich an den Schultern packt und festhält, will ich mich seinem strengen Blick sofort entziehen. Da habe ich die Rechnung ohne ihn gemacht. Bestimmt hebt er mein Kinn an. »Was sollte das?«

Die Worte ignoriere ich, stattdessen taste ich meinen Körper emotional ab. Meine Finger zittern und meine Beine schmerzen. Unbewusst wird mir klar, wie wund sich meine Mitte anfühlt. Ich wage es nicht, den Blick zu senken. So wie es sich anfühlt, müssen meine Beine bluten. Was den Punkt dazwischen angeht …

»So, schon hundertmal gemacht und jede Menge Ahnung?« Ich sehe ein hämisches Lächeln über seine Lippen huschen und er entspannt sich sichtlich. War klar, dass er es nicht auf sich beruhen lassen kann.

Mein Stolz kehrt langsam zurück. Wenn auch etwas kleinlaut gebe ich von mir: »Ich habe meine Chance zur Flucht genutzt. Oder zumindest versucht. Nur hatte ich sonst nie ein solches selbstmordlustiges Pferd.«

Ein lautes Schnauben entkommt Lucien. Seine Augen werden schmaler. »Leo«, bellt er. Verdutzt sehe ich auf. Noch verwunderter bin ich, als ein älterer Mann auftaucht und die Pferde kommentarlos entgegennimmt. Sein vorwurfsvoller Blick spricht Bände und lässt mich gleich noch mehr erröten. Ich will gar nicht wissen, was er alles mitbekommen hat. *Autsch*.

Andererseits, so wie er die Pferde betrachtet, kann ich mir gut vorstellen, dass er mich dafür hasst, wie ich sie behandelt habe. *Doppelt Autsch*.

»Du wolltest deine Chance zur Flucht nutzen?« Luciens Stimme ist gepresst und nur ein Zischen.

Nein! Schreit mein Verstand, mein Körper und eigentlich alles in mir. Doch die trotzige kleine Blossom in meinem Inneren, die stolz und unabhängig ist, hebt den Kopf und antwortet: »Ja.«

Augenblicklich schlage ich mir gedanklich selbst die Hand vor die Augen. *Großartig*.

Ich verziehe das Gesicht und sehe Lucien direkt in die Augen. Verlangen und Wut liegt in seinem Blick. *Oh oh,* denke ich leise, bereit einen Rückzieher zu machen. Da ist es schon zu spät. Er packt meinen Oberarm und zieht mich grob an sich.

»Du ziehst dich um und erwartest mich.

In. Deinem. Zimmer.« Sein Kiefer mahlt krampfhaft und sein Blick wird düster. Ruckartig lässt er mich los. Ich beiße mir auf die Lippe. Bevor ich etwas erwidern kann, dreht er sich um und marschiert davon. Kurz zuckt mein Blick nach hinten. Hin zu der weiten Wiese und dem anschließenden Wald. Mit einem Mal erscheint mir ein Ausritt unglaublich verlockend. Gut, dass vielleicht nicht, aber weit wegzukommen klingt nach einer Idee.

Ich frage mich unwillkürlich, ob er mir vertraut oder bereits jemand seine Waffe auf mich gerichtet hat. Motiviert, jederzeit zu schießen, sollte ich mich entfernen.

Leise seufze ich. Schließlich weiß ich selbst, dass es nicht der zweite Grund ist, warum ich mich umdrehe und zurück zur Villa marschiere. Auch wenn sich ein ungutes Gefühl in meinem Magen ausbreitet, verspüre ich längst ein anderes Gefühl als Angst, wenn ich an ihn denke.

Du liebst es mich zu provozieren?
Mich zu reizen und zu schauen,
wie weit du gehen kannst?
Die Antwort ist ganz einfach.
Bis hier hin.
Genau diesen Punkt hättest du nicht überschreiten sollen.

KAPITEL 14

Diablo

Fuck! Alles in mir drängt darauf, jemandem eine reinzuhauen.

Ich will Gewalt, Blut und Schmerz. Ob verursachen oder selbst erleiden ist mir in diesem Moment egal. Der Drang mich abzureagieren ist zu groß, als dass ich ihn ignorieren könnte. Mein Kiefer mahlt hart und die Ader an meinem Hals zuckt. *Was zur Hölle denkt sie sich eigentlich?*

Diese verdammte Frage ist das einzige, woran ich denken kann. An die Worte, an ihren hübschen Arsch, ihre nackte Haut, an sie. Alles hat verflucht nochmal mit ihr zu tun.

Ich dachte, dass es besser werden würde, sobald ich sie zu mir hole. Dass die Neugier und die Anspannung nachlassen würden. Leider ist genau das Gegenteil der Fall. Seit Tagen bin ich wie besessen und habe keine Ahnung, was ich dagegen tun soll. Es sollte mir egal sein. Sie – genauer gesagt.

Wen juckt es, was eine kleine Göre denkt oder macht? Mit wem sie spricht, lacht oder fickt. Und trotzdem stört mich alles daran. Selbst zu sehen, wie leicht sie Blac um den kleinen Finger wickelt, fuckt mich ab.

Das alles hätte ich noch ignorieren können. Bloß besitzt diese Frau keinen einzigen Funken Selbsterhaltungstrieb. Sie verspottet mich, spielt mit mir und legt mich an die verdammte Leine. Als wäre sie in meiner Position. Ich schnaube frustriert. Blossom fordert mich heraus, sie hat diese Art an sich …

Mitten in meinen Überlegungen stocke ich.

›Ich werde mich niemals beugen. Du kannst dir sicher sein, dass ich nicht klein beigebe. Dass ich mich von niemanden herumschubsen lasse. Nicht einmal von dir.‹

Genau das waren ihre Worte. Ernüchterung gepaart mit wachsendem Interesse ergreifen mich.

Sie hat die verdammte Wahrheit gesagt.

Und mit jeder kleinen Silbe, jeder Bewegung und jedem Blick beweist sie mir exakt das.

Bereits als sie mich herausgefordert hat, hätte ich sie maßregeln sollen. Dafür sorgen sollen, dass ihr Arsch herrlich rot leuchtet, meinen Schwanz in ihre Kehle rammen, bis sie würgt und ihr die süßen Tränen an den Wangen herablaufen.

Ich habe es nicht getan.

Zunächst war es ein Teil meines Spiels. Sie sollte vertrauen fassen. Nur aus diesem Grund habe ich sie sanft angefasst. Erst dann wollte ich sie langsam verderben.

Inzwischen habe ich das Gefühl, dass sie mir immer mehr die Kontrolle entreißt.

Natürlich war mir gleich klar, dass sie noch nie etwas anderes als einen Schwanz geritten hat. Ich wollte sie auf Shila aufsitzen lassen. Schon allein das sollte ihren lächerlichen Versuch zum Erlöschen bringen. Dass sie ihr die Fersen in die Seiten treibt, habe ich nicht erwartet.

Schon allein bei dem Gedanken spüre ich, wie meiner auf seine volle Größe anschwillt und ich ihn dringend aus der viel zu engen Hose befreien muss. Grob fahre ich mit den Fingern durch meinen Bart, während ich versuche mich zu beherrschen. Vermutlich wartet sie schon seit Stunden auf mich. Zumindest will ich ihr das geraten haben. Wäre ich direkt zu ihr gegangen, hätte ich nicht dafür garantieren können, dass sie den Abend überlebt.

Drei Stunden habe ich versucht mich im Trainingsraum auszupowern. Es hat nicht geholfen.

Deshalb musste eine andere Art der Aggressionsbewältigung herhalten. Da kann die Kleine, an der ich mich abreagiert habe, ein Lied von singen. Oder eher nicht mehr.

Dieses störrische Weib treibt mich in den Wahnsinn, doch ein Blick in ihre himmlisch hochmütigen Augen bringt mich zum Kochen. Für diesen Gedanken verfluche ich mich selbst. Schließlich klinge ich wie ein kastrierter Köter, der trotzdem jeder Hündin hinterherwackelt.

Blossom ist eine verdammt ungute Mischung, da hatte mein Bruder recht. Ich hätte mich von ihr fernhalten sollen, so wie er es geraten hat. Trotzdem kann ich mich ihr einfach nicht entziehen, auch wenn ich es sollte. Es wird nicht mehr lang dauern, bis ich das Interesse verliere. Schon bald ist der Reiz verflogen und ihr Bann gebrochen. Da bin ich mir sicher. Dann werde ich für nichts mehr garantieren können, denn dann ist es mir egal, wie es ihr geht oder wie sehr ich sie verletze.

Dieser Moment ist noch nicht erreicht.

Noch nicht.

Inzwischen bin ich in ihrem Gang angekommen. Ich gebe ein kurzes Brummen von mir, dann fixiere ich die Tür mit meinem Blick. Alles ist leer und ruhig. Brad habe ich weggeschickt. Er wird nicht mehr gebraucht, denn ich weiß auch so, dass sie sich keinen Millimeter rühren wird. Zumindest nicht, wenn sie mich nicht damit reizen kann.

Genau diese gleichzeitig gefügige und rebellische Art sind es, die mich in den Wahnsinn treiben.

Ein letztes Mal atme ich tief ein und aus, dann öffne ich ruckartig die Tür.

Mein Blick wird wie von selbst zu ihr gezogen. Sie liegt auf dem Bett und starrt mich an. Ihr Blick ist gierig, ihr Lächeln schüchtern. Es scheint, als wolle sie aufstehen und gleichermaßen zurückweichen. Das sehe ich sofort.

Ihr Haar fällt ihr unordentlich über die Schulter, was vermutlich Absicht ist. Schließlich scheint sie schon eine ganze Weile so zu warten. Meine Augen wandern über ihren Körper und für einen Moment schließe ich die Augen.

Diese Frau will verdammt nochmal sterben.

Oder aber dafür sorgen, dass ich es tue.

Wollte ich mich soeben noch beherrschen, so bringt der Hauch von blauer Spitze auf ihrer Haut erneut alles in mir zum Glühen.

Harsch fahre ich mir mit der Hand über den Bart, während ich schleichend nähertrete. Sie beginnt sich zu räkeln, ganz so, als könnte sie es nicht erwarten. Ihre Augen zucken nervös, doch gleichzeitig sehe ich die Hitze in ihrem Blick. Sie leckt sich vorfreudig mit der Zunge über die Lippen und ein schüchternes Lächeln breitet sich auf ihrem Gesicht aus.

Auch wenn ich mir eingestehen muss, dass ich ihr freches Mundwerk durchaus verlockend finde, werde ich ihr die Grenzen aufzeigen. Sie muss lernen, wie sie sich zu verhalten hat. Dass sie lügt, kann ich nicht hinnehmen, so sehr mir die Rötung ihrer erhitzten Wangen dabei auch gefallen hat.

Sie muss verstehen, wem sie gehört.

Und das werde ich ihr zeigen.

»Da bist du endlich.« Ihre Stimme klingt atemlos und mit großen Augen sieht sie zu mir auf. Ein Seufzen entrinnt meiner Kehle, ohne dass ich es beabsichtigt habe. Diese Frau treibt mich schon, seitdem ich sie zum ersten Mal gesehen habe, in den Wahnsinn.

Harsch trete ich näher und bereitwillig lehnt sie sich mir entgegen. Ein leichtes Lächeln huscht über mein Gesicht, doch dann werde ich ernst. Ich brauche sie und ich brauche es, so sehr ich auch versuche mich zurückzuhalten. Mein Schwanz pocht verräterisch.

»Du hast dich mir widersetzt. Mehrmals.« Ich fixiere sie mit meinem Blick, während ich an der Linie ihres Körpers entlangstreiche. »Du hast mich belogen, obwohl du es besser weißt.« Ich sehe, wie sie ein Schaudern überkommt und spüre augenblicklich, wie sich mein Schwanz zu regen beginnt. In einem plötzlichen Impuls reiße ich sie grob am Hintern zu mir. Der Anblick verschafft mir ein Schmunzeln. Ein kurzer Quieker, der so herrlich in meinem Inneren widerhallt, entrinnt ihr. Schließlich streckt sie mir ihren prallen und nackten Arsch entgegen. Dann sehe ich, wie sie zuckt, als ich mich herabbeuge und mein Atem ihre Haut streicht. Ich beiße in die prallen Backen und spüre, wie sie nach Luft schnappt. Leider habe ich den Verdacht, dass es nicht im Geringsten eine Strafe wäre, sie etwas gröber anzupacken.

»Du wirst dich nicht bewegen. Und auch nicht jammern.

Schon vom ersten Tag an wollte ich deinen prallen Arsch versohlen.« Durch die enge Hose spüre ich meinen Schwanz zunehmend härter werden. Während ich sie nicht aus den Augen lasse, fahre ich mir gedankenversunken in die Hose und beginne mich selbst zu reiben. Mein Stöhnen bringt ihren hübschen Hintern erneut zum Zucken. Sie bleibt still. Eine Bewegung, die mich an meine eigentlichen Pläne erinnert.

Meine freie Hand bewege ich nach vorn. Ich platziere sie auf ihrer Mitte und augenblicklich drängt mir ihre Feuchte entgegen. Ein zufriedenes Lächeln zieht sich über meine Lippen und langsam lasse ich die Finger über ihre Perle wandern. Dabei betrachte ich zufrieden die wunde Rötung ihrer Schenkel. Als ich sanft in sie tauche und meine Hand kreisen lasse, spüre ich, wie sie die Luft einsaugt. Nur zu gern füge ich ihrem aufgescheuerten Körper ein paar weitere Verfärbungen hinzu.

»Was machst du nur mit mir?«, murmle ich dicht an ihrem Arsch. Sie streckt sich mir erneut entgegen und erwidert meine Berührungen gierig.

Stöhnend lege ich den Kopf in den Nacken, doch gerade als sie sich mir lustvoll entgegen drückt, ziehe ich mich grob zurück. Sie stöhnt ein unzufriedenes Wimmern aus, rührt sich sonst aber nicht. Kurz seufze ich zufrieden. Beinah bedauere ich es, dass sie sich nicht wehrt. Aber auch so bin ich noch immer angeheizt genug, um sie zumindest ein Stück weit zu bestrafen.

Spielerisch lasse ich meine Hand über ihren Arsch wandern und gebe ihr hin und wieder einen leichten Schlag, welcher ihre rosigen Backen herrlich zum Leuchten bringt. Ich ziehe mich für einen Moment zurück, meine andere Hand noch immer in meiner eigenen Hose.

»Wirst du mich wieder belügen?« Meine Hand bewegt sich nach vorn, noch ehe sie antworten kann. Überrascht krallen sich ihre Finger ins Laken und ein leiser Laut entrinnt ihren Lippen. Augenblicklich landet mein Blick auf ihrem Arsch, der sich unter meiner Berührung zu erhitzen beginnt. Sanft streiche ich darüber, massiere sie mit meinen Berührungen, bis sie sich wieder entspannt.

»Liebes, ich warte auf deine Antwort.« Meine Stimme klingt rau und heißer, doch erscheint ein Lächeln auf meinen Lippen. Ich frage mich, warum ich überhaupt so lange gewartet habe. Langsam lasse ich die Hand zu ihrer nassen Pussy gleiten, während ich mich selbst bearbeite.

»Hm«, summt sie leise in die Decke und ich höre das Grinsen in ihrer Stimme. Ruckartig nehme ich meine Hand zurück und lasse sie erneut nach unten fahren. Das Klatschen ist ein herrlich befriedigendes Geräusch, welches mein Glied zum Zucken bringt.

»Nein«, schießt es ihr aus den Lippen und ein zufriedenes Lächeln zeichnet sich auf meinen ab. *Geht doch.* Ich wiederhole die Prozedur aus Schlägen und sanften Berührungen, bis ihr Körper zittert vor Lust und Schmerz. Auch ich selbst bin hart daran, meine Selbstbeherrschung zu verlieren.

»Wirst du mir gehorchen?« Meine Stimme ist rau. Dieses Mal muss ich nicht so lange auf eine Antwort warten. Dicht gefolgt von einem Wimmern rutscht ihr ein ›Ja‹ heraus. Auch wenn es meiner Meinung nach noch eine Spur zu widerspenstig klingt, lasse ich es ihr dieses Mal durchgehen. Meine Hand schiebt sich gierig zwischen ihre Beine und erneut dränge ich diese auseinander. Ein letztes Mal halte ich inne. Langsam zögere ich. Ich muss es hören. Ich muss es von ihr hören.

»Wem gehörst du?« Meine Stimme ist leise, bedrohlich.

Sie zögert keine Sekunde. »Dir«, schießt es augenblicklich aus ihr heraus. Ihre Stimme ist sinnlich, lasziv. Die Unsicherheit und der Widerwille sind daraus verschwunden. Sie treibt mich in den Wahnsinn und meine Beherrschung schwindet dahin.

Meine beiden Hände schließen sich um ihren Körper. Bevor ich sie zu mir ziehen kann, dreht sie sich eilig herum. Überrascht folge ich ihren Bewegungen, als sie sich vor mir aufrappelt. Meine Augenbraue hebt sich skeptisch.

»Was denkst du, was du da tust?« Ein Lächeln umspielt ihren Blick. Es wirkt alles andere als unschuldig. Sie beißt sich leicht auf die Lippe und am liebsten würde ich sie sofort nehmen. Blossom dirigiert meinen Oberkörper im Sitzen zurück, sodass ich voll auf dem Bett liege. Ich weiß selbst nicht, warum ich es ihr gestatte, die Führung zu übernehmen. Es ist nicht so, dass ich machtlos in ihrer Nähe bin. Im Gegenteil. Angespannt behalte ich die Kontrolle. Trotzdem will ich ihr dieses Stück Freiheit geben. Das ist etwas Neues und ich werde sehen, wie es mir gefällt. Und mal im Ernst? Wieso sollte ich sie zurückweisen, wenn sie dabei ist, vor mir auf die Knie zu gehen?

Ihre weichen Lippen landen auf den meinen und ein leises Stöhnen entfährt ihr an mir. Ich spüre das Beben ihres Atems und dränge mich ihr beherrscht entgegen. Meine Arme schließen sich um ihre. In dem Moment, als ich sie an mich ziehen will, entreißt sie sich mir.

Ich knurre erneut, mein Blick fixiert sie und ich setze mich auf. »Du spielst mit dem Feuer.« Dabei betone ich jedes Wort.

»Jetzt hast du mir gezeigt, wie es ist, wenn du mich bestrafst.«

Ich lache trocken. »Das war keine Bestrafung. Nicht einmal ansatzweise.«

Sie ignoriert meinen Einwand. »Es wird Zeit, dass ich mir eine Belohnung verdiene. Nach deiner Nicht-Bestrafung bin ich neugierig, wie diese aussehen wird.« Ihre Antwort wird von einem diabolischen Grinsen untermalt.

Mein ganzes Leben lang habe ich es geschafft, die

Menschen auf Abstand zu halten. Wie sollte ich auch sonst meine Geschäfte erledigen? Kaum jemand durfte auch nur erahnen, was ich denke. Nur wenigen habe ich es gestattet, mir so nah zu kommen. Diejenigen zähle ich entweder zu meinen engsten Freunden oder sie sind nicht mehr in der Lage meine Geheimnisse zu verraten.

Mit Blossom ist es anders. Sie will alle Mauern mit einem Schlag einreißen. Vermutlich soll mir das Verhalten das Gefühl geben, ihr vertrauen zu können. Ein Lächeln erscheint auf meinen Lippen.

Sie hat keine Ahnung.

Ich werde aus meinen Gedanken geworfen, als ihre zarten Finger in meine Hose wandern und meine pulsierende Erektion umfassen. Sanft streicht sie darüber, tastet sich langsam tiefer, während sie mich aus meiner Hose befreit. Nur zu gern helfe ich ihr dabei, während sie meinen Schwanz massiert. Ein letztes Mal beugt sie sich über mich, wodurch ich einen vorzüglichen Blick auf ihre Brüste bekomme. Ein Anblick, der meinen Schwanz zucken lässt.

»Mir gefällt, was ich sehe, nur zu gern würde ich …« Meine Worte werden unterbrochen, als sie sich vor mir hinkniet. Ein genießerisches Seufzen entfährt mir, als sich ihre vollen Lippen langsam um meinen Schwanz schließen. Ja, sie ist wirklich eine Frau, die man gebrauchen kann.

Ihr Blick ruht auf mir, während sie sich rechts und links neben mir abstützt. Meine Augen halte ich unverwandt auf ihre gesenkten Lider und beobachte nur zu gern, wie sie sich mir gierig entgegen drängt. Ein genießerischer Seufzer entfährt ihr und sanft streichelt sie meine Erektion. »Ich habe mich noch nie gefragt, ob es einer Frau tatsächlich gefällt oder Geräusche wie diese nur eine Ermutigung darstellen sollen.« Bei meinen Worten lache ich.

Blossom saugt die Wangen nach inne. Ich verdrehe die

Augen und lasse den Kopf zurückfallen. Fuck ... Mir ist die Antwort egal.

Während ihre Lippen sich immer und immer wieder um mich schließen und mich förmlich aussaugen, baut sich ein Druck in meinen Lenden auf. Schon nach wenigen Sekunden beginne ich, mich ihr hart entgegenzustoßen. Die Lust lodert in meinem Inneren und ich werfe ihr einen schnellen Blick zu. Sie stößt hin und wieder ein leichtes Röcheln aus, was ihre Motivation keineswegs bremst. Blossom nimmt mich gierig auf und lässt mich tief in sich gleiten. Ihre Zunge reibt an mir entlang und neckend saugt sie mich immer tiefer. Sanft lässt sie mich beinah hinausgleiten, nur damit ich mich mit einem heftigen Stoß erneut in ihr versenken kann.

»Fuck.« Ein Stöhnen entrinnt mir und ich kralle mich in ihre Haare. Ich muss mich beherrschen, sie nicht grob an mich zu reißen. Das Abgeben der Kontrolle ist etwas Neues für mich. Es übt einen besonderen Reiz auf mich aus. Wie etwas Verbotenes. Eine geheime Affäre, etwas Illegales oder Verstecktes. Immer schneller und heftiger versenke ich mich in ihr. Meine Augen schließen sich flatternd und mein Kiefer mahlt. »Du solltest aufhören, wenn du nicht willst, dass ich in deinem Mund komme ...«

Verdammt, ich erkenne meine eigene Stimme nicht wieder. Noch weniger meine Worte. Nie habe ich mir über so etwas Gedanken gemacht. Entgegen meiner Erwartung entzieht sie sich mir nicht, sondern drängt ihre Lippen noch gieriger um mich. Ihre Hand wandert an mir entlang. Sie streift meine Eier und legt die Finger spielend darum. Ein Stöhnen entweicht mir. Meine Lenden zucken und ich entlade mich in ihrem Rachen. Sie stößt ein leises Würgen aus, presst ihre Lippen weiter um meinen Schwanz. Solange, bis ich den Oberkörper auf das Bett fallen lasse.

Ein letztes Mal leckt sie über meine Spitze, was meinen Schwanz erneut zum Zucken bringt.

Stöhnend packe ich sie und ziehe sie zu mir heran.

»Dabei sollte das meine Strafe werden«, haucht sie leise an meinen Lippen. »Oder habe ich da etwas missverstanden?« Unschuldig und mit geweitetem Blick sieht sie mich von der Seite an. Ich verdrehe grinsend die Augen.

»Du solltest aufpassen, was du sagst, sonst fessle ich dich nackt ans Bett und sehe zu, wie du dich windest. Solange bis deine Muschi vor Lust trieft und du dich nach jeder kleinen Berührung sehnst.«

Ihre Augen weiten sich für einen Moment, dann drückt sie sich an meine Seite. »Das klingt nach einem Plan.«

Ich gebe ein Murren von mir und ziehe sie ruckartig auf meinen Körper.

Die restliche Nacht arbeite ich daran, ihr freches Mundwerk zum Verstummen zu bringen, auch wenn ich befürchte, dass nichts und niemand dazu in der Lage ist.

Nicht einmal ich.

Eine Idee dafür hätte ich allerdings, denn es gibt jemanden, der nur zu gern die Beherrschung verliert.

Mein Bruder.

KAPITEL 15

Blossom

Ein Stöhnen entweicht mir, als ich an diesem Morgen erwache. Zuerst holen mich die Erinnerungen des letzten Tages, besser gesagt der letzten Nacht ein. Hitzig presse ich meine Beine zusammen, welche sich nackt unter der Decke reiben. Dann wandert mein Blick zur Seite. Auch wenn ich bereits weiß, dass mich dort lediglich die leere Ernüchterung erwartet.

Seufzend beiße ich mir auf die Lippe und winde mich. Zwischen meinen Beinen pocht es noch immer hitzig, trotz oder gerade wegen seinen Berührungen.

Ein Gähnen entweicht mir, was kein Wunder ist. Schließlich haben wir diese Nacht nicht sonderlich viel Schlaf abbekommen. Umso verwunderlicher ist es, dass er sich so früh aus dem Staub gemacht hat.

Ein mulmiges Gefühl beschleicht mich, wenn ich daran denke und die unsichere Stimme in meinem Inneren fragt sich, was das zu bedeuten hat.

Hat er bereits genug von mir?

Wird er mich fallenlassen?

Kommt er zurück?

Trifft er eine Andere?

Meine grüblerischen Gedanken werden unterbrochen, als es zaghaft an der Tür klopft. Sofort schießt mein Puls in die Höhe und ich sitze augenblicklich aufrecht im Bett. »Ja?« Meine Stimme klingt dünn und atemlos. Kurz räuspere ich mich, doch dann schiebt sich Marias Kopf durch die Tür.

»Guten Morgen, Sonnenschein«, flötet sie lachend und kommt herein. Ich gebe lediglich ein leises Murren von mir und lasse mich zurück in die Kissen fallen. Dabei hätte ich mir das auch denken können. Nicht nur, dass ihr Klopfen etwas zu zaghaft für Lucien klang. Nein, als hätte er auch nur einmal vorher geklopft. Er ist der König in diesem Haus und genauso benimmt er sich auch. Allein dieser Gedanke treibt mir die Hitze in die Wangen. Ich beiße mir auf die Lippe.

»Süße, dich hat es voll erwischt.« Marias lachender Unterton reißt mich aus meinen Gedanken. Unzufrieden presse ich die Decke an die Brust. Dabei rutsche ich mehrmals auf dem Bett herum, um meinen brennenden Arsch zu entlasten. Um von mir abzulenken, nicke ich ihr kurz zu. »Wie du siehst bin ich noch nicht ausgehfertig. Außerdem bin ich immer noch sauer auf dich.«

Sie lacht laut auf. »Ausgehfertig? Das soll wohl ein Witz sein. Seit wann bist du so prüde? Und was das andere angeht, betrachte es als Freundschaftsdienst. Also gern geschehen.« Sie lässt sich zufrieden auf mein Bett fallen.

»Seit wann lässt mich meine Freundin von der Mafia verschleppen?«, gebe ich biestig zurück. Ja, ich bin kein Morgenmensch. Etwas, was sie jetzt zu spüren bekommt. beziehungsweise zu spüren bekommen sollte.

Bedauerlicherweise ignoriert sie es einfach. Ich meine, hallo? Wenn ich jemanden anzicke, soll derjenige es nicht getrost übergehen. Sonst hätte ich es auch gleich sein lassen können. Sie lehnt sich zurück und sieht mich grinsend an. »Pass auf Süße, du bist am Leben und dir fehlt auch noch kein Körperteil.«

»Noch?«, frage ich trocken.

Maria übergeht meinen Einwurf. »Scheint so, als hättest du inzwischen rausgefunden, dass die Jungs ein paar süße, kleine Kätzchen sind, die lediglich gern brüllen, aber nicht beißen.«

Ich schnaube wenig erfreut, wenn auch nicht voll verärgert.

»Willst du mir nicht lieber von deiner letzten Nacht erzählen? Mir scheint bald so, als gäbe es da einiges, was ich verpasst habe.«

Unzufrieden betrachte ich sie in ihrem kurzen, gelben Sommerkleid für einen Moment. Ich bin sauer auf sie. Dabei sollte ich meinen Frust eher an Lucien auslassen, nicht an ihr. Das Blöde dabei ist nur, dass er einige Vorzüge hat, mit denen sie nicht aufwarten kann. Zumindest nicht für mich. Und ja, mir ist bewusst, wie heuchlerisch das ist. »Ich wüsste nicht, dass du hättest dabei sein sollen.«

Sie geht nicht auf meinen Einwand ein. Stattdessen gibt sie ein lautes »Ha!«, von sich. »Wusste ich es doch. Da ist etwas gelaufen. Aber nach dem, was Blac erzählt hat, konnte das nur so kommen.« Triumphierend lehnt sie sich zurück, ganz so, als wäre all das ihr Verdienst.

Ich schüttle den Kopf, seufze und rapple mich langsam auf. Auch wenn ich die Decke eng um mich schließe – so offen bin ich dann doch nicht. »Willst du mir nicht lieber mal ein paar Dinge erklären?«, drehe ich den Spieß rum. Sie hat zwar mit einigen Punkten recht, aber ich bin immer noch verärgert. Also ja, ich vermute, ich töte auch den Boten, wenn er nichts dafür kann.

Augenblicklich wird ihr Blick verlegen, doch ich bohre sofort nach. »Zum Beispiel wer meine neue, beste Freundin eigentlich ist?«

»Awh, wir sind beste Freundinnen?« Ihre Miene ist übertrieben begeistert. Ich lasse mich von ihrer Show nicht ablenken. Wobei ich inzwischen nicht einmal sicher bin, ob es für sie nur gespielt ist. Mittlerweile glaube ich, dass sie ernsthaft einen Schaden hat. Anders kann ich mir das alles nicht erklären. Dummerweise würde das auch bedeuten, dass ich die gleiche Krankheit habe.

Um meiner eigenen Unsicherheit zu entfliehen, konzentriere ich mich wieder auf sie. »Wo sind wir hier? Was machst du? Und was haben die mit mir geplant? Das wären interessante Unterhaltungspunkte.« Herausfordernd sehe ich sie an. Für einen Moment ist es still, dann lümmelt sie sich bequem und seufzend auf mein Bett.

»Wie du dir sicher schon denken kannst, wohne ich hier.« Sie nickt gedankenversunken und ich verdrehe die Augen.

»Das ist mal eine Info. Danke dafür, Freundin.« Ich betone das letzte Wort besonders und ein leises Kichern entrinnt ihr. Sie scheint nicht einmal zu merken, dass der Nachsatz keineswegs versöhnlich klingen sollte. Oder sie ist gut im Ignorieren. Verdammt gut.

Dann legt sie richtig los und ein paar Sachen muss ich erstmal schlucken und sacken lassen.

Offenbar hat Blac ihr Herz im Sturm erobert. Etwas, dass mich die Augen verdrehen lässt. Immerhin gehört er zu diesen schlechten Menschen. Und ja – mir ist die Doppelmoral durchaus bewusst.

Ich spüre sofort, dass sie ein paar Details weglässt. Trotzdem ist die Wärme, mit welcher sie von ihm spricht, beinah greifbar. Über Lucien hat sie weit weniger zu sagen. Wobei einige brauchbare Informationen dabei sind.

»Dieser Idiot. Sei froh, dass du mich hast, sonst lägst du vermutlich längst geknebelt und gefesselt in einem Kofferraum und Gott weiß, was mit dir passieren würde.« Sie schüttelt empört den Kopf. Trotzdem muss ich zugeben, dass die Vorstellung mich nicht so abschreckt, wie sie es vermutlich sollte. »Jedenfalls habe ich ihm gesagt, dass wenn er so eine Scheiße abziehen will, dann bitte ordentlich. Naja, und hier sind wir nun.« Sie zuckt, sieht mich trocken an und ich seufze stöhnend.

Wir erzählen eine Weile, doch da sie sich offenbar nicht so schnell wegbewegen will, werfe ich mir wenigstens ein Kleid über. Auch wenn es mir ziemlich unangenehm ist, dass sie dabei nur ein Zimmer weiter ist.

Ich habe darauf bestanden, dass sie wenigstens in ›meinem Zimmer‹ wartet. Auch wenn man das nach dem gestrigen Tag vielleicht nicht glaubt, aber es ist mir noch immer unangenehm, mich völlig schamlos vor fremden Menschen nackt zu zeigen. Etwas, was sie offenbar nicht versteht. Trotzdem duldet sie es, dass ich mich kurz frisch mache, bevor ich erneut zu ihr ins Bett krabble und sie über die Diabolos, Blac und einfach alles ausquetsche.

»Sag mal, willst du das Bett heut eigentlich noch verlassen?«, frage ich irgendwann spöttisch. Insgeheim bin ich froh, dass sie da ist. Trotzdem kann ich mir den Kommentar nicht verkneifen. Ich bin unsicher, wie ich mit ihr umgehen soll. Sie hat mich verraten und belogen.

Noch dazu hat sie zugelassen – oder wenn man ihren Erzählungen glauben kann – sogar meine Entführung empfohlen. Mein Verhältnis zu Lucien ist gelinde gesagt kompliziert. Ich will nicht einmal darüber nachdenken, was das alles für Konsequenzen haben wird. Für mich und ihn. Aber in alldem Chaos bin ich trotzdem froh, dass Maria hier ist. Sie hat mich angelogen. Und trotzdem stellt sie eine Art Verbindung zu meiner Vergangenheit dar. Ja – die Vergangenheit, in welcher ich wie ein Penner in einer kleinen Wohnung auf einer durchgelegenen Matratze lag. Die Zeit, in der mein Chef mich ständig belästigt hat und es mir zu großen Teilen elendig ging. Warum ich dazu überhaupt eine Verbindung haben möchte, weiß ich selbst nicht genau. »Ich habe mein Bett schon verlassen.« Kurz verdreht Maria die Augen. »Naja, oder Blacs.« Sofort spricht sie weiter seufzend über ihn. Mit einem Mal schnappt sie überrascht nach Luft und setzt zu einem kleinen Hüpfer auf meinem Bett an.

»Oh, Shit. Das habe ich völlig vergessen. Genau genommen bin ich deshalb hergekommen, aber dich quasi in flagranti zu erwischen, hat mich etwas aus dem Konzept geworfen.« Sie kichert leise, während ich die Augen verdrehe, mir aber einen Kommentar spare. »Wir müssen uns hübsch machen. Es gibt etwas zu feiern!« Ihre Augen blitzen auf und ich hebe den Kopf spöttisch zu Seite.

»Feiern? Und was?«

»Nur eine kleine Zurschaustellung der Macht. Langweiliges Gequatsche aber ...« Sie sieht mich begeistert an, während sie es selbst kaum schafft sich zu beherrschen. »Es wird lustig und wir bekommen wenigstens mal etwas Abwechslung hier drin.«

»Zumindest trifft das auf mich zu. Du kannst offensichtlich deine Zeit auch woanders verbringen.« Ihr beleidigter

Blick sagt mir, dass das nicht die Reaktion war, die sie erwartet hat. *Mist*. Erst da wird mir bewusst, dass ich sie nicht vergraulen möchte. Kurz schließe ich die Augen und sehe sie dann entschuldigend an. »Sorry, ich bin noch nicht ganz fit heute ...«, gebe ich lahm zum Besten.

Sie ist einen Moment still dann seufzt sie leise. »Ich weiß, das deine Ankunft hier nicht so optimal lief.« Meine Ankunft war nicht einmal so das Problem. Eher, dass ich überhaupt hierhergekommen bin. Trotzdem lasse ich sie weitersprechen. »Und ja, mir ist durchaus klar, dass das nicht unbedingt die feine Art war, dass ich dich belogen habe. Nur weiß ich, wie die Jungs sind, wenn sie sich etwas in den Kopf gesetzt haben. Glaub mir. Ich bin schließlich mit einem von ihnen zusammen. Allerdings kann ich dir auch sagen, dass mein Kommentar von wegen: ›Du wärst sonst in einem Kofferraum gelandet‹ nicht weit gefehlt ist. Im Gegenteil. Das war eine deutliche Verharmlosung der Umstände. Aber entgegen dem, was ich soeben gesagt habe, wusste ich, dass sie dich gut behandeln werden. So schlimm, wie sie nach außen hin tun, sind sie nicht einmal im Ansatz. Sie alle spielen nur gern die Bösen.«

Knapp verdreht sie ganz in Rage die Augen. Bevor ich etwas erwidern kann, spricht sie weiter: »Aber, wie dir vielleicht aufgefallen sein sollte, steht niemand mehr vor deiner Tür. Das heißt, du musst dich hier nicht einigeln.« Sie zuckt mit den Schultern und mein Blick wandert gedankenversunken zur Tür. Spaßhaft, wenn auch noch etwas unbeholfen, stößt sie mich leicht in die Seite. »Da will man sich gar nicht vorstellen, was du gemacht hast, um sein Vertrauen zu gewinnen.« Ein Lächeln huscht über ihr Gesicht, während ich spürbar erröte. Meine Gedanken wandern wie von selbst zurück zur letzten Nacht. Ich werde verlegen, wenn ich an die Details denke. Trotzdem glaube ich nicht, dass es an dem Sex lag. Da ist mehr zwischen uns. Hoffe ich zumindest.

Das beschäftigt mich schon seit einer Weile. Fühle ich mich wirklich zu ihm hingezogen? Oder leide ich inzwischen an einem Stockholmsyndrom? Möglich wäre es. Davon einmal abgesehen, was ist mit ihm? Es gibt Zeiten, in denen verfalle ich ihm bedingungslos und habe das Gefühl, ihm geht es genauso. Und dann gibt es wieder kurze Augenblicke, in denen er jemand ganz anderes zu sein scheint.

Leise seufze ich.

Merkwürdigerweise stelle ich fest, dass ich ihm vertraue. Genau genommen war von Beginn an ein gewisses Grundvertrauen da. Vielleicht bin ich besonders naiv, aber ich habe immer daran geglaubt, dass letzten Endes alles gut wird.

Ich räuspere mich leise unter ihrem wachsamen Blick. »Willst du mir jetzt sagen, was wir anziehen, oder mich weiter in Verlegenheit bringen?« Meine Wangen erhitzen sich dabei und ich starre sie möglichst wenig beschämt an. Ihr Grinsen wird immer breiter und mit einem letzten Blick auf mich huscht sie davon.

»Hey!« rufe ich ihr nach, als sie die Tür durchquert und mir einen schnellen Blick zuwirft. Noch ehe ich mich aufgerappelt habe, ist sie wieder da. Dicht gefolgt von einer monströsen Kleiderstange, die die innere Diva in mir zum Strahlen bringt.

Was dann folgt, sind Unmengen an Kleidern, von denen jedes schöner ist als das andere. Schmuck und natürlich hohe Schuhe. Wie sollte es auch ohne gehen. Maria wirft mich in eine heile Prinzessinnenwelt und ich verdränge die dunkle Stimme bereitwillig in mir, die mich daran erinnert, dass solche Geschichten oftmals ein Aber beinhalten.

Als ich schließlich vor dem Spiegel stehe, seufze ich leise. Der Anblick lässt mich die finsteren Überlegungen verdrängen. So muss es sich angefühlt haben, den grausamen, originalen Grimm-Märchen eine süße Wolke aus Disney-Realität überzuziehen.

Mein Blick gleitet an dem hauchdünnen Stoff entlang, welcher sich über meine Haut zieht. Ich hätte nie gedacht, dass der bronzene Ton mir so schmeichelt, doch selbst ohne Makeup und ordentliche Frisur bin ich hin und weg.

Ein Strahlen breitet sich auf meinem Gesicht aus, als ich mich kurz drehe. Mein Blick fällt auf Maria, die sich selbstzufrieden auf mein Bett lümmelt. Ein flammend rotes Kleid hängt bereits säuberlich auf dem Bügel und inzwischen hat sie sich ihre lockere Kleidung wieder übergeworfen. Meine Augen wandern zurück zum Spiegel. Hin zu dem üppigen Ausschnitt.

Mein Herz pumpt wie verrückt und meine Kehle wird mit einem Mal trocken. »Denkst du, das ist ok?« Meine Worte sind verlegen und noch nicht ganz raus, da lacht sie laut auf.

»Willst du mich verarschen?« Ich zucke leicht zusammen. Dann springt sie auf die Beine und stellt sich musternd vor mich. »Du siehst aus wie eine Sex-Göttin und puh!« Sie wedelt sich kurz mit der Hand vor dem Gesicht und wirft mir spielerische Blicke zu. »Blac muss sich ganz schön ranhalten, sonst gehe ich an diesem Abend mit dir nach Hause.« Maria zwinkert mir verlockend zu.

Sanft streiche ich über meinen Körper. Die Seide liegt weich an auf meiner Haut, doch an der Mitte meines Oberschenkels öffnet sie sich in einen weiten Spalt, der sich nach unten zieht. Das Kleid ist hübsch, dass ist es nicht.

Ich habe eher Bedenken, dass es nicht richtig sitzt, zu viel zeigt oder einfach nicht zu mir passt.

Schwer schluckend versuche ich eben diese Unsicherheit zu verdrängen. Es ist mein Problem. Damit will ich Maria nicht belasten.

»Blossom …« Mit verzweifeltem Unterton zieht sie meinen Namen in die Länge. »Du siehst heiß aus. Lucien wird nicht die Finger von dir lassen können. Genauso wie jeder andere Mann im Raum. Glaub. Mir.« Sie sieht mich eindringlich an und ich beiße mir verlegen auf die Lippe. Ich hasse und liebe es gleichermaßen, dass sie mich so leicht durchschaut.

»Es ist nur etwas viel, weißt du?«

Sie nickt wehmütig. »Das kann ich verstehen.« Während ich sie ansehe, merke ich, dass sie das tatsächlich tut. Nicht das Kleid oder sonst etwas. Alles hier. Ich bin überrumpelt und orientierungslos. Es fühlt sich gut und gleichzeitig schlecht an, hier zu sein. Maria scheint dieses Gefühl zu kennen. Oder zumindest zu verstehen.

»Du hast eine Menge erlebt.« Sie zögert, weshalb ich aufsehe. »Weißt du, ich glaube, du fokussierst dich gerade zwingend auf etwas, damit du dich nicht mit der Gesamtsituation beschäftigen musst. Zumindest wirkt es so auf mich.«

Ihre Worte bringen mich zum Schlucken. Maria hat meine Gedanken verdammt gut zusammengefasst. Genau das mache ich, seitdem ich hier bin. Ich konzentriere mich auf den Stall, die Einrichtung, auf Lucien und jetzt auf diese Feier. Einfach alles, was mich von den eigentlichen Problemen ablenkt. Warum? Tja, vielleicht hege ich die stille Hoffnung, dass sie sich in der Zwischenzeit von allein lösen. Schön wäre es. »Aber ist das denn falsch?« Meine Stimme klingt unsicher. *Ich hasse es.*

»Nein. Deshalb bin ich da, damit du dich auf die richtigen Dinge stürzt. Das Einzige, vor dem ich Angst habe, ist, dass dich alles andere irgendwann einholt.« Sie tritt vor mich und legt die Hände auf meine Oberarme. »Aber ich möchte, dass du mir etwas versprichst. Wenn es zu viel wird und alles mit einem Mal hochkommt, dann sprichst du zuerst mit mir, bevor du etwas machst, was vielleicht nicht gut für dich ist. Und glaube mir, mit impulsiven, dummen Handlungen kenne ich mich aus.«

Ein müdes Lächeln tritt bei ihren Worten auf meine Lippen. »Ok.«

»Ok«, echot sie leise.

»Also, womit beginnt der fünf-Schritte-ins-Herz-eines-Killers-Plan?«

Sie verzieht bei meinen Worten den Mund und verdreht die Augen. »Sie sind nur manchmal Killer.«

Ich schnaube leise. »Mich mit diesem Thema zu beschäftigen, steht irgendwo an Stelle sieben des fünf-Schritte-Plans.«

»Perfekt. Schritt Nummer eins: Das Kleid.« Maria ergreift meinen Arm, führt mich vor sich und dreht mich sanft im Kreis. Dabei halte ich den Blick auf mein Spiegelbild geheftet.

»Es ist wunderschön.«

»Du bist zufrieden?« Sie wirkt selbstzufrieden, was ich ihr nicht absprechen kann.

»Ja«, hauche ich leise. Das Kleid ist perfekt und ich? Ich werde versuchen gut genug dafür zu sein.

»Super, dann würde ich Schritt eins als mehr als erfüllt durchgehen lassen.« Maria klatscht begeistert in die Hände. »Meine Arbeit ist getan.« Sie macht sich auf ihre Sachen zusammenzuraffen.

Irritiert sehe ich auf. Schlagartig schlägt mein Herz einige Takte schneller. »Ich dachte, wir machen uns zusammen fertig?«

»Absolut. Nur will ich Blac vorher noch einen kleinen Besuch abstatten. Ich will wissen, ob ihm die Wahl meiner Unterwäsche gefällt.« Sie zwinkert mir bei ihren Worten zu. »Immerhin ist das eine schwere Entscheidung, die für eine Party elementar sein kann.«

Verdutzt sehe ich sie an. »Hast du nicht eben noch gesagt, dass du keine tragen wirst?«

Ein diabolisches Grinsen schleicht sich auf ihre Lippen, während sie die übrigen Kleider vor sich herschiebt. »Eben. Ich bin in ein, zwei Stunden wieder da. Lehn dich zurück, entspann dich und genieße die Zeit ohne mich.« Ein letztes Mal winkt sie mir zu. Dann schließt sich die Tür und ich bin wieder allein.

KAPITEL 16

Blossom

Seufzend lasse ich mich auf das Bett fallen und betrachte die beiden Kleider für einen Moment.

Ihr plötzlicher Abschied lässt mich planlos zurück. Mein Fokus ist buchstäblich durch die Tür marschiert. Beinah fühlt es sich so an, als hätte sie stattdessen all meine Bedenken hereingelassen. Leise fluche ich. Maria scheint alle meine Probleme erfasst und verstanden zu haben. Sie durchschaut mich, konfrontiert mich damit und lässt mich schließlich allein.

Ein wehmütiges Gefühl beherrscht mich.

Es ist beschissen, wie abhängig ich bin.

Von ihrer Gesellschaft, Luciens Zuneigung. Die Liste könnte man endlos fortsetzen.

Ich beiße nervös auf meiner Lippe herum, während ich mich in dem Zimmer umsehe. Das Erste, worauf mein Blick fällt, ist die Kamera, welche in der Ecke des Raumes hängt. Unzufrieden verdrehe ich die Augen. Bestimmt sitzt Lucien nicht den ganzen Tag vor dem Laptop und zieht sich meinen Tagesablauf rein. Mit Sicherheit ausschließen kann ich es aber auch nicht. Bedauerlicherweise ist genau der Nachsatz etwas, dass mein Herz schneller schlagen lässt. Auf die gute Art. Wenn er mich beobachtet, dann interessiert er sich für mich. *Hoffe ich.*

Schließlich wende ich mich wieder ab. Gedankenmachen steht ebenfalls weit hinten auf meinem Fünf-Schritte-Plan. Sehr weit hinten. Irgendwo zwischen glücklich in den Sonnenuntergang reiten und mich um meinen alten Job kümmern. Allein der Gedanke lässt mich stöhnen. Ich will nicht einmal wissen, was für einen Scherbenhaufen ich in meinem alten Leben hinterlassen habe. Trotzdem passiert es wie von allein, dass die Überlegungen sich in meinem Kopf sammeln. Ob mich jemand als vermisst gemeldet hat? Oder hat Maria sich darum gekümmert? Einen Krankenschein? Eine Kündigung? Das könnte man tatsächlich sehr schnell klären. Die gleiche Vorgehensweise könnte man auf meine Wohnung anwenden.

Eine letzte Zahlung, eine Kündigung und mein Vermieter wäre froh, mich los zu sein. Daran zweifle ich nicht. Schließlich habe ich die Miete nicht nur einmal zu spät bezahlt. Freunde oder Familie habe ich keine. Zumindest niemanden, der mich suchen würde.

Die Zusammenfassung meines Lebens ernüchtert mich. Mein einziger Besitz sind drei Umzugskartons, auf welche ich verzichten könnte. Es gibt nichts, an dem ich hänge und niemanden, der wiederrum an mir hängt oder sich auch nur etwas aus mir macht. Ich bin eine derjenigen, die vermutlich irgendwann mit dem Gesicht nach unten im Wald gefunden werden und an deren Zeh ein Schild mit dem Namen ›Jane doe‹ hängt. Eine derer, wo sich niemand auf die Zeitungsberichte meldet und lediglich ein paar wenige unter vorgehaltener Hand murmeln, dass ich ihnen schon immer eigenartig vorgekommen sei. Bei diesen Überlegungen kommen mir beinah die Tränen.

Wie habe ich es geschafft, dass mein Leben so unbedeutend ist? Meine Lippen beginnen zu beben. Ein Schluchzen entrinnt mir. Ich merke, wie die altbekannte Unsicherheit sich in mir ausbreitet. Noch dazu werde ich panisch. Krampfhaft versuche ich mich zu konzentrieren. Wie von selbst geht meine Hand zu meiner Brust. Missmutig verziehe ich das Gesicht, als ich ins Leere greife. Dieser Umstand verschlechtert meine Situation zusätzlich. Wehmütig sinke ich auf das Bett. Als ich fünf Jahre alt war, bin ich mit meiner Oma spazieren gewesen. Für sie habe ich Steine gesammelt und war unfassbar stolz auf mich. Wir gingen nach Hause, ich habe zu Abend gegessen und bin schlafen gegangen. Alles war gut. Bis es das irgendwann nicht mehr war. Mich ergreift ein kalter Schauer, als ich daran denke, wie ich sie gefunden habe. Friedlich und ruhig. Ich kann mich kaum noch daran erinnern, was ich vor einer Woche gemacht habe, doch dieses Bild werde ich niemals vergessen. Sie hatte ein leichtes Lächeln auf den Lippen, die Augen geschlossen und die Hände auf der Brust gefaltet. Unzählige Male habe ich an ihr gerüttelt.

Zuerst dachte ich, es wäre ein Spaß.

Dann habe ich mir Gedanken gemacht.

Mein Opa hat zuerst versucht mich von ihr fernzuhalten. Irgendwann nahm er mich tröstend in den Arm. Er hat mir gesagt, dass Oma ein langes Schläfchen macht.

Irgendwann habe ich es verstanden.

Leider waren zu diesem Zeitpunkt schon einige Jahre vergangen.

Tränen rinnen mir an den Wangen herab. Mein Gesicht fühlt sich geschwollen an, wenn ich daran denke. Ich war dabei. Schließlich habe ich sie gefunden. Und trotzdem ist da dieses Gefühl, mich nicht richtig verabschiedet zu haben.

Damals verstand ich nicht, dass sie nie wieder aufwachen würde. Heute schon. Meine Familie hat dafür gesorgt, dass ich bei der Beerdigung dabei war. Keiner erklärte mir, was ich dort machen sollte. Deshalb stand ich einfach da, spielte an dem dunkelblauen Kleid herum und starrte an den Menschen vorbei. Ich hasse die Erinnerung daran. Der ganze Tag hat sich falsch und verlogen angefühlt. Nichts hat zusammengepasst. Alle haben mir ihr Beileid ausgesprochen, mich umarmt oder mir den Kopf getätschelt. Irgendwann musste ich nach vorn treten. Auch dabei habe ich nicht verstanden, warum. Tränen traten mir in die Augen, als ich auf den Sarg blickte. Er war tief in die Erde herabgesenkt.

Ich weiß noch, wie ich mich umgedreht habe. Dann fragte ich meine Eltern, warum Oma denn in der Erde schläft. Bis heute habe ich keine Antwort darauf erhalten. Nachdem die Zeremonie zu Ende war, stand ich für einen Moment allein unter der großen Eiche, neben welcher meine Oma beerdigt wurde.

Ich blickte auf meine Schuhspitzen und rieb die Hacken nervös aneinander. Meinen liebsten Stein hatte ich als Glücksbringer fest in der Hand. Ein Mondstein. Jahrelang behielt ich diesen, bis ich irgendwann ein paar Stücken in ein kleines Glas gefüllt habe. Es war ein besonderer Glücksbringer, den ich jeden Tag um meinen Hals trug. Bis vor einigen Tagen.

Ob ich ihn verloren oder sie ihn mir abgenommen haben, weiß ich nicht. Eins steht fest: Ohne ihn fühle ich mich umso verlorener. Ich spüre, wie eine Welle aus Verzweiflung und Panik sich in mir aufbaut. Bebend drücke ich das Gesicht fest in die Decke, schreie und fluche. Zittrig versuche ich den Kopf zu heben. Ein paar Mal atme ich schnell ein und aus.

Da ich mich gut genug kenne, weiß ich, dass ich geradewegs auf eine depressive Phase zusteuere. Die Situation überfordert mich und am liebsten würde ich mich hängen lassen. Bevor ich das mache, schweifen meine Gedanken zu Maria, ihren Worten und auch zu Lucien. Betroffen senke ich den Kopf, atme erneut tief ein und aus. Ich würde mich am liebsten in die Kissen sinken lassen – und im besten Fall nie wieder aufstehen. Oder hoffen, dass meine Probleme sich geklärt haben, wenn ich denn den Kopf wieder hebe. Trotzdem kommt mir noch ein weiterer Gedanke. ›Senke nicht den Kopf. Nicht vor mir und vor niemandem sonst.‹

Luciens Worte ertönen in meinem Inneren immer wieder. Es ist wie ein Echo der Vergangenheit und ein Versprechen an die Zukunft. Beinah so, als wäre er hier und würde mein Kinn sanft nach oben führen. Ich schließe die Augen, atme durch den offenen Mund langsam ein und aus.

Mit jedem Gedanken konzentriere ich mich auf das Gefühl der Stärke und Unterstützung, welches ich in diesem Moment gefühlt habe. Es mag unfassbar banal klingen, doch dieser Augenblick war einer der wichtigsten in meinem Leben. Er hat mir ein Vertrauen geschenkt, welches ich in vielen Jahren nicht zu anderen Menschen fassen konnte.

Mit diesem Gedanken richte ich mich langsam auf. Harsch wische ich mir die Tränen von den Wangen und presse meine bebenden Lippen zusammen. Dann streiche ich über das einfache, weinrote Shirt und laufe zielsicher auf die Tür zu. Im ersten Moment weiß ich nicht, was ich eigentlich vorhabe, geschweige denn, wohin ich will. Ich fühle mich rastlos und unruhig. So, als müsste ich etwas tun. Deshalb öffne ich ruckartig die Tür. Zunächst halte ich überrascht inne. Der Schrank steht nicht mehr davor. Dann fallen mir Marias Worte ein. Darüber, dass ich mich auch frei bewegen könne. Sie verdrängen die finsteren Erinnerungen ein Stück mehr, weswegen ich mich darauf konzentriere. Verbissen frage ich mich, bis wohin diese Freiheit geht. Bis zur Tür? Bis zum Zaun? Kurz kribbelt es bei der Vorstellung nach draußen zu gehen und wieder wandern meine Gedanken zu meinem Leben außerhalb der Mauern. Bedauernd seufze ich. Genau genommen glaube ich nicht, dass irgendwer mich vermissen wird. So traurig es auch klingen mag, doch vermutlich ist mein Vermieter der Erste, der sich melden wird. Und zwar wenn er kein Geld mehr bekommt. Beinah muss ich lachen. Wollte ich nächste Woche endlich mal einen Dauerauftrag einrichten. Zuvor war das Geld stets knapp und ich musste sehen, wie ich über die Runden komme.

Wenigstens bezahle ich nicht unnötige Miete, stelle ich nüchtern fest.

Meine Gedanken deprimieren mich selbst, weswegen ich mir einen Ruck gebe und aus dem Zimmer trete. Eben diesem Tatendrang ist es zu verdanken, dass ich einige Meter auf mein heutiges Schritte-Konto bringe. Ich gehe durch zwei Etagen, schnüffle in ein paar Zimmern herum und gelange schließlich in den Eingangsbereich. Zu meinem Bedauern habe ich weder eine blühende Wiese voll Kornblumen noch etwas Interessantes gefunden. Zweiteres liegt wohl daran, dass einige Zimmer verschlossen sind. Natürlich war ich versucht, die Türen aufzubrechen. Das allerdings hebe ich mir für einen nächtlichen Ausflug auf. Maria ist nett. Lucien irgendwie auch. Trotzdem habe ich seinen grusligen Bruder noch nicht getroffen, von welchem Maria nicht unbedingt in den besten Tönen gesprochen hat. Deshalb beschließe ich, mich vorerst zurückzuhalten.

Nur zur Sicherheit.

Ich biege soeben gelangweilt um eine weitere Ecke, als

ich einen Blick auf einen karamellfarbenen Schopf erhasche. Kurz halte ich inne, dann macht es Klick und ich laufe die wenigen Meter zurück. »Hey!«, rufe ich schon von Weitem, als sich dieser nach draußen schieben will. Erst reagiert er nicht, weswegen ich hinterherrenne und die Tür ruckartig aufreiße. Auf der Treppe habe ich ihn schließlich japsend eingeholt. »Hey, warte! Ich kenn dich doch.« Meine Hand schließt sich um seinen Arm und überrascht hebt er den Blick von seinem Handy. Zunächst ist dieser freundlich und fragend, doch dann sehe ich die Erkenntnis darin.

»Ah, der Groupie.« Ich erröte unter seinem Blick und lache verlegen über seine Worte. Dann dreht er sich spielerisch zu mir herum und wirft mir ein laszives Lachen zu.

»Ähm ...« Ich brauche einen Moment, um mich daran zu erinnern, was ich eigentlich will. Genau genommen bin ich mir dabei selbst nicht mehr sicher. Nach wenigen Sekunden hat er mich an den Tag am Strand erinnert und daran, dass er dabei war. Nachdem wie er auf mich reagiert hat, möchte ich mich am liebsten wieder umdrehen und verschwinden. Leider ist mir zwischenzeitlich entfallen, dass er der merkwürdige Arsch war, den ich schon dort nicht leiden konnte. Offenbar hat sich genau diese Art nicht verbessert.

Da er mich fordernd ansieht, suche ich krampfhaft nach einer Ausrede, warum ich ihm hinterhergelaufen bin. Ein Einfaches: ›Ich habe nicht darüber nachgedacht‹, erscheint mir leider unzufriedenstellend. »Auf die Gefahr hin noch mehr wie eine Verrückte zu wirken: ich suche nach Lucien.« Im Stillen frage ich mich, warum ich überhaupt versuche ihm zu gefallen. Weil er hübsch ist? Oder Luciens Freund ist? Dann überlege ich, ob die beiden überhaupt befreundet sind. Natürlich wäre das logisch. Schließlich ist er nicht nur mit ihm unterwegs gewesen, sondern auch in seinem Haus ...

»Wow. Da scheint einiges in deinem Köpfchen vorzugehen. Dabei sollten hübsche Frauen nicht so viel denken müssen.« Sprachlos und mit offenem Mund starre ich ihn an. Ich bin unsicher, ob er mich gerade beleidigt hat oder die Aussage ein Kompliment sein sollte. »Lucien also. Soso.« Verwirrt runzle ich die Stirn. »Dabei hatte ich so gehofft, dass du dieses Mal wirklich auf der Suche nach mir bist.«

Grinsend schüttelt er den Kopf und betrachtet mich eingehend. Am liebsten hätte ich ihm gesagt, wie abstoßend ich seine Art finde. Warum ich es nicht mache, weiß ich nicht. Da ist etwas, das mich zurückhält.

»Vielleicht das nächste Mal«, sage ich angespannt. Verlegen und unsicher spiele ich mit meinen Fingern, bemühe mich aber, mir sonst nichts anmerken zu lassen.

Schließlich seufzt er und hebt sein Handy ans Ohr. »Ah Luc, hier ist eine junge Dame, die es nicht abwarten kann, dich zu sehen.« Ich verdrehe die Augen und spüre, wie sich meine Wangen erhitzen. Mein Blick wandert umher und schon bereue ich es, ihn angesprochen zu haben. Wobei, genau genommen habe ich das schon von der zweiten Sekunde an.

Nur in der ersten war mein Mund wieder einmal schneller als mein Gehirn. Erneut lacht er und ich spüre seinen Blick auf mir. »Ja. Ja, genau.« Ich wüsste nur zu gern, was Lucien am anderen Ende der Leitung sagt. Dazu müsste ich entweder nachfragen – Kommt nicht in Frage. Oder mich wirklich wie ein Groupie an sein Ohr hängen – Wohl eher nicht. Deshalb bleibt mir nichts anderes übrig, als ungeduldig zu warten. Beinah muss ich lachen.

Ich und Geduld? Da geht noch eher der Teufel in die Kirche.

Einige unzusammenhängende Wortfetzten später, gilt seine Aufmerksamkeit wieder mir. »Erledigt. Du solltest in ein paar Stunden Besuch erwarten. Aktuell ist Lucien noch beschäftigt.« Kurz nimmt er eine straffe Haltung ein. »Stets zu Diensten.« Ein Grinsen breitet sich auf seinem Gesicht aus und er zwinkert mir zu.

Ich nicke. Für einen Moment verziehe ich das Gesicht, als er mich prüfend mustert. »Wenn du einmal deine hilfreichen fünf-Minuten hast, wäre es möglich, dass du mir sagst, wo mein Zimmer ist?« Ich verdrehe die Augen. Die Situation ist mir verdammt unangenehm, doch er ist bisher der Einzige an diesem Tag, der überhaupt mit mir redet. Zwar bin ich hin und wieder auf einen vereinzelten Angestellten getroffen, welche mich aber großzügig ignoriert haben.

Überraschend galant dreht er sich um und bietet mir seinen Arm an. »Es wäre mir eine Freude. Möglicherweise weiten sich meine hilfreichen fünf-Minuten dadurch sogar ein wenig aus.« Er stößt mich spielerisch in die Seite.

Trotzdem entspanne ich mich nicht.

Gefühlte hunderte Biegungen, Etagen und Gänge später weiß ich so einiges über Silver, meinen Begleiter. Auch wenn ich das Gefühl habe, dass ich ihm noch weit mehr verraten habe. Irgendwie hat er eine Art an sich, bei der es mir leichtfällt, zu reden. Beinah so, als müsste ich sprechen. Auch wenn ich mich selbst einige Male ermahnt habe, vorsichtig zu sein. Irgendwann nimmt er meinen Arm von seinem – welchen er trotz mehrmaliger Versuche meinerseits stetig festgehalten hat – und deutet auf eine dunkle Tür. »Eh voilà, da sind wir.«

Ich nicke dankbar, dann stocke ich kurz in meiner Bewegung. »War meine Tür nicht weiß?« Mit gerunzelter Stirn betrachte ich diese einen Moment. Da nimmt Silver mir die Entscheidung bereits ab und öffnet sie schwungvoll. Wie ich soeben bereits vermutet habe, erwartet mich dahinter nicht mein Zimmer. Etwas, was ihn scheinbar nicht stört. Er platziert seine Hand in meinem Rücken und dirigiert mich ins Innere des Raumes.

»Du bist genau richtig hier.« Seine Stimme jagt mir einen Schauer über den Rücken und überrascht drehe ich mich um. Ich zucke einen Meter zurück. Seine Miene ist glatt und ausdruckslos. Sein Blick ruht auf mir und seine Arme verschränkt er vor der Brust. In diesem Augenblick spinnt mein Gehirn sich die verrücktesten Ideen zusammen. Keine besser als die andere. *Sollte ich mich so in ihm getäuscht haben? Hat er vielleicht nicht einmal mit Lucien gesprochen? Hat er etwa vor, mir etwas anzutun?*

Mein Blick verdunkelt sich und mein Herz beginnt wild zu schlagen. Einige Sekunden ist es ruhig, doch dann schiebt sich ein belustigtes Grinsen über sein Gesicht. »Du solltest diese Wachsamkeit beibehalten. Allein, dass du hier bist macht dich zu einer Zielscheibe.« Knapp verzieht er das Gesicht und sein Blick wird dunkel. Er seufzt und scheint in Gedanken weit weg.

Unsicher trete ich einen Schritt nach vorn und meine Hand legt sich auf seinen Arm. Ich öffne den Mund und schließe ihn wieder. Was soll ich auch sagen? Er scheint ganz woanders zu sein, doch offenbar hole auch ich ihn nicht von diesem Ort zurück.

Irgendwann tätschelt er meine Hand unbeholfen und lächelt mich offen an. »Ich denke, dass du genau die bist, die Lucien braucht.«

Verwirrt von seiner plötzlichen, dubiosen Aussage hebe ich fragend die Augenbraue. Er zuckt mit den Schultern und grinst. »Fühl dich inzwischen wie zu Hause.« Er zwinkert mir zu und deutet einladend in den Raum.

Kurz seufze ich, dann trete ich endgültig hinein. Als sich die Tür bereits schließt, drehe ich mich noch einmal um. »Weiß er, dass ich hier bin?«

Belustigung spielt um seine Augen. »Ich befolge lediglich Anweisungen.« Mit einem letzten Lächeln verlässt er das Zimmer. Mit leicht geöffnetem Mund sehe ich ihm nach. Unsicher, ob die Aussage eine Zustimmung oder Ablehnung zu meiner Frage war.

Seufzend schüttle ich den Kopf.

Die Leute hier machen mich fertig.

Ich gebe der Sache noch eine Woche. Vielleicht zwei. Dann brauche ich einen Urlaub. Zumindest, wenn man meine geistige Gesundheit noch gebrauchen will.

Kurz darauf habe ich Zeit, mich ausgiebig umzusehen.

Das Zimmer steht in einem großen Kontrast zu dem, in welchem ich untergebracht bin. Die Möbel sind schlicht und zu großen Teilen aus dunklem Holz. Meine sind foliert und strahlend weiß. Während meine Fenster groß und offen wirken, sind diese mit dichten Gardinen behangen. Dadurch kann das Licht lediglich durch einen schmalen Spalt ins Zimmer gelangen.

Sanft fahre ich mit den Fingern über die glatte Oberfläche des Schrankes, auf welchem der Schein der Sonne flimmert. Kurz zögere ich, doch dann kann ich mich nicht beherrschen und ziehe die Schranktüren auf. Sauber gereihte Anzüge, unzählige Shirts und einige Hosen.

Das ist es nicht, was mir zuerst auffällt.

Es ist die Farbe.

Schwarz.

Mir springt ein dominantes Schwarz entgegen.

Schwarze Anzüge, schwarze Hosen, schwarze Shirts.

Belustigt öffne ich die nächste Tür und mein Herz schlägt ein paar Takte schneller, als mein Blick auf schwarze Unterhosen trifft. Spielerisch wandern meine Finger darüber und ein Kribbeln breitet sich in meinem Inneren aus. Was er wohl dazu sagen würde, wenn ich in seiner

Unterhose auf ihn warte? Kurz belustigt mich der Gedanke. Dann verwerfe ich ihn schnell wieder. Das wäre etwas drüber. Mein Blick wandert an den dunklen samtig wirkenden Wänden entlang. Ich kann es mir nicht verkneifen, im Vorbeigehen über die weiche Oberfläche zu fahren und leise zu kichern. Dann öffne ich die angrenzende Tür und finde mich in einem wundervollen Badezimmer wieder. Seufzend betrachte ich die große, eingelassene Badewanne. *Wobei*. Badewanne ist eine Untertreibung. Das Ding ist groß wie ein verdammter Whirlpool. Kurz spiele ich mit der Idee, mir die Zeit dort zu vertreiben. Meine Gedanken wandern zu Lucien und ich seufze. Es ist verdammt ärgerlich, dass nicht er es ist, der mich in das Zimmer geführt hat. Ich hätte durchaus einige Vorstellungen, wie ich die Zeit mit ihm herumbekommen könnte. Bei der Überlegung verziehe ich das Gesicht. Seit er am Morgen aus dem Bett verschwunden ist, habe ich ein eigenartiges Gefühl. Vermutlich rede ich mir die Sache selbst nur schlecht, aber ich befürchte, dass etwas nicht stimmt. Immer wieder gehen mir die Worte unseres Abschieds durch den Kopf.

Gehst du schon?

Mach kein Drama, Babe. Die Nacht war zu gut dafür.

Ich hasse es, wenn er so wird. Kalt und abweisend. Keine Ahnung, ob er mich aus Unsicherheit zurückweist oder weil es tatsächlich an mir liegt. Meine irrationale Hoffnung lässt mich an Ersteres glauben. Und genau aus diesem Grund kann ich ihm nicht böse sein. Ganz sicher ist sein Leben alles andere als leicht. Wenn er damit kämpft und mich deshalb von sich stößt, wer wäre ich, wenn ich ihn dafür verfluche? Erst recht, wenn es Momente gibt, in denen er so viel besser zu mir ist?

Seufzend wende ich mich wieder dem Zimmer zu. Kurz überlege ich, was ich als nächstes tun möchte. Eine Idee wäre es, Maria zu suchen, damit wir uns gemeinsam fertig machen können. Allerdings schätze ich die Chance sie zu finden, eher gering ein. Vermutlich weiß sie noch nicht, dass ich umquartiert wurde. Ich hoffe nur, dass ihr jemand Bescheid gibt. Sicher würde ich mich hassen, wenn es andersherum wäre. Bedauerlicherweise habe ich kein Telefon. Dieses würde meine beiden Probleme binnen Sekunden lösen. Etwas, das ich bei nächster Gelegenheit ansprechen sollte. Ironischerweise ist mir das bis zu dem Moment nicht einmal aufgefallen. Ich habe es schlichtweg nicht vermisst. Dabei gab es eine Zeit, da war es in meiner Hand festgewachsen und hatte eine Displayzeit von über zehn Stunden am Tag.

Diese Einsicht lässt mich nachdenklich werden. Ich wundere mich selbst über mich. Darüber, wie bereitwillig ich hierbleibe und ein Teil von ihnen geworden bin. Noch dazu, in einer so unfassbar kurzen Zeit.

Vielleicht liegt es daran, dass ich mich zuvor nie angekommen gefühlt habe. Es hat sich falsch angefühlt, vollkommen egal, was ich getan habe, wo ich wohnte und wie ich mich verhielt. Hier fühle ich mich ... richtig.

So verrückt dieser Gedanke auch für mich klingen mag, doch ich fühle mich wohl bei Lucien.

Vielleicht liegt es an mir. Oder daran, dass er einer der wenigen ist, der sich in den letzten Wochen für mich interessiert hat. Ja, vermutlich bin ich ein trauriges, nach Aufmerksamkeit gierendes Häufchen Elend. Zumindest fühlt es sich so an.

Meine Gedanken werden von einem leisen Klopfen unterbrochen.

Ich rapple mich seufzend auf. Eilig gehe ich zurück durch das Schlafzimmer, hin zu der Tür und reiße sie ruckartig auf. Eine ältere Dame schreckt zurück. Genauso wie ich. Überrascht sehe ich sie an, doch dann schenkt sie mir ein freundliches Lächeln. »Süße, Sie sehen umwerfend aus. Nun, wir werden dafür sorgen, dass der nette Mann seine Finger nicht von Ihnen lassen kann. Makeup war schon immer meine Leidenschaft.« Die letzten Worte fügt sie hinter vorgehaltener Hand hinzu, als wäre es ein besonderes Geheimnis. Ihre rosigen Wangen heben sich in die Höhe und ihr freundliches Lächeln wird noch eine Spur breiter. Ohne zu zögern, schiebt sie sich an mir vorbei und ich folge ihr mit meinem Blick. Schmunzelnd beobachte ich, wie sie sich in dem Zimmer ausbreitet, als würde sie hier wohnen. Erst bin ich sprachlos, dann muss ich mich sehr zusammenreißen, um nicht zu lachen. Sie ist einfach goldig. Noch dazu, da sie Lucien als netten Mann bezeichnet hat. Wobei, denke ich kurz. Er kann durchaus nett sein. Allerdings genieße ich auch die Momente, wenn er das nicht ist.

Hitze breitet sich in meinem Inneren aus. Bevor ich voll in meine Gedankenwelt abtauchen kann, werde ich von ihrer sanften Hand unterbrochen, die sich auf meine Schulter legt. »Süße?« Ich wende mich lächelnd um und lasse mich von ihr auf einen Stuhl navigieren.

Die folgenden Minuten werden voll von ihren Anweisungen eingenommen. »Augen auf.« Sofort blinzle ich wie verrückt. »Augen zu.« Ich verziehe das Gesicht und schließe sie wieder.

»Gesicht entspannen.« Augenblicklich spannen sich alle meine Gesichtsmuskeln an, während ich krampfhaft versuche einen neutralen Blick aufzusetzen. Ich muss ihr vermutlich nicht erst sagen, wie schlecht ich darin bin, Anweisungen zu befolgen.

Ganze zwei Stunden später erkenne ich mich selbst kaum wieder. Begeistert starre ich diese Fremde im Spiegel an und staune.

»Wow«, ist das Einzige, was ich überhaupt rausbekomme. Ein Schauer läuft mir über den Rücken und ein Grinsen breitet sich auf meinem Gesicht aus. Meine dunkelroten Lippen verziehen sich seitlich und ich will mir soeben auf diese beißen, als mich ein leichter Schlag auf den Handrücken trifft.

»Ich warne Sie!« Luisa, wie sie sich vorgestellt hat, sieht mich mit mahnendem Blick an. »Ich will keine einzige, verschmierte Stelle sehen! Das wir uns richtig verstehen!« Belustigung spielt um meine Lippen und ich bemühe mich um Beherrschung, unter ihrem Blick.

»Und sagen Sie Diabolo, dass er seine kleinen, wandernden Finger von Ihnen lassen soll. Zumindest von den Haaren und dem Makeup. Was den Rest an geht ...« Sie zwinkert mir verlockend zu und mir bleibt die Spucke weg.

Hat sie nicht gesagt ...

Schockiert sehe ich sie an. Sie kichert nur leise und räumt ihre Sachen zusammen.

Offenbar schon ...

Wenig später stehe ich noch etwas fassungslos in dem Zimmer. Dank ihrer letzten Worte pocht mein Körper bereits wieder. Und ja, ich will nicht einmal darüber nachdenken, dass eine Frau, die ich auf über 60 schätze, diesen Effekt in mir erzielt hat. Peinlich berührt stelle ich ebenfalls fest, dass ich es nicht einmal geschafft habe, mich ordentlich zu bedanken. Seufzend drehe ich mich zum Fenster. Schon jetzt fühle ich mich wie eine Prinzessin. Mein Kleid funkelt mir spöttisch von dem Bügel entgegen. Genussvoll nehme ich einen schnellen Schluck aus meinem Sektglas und summe leise *Taki Taki*, während ich die Hüften schwinge. Eine Anordnung von Luisa – zumindest der Sekt. Zur Beruhigung der Nerven. Damit ich ihr nicht gleich umkippe und das schöne Kleid ruiniere.

Ihre Worte, nicht meine.

Ausgelassen lege ich den Kopf in den Nacken und bewege mich durch das Zimmer. Für einen Moment habe ich das Gefühl, bereits auf einer Tanzfläche zu sein. Was ganz sicher nicht daran liegt, dass ich gern tanze. Eher daran, dass ich nicht den leisesten Tropfen Alkohol vertrage. Kurz lache ich, doch gerade als ich mich umdrehen will, stolpere ich über meine eigenen Füße.

Der Moment läuft wie in Zeitlupe vor mir ab. Ich sehe das Glas kippen und versuche nach vorn zu springen, um es aufzufangen. Bis das Glas sich entleert, habe ich mich nicht einmal bewegt. Stattdessen stehe ich wie versteinert da, mit geweiteten Augen und panisch geöffneten Lippen. Kalt treffen mich die ersten Spritzer. Leise fluche ich, balanciere das Glas aus und sehe an mir herab.

Die gute Nachricht ist, dass ich den Boden nicht eingesaut habe.

Die noch bessere, dass es meinem Kleid gut geht.

Ich schicke dem hübschen Stück einen dankenden Blick, dafür, dass es unberührt auf seinem Bügel in sicherer Entfernung hängt.

Und damit kommen wir zu den schlechten Nachrichten.

Mein Blick wandert an mir herab, über meinen Bademantel und die prickelnde Flüssigkeit, welche an meinen Körper entlangrinnt.

Ich jammere wehleidig und tapse vorsichtig zum Bad. Langsam stelle ich das Glas am Waschbecken ab und wasche mir die Hände. Auch meine Arme halte ich unter den Wasserhahn. Vorsichtig spüle ich ein paar Spritzer weg, doch auch meine Beine fühlen sich klebrig an.

Achtsam, mit erhobenem Kopf, schäle ich mich aus dem Bademantel, welchen mir Luisa übergeworfen hat. Sie hatte Angst, dass mein Shirt oder ich in einer flüchtigen Bewegung meine Haare zerstören könnten. Kann ich ihr nicht einmal verdenken, schließlich hat sie die Locken ewig aufgerollt, bis sie sich so wundervoll an meinen Rücken herabgeschmiegt haben. Davon einmal abgesehen – ich habe es immerhin auch geschafft, mich mit meinem Sekt einzusauen. Ich stöhne erneut und husche zu der Dusche.

Skeptisch betrachte ich die zahlreichen Schalter, Düsen und Drehdinger. Fluchend stütze ich die Hände in die Seiten. Der Moment, in welchem meine Haare frisch gemacht sind, ist auf jeden Fall nicht der Richtige, um herauszufinden, welcher Schalter was macht. Mein Blick fixiert ein paar Düsen, die sich mir spöttisch entgegenstrecken. Fast so, als wollen sie mich auslachen, ragen sie waagerecht von der Wand ab.

»Hm«, murmle ich leise und lege den Kopf schief. Dann verstecke ich mich hinter der Absperrung und angle nach einem der Griffe. Sanft drehe ich ihn auf und gebe einen leisen Fluch von mir, als der Strahl in meine Richtung schießt.

Stöhnend drehe ich sofort wieder zurück. Glücklicherweise bin ich zuvor in Sicherheit gegangen, sodass die

Tropfen lediglich von der gläsernen Wand abperlen. Ich umfasse einen weiteren Knauf und drehe diesen vorsichtig, während ich das Gesicht verziehe und die Augen zusammenkneife. Ein leichter Strahl kommt aus der Decke. Grinsend schicke ich ein kurzes Danke in Richtung Himmel. Siegessicher trällere ich ein paar schiefe Töne von *Hey Mama*. Ja, meine Playlist ist vielleicht nicht die aktuellste, aber als mir Luisa mit einem Zwinkern das Tablet zugeschoben hat, war das das erste, was ich gemacht habe.

Überraschenderweise kam mir nicht ein einziges Mal der Gedanke, Kontakt zur Außenwelt aufzunehmen.

Bis jetzt.

Für einen Moment stutze ich bei dieser Erkenntnis.

Die Entführung ist in weite Ferne gerutscht und um ehrlich zu sein weiß ich weder, woran ich bin, noch was als nächstes passiert. Trotzdem weiß ich auch, dass Lucien für mich nicht der Bösewicht ist, der mich gefangen hält.

Er ist ...

Keine Ahnung.

Aber vielleicht kann ich das herausfinden.

Dann lässt mich ein leises Geräusch den Kopf heben und ein Schauer breitet sich über meinen Rücken aus.

KAPITEL 17

Blossom

Mein Herz beginnt zu rasen und mein Puls schnellt in die Höhe. Ich will mir auf die Lippe beißen, doch im letzten Moment überlege ich es mir anders – in Erinnerung an die Androhung von Luisa.

»Hey«, rutscht es mir verlegen heraus, während mein Blick an seinem Körper entlangwandert.

»Hey«, erwidert er leise und drückt sich vom Rahmen ab. Schleichend nähert er sich mir, pirscht sich an, wie ein Tier auf der Jagd. Mein Mund wird trocken und ich befeuchte meine Lippen automatisch. Alle Mahnungen von Luisa sind dahin. *Wow, ganze fünf Sekunden habe ich durchgehalten.*

Ich sehe, wie sein Blick meiner Bewegung folgt und sich dieser verdunkelt. Ein leises Raunen entrinnt seiner Kehle, welches dafür sorgt, dass ich die Beine zusammenpresse.

Mit seinem Auftauchen sind alle Bedenken in den Hintergrund verschwunden. Alle Zweifel, die ich in den letzten Stunden gespürt habe, erlöschen.

Kurz bevor er mich erreicht, hält er inne. Seine Lippen verharren nur Millimeter vor meinen und sein dunkler

Blick bohrt sich durch meinen Körper. Mein Herz scheint in meiner Brust zu explodieren, während meine Mitte begierig zu pochen beginnt.

»Du. In. Mein. Bett. Sofort.« Die Stimme ist ein Knurren. Seine Worte sind leise. Mein Körper will sich in Bewegung setzen, noch bevor er ausgesprochen hat. Glücklicherweise schiebt sich wenigstens einmal mein Verstand in den Vordergrund. Harsch schüttle ich den Kopf und die Spitzen meiner Haare fliegen umher.

Seine Hand schnellt nach vorn und schließt sich um mein Kinn. Bestimmt hebt er meinen Kopf an und seine Augen verengen sich. »Du solltest tun, was ich dir sage.« Lucien tritt näher heran und sein Atem streift meine Haut. Ich lehne mich nach vorn, als würde ich von ihm angezogen. Seine Erektion drückt sich mir entgegen und entlockt mir ein Seufzen, in seinem Griff.

»Nein«, stottere ich unsicher und habe völlig den Zusammenhang vergessen. Dafür verpasse ich mir eine mentale Ohrfeige.

Stark und selbstsicher nicht alles zu machen, was er sagt, schließt auch ein, nicht wie ein Kind zu zittern, sobald er vor mir steht.

Als er mich plötzlich freigibt, schnappe ich überrascht nach Luft und ein kaltes, wehmütiges Gefühl breitet sich auf meiner Haut aus. Es sorgt auch dafür, dass ich wieder ein wenig zu Verstand komme. »Ich habe strenge Anweisung dich nicht an mein Gesicht und meine Haare zu lassen.« Schalkhaft sehe ich zu ihm auf und beobachte, wie seine ernste Miene sich aufhellt. Ein Grinsen huscht über sein Gesicht, dann wird dieses wieder verschlossen.

»Die einzigen Anweisungen, die du zu befolgen hast, sind meine. Von daher sehe ich darin kein Problem.« Er tritt auf mich zu, doch ich springe lachend zurück.

»Nein!« Ich schüttle bestimmt den Kopf, auch wenn mein Grinsen noch immer breiter ist als alles andere. Seine Augenbraue zuckt und sein Kiefer spannt sich an. Dann wandert sein Blick herrisch über meinen Körper und erst jetzt wird mir wieder bewusst, dass ich völlig nackt bin.

»Oh«, murmle ich unbewusst und sehe ein wissendes Grinsen auf seinem Gesicht.

Langsam tritt er näher. Ich stolpere zurück. Weit komme ich nicht, da schrecke ich vor der kalten Wand in meinem Rücken zurück. Er überbrückt die letzten Zentimeter zwischen uns. Sein Körper presst sich an meinen und ich winde mich unter der Kälte in meinem Rücken.

Etwas, was ihn kaum interessiert. Was für ein Arsch.

»Du sagst also, dass du in meinem Zimmer auf mich wartest. Nackt. Und ich dich nicht anfassen darf?« Seine Finger gleiten über meine Schulter und führen an meiner Seite herab. Ein Schauer läuft über meinen Rücken und ich drücke mich ihm entgegen.

Langsam nicke ich. Ich hasse es, wie schnell ich ihm verfalle. »Luisa sagte, dass du die Finger von meinem Gesicht und den Haaren lassen sollst. Was den Rest angeht …« Mit zittrigen Händen umschließe ich seine und führe sie langsam an mir herab. Hin zu meinen Brüsten.

»Das bedeutet, dass ich dich belohnen soll? Noch dazu, zu meinen eigenen Nachteil?« Aufgrund seiner Worte zucke ich leicht zusammen. Unsicher öffne ich die Lippen. Mahnend schüttelt er den Kopf. »Oh, ich verstehe, in welche Richtung sich das hier entwickelt.« Ich beobachte ihn, wie er sein Jackett abstreift und es ordentlich über den Handtuchhalter hängt. Dann öffnet er die Manschettenknöpfe seines Hemdes und schlägt die Ärmel gekonnt zurück. Muskeln zucken dabei über seinen Unterarm und meine Kehle wird ganz trocken. In dem Moment frage ich mich, ob es ihm mit mir ähnlich geht. Ob er mir genauso schnell verfällt wie ich ihm.

Ich kann es mir kaum vorstellen.

Währenddessen sammelt sich langsam die Feuchte zwischen meinen Beinen und ich habe Mühe, mich ihm nicht sofort entgegenzuwerfen. Stattdessen bleibe ich stehen. Dort, wo er mich zurückgelassen hat, und folge seinen Bewegungen mit meinen Augen.

»Ich war der Meinung, dass du langsam lernst dich zu benehmen. Dafür sollte ich dich belohnen oder nicht?« Seine Stimme ist rau und mein Herz schlägt wie verrückt, als er endlich erneut auf mich zu tritt.

»Unbedingt«, murmle ich zufrieden und schmiege mich an die Hand, welche er an meine Wange legt. Wie ein kleines Kätzchen schließe ich zufrieden die Augen.

»Ich sagte, dass ich der Meinung war, es wäre so. Sicher bin ich mir dabei nicht. Also, warst du brav?«

Schmunzelnd verdrehe ich die Augen. »Ja, Sir.« Dabei lege ich so viel Spott wie möglich in meine Stimme.

Lucien holt leicht aus und schlägt mit der Hand gegen meine Wange. Fassungslos starre ich ihn an. »Was zur Hölle soll das?« Entsetzt rücke ich von ihm ab. Kopfschüttelnd hebe ich die Hand an meine heiße Wange.

»Du warst respektlos. Das ist sehr bedauerlich.« Lucien wirkt enttäuscht. Er nickt gelassen. Mit der einen Hand streicht er behutsam über seinen anderen Arm. Dann tritt er erneut näher.

Noch immer völlig überrumpelt hebe ich abwehrend die freie Hand. »Komm mir nicht zu nahe.«

Seine Augen nehmen einen herablassenden Ausdruck an. Gedankenversunken fährt er sich durch die Haare. »Wieso? Du gehörst mir.«

»Einen Scheiß gehöre ich. Außerdem solltest du langsam

gelernt haben, dass ich mache, was ich will.« Bei diesen Worten zittert meine Stimme. Ich bin verunsichert von seiner Reaktion. Ist es ein Test? Hat er schlechte Laune? Wieso ist er mit einem Mal so anders zu mir?

Ohne zu zögern tritt er nach vorn. Im Zurückweichen presse ich mich weiter gegen die kalte Wand in meinem Rücken. In dem Moment werde ich mir meiner Nacktheit bewusst und verschränke die Arme vor der Brust. Es ist lächerlich und banal, erst recht, weil er mich schon mehrmals nackt gesehen hat. Trotzdem kann ich in dem Moment nicht anders.

Er kommentiert meine Geste mit einem kurzen Lachen. Unbeherrscht packt er meine Hüfte. »Du gehörst mir. Ich mache mit dir, was ich will. Dieser Arsch gehört mir. Ich ficke ihn, wann ich will. Ich schlage ihn, wann ich will. Was du willst, spielt hier keine Rolle. Hier herrsche ich. Genauso über dich, wie jeden anderen Angestellten.« Entsetzt weiche ich zur Seite. Lucien lässt mir keinen Freiraum. Stattdessen packt er meine Hand. Fest drückt er diese um mein Gelenk. Schmerzhaft verziehe ich das Gesicht.

»Lucien«, setze ich an.

Er unterbricht mich mit einer knappen Geste. »Mein Haus. Meine Möbel. Mein Besitz. Genauso wie du.

Du denkst, dass es anders wäre? Warum? Weil ich dich zunächst verschont habe?

Ja, vielleicht habe ich dich verhätschelt. Vermutlich ist es meine Schuld.

Mein Fehler.

Der wird sich nicht wiederholen.« Dabei lächelt er. Das Lachen wirkt so kalt und versteinert. Seine Miene ist eisig und wie gefroren. Beinah schüttelt es mich bei dem Blick seiner dunklen Augen. Dann umfasst er meine Brust mit der Hand. Als er meinen Nippel zwischen den Fingern reibt, schlucke ich trocken. Meine Kehle ist wie zugeschnürt. Einerseits will ich das hier. Seine Berührungen und die Nähe. Aber nicht so.

Wimmernd stoße ich ihn von mir. Lucien weicht keinen Millimeter zurück. »Das hier gehört mir.«

Seine Finger fahren grob zwischen meinen Beinen entlang. Ich bin feucht, auch wenn ich es nicht will. »Und das hier auch.«

Bei diesen Worten hat sich sein Ton ein Stück weit verändert. Glaube ich. Er klingt beinah spielerisch. Der Gedanke lässt mich aufatmen. Vermutlich hatte er tatsächlich einen miesen Tag.

Deshalb lächle ich, wenn auch ein wenig gequält. Seine Hand zwischen meinen Beinen fühlt sich nicht gut an. Er ist zu grob und fährt fest über meine Perle. Leise räuspernd hebe ich die Hand und umfasse seinen Arm. Mit einem Lächeln will ich ihm zeigen, dass es der falsche Druck ist. Dabei lege ich die Stirn sanft gegen seine Brust.

»Hattest du nicht eben noch klare Prinzipien, an welche du dich halten wolltest?« Er verstärkt den Druck an meinem Handgelenk für einen Moment. Dann gibt er mich frei. Bestimmt schiebt er mich zur Seite.

»Nicht, dass ich mich erinnere.« Ich drücke mich ihm gedankenversunken entgegen, doch bevor meine Lippen die seinen streifen, entzieht er sich mir.

Leise gebe ich ein flehendes Wimmern von mir. Lucien ist heute so anders. Er zieht sich zurück und scheint kaum Interesse an mir zu haben. Und das, obwohl ich nackt vor ihm stehe. Ich habe keine Ahnung. Was passiert ist oder woran es liegt. Aber es irritiert mich und bringt mich dazu, mich selbst anzuzweifeln. Vermutlich sind das lediglich meine idiotischen Gedanken, doch umso dringender möchte ich seine Zuneigung.

Verdammt, ich will lediglich, dass er mich in den Arm nimmt und mir sagt, dass alles gut ist.

»Luisa sollte man nicht widersprechen, dass lernst du schnell, Liebes.«

Ich verdrehe die Augen. Dabei dränge ich mich näher an ihn heran. »Habe ich nicht. Ich habe ihr stets zugestimmt.«

»Ob sie glücklich wäre, wenn sie sieht, wie bereitwillig du ihre Arbeit zerstörst?« Seine Stimme ist dicht an meinem Ohr. Stöhnend presse ich mich ihm entgegen und schließe die Augen. Für einen Moment habe ich tatsächlich ein schlechtes Gewissen, doch seine Nähe lässt mich dies augenblicklich vergessen. Deshalb gebe ich nur ein gedehntes »Hm« von mir und lasse meine Finger über seinen Bund wandern.

»Liebes, aber wieso sollte ich dich belohnen, wenn du denn keinerlei Anweisungen befolgst? Wenn du keinen Respekt vor Luisa hast, geschweige denn vor mir?« Seine Stimme hat einen merkwürdigen Unterton. Es braucht ein Stück, bis ich die Bedeutung seiner Worte überhaupt verstehe. Er spricht leise und so betörend, dass ich mich am liebsten nur darauf konzentrieren würde. Trotzdem spüre ich, wie die Stimmung endgültig kippt.

Ich recke mich ihm entgegen und sehe, wie sein Blick auf meinen steifen Nippeln ruht. Spätestens jetzt bete ich dafür, dass er mich tatsächlich unwiderstehlich findet. Ansonsten werde ich mich sehr schnell lächerlich machen.

»Aber wieso denn?«, hauche ich leise mit belegter Stimme. Mein Herz pocht wie verrückt, während sein Griff eisern ist.

»Weil eine unbeugsame und störrische Frau nichts an

sich hat, dass ich attraktiv finde. Es ist lediglich abstoßend. Möchtest du abstoßend auf mich wirken?« Lucien zwinkert mir leicht zu. Ich spüre das Desinteresse in seiner Stimme. Mein Herz schlägt wie verrückt. Was ist, wenn er mich wegstößt? Endgültig?

Ich runzle die Stirn und sehe zu ihm auf. Zunächst weiß ich nicht, was ich erwidern soll. Wie kann ich auch auf so eine Behauptung reagieren? »Das ... Nein, aber ...«

»Sch«, macht er leise und legt mir den Finger vor die Lippen. »Belassen wir es doch bei einem kurzen Ja deinerseits und wir können da fortfahren, wo wir aufgehört haben.« Mit gerunzelter Stirn sehe ich zu ihm auf und er sieht schmunzelnd auf mich herab.

»Du bettelst schon jetzt um meine Zuneigung. Und ich verliere schon jetzt das Interesse. Glaub mir, dieses Ungleichgewicht wollen wir nicht weiter kippen lassen.« Seine Worte treiben die Hitze erneut durch meinen Körper. Dieses Mal aus anderen Gründen. Wieder verschränke ich die Arme vor der Brust. Angespannt trete ich zurück.

»Das kann nicht dein Ernst sein?« Ich höre die Verunsicherung in meinen eigenen Worten. Mein Herz schlägt wie verrückt. Will er mich tatsächlich zurückweisen? Stimmt es, dass er das Interesse verliert? Was zur Hölle soll ich dagegen tun?

Missmutig beiße ich auf meine Lippe. »Hey«, beschwere ich mich leise. Ich weiß nicht, wie ich seine Reaktion einschätzen soll. Irgendwie ist es süß. Gleichzeitig bereitet er mir große Bauchschmerzen. Spielt er mit mir? Will er mich reizen? Oder weißt er mich tatsächlich ab?

»Wir sollten es dabei belassen. Mein Bruder und Maria rechnen mit deiner Anwesenheit am heutigen Abend, Blossom. Nur zu gern würde ich ihnen sagen, dass sie die Party deinetwegen in den Keller verlegen müssen.« Irritiert sehe ich ihn an. Ich glaube, es ist das erste Mal, dass er mich bei meinem eigentlichen Namen nennt. Nicht Chérie, nicht Liebes. Kein Spitzname. »In den Keller?«

»Dort wirst du schon bald kopfüber von der Decke hängen, wenn du denn nicht bald machst, was ich dir sage.«

Ich runzle die Stirn. »Das hier ist albern. Wir benehmen uns wie Kinder und streiten über unsinnige Dinge«, versuche ich die Lage zu entspannen. Es ist wirklich unsinnig. So sinnlos, dass ich trocken lache. »Worüber streiten wir überhaupt?«

Ich will die Hand an sein Gesicht heben, doch er drückt sie beherzt zur Seite. Überrascht sehe ich auf. »Was soll das? Du stößt mich von dir? Weil was? Ich nicht sofort gemacht habe, was du gesagt hast?« Ich verdrehe die Augen. Er ist so dramatisch.

Ruckartig sieht Lucien auf. Er packt mich bestimmt an der Kehle. Ich gebe ein leises Röcheln von mir. Panisch sehe ich ihn an und versuche den Spaß in seinen Augen zu erkennen. Da ist nichts. Kein Funken Ironie. Kein bisschen Mitgefühl. Seine Miene ist kalt. Die Augen starr und braun. In dem Augenblick jagt er mir eine beschissene Angst ein. »Pass mal auf, Liebes«, knurrt er leise. Leider hilft es mir überhaupt nicht, dass er mich dieses Mal so nennt. Es klingt wie eine Verurteilung. »Du hast offenbar nicht verstanden, wie das hier läuft. Nur weil ich dir hin und wieder ein gutes Gefühl gebe, brauchst du nicht denken, mich am Schwanz zu haben. Dein Köper, dein freier Wille, auf den du so pochst? Das alles gehört mir.

Ich kann damit machen, was ich will und wann ich es will. Und weißt du was? Vermutlich sollte ich dir das verflucht nochmal endlich beweisen.« Ruckartig gibt er mich frei. Wie von selbst führe ich die Hände zu meiner Kehle.

»Das meinst du nicht so.« Meine Worte werden von einem Wimmern begleitet. Dabei fühlt sich mein Hals kratzig und wund an.

»Das mit dir war ein nettes Experiment. Du hast recht. Eine Zeit lang hat es mir imponiert, dass du anders warst und dich gewehrt hast. Ja, du warst eine Herausforderung. Aber irgendwann, da ist man den Widerstand leid.« Lucien spuckt mir die Worte beinah entgegen. Fassungslos sehe ich ihn an. Das kann er nicht ernst meinen. Nicht, nach der Zeit, die wir gemeinsam verbracht haben.

Mir klappt bei seinen Worten der Mund auf. Fassungslos starre ich ihn an. Nicht sein Ernst? Kochend vor Wut gehe ich auf ihn zu. Ungehalten stemme ich die Hände in die Seite und verziehe das Gesicht zu einer beleidigten Fratze. Bevor ich die Lippen öffnen kann, hebt er die Hand abfällig in meine Richtung. »Spar es dir. Ich habe keine Lust, mir deine Scheiße noch länger zu geben. Da ist selbst jede Cracknutte unkomplizierter. Vielleicht sollte ich dir einen Schuss setzen, bevor wir uns das nächste Mal vergnügen. Dann wirst du gefügiger sein.« Lucien geht einen großen Schritt zurück. Gelassen betrachtet er mich von oben bis unten. Dann neigt er den Kopf in meine Richtung. Er bringt sein Gesicht dicht vor meins. Überfordert sehe ich in seine braunen Augen. Dabei schlucke ich fest. Ich weiß nicht, was er von mir erwartet, was ich tun oder wie ich reagieren soll. Deshalb mache ich das vermutlich Dümmste in der Situation. Ich schließe die Augen und drücke meine Lippen auf seine. Eine Sekunde vergeht, in der er sich nicht rührt. Eine weitere. Ich erstarre und angespannt löse ich mich von ihm. Mein Hirn ist leergefegt. In meinen Ohren rauscht es.

Als ich die Augen mit bebendem Herzen öffne, lehnt er sich zurück. Er scheint zu überlegen. Dann beginnt er zu lachen. Lucien lacht mich aus und noch nie zuvor habe ich mich beschissener gefühlt.

»Ich kann dir sagen, wie das jetzt laufen wird, Liebes. Genau jetzt habe ich genug von deiner störrischen Art. Weil Maria einen Narren an dir gefressen hat, werde ich dir allerdings noch eine Chance einräumen. Du darfst hier bleiben. Vorerst. Du wirst nicht aufmucken, keinen Ton sagen, wenn du nicht danach gefragt wirst und deine kleinen Lippen nur dann öffnen, wenn ich meinen Schwanz dazwischen schieben will. Anfassen darfst du mich, wenn ich es dir sage und dann erwarte ich ein wenig Einsatz.« Abwägend fährt er sich mit der Hand über den Bart. Lucien wendet sich von mir ab. Nach wenigen Schritten zögert er. Mein Herz beginnt wie wild zu schlagen. Dieses verräterische hoffnungsvolle Ding. »Ach, und Liebes? Wage es nicht mit meinem Bruder zu vögeln. Ich weiß, dass er dich heute kennenlernen möchte.«

»Dein Bruder? Ich würde nicht ...« Meine Worte stocken, als er den Kopf schüttelt. Pure Verunsicherung beherrscht mich. Noch dazu ist diese Aussage das wohl Unwichtigste von dem, was er gesagt hat.

»Du würdest was nicht? Vor ihm auf den Knien herumrutschen und nach seinem Schwanz betteln? Würdest du und wirst du. Aber nur, wenn ich es dir befehle. Du bist mein fucking Eigentum.

Und bevor wir uns falsch verstehen. Jetzt wirst du dich hübsch herausputzen, dein Kleid zurechtrücken und ein beschissenes Grinsen aufsetzen, dass so breit ist wie ein Arsch. Ich erwarte dich in zehn Minuten an der Treppe und wage es nicht, mich zu versetzen. Heute ist kein guter Tag, um mir auf den Sack zu gehen.« Mit diesen Worten lässt er mich endgültig hinter sich zurück. Erschlagen sinke ich auf die Knie.

Wahrscheinlich hat er recht. Nicht mit dem, was er eben gesagt hat. Sondern damit, dass er ein beschissenes Arschloch ist. Schließlich wusste ich von Anfang an, mit wem ich es zu tun habe. Beziehungsweise mit was für Menschen. Nur konnte ich diese Einsicht nicht zulassen. Ich kann es immer noch nicht.

Krampfhaft versuche ich mich an das zu erinnern, was den Streit ausgelöst hat. Vielleicht habe ich ihn gereizt. Vielleicht habe ich es zu weit getrieben. Schließlich war er immer gut zu mir, wenn ich es denn ebenfalls war.

Ich muss etwas falsch gemacht haben.

Tränen der Verzweiflung steigen in mir auf. Wimmernd schlinge ich die Arme um die Knie.

Minutenlang sitze ich nackt auf dem kalten Fußboden. Mein ganzer Körper zittert und es dauert, bis ich mich beruhige. Auch dann gelingt es mir nicht, die nagenden Zweifel abzuschütteln. Stattdessen setze ich ein falsches Lächeln auf, ziehe mein Kleid an und schminke mich zügig nach.

Warum?

Ich habe keine Ahnung.

KAPITEL 18

Blossom

Mit zittrigen Beinen setze ich die ersten Schritte auf die steinerne Treppe und gehe langsam die Stufen hinab. Währenddessen versuche ich meine Sorgen zu vergessen. Ich hebe den Kopf, der wie leergefegt ist und konzentriere mich auf meine Umgebung. Die geschwungene Treppe, die eleganten Lampen an der Wand. Alles betrachte ich bemüht aufmerksam und verbissen.

Immer lauter dringen die Geräusche zu mir heran. Stimmen, Musik, Gelächter. Die Party ist offenbar bereits in vollem Gange.

Am liebsten würde ich mich zu den lauter werdenden Geräuschen begeben, aber am Fuß der Treppe bleibe ich wie erstarrt stehen. Es ist, als wären Luciens Worte ein Befehl, dem ich mich nicht widersetzen kann. Ein stechender Schmerz ist in meiner linken Brust. Noch dazu drückt ein Gefühl der Schwere auf meine Schultern herab. Wehmütig sehe ich an mir herab.

Das Kleid ist hübsch. Es funkelt im Licht. Meine Nägel sind seit langem manikürt. Die Haare fallen mir weich über den Rücken.

Alles ist perfekt. Nur fühlt es sich nicht so an.

Krampfhaft beiße ich die Zähne aufeinander. Während ich einatme, pocht mein Herz wie verrückt.

Ich seufze tief und verharre in meiner Position. Dann drehe ich mich herum und betrachte den schlichten Gang. Unsicher verziehe ich das Gesicht bei jedem Fremden, der im Gang erscheint. Viele von ihnen mustern mich, einige nicken mir freundlich zu. Niemand spricht mich an. Genauso wenig wie ich sie.

Währenddessen fühle ich mich wie eine verfluchte Attraktion. ›Verlassen und abgestempelt‹ Der Gedanke verbittert mich zusätzlich. Trotzdem hebe ich das Kinn umso höher an. *Fuck*, ich werde ganz sicher nicht mitten in dem Gang anfangen zu weinen.

Abwartend beobachte ich die Spitzen meiner hohen Schuhe, als sich ein Schatten in mein Blickfeld schiebt. Sofort hebe ich ruckartig den Kopf, doch ich werde jäh enttäuscht.

»Guten Abend, meine Schöne.« Ein kantiges Gesicht erscheint dicht vor mir und lässt mich automatisch zurückzucken. Unsicher sehe ich ihn an.

»Ehm Hey«, gebe ich mit gerunzelter Stirn zurück. Ein merkwürdiges Lächeln umspielt seine Lippen und er reicht mir die Hand. Für einen Moment betrachte ich diese irritiert, unsicher was er mir damit sagen will. Dann macht es endlich Klick. »Oh, ich warte auf jemanden.«

»Dann kann ich dir sagen, dass sich das Warten gelohnt hat.« Er sieht mich offenbar gewollt aufreizend an, doch ich verdrehe lediglich genervt die Augen. Das flammende Gefühl, welches Lucien sonst in mir erzeugt hat, verpufft augenblicklich.

»Oke, das war peinlich. Besser wir machen es nicht noch schlimmer.« Ich wende den Blick ab und drehe mich leicht zur Seite. Eigentlich ein eindeutiges Zeichen dafür, dass das Gespräch beendet ist. Etwas, was er offenbar noch nicht versteht. Oder verstehen will. Erneut schiebt er sich in mein Sichtfeld und tritt näher. Zu nah. Unbewusst betrachte ich ihn. Kurze schwarze Haare, ein leichter Bartschatten, grüne Augen und ein rundliches Gesicht. Er ist nicht unattraktiv, aber eben auch nicht Lucien. Auch wenn dieser Gedanke mir in dem Moment zusetzt.

»Du wirst dich von mir zu der Party geleiten lassen.« Seine Worte sind bestimmt und kommandierend. Entgegen dem, dass Lucien ähnlich dominant ist, verziehe ich nur angewidert das Gesicht.

»Ich habe ›nein‹ gesagt. Was verstehst du daran nicht?«

»Jetzt stell dich nicht so an, wenn du dich so billig anziehst, brauchst du dich nicht wundern, dass man eben gern mal kosten will.« Er tritt verärgert noch einen Schritt näher. Augenblicklich stellen sich meine Nackenhaare auf und ich fühle mich, wie vom Blitz getroffen. Eine dunkle Aura überläuft mich, die alles in mir zum Prickeln bringt. Das hat nichts mit dem Vollidioten zu tun.

Ein starker Arm schließt sich um meine Taille und ich schließe die Augen für einen Moment. Ich sollte ihn hassen, nachdem was er mir noch vor wenigen Minuten gesagt hat. Ich kann nicht. Mein Herz beruhigt sich.

Er ist es, der diese Ruhe in mir auslöst.

»Komm schon, Mann. Ich war zuerst da.« Da Lucien an meiner Seite ist, entlockt mir die Bemerkung des Typen lediglich ein dumpfes Lachen. Sanft fährt Luciens Hand an meiner Wange entlang, sein Blick ruht prüfend auf mir, bevor er mir eine Locke hinter das Ohr schiebt. Sanft lächle ich ihm zu und mein Blick spiegelt sich auf seinem Gesicht. Verdammt, ich fühle mich so geborgen bei ihm. Alle Zweifel und die letzten Minuten sind sofort vergessen.

Ich sollte mich so nicht fühlen. Vermutlich wäre es richtig, sauer auf ihn zu sein. Aber ich kann es nicht.

Nicht, wenn er mich so ansieht.

Wie so oft habe ich das Gefühl, ihn tage- oder monatelang nicht gesehen zu haben. Dabei war er lediglich ein paar Minuten weg. Und allein diese paar Minuten scheinen ihn völlig verändert zu haben.

Dann verhärten sich Luciens Augen und er löst sich langsam von mir. Bedrohlich tritt er eine Stufe herab. Er überragt den Idioten knapp und ein dunkler Laut entrinnt seiner Kehle. Dessen lüsterner Blick erlischt augenblicklich und unsicher fliegen seine Augen zwischen uns hin und her.

»Bist du mit ihm hier?« Der Typ gibt ein trockenes Lachen von sich und genüsslich grinsend lehne ich mich zurück.

»Du hast ihre Antwort nicht verdient. Nicht einmal in ihrer Nähe sollst du dich bewegen.« Luciens Stimme ist ein einziges Knurren. Ich sehe, wie sich seine Muskeln anspannen und sein Kinn zuckt. Der Idiot öffnet allen Ernstes die Lippen, doch kein Laut dringt aus seiner Kehle, denn Luciens Hände schließen sich fest darum. »Verpiss dich. Sehe ich dich noch einmal in ihrer Nähe, kannst du deine Gliedmaßen neu sortieren.« Sein Krächzen ertönt. Ein vorbeilaufendes Paar wirft uns einen überraschten Blick zu und ich sehe mich unruhig um.

»Lass gut sein L ...« Ich komme nicht weiter, da wirft er den Typen von sich, dreht sich zu mir herum und drückt seine Lippen auf meine.

Überrascht stöhne ich, doch er presst sich mir nur fester entgegen. Schlagartig ändern sich meine Emotionen. Es ist, als wären die letzten Minuten nicht geschehen. Als würden wir dort fortfahren, wo es ... unschön wurde. Und trotzdem hat er dieses gewisse Etwas. Einen Reiz, der ihn jedes Mal neu und aufregend erscheinen lässt. Fast, als würde ich ihn jeden Tag und mit jedem Treffen wieder entdecken.

Seine Zunge erobert meinen Mund und die Empfindungen explodieren in mir. Gierig presse ich mich an ihn, während meine Mitte zu pochen beginnt.

Nach einigen Sekunden löse ich mich nach Atem schnappend von ihm. Ich muss mich dazu durchringen, zu ihm aufzusehen. »Du ... warst verärgert.« Ich presse die Lippen fest zusammen. Für einen Moment ist sein Blick dunkel, dann lächelt er und sein Daumen streicht sanft über meine geschwollenen Lippen.

»Es tut mir leid. Ja, es war ein harter Tag, auch wenn das keine Ausrede ist. Trotzdem tut es mir leid, dass ich es an dir ausgelassen habe.

Deshalb, bitte lass es mich wieder gutmachen. Angefangen damit dir zu sagen, wie hübsch du aussiehst.« Bei seinen Worten schmelze ich beinah dahin. Beinah.

»Trotzdem kannst du nicht so mit mir reden.« Wehmut klingt in meinen Worten mit.

Lucien legt die Hand unter mein Kinn, führt es nach oben und sieht mich mit einem aufrichtigen Blick an. »Das weiß ich. Aber alles, was ich jetzt sage, ist irrelevant. Viel wichtiger ist mir, es dir zu beweisen. Lässt du mich?«

Sofort ist der Typ, welcher sich soeben am Fuße der Treppe aufrappelt, vergessen. Ich bin cremiger Pudding in seinen Armen und schmelze wie ein Erdbeereis in der Sonne. Lucien zieht zu meiner Überraschung einen seidig weichen Schal hervor, welchen er mir sanft über die Schultern streift. »Ich habe die Befürchtung, dass die Hälfte der Gäste den Abend nicht überleben wird, wenn du so unanständig gut aussiehst, denn ich werde jeden umbringen, der sich dir nähert. Angefangen mit ihm.« Sein Blick wandert kurz den Flur entlang, missmutig darüber, dass dieser eilig das Weite sucht. Ich werde eingelullt von Luciens feurigem Lächeln und ergreife seinen ausgestreckten Arm, ohne zu zögern. Zufrieden ziehe ich den dünnen Stoff um meinen Körper und sauge gierig seinen Duft auf.

Er führt mich durch den Gang und zu einem Saal, welchen ich bisher nur kurz bei meiner Erkundungstour gesehen habe. Die Türen öffnen sich für uns und für einen Moment bleibe ich sprachlos stehen. Dieser hat sich in den letzten Stunden deutlich verändert. Überrascht schnappe ich nach Luft und wende mich in alle Richtungen.

Flammende Lichter, berauschende Musik, Unmengen an Leuten, die sich in dem Saal drängen. Mein Herz setzt zu einem Sprung an und begeistert sehe ich mich um.

In diesem Moment werden mir drei Dinge bewusst.

1. *Ich liebe Feste, Musik und diese Art von Luxus.*
2. *In den letzten Tagen habe ich die Anwesenheit von anderen Menschen deutlich mehr vermisst, als mir bewusst war.*
3. *Es gibt niemanden, den ich in diesem Moment lieber an meiner Seite hätte als Lucien.*

»Blossom?« Die Stimme ist leise und dicht an meinem Kopf. Seine Finger umspielen meinen Hals und sanft dreht er die Haare zwischen seinen Fingern. Abwartend wende ich mich zu ihm herum, auch wenn ich mich nur widerwillig von den vielen Eindrücken lösen kann. Lucien dirigiert mich sanft hinter eine der großen Säulen und der Schatten legt sich auf mein Gesicht. »Ich bin sehr froh, dass du mich heute begleitest. In den letzten Tagen hatten wir nicht sonderlich viel Zeit zum Reden, doch ich verspreche dir, dass wir das schon bald nachholen werden. Deshalb bin ich im Moment auch etwas angespannt. Erst recht am heutigen Abend. Es gibt einige wichtige Punkte, die ich heute erledigen muss und ich verspreche dir, auch darüber mit dir zu reden. Wenn du es denn willst.

Bis dahin danke ich dir dafür, dass du deine Zeit mit mir teilst und noch immer bei uns bist.«

»Naja«, ich räuspere mich leise. »Ich habe kaum eine Wahl.«

Er wirkt unzufrieden mit meinen Worten. Auch ich spüre, dass sie sich falsch anfühlen, denn sie stimmen nicht mehr. Im Stillen frage ich mich, ob sie je richtig waren. Deshalb setze ich nochmal nach: »Wie kann man auch gehen wollen, wenn du hier bist?« Ich fühle mich unwohl, die Worte auszusprechen. Nicht zum ersten Mal habe ich Angst, dass er mich ablehnen wird. Erst recht nach dem, was er vorhin gesagt hat.

Während mein Herz wie wild pumpt, streicht er sanft über meine Wange. »Gut, dann lass mich meine Aussage erweitern. Ich danke dir, für diese Worte, dein Vertrauen und deine Zeit. Trotzdem möchte ich, dass du vorsichtig bist. Es gibt eine Menge Wichser auf dieser Party und allein, dass du an meiner Seite stehst, kann dafür sorgen, dass einige von ihnen penetrant werden.«

Bei seinen Worten muss ich schmunzeln. »Ich habe vorzügliche High Heels. Wenn es einer von ihnen versuchen sollte, loche ich seine Weichteile.«

Er wirkt amüsiert. »Nichts anderes habe ich erwartet.« Dabei streicht sein Daumen ein letztes Mal fest über mein Kinn. »Chérie, eins noch.« Lucien hält kurz inne. »Wir nennen unsere Namen nicht. Wenn du von mir sprichst, dann immer nur als Diabolo. Sollte jemand die Frechheit besitzen dich nach deinem zu fragen, brauchst du dich nicht dazu herablassen, ihnen überhaupt zu antworten.«

Kurz landet sein Blick prüfend auf mir. Ich verharre in der Bewegung und runzle die Stirn. Dann nicke ich schließlich langsam.

»Ok?« Abwartend sehe ich ihn an und er nickt ebenfalls. Behutsam neigt er sich mir entgegen. Ich strecke den Hals und senke den Blick. Entgegen meiner Erwartung küsst er mich nicht. Stattdessen streifen seine Lippen meinen Hals.

»Wir sind sehr mächtig, doch haben wir auch eine Menge Feinde. Wir liefern ihnen keine noch so kleine Information, wenn wir sie denn schon in unserem Haus begrüßen.«

Verwirrt sehe ich zu ihm, während er eine heiße Spur aus Küssen über meinen Ausschnitt zieht. Verunsichert von seinen Worten und verlegen aufgrund der dazu völlig unpassenden Zärtlichkeit entwinde ich mich ihm. »Wir sind in der Öffentlichkeit!«

»Es ist mein Haus. Ich könnte dich jetzt und hier ficken und alle anderen hätten den Mund zu halten.« Schnappend atme ich ein. *Hat er …* Mit trockener Kehle räuspere ich mich. Seine Unterbrechung irritiert mich, weshalb ich sie versuche zu übergehen. Stattdessen konzentriere ich mich auf das, was ich eigentlich fragen wollte. »Wieso ladet ihr sie dann ein, wenn sie eure Feinde sind?« Ein Schauer läuft mir bei meinen eigenen Worten über den Rücken. Ich bin nicht sicher, was er damit meint. Was genau sind für ihn Feinde? Noch dazu wird mir in dem Moment bewusst, dass ich kaum etwas über ihn weiß. Überlegend öffne ich bereits den Mund. Dann schließe ich die Lippen wieder. Es ist der falsche Ort für solche Fragen. Trotzdem nehme ich mir vor, sie ihm zu stellen, sobald wir allein sind.

Sanft lässt er die Finger an meinem Schlüsselbein hinunter zu meinen Brüsten gleiten. »Weil wir sie im Auge behalten wollen.« Kurz ist er ruhig, dann landet sein Blick auf mir. »Genauso wie dich.« Dies beeindruckt mich wenig.

Schmunzelnd folge ich seinen Berührungen und drücke mich ihm entgegen. Meine Nippel stellen sich durch den dünnen Stoff auf und ich höre, wie er geräuschvoll die Luft einsaugt. Ich denke nicht eine Sekunde über seine Worte nach. Zumindest nicht über den Teil mit mir. Es mag dumm oder naiv sein, aber sein Verhalten schenkt mir so viel Hoffnung. Scheiß auf die wenigen Momente vorhin. Jedes Paar streitet.

Allein dieser Gedanke schickt eine Welle freudiger Erregung durch mein Inneres. Ja, vermutlich bin ich ein Freak.

»Sag, wer hat dir eigentlich erlaubt, dieses Kleid draußen zu tragen?«, murrt er unzufrieden, während seine Finger über den leichten Stoff tanzen.

»Keiner. Umso besser, dass wir drinnen sind.« Ich zwinkere ihm lasziv zu und spüre sein Lachen an meinem Hals. »Außerdem hast du es selbst gesagt. Es ist dein Haus. Du könntest mich jetzt und hier …«

Er unterbricht mich mit einem Brummen und setzt einen großen Schritt zurück. »Ich werde uns etwas zu trinken besorgen. Seltsamerweise habe ich das Gefühl, dass mich der Abend hart auf die Probe stellen wird, dich nicht augenblicklich gegen die Säule zu ficken.«

»Seltsam«, echoe ich leise mit einem Lächeln auf den Lippen. Spielend wandern seine Finger ein letztes Mal über mein Kleid, dann entzieht er sich mir. Ich folge ihm mit meinem Blick, während sich mein Herz noch immer nicht beruhigen will. Hitzig zieht sich ein breites Grinsen auf meine Lippen und ich fahre mir sanft mit den Fingern über das Kleid.

»Hat er dich wie eine billige Hure in der Ecke gefickt?«

Eine schneidende Stimme lässt mir die Haare zu Berge stehen. Meine Zähne pressen sich fest aufeinander und ich schlucke, während ich mich langsam umdrehe. Mit einem schnellen Schritt trete ich hinter der Säule hervor.

Augenblicklich werde ich aus dem Nebel der Lust gerissen, als mein Blick über sehr viel nackte Haut wandert. Beinah muss ich lachen, dass ausgerechnet so eine mich als Hure betitelt.

Spöttisch hebe ich das Kinn und verschränke die Arme vor der Brust.

Mein Blick wandert über ihre platinblonde Mähne und die langen Krallen, mit welchen sie sich auf den Arm tippt. Belustigt hebe ich den Blick, hin zu ihrem spitzen Gesicht und den verzogenen Lippen. Ich spare mir eine Antwort und wende mich amüsiert ab.

Weit komme ich nicht, da ragt sie auf ihren billigen roten Pumps erneut vor mir auf. Genervt lasse ich den Blick zu ihr wandern. »Was willst du?«, fahre ich sie härter als beabsichtigt an.

»Setz dich«, flötet sie biestig und deutet auf den Tisch nicht weit von uns. Ich verschränke die Hände vor der Brust und sehe sie herausfordernd an. Kurz nickt sie gedankenversunken, dann schiebt sie den Unterkiefer herablassend nach vorn und imitiert meine eigene Körperhaltung. »Du bist hübsch, das gebe ich zu. Aber Diabolo wird dich bald fallen lassen, genauso wie alle anderen. Er wird dich schon bald satthaben.« Sie spuckt mir die Worte giftig entgegen und ich runzle lediglich die Stirn. Kurz frage ich mich, wen sie meint. Dann fallen mir Luciens Worte darüber ein, wie er sich in der Öffentlichkeit nennt. Ich muss zugeben, dass mir allein diese Information und dass ich seinen Namen kenne, eine ungemeine Befriedigung verpasst.

Belustigt verziehe ich die Lippen. »Das klingt verzweifelt. Verzweifelt und traurig. Oder verbittert.« Lässig zucke ich mit den Schultern. Sie scheint sich nicht beirren zu lassen. Mit ihren ekligen Krallen fährt sie an meinem Arm entlang. Nur zu gern würde ich mich von ihr losmachen, doch ich weiß selbst am besten, dass man bei solchen Schnepfen nicht zurückzucken darf. Deswegen verdrehe ich lediglich die Augen und umfasse ihre Hand blitzschnell. – Was sogar besser klappt, als erwartet.

»Man sollte andere nicht einfach so anfassen. Wer weiß, wo deine dreckigen, kleinen Finger heute bereits gewesen sind.« Ich fixiere sie mit meinem Blick. Biestig kann ich auch.

Sie schnappt kurz nach Luft und setzt ein süffisantes Grinsen auf. »Das sollte lediglich eine Warnung sein.«

»Danke, wie nett von dir. Ich komme klar.« Dabei lache ich so überspitzt wie sie. Schnell wirft sie einen hastigen Blick über die Schulter. Ich halte meine Augen starr auf ihrem Gesicht. Sie beugt sich mir entgegen. »Oh, Kleines, ich freue mich auf den Tag, an dem du verstehst, wie das hier läuft. Auf den Tag, an dem er dich wegwirft, wie die dreckige, kleine Schlampe, die du bist. Es wird der Tag sein, an dem ich lachend über dir stehe und auf dich herabspucke.« Harsch entzieht sie sich meinem Griff, dreht sich auf dem Absatz um und marschiert davon.

Für einen Moment folge ich ihrem knappen Kleid, welches kurz über ihrem Po endet, mit dem Blick und schüttle dann gedankenversunken den Kopf.

»Was für eine Irre«, murmle ich leise. Bedauerlicherweise gibt es die überall, weswegen mir ihr Angriff nicht unbedingt neu ist. Auch wenn ich aus einem anderen Umfeld stamme, waren es dort die gleichen Spielchen von Verunsicherung, Biestigkeit und Jagd.

Witzigerweise denken die meisten Männer, die eine Frau ins Bett bekommen, sie hätten gesiegt.

Eine hübsche Frau, die sich ihnen willig entgegenstreckt. Rasiert, mit gemachten Haaren und dem passenden Unterwäscheset. Kurz muss ich bei dem Gedanken schmunzeln. Dabei hatten wir meist schon Stunden zuvor entschieden, dass es genauso laufen wird. Nur muss man sich zuvor offenbar auch hier durch ein Feld von Schlangen schlagen.

Der Abend rauscht wie in einem Traum an mir vorbei. Ich habe Spaß, wahrhaftigen Spaß, wie ich es nicht erwartet habe. Was möglicherweise auch an den zahlreichen Cocktails liegt, welche ich mir genehmigt habe. Der dumpfe Beigeschmack meiner etwas holprigen Begegnungen an diesem Abend erlischt langsam, auch wenn ich des Öfteren die neugierigen, gierigen oder herablassenden Blicke der Leute um mich herum auf mir spüre. Natürlich bin ich schlau genug zu wissen, dass dies nur wenig mit mir zu tun hat und viel mehr mit meiner Begleitung.

Ein Lachen entrinnt meiner Kehle, als mich Lucien schwungvoll durch den Raum wirbelt. Augenblicklich presst er mich wieder an sich, was mich sogleich für die Blicke entschädigt. Er hat versprochen es wieder gut zu machen und verdammt, das macht er ausgezeichnet.

Dann ist er erneut dicht an meiner Seite und seine Hände ruhen auf meiner Hüfte. »So sehr ich es bedauere. Ich muss mich für einen Moment zurückziehen.« Seine Stimme ist unruhig, das spüre ich sofort.

Missmutig sehe ich zu ihm auf, einen fragenden Ausdruck auf dem Gesicht. Kurz rauft er sich die Haare und schiebt mich ein paar Zentimeter zurück. »Die Geschäfte rufen. Nur aus diesem Grund findet die Party überhaupt statt. Es tut mir leid. Ich bin so schnell wie möglich wieder da. Amüsiere dich. Aber nicht zu viel.« Ein Zwinkern huscht über seine Augen, bevor er sich langsam von mir löst. »Bevor ich gehe, wäre da noch etwas.«

Zum ersten Mal sehe ich Unsicherheit in seinem Blick. Ein mulmiges Gefühl breitet sich in meinem Inneren aus und ich versteife mich unwillkürlich. Mit nagenden Zweifeln sehe ich ihm in die dunklen Augen und verliere mich für einen Moment darin. Ich erkenne ein Zucken, welches sein Gesicht gequält überläuft. Dann holt er tief Luft und spricht eine Spur schneller als gewohnt. »Das, was vorhin passiert ist. Es tut mir leid, weißt du? Ich möchte nicht, dass dich jemand so behandelt. Auch nicht ich oder sonst jemand. Deshalb möchte ich dir Folgendes sagen: Du bist nicht länger unsere Gefangene. Ja, du bist frei zu gehen, wenn dir danach ist.«

Mein Herz setzt für einen Moment aus und meine Atmung stockt. Dann spricht er weiter: »Doch du bist auch frei zu bleiben.« Seine Stimme wird zum Ende hin immer leiser und ein großer Kloß bildet sich in meinem Hals. Ich schlucke ein paar Mal.

»Natürlich kannst du jederzeit darüber nachdenken und musst nicht …« Ich blinzle aufgrund seiner beinah schüchternen Worte schnell. Dann drücke ich mich nach oben, meine Hände umgreifen seinen Hals und meine Lippen drücken sich auf seine.

Hauchzart kitzelt meine Berührung auf seinen, erst dann ziehe ich mich zurück und sehe belustigt zu ihm auf. »Dabei dachte ich, ich gehöre dir.«

Sein Blick nimmt einen gequälten Ausdruck an. »Und nur zu gern will ich dich besitzen, doch ich werde dich nicht zwingen. Nicht mehr.«

»War ich so eine schlechte Gefangene, dass du mich versuchst loszuwerden?« Ich grinse ihn spöttisch an, woraufhin er meinen Blick erwidert. Trotzdem ist da dieser Funke Unsicherheit in mir. *Will er mich vielleicht wirklich loswerden?* Der Gedanke ist Schwachsinn, trotzdem kann ich ihn nicht voll vertreiben.

»Noch schlechter war ich wohl als Entführer. Ich war definitiv viel zu lasch mit dir. Wobei ich dir eigentlich vom ersten Tag an zeigen wollte, wohin du gehörst.« Schmunzelnd fährt er mir sanft mit dem Finger über die Wange. Ein warmer Schauer folgt seiner Berührung und ich erschaudere leicht.

»Eigentlich?«

»Eigentlich. Irgendwann muss ich den Plan über den Haufen geworfen haben. Ich bin nur nicht sicher wann. Will ich überhaupt wissen, wie du mich derart verhext hast?« Er schmunzelt.

Ich schüttle den Kopf und meine Atmung geht um einiges schneller. »Ich könnte dir das Rezept aufschreiben, aber warum sollte ich meine eigene Konkurrenz erschaffen?« Breit grinse ich ihn an. »Außerdem …« Kurz zögere ich. »Ich gehöre dir schon längst.« Meine eigenen Worte schüren meine Unsicherheit. Er hat recht. Sein Verhalten hat mich verletzt. Und trotzdem bin ich noch hier. Ich will nicht, dass mir das hier entgeht, weil mein Stolz verletzt ist. Was auch immer das hier überhaupt ist.

Mit jeder Sekunde werde ich nervöser. Dann gebe ich mir einen Ruck.

Ganz oder gar nicht, Blossom.

Zögernd umgreife ich seine Hand und führe sie zu

meiner Brust. Als ich sie sanft darauflege, spüre ich, wie er sich versteift.

»Spürst du, wie schnell mein Herz schlägt? Das ist keine Angst oder Unentschlossenheit. Ich will dich. Warum? Vielleicht, weil ich verrückt bin, aber hey, was soll man machen?« Zittrig schlage ich die Augen überrascht von meinen eigenen Worten nieder. Wenn er mich wieder zurückweist ... Dumpf verdränge ich den Gedanken. Das würde ich nicht ertragen.

Bevor ich noch etwas sagen kann, umfassen seine Hände mich. Seine Lippen berühren meine. Leise seufze ich. »Das Make ...«, murmle ich noch an seinem Mund. In diesem Moment schiebt sich seine Zunge zwischen meine Lippen und alle Bedenken rauschen in die hinterste Ecke meines Kopfes. Begierig drücke ich mich ihm entgegen, während seine Zunge fordernd um meine tanzt.

»Danke für deine Worte. Dafür, dass du hier bist, nachdem was ich dir angetan habe. Ich war nicht immer nett zu dir, aber ich werde es erklären.« Wir scheinen endlos so dazustehen, vertieft in die Berührung des anderen. Trotzdem kommt es mir so vor, als würde der Kuss viel zu schnell enden. Zurück bleibt der kühle Hauch der Luft auf meinen leeren Lippen. Er zieht sich langsam zurück und betrachtet mich mit intensivem Blick.

»Damit du mich nicht so schnell vergisst. Sei versichert, heute Abend nehme ich mir, was du mir bereitwillig anbietest. Dann gibt es kein Zurück für dich.« Er zwinkert mir zu, bevor er sich abwendet.

Nur wenig nachdem er sich aus meinem Sichtfeld entfernt, tritt ein anderer Mann an meine Seite. Überrascht fahre ich herum, beruhige mich aber augenblicklich, als ich die Uniform erblicke. »Ihre Begleitung lässt Ihnen noch einen Cocktail zum Abschied bringen. Sie sollen an ihn denken, während er weg ist.« Ein Schmunzeln huscht über sein Gesicht, dann ist seine Miene wieder professionell. Lachend nehme ich das Glas entgegen und ziehe probehalber an dem Strohhalm. Sofort prickelt die fruchtige Flüssigkeit auf meiner Zunge und ich nicke ihm dankbar zu.

War ich hart zu dir, Liebes?
Ja, vielleicht.
Ich bin gespannt, wie du reagierst, wenn du mich endlich richtig kennenlernst.
Mich, meinen Bruder, mein ganzes verdammtes Reich.
Tja, heute ist es soweit.

KAPITEL 19

Diablo

Gelangweilt wandert mein Blick den Tisch entlang. Ich muss den Drang unterdrücken, auf meine Uhr zu sehen. Trotzdem schweifen meine Gedanken immer wieder ab. Hin zu ihr. Sie ist noch immer bei uns. Und warum? Wegen Damien. Meinem verdammten Bruder. Er will sie kennenlernen. Dieser kleine Wichser. Dass er neugierig auf sie ist, verstehe ich. Das verstehe ich sogar verdammt gut. Es ist lange her, dass ich eine Frau zu uns gebracht habe. Und ja, Maria hatte recht. Blossom bringt unser ganzes, verfluchtes Leben durcheinander. Ob das ein gutes oder schlechtes Zeichen ist, kann ich noch nicht sagen. Auch wenn es mir bisher gefallen hat, die Frauen in meinem Leben mit meinem Bruder zu teilen, ist es mit ihr anders. Vielleicht, weil sie schon länger bei mir ist. Ja, wann war eine Frau das letzte Mal länger als ein paar Stunden bei uns? Auch wenn Blossom mich dermaßen mit ihrer eigensinnigen Art nervt, will ich auf keinen Fall, dass er sich an ihr vergreift. Ich habe sie zu uns geholt und sie gehört mir. Sie ist mein Spielzeug und auch wenn ich es zur Seite lege, heißt das noch lange nicht, dass ein anderer damit spielen darf.

»Diabolo.« Die harsche Anrede reißt mich ruckartig aus meinen Gedanken und zurück in die vor Langeweile strotzende Gesellschaft. Mein Auge zuckt leicht.

Mit einer hochgezogenen Augenbraue betrachte ich Blac. Den kleinen Speichellecker. Schon seit unserer Ankunft vor einigen Jahren hing er an Damiens Rockzipfel. Dabei hatte ich lange Zeit gedacht, dass er und Maria das Weite suchen würden, nachdem mein Alter unter die Erde umgezogen ist. Trotzdem hat er nicht Unrecht mit dem, was er an Verurteilung in dieses eine Wort legt. Ich bin unaufmerksam. Das kann ich mir nicht erlauben. Schließlich sollte es an diesem Tag darum gehen, Stärke zu zeigen.

Fest presse ich die Zähne aufeinander, um ihm nicht sofort an die Kehle zu gehen. Dann nicke ich langsam. »Setzen wir uns.« Mit diesen Worten deute ich auf den runden Glastisch in der Mitte des Raumes. Es gibt keine Fenster. Lediglich ein paar flackernde, rostige Petroleumlampen.

Ich finde, sie geben dem Treffen einen gewissen Charme. Bei diesem Gedanken muss ich schmunzeln. Sie sind eines der wenigen Dinge, die wir von unserem Alten behalten haben. Von seinem ganzen Geld natürlich abgesehen.

Damien wollte, dass wir die Sache hinter uns lassen. Nur warum? Wir haben ein Erbe übernommen. Ein gottverdammtes Königreich. Keiner kehrt so etwas den Rücken zu.

Er hatte das hier von Anfang an vom falschen Blickwinkel gesehen. Schließlich achtete er nur auf die Frauen, das Blut, die Gewalt und die Macht. Ab und an gewinnt ein kurzer, heller Moment in seinem Leben, und das schlechte

Gewissen bahnt sich den Weg an die Oberfläche. Das kommt davon, wenn man sein Leben im Stil von alles oder nichts führt.

Ich hingegen widme mich lediglich den hellen Momenten.

Mit einem Schmunzeln beobachte ich, wie die Maden sich einen Platz am Tisch suchen. Es sind Verräter und Heuchler. Jeder von ihnen.

Wenn es nach mir ginge, wäre ich nicht hier. Stattdessen würde ich mich um das kümmern, was mir wirklich am Herzen liegt. Bei dem Gedanken an das ›Lumiel‹ kann ich nicht anders als seufzen. Es ist mein Ort des Lichts und der Schatten gleichermaßen. Ein Ort, an dem alles möglich ist. Schöne Frauen, die einem jederzeit zu Diensten sind. Drogen und Alkohol, so viel man will. Und ein Rausch, der niemals endet.

Jeder, der einen Schritt hineinsetzt, wird von der betörenden Wirkung meiner Schattentöchter empfangen. Sie sind anmutig, stilvoll und wissen genau, wie sie die dunklen Schatten im Herzen eines jeden Mannes und einer jeden Frau befriedigen können.

Die meisten von ihnen sind freiwillig da. Ein paar wurden motiviert.

Es ist kein Vergleich zu dem, was mein Vater hatte.

Das war ein Imperium.

Eines aus Dunkelheit und Verdammnis.

Mit seinem Tod ist es zusammengebrochen.

Das war ok für mich.

Ich will mir ein eigenes aufbauen und nur das zählt für mich. Wenn ich dann noch als Held gefeiert werde, weil ich sein Werk zerstöre — bitte. Dieser Typ war nicht ganz sauber im Schädel. Dabei bin ich mir sicher, dass wir selbst jetzt nicht einmal die Hälfte von dem verstehen, was er wirklich getan hat. Geschweige denn alle Ausmaße dessen aufgedeckt haben. Und deshalb darf sich Silver inzwischen mit der Mafia, der Kinderpornografie und dem Menschenhandel beschäftigen. Sein Bier, nicht unseres.

Trotzdem gibt es Momente wie diese, in denen ich mein hübsches Gesicht der Meute zeigen muss, wie es Silver so schön formuliert hat.

Deshalb lasse auch ich mich schließlich an dem Tisch nieder. Mit der Hand winke ich leicht. Eine leicht bekleidete Frau kommt auf mein Zeichen hin zu mir und reicht mir ein kleines Tablett, auf welchem ein Glas und eine Zigarre liegen.

Langsam betrachte ich es. Gemeinsam mit ihrer zitternden Hand. Mahnend schüttle ich den Kopf. Meine Augen wandern zurück in die Runde. »Liebes, du bringst mich in Verlegenheit. Wie kann ich rauchen und trinken, wenn du doch meinen Freunden nichts anbietest? Ich meine, wie stehe ich als Gastgeber denn da?« Unzufrieden schnalze ich mit der Zunge. Sie kann nichts dafür und das weiß sie auch. Das wissen alle im Raum. Trotzdem herrscht mit meinen Worten Ruhe. Im Stillen wünsche ich mir, Damien hätte heute übernommen. Er kann diesen Scheiß so viel besser als ich. Nur vertreibt er sich die Zeit mit meiner Kleinen, während ich diesen Kindergarten unterhalten soll. Stöhnend richte ich mich auf und deute mit der Hand in die Runde. »Wie sollen meine Freunde sich nun fühlen?«

Die Süße öffnet die rot geschminkten Lippen. Herausfordernd hebe ich die Augenbraue. Sie ist nicht das erste Mal hier und weiß, was von ihr erwartet wird.

Zumindest gehe ich davon aus. Andernfalls wird sie nicht dazu in der Lage sein, einem weiteren Treffen zu dienen.

Betreten senkt sie den Kopf. »Wie kann ich es wieder gutmachen, Diabolo?« Ihre Worte klingen scheu und schüchtern. Devot. So ist es perfekt. Diese Männer wollen keine aufmüpfigen Frauen.

Deshalb gehe ich auf das Spiel ein. Man muss die Leute bei Laune halten. »Nun, mich hast du bedient. Meine Freunde noch nicht. Frag sie doch, was du ihnen bieten kannst?«

Kurz zögert sie. Dann reicht sie das Tablett an eine weitere Frau weiter. Schlaues Mädchen. Sie hat die Arschkarte weitergegeben. Schließlich wirft sie die dunklen Locken über die Schulter und scheint sich dazu zwingen zu müssen, den Blick zu senken. Keine Ahnung, was sie hierher geführt hat. Das verlockende Geld eines schnellen Jobs, die Chance, jemanden kennen zu lernen. Naiv und dumm, aber hey, es wäre nicht die Erste.

Oder die häufigste Antwort: Drogen.

Schließlich gewinnt was auch immer sie braucht gegen ihren Stolz. Unterwürfig hält sie den Kopf gesenkt. »Wem darf ich wie zu Diensten sein?« Selbsthass klingt in ihren Worten mit. Ja, was auch immer sie braucht, es scheint dringend zu sein. Ihre Worte lösen einen Sturm aus Gelächter und wollüstigen Kommentaren aus. Einer schlimmer als der andere. Sie wirft mir einen schnellen Seitenblick zu, welchen ich ignoriere.

Entspannt lehne ich mich zurück. Aus dieser Hölle muss sie es selbst herausschaffen. Ein dickbäuchiger Fettsack im maßgeschneiderten Anzug grabscht mit seinen schwieligen Pfoten nach ihr. Im Reflex zuckt sie ein paar Zentimeter zur Seite, was ihn lediglich zum Lachen bringt. Er packt sie fest an dem dünnen Stoff, welchen sie trägt und zerrt sie grob zu sich. Das Ratschen ihrer Dessous sorgt für zusätzliche Stimmung. Grunzend legt er das Gesicht zwischen ihre kleinen Titten. Es ist ekelerregend.

Männer können solche Schweine sein. Nicht, weil er sie schlecht behandelt. So etwas ist mir egal. Aber wenn eine Frau die Beherrschung im Bett verliert, wird sie umso heißer.

Männer ... Naja.

Ein leises, schnurrendes Lachen lässt mich aufsehen. Silver hat sich erhoben und während diese Bewegung für Ruhe sorgt, lasse ich mich langsam gegen die Lehne sinken. Er hat das alles hier drauf. Genau genommen liebt er es. Darum ist er so gut darin. »Komm her, meine Schöne.« Einzelnes Gelächter begleitet seine Worte. Die meisten bleiben ruhig. Sie wissen, wer er ist und dass man besser nicht über ihn lacht. Silver sieht sich um, während die Kleine zu ihm herübergeht. Vermutlich prägt er sich jedes einzelne Gesicht ein, das auch nur eine Miene verzieht. Ich muss ein Grinsen unterdrücken. Jene, die gelacht haben, werden das mit Sicherheit bereuen.

Schließlich sehe ich wieder zu der schlanken Frau. Sie ist beinah dürr. Die Wangen wirken eingefallen. Das einzig interessante sind ihre vor Schreck geweiteten, grünen Augen. Vermutlich Drogen, bestätige ich meinen Verdacht von vorhin. Entweder sie ist verdammt gut oder eine derer, die den ganzen Mist hier tatsächlich verabscheuen.

Ihre Schritte sind unsicher und gleichermaßen wirkt sie erleichtert. Ja, der engelsgleiche Lockenschopf ist eine bessere Wahl als der fette Jo. Denkt sie.

Interessanterweise gibt es eine Menge Frauen, die es lieben, wenn man sie ein wenig gröber anpackt.

Silver nimmt sie behutsam in Empfang. Er haucht ihr sanfte Worte ins Ohr und mit jedem einzelnen beruhigt sie sich zunehmend. »Meine Freunde.« Diese Anrede richtet er bestimmt in die Runde. »Diabolo.« Ein wissendes Grinsen erscheint auf meinen Lippen. »Sie ist hübsch, nicht wahr?« Unsicheres zustimmendes Gemurmel setzt ein. Ein neuer Tag, eine neue Show von Silver. Das hier ist seine Bühne und selbst ich bin gespannt, was er uns zu bieten hat. »Ja, wir sollten das Schöne in unserem Leben wertschätzen, sonst wird es nur allzu schnell verwelken.

Die letzten Monate waren hart für uns. Das ist ein Umschwung immer. Trotzdem sind wir zufrieden mit euch. Es läuft und das macht uns alle nicht nur glücklich, sondern zu reichen Männern.« Er wirkt nachdenklich. Während er spricht, wandern seine Finger sanft über den Körper der Frau. Sie neigt sich ihm entgegen, während er über ihre Wange streicht. Langsam beugt er sich nach vorn. Wieder raunt er ihr etwas entgegen. Eine Minute vergeht. Vielleicht zwei. Steigende Nervosität breitet sich in dem Raum aus. Genau in dem Moment, als die Anspannung ihren Höhepunkt erreicht, dirigiert Silver die Frau nach unten. Ich beobachte sie durch die gläserne Oberfläche des Tisches. Sie faltet die Hände artig im Schoß und sieht zu ihm auf. Wie ein dressiertes Hündchen. Jeder Funken Trotz und Stolz sind aus ihrem Blick verschwunden.

Bemerkenswert.

Er hat dieses Talent, von dem ich verdammt gern wüsste, wie er es schafft.

Nicht nur bei den Frauen. Auch bei den Männern.

Den letzten, dem er so zugesetzt hat, habe ich seitdem nicht gesehen. Silver hat mich mit ihm spielen lassen und mir ein paar seiner Tricks gezeigt. Auf sein Niveau schaffe ich es nicht einmal ansatzweise.

»In Zeiten wie diesen ist es wichtig, Partner zu haben, auf die man sich verlassen kann. Ein Speerspitze an Verbündeten, die jederzeit bereit sind, den richtigen Einsatz zu zeigen.« Silver schmunzelt leicht. Dabei streicht er über den Kopf der Frau. »Schließlich wissen wir alle, was mit einem Splitter passiert, der aus der Spitze herausbricht, oder nicht? Er fällt in den Dreck, weil er nicht stark genug war. Nicht standhaft und gut genug.

Aber was passiert mit der Speerspitze? Ist sie deshalb zerstört? Oder wird sie durch die Zacken lediglich tödlicher in den Körpern ihrer Feinde?« Zustimmendes Gemurmel sorgt dafür, dass er zufrieden nickt. Das Treffen hier ist nur wichtig, um zu sehen, wo sie stehen. Besser gesagt, um sie daran zu erinnern, auf wessen Seite sie zu stehen haben.

»Vince ist einer von uns. Aber er hat sich zu viele Fehltritte geleistet. Deswegen haben wir ihm auf die Finger geklopft. Eine kleine Ermahnung. Wenn er sich bessert, dann darf er zu uns zurückkehren. Immerhin sind wir gütig, oder?« Nach meiner Frage ist es für einen Moment still. Alle werfen dem Mann am Ende des Saals schnelle Blicke zu. Keiner traut sich zu antworten. Gute Hündchen. Brav dressiert. Auch Vince regt sich nicht. Er schluckt die Demütigung herunter und tut, als sprachen wir nicht über ihn. Wer der Meinung ist, uns Geld zu unterschlagen, sollte nächstes Mal besser aufpassen oder sich wenigstens nicht erwischen lassen. Silver nickt schließlich nachdenklich, als wäre dieses ganze Gespräch nicht abgesprochen.

»Ja, ich schätze, das sind wir. Wenn man es sich denn verdient.« Seine stechenden Augen fixieren jeden einzelnen am Tisch. Neun Männer, von uns und ihm abgesehen. Jeder von ihnen steht für einen bestimmten Handelszweig, wenn man es denn so ausdrücken kann. Viele von ihnen haben sich gefragt, was passieren wird, wenn Vince wegbricht.

Für nicht wenige ist sein Hafen ein wichtiger Handelspunkt. Deshalb lebt er noch und hatte lediglich einen Kurzurlaub im Krankenhaus. Wer weiß, welches Gesindel nach ihm aufsteigen würde.

»Er wird sich ein wenig besser unter Kontrolle haben müssen, oder nicht?«, führe ich die Farce weiter fort.

Jo an meiner Seite nickt bekräftigend. Dabei zucken seine Blicke immer wieder zu Vince. »Jeder Fehler ist einer zu viel.« Der kleine fette Schleimer. Eine widerwärtige Made, wenn mich einer fragt. Sein ganzes Business stützt sich auf den Verkauf von Mädchen. Kindern. Jung und unschuldig. Ich würde ihm nur zu gern eine Kugel durch den Schädel jagen. Aber alles zu seiner Zeit.

»Das stimmt wohl«, gebe ich bekräftigend von mir. Er weiß, wie ich zu ihm stehe. Deshalb versucht er mir tief in den Arsch zu kriechen. Als würde das etwas an meiner Einstellung zu ihm ändern.

Jeder von uns bewegt sich im grauen Bereich. Nur bei manchen ist es etwas schwärzer als bei anderen.

Was mich und das ›Lumiel‹ angeht, das ist etwas völlig anderes.

Etwas für jeden dort draußen.

Für diejenigen, die ihre finstersten Seiten ausleben wollen. Egal, ob das brave Mädchen, das sich nur einen einzigen Abend in die Schattenwelt begibt, den Bäcker, Arbeiter, Handwerker, der Abwechslung und Zerstreuung sucht, die er zwischen den Beinen seiner Alten nicht finden kann oder aber das übelste Gesindel, das jeden Tag als den letzten lebt.

In meinem Club sind sie alle gleich. Jeder bekommt, wonach er verlangt und keiner geht unbefriedigt heraus.

»Aber ihr seid treu.« Silver schlägt einen versöhnlichen Ton an. Er geht um den Tisch herum und stellt sich dicht neben mich. Freundschaftlich legt er den Arm um meine Schultern. Die anderen betrachten ihn neugierig und warten auf meine Reaktion. Es kommt keine. Schließlich ist er der Einzige, der es sich erlauben darf, mich einfach zu berühren. Jedem anderen von ihnen hätte ich längst die Hand abgetrennt. Aber sie kennen mich auch nicht, seitdem ich in meine Windeln geschissen habe. Und ihnen vertraue ich nicht blind. »Auf euch können wir uns verlassen. Ihr teilt unsere Interessen nicht nur, ihr treibt sie voran. Oder nicht?«

Silver sieht in die Runde. Er verlässt den Platz an meiner Seite und umkreist die Männer. Jeder von ihnen zuckt zusammen. Ein paar sehen sich nach ihm um, als er sein berühmtes Butterfly aus der Hose zieht. Sanft streicht er darüber. Schließlich bleibt er hinter Syrus stehen. Ein schmieriger Drogendealer, der die komplette Grenze versorgt.

»Sy ist einer unserer Vertrauten«, weise ich Silver fröhlich daraufhin. Er sieht gespielt verwundert auf, während der Typ mit den zotteligen Haaren zu einer Salzsäule erstarrt.

»Ist er das?«

»Natürlich. Er ist der Mann des spaßigen Südens und ein verdammt guter Überbringer von Nachrichten, oder Sy?«

Der Angesprochene überschlägt sich beinah mit seiner Antwort. Hektisch nickt er. »Ich habe euer Paket überbracht. Hab´ es abgegeben, höchstpersönlich. War nicht schön anzusehen. Hat aber eine Menge Eindruck hinterlassen, so viel steht fest.« Mit jedem Wort scheint er sicherer zu werden. Beinah stolz reckt er die Brust. Es war ein verdammter Kopf, keine Bombe. Trotzdem nicke ich ihm lobend zu.

Silver wirkt ebenfalls zufrieden. Er spielt weiter an dem Messer, schreitet aber zurück zu seinem Platz. »Ah, ihr müsst mir verzeihen. Ich bin noch recht neu hier. Da kenne ich noch nicht alle Gesichter.« Entschuldigend lächelt er. Die Männer tun es ihm gleich. Keiner glaubt ihm diese Scheiße. Jeder weiß, dass er das Sagen übernommen hat.

Das, was mich hierher geführt hat, ist ein Überbleibsel dessen, was uns mein Vater hinterlassen hat. Wir können nicht einfach so von der Bildfläche verschwinden. Wir müssen Größe zeigen. Stärke. Und Dominanz.

Trotzdem habe ich mir das Beste aus allen Welten herausgesucht. Wieso sollte ich irgendetwas davon hergeben?

Die Cops stehen in meiner Schuld. Oder in der meines Vaters. So oder so kommt das Gleiche dabei heraus. Und wenn es nicht so ist, dann lade ich sie auf den ein oder anderen Drink ein. In meinem Club fallen die Hüllen recht schnell und keiner von ihnen geht ohne ein Laster heraus.

Beziehungsweise nicht, bevor ich es nicht herausgelockt habe.

Dann gibt es noch Frauen. So viele ich will. Sie stehen mir zu Diensten. Immer. Warum? Weil die kleinen schwanzgeilen Fotzen nur darauf warten, vor mir auf die Knie zu gehen. Keine von ihnen will mich. Stattdessen haben sie es auf mein Geld, mein Koks oder meinen Status abgesehen. Aber das ist ok. Mir geht es mit ihnen nicht anders.

Das Einzige, was ich abgetreten habe, ist diesen Dreck hier. Ich muss mich nicht weiter mit dem Gesindel herumärgern.

Silver ist inzwischen wieder bei mir angekommen. Beinah behutsam tätschelt er Jo den Kopf. Ich sehe, wie er die Zähne verbissen zusammenpresst.

Ich erhebe mich ebenfalls und umrunde den Tisch. Wie ein eingespieltes Team übernehme ich Silvers Platz.

Gelassen beuge ich mich herunter und hebe das Kinn der Frau an. Sie zittert, als sie sich aufrichtet. Entspannt lege ich die Hand an ihre freie Taille.

Dann sehe ich wieder hinüber. Jo ahnt, dass diese Nummer entweder richtig gut oder richtig schlecht für ihn ausgehen wird. In meinem Fall würde ich auf richtig schlecht spekulieren.

Gelassen führe ich die Frau zurück zu meinem Platz. Dort schiebe ich sie neben Jo herab. Sanft streiche ich ihr die Haare aus dem Gesicht, während ich auf seinen Schoß deute.

»Äh, was wird das?«, gibt er wenig intelligent von sich.

Seufzend richte ich mich auf. Die Kleine sieht hoffnungsvoll zu Silver, der lediglich den Kopf schüttelt. Verbissen hebt sie die Hände. Sie zittert. Dann macht sie sich an der Hose von Jo zu schaffen. Es gefällt mir, dass sie nicht lange herumfackelt. Schließlich habe ich heute noch etwas anderes vor.

»Entschuldigt, wieder muss ich fragen. Ist es üblich, dass man Geschenke von Freunden anzweifelt?« Silver sieht in die Runde. Dabei fährt er mit der Hand bestimmt über den Kopf der Frau. Als einzelne, ablehnende Antworten kommen, drückt er ihren Kopf nach vorn. Sie wimmert leise. »Nein.« Er wirkt nachdenklich. Dabei führt er ihren Kopf direkt auf seinen mickrigen Schwanz. Verbissen starrt Jo zu Boden. Lust und Ablehnung liegen gleichermaßen in seinem Blick.

Woran die Ablehnung liegt, kann ich nicht genau sagen. Daran, dass wir zusehen, ganz sicher nicht. Normalerweise ist er der Erste bei solchen Partys. Vermutlich ist sie ihm zu alt. Nicht frisch, jung und unberührt.

Fuck. Dieser Gedanke fickt mein Gehirn. Keine Ahnung, ob er zutrifft, aber ich kann diesen Wichser nicht leiden. Deshalb trete ich dicht hinter ihn. Seine Schultern bewegen sich merklich schneller, als ich mich neben ihm nach vorn beuge.

»Genauso wenig ist es üblich, die Geschenke seiner Freunde kaputtzumachen.« Meine Worte sind leise. Ich deute auf den gerissenen Stoff, der ihr noch immer am Körper hängt. Silver zieht währenddessen den Kopf der Kleinen begleitet von einem Schmatzen von seinem Schwanz.

»Das würde für mich bedeuten, er hat dieses Geschenk nicht verdient«, schlussfolgert Silver leise. Die Stimmung in dem Raum sackt auf den Tiefpunkt. Gleichermaßen herrscht eine enorme Anspannung, die ich beinah fühlen kann. Ich fange Blacs verurteilenden Blick auf. Er hasst es, wenn wir diese Spielchen spielen. Inzwischen muss ich aber zugeben, dass es mir mehr als nur ein wenig Freude bereitet hat. Mit den Augen auf Blac ramme ich mein eigenes Messer in Jos Bein. Der Fettsack reißt die Hände jaulend an die Wunde, aus welcher ich meine Klinge sofort zurückziehe. Nur wenige Zentimeter sind von Blut bedeckt. Kaum zwei Finger breit. Trotzdem jammert er, als hätte ich ihm seinen schlabbrigen Schwanz abgeschnitten.

Abwartend betrachte ich ihn. Scheiße, ich habe schon ewig darauf gewartet, so etwas bei ihm zu tun. »Findest du uns unfair?« Verhöhnend und gespielt fragend sehe ich ihn an. Verbissen presst er die Lippen aufeinander. Schließlich schüttelt er ruckartig den Kopf.

»Gut«, antworte ich langsam.

Mit diesem Wort lasse ich mich zurück auf meinen Stuhl fallen. Dann winke ich mit beiden Händen. Meiner Geste folgt eine weitere Frau. Sie wirkt selbstsicher.

Ihr Blick ist verführerisch und ihre rote Mähne wild. Reizvoll senkt sie vor mir den Kopf. »Zieh dich aus«, weise ich sie an. Sie zuckt gespielt zusammen, was mir ein leichtes Lächeln entlockt.

Ja, sie weiß, was ich sehen will. Dann folgt sie meinen Worten.

Zuerst landet ihr BH auf dem gläsernen Tisch. Ihre üppigen Titten wippen leicht, als sie sich nach vorn lehnt. Rasch schlüpft sie aus dem Slip und lässt diesen in meinen Schoß sinken.

Zufrieden nehme ich das dunkelblaue Stück und halte es mir dicht vor das Gesicht. Zufrieden nehme ich einen tiefen Zug, als wäre er mit Koks und nicht ihrem Saft bedeckt. »Das meine Freunde, riecht nach einer verfickten Party«, rufe ich laut in die Runde.

Zustimmendes Gelächter bricht aus. Trotzdem wagt es keiner, sich zu erheben. Nicht, wenn Jos Wimmern noch immer den Raum durchdringt. Grinsend dirigiere ich die Rothaarige auf den Tisch. Zufrieden starre ich auf ihren Arsch, der sich wunderbar auf dem Glastisch macht. Silver tritt inzwischen von der anderen Seite an sie heran und drückt sie nach unten. Sie erschaudert, als ihr nackter Rücken auf den kalten Untergrund trifft. Auffordernd blickt sie zu uns hoch. »Nackt und bereit wie ein kleiner Servierteller.« Meine Worte kommentiert sie mit einem Grinsen.

»Dann fehlt wohl nur noch das Dessert.« Silver holt ein kleines Tütchen aus seiner Arschtasche. Den Inhalt streut er von ihrem Bauchnabel abwärts bis hin zu ihrer feucht glänzenden Pussy. Die umsitzenden Männer geben vereinzeltes Grölen oder Gelächter von sich. Sie wissen, dass der spaßige Teil beginnt.

»Mein Freund, erweist du uns die Ehre?« Silver deutet ausladend auf mich. Grinsend beuge ich mich nach vorn.

Scheiße, dass hier macht mich verdammt nochmal an.

Hin und wieder lasse ich mich nur zu gern fallen. Manchmal, da hat ein chemischer Kontrollverlust genau den richtigen Reiz für mich. Im Gegensatz zu meinem Bruder. Wenn er sich der Dunkelheit widmet, dann braucht er keine Drogen. Er hat genug davon in seinem kranken Hirn. Wer weiß, was er in diesem Moment mit Blossom macht.

Mit diesem Gedanken beuge ich mich herab. Mit der Hand fahre ich über ihre hitzigen Wangen. Ich führe sie an ihrer Kehle herab. Sie drückt sich mir entgegen, als könnte sie es nicht erwarten, dass ich zudrücke. »Nicht heute«, murmle ich leise. Währenddessen fahre ich mit den Fingern über ihre Brust. Beherzt rolle ich ihre Nippel zwischen den Fingern. Sie werden augenblicklich hart unter meiner Berührung. Dann endlich gelange ich an ihrem Bauchnabel an und inhaliere die Line bis zu ihrer Pussy. Seufzend vergrabe ich mein Gesicht für einen Moment dazwischen. Ich beiße sanft in ihre Perle, was ihr ein Keuchen entlockt.

Schließlich erhebe ich mich.

Ein wehmutiger Ausdruck liegt in ihren Augen. Beinah entschuldigend hebe ich die Arme. »Lassen wir meinen Freunden auch ein wenig von der Spielwiese übrig.« Dabei erhebe ich mich, strecke die Arme und deute auf die wartenden Frauen. Es ist ein Startschuss, den die Männer nur zu begierig annehmen. Ich habe ihnen eingeheizt und nun wollen sie selbst kosten.

Syrus ist der Erste, der sich erhebt. Lachend tritt er nach vorn und zieht den Finger über den Körper der Frau. Er packt sie und dreht sie auf den Bauch. Nur Sekunden später rammt sich Sy in ihre verdammte Pussy. Wie ein Besessener fickt er sie gegen den Tisch. Sie stöhnt abgehackt und erstickt, während ihre Brüste gegen die Glasoberfläche klatschen.

Zufrieden lasse ich mich auf meinen Stuhl sinken. Ich habe den Männern ein Angebot gemacht. Eines, was viele von ihnen nur zu bereitwillig annehmen. Lediglich ein zwei von ihnen verdrücken sich bald.

So ist es immer.

Blac ist einer von ihnen.

Auch wenn ich seinen Schwur der Treue nicht verstehe, könnte er wenigstens den Respekt besitzen und bei uns bleiben. Unzufrieden verdrehe ich die Augen.

Ja, die Frauen sind gefügig. Manchmal macht es mich an. Manchmal nicht. Umso interessanter ist es, wie es mit Blossom weiter gehen wird. Sie ist nicht halb so hörig wie diese Frauen. Schon jetzt frage ich mich, was ich von ihr will.

Vielleicht ein neuer Reiz?

Steuere ich auf eine Art Midlife-Crisis zu?

Stöhnend verdränge ich den Gedanken.

Mit dem Sex ist es so eine Sache. Es ist nett. Und mit netten Frauen wird er noch ein Stück ... netter. Viele von ihnen sind willig und bereit, alles zu tun, wenn man ihnen nur die richtige Motivation vor Augen hält. Selten etwas, dass ein paar hübsche Scheinchen nicht lösen können.

In der Regel sind die im Bett genauso willig wie langweilig.

Deshalb gönne ich mir hin und wieder eine Kleine wie Blossom. Sie sind angetan und beinah besessen von mir. Und trotzdem haben sie diese verfickte Moral, die ihnen sagt, dass das, was sie hier machen, nicht gut ist.

Dieser innere Kampf ist so verdammt verführerisch, dass es den Ärger mit ihnen beinah wettmacht. Sie heizen ein, brennen hell und leuchtend.

Oftmals erlöschen sie genauso schnell.

Und wenn sie mich langweilt? Nun, schließlich können

Frauen mehr als nur einem Zweck dienen. Den einen hat sie zuletzt befriedigt. Was den anderen angeht ...

Ich bin sicher, dass es einige Männer dort draußen gibt, die eine ordentliche Summe für sie zahlen würden.

Dafür müsste ich sie nur ein wenig gefügiger machen.

KAPITEL 20

Blossom

Ich habe den Überblick verloren. Maria ist längst mit Blac in einer dunklen Ecke verschwunden.

Lucien ist noch nicht wieder aufgetaucht und mein Schädel beginnt langsam schmerzhaft zu hämmern. Begleitend breitet sich Übelkeit in meinem Magen aus.

Ich brauche dringend frische Luft. Kurz wanke ich, als ich auf die Tür zuhalte.

Stolpernd bewege ich mich durch den Saal. Bemüht lässig trete ich auf die Veranda. Um nicht aufzufallen, wende ich mich von den Lichtern ab und gehe stattdessen in Richtung der im Dunklen liegenden Außenanlagen.

Gierig atme ich die kühle Luft ein und schließe die Augen. Kurz dreht sich alles, weswegen ich mich gegen eine Säule presse. Für einen Moment verschwimmt mein Blick und ich schwanke. Ich presse mich fest gegen den Stein, um nicht umzufallen. Dabei wirke ich gelassen und entspannt.

Hoffe ich zumindest.

Mit einem Mal bewegt sich die Säule.

»Huch!«, stoße ich überrascht aus, als mich diese umgreift. Offenbar ein Stein mit Armen. Der Gedanke belustigt mich. Kichernd sehe ich mich um. Mein Blick fällt auf ein bekanntes, wenn auch immer wieder verschwimmendes Gesicht. Es braucht einige Momente, dann kann ich ihn zuordnen. Unser Treffen an der Treppe ist schließlich erst wenige Stunden her.

»Hey, Ekel!«, begrüße ich ihn begeistert. Seine Züge sind leicht verschwommen, doch immer noch zu erkennen.

»Langsam«, knurrt er leise. Dann legt er seine Hände stützend an meine Hüfte. Zumindest glaube ich das. Sicher kann man sich dabei nicht sein. So oder so, es gefällt mir nicht, ihm so nahe zu sein.

Ruckartig versuche ich mich von ihm loszumachen.

Seine Finger krallen sich in mein Fleisch. Verwirrt runzle ich die Stirn. Als es mir nicht sofort gelingt ihn loszuwerden, wird etwas in mir wachgerüttelt. Krampfhaft versuche ich mich zu befreien. Seine Hand presst sich hart auf meinen Mund und gewaltsam reißt er mich herum.

»So, du kleine Schlampe. Wir werden noch unseren Spaß haben, nicht?« Der Hauch seines Atems erzeugt ein ekelerregendes Gefühl in mir. Ich versteife mich unter seinem heiseren Lachen.

»Blödsinn! Wir haben keinen Spaß«, blaffe ich ihn an und stemme die Hände in die Seiten. Das Kinn strecke ich in die Höhe und verziehe die Lippen. Leider befürchte ich, dass ich nicht halb so taff wirke, wie ich es gern würde.

Er lacht trocken. Ein ungutes Gefühl breitet sich in mir aus. Lacht er meinetwegen? Mache ich mich lächerlich? Da ist noch ein weiterer Gedanke, den ich versuche zu verdrängen. *Der Typ klingt alles andere als ungefährlich. Geschweige denn, als hätte er gute Absichten.*

Er packt mich am Arm. Schockartig spanne ich meinen Körper an. Dann zieht er mich ruckartig nach vorn. Ich taumle. Hektisch rudere ich mit den Armen. Es scheint ihn kaum zu stören. »Würde ich auf die Straße gehen, gäbe es unzählige Nutten wie dich. Jede von ihnen würde sich mir anbieten. Aber das ist nicht, was ich für heute Nacht will.« Wieder lacht er rau. Meine Gedanken rasen. Unbewusst werde ich in meine Erinnerungen zurückgeworfen.

In die Zeit mit meinem letzten Chef, diesem Wichser, die Momente mit Lucien. Beide waren grob. Beide habe ich gewähren lassen. Und mit beiden wurde irgendwann alles gut. Oder zumindest bin ich einen von ihnen losgeworden. »Aber ich versuche dir zu helfen. Ich gebe dir eine Chance.« Er grunzt leise.

Dieses Mal ist es anders.

Ich will das nicht, da bin ich mir sicher.

Trotzdem fühle ich mich benommen.

Kein Ton kommt über meine Lippen. In dem Augenblick bin ich nicht ich selbst und habe keine Kontrolle über mich.

»Willst du sie nicht nutzen?« Er packt noch ein Stück fester zu. Ich wimmere leise. Während die ersten verzweifelten Tränen in mir aufsteigen, schüttle ich matt den Kopf.

»Es ...« Mein Blick fliegt umher, vorbei an dem offenen Gelände, auf welchem wir uns bewegen. Panisch huschen meine Augen umher, unsicher, wo wir uns befinden. Unruhig bemühe ich mich darum, mich zu sammeln.

Erneut versuche ich es. »Ich brauche keine Hilfe.« Dann schlucke ich ein paar Mal trocken gegen den Widerstand in meiner Kehle. Er zerrt mich grob mit sich. Das Haus ist inzwischen einige Meter entfernt. Mein Magen rumort und mir wird ganz schlecht vom Alkohol.

»Bist du dir da sicher? Du wirkst, als könntest du sie brauchen.« Er klingt schmierig. Sein Anblick verschwimmt immer wieder vor meinen Augen.

»Ich sollte gehen.« Genau genommen bin ich nicht

einmal sicher, ob die Worte über meine Lippen kommen. Alles ist merkwürdig. Es fühlt sich eigenartig an.

»Einen Teufel wirst du tun. Nicht, ehe ich mit dir fertig bin.« Plötzlich ist er dicht vor mir und beginnt sich an mir zu reiben.

In dem Moment erstarre ich beinah. Hektisch taumle ich zurück. Zumindest versuche ich es. Mein Körper erwacht zum Leben. Ich halte mich nicht mehr damit auf, mit ihm zu diskutieren. Selbst ich habe inzwischen verstanden, dass er mir nicht helfen will.

Panisch versuche ich meine Finger in jeden Zentimeter zu schlagen, den ich zu fassen bekomme, doch seine Arme schnüren sich unermüdlich um mich. Jeder Tritt, der nicht ins Leere geht, ist ein unglaublicher Triumph für mich.

Ich wimmere, als er mich grob in den Haaren packt und zurückreißt.

»Wo willst du denn hin? Noch dazu in diesem Zustand?« Er klingt amüsiert. Glaube ich.

Kalter Schweiß bricht auf meiner Haut aus. Statt einer Antwort mache ich, was ich schon längst hätte tun sollen. Ich lege den Kopf in den Nacken und schreie alles heraus, was meine Lunge hergibt. Binnen Sekunden werde ich unterbrochen. Panik ergreift mich, als seine Hand sich fest auf meinen Mund drückt. Röchelnd winde ich den Kopf, da er auch meine Nase bedeckt. Meine Atmung wird hektischer. Mit geweiteten Augen sehe ich mich um. Kämpfend öffne ich die Lippen, während ich das Knie nach oben reiße. Immer wieder. Irgendwann treffe ich auf einen Widerstand. Sein Aufstöhnen ist ein unfassbar befriedigendes Geräusch für mich.

Es reicht nicht aus, um mich zu befreien.

Mein Körper fühlt sich eigenartig an. Ich will nach ihm schlagen, doch mein Arm fühlt sich taub und wabbelig an.

Vor meinen Augen scheinen seine Konturen zu verschwimmen. Panisch springe ich zurück. Dann lande ich grob auf dem Boden. Sofort ist er über mir. Kriechend versuche ich mich ihm zu entziehen. Am Rande spüre ich einzelne Steinchen, die sich in meinen Körper drücken.

Ich versuche mich erneut zu orientieren und hebe die Hände. »Verdammt«, murmle ich leise, während ich beinah mich selbst treffe. Er lacht trocken. Benommen winde ich mich in seinem Griff. Seine Berührung erweckt Ekel in mir. Gleichzeitig sehne ich mich nach Nähe.

Es ist ein eigenartiges Gefühl.

Alles ist so merkwürdig.

Mein Kleid scheuert, trotz des dünnen Stoffes. Ich ziehe unsicher daran. Zittrig lege ich die Hand auf die Brust. Der Herzschlag ist so schnell, dass ich Panik bekomme.

»Du machst es mir so leicht. Molly scheint dir nicht besonders gut zu bekommen. Du solltest beim nächsten Mal vorsichtiger sein, Baby.« Seine Stimme ertönt neben mir, unwirklich fliegt mein Blick umher.

»Molly? Wer ist Molly?« Ich brauche einige Versuche, um die Worte herauszubekommen. Meine Zunge ist so trocken. Auch mein Kiefer lässt sich schwer öffnen und presst sich wie von selbst zusammen.

Er kniet sich zwischen meine Beine. »Eine süße, kleine, bunte Pille.«

Mühsam hebe ich die Arme. »Pille? Ich habe doch die Spirale«, stöhne ich irritiert.

Suchend fahren meine Finger über den rauen Untergrund. »Lucien, wo ist Lucien?« Mein ganzer Körper pocht. Es ist wie ein Herzschlag, der jeden Millimeter erreicht. Hart werden meine Arme nach unten gepresst.

»Ich bin alles, was du jetzt brauchst.« Er drückt sich fest

an mich, beginnt sich über meine Hüfte zu reiben. Seine Finger fahren an meinem Körper herab, doch ich schüttle harsch den Kopf.

Nein ich brauche ihn, will ich beteuern. Keines der Worte kommt über meine Lippen. Ich möchte nach meinem Kiefer tasten, aber meine Hände kann ich nicht bewegen. Er hält sie weiterhin fest. Noch dazu kann ich mich nicht konzentrieren und kaum einen klaren Gedanken fassen. *Lucien*.

Dieser Name ist das Einzige, woran ich denken kann.

Ich reiße mich von ihm los. Vielleicht lässt er mich auch gehen. Es ist mir egal. Zittrig fahre ich mir über das Gesicht und rutsche von ihm weg. Sofort erzeugt das Gefühl meiner Haut auf dem Boden einige Schauer in meinem Inneren. Mein Herz klopf wie wild und mein Puls schießt in die Decke. Alles um mich herum wird immer wieder dunkel und ich versuche mich zu konzentrieren.

»Ich brauche ihn«, wimmere ich leise und versuche mich erneut von ihm zu befreien, als er meine Hände packt.

»Du kleine Schlampe bekommst gleich genug, da kannst du dich drauf verlassen.« Seine Stimme jagt mir eine ordentliche Angst ein und ich versuche nach ihm zu schlagen. Dabei bin ich mir nicht einmal sicher, ob ich mich überhaupt bewege.

Kurz schnappe ich nach Atem und habe das Gefühl nicht genug Sauerstoff zu bekommen. Es scheint fast so, als würde jede Luft aus meinem Körper gepresst. Mir ist unfassbar warm. Das Kleid klebt an meinem Körper und Schweiß sammelt sich in meinem Nacken. Krampfartig versteife ich mich, als sich jemand grob auf mich schiebt.

Ich muss weg. Aber wohin und warum? Wie bin ich hierher gekommen? Will ich das? Was mache ich hier? Meine Gedanken überschlagen sich und alles in mir ist verschwommen.

Ich spüre, wie sich jemand an mich klammert. Alles ist unscharf und ich kann die Empfindungen nicht zuordnen. Grob werde ich hochgezerrt und die Bewegung reißt mich aus dem Nebel. Gierige Augen schieben sich in mein Sichtfeld und ich wimmere, als er mich packt.

Er gibt mir keine Gelegenheit, mich zu wehren. Stattdessen schiebt er die Hände unter meine Kniekehlen. Mit einem festen Ruck reißt er mich nach oben. Ich lande auf seiner Schulter. Der Aufprall meines Körpers zieht meinen Magen zusammen. Zwar versuche ich noch die Hand nach oben zu nehmen, doch es ist zu spät. Hustend würge ich einige Brocken hervor. Bittere Galle steigt in meiner Kehle auf. Ich lasse alles heraus.

»Scheiß Bitch!« Die Welt dreht sich. Immer noch würge ich. Dann lande ich hart auf dem Boden. Seine Hände zerren an mir, doch ich rolle mich zu einer kleinen Kugel. Ein Schrei entrinnt meiner Kehle und ihm folgen viele weitere. Zwischendrin würge und spucke ich mehrmals.

»Jetzt halts Maul, Bitch.« Seine Worte sind grob und seine Hand trifft hart mein Gesicht. Für einige Momente ist alles schwarz vor meinen Augen. Krampfhaft presse ich die Lider zusammen und versuche zu atmen.

»Blossom? Blossom verdammte Scheiße. Geht es dir gut?« Eine helle aufgebrachte Stimme ist direkt neben mir. Ich stoße ein Wimmern aus und presse mich instinktiv in ihre Richtung.

»Was zur Hölle ist hier passiert?« Ihre Stimme klingt wütend. Sie hält mich fest. Ihre Arme drücken meinen

Kopf an ihre Schulter. Eigentlich will ich mir den Mund abwischen.

Es gelingt mir nicht.

»Das frage ich mich auch.« Der Typ antwortet, nehme ich verschwommen wahr. »Ich hab die Kleine hier gefunden. Hat wohl einen über den Durst getrunken.« Er lacht, doch es klingt nicht freudig.

»Sie ist völlig fertig. Was hast du mit ihr gemacht?« Zustimmend will ich nicken. Es gelingt mir lediglich den Kopf zu heben. Dabei fange ich Marias Blick auf. Er wirkt gequält. Ich hasse es, dass sie sich meinetwegen schlecht fühlt.

»Hätte ich die Kleine abfüllen wollen, hätte ich es langsamer angehen lassen. Dann hätte sie mir vielleicht auch nicht den Buckel vollgekotzt. Was soll ich in dem Zustand mit ihr?« Aufgrund seiner Worte hebe ich den Kopf. Er wirkt wütend. Seine Augen sind verengt. Ich brauche einige Momente. Alles ist verzögert. Dann sackt mein Kopf zur Seite. Das Letzte, was ich sehe, ist, wie der Typ davon geht.

Ich weiß nicht, wie viel Zeit vergangen ist. Übelkeit beherrscht meinen Körper und Schmerz strahlt in jeden Winkel. Das Schlimmste ist die Verzweiflung und Unsicherheit.

»Gib sie mir.« Als seine Stimme ertönt, löst sich Maria von mir. Die kalte, raue Berührung des Bodens fühlt sich mit einem Mal so gut an. Sie verankert mich in der Wirklichkeit.

»Ruhig, Liebes. Niemand mag Theater.« Seine Aussage

erreicht mich kaum. Ich höre sie, aber verstehe ihre Bedeutung nicht. »Schafft sie hier weg.« Die letzten Worte richtet er weg von mir. Sie gleichen einem Messer, welches er mir ins Herz rammt.

Er verlässt mich. *Gerade jetzt? Wie kann er das tun?* Wut und Frustration mischen sich in meinem Inneren. »Ich komme zurecht.« Meine Worte klingen schwammig und undeutlich, doch ich bin mir sicher, dass er mich trotzdem versteht. Dass sie alle mich verstehen.

»Hat er dir etwas getan? Dir etwas verabreicht?« Lucien dreht sich zu mir um. Sein Blick ist fragend und distanziert. Er hat keine Ahnung, wie weh er mir damit tut.

»Ich sagte, ich komme zurecht.«

»Das war nicht die Frage.« Bei seinen Worten zögert er. Hat er Angst vor der Antwort? Ist er genervt? Ich kann es nicht einschätzen.

Mein Kopf wummert wie verrückt. Der ganze Körper schmerzt. Ich versuche mich trotzdem aufzurappeln. »Vielleicht hättest du besser auf mich aufpassen sollen. Vielleicht hast du aber auch schon genug von mir.« Keine Ahnung, woher die Worte kommen. Sie sind einfach da.

Luciens Blick wird kalt und sein Kinn spannt sich an. »Die Probleme, die du verursachst, übersteigen beinah den Nutzen, den ich an dir habe.« Ich schnappe nach Luft. Mein Herz zieht sich schmerzhaft zusammen. Er nickt Blac zu, der mir entgegenkommt. Unbewusst frage ich mich, woher die ganzen Menschen kommen und wie viel Zeit vergangen ist. Blac schiebt die Hände unter meine Achseln und zieht mich an sich. Ich versuche mich aufzurichten. »Lass mich«, stottere ich unsicher.

Dabei hasse ich es, wie hilflos ich klinge. Wie schwach ich bin. Am meisten, dass er mich weggestoßen hat.

Noch immer bin ich verwirrt und orientierungslos.

Wieso nimmt er mich verflucht nochmal nicht in den Arm und sagt mir, dass alles gut werden wird? *Wie in einem Märchen*, füge ich still hinzu.

Vermutlich sollte ich endlich verstehen, dass das Leben so nicht laufen wird.

Die Müdigkeit siegt über meinen Kampfgeist. Alles schmerzt. Mir ist schlecht. Und Lucien, der ist weg.

Mit dieser Einsicht lasse ich mich in Blacs feste Arme fallen.

Irgendwann drifte ich ab.

Ein eigenartiges Schaukeln beherrscht mein Bewusstsein.

Ich habe das Gefühl mich zu bewegen. Sicher bin ich mir nicht. Meine Lider sind schwer, mein Kiefer fest aufeinandergepresst. Schweiß ist über meinen ganzen Körper verteilt. Am Rande nehme ich wahr, wie meine Arme sich hin- und herbewegen. Deshalb presse ich sie fest an die Brust.

Wieder wird alles schwarz.

Die Bewegungen stocken. »Machst du die Tür auf?« Bei der Frage blinzle ich wie verrückt. *Meint er mich?* Offenbar nicht. Sekunden später bin ich wieder in Bewegung. Wir, besser gesagt. Unbewusst winde ich mich in den Armen, welche sich um mich schließen. Panisch schaue ich mich um. Meine Sinne werden langsam wieder deutlicher. Als ich Blacs besorgten Ausdruck sehe, entspanne ich mich wieder.

»Werde ich Ärger bekommen?«, wimmere ich leise.

Kurz lacht er trocken. »Nicht deshalb. Da gab es schon Schlimmeres.« Seine Stimme ist leise. Es fehlt die Ruhe darin, die er sonst ausstrahlt. Wieder verschwimmt alles vor meinen Augen.

»Es tut mir leid«, jammere ich leise.

»Mir tut es leid, dass du in diese Scheiße mit reingezogen wirst.« Er schüttelt den Kopf und sein sorgenvoller Blick landet auf mir. »Verdammt, wie geht es dir? Was ist da passiert?« Mit diesen Worten lässt er mich nach unten sinken. Für einen Moment bin ich panisch, dann habe ich einen weichen Untergrund unter mir. Wie von selbst rolle ich mich zusammen und schließe die Arme um die Decke.

»Ich weiß es nicht. Da war dieser Typ. Er hat mich gepackt und Dinge gesagt ...« Mein ganzer Körper brennt. Der Schädel dröhnt und zahlreiche Stellen meiner Haut tun höllisch weg. Trotzdem kann ich nur an eines denken. »Wieso hat er mir das angetan?«

Blac atmet tief ein. »Also war er das? Was hat er getan?« Seine Stimme klingt unbeherrscht und wütend. Maria schnappt dicht neben mir nach Luft. Ihre Hand krallt sich um meinen Arm.

Ich schüttle den Kopf und drücke mich tief in die Matratze. »Er hat mich benutzt und dann weggeworfen, wie sie es gesagt hat.« Ich wimmere leise und seine Hand tätschelt meinen Arm unsicher.

»Dieser Typ ist ein Schwein, doch wir werden uns um ihn kümmern. Versprochen.« Maria ist fassungslos. Blac schlägt mit einer Wucht gegen die Wand, die mich zusammenzucken lässt.

Erneut schüttle ich den Kopf. Trotz allem, was passiert ist, wandern meine Gedanken immer wieder nur zu ihm. Lucien. »Wie denn? Er ist euer Freund.« Ich spucke ihm das Wort entgegen.

»Dieses Schwein? Bald wird er seine Gliedmaßen einzeln herumtragen müssen.«

Benommen drücke ich die Decke vor mein Gesicht. »Lucien, er ist nicht bei mir geblieben. Er zweifelt an mir. Vielleicht hat er mich schon weggeworfen. War es meine Schuld? Habe ich etwas falschgemacht?« Ich spüre augenblicklich, wie sich die Stimmung ändert. Blac versteift sich neben mir und sein Gesicht wandert dicht vor meins.

»Lucien ist erst …« Er bricht kurz ab. »Vergiss Lucien. Was hat der andere Typ getan?«

Ich antworte nicht sofort, weswegen sich Maria einklinkt. »Blossom, bitte sag uns, was dort passiert ist. Hast du zu viel getrunken? Hat dir jemand etwas gegeben oder getan?«

»Mir …« In meinen Worten stocke ich. Alle Gedanken sind aus meinem Kopf verschwunden. Es fällt mir so schwer mich zu konzentrieren.

»Ich kann ihn aber nicht vergessen«, jammere ich. »Wieso ist er nicht hier?« Mir zieht es die Augen zusammen. Mein Kiefer wird wieder härter. Ich presse die Zähne fest aufeinander. Seine Zurückweisung reißt alte Narben in mir auf. Dabei hat er mir versprochen, es besser zu machen. Er hat es doch versprochen. Die Übelkeit kehrt zurück. Mein Schädel pocht und meine Haut juckt. Krampfhaft reibe ich mir über die Arme.

Jemand zieht an mir. Vage schüttle ich die Hände, doch er verschwindet nicht. Meine Augen werden aufgezogen. Ich sträube mich. Jemand betastet mich.

»Sie hat irgendwas intus.« Die Stimme klingt besorgt.

»Hat sie es selbst genommen, oder wurde es ihr gegeben?« Nein, korrigiere ich mich. Diese Stimme klingt besorgt.

»Damien wird es herausfinden.«

Mit diesen letzten Worten drifte ich endgültig ab.

KAPITEL 21
Blossom

Mein Herz wummert wie verrückt in meiner Brust. Das Einzige, was noch schlimmer ist, ist mein Kopf. Stechende Schmerzen schießen durch meinen Körper. Unruhig werfe ich mich hin und her. Die Hände nehme ich an meine Schläfen und reibe darüber. Seufzend strecke ich mich.

»Da hat aber jemand einen dicken Schädel.« Ich höre das Lächeln in Marias Stimme, aber auch die Sorge. Grunzend drehe ich mich herum und öffne blinzelnd die Augen. Die Sonne brennt sich unbarmherzig auf mein Gesicht und ich murre. Ich rolle mich herum und vergrabe meinen Kopf in dem Kissen. Ihr leises Lachen erreicht mich, gefolgt von ihrer Hand, die sanft über meine Haut fährt.

»Wie geht es dir? Du hattest einen harten Abend.« Ihre Stimme klingt sorgenvoll und ich gebe als Antwort erneut ein Grunzen von mir.

»Harter Abend? Soll das ein Witz sein? Ich fühle mich, als wäre ein Truck über mich gerollt.« Murrend winde ich mich erneut in dem Deckengewusel. Dann sehe ich zu Maria auf. Ich gebe einen wenig damenhaften Schrei von mir, als mir Blac auffällt, der direkt neben ihr an der Wand lehnt. Dies sorgt tatsächlich für ein Schmunzeln auf seinen Lippen. Was für ein Arsch. Mit ihm habe ich nicht gerechnet.

»Blossom, erinnerst du dich an das, was passiert ist?« Maria lehnt meine Aufmerksamkeit zurück zu ihr.

Es dauert ein paar Momente, bis ich ihre Worte verarbeitet habe. Dann schüttle ich den Kopf. »Nicht wirklich. Alles ist verschwommen und mein Schädel pocht. Mir ist übel und ich fühle mich ... fertig.« Das trifft es nicht einmal ansatzweise. Trotzdem ist es die einzige Beschreibung, die mir einfällt.

Eine Zeit lang ist es still. Die Ruhe beginnt mir zunehmend unangenehm zu werden, weshalb ich irgendwann aufsehe. Ich würde zu gern so viele Dinge fragen. Allen voran, wo Lucien ist. Stattdessen mache ich etwas anderes. »Wollt ihr mir eigentlich noch verraten, warum ich neben euch im Bett liege? Neben euch beiden?« Mir fällt es schwer, die Worte herauszubringen. Sie klingen falsch und fühlen sich flaumig auf meiner Zunge an.

Trotzdem versuche ich alle ironische Überzeugung in meine Stimme zu legen.

Blac drückt sich von der Wand ab und lässt sich auf das Bett sinken. Wie selbstverständlich lehnt er sich zurück. »Du hast dich ganz schön an uns rangemacht, aber was soll ich sagen? Wenn ich so unwiderstehlich ...«

»Blac!«, japst Maria schlägt ihm wenig erfolgreich ein Kissen um die Ohren. Wie von allein erscheint ein breites Lachen auf meinen Lippen. Mein Blick wird offen und meine Augen weiten sich. Es passiert wie von allein. Dafür habe ich es oft genug getan. *Freude vorgetäuscht.*

Das Traurige ist, sie merken es nicht einmal.

Währenddessen versuche ich die aufkommende Panik

zu verdrängen. Meine Gedanken rasen. Ich versuche nicht an die Bilder zu denken, die immer wieder vor meinen Augen auftauchen und die quälenden Erinnerungen zu unterdrücken.

»Mir geht es gut, Leute. Jeder hat schon einmal einen über den Durst getrunken. Aber hey, immerhin habe ich einem aufdringlichen Typen auf die Schuhe gekotzt.« Auch die Worte klingen gepresst. Deshalb schiebe ich eine Erklärung hinterher: »Mir tut alles weh. Könnt ihr mich nicht einfach schlafen und meine Schande vergessen lassen?« Immer noch nicht voll überzeugend, doch es reicht.

»Der Rücken. Du hast ihm auf den Rücken gekotzt.« Marias Stimme ist inzwischen tonlos.

Blac scheint meine Worte gelassener zu nehmen. »Siehst du. Sie ist ok.« Er nickt zielsicher und erhebt sich galant. Offenbar ist für ihn damit die erste Gefahr gebannt und er kann sich um etwas anderes kümmern. Kurz hebt er die Hand. »Ihr Süßen, auch wenn ihr nicht genug von mir bekommen könnt …« Dabei zwinkert er uns knapp zu. »Ich muss los.« Bei seinen letzten Worten wendet er sich ab.

Sprachlos sehe ich ihm dabei zu, wie er das Zimmer verlässt. Ich muss ein paar Mal schlucken. Und damit ist es einer mehr, der mich verlassen hat. Wieder jemand, der nicht merkt, dass alles, was ich nach außen hin zeige, nur eine Fassade ist.

»Geht es dir wirklich gut?« Marias Stimme klingt besorgt. Auch wenn ich mir nur Sekunden zuvor gewünscht habe, dass jemand merkt, wie es mir geht, gerate ich schlagartig in Panik. Wenn ich ihr zeige, wie ich mich fühle, weiß ich nicht, wie sie damit umgehen wird. Versteht sie mich? Verurteilt sie mich? Gibt sie mir die Schuld?

Ich kann das Risiko nicht eingehen. Deshalb schlucke ich meine eigene Unsicherheit, die Unruhe aufgrund dessen, dass ich mich nur schleierhaft an die letzte Nacht erinnern kann, herunter. »Nein. Mir geht es beschissen.« Wehleidig schmeiße ich mich wieder in das flauschige Kissen. Man sagt, Angriff sei die beste Verteidigung. In meinem Fall ist es Ablenkung. Hätte ich lediglich bejaht, würde sie es mir nicht abkaufen.

»Blossom, das sah alles andere als gut aus. Du kannst es mir sagen, wenn etwas passiert ist.«

Ihre Hartnäckigkeit sorgt dafür, dass ich sie umso mehr überzeugen will. Warum? Vielleicht weil ich dumm bin. Es ist ein Reflex, den ich nicht unterdrücken kann. »Maria.« Ich sehe sie direkt an. »Bitte erspare mir die Schande, dir immer wieder erklären zu müssen, wie sehr ich mich blamiert habe. Kein Wunder, wenn Lucien das Weite sucht. Da braucht es mich nicht überraschen, wenn er sich wen anders sucht.« Bitterkeit liegt in meiner Stimme. Das kann ich nicht verhindern.

Maria wirkt zerknirscht. Sie scheint einige Momente zu überlegen. Schließlich seufzt sie. »Ok, reden wir Klartext. Kann es sein, dass das Problem eher weniger bei dem liegt, was dir passiert ist und mehr dabei, was nicht passiert ist?« Verwundert und irritiert sehe ich sie an, woraufhin sie ungehalten mit der Hand wedelt. »Du warst gestern komplett am Ende und Gott weiß was hätte passieren können. Ohne taktlos sein zu wollen, habe ich das Gefühl, dass es dich mehr beschäftigt, was Lucien in dieser Zeit getrieben hat. Und mit wem.«

Ich versteife mich unter ihren Worten und beiße mir unsicher auf die Lippe. Damit hat sie einen Teil meiner Gedanken gut auf den Punkt gebracht. Der andere Teil ist der, dass ich selbst keine Ahnung habe, was genau passiert ist. Ich erinnere mich daran, getanzt und getrunken zu haben. Nicht übermäßig, aber ich hatte Spaß.

Irgendwann bin ich nach draußen und ab dem Moment ist alles verschwommen. Ich erinnere mich an Berührungen, an die Nähe eines Mannes ...

Allein diese Gedanken treiben mir beinah die Tränen in die Augen. Was ist, wenn dieser Typ mir etwas angetan hat? Wenn er ... Ich schlucke bei der Überlegung. Was würde das bedeuten? Für mich und meine Zukunft?

Hart schiebe ich all das in den Hintergrund. »Es ist nichts passiert. Alles ist gut. Wir hatten einen lustigen Abend, der ein wenig außer Kontrolle geriet.« Immer wieder sage ich mir selbst die Worte im Inneren auf. So funktioniert es schließlich, oder nicht? Wenn man eine Lüge immer und immer wieder erzählt, dann wird sie irgendwann von allein zu einer Wahrheit. Oder?

»Blossom, als ich euch gefunden habe, sahst du alles andere als gut aus. Noch dazu bin ich nur dank deiner Schreie auf dich aufmerksam geworden.« Sie zögert. Was will sie damit sagen? Hat sie etwas gesehen? Denkt sie, ich habe Lucien betrogen? Oder glaubt sie, der andere Typ hat mir etwas angetan?

Keinen dieser Gedanken kann ich zulassen. Deswegen wische ich beide mit einer Handbewegung weg. »Schwachsinn. Vielleicht hat er versucht mich ein wenig zu betatschen, aber ich kann mich schon selbst wehren.« Das falsche Gefühl einer Lüge breitet sich in mir aus.

»Das wirkte nicht so auf mich.«

Ihre Worte sind trocken und ohne Emotionen. Trotzdem bringen sie mein Herz zum Beben. Sie wird weiter nachbohren und mir irgendwann eine Wahrheit aufdrängen, mit der ich nicht leben kann. Ich erinnere mich an das Gefühl der Verzweiflung, welches mich vor einigen Tagen erfüllt hat.

Im Stillen gehe ich mein Mantra durch.

Einen Schritt vor den anderen.

Ein Problem, erst dann das nächste.

Ein Ergebnis, welches ich vor Augen habe.

Mein Ziel ist klar. Ich kann nicht zulassen, dass Maria weiter in meine Gefühlswelt eintaucht. Deshalb hebe ich leicht den Blick und zucke mit den Schultern. *Schritt für Schritt.* »Du hast mir einmal gesagt, dass du einen großen Anteil daran hast, dass ich hier bin. Ich will nicht gemein sein, aber ich finde, dass du mir eine Erklärung schuldest, nicht ich.«

Bei meinen Worten spüre ich, wie sie zusammenzuckt. Meine Aussage hat sie verletzt oder zumindest ein schlechtes Gewissen ausgelöst. Es gefällt mir nicht, doch es ist das, was ich vorhatte. Nur so kann ich mit der Situation umgehen.

»Ach Blossom ...« Sie seufzt kurz und reibt sich mit der Hand über die Stirn. Dann sieht sie mich mit gequälter Miene an. »Findest du nicht, dass wir im Moment andere Probleme haben? Dass du wichtiger bist?«

Ich überlege keine Sekunde. »Findest du nicht, dass du mir etwas schuldest? Nach allem?« Dabei schlucke ich. Einerseits will ich sie nicht verletzten. Andererseits ist sie mir bereits zu nah. Damit kann ich nicht umgehen. Nicht so.

Maria wirkt betroffen. Sie nickt langsam. »Wenn wir schon dabei sind reinen Tisch zu machen, dann gibt es da etwas, was ich dir unbedingt sagen muss.« Ihre Lider flackern und sie scheint einige Sekunden mit sich zu ringen, bis sie schließlich zögerlich zu sprechen beginnt. »Das alles ist meine Schuld.«

Ich versteife mich aufgrund der wenigen Worte und obwohl ich sie nicht unterbrechen wollte, rutschen mir die wenigen Sätze bereits von allein über die Lippen. »Was meinst du damit? Was soll das heißen?«

»Was ich dir gesagt habe stimmt. Der Unfall im Wald. Lucien, der auf dich aufmerksam geworden ist. Er hat mich auf dich angesetzt, beziehungsweise ich mich selbst. Das ist eigentlich nicht gerade der Punkt.« Ihre Worte werden immer wirrer und ich kneife die Augenbrauen zusammen, als ich versuche, ihr zu folgen. »Jedenfalls habe ich dich kennengelernt und naja, ich mochte dich. Mag dich immer noch.« Sie schiebt die letzten Worte schnell hinterher.

»Ich hatte das Gefühl, als wärst du irgendwie verloren und Lucien auch ...«

»Lucien hatte das Gefühl, ich wäre verloren?«

Verwirrt sehe ich sie an. Sogleich schüttelt sie herrisch den Kopf. »Nein, ich finde, dass er in letzter Zeit nichtmehr er selbst war. Die Jungs haben sich nach dem Tod ihres Vaters abgeschottet und das hat ihnen nicht gut getan. Du warst auch allein und da dachte ich mir ...« Ihr Blick wandert langsam zu meinen Augen und dann schlagartig in weite Ferne. Zum ersten Mal, seitdem ich sie kenne, sehe ich, wie ihre Wangen sich langsam erröten.

Das Gespräch ist binnen Sekunden merkwürdig geworden. Ich würde es am liebsten unterbrechen, doch dann würde sie mich wieder nach mir fragen – was ich nicht zulassen kann. Deshalb sehe ich sie auffordernd an. »Und dann dachtest du, verkuppelst du mich mal eben mit wem? Einem Mörder? Dem Boss einer Mafia? Was ist der Typ eigentlich?« Meine Belustigung ist gespielt. Sie merkt es. Trotzdem geht sie darauf ein.

»Ja.« Maria sieht zu mir auf. In dieser Sekunde fällt mir so vieles in ihren Augen auf. Da ist eine Spur Wissen, wie ich es selten bisher gesehen habe. Sie versteht, was ich sage. Nicht nur meine Worte, sondern den Sinn dahinter.

Was allerdings auch bedeutet, dass sie weiß, wie es in meinem Inneren aussieht. Verloren, verwirrt, ängstlich.

Ich schlucke schwer. Die Einsicht bereitet mir große Sorge. Mein Bauch zieht sich schmerzhaft zusammen. Unbewusst wende ich den Blick ab.

Maria räuspert sich und unterbricht damit die Stille. »Er ist der Anführer eines Familienunternehmens. Einem Mafia-Clan, wenn du es unbedingt so nennen willst. Wobei diese Beschreibung so dermaßen unpassend für ihn ist. Ich meine, mal im Ernst. Hat er dir irgendwas angetan? Sie haben die dubiosen Geschäfte ihres Vaters, aber auch die Erziehung ihrer Mutter.«

Ich halte die Luft an und sehe sie langsam an. Diese Aussage verdrängt für einen Moment meine eigene Paranoia und die wilden Emotionen in mir. »Wie meinst du das?«

»Ich kenne die drei schon ewig. Frag besser nicht, was mich geritten hat, mich in den ganzen Mist mit hineinziehen zu lassen, aber auch wenn sie die Jobs von ihrem Vater geerbt haben, war Sellina, ihre Mutter, eine ganz andere Reichweite.«

»Moment«, unterbreche ich sie kurz. »Wen meinst du mit die drei? Und Blac ist auch ihr Bruder? Ich bin verwirrt.«

»Nein«, sie verdreht die Augen, als wäre ich schwer von Begriff. »Ok. Nochmal langsam von Anfang an. Lucien und Damien sind Brüder. Blac ist der Patensohn von Damiens und Luciens Vaters. Zumindest war er das. Nach dem Tod seiner Eltern ist er hier im Anwesen aufgewachsen. Gemeinsam mit mir.« Für einen Moment zuckt sie belustigt mit den Schultern und verdreht die Augen. Dann spricht sie weiter. »Mein Erzeuger ist ein Arsch, aber dazu kommen wir später. Ich bin hier in der Nähe aufgewachsen und als ich noch klein war, sind unsere Familien aneinandergeraten. Witzigerweise war das das Beste, was mir hätte passieren können. Im Nachhinein, wohlbemerkt. Zwischendrin nicht unbedingt. Eins kann ich dir sagen. Bei Diabolo Senior hast du nichts verpasst. Der Typ ist ein erstklassiger Vollidiot. Dagegen stinkt sogar mein Erzeuger ab.«

Ich spüre wie aufgebracht ihre Stimme wird und rutsche leicht näher. Sanft lege ich ihr die Hand auf den Rücken, unsicher, was ich erwidern soll. Sie zuckt für einen Moment unter meiner Berührung zusammen, dann spricht sie langsam weiter. »Die Sache ist die. Ich sollte das vermutlich nicht alles vor dir ausbreiten, schließlich hast du schon genug eigene Probleme, aber mir ist wichtig, dass du weißt, warum wir so sind. Auch will ich, dass du verstehst, warum ich getan habe, was ich eben getan habe.« So viel Schmerz liegt in ihrer Stimme. Sie quält sich, mir das alles zu erzählen. Ich will einhaken und ihr sagen, dass sie mir nichts erklären muss. Die Worte kommen mir nicht über die Lippen. Zu dringend will ich ihre Geschichte hören. Deshalb bleibe ich still sitzen, ihren warmen Körper dicht neben mir.

»Sellina, Luciens und Damiens Mutter, hat die Villa verlassen, sobald sie ahnte, dass sie schwanger ist. Jahrelang wusste niemand hier von ihnen. Erst als die beiden Jungs 10 Jahre alt wurden, kamen sie hierher.« Sie verzieht das Gesicht und ich warte darauf, dass sie weiterspricht. Was sie nicht tut.

Irgendwann räuspere ich mich leise. »Wieso sind sie hergekommen?« Ein mulmiges Gefühl begleitet meine Worte, denn ich ahne bereits, dass dies wohl kaum ihre Entscheidung war.

»Der Wichser Diabolo hat sie hergebracht. Blac und ich

waren das für ihn, was eigenen Kindern am nächsten kam. Bis zu diesem Moment.

Das Schlimmste daran ist, das die Jungs ihrem Vater sofort nachgeeifert sind. Wie zwei dumme Dackel haben sie jede seiner Lügen geschluckt und gemacht, was immer er wollte. Ich meine gut, am Anfang haben Blac und ich uns gefreut Gesellschaft zu haben.

Aber irgendwann habe ich sie gehasst.

Sie haben mir vorgeworfen, dass ich neidisch sei, weil die Jungs dann oftmals etwas zusammen unternommen haben. Natürlich ohne mich.« Sie verdreht erneut knapp die Augen. Ich merke sofort, wie aufgebracht sie ist. »Sellina ist seitdem oft hier gewesen. Für sie, ihre Jungs. Sie war für uns alle wie eine Mutter …« Maria endet leise und einzelne Tränen schimmern in ihren Augen. Dann scheint sie sich selbst zum Weitersprechen zwingen zu müssen, während ich, feige wie ich bin, nicht einschreite. Zu dringend will ich wissen, was geschehen ist.

»Sellina starb. Vor drei Monaten. Und am gleichen Tag Diabolo. Heute sind es genau 96 Tage.«

»Oh, Maria. Shit, das tut mir leid. Sie scheint dir wichtig gewesen zu sein.« Ich bin ein elendiger Feigling. Erzähle, dass ich sie bedauere. Dabei lenke ich nur von meinen eigenen Problemen ab. Meine Worte werden zum Ende hin immer holpriger und unsicherer. Ich stocke in meinen Versuchen sie zu beruhigen und mein Herzschlag schießt in die Höhe. Ruckartig setze ich mich auf und mein erstarrter Blick trifft ihren.

Wissend nickt sie. »Ja, an dem Tag, an welchem du den Unfall hattest.« Sie haucht die Worte nur leise in den Raum.

»Was hat das zu bedeuten?« Ich wage es kaum die Frage zu stellen, da ich unsicher bin, ob mir die Antwort gefällt.

Natürlich ist mir klar, wie schwer ihr all das fällt, doch weiß ich nicht, wen ich sonst danach fragen soll.

»Blossom, du kennst sie nicht so wie ich. Als sie hierher kamen, waren sie voller Liebe und Fröhlichkeit.« Kurz wirft sie mir mit tränenden Augen einen beinah lachenden Blick zu. »Wehe du sagst ihnen das.« Schnell wird sie wieder ernst. »Ich wollte unbedingt mit ihnen befreundet sein. Sie waren jemand, den man einfach gern um sich hat. Gleichzeitig habe ich sie auch gehasst. Dafür, dass ihre Kindheit so anders war als meine.

Sie hätten ein anderes Leben haben können. Oder sich zumindest selbst treu bleiben sollen. Aber mit der Zeit wurden sie wie ihr Vater. Zurückgezogen, miesmutig und grausam.« Sie schüttelt sich kurz und ich spüre ihre Unruhe in meinem ganzen Körper.

»Du weißt nicht, wie es Sellina das Herz zerrissen hat, ihre Jungs so zu sehen.

Ich war eine Weile weg, doch als ich wiederkam, habe ich sie kaum erkannt. Glaub mir, sie waren wie er. Noch schlimmer.« Maria lacht kurz auf. Trocken und kalt. »Wäre ich nur an der Uni geblieben.« Sie zögert. Inzwischen laufen die Tränen an ihren Wangen herab. Ich bin wie erstarrt. Noch nie hat sich mir jemand derart anvertraut und ich habe keine Ahnung, wie ich damit umgehen soll. Auf den Rücken klopfen? Ihr gut zureden? Keine Ahnung. Deshalb mache ich nichts und sitze lediglich wie erstarrt da.

»Ich musste nach Hause. Zu ihm. Blac.«

Verbissen presst sie die Lippen zusammen. Ich wische ihr eine Haarsträhne aus dem Gesicht. Mehr fällt mir nicht ein. Maria beachtet mich kaum.

»An einem Abend habe ich etwas gehört. Jemanden. Stefano Diabolo. Luciens und Damiens Vater war übel drauf. Immer. Wenn er trank, dann war es noch schlimmer.

Diese Zeit war hart. Die Wochen zuvor waren beinah mein Ende. Diabolo hat mich zerstört, um seinen Willen zu bekommen. Schon als Kind bin ich ihm in solchen Fällen immer aus dem Weg gegangen, habe mich gefügt und es akzeptiert. Aber an dem Tag, da konnte ich nicht ...« Sie schluckt schwer. Irritiert verenge ich die Augen. Inzwischen kann ich ihr kaum noch folgen. »Er sollte ganz wo anders sein. Nicht im Haus. An einem Ort, wo er nicht mehr herauskommen kann. Wo er niemandem weh tun kann ... Ich dachte, dass es sicher sei zurück zu kommen. Dass nur Sellina da wäre. Tatsächlich habe ich keine Ahnung, wie er überhaupt dort hinkommen konnte. Wie er es geschafft hat, auszubrechen. Er hat geschrien, doch noch lauter war Sellina. Sie hat geweint, gejammert und ihn angefleht. So schlimm war es noch nie. Ich hatte solche Angst. Ich habe mich nicht getraut etwas zu tun und habe zu lange gezögert ... Ich war so feige ...«

Benommen von ihren Worten schüttle ich den Kopf. Sie klingt wirr, völlig verzweifelt und ich spüre den Schmerz in jedem ihrer Worte. Deshalb kann ich nicht länger still sein. »Glaub so etwas nicht. Ich verstehe nicht einmal die Hälfte von dem, was du sagst. Wenn du geflohen bist, dann war es das Richtige.«

»Das bin ich. Er hätte mich umgebracht. Und sie auch. Trotzdem ist es beschissen schwer.« Sorgenvoll ziehe ich die Stirn zusammen und beobachte sie besorgt. Maria schnieft, fährt sich mit der Hand übers Gesicht und dreht sich leicht von mir weg. Bemüht interessiert betrachtet sie die Aussicht aus dem Fenster, während sie langsam weiterspricht. »Ich habe versucht Blac zu erreichen. Er kam. Gemeinsam mit ihnen. Blac hat mich weggeschafft, doch auch so habe ich die Schüsse und Schreie durch das ganze Haus gehört. Wagen fuhren hin und her. Es war so viel los und dann ...« Sie seufzt. »Dann war es schlagartig still.«

Eine ordentliche Gänsehaut breitet sich auf meinem Körper aus. Sie räuspert sich kurz. »Du hast keine Ahnung, wie die Zeit danach war. Zwischen mir und Blac war die Situation mehr als angespannt. Wir haben uns jede Menge Zeug um die Ohren geworfen. Einen Monat lang haben wir jeden Tag gestritten, bis wir kaum noch wussten, was wir sagen sollten. *Irgendwann* wurden wir ruhiger. Alles Erdenkliche war gesagt und getan. Es gab nur noch die Erinnerung, welche wir verarbeiten mussten. Weit mehr Gedanken habe ich mir um Lucien und Damien gemacht. Dieser Tag hat etwas in ihnen verändert. Ich dachte, dass sie toben würden. Ganze Städte einreißen, sich durch die Welt vögeln oder jeden umbringen, der ihnen begegnet. Das haben sie nicht.

Sie waren still. Einfach nur still.

Als wir uns kennengelernt haben waren sie süß und lieb. Dann bösartig. Nach diesem Tag taten sie nichts mehr. Sie waren wie erstarrt. Erst als Lucien mir von dir erzählt hat, da war etwas. Du, dieser Unfall. Es war ihm auch Wochen später nicht völlig gleichgültig. Das beschäftigte ihn so sehr, dass er sogar darüber sprach. Ein Funken Hoffnung. Das erste Mal habe ich wieder Leben in ihm gesehen. Blac und ich wollten verschwinden. Wegzukommen sollte unsere Beziehung neu beleben. Weit weg von unserer Vergangenheit und den Erinnerungen an die Dinge, die passiert sind. Nur wegen ihnen sind wir überhaupt zurückgekommen. Wir konnten sie nicht zurücklassen. Nicht nach dem, was passiert ist. So bin ich wieder hier gelandet und irgendwann habe ich mich damit arrangiert. Nein, ich habe angefangen das Haus in mein Herz zu schließen.« Sie wendet sich mir zu. Ihre Augen sind gläsern und gerötet. Die Haare hat sie sich mehrmals gerauft. Ihre Wangen sind feucht. Immer wieder fährt sie mit den Fingern darüber. Marias Gefühle so offen zu sehen, überfordert mich. Ich weiß nicht, wie ich damit umgehen soll. Deshalb sehe ich mit pochendem Herzen auf die Bettdecke. Graue Rauten, weißer Untergrund.

Das ist normal.

Das ist echt.

Das ist frei von Emotionen.

Damit kann ich umgehen.

»Was Lucien angeht ...« Ich will nicht aufsehen. Trotzdem mache ich es. Auch wenn ich es nicht schaffe, ihr in die Augen zu schauen. »Du hast ihn zurück ins Leben geworfen und ihn aus seiner kalten trostlosen Starre gerissen. Und mit ihm auch uns alle.

Vermutlich war es nicht richtig, dich aus deinem Leben zu ziehen. Ich will kein Arsch sein, aber es gibt Leute, die haben weit Schlimmeres erfahren. Glaub mir, ich verstehe, dass du Probleme mit deinem Vater hast. Mit deinem Chef, mit deinem Leben. Was auch immer. Dass es dir nicht passt, hergekommen zu sein beziehungsweise wie.« Mit jedem weiteren Wort verschwinden die Emotionen mehr aus ihrer Stimme. Sie bekommt sich unter Kontrolle und ich bin verdammt froh darüber. Wenn sie hart zu mir ist, kann ich damit umgehen. Es ist das, was ich kenne.

Maria sieht mir direkt in die Augen. Sie senkt die Lider und atmet tief ein. Das letzte bisschen Kontrollverlust verschwindet aus ihren Worten. »Deshalb ja. Ich mochte dich. Aber das hier ist meine Familie. Sie wird immer über allen anderen stehen. Aus diesem Grund ist es ok für mich, wenn jemand sein Leben aufgeben muss. Wenn jemand unfair behandelt wird oder vielleicht auch Leid erfährt.

Wenn das die Dinge sind, die dafür sorgen, dass es meiner Familie gut geht, nehme ich es in Kauf.«

Die bittere Wahrheit ihrer Worte lässt mich den Kopf senken. Damit ist alles gesagt. Ich weiß, woran ich bin und wo ich stehe. Zumindest bei ihr.

»Was aber nicht bedeutet, dass in meinem Herzen nicht ein weiterer Platz entstehen kann.« Ihre Worte lassen mich müde lächeln. Sie sind ehrlich gemeint, das weiß ich. Trotzdem lösen sie Ernüchterung in mir aus. Lucien, Damien und vor allem Blac werden immer ein Teil ihres Lebens sein. Und zwar immer ein Größerer als ich.

Warum mich dieser Gedanke so quält, weiß ich nicht. Immerhin geht es mir nicht anders. Ich habe auch eine Vergangenheit. Andere Menschen, die mein Leben gekreuzt haben. Eigentlich wollte ich Marias Anerkennung nie. Geschweige denn, die wichtigste Person in ihrem Leben sein.

Und doch, sobald sie es ausspricht, setzt es mir zu.

Vermutlich, weil wir beide eine Vergangenheit haben. Wir haben gelitten und einige schwere Zeiten durchgemacht. Aber sie hat etwas daraus mitgenommen.

Stärke, eine Familie und ihren Stolz.

Ich bin immer nur weggelaufen.

KAPITEL 22

Blossom

Maria greift nach meinen Händen. Dabei vermeide ich es, sie anzusehen. Stattdessen fixiere ich eine lose Haarsträhne an der Seite ihres Kopfes.

»Glaub mir, ich erkenne mich nur zu gut in dir wieder. Du lässt den Kopf hängen, verschließt dich vor der Welt und machst alles mit dir aus. Fein, habe ich auch. Hat es mich weitergebracht? Nein. Aber das lernst du noch.«

Ich habe jede Menge Fragen. Ihre Worte verunsichern mich und sorgen für die Art von widersprüchlichen Gefühlen in mir, die ich gern meiden würde. Weswegen ich versuche sie abzulenken und meine Worte wiederhole: »Und da dachtest du dir, ich wäre die Richtige, um mit dem depressiven Mafiaboss verkuppelt zu werden?«

Sie zögert nur für einen Moment. Missmutig, beinah enttäuscht verzieht sie das Gesicht. »Nein. Doch. Irgendwie schon. Ach, keine Ahnung.

Ich weiß, dass das hier nicht die typische Beziehung und das normale Leben werden. Aber manchmal lohnt es sich für etwas Schweres zu kämpfen. Es könnte sein, dass du dabei etwas Außergewöhnliches gewinnst.«

Ein schiefes Lächeln schiebt sich auf meine Lippen und ich verziehe leicht den Mund. Dann umarme ich sie aus einem Impuls heraus und presse sie fest an mich. »Danke«, flüstere ich leise an ihrem Ohr. In dieses eine Wort lege ich so viel Kraft, wie ich nur kann. »Danke, dass du mir eure Geschichte erzählt hast …«

»Und ich dachte, dass du mir für die Verkupplung dankst.« Ihre Worte klingen ein wenig holprig und ungelenk. Ich ignoriere es. Vermutlich wird das unser Ding. Zu sehen, wie die andere leidet, ihr die Hand reichen, aber ihre Grenzen respektieren.

»Wie witzig du bist.« Ich weiß selbst nicht recht, was ich sagen soll. Eins steht für mich fest: Nachdem was sie mir erzählt hat, klingen meine Probleme lächerlich gering. Nach allem will ich nicht die Verrückte sein, die wegen einer Kleinigkeit eskaliert. Deswegen schiebe ich den gestrigen Abend in weite Ferne.

Für eine Zeit sitzen wir so da. Vertieft in die eigenen Gedanken. Es ist eine angenehme Stille. Eine, die uns den Raum gibt nachzudenken, ohne allein sein zu müssen.

Erst Minuten später richtet sich Maria auf. Dann sieht sie mich gequält an. »Was hast du jetzt vor?«

»Ich? Du bist hier unser aller Diktator.« Bei meinen Worten schmunzle ich. Sie lacht, wenn auch nicht aufrichtig.

»Wenn du willst, kann ich dich zu Lucien bringen, aber vorher muss ich mit dir reden. Da gibt es etwas, dass ich dir sagen muss.«

Nur eine halbe Sekunde später ertönt ein Klingeln, welches mich aufschreckt. Überrascht sehe ich mich um, doch Maria verdreht lediglich die Augen. »Ignorier es. Ist garantiert nur Damien. Aber ich wollte noch etwas anderes sagen.«

Stirnrunzelnd sehe ich sie an. Maria wirkt ernst. Diese Erkenntnis bereitet mir zunehmende Magenschmerzen. Deshalb lenke ich ruckartig ab. »Darüber, wessen Shirt ich eigentlich trage?« Eine berechtigte Frage. Auch wenn ich mich nicht an alles, vom gestrigen Abends erinnere, weiß ich, dass ich ein Kleid trug.

»Blacs. Aber zu deiner eigentlichen Frage: Ich habe es dir angezogen. Zwar war ich mir nicht sicher, wie du sonst schläfst, aber ich habe mir gedacht, dass du vielleicht lieber etwas anhaben würdest.«

Ich nicke dankbar. Der Stoff fühlt sich weich an und gibt mir tatsächlich ein Gefühl von Sicherheit. Noch dazu will ich ganz sicher nicht nackt neben Blac aufwachen.

»Wo ist er jetzt? Lucien«, setze ich nach.

Sie betrachtet mich einen Moment seufzend. »Auch wenn du sicher sofort zu ihm willst, schlage ich dir folgenden Deal vor: Du gehst dich duschen. Ich besorge dir etwas zum Anziehen und zu Essen. Dann bring ich dich persönlich zu ihm, ok?«

Zustimmend nicke ich. Ja, ich würde ihn gern sehen. Andererseits möchte ich ihm so weit wie möglich fern bleiben. Die Konfrontation bereitet mir schon jetzt Magenschmerzen, weswegen ich mich am liebsten davor drücken würde. Davon einmal abgesehen, mein ganzer Körper schmerzt. Meine Beine fühlen sich wund an und mein Schädel pocht. Mir wird immer noch regelmäßig schlecht und eine bleierne Müdigkeit drückt auf mich.

Kurz darauf kommt noch etwas anderes hinzu. Im Stillen danke ich Maria für ihre Weitsicht, mich erst fertig zu machen.

Wobei Weitsicht gar nicht notwendig ist, um zu erkennen, wie beschissen ich aussehe.

Meine Frisur ist ein einziges Knäuel. Einige Kratzer zieren meine Arme. Von meinem Gesicht hingegen wollen wir gar nicht erst sprechen.

Zu meiner Freude stellt sich schnell heraus, dass die verschmierten blauen Flecke zu großen Teilen der Rest meines Makeups sind. Nicht, wie ich erst befürchtet habe, eine Ansammlung an Blutergüssen.

Während ich vor dem Spiegel stehe, und das Ausmaß des gestrigen Abends begutachte, brauche ich einige Momente, um mich zu sammeln.

In meinem Inneren toben so viele Gefühle.

Wut, Scham, Unruhe, Angst, Zweifel. Sie alle stauen sich in mir auf und drohen mich zu überwältigen.

Ich fühle mich missbraucht und verletzt. Weggeworfen, als wäre ich wertlos. Das Schlimmste ist, ich fühle mich einsam. Trostlose Einsamkeit begleitet von nagender Schuld über meine Reaktion.

Wobei das das Verworrenste ist!

Ich meine, wieso zur Hölle fühle ich mich mies?

Es fühlt sich so an, als wäre das alles nur meine Schuld.

›Schlechten Mädchen passieren schlechte Dinge.‹ Der Satz meiner Granny klingt mir in den Ohren. Sie hat ihn oft genutzt, wenn ich Streit mit meiner manchmal besten Freundin Emma hatte. Was eine Zeit lang beinah täglich der Fall war.

Tränen sammeln sich in meinen Augen. Ich starre sie an. Mich selbst. Mein Aussehen ist grauenhaft. Die Haut ist fahl und blass, mein Makeup ein Albtraum und meine

Lippen eine dünne verschmierte Linie. Das, was darunter liegt, ist noch schlimmer. Ich fühle mich elendig.

Bisher habe ich mich recht gut gehalten, wenn man mal die Umstände betrachtet. Nur irgendwer scheint den Selbstmitleid- und Heulschalter in meinem Inneren aktiviert zu haben, sodass ich nichtmehr klar denken kann.

Gegen meinen Willen drängen erneut die Tränen in meinem Inneren hoch. Bisher habe ich mich nicht aktiv mit dem Rausschmiss meiner Eltern beschäftigt. Ich habe es verdrängt und darauf gesetzt, dass irgendwann alles irgendwie gut werden würde. Genauso diese ganze Sache hier. Bisher war es immer so. Die Dinge haben sich mit der Zeit von allein geregelt. Nicht immer positiv. Im Großen und Ganzen aber nicht immer schlecht.

»Was für eine beschissene Scheiße ...« flüstere ich leise, während ich auf den Boden sinke und meinen Kopf zwischen die Beine stecke. Die Tränen rinnen ungehindert an meinen Wangen herab. Ich schaffe es nicht einmal jetzt, mich mit meinen Problemen zu beschäftigen. Stattdessen sitze ich da, lege die Stirn auf die Arme und starre auf die schwarzen Fliesen.

So gebe ich mich dem Selbstmitleid hin.

Ich werde von dem leichten Klopfen und Marias besorgter Stimme aufgeschreckt. »Blossom, Süße? Alles ok da drin?« Geschafft hebe ich den Kopf. Mein Blick tastet sich suchend an der Wand entlang, doch ich finde keine Uhr. Auch so weiß ich, dass einige Minuten vergangen sein müssen.

Leise stöhne ich. »Alles gut. Mich einigermaßen ausgehfertig hinzubekommen, ist mehr Arbeit, als ich erwartet habe.«

Ihr angespanntes Lachen bereitet mir wenig Zuversicht. »Brauchst du Hilfe?«

Ich verdrehe die Augen. Wenn ich noch nicht einmal angefangen habe, ist das schwer zu sagen. Dann schüttle ich den Kopf, bis mir einfällt, dass sie das nicht sehen kann. »Nein, alles gut«, krächze ich schließlich. »Aber kannst du mich vielleicht allein lassen, bitte?« Das letzte Wort schiebe ich schnell hinterher.

Einige Sekunden ist es ruhig. Schließlich seufzt sie leise. »Blossom …«

»Bitte«, setze ich nach. Ich will nicht hören, was sie sagen möchte. Sie wird versuchen mir zu sagen, dass alles halb so schlimm ist, sie sich um mich kümmert oder etwas ähnliches. Die Wahrheit ist, mein Anblick hat lediglich bestätigt, was ich bereits gefühlt habe: Ich bin ein Wrack. Und so sehe ich auch aus. »Alle sagen mir die ganze Zeit, wie viel ich durchgemacht habe und wie schwer die letzten Wochen waren. Zwar will ich nicht unsensibel sein, gerade wegen dem, was du mir erzählt hast, aber ich brauche einfach etwas Ruhe. Ein paar Momente nur für mich.« Schon bei den Worten keimen erneut Selbstzweifel und Schuld in mir auf. Ich will sie weder von mir stoßen, noch verletzen. Mir fällt es schwer, sie zurückzuweisen und wegzuschicken. Erst recht, da ich mir in dem Moment eine Schulter wünsche, an welcher ich mich anlehnen kann.

Nur müsste ich dann auch offenlegen, wie es mir geht. Dann müsste ich mich ihr anvertrauen. Noch mehr, als ich es bisher getan habe. Dazu fühle ich mich schlichtweg noch nicht bereit. Maria erwidert nichts. Stattdessen höre ich ihre Schritte, die sich scheinbar entfernen. Das leise Schließen einer Tür ist zu hören, dann ist es still.

Ich weiß nicht, wie viele Minuten ich weiter in der Ecke des Bades sitze. Lange genug, dass mein Hintern kalt vom Boden und meine Beine taub werden.

Irgendwann erhebe ich mich. Stöhnend richte ich mich langsam auf und strecke den Rücken durch. Dann betrachte ich meinen Körper. Nicht nur einmal überlege ich, zurück in das Bett zu kriechen. Es klingt verlockend, zwischen dem weichen Stoff zu verschwinden, das Gesicht unter dem Kissen zu vergraben und mich selbst zu bemitleiden.

Das Problem ist, das hier ist nicht mein Haus. Es ist nicht mein Zimmer, meine Decke und meine Kleidung.

Ich bin ein Gast. Im besten Fall.

Leise fluche ich.

Was habe ich mir nur dabei gedacht?

Bei alldem hier?

Dass ich hier bleibe, als wäre ich eine von ihnen? Als wäre das mein Leben?

Vor Verzweiflung drängen mir bereits die nächsten Tränen in die Augen. Ich wische sie harsch zur Seite. Ein Rumpeln hinter der Wand lässt mich aufsehen. Schritte erklingen vor der Tür. Dabei bin ich nicht sicher, ob sie in oder vor meinem Zimmer sind. *Seinem,* korrigiere ich mich selbst. Es ist sein verdammtes Haus.

Stöhnend lehne ich mich gegen das Waschbecken. Erinnerungen an die Stunden vor dem Fest erwachen in mir. Daran, wie Lucien zu mir war. Aber auch daran, wie er sich auf der Feier verhalten hat. Er war so widersprüchlich. Genauso wie die Gefühle in meinem Inneren. Manchmal hasse ich ihn. Ich würde am liebsten verschwinden und nie wieder kommen. Und manchmal ... da mag ich ihn. Mehr als das.

Bei diesem Gedanken erröte ich.

Was habe ich mir dabei gedacht?

Dies ist wohl die elementare Frage.

Nicht viel, ist die einzige Antwort, die mir einfällt.

Besser gesagt: Gar nichts.

Erneute Schrittgeräusche lassen mich stöhnen.

Ich habe das Gefühl, nicht allein sein zu können. Nicht einmal in meinen Gedanken. Es ist, als wäre ständig jemand kurz davor, die Tür zu meinen privatesten Momenten und Gedanken aufzustoßen.

Mein Blick huscht zu der tatsächlichen Tür des Zimmers. Zu meiner Ernüchterung gibt es nicht mal einen Schlüssel.

Einerseits würde ich am liebsten, impulsiv wie ich bin, zu Lucien gehen und ... irgendwas machen. Sicher bin ich mir da selbst noch nicht. Andererseits würde ich am liebsten zurück in mein Bett kriechen.

Insgeheim hoffe ich, dass sich beides miteinander kombinieren lässt. Aktuell kann ich mir nichts Besseres vorstellen, als den ganzen Tag im Bett zu verbringen. Mit ihm. Der guten Version von ihm.

Allerdings möchte ich ihm in meinem aktuellen Zustand nicht unter die Augen treten. Man kann mich eitel nennen, aber wenn ich schon völlig fertig bin, möchte ich wenigstens nicht so aussehen.

Noch dazu beschäftigt es mich, nicht zu wissen, wo wir eigentlich stehen. Sind wir ein Paar? Haben wir eine Freundschaft Plus? Bin ich seine Gefangene? Hat er mich bereits abgesägt? Nichts davon scheint unsere Situation ausreichend zu beschreiben.

Stöhnend reibe ich mir über die Stirn und hoffe, die grübelnden Gedanken so vertreiben zu können.

Überraschung: Es funktioniert nicht.

Deshalb konzentriere ich mich auf das, was ich beeinflussen kann. Angefangen mit meinem Aussehen.

Zügig dusche ich mich ab. Mein Schädel pocht noch immer und jede kleine Schnittwunde an meinem Körper brennt wie verrückt, sobald die Seife darüber läuft.

Ich hasse es. Jede Sekunde davon. Warum müssen Menschen überhaupt dreckig werden? Oder sich verletzen?

Wäre ich unsterblich, wäre mein Leben so viel einfacher.

Seufzend entfilze ich anschließend meine Haare. Ein Unterfangen was länger dauert, als mir lieb ist und mit einigen eingebüßten Nerven und einem Büschelchen Haaren zu meinen Füßen endet.

Zwischenzeitlich habe ich ernsthaft in Erwägung gezogen, sie einfach abzuschneiden. Den Gedanken jedoch schnell wieder verworfen. Dafür hat es einfach zu lange gedauert, bis sie mir so herrlich über den Rücken gefallen sind. Außerdem ist meine Unsicherheit Lucien gegenüber auch so schon zu groß. Ich kann es nicht gebrauchen, noch mehr von dem Schutzmantel herzugeben, der mich umgibt.

Eben dieser Gedanke sorgt dafür, dass ich, nachdem ich meinen Körper in Originalzustand versetzt habe, noch nach der kleinen Kosmetiktasche greife. Darin finde ich glücklicherweise einiges, was meinem Selbstbewusstsein einen kleinen Schub verpasst.

Zuerst putze ich meine Zähne. Dann folgt die Resteration.

Wimperntusche – wasserfest, nur für alle Fälle.

Lippenstift – meine Einschätzung, dass die blauen Flecke in meinem Gesicht lediglich Makeup sind, war möglicherweise etwas verfrüht und selbst an meinem Mund machen diese nicht Halt. Und zuletzt: Concealer. Sehr viel Concealer. Begleitet von einer Menge Puder, welches ich großzügig über mein ganzes Gesicht, den Ausschnitt bis hin zu den Armen verteile. Der Ton passt nicht perfekt, aber gut genug, damit ich zufrieden bin.

Meine Restaurierung, wie ich es in Gedanken liebevoll bezeichne, lässt sich durchaus sehen. Alle Sorgenfalten sind verborgen, die Tränenspuren beseitigt, die Augenringe überdeckt. Meine Haare sind glatt geföhnt und glänzen im Licht. Ich trage ein süßes, bodenlanges Sommerkleid, welches so viel fröhlicher aussieht, als ich mich fühle.

Inzwischen ähnle ich kaum noch der Version von mir vor einigen Minuten.

Das ist perfekt.

Ich will nicht so unsicher und verloren sein, doch leider kann ich das nicht beeinflussen. Zumindest nicht sofort. Was ich ändern kann, ist mein Aussehen.

Missmutig nicke ich mir selbst zu. Dann wende ich den Blick vom Spiegel ab und trete aus dem Bad.

Ein leiser Schrei kommt mir über die Lippen. Überrascht presse ich die Hände vor den Mund.

Lucien schenkt mir ein müdes Lächeln. Er bewegt sich kaum. Sitzt einfach auf dem Bett, mit dem Kopf an der Wand, als wäre er schon immer da gewesen.

Mein erster Impuls ist es, zu ihm zu laufen. Ich möchte mich fest an ihn drücken, das Gesicht an seinem Hals vergraben und dabei seine sanften, beruhigenden Worte hören, dass alles wieder gut wird. Dann fällt mir wieder ein, dass er mich weggeschickt hat und ich keine Ahnung habe, wie er zu mir steht. Ist er enttäuscht? Gelangweilt? Will er mich vor die Tür setzen? Und warum macht mir dieser Gedanke so große Bedenken?

»Chérie, ich sehe die Sorgenfalten auf deiner Stirn.« Lucien klingt freundlich, wenn auch besorgt. Das ist ein gutes Zeichen. Ich atme langsam aus und trete unschlüssig ein paar Schritte näher.

»Du bist hier.« Meine Feststellung ist wenig intelligent, aber was soll ich auch sonst sagen?

»Ich habe dich viel zu lange allein gelassen.« Sein Blick ist gequält. Er drückt sich ein paar Zentimeter nach oben, streckt die Hand aus und sieht mich auffordernd an. Es braucht ein paar Momente, bis ich die Geste realisiert habe. Lucien lässt die Hand bereits wieder sinken. Ungefähr im gleichen Augenblick, in dem ich mich endlich in Bewegung setze. Ich stürze durch den Raum und springe ungehalten auf das Bett. Mein Körper schmerzt bei dem Aufprall. In dem Moment ist es mir egal. Impulsiv drücke ich mich gegen ihn, versuche ihm noch näher zu kommen, während er überfahren die Hände zwischen uns herauszieht.

»Sch«, macht er leise. Es ist lächerlich, doch allein dieses Geräusch sorgt dafür, dass ich mich entspanne. Meine Atmung wird ruhiger, mein Herzschlag normal. Ich schließe die Augen, sauge seinen inzwischen zu vertrauten Geruch ein und kralle mich in seinem schwarzen Shirt fest.

Wir liegen so da. Verklemmt, halb aufeinander und unbequem. Trotzdem kann ich mir nichts Besseres vorstellen.

»Blossom ...«

»Nein.« Meine Antwort ist leise und dicht an seiner Brust. Sie hebt und senkt sich gleichmäßig und mit ihr mein Kopf.

»Wir müssen uns unterhalten.«

»Darüber, dass du gegangen bist? Darüber, dass du dein Versprechen gebrochen hast?« Es ist kleinlich nachzustochern. Er ist hier. Das sollte mir reichen, oder? Manchmal frage ich mich, wie andere Menschen in meiner Situation reagieren würden.

Bin ich zu ungehalten? Zu nachtragend? Oder bin ich viel zu entspannt? Sollte ich durchdrehen? Was würden andere erwarten? Was wäre normal? Scheiße, ich bin einfach froh, dass er da ist.

Lucien seufzt leise. »Es tut mir leid, dass ich dich allein gelassen habe. Die Situation hat mich überfordert. In dem Moment wollte ich den Typen einfach nur in die Finger bekommen und ihm jedes Körperteil einzeln abreißen.«

»Er hat nichts getan.« Diese Antwort kommt schneller, als ich es wollte. Ich habe nicht einmal darüber nachgedacht. So leicht fällt es mir inzwischen, zu lügen. Lucien schiebt mich ein Stück zur Seite. Habherzig wehre ich mich und hebe nicht den Blick, auch wenn ich seine Augen auf mir spüre.

»Blossom, Maria erzählt etwas anderes. Du weißt, dass du es mir sagen kannst? Ich will nicht, dass du verletzt wirst.« Bei den letzten Worten zögert er. Vermutlich wollte Lucien zuerst etwas anderes sagen. Der Gedanke sorgt dafür, dass meine Atmung schneller geht. Vage Erinnerungen der letzten Nacht spielen sich in meinem Schädel ab. Da war dieser Typ. Er hat mich angefasst und gesagt ...

»Nein.« Meine entschiedene Antwort gilt für ihn und mich. Ich kann es nicht zulassen. Panisch schließe ich die Augen und senke den Kopf noch ein Stück mehr. Dabei hoffe ich, dass er mir die Lüge nicht ansieht.

»Du kannst mir vertrauen, weißt du?« Die Worte klingen gepresst. Er merkt, dass etwas nicht stimmt. Das Problem ist, dass er recht hat. Es liegt entgegen seiner Erwartung nicht daran, dass ich ihm nicht vertraue. Ich traue mir nicht. Neben allem was passiert ist, erinnert mich die letzte Nacht noch an etwas anderes.

An meine Kindheit.

Es gab einige Momente wie diesen. Nicht in der Form,

aber trotzdem ähnlich genug. Mir ist etwas widerfahren. Ich bin hingefallen, gestolpert oder habe etwas gesehen. Als ich meinen Eltern davon erzählte, war der Moment so präsent, so schlimm, dass ich kaum sprechen konnte. Es tat mir weh und allein die Erinnerung quälte mich. Ihnen erzählen zu müssen, dass ich etwas falschgemacht hatte, verletzt war oder dergleichen, fiel mir unfassbar schwer. Und trotzdem habe ich es getan. Jedes einzelne Mal.

Warum?

Weil ich in diesen Momenten ihre Aufmerksamkeit hatte.

Lucien streicht über meine Wange. Er hat etwas gesagt. Ich habe nicht zugehört. Verbissen presse ich die Zähne aufeinander. Den Kopf halte ich gesenkt. Meine Gedanken führen zurück zu meiner Kindheit. Im Nachhinein habe ich mich oft gefragt, ob die Erlebnisse wirklich so schlimm waren. Ist alles so passiert, wie ich es erzählt habe?

Umso öfter ich es tat und umso mehr Leuten ich von einem Unfall oder einer Verletzung erzählte, desto mehr glaubte ich selbst daran.

Dann gab es Momente, in welchen ich allein in meinem Zimmer saß. Irgendwann merkte ich, dass ich die blauen Flecke wegwischen konnte. Beinah wie Farbe. Die Schmerzen fielen von mir ab und jede Schonhaltung normalisierte sich.

An den Abenden fühlte ich mich gleichermaßen beschissen wie berauscht. Ich hatte bekommen, was ich wollte. Die Aufmerksamkeit, das Mitleid, vielleicht sogar ein Geschenk. Aber was hatte ich dafür hergegeben?

»Blossom?« Luciens Stimme löst die gleichen Gefühle wie damals in mir aus. Gleichermaßen genieße ich seine Aufmerksamkeit und bereue die Vergangenheit. Bitter stelle ich fest, dass es dasselbe Muster ist. Er war nicht da und ließ mich allein. Statt auf ihn zu warten, habe ich mich betrunken und Ablenkung gesucht. Als niemand da war, da passierte etwas Schlimmes. Und nun? Jetzt ist er zurück an meiner Seite.

Ich würge die finsteren Überlegungen herunter, atme tief ein und aus. Erdrückende Schuld überfällt mich. Wieder habe ich das Gefühl ein Kind zu sein. Wieder sitze ich in meinem Zimmer und frage mich, ob das, was ich gesagt und getan habe, gerechtfertigt war. Ob es echt war.

»Blossom, du machst mir Sorge. Bitte rede mit mir.« Verbittert drücke ich die Lippen fest zusammen. Die Situation überfordert mich, obwohl ich mich selbst hineinmanövriert habe. Wieder erinnere ich mich an das, was ich mir vorgenommen habe. Kleine Schritte. Einer vor den anderen.

Früher hätte ich die Lage ausgeschmückt, da bin ich mir sicher. Ich hätte ihm eine dramatische Geschichte erzählt, die vielleicht oder vielleicht auch nicht so passiert ist. Heute nehme ich mir mehr Zeit. Einige Sekunden denke ich nach. Dann atme ich ein letztes Mal tief ein und aus. Schließlich hebe ich den Kopf.

»Mir geht es nicht gut. Nicht, weil etwas passiert ist.« Die Worte fallen mir schwer. Es wäre so viel leichter, jemand anderem die Schuld zu geben. Ich könnte sagen, dass ich nicht darüber sprechen kann. Dass es zu schwer ist …

Nein, rufe ich mich selbst zur Ordnung. Nein. Er würde gehen und den Typen jagen. Und ich? Würde allein zurückbleiben und mich erneut elendig fühlen. »Hat mir jemand etwas ins Glas gemischt?«

»Ja und wenn ich denjenigen erwische, dann verliert er zuerst seinen Schwanz und dann seinen Kopf.« Luciens ungehaltene Stimme beschert mir beinah ein Schmunzeln.

Ich schiebe mich nach oben und drücke ihm einen schnellen Kuss auf die Wange. Dann lächle ich sanft.

»Und dafür ...« Leise räuspere ich mich. Hart muss ich schlucken. Beinah hätte ich etwas gesagt, was ich ebenfalls schon oft auf die Bereuen-Liste setzen musste. »Dafür danke ich dir.« Es fällt mir nicht leicht, diese Worte herauszubringen. Nicht, wenn andere so viel dringender über meine Lippen wollen. »Du willst mir helfen und für mich da sein?« Auch diese Frage fällt mir schwer, wenn auch aus anderen Gründen. Was ist, wenn er nein sagt? Oder ausweicht? Wenn er ...

»Natürlich.« Seine bestimmte Antwort lässt mich aufatmen. Sanft lächle ich.

»Dann sei für mich da. Nimm mich in den Arm und lass mich nicht mehr los. Behandle mich normal, nicht wie ein rohes Ei. Zeig mir mehr von dir, von deiner Welt und ...« Ich zögere. Lucien sieht mich eindringlich an. Er ist keinen Millimeter zurückgewichen bei dem, was ich gesagt habe. Deshalb hole ich tief Luft. »Und verlass mich nicht nochmal.«

Aufgrund meiner Worte lächelt er ebenfalls. Dann ist er es, der sich zu mir herunterbeugt. Mit der linken Hand umschließt er sanft mein Kinn. Er dirigiert es nach oben, streicht mit dem Daumen darüber. Seufzend überbrücke ich den kleinen Abstand zwischen uns und schließe die Augen, als sich unsere Lippen berühren. Dieser Kuss ist so sanft und leicht. Ich spüre ihn kaum. Trotzdem bedeutet er eine Menge für mich.

Wie ein Kolibri schlägst du aufgeregt mit den Flügeln. Du denkst, dass du alles im Griff hast, doch schon der kleinste Wind würde dich aus der Bahn werfen. Eine Zeit lang hätte ich es genossen. Ich hätte deinen wilden Herzschlag geliebt. Die Gefahr, die du spürst, die Schauer auf deinem Rücken auslösen. Aber du bist anders. Und allein dieser Gedanke fickt mein verdammtes Gehirn.

KAPITEL 23

Diabolo

Es ist ein eigenartiges Gefühl, sie so in meinem Arm zu halten. Vertraut und gleichzeitig fremd. Sie bedeutet mir etwas. Natürlich tut sie das. Dabei wollte ich dergleichen Emotionen nie wieder fühlen. Beherrscht presse ich den Kiefer zusammen, bis meine Muskeln sich hart und angespannt anfühlen. Ich lasse nicht locker, halte sie in meinem Arm und streiche sanft über ihren Rücken. Blossoms Atmung geht schnell und ich spüre den Herzschlag auf meinem Bauch.

Sie hat mir nicht alles gesagt. Was sie mir verheimlicht, weiß ich nicht. Ich spüre, dass da etwas ist. Nur zu gern würde ich darauf drängen es zu erfahren.

Das Problem ist nur, dass auch ich nicht ehrlich zu ihr war.

Verbittert lehne ich den Kopf gegen die Wand.

Blossom möchte mehr von mir wissen. Mehr über mich und mein Leben.

Beinah hätte ich trocken gelacht, als sie mich mit großen Augen angesehen hat. Was erhofft sie sich zu hören? Dass ich ihr von meiner Kindheit erzähle? Davon, wie ich am Strand von Italien gespielt und ich im Schnee in den Bergen war? Von meinem Vater, dem Wichser, den ich trotz allem nicht vergessen kann? Meiner Mutter, die meinetwegen gestorben ist?

Oder von meinem Bruder ...

Der Gedanke an ihn sorgt dafür, dass sich mein ganzer Körper anspannt. Blossom kam mit einem Schlag in mein Leben. Sie war einfach da, wie ein Vögelchen, dass man mir auf einem silbernen Tablett präsentiert hat.

Sie hat dafür gesorgt, dass die kalte Hülle, welche ich in den letzten Monaten übergestreift habe, langsam gefallen ist. Von Anfang an hatte ich das Gefühl, sie beschützen zu müssen. Dann war alles andere egal. Es zählte nicht, wie verletzt oder zurückgezogen ich war. Nicht, wenn sie meine gute Seite brauchte.

Eine Zeit lang dachte ich, dass ich sie nie wieder zulassen kann. Diese Seite von mir. Ich dachte, dass sie endgültig zerstört wurde und meine Vergangenheit von der Gegenwart ausgelöscht wurde.

Scheinbar lag ich falsch.

Diese Frau in meinen Armen zu halten, bedeutet Glück für mich. Vollkommen egal, wie gut oder schlecht ich sie kenne. Sie hat etwas, dass ich in ihr sehe. Eine Seite, die sie anderen vorenthält. Zuerst dachte ich, dass es lediglich die Neugier ist. Dass ich sehen will, was sie verbirgt.

Inzwischen glaube ich das nicht mehr.

Dafür geht sie mir zu sehr unter die Haut.

»Erzählst du mir etwas?« Ihre Stimme ist leise. Blossom klingt ein wenig verloren. Bei einer Sache bin ich mir sicher. Sie wird wieder zu ihrer Stärke finden. Nicht zu der, die sie hatte, als wir uns kennengelernt haben. Das wird sie weit übertreffen.

»Was möchtest du hören, Chérie?« In Gedanken bin ich

weit weg. Immer wieder lande ich bei dem Vorfall der letzten Nacht. Die eine Frage danach, was wirklich passiert ist, beschäftigt mich. Sie treibt mich beinah in den Abgrund. Erst recht, wenn ich sehe, wie sehr es ihr geschadet hat. Wie gebrochen sie ist.

Das Einzige, was mir mehr zusetzt, ist, dass es mein Bruder war, der Blossom derart zerstört hat.

Angespannt versuche ich meine Atmung zu beruhigen.

Sie darf es nicht erfahren.

Nicht jetzt. Nicht, wenn sie derart angegriffen ist.

Dabei wollte ich ihn ihr in dieser Nacht vorstellen. Ich wollte ihr sagen, wer er ist, wer wir sind und was wir machen. Tja, und dann, als ich ihm die Führung überlassen wollte, hat er sie zerstört. *Dieses scheiß Arschloch.*

Innerlich fluche ich.

Er ist mein Bruder. Ich liebe ihn mehr als jeden anderen Menschen. Und gleichermaßen hasse ich ihn.

Erst recht dafür, was er ihr angetan hat.

Aber was soll ich tun?

Ihn deshalb von mir stoßen?

Oder verraten?

»Lucien?«

Ihre leise Stimme lässt mich das Gesicht verziehen.

Dieses elende Arschloch ...

»Du musst mir schon genauer sagen, was du von mir hören willst.« Meine Antwort ist eine Ablenkung. Vermutlich hat sie bereits etwas gesagt, aber weil ich ein Arsch bin, habe ich nicht richtig zugehört.

Und ich hasse meinen Bruder für sein Verhalten.

Dabei bin ich keinen Deut besser.

»Vielleicht von dir? Von deinem ... Bruder?« Sie zögert bei dem letzten Satz und ich bete die wenigen Sekunden dafür, dass sie es nicht ausspricht. Vermutlich denkt sie, dass es ein unkompliziertes Thema wäre. Nicht allzu privat. Nicht gefährlich.

Blossom hat keine Ahnung.

»Er spielt keine Rolle.« Meine Antwort klingt tonlos. Ich versuche die Emotionen aus meiner Stimme zu vertreiben. Leider schreit jedes einzelne Wort laut ›Lüge‹. Im Inneren frage ich mich, was ich ihr noch alles erzählen will, wenn schon allein dieser Satz nichts als eine einzige Unwahrheit ist.

»Hm.« Blossom scheint zu überlegen. Meine Antwort hat sie zurückgewiesen. Dabei merke ich, wie sie sich von mir entfernt. Nicht körperlich, aber in ihren Gefühlen.

Ich hasse es.

Umso mehr ich zu meinem Bruder halte und ihn verteidige, desto weiter entferne ich mich von Blossom.

»Er ist ein Teil deines Lebens, oder nicht? Damit gehört er auch zu dir?« Ich spüre die Neugier in ihrer Stimme. Sie ist drängend und fordernd. Im ersten Moment wollte sie ein unschuldiges Thema ansprechen, da bin ich mir sicher. Aber meine Reaktion hat sie erst angeheizt.

Stöhnend reibe ich mir mit der Hand über den Bart. »Was willst du wissen?« Meine Antwort ist harsch. Sie zuckt in meinem Arm leicht zusammen, sieht aber nicht auf. Inzwischen liegt sie mit dem Rücken auf mir und starrt an die Wand, als wäre diese unfassbar interessant. Ich befeuchte meine Lippen. Wenn ich sie weiter so anfahre, brauche ich mich nicht wundern, wenn sie mich bald noch mehr hasst als ihn.

»Ich ...« Blossom zögert. »Eigentlich will ich nur mehr über dich wissen. Wenn du nicht über ihn sprechen willst, ist das okay.« Wieder hält sie inne. Es überrascht mich, dass sie zurückrudert. Das hatte ich nicht erwartet. Was eines der Dinge ist, die sie so interessant machen. Blossom macht nie das, was man von ihr erwartet. »Ich dachte nur, dass ich ihn vielleicht mal kennenlerne. Schließlich habe ich schon eine Menge von ihm gehört.«

Es juckt mich in den Fingern. Meine Zunge wandert in meinem Mund. Ein paar Mal öffne ich die Lippen. Beinah würde ich ihr sagen, dass sie ihn bereits kennengelernt hat. Vermutlich mehr, als ihr lieb ist.

Ich mache es nicht.

»Was?« Blossom dreht sich um. »Hast du Angst, dass er mir besser gefällt als du? Jeder steht auf die finsteren Typen.« Sie zwinkert mir zu. Nachdenklich sehe ich in ihre strahlenden Augen. Dann senke ich den Blick. Scharfsinnig hat sie alle Details analysiert. Mit ihrem Wissen hat sie sich das brisanteste Thema herausgepickt, geahnt, dass es mehr gibt, was dahintersteht. Und dann hat sie den völlig falschen Schluss gezogen.

Es ist ok.

Genau genommen ist es gut.

Besser als die Wahrheit, vor der ich mit einem Mal eine scheiß Angst bekomme.

»Ja, vielleicht.«

»Erzähl mir von ihm. Wie ist er so?« Sie klingt amüsiert, auch wenn ich merke, dass ein großer Teil davon gespielt ist. Ob aus Angst vor ihm oder mir weiß ich nicht. Vielleicht ist es auch etwas ganz anderes. Keine Ahnung. In ihren Kopf sehen zu wollen, ist ein Ding der Unmöglichkeit.

»Er ist ein Wichser. Genau wie ich.« Blossom verdreht die Augen und lässt sich wieder mit dem Rücken gegen mich sinken. Automatisch schlinge ich die Arme um ihre Brust und drücke sie kurz an mich.

»Wie ist er so geworden?« Ihre Frage überrascht mich. Was auch sonst. Das Problem ist nur, dass mir die Antwort deshalb umso schwerer fällt. Ich kann nicht eine der lässigen Floskeln hinwerfen, wie ich es sonst tun würde.

»Die letzten Monate waren nicht leicht.«

Sie schweigt nach meinen wenigen Worten. Trotzdem spüre ich das ›Ich weiß‹ beinah. Schließlich habe ich selbst gehört, was Maria ihr über uns erzählt hat.

Mein Blick wandert zu der Kamera in der Ecke des Raums. Sie lässt mich schmunzeln. Die Ideen meines Bruders sind nicht immer schlecht, so viel steht fest.

»Was würde er dazu sagen? Zu den letzten Monaten?« Blossom reibt ihre Schultern an mir. Ich frage mich, warum sie das wissen will. Ist es reine Neugier? Oder will sie etwas damit erreichen? Insgeheim denke ich, dass sie damit vielleicht ihre eigenen Probleme verdrängen will.

Das ist auch der Grund dafür, dass ich antworte. »Er würde schweigen. Oder jemandem die Kehle aufschneiden.« Meine Worte sollen ein Witz sein. Leider klingen sie nicht danach. Vielleicht, weil ich weiß, dass es nicht so weit von der Wahrheit entfernt ist.

Dunkel denke ich an die Kleine zurück, die er vor einigen Tagen angeschleppt hat. Sie kann ein Lied davon singen, wie er ist, wenn er sich nicht beherrscht. Andererseits, genau genommen kann sie das nicht. Nicht mehr. Kein einziger Laut wird je wieder über ihre zarten Lippen kommen.

»Er ist also ein Arschloch?«, gibt Blossom meine Worte von vorhin wieder.

Ich grinse. Irgendwie kann ich nicht anders. »Du hast es erfasst, Chérie.«

Blossom dreht sich endgültig zu mir herum. Sie kuschelt sich an meine Seite und sieht zu mir auf. »Wirst du mich vor ihm beschützen?« Bestimmt drückt sie sich an mich.

Leise stöhne ich bei ihrer Frage. Ich spüre ihren Blick auf mir. Knapp sehe ich auf sie herab. Ihre Nippel zeichnen sich durch den dünnen Stoff des Kleides ab. Ein sanfter Schauer ergreift mich. Zwar könnte ich mir etwas Besseres vorstellen, als lediglich mit ihr im Bett zu liegen und über meinen Bruder zu sprechen. Trotzdem muss ich zugeben, dass ihre Reaktion mir gefällt. Blossom wirkt scheu und verschreckt. Trotzdem reagiert ihr Körper sofort. »Vielleicht. Aber würde es dir auch gefallen, wenn ich es nicht mache? Wenn ich dich der Gefahr ausliefere, du den Reiz spürst und an der Klippe herumtänzelst?« Bei meinen Worten halte ich die Luft an. Besser gesagt, während ich auf ihre Antwort warte. Ich will sie weder zurückweisen noch damit überfallen. Trotzdem kann ich nicht anders. In dem Moment muss ich es wissen.

Dieses Mal ist sie länger still. Sehr lang. Lang genug, dass ich mir ernsthafte Gedanken mache.

»Sehe ich aus, als würde ich das wollen?«

Ihre Antwort sorgt für ein begieriges Zucken in meiner Leistengegend. Sie hat nicht verneint, ist nicht aufgesprungen und weggegangen. Außerdem hat sie nicht gelacht und meine Frage als Spaß abgetan. Stattdessen antwortet sie mit einer Gegenfrage. Damit hat sie mir alles gesagt, was ich wissen muss.

Trotzdem lasse ich meinen Blick langsam an ihr herabgleiten. Über ihre sanfte Haut, die von zartem Puder bedeckt ist. Die kleine Nase, das runde Kinn. Über ihre Nippel, die mich anschreien, sich endlich um sie zu kümmern bis hin zu ihren Beinen, die sie unter dem langen Kleid aneinanderreibt. »Ja. Genauso siehst du aus.«

Sie schnappt nach Luft. »Du wirst mich beschützen«, stellt sie entschieden fest.

Ich lächle matt. »Eine Zeit lang.« Zuerst will ich noch

etwas sagen. Aber ich weiß, dass jedes meiner Worte sie neugieriger macht. Wenn es nach ihr geht, wird sie sofort losgehen, um ihn zu suchen. Das Problem ist nur, dass ich nicht sicher bin, ob sie dieses Treffen überleben wird. Nicht nachdem, wie ihre Begegnung in der letzten Nacht geendet hat.

Nein, er muss noch für eine Weile mein Geheimnis bleiben. Solange, bis sie bereit für ihn ist. Und damit auch für den vollen Umfang dessen, wer und was ich bin.

»Werde ich ihn irgendwann kennenlernen?« Die Frage hat sie bereits gestellt. Sie verursacht ein erneutes Ziehen in meinem Körper. Dieses Mal ist es von angenehmem Ursprung. Blossom hat mir deutlich gezeigt, dass sie vor den Schattenseiten und Lügen nicht zurückschreckt.

»Das wirst du.«

»Wann?« Sie fragt schnell. Ich frage mich, ob sie es ahnt. Ob sie sich vielleicht sogar nach ihm sehnt. Auf eine gewisse Weise.

»Zuerst solltest du ein Stück mehr in unsere Welt eintauchen.« Was ich mir darunter vorstelle, weiß ich bereits. Wenn sie einen Platz in meinem Leben will, wird es sich nicht vermeiden lassen. Dann muss sie mehr von mir kennenlernen, als das, was ich bereit bin, ihr in diesem kleinen Zimmer zu zeigen. »Das hier ist unser kleines Stück Verbundenheit. Mehr kennst du noch nicht von mir.« Bei meinen Worten nehme ich ihre Hand. Dann deute ich in das Zimmer hinein. »Ich möchte dich gern daraus hervor führen und dir mehr von mir zeigen. Nicht alles mit einem Mal, aber ...« Ich nicke ihr zu. Sie weiß, was ich meine. Natürlich will ich sie nicht überfordern. Trotzdem drängt es mich danach, sie weiter an meiner Seite zu sehen.

»Schritt für Schritt.« Sie haucht die Worte leise in das Zimmer.

Wieder ist sie eine Zeit lang still. Irgendwann lacht sie auf eine süße Art und Weise. »Weißt du, dass das unser erstes Treffen ist, bei dem wir nicht miteinander schlafen? Also, von der Feier einmal abgesehen.« Sie verdreht die Augen.

Kurz überrascht mich der Themenwechsel. Blossoms Worte bringen mich zum Schmunzeln. »Dafür läuft es ganz gut, oder nicht?« Beherzt drücke ich sie an mich. Dann lasse ich meine Hand auf ihren Po gleiten. »Aber der Tag ist noch jung.«

»Stimmt.« Sie wirkt begeistert. Ich ahne Schlimmes. »Deshalb sollten wir den Tag produktiv nutzen.«

Leichthin zucke ich die Achseln. Die Themen werden lockerer, genauso wie unsere Stimmung. Spürbar entspanne ich mich. In einer Welt von Ironie und lässiger Unterhaltung fühle ich mich wohl. Damit kenne ich mich aus. »Wunderbar. Ich zieh mich aus. Oder soll ich bei dir beginnen?« Entgegen meinen Worten rühre ich mich kaum. Lediglich mit der Hüfte stoße ich sie leicht an.

Blossom windet sich aus meinem Griff und ich gebe sie mit wenig Widerstand frei. »Das meinte ich nicht.«

»Was dann?« Aufmerksam sehe ich sie an. Ich bin gespannt, was sie sagen wird. Ob sie tatsächlich einen Gedanken hegt, oder ebenfalls mit mir gespielt hat.

»Hast du ein Glas? Ein ganz kleines?« Offenbar hat sie das.

»Ähm?« Tatsächlich schafft sie es, dass ich sprachlos bin.

Sie erhebt sich, rückt ihr Kleid zurecht und lässt die Schultern kurz kreisen. Dann hebt sie die Finger und hält Daumen und Zeigefinger dicht zusammen. »Ungefähr so groß.«

Langsam schüttle ich den Kopf. »Will ich wissen, was du damit vorhast?«

Blossom verdreht die Augen und wirft die Haare über die Schulter. Dabei verzieht sie leicht das Gesicht. Ja, Baby. Der Kater kickt. »Natürlich willst du das. Und ich bin gnädigerweise bereit, es dir zu sagen. Also, wo ist mein Glas?«

Seufzend erhebe ich mich ebenfalls. Ich habe keine Ahnung, was bereits wieder in ihrem Kopf vor sich geht. Genau das ist es, was mich reizt ihr nachzugeben.

Zwei Stunden später frage ich mich, was zur Hölle aus mir geworden ist.

Vor kurzem war ich Diabolos Nachfolger. Ein König, ein Anführer, ein finsterer Mafia-Boss.

Und nun?

Stehe ich stattdessen in einem verfickten Ramschladen, und trage die Tüte einer Frau, die vor mir herläuft.

Ich fühle mich wie ein scheiß kastrierter Köter.

Das Schlimmste daran? Mein verdammtes Grinsen, das breiter ist als jedes Arschgeweih.

Leider kann ich nicht anders. Nicht, wenn diese Frau aussieht wie das blühende Leben. Sie strahlt, vermutlich noch breiter als ich. Deshalb laufe ich ihr zum Auto hinterher. Ungläubig, dass ein acht Dollar Einkauf sie dermaßen zufrieden gestimmt hat.

Unfassbar.

Ich hätte der Frau alles zu Füßen gelegt.

Gold, Diamanten, Schmuck, Autos. Alles, was sie will.

Es brauchte lediglich ein paar kleine Gläschen, damit sie aussieht, als hätte sie soeben die Welt eingenommen.

Dabei weiß ich noch nicht einmal, was wir mit dem Müll machen werden.

Seufzend steige ich in meinen Jeep. Im Augenwinkel ignoriere ich ihr beschissenes Grinsen. Zumindest für eine Weile.

»Happy?«

»Jap.« Sie klingt unfassbar selbstzufrieden.

»Schön.« Und ich liebe es. »So, nachdem wir einen Ausflug in die Welt von Ramsch, kitschigem Einmalbesteck und Glitzer gemacht haben, können wir jetzt meinen Interessen nachgehen?« Ich werfe ihr einen provozierenden Blick zu.

Blossom lacht lediglich gelassen. »Nicht im Entferntesten. Du weißt noch nicht einmal, was ich damit vorhabe. Außerdem waren wir nicht richtig bummeln. Ein paar Klamottenläden, vielleicht zum Friseur ...« Sie zählt mehrere Punkte an den Fingern auf. Mein Lächeln verwandelt sich in ein Stöhnen. Möglicherweise habe ich die Sache nicht voll durchdacht.

Irgendwann beugt sie sich zu mir herüber, schlingt die Arme um meinen Hals und grinst mich breit an. Dann drückt sie mir einen Kuss auf die Wange. »Danke«, haucht sie leise. »Danke, dass du mich rausgebracht hast. Dass du mir vertraust und mich begleitest.« Nach jedem Satz bekomme ich einen weiteren Kuss. Immer dichter an meinen Lippen. Ich bewege mich nicht, starre weiter geradeaus auf die Straße und lehne mich genießerisch zurück.

»Du hast vergessen mir für die Fahrt zu danken. Und die Glasdinger.« Mit dem Kopf deute ich auf den Beutel, welchen sie inzwischen auf dem Schoß hat. Sie folgt meiner Bewegung und lacht leise. Sanft spüre ich ihren Atem an meiner Seite.

»Da hast du wohl recht.«

Binnen Sekunden bin ich mehr als versucht an der Seite zu parken und sie auf der Motorhaube zu ficken. Allerdings habe ich Angst, dass sie noch nicht bereit dafür ist und es sie zerstören könnte, wenn ich sie ausgerechnet jetzt anfasse.

Es ist ein Albtraum, warten zu müssen.

Dabei will ich sie so dringend.

Deshalb konzentriere ich mich auf die Fahrt. Auf das Lenkrad, in welches ich meine Finger kralle und alles andere, außer der sexy Frau an meiner Seite.

»Luc?«

»Haben wir jetzt Spitznamen füreinander?« Fragend sehe ich zu ihr.

Blossom zuckt gelassen mit den Schultern. »Du gibst mir auch welche, also wieso nicht?«

»Hm.« Ich verziehe das Gesicht und spiele, dass ich überlegen müsste. »Gut, aber dann habe ich ein paar andere Vorschläge für dich. Wie wäre es mit Sir? Oder Meister?«

Ihr Mundwinkel zuckt. Sie schnaubt teils belustigt, teils entrüstet. »Träum weiter.«

»Werde ich, Chérie.« Den Zusatz kann ich mir nicht verkneifen. Nicht, wenn ihre Wangen bereits wieder traumhaft rot leuchten. Wobei ich zugeben muss, ihren Arsch kirschrot zu sehen, würde mir auch gefallen.

»Tz.« Blossom schlägt die Beine übereinander. »Und ich wollte dir die Herrschaft über das Abendprogramm überlassen.«

»Kannst du behalten.« Kurz werfe ich ihr einen wohlwollenden Blick zu. »Aber dafür bestimme ich über das Wochenende.« Verschmitzt lächle ich sie an. Die Idee dafür kam mir spontan. Normalerweise ist es nicht meine Art, impulsiv Entscheidungen zu treffen.

Dieses Mal lasse ich mich nur zu gern davon lenken.

KAPITEL 24

Blossom

> Ich bin schon da. Wir sehen uns gleich.
> Kuss.

Mehrere Minuten starre ich die Nachricht auf meinem neuen Handy an. »Nicht ihr scheiß Ernst.« Ich sinke stöhnend auf das Bett hinter mir. Maria hat sich offenbar aus dem Staub gemacht. Einfach so. Ohne einen Ton zu sagen. Für sie ist der Abend vielleicht keine große Sache. Bei mir sieht das schon anders aus.

Als mir Lucien offenbarte, dass er mich heute zu einer Feier mitnehmen will, bin ich beinah aus den Schuhen gekippt.

Eine Feier. Mit mir? Und seinen Freunden?

Die Freunde, mit denen der letzte Abend nicht gut endete?

Erst wurde mir schlecht. Dann bekam ich Panik.

Dabei hatte ich erst damit begonnen, eben diesen Abend zu verdrängen. Er sollte in weite Ferne rutschen und am besten nie wieder ein Thema werden. Aber schon wenige Tage später eine neue Veranstaltung ist einfach zu viel.

Dann stellt sich durchaus berechtigt die Frage, warum ich in einem schwarzen, bodenlangen Kleid auf dem Bett sitze, meine Füße in hohen Riemchensandalen stecken und eine Armee hübscher Ringe an meinen Fingern funkelt.

Warum? Weil ich dumm bin. Gut, dass nicht unbedingt, aber stur und uneinsichtig. Noch dazu verdammt stolz.

Als mich Lucien gefragt hat, wollte ich nicht zugeben, wie viel es mir ausmacht, dort mit ihm zusammen hinzugehen. Außerdem hatte ich Angst vor seiner Reaktion. Er will, dass ich seine Kreise kennenlerne. Seine Freunde, sein Verhalten und seine ganze Welt. Sicher würde er verstehen, wenn es mir zu schnell geht oder etwas zu viel wird. Aber eine einfache Party? Noch dazu die erste – oder zweite. Je nachdem, wie man es sieht.

Deshalb habe ich zugestimmt.

Eigentlich möchte ich das hier. Die Feiern, die Gelassenheit und ein Teil seines Lebens werden. Zumindest den Versuch dazu starten. Gleichzeitig bekomme ich verdammte Panik, sobald ich nur daran denke.

Am liebsten würde ich mich seufzend auf das Bett werfen.

Da ich mich nicht völlig fehlplatziert fühlen und so aussehen will, verzichte ich darauf.

Zögernd sehe ich auf das Handy in meiner Hand. Ein Geschenk von Maria. Sie war vor einigen Tagen der Meinung, dass es inakzeptabel sei, dass ich nicht erreichbar bin. Traurigerweise trifft diese Einsicht nur auf sie zu. Sonst gibt es niemanden, der mich tatsächlich kontaktieren will.

Lucien kommt zu mir oder schickt einen seiner gruseligen Typen vorbei, wenn er etwas will. Auch Blac scheint sich recht wohlzufühlen, wenn er mein Zimmer belagern kann.

Bei diesem Gedanken schmunzle ich und streiche über die dunkle Decke des Bettes. Genau genommen ist es nicht mein Zimmer. Gut, das war es auch vorher nicht, aber vor einigen Tagen bin ich umgezogen. Genau genommen, nach unserem kleinen Shoppingausflug.

Wehmütig denke ich daran zurück.

Es war ein ungeahntes Gefühl der Freiheit, einfach durch einen Laden laufen zu können. Früher erschien mir so etwas ganz normal. Inzwischen ist es das nicht mehr. Es ist viel mehr. Alles hiervon.

Lucien hat herausgefunden, dass ich als vermisst gemeldet wurde. Ich kann mir nicht vorstellen, dass die Polizei sonderlich aktiv nach mir gesucht hat. Geschweige denn, wer mich überhaupt vermisst hat. Im Stillen tippe ich auf den Vermieter. Natürlich habe ich diesen Umstand klargestellt. Zusätzlich meine Wohnung gekündigt und die Miete bezahlt. Und mich bei meinem Chef gemeldet, dem Wichser. Er hat mich mit Sicherheit nicht vermisst. Beide nicht, genau genommen.

Es bereitet mir Bauchschmerzen, mein altes Leben hinter mir zu lassen. Erst recht, da ich noch immer nicht genau weiß, wohin mich all das hier führen wird.

Leise seufze ich.

Im Stillen rede ich mir ein, dass ich jederzeit gehen und in mein Leben zurückkehren kann. Wenn ich denn will.

In der Hoffnung, dass sich die Sache damit verläuft, habe ich mich zurückgezogen. Zusätzlich wollen wir eine Zeit lang Gras über die Sache wachsen lassen.

Nicht das noch jemand auf die Idee kommt, ich wäre entführt worden.

Bei diesem Gedanken lache ich trocken.

»Muss ich eifersüchtig sein, dass du in meiner Abwesenheit Spaß hast?« Lucien betritt wie selbstverständlich den Raum. Sein Kommentar lässt mich die Augen verdrehen. Er hat seine süßen Momente. Und die anderen. Scheint, als wäre heut ein Tag für zweiteres.

»Oder du freust dich, dass ich glücklich bin.« Mit hitzigen Wangen rapple ich mich langsam auf und werfe das Handy aufs Bett. Ich beschließe spontan, es da zu lassen. Aus Bequemlichkeit und vielleicht auch als kleinen Denkzettel für Maria.

»Ich freue mich, wenn du glücklich bist. Aber ich liebe es, wenn Tränen an deinen süßen Wangen herablaufen.« Ein gieriges Glitzern liegt in seinen Augen. Sanft senkt er die Lider. Lucien streicht mit den Händen über den maßgeschneiderten Smoking. Er ist schwarz, was auch sonst. Trocken stelle ich fest, dass er noch nie besser aussah. Vielleicht liegt es an seinem Aussehen. Glaube ich aber nicht. Er hat eine Ausstrahlung, die so einige Männer in den Schatten stellt.

»Darf ich?« Mit einem provozierenden Lächeln streckt er mir die Hand entgegen. Ich will sie gerade ergreifen, da umfasst er meine Hüfte und dirigiert mich mit sich.

»Du hättest warten können, bis ich zustimme.«

»Und riskieren, dass es eine Ablehnung wird? Nein.« Er wirkt wie ein eingebildeter Idiot und verdammt, ich stehe darauf. Was ich ihm natürlich nicht sage. Deshalb verdrehe ich lediglich die Augen und lasse mich von ihm nach draußen führen.

Wir sitzen in seinem Mustang. Die Sitze umschließen mich beinah von den Seiten. Unbewusst werfe ich einen Blick herab. »Sag mal, wieso kommt es mir so vor, als wäre ich zu dick für das Auto?«, äußere ich meine Überlegung, ohne darüber nachzudenken.

Lucien grinst spöttisch. Er lässt seinen Blick einige Sekunden auf mir verweilen. Dies bereitet mir eine gewisse Sorge. Das Autofahren ist mir inzwischen nicht vertrauter geworden. Nicht, wenn er wie der Henker persönlich fährt. »Wie kommst du darauf?«

Mir fällt es schwer mich auf seine Worte zu konzentrieren. Dabei hatte meine Frage genau den Sinn. Ablenkung. »Diese Seitendinger sind verdammt eng.« Während ich die rechte Hand weiterhin am Türgriff halte, deute ich mit der Linken auf die Sitze.

»Liebes, dieses elegante Baby ist ein Sportwagen.«

Für eine Sekunde überlege ich, wen von uns beiden er wohl lieber hat. So wie er über das Lenkrad streicht, würde ich auf den Wagen tippen. Bevor er anfangen kann, mir die Daten des Autos aufzuzählen – was er ohne Zweifel vorhatte – unterbreche ich ihn knapp. »Kann schon sein. Aber wie sitzen darin dicke Menschen?«

»Gar nicht. Betrachte es als natürliche Auslese.«

Ich verdrehe die Augen. Warum habe ich auch mit einer ordentlichen Antwort gerechnet? Gut, ich muss mir eingestehen, dass meine Frage vermutlich eine Steilvorlage war. Trotzdem. »Willst du mir wenigstens verraten, wohin wir fahren?« Nervös strecke ich die Beine ein Stück weit aus.

»Du hast bisher nicht gefragt, wenn ich mich recht erinnere.« Lucien wirft mir erneute einen längeren Blick zu, der meinen Puls in die Höhe treibt. Wohlbemerkt wegen seiner Ablenkung von der Straße.

Was seine Aussage angeht, damit hat er leider recht.

Aufgrund meiner Panik wollte ich sofort wissen, wohin es geht. Dieser Gedanke bereitete mir allerdings noch größere Sorge. Es hätte sein können, dass die Antwort nicht gut klingt. Dass er mich direkt in die Hölle führen wollte – metaphorisch gesprochen. Also was wäre schlimmer? Zu wissen, dass der Ort, an den er mich bringt, mir nicht gefallen würde oder die Ungewissheit. Natürlich hätte seine Antwort mich entspannen können. Oder meine Panik zusätzlich gesteigert.

»Was ist das Problem, Blossom? Du wolltest zu dieser Feier.« Er verdreht die Augen. Ich spüre, wie seine Geduld schwindet. Nervös beiße ich mir auf die Lippe. Momente wie dieser sind es, die mich in den Wahnsinn treiben. Schließlich war er es, der mich gefragt hat. Nur seinetwegen wollte ich dorthin. Was heißt wollen, wegen ihm bin ich in diesem verfluchten Wagen. Ohne ihn würde ich nicht zu einer Party gehen. Nicht, dahin, wo ich kaum jemanden kenne und erst recht nicht, wenn ich noch immer fürchte, diesen Typen wiederzusehen.

Um ihn nicht zu verärgern, setze ich ein Lächeln auf. Es fühlt sich gequält an. Ich hoffe, dass er es nicht merkt. »Jetzt frage ich. Also, möchtest du es mir sagen?« Lucien lehnt sich zurück und starrt auf die Straße. Er hält mich hin und ich hasse es. Diese Art schürt meine Selbstzweifel und die Unsicherheit in mir. In so vielen Momenten ist er liebevoll, einfühlsam und macht es mir leicht, Zeit mit ihm zu verbringen. Und dann gibt es noch die anderen Zeiten.

»Eine kleine Feier. Ein paar Freunde, die ich dir vorstellen will.« Lucien spricht einsilbig und kurz angebunden. Es sorgt dafür, dass ich die Zähne fest aufeinander presse. Manchmal hat er eine Engelsgeduld und heute reicht es aus, ein falsches Wort zu sagen.

Missmutig verziehe ich das Gesicht.

Ich hasse die Unsicherheit.

»Ein paar Freunde?«, versuche ich die Unterhaltung in Gang zu halten.

»Ja.« Wieder nur eine knappe Antwort von ihm. Mit den Fingern trommelt er auf das Lenkrad.

»Ich würde mich freuen, ein paar deiner Freunde kennenzulernen.« Allein bei den Worten wird mir schlecht. Wird der Typ da sein? Wird er mich erkennen? Was wird er tun? Und noch wichtiger: Wie werde ich reagieren?

Ich merke, wie meine Atmung hektischer wird. Mein Herz bebt und Schweiß bricht in meinem Nacken aus. Krampfhaft starre ich auf das Armaturenbrett. Einatmen. Ausatmen. Wie von selbst wandert meine Hand zu meinem Ausschnitt. Mit einem Lächeln umfasse ich die kleine Kette daran. Augenblicklich entspanne ich mich, so verrückt es auch klingen mag. Für einen Moment schließe ich die Augen. Das kleine Gläschen steht inzwischen nicht nur für meine Großmutter, sondern auch für Lucien. Für die guten Momente zwischen uns. An diesem Tag war ich so glücklich, wie schon lang nicht mehr. Ich hatte wahrhaftigen Spaß und habe einfach gelebt. Mit ihm.

Wir haben unseren eigenen Glücksbringer erschaffen. Meiner mit ein paar kleinen Mondsteinen und Luciens mit einer alten Schlangenhaut. Bei der Erinnerung stöhne ich beinah. Seine Definition von Romantik ist ausbaufähig. Gelinde gesagt. Erst in diesem Augenblick wird mir bewusst, dass er nicht auf meine Frage geantwortet hat. Mit der Erinnerung an den Glücksbringer ist diese Einsicht umso ernüchternder. Ich will mit ihm reden, ein Teil seines Lebens sein und vor allem möchte ich ihm gefallen.

»Welchen deiner Freunde magst du am liebsten?« Mit meinen Worten versuche ich eine Verbindung zu ihm zu schaffen. So, wie wir es an dem Tag hatten. Dabei lehne ich mich ein Stück zur Seite und strecke das Bein unter dem langen Kleid aus.

Er folgt meiner Bewegung mit den Augen. In Gedanken versunken nickt er. »Meinen Freund? Silver.« Wieder nur eine knappe Antwort, aber der Ton klingt bereits anders. Das verbuche ich als kleinen Triumph.

»Und Blac?« Es kostet mich einiges an Überwindung, nochmal nachzuhaken. Noch mehr, dass ich meine Hand ausstrecke und an seinem Arm heruntergleiten lasse.

Er lacht. Trocken und rau, doch ich liebe das Geräusch. »Der kleine Speichellecker ist eher Damiens Schoßhund.« Unbeholfen steige ich in sein Lachen ein. Das Gespräch ist unangenehm. Lucien wirkt gelöster. Das ist es mir wert.

»Ach, Liebes? Bitte denk daran, dass wir uns gleich in der Öffentlichkeit befinden.« Meine aufschwingende Stimmung wird jäh eingebremst. Ich sehe auf und ihn fragend an. Er dreht die rechte Hand lässig, dann legt er sie auf meinen Schoß, anstatt zurück an das Lenkrad. Diese Geste berauscht meine Gefühle auf mehrere Arten. Zunächst bekomme ich Panik. Niemals würde ich nur mit einer Hand fahren. Aber Lucien ist nicht ich. Und als dieser Gedanke einmal in meinem Kopf angekommen ist, setzt kribbelnde Aufregung ein. »Das bedeutet, dass du keine Fragen zu uns beantwortest. Oder zu dir.«

Nervös nicke ich. Die Geheimnistuerei kann ich noch immer nicht verstehen. Er ist ein ganz normaler Mann. Sexy, ein wenig finster und höllisch anziehend, aber nur ein Mann. »Das weiß ich.«

»Ja«, brummt er leise. »Ich bin gespannt, wie du reagieren wirst, wenn du uns noch ein Stück mehr kennenlernst.« Bei seinen Worten klingt er in weiter Ferne.

»Finde es heraus.« Provozierend lehne ich mich nach vorn. Ich drücke die Schultern ein wenig zusammen und lasse meine Finger von seinem Arm zum Bauch hinwandern. Dabei beiße ich mir auf die Zunge. *War es zu viel? Zu wenig?*

Lucien antwortet nicht. Im Gegenteil. Er drückt ein paar Knöpfe am Lenkrad und wirft einen Blick über die Schulter. Sekunden später stoppen wir und bewegen uns dann rückwärts. Als wir wieder halten, schießt mein Puls in die Höhe.

Wir sind da.

Zumindest glaube ich das.

Lucien dreht sich ruckartig herum. Seine Hand schließt er um meinen Nacken und zieht mich heran. »Vielleicht«, raunt er leise und dicht vor mir. Dabei streift sein Atem meine Lippen. Wie von selbst öffne ich diese und befeuchte sie leicht mit der Zunge. Dann überwindet er die letzten Millimeter zwischen uns. Sehnsuchtsvoll presse ich mich ihm entgegen. Als mich sein Bart streift, seufze ich leise. Dann endlich legt er die Lippen auf meine und schiebt seine Zunge drängend dazwischen. Zufrieden hebe ich die Hände, kralle mich in sein Hemd und genieße die Wärme, die er ausstrahlt. Es ist mehr als das. Ich brauche seine Nähe und die Zuneigung.

Während er den Kuss vertieft, schalten sich alle meine Gedanken aus. Ich bin zu nichts anderem mehr in der Lage, als mich auf ihn zu konzentrieren.

Nichts anderes will ich in dem Moment.

Ein lautes Klopfen lässt mich ruckartig aufsehen. Direkt in Blacs Gesicht. Grinsend steht er an der Scheibe. Ich lehne mich seufzend zurück und drücke Lucien mit der Hand sanft gegen die Brust. »Was wird das?« Er legt den Kopf schief und sieht mich abwartend an.

Mit einem Lächeln auf den Lippen deute ich zum Fenster. Er sieht mit finsterer Miene auf Blac. »Denkst du, dass ich mir von dem Pisser sagen lasse, wann ich mein Mädchen ficke?« Seine Reaktion sorgt dafür, dass ich mich umso bestätigter fühle. Diese rauen Worte bescheren mir ein mächtiges Kribbeln im Bauch. Berauscht beiße ich mir auf die Lippe. Nur zu gern würde ich darauf eingehen und auf jeden scheißen, der uns sieht. Aber ich habe einen anderen Plan. »Und lässt du es dir von mir sagen?« Bei meinen Worten lege ich den Kopf schief und tippe mit den Fingern sanft an seine Brust.

»Nein.« Er verzieht die Lippen zu einem verführerischen Grinsen. »Aber du bekommst vielleicht ein Veto-Recht.«

Sein Charme lässt mich dahinschmelzen, vollkommen egal, was er sagt. »Gut. Dann nehme ich das wohl in Anspruch.« Für einen Moment lehne ich mich ihm entgegen. Sanft streifen meine Lippen seine. Lucien rührt sich keinen Millimeter. Seine dunklen Augen sind dicht vor meinen. Unbewusst drücke ich die Beine zusammen, dann lehne ich mich zurück in meinen Sitz.

Gerade als ich den Gurt öffnen will, packt er meine Hand. Ich schnappe nach Luft. Mit geweiteten Augen sehe ich auf. Er ist dicht vor mir, gräbt seine Finger in meine Haare und zieht mich zu sich heran. »Dann solltest du aber wissen, dass dein Veto noch am selben Abend abläuft. Und wenn das einmal passiert ist, wird dich niemand mehr vor mir schützen können.« Lucien fährt mit dem Daumen an meiner Wange herab und über mein Kinn. Dieses drückt er bestimmt, zwinkert mir zu und zieht sich dann zurück. »Was sagst du, Blossom? Bist du bereit für Alles oder Nichts?«

Atemlos nicke ich. Dabei habe ich den Verdacht, keine Ahnung zu haben, worauf ich mich eingelassen habe. Er erhebt sich und ich folge ihm. Mit zittrigen Beinen, einem feuchten Höschen und einem wie leergefegtem Kopf.

»Das war heiß«, begrüßt mich Maria. Ich winke ab, seufze leise und versinke ein paar Momente in unserer Umarmung. »So schlimm?« Sie kichert leise und reibt mir ein paar Mal über den Rücken.

»Hach«, seufze ich. »Was kann ich dafür? Er ist ein Grill und ich süßer Ofenkäse, der darauf zu schmelzen beginnt.« Maria lacht aufgrund meiner Worte.

»Auch wenn ich von der Konstellation nicht abgeneigt bin, würde ich mir gern meine Dame abholen.« Luciens Worte sorgen dafür, dass ich innerlich strammstehe.

Äußerlich versuche ich meine Ofenkäse-Attitude abzulegen. »Träum weiter. Von beidem.« Seine Zuneigung im Wagen hat dafür gesorgt, dass mein Selbstvertrauen einen ordentlichen Schub bekommen hat. Nur deshalb schaffe ich es, Kommentare wie diesen einigermaßen glaubhaft hervorzubringen.

Mit den Worten mache ich mich von Maria los, werfe Lucien einen knappen Blick zu und hebe das Kinn. Bestimmt wende ich mich von beiden ab und sehe mich für einen kurzen Moment um. Wir befinden uns mitten im Nirgendwo. Zumindest wirkt es in der Dunkelheit so. Einzig ein strahlendes Schild flackert mir entgegen. Eine kleine Bar. Schäbig, mit Holz beplankt.

Nicht, was ich erwartet habe.

Ich müsste den Kopf in den Nacken legen, um es lesen zu können. Natürlich mache ich es nicht. Mein Abgang soll mindestens so eindrucksvoll sein wie in meiner Vorstellung.

»Was ...« Überraschend werde ich in meiner Bewegung eingebremst, als sich ein Arm um meine Hüfte legt. Noch erstaunter bin ich, als Blac an meiner Seite erscheint. »Was wird das?«, frage ich irritiert, wenn auch ein wenig amüsiert aufgrund von Lucien, der direkt hinter mir schnaubt.

»Ich rette deinen Auftritt«, murmelt Blac dicht an

meiner Seite. Mit diesen Worten dirigiert er mich nach links. Zu meiner Verwunderung lassen wir den hellen Eingang, vor welchem sich einige Menschen tummeln, zurück. Ich lasse den Blick über meine rechte Schulter schweifen. Lucien und Maria folgen uns mit einigen Metern Abstand. Sie schauen nicht einmal in Richtung der Menschen.

Mit gerunzelter Stirn lasse ich mich von Blac zu einem chinesischen Restaurant direkt daneben führen. Fragend öffne ich die Lippen. Dann schließe ich sie wieder. Lucien hat von einer Party gesprochen, nicht von einem Essen.

Bis zuletzt glaube ich, dass die drei sich im letzten Moment umdrehen und zurück zu der Bar gehen.

Was sie nicht machen.

Als wir die rötliche Tür des Restaurants öffnen, ist Lucien dicht an meiner Seine. Seine Hand streift meinen Rücken. Ich erschaudere. Blac hat seinen ganzen Arm um mich geschlungen. Bei ihm reicht diese kleine Bewegung, um meinen ganzen Körper zu erreichen. Zögernd lasse ich mich zurückfallen. Das sorgt für einen fragenden Blick von Blac. Ich deute ein Lächeln an, dann mache ich mich von ihm los und bleibe an Luciens Seite. Meine Gefühle lassen mir keine andere Wahl. Dagegen bin ich machtlos.

»Sie haben reserviert?« Die piepsige Stimme lässt mich aufsehen. Genau in dem Moment, in welchem Lucien meinen Arm ergreift. Er führt ihn an seinen Mund und zaubert damit ein weiteres Grinsen auf meine Lippen.

»Ja, Diabolo.« Lucien übernimmt die Führung. Still sehe ich ihn von der Seite an. Er hat den Kopf gehoben und presst den Kiefer fest zusammen. Allein dieser Anblick bringt mich beinah zum Seufzen. Trotzdem sind es seine Worte, die eine Welle der Erleichterung in mir auslösen.

Eine Reservierung bedeutet Essen. Was in mehr als einer Hinsicht wunderbar ist.

Zum einen jubelt mein Magen, welcher an diesem Tag vor Nervosität noch nicht sonderlich viel bekommen hat. Zum anderen bedeutet ein Restaurant zumindest einen Aufschub der Party. Im schlechtesten Fall. Im besten muss ich lediglich den restlichen Abend zwischen Maria und Lucien in einer der roten Sitzecken lümmeln und mir den Bauch vollstopfen.

Genießerisch seufze ich bei diesem Gedanken, während wir uns wieder in Bewegung setzen.

»Bitte folgen Sie mir.« Die asiatisch aussehende Frau nickt aufgeregt. Ihre Stimme ist um einiges schneller als noch zuvor.

Sie führt uns durch zahlreiche, größtenteils besetzte Tische und an der Seite des Tresens vorbei. Lucien hält weiterhin meine Hand fest in seiner, was mir ein zusätzliches Gefühl der Sicherheit vermittelt. Mehrmals wirft er mir einen schnellen Seitenblick zu, den ich verführerisch erwidere.

Als wir eine große, metallene Küchentür erreichen, stocke ich in der Bewegung. Irritiert sehe ich zwischen der Frau, die sich daran zu schaffen macht diese zu öffnen, und Lucien hin und her. Sein Grinsen wird eine Spur breiter und arroganter.

Plötzlich schlägt mir eine ganz andere Geräuschkulisse entgegen. Musik und Rauch drängen gleichermaßen auf mich ein. Langsam wende ich den Kopf. Meine Augen weiten sich, als ich hinter die inzwischen offene Tür blicken kann.

»Verdammte Scheiße«, murmle ich leise

Mein erstaunter Fluch entlockt Lucien ein raues Lachen. »Willkommen in der Unterwelt, Liebes.« Er streift sachte meine Wange. Dann führt er mich bestimmt ins Innere.

Staunend sehe ich mich um. Ich kann nicht anders. Dieser Ort, die Art und Weise, wie wir hierher gekommen sind, und Lucien an meiner Seite, sind beinah zu viel für mich. Es sind zu viele neue Dinge, zu viele Eindrücke, die gleichzeitig auf mich einströmen.

Dieser Ort toppt alles, was ich bisher gesehen habe.

Ich war bereits in ein paar Bars oder Clubs, doch keiner von ihnen hatte diese Ausstrahlung. Es wirkt verrucht, berauschend, prickelnd. Alles mit einem Mal.

Mit geweiteten Augen sehe ich mich um. Ich will alles mit aufsaugen und habe gleichzeitig das Gefühl, kaum etwas zu erfassen.

Der ganze Raum ist in dichten Nebel gehüllt. Immer wieder muss ich blinzeln, um etwas sehen zu können. Unbewusst stolpere ich vorwärts und wäre längst gefallen, wenn Lucien mich nicht führen würde. Die Musik wird von einem dunklen Wummern begleitet. Binnen weniger Sekunden habe ich das Gefühl, mein Herzschlag würde sich dem Rhythmus anpassen.

»Na dann Kinder, macht nichts, was ich nicht auch machen würde.« Marias Stimme ist durch den Bass kaum zu verstehen. Mit gerunzelter Stirn lehne ich mich ihr entgegen. Kaum, dass ihre Worte bei mir angekommen sind, dreht sie sich auf dem Absatz um und verschwindet mit einem Winken in dem Nebel. Blac nickt mir knapp zu, dann folgt er ihr.

Staunend sehe ich ihnen nach. Binnen Sekunden werden sie verschluckt. Ich schüttle den Kopf. »Das ist doch verrückt.«

»Was davon, Liebes?« Lucien führt mich am Arm vor

sich und betrachtet mich eingehend. »Der Rauch? Die Gesellschaft? Ich?«

Bei seinen Worten lache ich. »Du bist zu eingebildet.« Meinen Einwand nimmt er lässig hin und wischt ihn mit einem vielsagenden Blick weg.

»Und damit komme ich ganz wunderbar zurecht.« Mit diesen Worten führt er mich weiter ins Innere des ... Ich stutze in Gedanken. Inzwischen bin ich mir nicht einmal mehr sicher, was das hier ist. Ein Restaurant ganz sicher nicht. Auch nicht die Party, die ich erwartet habe.

»Was genau ist das eigentlich?«, lasse ich meinen Gedanken freien Lauf.

»Eine Party, Liebes. Du solltest öfter rausgehen, wenn du das nicht weißt.« Er schiebt mich in Richtung einer samtgepolsterten Sitzecke, welche ich erst kurz zuvor erkenne.

»Sag das dem sadistischen Kidnapper, der mich an die Wand gekettet hat.« Herausfordernd sehe ich ihn an. Dann lasse ich mich auf die weichen Bänke gleiten.

»Neben mir triffst du dich noch mit einem sadistischen Entführer? Wow, dein Zeitmanagement will ich haben.« Mit diesen Worten lehnt er sich zurück und legt den Arm über meine Schulter. Ich schnaube lediglich als Antwort. Etwas Besseres fällt selbst mir nicht mehr ein.

»Es ist ein Underground Club. Einer, der seine Türen nur für bestimmte Menschen öffnet.« Lucien führt die Hand an mein Kinn. Dann dirigiert er mich mit wenigen Bewegungen zur Seite. Zuerst weiß ich nicht, was er mir zeigen will. Ich blinzle schnell. Es fällt mir schwer etwas zu erkennen. Als ich es trotzdem mache, zucke ich überrascht zurück. Lucien führt meinen Kopf zur anderen Seite, dicht an ihm vorbei. Mir bleibt der Mund offen stehen.

Bis zu diesem Moment habe ich den Club mit ganz

anderen Augen gesehen. Ich habe auf die hübsche Einrichtung geachtet. Die elegante Bar, an welcher wir vorbeigekommen sind. Auf die samtigen Polsterbezüge und den Nebel, der alles einhüllt. Beim Gehen habe ich die verrückten Gläser an der Bar gesehen, die alle möglichen Formen hatten. Ja, selbst auf die funkelnde Decke, die einem Sternenhimmel gleicht, habe ich geschaut.

Inzwischen kann ich das nicht mehr. Stattdessen starre ich auf die Nische neben uns. Eine Frau räkelt sich auf dem Schoß zweier Männer. Der eine von ihnen, ein bärtiger, stämmiger Typ, hält ihr ein Messer an die Kehle.

Schweiß bricht bei diesem Anblick auf meinem ganzen Körper aus. Plötzlich nehme ich auch die Gerüche, die Musik und die ganze Umgebung anders wahr.

Die Säulen, an welchen wir vorbeigelaufen sind. Daran lehnten Frauen. Mit Sicherheit nicht zufällig. Die Musik ist ein Pulsieren im Hintergrund, welches gleichzeitig die Geräusche überdeckt. Der ganze Raum riecht nach reinster Lasterhaftigkeit. Nach purem Sex, Schweiß und Vergnügen.

Ich öffne die Lippen. Elektrisierende Erregung kribbelt durch meinen Körper, als ich sehe, wie die Frau nur wenige Zentimeter entfernt stöhnt. Sie sieht auf, direkt in meine Augen. Genussvoll öffnet sie den Mund, dann schließt sie die Lider. Ein Lächeln erscheint auf ihrem Gesicht.

Sprachlos schüttle ich den Kopf. Die Erkenntnis, wie ich diesen Ort mit einem Mal wahrnehme, explodiert in meinem Inneren. Es ist ein extremer Cocktail aus Lust, Abneigung und Interesse.

»Willkommen im Lumiel, Liebes.«

Luciens Stimme lässt mich erschaudern. »Lumiel« Irgendwie muss ich den Namen aussprechen. Es ist wie ein Drang, dem ich nicht widerstehen kann.

»Richtig. Eine Lasterhöhle, ein Treffpunkt für alte und

neue Bekannte.« Er lehnt sich zu mir herüber und tippt mir sanft auf das Knie. Allein diese Berührung sorgt für eine ordentliche Gänsehaut auf meinem Rücken.

»Und du findest, dass wir gut hier hineinpassen?« Ich klinge ein wenig atemlos.

»Wir passen hier ausgezeichnet herein, Liebes.« Kurz zögert er. Dann lässt er die Hand höher gleiten. »Es ist der perfekte Ort, um uns ein wenig besser kennenzulernen. Im Schutz der Anonymität.« Seine Finger streifen meinen Oberschenkel. Langsam bahnt er sich seinen Weg zu dem seitlichen Schlitz des Kleides. Ich kann mich nicht bewegen. Keinen verdammten Millimeter. »Ein Ort, an welchem wir uns gehen lassen können.« Er schiebt die Hand unter mein Kleid. Die andere platziert er an meinem Schlüsselbein. »Einer, an welchem wir ungezügelt unseren Vorlieben nachgehen können. An dem es keine Grenzen gibt. Keine Tabus und keine Erinnerung. Und vielleicht auch kein Morgen.« Sein Blick ist intensiv. Anders kann ich es nicht beschreiben. Er brennt sich bis tief in meine Seele, sodass ich schwer schlucken muss.

Ich will etwas erwidern. Er gibt mir keine Möglichkeit dazu. Stattdessen presst er seine Lippen auf meine. Es ist keine romantische oder liebevolle Berührung. Er prallt bestimmt und hart auf mich. Drängend schiebt er seine Zunge in meinen Mund. Er erobert ihn.

Wie von selbst drehe ich mich voll zu ihm um. Meine Hände kralle ich in sein Haar, die Beine hebe ich halb auf das Polster. In dem Moment will ich ihm nicht näher sein. Ich muss es. Er lässt den Kuss noch fordernder werden. Noch wilder. Mein ganzer Körper scheint in Flammen zu stehen. Sie haben jede Zelle erreicht und verbrennen jeden Gedanken in meinem Schädel. Dass ich in der Öffentlichkeit bin, spielt längst keine Rolle mehr.

Ich brauche ihn. Jetzt und hier.

Für einen kurzen Moment löst er sich von mir. »Ich wusste, dass es dir hier gefallen würde. In meinem Reich.« Er schmunzelt dicht an meinen Lippen. Zwischen den Worten küsst er mich sanft am Hals.

»Dein Reich?« Atemlos dränge ich mich ihm weiter entgegen. Meine Hände setzen sich wie von selbst in Bewegung. Ich taste mich an seiner Brust entlang. Über die starken Muskeln und zum Saum eines Hemds.

»Die Villa ist eher die Welt meines Bruders. Alles glänzt, ist stilvoll und elegant. Hier lauern die Abgründe, die Versuchung und auch die Erlösung.« Bei seinem letzten Wort beißt er in meinen Hals. Ich schnappe nach Luft und stoße einen leisen Laut des Schmerzes aus.

»Lucien«, tadle ich ihn wenig eindrucksvoll.

»Ja?« Auffordern sieht er mich an. Gerade, als meine Finger an seinem Gürtel spielen. »Willst du mir sagen, dass du das hier nicht willst? Das es zu viel, zu finster oder zu unanständig ist?«

Ich bin meilenweit von einem ›ja‹ entfernt. Alles in mir schreit danach, das hier fortzuführen. Und noch weit mehr.

In dem Moment will ich das, was er mir verspricht. »Du redest verdammt viel darüber, was du bereit bist zu tun. Über die Dinge, die du machen wirst oder darüber, wie finster du bist. Na los. Wenn du sagst, dass das dein Reich ist, dann bring mich nicht nur ins Vorzimmer der Hölle. Schließlich hast du mir nicht erst einmal gesagt, dass du meine Welt zum Brennen bringen wirst.«

Bei meinen Worten erstarrt er in seinen Bewegungen. Langsam hebt er den Kopf. Lucien sieht mich direkt an. Seine dunklen Pupillen werden klein. Er senkt die Lider. Ruckartig hebt er die Hand an meine Kehle. Bestimmt drückt er diese zu. »Bist du dafür bereit, Liebes?«

Herausfordernd und abwartend sieht er mich an. Gegen den Widerstand seiner Hand schlucke ich schwer. Der Sauerstoff in meinem Kopf wird geringer. Meine Augen weiten sich und ich muss ein Röcheln unterdrücken. Statt einer Antwort starre ich ihn regungslos an. Stumm öffne ich die Lippen und fahre mit der Zunge darüber. Lucien verstärkt seinen Griff. Ich zucke zusammen und vertreibe die Panik, welche sich in mir anstaut. *Vertrau ihm.* Diese zwei Worte sage ich mir immer wieder.

»Du musst dich fügen, denn ich werde nicht nachgeben, bevor du es tust.« Er raunt die Worte leise auf meine Haut. Ich zittere und senke lustvoll den Blick. In dem Moment gibt er mich frei.

Heftig atmend schnappe ich nach Luft. Nur mühsam widerstehe ich dem Drang, die Hand prüfend an meine Kehle zu legen. Stattdessen sehe ich zu ihm auf. Die Beine presse ich fest zusammen und ignoriere das begierige Ziehen dazwischen.

»Worauf wartest du dann noch?«

Seine Antwort ist ein leises Knurren. Er führt mich an den Schultern dicht vor seinen Körper. Dann deutet er auf etwas inmitten des Nebels. »Ich erwarte dich auf der anderen Seite. Aber bevor du mir blind folgst, solltest du gut darüber nachdenken.« Lucien haucht einen Kuss hinter mein linkes Ohr. Seine Stirn streift meine Haare. Wie von selbst lasse ich mich gegen ihn sinken.

»Überlege es dir«, wiederholt er sanft. »Ich habe dir bereits viele Chancen zur Flucht gegeben. Das wird deine letzte sein. Danach werde ich dir zeigen, wer ich in Wahrheit bin. Bisher kennst du nur eine Seite von mir. Eine Maske, die ich in der Öffentlichkeit trage. Darunter stecken zwei finstere Seelen, die sich in mir vereinen. Und beide werden nicht immer sanft zu dir sein.«

Mit diesen Worten erhebt er sich in einer kontrollierten Bewegung. Er sieht nicht zurück, sondern durchquert geradewegs den Raum. Binnen weniger Sekunden wird er von weißen Wolken umhüllt und wie ein Engel verschwindet er ins Nichts.

Tief atmend lasse ich mich in das Polster sinken. Ich bin wie benommen. Alles dreht sich vor meinen Augen und krampfhaft kralle ich mich mit den Fingern in den Stoff.

Seine Worte gehen mir immer wieder durch den Kopf.

Ich glaube jedes einzelne davon.

Und sie bereiten mir eine scheiß Angst.

Wir haben den Punkt der
Entscheidungen erreicht.
Du triffst deine.
Und wir unsere.
Wir hoffen, dass du mit dem Ergebnis leben kannst. Zumindest einer von uns. Dem anderem hingegen ist dein Leben nicht so viel wert, Liebes.

KAPITEL 25

Diablo

»Deine Kleine lässt sich Zeit.« Silvers Aussage ist nüchtern. Im Gegensatz zu mir. Allein für diese vier Worte würde ich ihm am liebsten eins in die Fresse hauen. Fuck, korrigiere ich mich selbst. Es sind fünf.

»Wieso gehst du mir auf den Sack und fickst nicht irgendeine Schlampe?« Mit dieser Frage erhebe ich mich. Ich balle meine zuckenden Finger zur Faust. Am liebsten würde ich damit auf etwas einschlagen. Oder jemanden. Meine Gedanken kreisen. Jeder einzelne davon dreht sich um sie. Leise fluche ich und ignoriere meinen Freund. *Hätte ich sie nicht gehen lassen dürfen? Oder einfach mit mir ziehen sollen? Was hätte es geändert?*

Gedanken wie diese sind mir fremd. Zweifel sind nichts, was ich mit mir selbst verbinde.

»Luce …«

»Silver«, knurre ich warnend. Er hebt kaum den Kopf an. Von uns beiden ist er der kontrollierte. *Nein*, korrigiere ich mich selbst. Der elende Wichser ist lediglich völlig gefühlskalt. Für ihn gelten nur wenige Regeln im Leben. Treue und Loyalität sind zwei davon. Aus diesem Grund vertraue ich ihm. Blind.

»Setz dich.« Er deutet vage auf mich und dann das Polster, auf welchem er selbst sitzt.

»Nein.« Meine Antwort ist mehr ein Reflex als alles andere. Ob ich sitze oder stehe, interessiert mich in dem Moment nicht.

»Du verlierst die Kontrolle, mein Freund.«

Ich schnaube lediglich auf seine Aussage hin. Dann drehe ich mich herum. Er hat die Beine verschränkt und die Arme glatt auf den Tisch gelegt. Seine blonden Locken, das weiche Gesicht und die blauen Augen sehen so unschuldig aus. Bei dem Gedanken muss ich beinah lachen. Silver ist der Schlimmste von uns. Gegen diesen Typen wirke ich wie ein Engel mit Heiligenschein.

Eine Frau kniet zwischen seinen Beinen. Devot hockt sie unter dem Tisch, als wäre sie nicht da. Oder zumindest kein Mensch. Lediglich ein hübsches Möbelstück, welches man an der Stelle abgestellt hat.

Sie wartet still darauf, dass er sich Zeit für sie nimmt.

Mich wundert es nicht, dass er die Frauen um den kleinen Finger wickelt. Was mir völlig unverständlich ist, ist, was danach passiert. Er behandelt sie scheiße, schneidet sie, quält sie und lässt sie als Wrack zurück. Und jede einzelne von ihnen läuft ihm hinterher. Das Frauen auf Arschlöcher stehen, ist mir nicht neu. Aber es kann nicht sein, dass jede einzelne von ihnen sich so behandeln lässt.

»Du hörst mir nicht zu.« Silver lehnt sich seufzend zurück. Er scheint einige Sekunden zu überlegen. Wenn es etwas gibt, das er hasst, dann ist es genau dieses Desinteresse. Zugegebenermaßen befriedigt mich dieser Gedanke ungemein. Nervös schlage ich die Finger aneinander. Ich spiele an dem Ring an meiner Hand. Ein rötlicher Rubin schimmert sanft, wenn ich ihn bewege. Darum windet sich eine Schlange. Das Ding fand ich schon immer unnötig und übertrieben. Deshalb trage ich ihn allein meinem Bruder zuliebe.

Er ist von dem ganzen Geburtsstein und chinesischen Kalender-Mist begeistert.

Wenn mich jemand fragt, ist es nichts als Kommerz. Was interessiert mich das Jahr der Schlange oder ein kleiner Stein? Beides ändert nichts daran, wer ich eigentlich bin.

Währenddessen ruht mein Blick auf Silver. Auf dem Tisch vor ihm, um genau zu sein. Gedankenversunken reibe ich mir über den Bartansatz. Er ist länger geworden, was mir nicht gefällt. Allerdings trägt Damien ihn in letzter Zeit häufiger so. Bei der Erinnerung an meinen Bruder sehe ich auf. »Wo ist D?«

Silver betrachtet mich einen Moment. »Nicht hier.« Dann richtet er seine Aufmerksamkeit auf die Frau zwischen seinen Beinen. Beinah sanft streicht er ihr über den Kopf. Sofort richtet sie sich auf. Diese eine Geste scheint zu reichen, um sie voll in den Griff zu bekommen. Begierig presst sie den Oberkörper nach vorn. Sie wackelt leicht mit den Titten in dem engen Kleid. Den Kopf hält sie brav gesenkt. Mir entweicht ein raues Lachen, was keiner von beiden beachtet. Silver umfasst ihr Kinn mit der Hand. Ich sehe, wie er die Finger fest in ihre Haut drückt. Interessiert lege ich den Kopf schief.

Dabei lehne ich mich an die schwarze Wand in meinem Rücken. Er zwingt sie, den Kopf zu heben. Die Kleine hat die Lippen geöffnet und sieht ehrfurchtsvoll auf. Als wäre er ihr Gott und nicht ein Typ, der sie von der Stange gefischt hätte. Mit einem kurzen Nicken deutet er auf seine Hose. Mehr braucht es nicht und schon macht sie sich fahrig daran zu schaffen.

Als sie seinen Schwanz herausholt, beobachte ich sie. Ihre Schultern sacken leicht nach unten, eine Spur von Enttäuschungen liegt auf ihrem Gesicht. Dieser Anblick bringt mich zum Schmunzeln. Vermutlich hat sie erwartet, dass er sich kaum zügeln kann. Dass er eine Erektion hat, die er ihr sofort zwischen die Lippen schiebt. Hat er nicht. Weil diesen Wichser ganz andere Sachen aufgeilen als eine süße Frau zwischen seinen Knien.

»Willst Du sie zuerst?« Silvers Worte sind kalt und berechnend. Er klingt wie ein Geschäftsmann, der weiß, was er tut. Die Kleine sackt noch weiter zusammen. Ihre Wangen röten sich und ihre Augen werden groß. Sie ist keine von denen, die sich darüber freut, wenn man sie teilt. Was sie hier überhaupt verloren hat, weiß ich nicht. Dafür kann ich mir umso besser vorstellen, warum sie mit ihm in das Séparée gekommen ist. Silver ist charmant, gutaussehend und genießt einen gewissen Ruf. Einen zweifelhaften, aber verlockenden.

»Heute nicht«, weise ich ihn angespannt zurück. Die kleine Rothaarige ist sicherlich hübsch. Aber sie ist nicht die Frau, die ich schon den ganzen Abend ficken will.

»Vielleicht kann ich dir etwas anderes anbieten.« Silvers Worte sind keine Frage. Dabei deutet er auf den Tisch und verdammt, ich fluche leise. Er weiß bereits, dass ich anbeißen werde.

Ich befinde mich in einer Spirale der Unzufriedenheit. Zwar habe ich Blossom die Wahl gelassen, aber nur weil ich dachte, sie würde die richtige Entscheidung treffen.

Sie bietet sich mir bereits vom ersten Moment an, scheut nicht einmal davor, sich in aller Öffentlichkeit von mir ficken zu lassen. Es war keine Frage oder ein Test, als ich ihr die zwei Möglichkeiten angeboten habe. Es war lediglich ein kurzes Spiel. Ein zusätzlicher Reiz, dass sie von selbst zu mir kommt.

Ein letztes Mal drehe ich an den Ring an meinem Finger. Schließlich drücke ich mich von der Wand ab und lasse mich neben ihn sinken. Meine Augen ruhen auf dem feinen weißen Pulver. Eigentlich wollte ich damit aufhören. Und eigentlich habe ich mich daran gehalten. Zumindest meistens.

Okay, genau genommen nicht.

Zögernd überlege ich. Oft sind Emotionen etwas Gutes. Ich lasse mich nur zu gern von ihnen leiten. Ja, ich lebe impulsiv und unbeherrscht. Das ist es, was ich liebe. Aber jetzt gerade will ich die Gleichgültigkeit.

Früher hätte ich mir nie träumen lassen, einmal Drogen zu nehmen. Aber seit meinem 16. Geburtstag sind sie ein zuverlässiger Begleiter geworden.

Besser als manch anderer Mensch.

An dem Tag, an welchem ich gesehen habe, wie mein Bruder sich verändert, da waren sie da.

In den Nächten, in denen ich meine Mutter schreien hörte, und ich nichts getan habe.

Zu den Zeiten, wo mein Alltag von Gewalt und Brutalität beherrscht wurde.

Es war eine Möglichkeit, mit dem ganzen Scheiß umzugehen.

»Gib die Kontrolle ab, ich werde sie für dich übernehmen.« Silvers Worte sind ernst gemeint. Er ist mehr als ein Freund. Fast wie ein Bruder. Besser als der, den ich habe. Bei jedem einzelnen Trip hat er auf mich aufgepasst. Noch nie hat er mich in die Scheiße geritten. Unzählige Male hat er mich von dem Mist weggeholt, um es mir in den richtigen Momenten zu geben.

Ich vertraue ihm blind.

Deshalb zögere ich keine Sekunde mehr, als ich die erste Line ziehe.

Ein euphorisches Lachen löst sich aus meiner Kehle.

»Scheiße, das habe ich gebraucht.«

Angespannt lehne ich den Kopf zurück. Es dauert, bis das Koks wirkt. Mit jedem Mal habe ich das Gefühl, länger warten zu müssen. Gleichzeitig ist der Rausch immer schneller vorbei. Das ist der Teufelskreis der Sucht. Ich brauche mehr.

Von allem.

Ich hasse es, wie mein Schädel arbeitet. Jeden einzelnen Gedanken darin verfluche ich. Vollkommen egal, worum er sich dreht. Schließlich habe ich den Mist genau deshalb genommen. Damit es aufhört.

Unbedacht lehne ich mich nach vorn. Gerade als meine Hand die Tischkanten streift, legen sich die Finger meines Freundes darüber. Sein mahnender Blick trifft meinen, noch ehe ich mich der zweiten Line nähern kann. »Wieso hast du dann zwei vorbereitet?« Es fuckt mich ab, wie er mich bevormundet. Gleichzeitig löst es ein Gefühl des Vertrauens in mir aus.

»Man weiß nie, was sich ergibt.« Silver lehnt sich ebenfalls nach vorn. Mit einer knappen Handbewegung unterbricht er das schmatzende Geräusch der Frau. Sie lässt seinen Schwanz aus ihren Lippen gleiten und sieht mit geröteten Wangen zu ihm auf. Nach einigen Sekunden wendet sie den Kopf in meine Richtung. Sobald sie meinen Blick bemerkt, dreht sie sich wieder weg.

»Sollen wir mit unserer kleinen Freundin teilen?« Silver fragt nicht sie. Trotzdem schüttelt die Kleine impulsiv den Kopf. Er packt ihr Kinn, noch ehe ein Laut über ihre Lippen kommt. Statt sie zu beachten, sieht er zu mir. »Sollen wir?« Die Frage stellt er meinetwegen. Ihm ist es egal, ob sie sich wehrt oder nicht. Ob sie betäubt ist oder nicht. Wobei das nicht ganz richtig ist. Genau genommen liebt er es, wenn sie bei Verstand sind. Eben dieses Bewusstsein will er brechen und sie in gefügige, kleine Marionetten verwandeln. Solange, bis jede um mehr bettelt. Ohne einen einzigen Schuss. Ohne ein einziges Gramm Koks.

Einige Momente bleibe ich still. Er zwingt sie, mich anzusehen. Trotz und Abneigung liegen in ihren Augen. Die Lippen presst sie fest zusammen. Ich spüre, wie das Blut in meinen Schwanz schießt. Sie erinnert mich ein Stück weit an Blossom. An ihren ersten Widerstand mir gegenüber. Dieser hat verdammt schnell nachgelassen und ich wette, dass es der Kleinen ähnlich gehen wird.

»Nein«, entscheide ich. Trotzdem rühre ich mich keinen Millimeter. Wenn, dann wird sie zu mir kommen. Und wenn nicht meinetwegen, dann seinetwegen.

Silver nickt langsam. Ruckartig lässt er sie los. Mit wenigen Bewegungen packt er seinen Schwanz zurück in die Hose. Ich sehe, dass er nicht zufrieden ist. Die Art von Sex ist nichts für ihn.

Die Rothaarige kriecht ein Stück zurück. Dann stoppt sie in ihren Bewegungen, sieht zu Silver und schwankt unsicher zurück auf die Knie. Nur zu gern wüsste ich, was in ihrem Schädel vor sich geht. Er hat gezeigt, dass er bereit ist, sie an mich zu übergeben. Noch dazu, dass er ihr Koks verabreichen würde, ohne dass sie es will. Und trotzdem springt sie nicht geradewegs auf die Beine und sieht zu, dass sie Land gewinnt.

Frauen.

Die soll einer verstehen.

Kopfschüttelnd sehe ich zurück zu meinem Freund.

Silver nimmt sich Zeit.

Langsam erhebt er sich, krempelt die Ärmel seines Hemdes zurück und streicht sich die blonden Locken aus der Stirn. Interessiert stütze ich das Kinn auf die Hände. Ich liebe Momente wie diesen. Er gibt ihr die Zeit, um zu fliehen.

Bisher hat es noch keine getan.

Hinterher habe ich oft beobachtet, wie sehr sie diese Einsicht zerstört hat. Der Moment, in dem sie hätten gehen können. In dem noch alles hätte gut werden können. Aber jede einzelne von ihnen war zu neugierig. Zu begierig darauf, was passieren würde.

Silver geht auf sie zu. Ihre Augen huschen immer wieder zu mir. Erhoben hat sie sich nicht. Nicht einmal ihr Kleid heruntergezogen. Es hängt ihr schräg an der Hüfte und gibt einen guten Blick auf ihre Unterwäsche frei. Sie öffnet leicht die Lippen, sieht mich eindringlich an.

»Tja, Baby. Jetzt kann ich dir auch nicht mehr helfen.« Erstaunt sieht sie mich an. Genau dann, als Silver bei ihr angekommen ist. Er lehnt sich nach unten und packt sie grob am Hals. Ein röchelnder Laut entrinnt ihren hübschen Lippen. Die andere Hand gräbt er in ihr Haar. Dann schleift er sie hinter sich her. Sie versucht sich aufzurappeln, kriecht und windet sich. Es bringt nichts. Schon nach zwei Schritten stößt er sie mir zu Füßen. Bevor sie es schafft, sich aufzurichten, beugt er sich herunter. Beinah sanft umfasst er ihr Kinn und hebt es an. Tränen rinnen über ihre Wangen. Ihre Augen sind glasig, der Blick gehetzt. Dann bringt er seinen Mund an ihr Ohr und haucht ihr leise Worte entgegen. Gleichzeitig streicht er sachte über ihren Rücken, an der Wirbelsäule herab. Mit jeder Sekunde entspannt sie sich mehr. Ihr Blick klärt sich und ihre Wangen röten sich. Interessiert sehe ich zu, wie ihr Hitze in den Kopf schießt. Silver schenkt mir ein wissendes Lächeln.

Nur zu gern wüsste ich, was der Wichser ihr zuflüstert. Bisher hat er es mir noch nicht verraten.

Zu meiner Überraschung steigt die Frau auf den Tisch. Sie zögert kurz, doch schließlich legt sie sich hin. Ihre Beine zucken, als Silver darüber streicht. Dann öffnet sie diese und gibt mir den Blick auf ihr schwarzes, durchtränktes Höschen frei.

»Sicher, dass du nicht willst? Wenn ich fertig bin, wird nicht viel von ihr übrig sein.« Silvers Worte sind keine leere Drohung. Hinter ihm bleiben Hüllen zurück. Keine Frauen.

Ich frage mich, ob ihr das bewusst ist.

Ihre Brust hebt und senkt sich schnell. Die Hände ballt sie zur Faust. Trotzdem wehrt sie sich nicht. Sie versucht es nicht einmal.

»Vielleicht später …« Meine Antwort klingt vage. Im Stillen warte ich darauf, dass Blossom zu mir kommt. Sie wird kommen. Von diesem Gedanken kann ich nicht abweichen.

»Gut.« Silver beugt sich über die Frau. Mit einer geübten Bewegung zieht er ein Butterfly aus seiner Tasche. Spielend streicht er über die Klinge. Die Kleine schnappt nach Luft, als er es in der Hand dreht. Ein boshaftes Grinsen erscheint auf seinen Lippen.

Ich habe Blossom gesagt, dass der Club meine Welt ist.

Das hier ist seine.

Langsam fährt er mit der flachen Seite über ihre Haut. Mit der anderen Hand packt er ihr Bein, hält für einen kurzen Moment inne und streckt es aus. Wie selbstverständlich legt er es mir über die Schulter. Auch ich habe mich keinen Millimeter gerührt. Es ist nicht das erste Mal, dass er etwas dergleichen macht. Trotzdem gab es genau diese Position noch nicht.

Für ihn muss alles einzigartig sein.

Silver neigt sich wieder herab. Leise raunt er ihr Worte entgegen, während er die Hand mit der Klinge höher führt. »Willst du es?« Diese Frage stellt er laut genug, dass ich sie hören kann.

Sie zögert keine Sekunde. »Ja.«

»Und bist du dir darüber im Klaren, dass es weh tun wird? Dass ich dich verletze? Narben zurückbleiben?« Ihr Atem geht schneller. Das Bein auf meiner Schulter zittert.

»Ja.«

Die Antwort ist kaum zu verstehen. Es spielt keine Rolle, denn es war die richtige.

Silver lächelt ein letztes Mal. Dann verändert er sich von dem Engel in einen Dämon. Sein Gesicht wird ernst, seine Augen schmal. Er drückt die Klinge fester in ihr Fleisch. Sekunden später folgte seiner Bewegung eine rote Linie.

Interessiert lehne ich mich nach vorn.

Ein lautes Poltern lässt mich verzögert Aufsehen.

Ohne darüber nachzudenken, stehe ich auf. Die murmelnde Beschwerde der Frau nehme ich kaum wahr.

»Was machst du hier?« Vorwurf schwingt in Blossoms Worten mit. Ihr Blick wirkt gehetzt. Es ist mir egal. Sie ist hier, alles andere zählt nicht. »Wer ist das?«, schiebt sie hinterher. Ihre Eifersucht zaubert mir ein breites Grinsen aufs Gesicht.

»Scheint, als habe Diabolo sich eine Beschäftigung gesucht, während er auf dich warten musste. Sollte ich mich für diese Verzögerung entschuldigen?« Als der Wichser hinter ihr ins Zimmer tritt, verschlägt es mir beinah die Sprache. »Wir haben uns eine Weile nicht gesehen und hatten einiges aufzuholen, oder nicht, Baby?« Er legt den Kopf schief. Seine Stimme klingt gelassen und distanziert.

Ich balle die Hand zur Faust. Ohne zu zögern, gehe ich auf ihn zu. Mit ein paar schnellen Schritten bin ich bei ihm, hebe die Hand und lasse sie gegen seinen Kiefer krachen. Erneut hole ich aus.

Im letzten Moment halte ich inne.

Blossom hat sich vor ihn geschoben.

Vor Vincent.

Sie sieht zu mir auf. Zu der Faust, die ich weiterhin erhoben habe. Ein Flehen liegt in ihren Augen. »Bitte«, flüstert sie leise.

»Scheiße verdammt. Du schlägst zu wie ein Mädchen.« Das raue Lachen ignoriere ich. Im Hintergrund spüre ich, wie sich Silver neben mir aufbaut. Er ist an meiner Seite.

Immer.

Wenigstens einer.

Mit einem kurzen Blick schicke ich ihn weg. An diesem Abend brauche ich ihn nicht. Nicht, wenn ich im Augenwinkel die Bewegung meines Bruders wahrnehme. Zwischen uns eskaliert es schnell, das gebe ich zu.

Trotzdem ist das hier eine Sache zwischen uns.

»Worum bittest du mich?« Meine Stimme klingt gepresst. Ich schaffe es kaum, die Worte herauszubringen.

Blossoms blaue Augen werden von Tränen erfüllt. Sie senkt den Blick und schnappt ein paar Mal nach Luft. Inzwischen kann ich mich nicht rühren. Stehe einfach da. Stumm und abwartend.

»Ich liebe den Sex mit dir. Die Zeit und ...« Sie schluckt schwer. Ihr Blick wandert über die Schulter. »Einfach alles. Aber manchmal, da wünsche ich mir mehr.«

Beinah bricht ihre Stimme.

»Blossom ...«, sage ich warnend.

»Du musst nicht. Natürlich musst du nicht. Ich kann dich nicht zwingen. Will ich eigentlich nicht. Aber irgendwie doch.« Ihre Worte werden schneller. Sie stottert ein paar Mal unbeholfen. Nervös sieht sie immer wieder zwischen mir und ihm hin und her. Schließlich scheint sie sich einen Ruck zu geben. »Ich will wissen, wie es sich anfühlt. Wie es ist, beides zu haben.« Bei diesen wenigen Sätzen senkt sie den Blick.

Es löst einen Impuls in mir aus. Endlich nehme ich die Faust herunter. Zwar bin ich versucht, sie ihr unters Kinn zu legen und ihren Kopf anzuheben, entscheide mich aber dagegen.

Ein stilles Lächeln zeigt sich auf ihren Lippen. Eine einzelne Träne rinnt über ihre Wange. Sie will sie zur Seite wischen. Ich komme ihr zuvor. Abwartend betrachte ich die Flüssigkeit auf meiner Haut.

»Wollen wir uns nicht ein wenig näher kommen?« Seine Stimme fuckt mich in dem Moment ab. Er unterbricht einen wichtigen, intimen Augenblick. Allein dafür will ich ihm nochmal eine reinhauen. Einzig der rote Fleck an seinem Kinn sorgt dafür, dass ich zufrieden grinse. Ich hoffe, es tut weh.

»Du hältst die Fresse.« Nach meiner Zurückweisung hebt er abwartend die Hände.

Sie ist mein Mädchen.

Er ist ein Störenfried.

Wenn ich entscheide, sie mit ihm zu teilen, dann ist es verdammt nochmal meine Entscheidung. Nicht seine.

»Er hat recht.« Blossom wirkt gehetzt. Frustriert schnaube ich. Scheiße nochmal, warum hat sie es so eilig, seinen Schwanz zwischen ihre Beine zu bekommen?

»Du willst es tun? Was? Dich ficken lassen? Von mir oder ihm? Spielt es überhaupt eine Rolle oder ist es egal, solang es nur ein Schwanz ist?« Meine Stimme ist frei von Wut. Das Kokain wirkt und alles andere ist unwichtig. Deshalb halte ich mich nicht damit auf, um den heißen Brei herumzureden.

Betroffen senkt sie die Lider. Ich korrigiere sie dieses Mal nicht. Im Stillen frage ich mich, ob sie darauf wartet. Irgendwann hebt sie den Kopf wieder. »Ja«, krächzt sie leise. Ihr Körper bebt.

Ich frage mich, ob sie sich schon schämt. Ob sie es in dem Moment schon bereut.

Ein letztes Mal sehe ich zu meinem Bruder. Sein Blick ist inzwischen zweifelnd. Ich ignoriere ihn und sehe, wie er sich abwendet.

Mein Mädchen. Mein Abend. Meine Wahl.

»Du willst es tun?« Mit einem Schritt bin ich so dicht vor ihr, dass kaum etwas zwischen uns passt. Ich dränge sie gegen die Wand schräg in ihrem Rücken. Den kleinen Pisser ignoriere ich vorerst und bete für ihn, dass er sich zurückhält, bis ich ihm erlaube, sich zu nähern. Ohne zu zögern, schließe ich die Hand um ihre Kehle. Ihre Augen weiten sich. Sie huschen zwischen meinen hin und her. Ein Erkennen geht durch ihren Blick. Meine Hand wird schwitzig. Bisher hat sie mich noch nie so erlebt, nicht, wenn ich die Kontrolle abgegeben habe.

Eine miese, kleine Stimme in meinem Kopf fragt sich, ob sie mich verurteilt.

Sie macht mich noch wütender. Beherzt drücke ich zu und presse mein Becken gegen ihres.

Ich fühle mich schlecht, während sie einen anderen Typen anschleppt? Und dann auch noch ausgerechnet ihn?

»Du willst zwei Männer, weil dir einer nicht genügt?« Missmutig verziehe ich das Gesicht. Ich habe kein Problem damit, sie zu teilen. Nur damit, dass er es ist.

Blossom schnappt nach Luft. Sie windet sich in meinem Griff. Dann nickt sie langsam.

Trocken lache ich. »Aber heute geht es darum, was ich will.« Mit dem Daumen streiche ich fest über ihr Kinn. Sie dreht den Kopf, kann meine Hand jedoch nicht abschütteln. Allerdings nimmt sie nicht einmal die Hände zu Hilfe, was mir sagt, dass sie dem hier nicht halb so abgeneigt ist, wie ich erwartet habe. »Ich will, dass Tränen deine hübschen, rosigen Wangen zieren. Ich will Blut, dass über deine Haut rinnt. Und ich will mich verdammt nochmal in deinen Arsch rammen, bis du schreist.«

Blossom beginnt am ganzen Körper zu zittern.

Vielleicht hat sie gemerkt, dass sie sich zu viel vorgenommen hat. Für einen Moment drifte ich beinah in eine andere Welt ab. Währenddessen klammere ich mich an ihrem Hals fest.

Denkst du, ich sehe es nicht?

Dein Zittern?

Die Angst in deinem Blick?

Der Schweiß, der nicht vor Anstrengung über deinen Körper rinnt?

Was glaubst du? Dass du mir etwas vorspielen kannst? Ich es nicht merke, weil ich so unachtsam bin?

Vielleicht habe ich dich noch nicht durchschaut.

Vielleicht weiß ich noch nicht, warum du so auf mich reagierst.

Vielleicht ist es mir aber auch scheiß egal.

Du hast diesen Typen angeschleppt. Du willst, dass ich dich ficke, während er dabei ist? Das er dich mit mir teilt? Wie oft hast du es ihm besorgt, bevor du zu mir gekommen bist?

Einmal?

Öfter?

Lange genug warst du weg.

Allein diese finsteren Gedanken sorgen dafür, dass ich

den Kiefer fest zusammenpresse. Mein ganzer Körper steht unter Strom. Ich bin angespannt und ungehalten.

Du hast mich warten lassen und jetzt verhöhnst du mich, indem du ausgerechnet ihn mitbringst?

Vor nicht allzu langer Zeit habe ich dir versprochen, dass ich nicht immer gut sein werde.

Damit wollte ich warten, bis du bereit für mich bist.

Ich habe es mir anders überlegt.

Schließlich nimmst du auch keine Rücksicht auf mich.

Wieso sollte ich es anders handhaben?

Ich bin bereit.

Alles andere zählt nicht.

Statt sie loszulassen, drücke ich noch bestimmter zu. Dann werfe ich einen schnellen Blick über die Schulter. »Komm her.«

KAPITEL 26

Blossom

Eine Stunde zuvor

Er ist gegangen und nicht zurückgekommen. Ich hasse ihn dafür.

Noch Minuten zuvor habe ich mich nach ihm gesehnt.

Lucien.

Das Spiel, welches er mit mir spielt, hat mir gefallen. Niemand ist zu Schaden gekommen. Nicht wirklich. Selbst mir ging es all die Zeit bei ihm gut. Mir ist nichts passiert.

Bis zu diesem Moment.

»Dachtest du wirklich, dass es so leicht werden würde? Dass ich dich gehen lasse?« Die Stimme dicht an meinem Nacken verpasst mir eine ordentliche Gänsehaut. Ich bin impulsiv und das ist nichts Neues für mich. Aber noch nie zuvor habe ich jemanden wirklich gehasst. Diesen Menschen hier verachte ich dafür abgrundtief.

Ich verabscheue ihn mit jeder Faser meines Körpers.

Seine widerliche Hand legt sich auf meine Hüfte.

Ruckartig drehe ich mich herum und bringe einige

Schritte Abstand zwischen uns. Beinah verblasst er in dem dichten Nebel des Clubs.

Bedächtig kommt er näher. Mahnend schüttelt er den Kopf. »Nicht doch. Dabei wurden wir einander noch nicht einmal vorgestellt.« Er streckt mir seine Hand entgegen. Ich betrachte diese ablehnend und bewege mich keinen Millimeter auf ihn zu. »Du kannst mich Vincent nennen. Es freut mich, deine Bekanntschaft zu machen. Erneut.«

Seine Hand streicht über meine Schulter. Ich öffne den Mund zum Schrei. Die Erinnerungen unseres letzten Aufeinandertreffens prallen mit einem Mal auf mich ein. Sein Gesicht. Es war voll Schadenfreue und Lüsternheit. Die widerlichen Hände auf meinem Körper. Das Gefühl, wie er mich angesehen hat.

Übelkeit steigt in mir auf.

Ehe ich reagieren kann, presst er etwas auf meine Lippen. Im Effekt ringe ich nach Atem. Ich fühle mich eingeengt und panisch. Wild schlage ich um mich. Meine Augen sind aufgerissen. In dem düsteren Raum versuche ich etwas zu sehen, was mir weiterhilft.

Da ist nichts.

Nur die Hand, die mich am Schreien hindert.

Wieder schießen flashbackartige Bilder durch meinen Schädel. Dieses Mal ist es anders. Ich spüre es. Es wird mich nicht davonkommen lassen.

»Nicht doch, Baby.« Seine Stimme ist ein leises Schnurren. »Du willst dich nicht wehren.« Ich spüre die Anstrengung in seinen Worten. Oder die Wut. Schwer einzuschätzen. So oder so versucht er mich vorwärts zu ziehen. Nur zu gern würde ich ihm sagen, dass genau das mein Ziel ist.

Panisch öffne ich die Lippen.

Ich versuche seine Finger zu erwischen und will meine

Zähne hineinschlagen. Sie drücken sich nach wie vor auf meinen Mund und einen Teil meiner Nase.

Hektisch winde ich mich in seinem Griff.

Bis zu dem Moment, in dem ich erstarre.

Zuerst waren es seine Muskeln, die mich in Schach gehalten haben. Inzwischen ist es etwas anderes.

Er hält mir sein Handy dicht vor die Augen. Ich blinzle aufregt, während ich versuche zu verstehen, was ich dort sehe.

»Du willst dich nicht wehren. Nicht, wenn ihr Leben davon abhängt, Baby.« Er weiß, dass er gewonnen hat. In dem Augenblick spüren wir es beide. Mein Widerstand fällt in sich zusammen. Stattdessen starre ich auf das Bild. Auf Maria, die den Kopf gesenkt auf einem Stuhl sitzt. Liegt, trifft es eher. Ihre Haare sind wirr, der Körper angespannt und gleichzeitig zusammengesunken.

»Das dachte ich mir.« Der Typ, Vincent, er klingt so unfassbar selbstzufrieden. Als hätte er etwas erreicht und wäre nicht nur ein widerlicher Wichser. »Wir machen das jetzt ganz einfach.« Langsam lässt er die Hand sinken.

»Was? Willst du mich wieder vergewaltigen? Schaffst du es sonst nicht, bei einer Frau zu landen?« Meine Worte sind eine impulsive Reaktion auf seine Anwesenheit. Er hat mein Gehirn leergefegt und nichts ist übriggeblieben. Noch dazu hat Vincent die Mauern, welche ich sorgsam um die Erinnerung aufgebaut habe, mit einem Schlag eingerissen.

Es raubt mir den Atem.

Mir ist übel und schwindlig zugleich.

»Aber nicht doch.« Mit diesen Worten gibt er meinen Körper endgültig frei. Er zieht sich ein paar Millimeter zurück und legt lediglich den Arm um meine Schulter.

Ich versteife mich unter dem Gewicht. »Das habe ich wirklich nicht nötig. Du wirst dieses Mal diejenige sein, die mich anfleht. Die nicht genug bekommen kann«, summt er leise dicht an meinem Ohr.

Wie in einer Trance schüttle ich den Kopf. Ich bin nicht in der Lage, seine Worte zu begreifen.

»Ich gebe dir sogar eine Chance, Baby. Du und ich und dein kleiner Diabolo-Stecher. Welcher von ihnen kannst du dir sogar aussuchen.« Die Sätze lösen ein Rauschen in meinen Ohren aus. Meine Beine fühlen sich schwer an. Das Einzige, worauf ich mich noch immer konzentrieren kann, ist das Bild von Maria.

»Was hast du mit ihr gemacht? Wo ist sie? Wie geht es ihr?« Meine Worte klingen holprig und rau.

»Sie lebt. Ist das nicht das Einzige, was zählt? Ich töte keine Frauen, zumindest nicht, wenn ich sie stattdessen behalten kann.«

Das kann nicht wahr sein.

Das hier kann nicht wirklich passieren. Es muss ein Traum sein. Ein kranker, masochistischer Traum.

Leider spricht alles dagegen.

Der Typ schließt die Hand um meinen Nacken. Bestimmt drückt er mich nach vorn. In die entgegengesetzte Richtung, in welche ich gehen wollte. »Wohin …« Bereits nach einem Wort stocke ich. Zögernd lecke ich mir über die rauen Lippen. *Will ich es wissen? Wohin er mich bringt?* Sicher bin ich mir nicht. Ich weiß nicht, ob es mir das leichter macht, oder ob es mich erst recht zerstören würde.

»Wohin wir gehen, meine Süße?« Ich hasse es, dass er mich so nennt. Allein deshalb will ich mich ihm am liebsten entziehen. Stattdessen bleibe ich wie erstarrt an seiner Seite und setze widerwillig einen Fuß vor den anderen. »Ich kann dir ganz genau sagen, wie das hier laufen wird. Entweder folgst du mir und wir unterhalten uns ganz nett.«

Bei diesen Worten atme ich ruckartig ein. Wenn eins feststeht, dann, dass sich dieser Typ nicht nur unterhalten will.

»Nicht doch.« Mahnend schüttelt er den Kopf. Bei dieser Bewegung sehe ich zu ihm auf. Er hat blonde, nach hinten gegelte Haare. Seine Augen sind stechend grün. Leichte Grübchen zieren seine Wangen.

Man könnte ihn als hübsch bezeichnen.

Schnaubend senke ich den Blick. Wäre da nicht sein widerwärtiges Verhalten.

»Wir wollen mit Diabolo sprechen. Dafür brauche ich dich noch, Baby. Also keine Sorge. Du wirst den Abend schon überleben.« Mit diesen Worten presst er eine Klinge an meine Seite. Ich habe es nicht kommen sehen.

Naiv und unvorsichtig.

Dafür spüre ich die scharfe Kante jetzt umso deutlicher.

Jegliches Blut weicht aus meinem Kopf. Ich habe ein flaues Gefühl, während ich mich von ihm mitziehen lasse. Krampfhaft versuche ich mich ihm zu entziehen und Abstand zwischen mich und das Messer zu bringen. Er folgt meinen Bewegungen und schüttelt sanft den Kopf.

»Tu nicht so. Ich weiß, was für eine kleine Schlampe du bist. Du willst es doch genauso. Ein Schwanz reicht dir nicht, oder? Nein, du willst mehr und auch ein Messer sollte dir vertraut sein. Diabolo nimmt sein Spielzeug sicher mit ins Bett.« Er lacht trocken.

Ich will schreien und jeden, an dem wir vorübergehen auf mich aufmerksam machen. Am liebsten würde ich sie alle anflehen, mir zu helfen. Jedem werfe ich einen verzweifelten Blick zu. Keinen interessiert es. Nur wenige Schritte später erreichen wir eine Türschwelle. Vincent stößt sie mit einer schnellen Bewegung auf. Scheppernd knallt diese gegen die Wand. Das Geräusch durchdringt mich. Ruckartig halte ich inne. Mein ganzer Körper ist angespannt.

»Schön weitergehen, Baby. Sonst darfst du dabei zusehen, wie ich mich erst mit deiner Freundin vergnüge und sie dann von oben bis unten aufschlitze.« Seine Worte sind leise und dicht an meiner Seite. Gleichzeitig presst er das Messer fest in meinen Brustkorb. Ein stechender Schmerz schießt durch meinen Körper. Ich wimmere leise und drücke mich von ihm weg. Er packt wieder meine Kehle, dieses Mal von vorn. Bestimmt presst er die Finger in mein Fleisch. »Komm, kleine Schlampe. Als Belohnung darfst du nachher meinen Schwanz reiten, während dich dein Lover in den Arsch fickt.«

Einen letzten Blick werfe ich über die Schulter. Tränen rinnen über meine Wangen. Hämisch grinst er mich an, während ich kaum noch stehen kann.

»Warum?« Ich bringe das Wort zwischen einzelnen Schluchzern hervor. Währenddessen wandern meine Augen hektisch umher. In dem Moment bin ich verzweifelt und allein. Nicht nur einmal überlege ich, was ich tun soll.

Weglaufen? Kämpfen? Weinen?

Zu nichts davon bin ich in der Lage.

Nicht, wenn ich immer wieder Marias Anblick vor Augen habe und die Klinge in meinen Rippen spüre.

Vincent presst den Daumen gegen mein Kinn. Die Berührung erinnert mich an Lucien. Ich hasse es.

»Weil diese arroganten Pisser sich zu viel erlaubt haben. Sie glauben, dass ihnen die ganze gottverdammte Welt gehört. Genau genommen will ich mich nur mit ihnen unterhalten.« Das Zögern in seiner Stimme sagt mir, dass er das Gegenteil davon will. »Ich könnte dich einfach abknallen, aber das mache ich nicht. Stattdessen gönne ich uns allen ein wenig Spaß.«

Vincent zwinkert mir provozierend zu. Nicht eine Sekunde wendet er den Blick von mir ab. Gleichzeitig will ich kämpfen und mich weinend zurückziehen.

»Spaß?« Ich schaffe es nicht, die Panik aus meiner Stimme zu vertreiben. Mir ist übel. Mein Magen zieht sich zusammen und meine Kehle ist trocken. Eigentlich dachte ich, dass wenn ich jemals in eine solche Situation geraten sollte, ich schreien und um mich schlagen würde. Nie hätte ich erwartet, dass mich der Schock lähmt und die Angst dafür sorgt, dass ich regungslos erstarre.

»Natürlich. Er wird jede Sekunde davon hassen und fluchen, weil er dich mit mir teilt. Lucien oder Damien, wer auch immer. Sie werden dir die Schuld dafür geben. Sie werden dich nicht mehr ansehen können, ohne auch mich auf dir zu sehen. Bei jeder kleinsten Berührung werden sie an mich denken und daran, dass ich dich ebenfalls dort berührt habe.« Verbitterung klingt in seiner Stimme. Fordernd drückt er mich vorwärts. Blut rauscht in meinen Ohren. Widerwillig setze ich ein paar Schritte nach vorn. Panisch blicke ich mich um. Krampfhaft versuche ich mich aufzurappeln und standhaft zu bleiben. Ich will stark sein und für mich einstehen.

Es fällt mir verdammt schwer.

Meine Lippen beben und mein Herz pumpt wie wild.

Dann sehe ich zu ihm auf.

»Das wird Lucien niemals zulassen.«

»Sei dir da mal nicht so sicher.« Ein boshaftes Grinsen erscheint auf seinen Lippen.

Mein Herz vibriert. Mein ganzer Körper scheint in Flammen zu stehen. Mein Kopf fühlt sich eigenartig leer und gleichzeitig schwer an.

Komm her. Die Worte schießen immer wieder durch meinen verdammten Kopf.

Es kann nicht sein. Er kann es nicht glauben.

In jedes Wort habe ich ein verzweifeltes Flehen gelegt. Ich habe ihn angesehen und im Stillen gehofft, dass er es sieht. Er kennt mich doch.

»Lucien.« Verzweifelt raune ich seinen Namen.

Auf meinen Hilferuf hin packt er mich grob an den Haaren und stößt mich zu Boden.

»Vorsicht.« Vincents Stimme ist leise. Er ist inzwischen dicht neben mir. Mühsam rapple ich mich auf. Zittrig presse ich die Hand an die Seite. Benommen spüre ich den stechenden Schmerz und die Feuchte meines Blutes, die durch den Stoff des dunklen Kleides merkbar ist. Ich weiß, was er da macht. Er schreitet ein, obwohl es unnötig ist. Damit will er uns beiden nur zusätzlich zusetzen. Er will, dass wir den Moment verfluchen und bereuen.

Lucien ist verletzt. Insgeheim hasst er mich dafür, dass ich ihn mitgebracht habe.

Mir selbst geht es ähnlich.

Was ich mir dabei gedacht habe?

Dass er es merkt.

In meiner Vorstellung habe ich das Zimmer betreten und Lucien hat mir sofort von den Augen abgelesen, dass etwas nicht stimmt. *Er hätte es merken müssen.*

»Soll ich vorsichtiger sein? Willst du, dass ich mich zurückhalte? Ihm vielleicht sogar den Vortritt lasse? Ist es das?« Tränen steigen mir in die Augen. Er klingt wütend. Scheiße.

Langsam neigt sich Lucien zu mir herab. Er drückt die

Hand auf meine Schulter und hindert mich daran, mich aufzurichten. Sein Atem streift meine Wange und ich spüre, wie sein Körper bebt. Ich stoße ein Wimmern aus.

Lucien lacht lediglich trocken. »Ich habe dir eben schon gesagt, dass es nur danach geht, was ich will. Und ich will, dass du auf die Knie gehst, seinen dreckigen Schwanz in den Mund nimmst und mir zeigst, wie du wirklich bist. Beweis mir, was wir alle längst wissen.«

Scheiße. »Will ich nicht. Das ist nicht.« Unbeholfen stottere ich. Panisch versuche ich mich unter seinem Griff zu befreien. Ich schaffe es nicht mehr, die Fassade aufrecht zu halten. Sie fällt mit einem Schlag in sich zusammen. »Er will es. Er zwingt mich dazu!« Lucien sieht mich für einen Moment an. Sein Blick ist kalt. Mir wird schlecht. Abweisend wendet er sich ab. Er glaubt mir nicht. Keine Sekunde.

»Ich kann gehen, wenn ich nicht erwünscht bin. Nur sah das eben noch anders aus.« Vincents Stimme jagt mir eine Gänsehaut über den Körper. Krampfhaft drücke ich die Nägel in meine Handinnenflächen. Verschwommen nehme ich ein Rascheln wahr. »Schließlich habe ich sogar ein Bild von unserem kleinen Erlebnis. Da wusste ich noch nicht, dass ihr zusammen hier seid. Deinetwegen ...« Weiter kommt er nicht. Verzweifelt wimmere ich. Mühsam rapple ich mich während seiner Worte auf. Dann trifft mich Luciens harter Schlag völlig aus dem Nichts.

Orientierungslos stolpere ich. Noch im Fallen presse ich die Hand auf meine pochende Wange. Der Schmerz explodiert in meinem Schädel. Ich würge, während Tränen über meine Wangen laufen.

»Du bist hart zu ihr.« Vincent klingt amüsiert. Benommen stütze ich mich an dem Tisch ab. Verzweifelt senke ich den Kopf. Mein Kopf pocht und meine Wange brennt.

»Nur so, wie sie es verdient.« Lucien klingt nicht mehr wie er selbst. Seine Stimme ist tonlos und völlig emotionslos. Sein Gesicht gleicht einer kalten Maske. Der Anblick brennt sich in meine Netzhaut ein.

Vincent kommt auf mich zu. Beinah sanft legt er die Hand an meine Wange. Lucien beobachtet uns gelassen. Er streicht die Ärmel seines Hemdes zurück und beginnt seine Hose zu öffnen.

Noch nie habe ich ihn mehr gefürchtet als in diesem Moment.

»Ich frage mich, wer zuerst bricht.« Vincents Worte sind leise und nur für mich bestimmt. »Er an der Schuld oder du an dem, was er dir antun wird.«

Ich versteife mich bei seinen Worten. Mein Gesicht fühlt sich geschwollen und feucht an.

»Knie dich hin.« Luciens Worte sind tonlos. Er presst die Lippen leicht zusammen.

Verzweifelt schüttle ich den Kopf. »Ich will das nicht.«

»Es interessiert mich nicht.«

»Lucien, bitte. Er hat ...« Ruckartig drehe ich mich zu ihm. Mit wenigen Bewegungen befreie ich mich von Vincent und gehe auf ihn zu. Beinah habe ich ihn erreicht. Meine Beine zittern und mein ganzer Körper fühlt sich eisig kalt an. »Er hat Maria und erpresst mich damit. Bitte, hilf mir.«

Dann, ganz plötzlich führt er die Hand hinter seinen Rücken. Mit einer geschmeidigen Bewegung reißt er sie nach vorn und Sekunden später sehe ich in den Lauf seiner Pistole.

Es ist das zweite Mal, doch heute ist alles anders.

Ich habe gedacht, dass das alles ein Spiel ist. Dass mir nichts passieren wird und letzten Endes alles gut wird.

Stattdessen habe ich verloren.

Schluchzend presse ich meine zitternden Hände an die Lippen. Mein ganzes verdammtes Kartenhaus bricht zusammen. Er schlägt es ein. Genauso mein ganzes Selbstbewusstsein und meinen Kampfgeist.

Alles fällt in sich zusammen.

Vincent taucht an meiner Seite auf. »Darf ich?«

Die Frage richtet er nicht an mich. Trotzdem stoße ich ein wimmerndes »Nein« aus. Lange sieht mich Lucien an. Sein Blick ist verschleiert. Er wirkt, als wäre er nicht hier.

Wo auch immer er ist, ich wünsche, ich wäre es auch.

»Ja.« Dieses eine Wort zerstört etwas in mir.

Vincent packt mich an den Haaren. Die andere Hand schließt er um meinen Oberarm. Er reißt mich nach vorn, wirft mich auf das Sofa. Schreiend schlage ich um mich. Sekunden später ist er über mir. Bestimmt presst er die Lippen auf meine. Ein ekelerregendes Gefühl ergreift mich. Panisch winde ich mich, trete, so gut ich kann. Ich beiße in Vincents Zunge, als er diese zwischen in meinen Mund schieben will. Der metallene Geschmack von Blut breitet sich in mir aus. Ich spucke angewidert. Lachend zieht er sich zurück.

Hektisch atme ich. Durcheinander sehe ich mich um.

Solange, bis andere Hände meine Beine packen.

Luciens kalter Blick bringt mich für einen kurzen Moment zum Erstarren. Wir sehen einander an. Ich merke den Schmerz und das Leid in seinen Augen. Nur für eine Sekunde ist es zu sehen. Dann verschwindet alles hinter der Maske der Gleichgültigkeit. Völlig apathisch gelingt es mir nicht, mich zu rühren. Ich kann mich nicht wehren. Nicht einmal, als er mich herumdreht. Automatisch ziehe ich meine Beine dicht an den Körper. Ich versuche ... mich zu schützen? Ich weiß es nicht. Am liebsten würde ich einfach verschwinden.

Lucien überbrückt die letzten Zentimeter zwischen uns. Noch während wir uns ansehen, packt er bestimmt meinen Kopf. Obwohl mir wieder Tränen in die Augen treten, drückt er mich nach unten.

Ich kauere gekrümmt da. Die Beine presse ich fest an die Brust. Mein Kleid ist nach oben gerutscht und die Berührung des Stoffes reibt an meiner Haut. Meine Taille pocht. Alles an mir steht unter Strom. Wallend fallen mir meine Haare ins Gesicht. Wie ein Schleier legen sie sich vor meinen Kopf. Dann schließe ich die Augen. Krampfhaft versuche ich mich darauf vorzubereitet.

Die nächsten Minuten verschwimmen vor meinen Augen. Zu zweit zerren sie an mir.

Sie drücken mich fest in das Polster. Fassen mich an, lachen und spotten über mich.

Völlig fertig versuche ich sie loszuwerden oder mich ihnen zu entziehen. Trotz dessen, dass er mir das hier antut, fliehe ich mich zu Lucien. Noch immer kann ich nicht glauben, dass das hier echt ist.

Es muss ein Traum sein. Ein Albtraum.

Oder ein schlechter Scherz.

Jeden Moment wird er aufhören und dem Typ eine reinhauen.

Jeden Moment ...

Tränen der Verzweiflung laufen an meinen Wangen herab. Mein Kleid wird weiter nach oben gerissen. Ein Gürtel klappert.

Hektisch reiße ich den Kopf nach hinten. Ich treffe Luciens Blick, während er mich nach unten drückt. Er weicht mir aus, beachtet mich nicht und schafft es nicht, mir in die Augen zu sehen.

Trotzdem liegt weder Mitgefühl noch ein Zögern in seinem Blick. Da ist lediglich kalte Entschlossenheit.

Ich erstarre. Mein Widerstand erlischt. Die Panik lähmt

mich vollständig und mein Körper verkrampft. Mein Kopf wird gepackt und herumgedreht. Vincent zieht mich an den Haaren zwischen seine Beine.

Ich weine.

Meine Tränen benässen den Stoff unter mir. Die ersten treffen auf seinen Schwanz, der dicht vor meinem Gesicht hochragt.

Fest presse ich die Lider zusammen.

Innerlich bete ich dafür, dass es vorbei ist.

Dass es endet, egal wie.

Mit wild schlagendem Herzen bereite ich mich vor. Mein Körper spannt sich an, als Lucien seinen Schwanz gegen meinen Anus schiebt. Mein Körper zuckt verkrampft. Ich presse die Zähne fest zusammen. Vincent umfasst meinen Kiefer. Grob drückt er ihn zusammen, bis ich schreiend die Zähne öffne. In dem Moment drängt sich Lucien von hinten gegen mich. Er hat mich nicht vorbereitet. Ich bin nicht bereit dafür. Trotzdem kann ich mich kaum bewegen. Ein monotones Pfeifen erklingt in meinen Ohren. Schmerz setzt an meinem Hintern ein. Ein enges Gefühl, das mich zum Schreien bringt.

»Du bist kaputter als ich, Baby.« Vincents Raunen ist dicht vor mir. Er drückt meinen Mund auf seinen Schwanz und schiebt sich so tief in meinen Rachen, dass ich würgen muss. Ein ekelerregendes Gefühl beherrscht mein Bewusstsein. Sein widerlicher Geschmack liegt auf meiner Zunge. Wie wild versuche ich mit den Armen zu rudern. Ich kann sie keinen Millimeter bewegen. »Und weißt du, was ich daran liebe?« Langsam bewegt er die Hüfte. Ich keuche und weiche zurück. Zumindest versuche ich es. Seine Hand drückt mich weiter nach unten. Ein Röcheln kommt aus meiner Kehle. Mit den Fingern hält er meinen Kiefer geöffnet, sodass ich nicht einmal zubeißen kann. »Jemand wie du genießt den Schmerz und das Leid. So jemand will genau das hier. Du willst es, weil du es brauchst. Du brauchst es, so behandelt zu werden. Im Inneren weißt du, dass du es nicht anders verdienst.« Ungezügelte Lust und pure Macht liegen in seinem Blick. Er ist so eindringlich, dass ich seinen Worten beinah selbst glaube.

Alles vor meinen Augen verschwimmt. Wie wild beginnt mein Herz zu rasen. Seine Worte hallen in meinem Kopf wider. Schmerz erfüllt meinen Körper. Mitleid, Schuld und Panik sind alles, was ich fühle. Lucien lacht lediglich rau. Bis zuletzt habe ich geglaubt, er wäre mein Prinz. Er würde mich retten. Genau bis hierhin habe ich verzweifelt versucht, nicht die Wirklichkeit zu sehen. Ich habe in meiner Traumwelt gelebt, welche mit einem Schlag in sich zusammenfällt.

Mein Widerstand lässt nach. Dann sacke ich zusammen. Während Lucien sich weiter schmerzhaft in mich schiebt und Vincent an meinem Kopf zerrt da gebe ich auf.

Still frage ich mich, ob er vielleicht recht hat. Ob ich wirklich so kaputt bin oder es nicht anders verdiene.

Guten Mädchen passieren gute Dinge.

Und die anderen?

Die bekommen ebenfalls, was sie verdienen.

Ich bin gegangen, weil ich glaubte, der Anblick von dir und ihm hätte mich gebrochen.
Dann kam ich zurück.
Ich hatte keine Ahnung.
Mit dieser Schuld muss ich jetzt leben.

KAPITEL 27

Diablo

Blanke Verzweiflung. Das ist alles, was ich fühlen kann. Zumindest nach einer Weile.

Nach einigen Gläsern purem Whiskey, die heiß in meiner Kehle brennen. Nach endlosen Versuchen der Ablenkung.

Zuerst war da Wut und Irritation. Ich war verwirrt, was sie da verlangte. Nicht im Entferntesten konnte ich mir erklären, was da passiert ist. Deshalb bin ich gegangen.

Wie hätte ich zuschauen können, wenn mein eigener Bruder Blossom mit diesem Wichser Vincent teilt.

Mit ausgerechnet ihm.

Je länger ich darüber nachdenke, desto schlechter wird mir. Mein Kiefer ist verhärtet, so fest presse ich ihn aufeinander. Die Hände habe ich längst zu Fäusten geballt.

Blossom.

Ihre süße Haut, ihre Art, ihr ganzer Charakter. Alles an ihr ist besonders. Ich habe so viele verdammte Fehler mit ihr begangen, dass ich sie nicht zählen kann.

Einer von ihnen war am schlimmsten.

Wie konnte ich so dumm sein?

Noch schlimmer: Wieso habe ich nicht aus meinen Fehlern gelernt? Ich bin schließlich kein Kind.

In dem Moment wird mir klar, dass ich meine Taten wiederhole.

Wieder habe ich einen Fehler begangen und wieder bin ich davongelaufen.

Ich bin auf den Beinen, noch ehe ich darüber nachgedacht habe. Gehetzt marschiere ich durch den Club. Keine der Frauen, die sich mir anzüglich grinsend in den Weg stellen, nehme ich wahr. Stattdessen gehe ich geradewegs auf den hinteren Bereich zu.

Dieses Mal stehe ich nicht wie ein Spanner hinter den dichten Tücherbahnen.

Dieses Mal trete ich die gottverdammte Tür mit einem einzigen Tritt auf. Die Angeln ächzen. Das Schloss gibt nach und wird herausgerissen.

Meine Welt bleibt stehen.

Alles erstarrt, genauso wie ich.

›Ein grausamer Mensch weidet sich an Tränen. Er wird nicht durch sie gebrochen.‹

Ich kann nicht zuordnen, wo ich diese Worte aufgeschnappt habe, aber in dem Moment schießen sie durch meinen Schädel.

Mir ist es nicht fremd, meinen Bruder beim Sex zu sehen. Auch, dass er eine Frau gröber anpackt, kenne ich nur zu gut. Genauso wenig ist es neu für mich, dass eine von ihnen nicht die Nacht überlebt.

Trotzdem verstört mich der Anblick im Inneren des Raumes auf völlig neue Weise.

Die Frau, die mir verdammt viel bedeutet, wird von dem einzigen Menschen, der mir im Leben noch wichtiger ist, missbraucht.

Der mir wichtiger war.

Überkopf liegt sie auf dem Sofa. Ihre Hände sind mit einem Gürtel zusammengebunden. Ein sachtes, rotes Rinnsal fließt aus ihren Handgelenken auf die Fingerspitzen herab. Ihr Körper ist verdreht und Blut zeichnet sich auf ihrer schmalen Hüfte ab. Rote Striemen sind über ihren Arsch verteilt. Über den Rücken und ihren Hals.

Sprachlos bleibt mein Mund offen stehen. Mit einem Mal verschwimmt die Wirklichkeit vor meinen Augen und die letzte Zeit zieht vor mir ab.

Die letzten Wochen erschlagen mich beinah.

Mein Bruder hat sie zu uns gebracht. Er hat sie benutzt, mit mir, seinem Zwilling, geteilt und dann weggeworfen.

Ich konnte es ihm nicht gleichtun.

Und obwohl ich wusste, dass er es war, der sie zu uns holte, konnte ich sie nicht gehen lassen. Jeden noch so kleinen Moment habe ich mit ihr genossen. Wann immer er gegangen ist, war ich da. Ich habe sie in diesem gottverdammten Stall besucht und herausgeholt, während Lucien diese Frau gefickt und ermordet hat. Nachdem er mit ihr ausreiten wollte und sie verletzt liegen gelassen hat, war ich die ganze Nacht an ihrer Seite. Als er sie vor der Feier in unserem Haus von sich gestoßen hat, habe ich ihre Tränen getrocknet und sie wie eine Prinzessin behandelt. Dann kam dieses Schwein und hat sie benutzt. Mein Bruder hat sie weggeschickt, als sie den Halt umso dringender brauchte. Und ich? Ich war da. An ihrer Seite. Habe ihren Kopf gestreichelt und sie zum Shoppen begleitet. Verfickte Bastelarbeiten habe ich mit ihr gemacht und ihr meine tiefe Verbundenheit zu Schlangen offenbart.

Immer, wenn er sie schlecht behandelt hat, habe ich ihre Wunden geleckt. Für jede miese Tat und jedes grausame Wort habe ich ihr mindestens zwei positive Erinnerungen geschenkt. Ich habe zugelassen, dass sie seinen

Namen nennt, wenn sie mich sieht. Dass sie glaubt, er würde all das für sie tun. Es war egal. Schließlich habe ich ihn geliebt. Er sollte der liebe Bruder sein. Das war ok für mich.

Und für sie war es das auch.

Auch ihr sollte es gut gehen. Ob er oder ich es war, das war egal. Oder nicht?

»Komm zu uns, Bruder.«

Luciens Stimme ist in diesem Moment wie ein Weckruf. Er klingt benebelt. Seine Stimme ist rau und ein wenig holprig. Mein Bruder klingt angestrengt und leicht irre.

Ich hebe den Kopf, ohne zu wissen, wann ich ihn gesenkt habe.

»Komm, die kleine Schlampe will es nicht anders. Sie bettelt förmlich nach einem weiteren Schwanz.«

Blossoms Lippen beben. Die beiden Männer stoppen nicht einmal, sich an ihr zu vergehen. Sie ist ihnen schutzlos ausgeliefert. Ihre Haut ist wund und offen. Das Gesicht ist von Tränen verquollen. Schmerzenslaute dringen leise aus ihr hervor. Das Klatschen von Haut auf Haut ist in diesem Moment nichts Schönes. Es ist ekelerregend.

Nichts davon ist so schlimm wie ihre Augen.

Ihr Blick ist leer.

Sie starrt mich an und durch mich hindurch.

Blossom, die gerade dabei war, ihre Stärke wiederzufinden, hat aufgegeben. Das spüre ich. Sie ist weit weg. An einem Ort, den ich vielleicht nicht mehr erreichen kann, um sie zurück zu holen.

In dem Moment schalte ich ab.

Mein Hirn klinkt sich aus.

Ich ziehe meine Waffe und drücke ab.

Zweimal.

Ich fühle nichts.

Alles ist taub und leer.

Das Röcheln nehme ich kaum wahr. Auch nicht das Flehen und Fluchen. Ich schaue nicht einmal hin, als Lucien sich aufrappelt.

In dem Moment ertrage ich seinen Anblick nicht.

In dem Moment ist er nicht mehr mein Bruder.

Blossoms Stöhnen ist das Einzige, was für mich von Bedeutung ist.

Ich schließe sie in meine Arme und bringe sie weg aus dieser verfluchten Hölle.

Vielleicht wird sie sich nicht erinnern, aber in dem Moment muss ich ihr Held sein.

KAPITEL 28

Blossom

Einen Monat später

›*Den Schuldigen zu schonen, ist Grausamkeit gegen den Unschuldigen.*‹

Meine Finger fahren über die raue Oberfläche des Steins.

Ein Bluff.

Das ist der einzige Gedanke, den ich fassen kann.

Es war ein gottverdammter Bluff. Seine Worte, seine Versprechen, alles Gute, was ich mit ihm verbinde. Nichts davon war echt.

So viel Leid, so viel Schmerz und Finsternis. So viel Blut.

Für nichts.

Ich zittere, als die Bilder der Vergangenheit vor meinen Augen aufflammen. Mir wird übel.

Harsch wische ich mir eine Träne von den Wangen. Dabei senke ich leicht den Kopf. Hinunter auf das Grab.

Es ist das erste Mal, seit diesem Tag, dass ich das Haus

verlassen habe. Zum ersten Mal atme ich wieder frische Luft, spüre die Erde unter meinen Schuhen und die Sonne auf meiner Haut.

Es fühlt sich lebendig an, draußen zu sein.

Gleichzeitig zeigt es mir umso deutlicher den Unterschied zu mir.

Ich bin es nicht.

Ich passe nicht hierher.

Ich fühle mich nicht lebendig.

Auch wenn ich dachte, dass es so wäre. Ja, ich dachte, ich wäre bereit. Es wäre Zeit, nach draußen zu gehen.

Vielleicht lag ich falsch.

Unruhig reibe ich mit der Hand über meinen Arm.

Nervös versuche ich die Panik zu verdrängen. Atme langsam ein. Zähle bis vier. Halte die Luft sieben Sekunden an und atme stockend wieder aus.

Nach draußen zu gehen, war eine extreme Überwindung.

Trotzdem gibt es etwas, vor dem ich noch mehr Angst habe.

Aber ich habe es mir vorgenommen.

Es ist notwendig, um einen Abschluss zu finden.

Ein paar Mal muss ich schwer schlucken. Dann drehe ich Luciens Grab den Rücken zu.

Mir wird noch immer schlecht bei dem Gedanken.

Damien und Lucien.

Zwillingsbrüder.

Unruhig blicke ich nach oben zu der alten Eiche. Mein Herz bebt. Das zu verstehen, was er mir erzählt hat, gelingt mir noch immer nicht. Wobei, verstanden habe ich es. Nur glauben kann ich es nicht. Lucien hat mich in ihre Welt gebracht und meine in Brand gesetzt. Ich war der Meinung, dass er es ist, an dem ich hänge. Dass er mir Hoffnung gibt. Einen Sinn und ein Ziel.

Durch ihn habe ich mich stärker gefühlt. Eine Zeit lang hatte ich das Gefühl, alles schaffen zu können.

Dabei war auch das nur eine Lüge.

Ein hübsches Spiel, das wusste ich von vornherein. Zumindest habe ich das geglaubt. Ich dachte, dass ich der Sache gewachsen wäre. Dass ich weiß, wie das hier läuft. Er ist der Bösewicht in dem Spiel. Der Bad Boy, der mich verführt und in seine Welt holt. Zunächst ziere ich mich ein wenig, weil er nicht immer nett ist. Aber mit der Zeit, da durchbreche ich seine finsteren Hüllen und sehe die Wahrheit dahinter. Erkenne seine weiche Seite.

So ist es in Büchern. In Märchen und den ganzen Geschichten. Ein paar sind von vornherein gut. Manchmal, da findet Cinderella sofort ihren Prinzen. Manchmal, da haben es die Charaktere schwerer. Sie müssen sich beweisen und über sich hinauswachsen. Aber schlussendlich wird alles gut. Das Leid hat sich gelohnt. Der Schmerz ist längst verloschen und ein beschissen rosa roter Regenbogen erscheint am Horizont.

Harsch wische ich die Tränen zur Seite.

Ich hatte keine Ahnung.

In seiner Welt war ich nicht mehr als eine Puppe.

Er war genau das, was er mir von Anfang an gesagt hat. Ein skrupelloser Mörder. Jemand, der sich nimmt, ohne zu fragen. Der andere missbraucht und verletzt.

Ich habe es nicht geglaubt. Keine Sekunde. Wie auch? Er war ... süß. Irgendwie nett. Nicht immer, aber oft genug.

Ein leises Wimmern dringt aus meinen Lippen. Ich presse die Hände davor. Gleichzeitig wende ich mich endgültig ab und gehe den Kiesweg mit zittrigen Schritten zurück.

Obwohl ich all das bereits weiß, hat es Tage gebraucht, bis ich es verstanden habe. Nur zu gern würde ich behaupten, dass es nochmal länger dauerte, bis ich es auch überwunden hatte.

Das Problem ist nur, das habe ich nicht.

Es ist noch immer da. Jeder Schmerz. Jedes Wort von ihm. Und jede einzelne Erinnerung.

Inzwischen weiß ich, dass nicht einmal die Hälfte davon wirklich mit ihm verbunden sind. Nein. Für ihn war ich nur ein Spielzeug. Eine süße Puppe, die er mit nach Hause nehmen und mit ihr spielen konnte, wenn er denn Lust dazu hat. Wie ein Kind hat er mich binnen Minuten weggeworfen. Solange, bis ein anderer kam, um mit mir zu spielen. Wehmut erfüllt mich, während ich an Damien denke.

In gewisser Weise ist er der wahre Lucien. Beziehungsweise das, was ich mir unter ihm vorgestellt habe. Gleichzeitig erinnert er mich mit jeder kleinen Bewegung an seinen Zwillingsbruder. Jedes Detail ist so ähnlich, dass es mich augenblicklich zurückversetzt.

Zwei ganze Wochen habe ich es nicht geschafft, ihm in die Augen zu sehen. Ungefähr solange, wie ich gebraucht habe, um etwas anderes herauszufinden:

Es ist noch viel schwerer, ihn nicht anzusehen.

Von Beginn an war er mein Halt. Mein Anker und mein Licht in Luciens Dunkelheit. Alle Stimmungsschwankungen, die ich wahrgenommen habe, war nicht er. Er war die guten Momente. Die Spitzen und die fröhlichen Zeiten.

Glaube ich.

Mittlerweile bin ich mir dabei nicht mehr sicher. Damien hat es mir erzählt. Was ist, wenn er mich ebenfalls belügt? Wenn das hier nur ein weiteres Spiel ist? Vielleicht gab es nie einen Lucien. Möglicherweise ist es nur eine neue Taktik, um mich mürbe zu machen.

Verbittert ziehe ich die Kapuze des Mantels über meinen Kopf. Ich lasse sie tief in mein Gesicht fallen.

In den letzten Wochen gleicht mein Verstand einem Friedhof. Jeder fröhliche Gedanke wird von dutzend finsteren überschattet. Ich habe das Gefühl, kein Ende des allzu bekannten Tunnels zu sehen.

Immer, wenn ich versucht habe, mich aufzurichten, bin ich in ein schwarzes Loch aus schlechten Erinnerungen gestürzt.

Dieser Tag hat etwas in meiner Seele zerrissen. Auch heute noch bin ich unsicher, ob sich der Riss jemals wieder schließen lässt.

Vermutlich würde mir eine Therapie helfen. Das war es, wozu Luisa, die süße Granny, mich die ganzen letzten Wochen drängen wollte. Einer der Gründe, warum ich ihn immer seltener zu mir gelassen habe. Ich bin einfach nicht bereit dazu, mit jemand Fremdem darüber zu reden.

Mit immer bestimmter werdenden Schritten lasse ich den abgelegten Teil des Geländes hinter mir. Ich laufe zurück zur Villa, welche langsam größer wird.

Hunderte Male will ich auf dem Weg innehalten.

Aber ich habe mir etwas vorgenommen.

27 Tage war ich bei ihm.

27 Tage habe ich mir Zeit gegeben, um zu trauern.

Jetzt wird es Zeit für einen Neuanfang.

Und der Moment könnte nicht passender sein.

Schließlich habe ich erfahren, dass sie ihn gefunden haben.

Endlich.

Und mit ihm haben wir auch Maria zurückbekommen. Ihr geht es ... gut. Oder zumindest wird es das eines Tages wieder. Ich bin mir sicher, dass Blac dafür sorgt. Genauso wie ich. Sie ist einer der Gründe, warum ich aus meinem

Schneckenhaus krieche. Sie ist verletzt, vielleicht sogar gebrochen. Und so wie sie für mich da war, will ich auch für sie da sein. Aber zuerst muss ich etwas anderes machen.

Für sie und für mich.

Da stehe ich nun, mit gemischten Gefühlen und rasendem Herzen.

Irgendwie spüre ich, dass mir das, was mich hinter der vergitterten Tür erwartet, nicht gefallen wird.

Auch so bin ich unfassbar gespalten.

Mit zittrigen Fingern fahre ich über den Saum des Mantels. Ich atme tief ein. Dann ziehe ich ihn mit einer flüssigen Bewegung aus. Meine Hände wandern über die engen Korsage entlang nach unten. Hin zu der schwarzen Lederhose. Mein Outfit ist gewagt. Noch dazu etwas völlig anderes, als die unzähligen Jogginghosen, in welchen ich die letzten Wochen zugebracht habe.

Genau deshalb ist es perfekt.

Ich brauche diesen Neuanfang.

Neuer Monat, neue Kleidung, neues Ich.

Ich will mich stark fühlen. Jedes Mal, wenn es Probleme gab, bin ich zurückgewichen oder abgehauen. Ich habe mich nie jemandem entgegengestellt. Weder meinem Vater noch meinem Chef. Selbst Lucien habe ich wenig entgegengebracht, wobei ich zugeben muss, dass das etwas anderes war. Auf eine verdrehte Art und Weise hat er mir das Gefühl gegeben stark und schön zu sein.

Still schüttle ich den Kopf. Wehmütig zieht sich mein

Herz zusammen. Es ist nicht das, was wirklich passiert ist. *Glaube ich.*

Ich kann noch immer nicht verstehen, wieso ich dermaßen auf ihn fixiert bin. Schließlich kannte ich ihn nur wenige Tage. Dabei wusste ich nichts über ihn. Und erst recht nichts von Bedeutung.

Nicht einmal seine verdammte Lieblingsfarbe kenne ich.

Mir rutscht ein bitteres Lachen heraus.

Ich schiebe die Zweifel in den Hintergrund. Wenn ich das hier nicht mache, dann werde ich es nie tun. Es muss sein.

Ich bin stolz und stark. Ich werde mich von niemandem unterkriegen oder verunsichern lassen. Nie wieder.

»Gehst du jetzt rein oder willst du die Tür einfach nur anstarren, bis sie von selbst verschwindet?« Ein unzufriedenes Knurren dringt zu mir heran und ich verdrehe die Augen. *Soviel dazu, mich von niemandem verunsichern zu lassen.*

Ich werfe einen schnellen Blick zu dem unfreundlichen Typen, der sich vor der Tür platziert hat. Allerdings gibt er mir durch seine Worte genau den Arschtritt, den ich gebraucht habe.

Ruckartig reiße ich die Tür auf und zucke augenblicklich zusammen.

Die Geräusche und Gerüche überschlagen sich und drängen mir grob entgegen. Das Erste, was ich sehe, sind dunkle Augen, die überrascht vor mir aufblitzen. Grob werde ich nur wenige Sekunden später herumgerissen und sein Gesicht füllt mein Blickfeld aus. Ich habe das Gefühl, als wolle er mich gleichzeitig an sich reißen und so weit wie möglich wegschieben.

»Blossom, verflucht. Was machst du hier?« Blacs Stimme klingt ungeduldig und herrisch. Kurz huscht mein Blick an ihm vorbei, hin zu dem Mann inmitten des Raumes. Voll Abscheu landet mein Blick auf ihm.

Ich erkenne ihn sofort.

Mein Körper erstarrt. Mir wird kalt und Schauer laufen meinen Rücken herab. Ich schüttle mich unbewusst. Der Raum verschwimmt vor meinen Augen. Mit einem Mal bin ich zurück in der Vergangenheit. Wieder auf dem Sofa. Zwischen seinen Beinen. Er drückt mich herab. Drängt sich brutal zwischen meine Lippen.

Da ist dieses Grinsen. Sein Grinsen.

Es ist da. Hoch über mir und verspottet mich.

»Blossom?« Blac klingt flehend. Unbewusst habe ich mich von ihm losgemacht und bin ein paar Schritte nach vorn getreten. Meine Augen liegen auf dem Typen. *Vincent.* Ich weigere mich, seinen Namen laut auszusprechen. Vielleicht ist es ein wenig wie bei Voldemort. Vielleicht habe ich Angst vor dem Namen. Aber genau genommen will ich ihm kein bisschen Respekt erweisen.

Das hat er nicht verdient.

Als ich hergekommen bin, wusste ich nicht, was mich erwartet. Ich wusste nicht, ob ich ihn hassen kann. Ob ich dazu in der Lage bin, jemandem Schmerzen oder Leid zu wünschen. In dem Moment, wo ich diesen Typen vor mir sehe, bin ich mir sicher, was ich will.

»Blossom, hörst du mir überhaupt zu?« Blacs Stimme hat einen knurrenden Unterton und seine Hände pressen sich fest an mein Gesicht. Ich stoße durch den Nebel meiner Gedanken und fange seinen Blick auf.

»Nein, ehrlich gesagt nicht.« Ich entziehe mich seinem Griff, was er höchst widerwillig zulässt. Stattdessen wende ich meine Aufmerksamkeit wieder der Mitte zu.

Der Raum liegt in schwachem, schummrigem Licht. Mein Blick wandert an den rauen Wänden entlang, bis hin zur Decke. Zwei massive Ketten fallen von dort in die Tiefe. Hin zu ihm.

Er ist kreidebleich und blutverschmiert. Es ist unmöglich zu sagen, welche Stellen seines Körpers bluten, dafür sind es zu viele. Er hängt schlapp in den Ketten, vorn über gebeugt. Zerstreut wandert mein Blick zu dem Mann an seiner Seite. Unsicher ruhen meine Augen für einen Moment auf ihm. Er sieht beinah genauso übel aus wie das Ekel. Dreckkrusten bedecken seinen Körper. Seine Haare hängen ihm wirr ins Gesicht und Blut klebt an seinen Armen. Es bedeckt spritzerhaft sein kantiges Gesicht, welches Luciens so ähnlich sieht.

»Damien«, hauche ich leise. Sein Blick ruht auf mir und scheint mich beinah zu durchbohren. Er zuckt in meine Richtung, scheint es sich dann jedoch anders zu überlegen. Unsicher verharrt er auf seiner Position. Der ganze Raum scheint zu erstarren und ich spüre die Blicke der beiden Männer auf mir. Ich spüre, dass Blac mich am liebsten packen und weit weg verfrachten würde. Trotzdem ist nicht er es, dem meine Aufmerksamkeit gilt. Es ist, als würde Damien die Luft anhalten und meine Entscheidung abwarten. Er wirkt starr und angespannt. Als hätte er Angst vor mir.

Der Gedanke ist lächerlich.

Und trotz dessen sorgt er für einen wohligen Schauer in meinem Inneren.

»Wie habt ihr ihn gefunden?« Meine Stimme klingt selbstsicherer, als ich mich fühle. Erneut ist es kurz still und ich werfe Damien einen auffordernden Blick zu. Sein Gesichtsausdruck ist gequält. Ich spüre, dass er mich nicht hier haben will.

»Irgendwann kommt jede Ratte aus dem Dreck. Man muss nur lange genug an der Mülltonne rütteln.« Er senkt den Blick für einen Moment. Ich folge der Bewegung und betrachte seine Hände. Sie sind zur Faust geballt. Blutig und verschmiert. Die Muskeln an seinen nackten Armen zucken.

»Ist er der Einzige?« Ich spucke Damien die Worte entgegen. Härter, als ich beabsichtigt habe. Er zuckt nicht einmal mit der Wimper.

»Ja.«

Mein Puls rast wie verrückt. Ich weiß, dass ich Damien nicht sauer sein sollte. Er hat mich gerettet. *Sagt er zumindest.* Wehmütig versuche ich die Zweifel zu vertreiben. Im tiefsten Inneren will ich nichts anderes, als ihm glauben. Genau genommen will ich ihm blind vertrauen und mich fallen lassen. Das habe ich verdient, nach allem, was passiert ist.

Es gelingt mir nicht. *Noch nicht.*

Vielleicht muss ich mir Zeit geben. Zumindest sagt mir das jeder. Verdammt, ich will aber keine Zeit. Ich will leben.

Tränen der Verbitterung schießen mir in die Augen. Der gequälte Ausdruck auf Damiens Gesicht wird tiefer. Er presst den Kiefer fest zusammen. Kurz zögert er. Dann tritt er einen großen Schritt nach vorn. Damien holt aus und seine Faust kracht gegen den Kiefer des Mannes in Ketten. Ich zucke zusammen. Meine Augen weiten sich, als dieser lediglich matt stöhnt.

Das knackende Geräusch werde ich nie wieder vergessen können. Noch weniger das befriedigende Gefühl, welches ich dabei gespürt habe. Für einen Moment fühle ich mich bei diesem Gedanken schuldig. Dann rufe ich mir in Erinnerung, was er getan hat. Was er mir angetan hat.

Und trotzdem weiß ich nicht, ob ich mit den Konsequenzen, die mir sein Handeln aufgezwungen hat, leben kann.

Damien hat auf ihn geschossen. Auf ihn und Lucien.

Das inzwischen vertraute Gefühl der Schuld breitet sich in mir aus.

Er hat für mich seinen Bruder getötet.

Es ist eine Schuld, die ich niemals begleichen kann.

Manchmal frage ich mich, warum Lucien noch an diesem Abend gestorben ist, während dieser Typ entkommen konnte. Wieso war es nicht andersherum?

Verbittert senke ich den Blick.

»Wieso bist du wieder hier?« Damiens Stimme ist mit einem Mal verändert. Nachdenklicher. Der Schlag scheint ihn beruhigt zu haben.

»Wieso nicht?« Meine Stimme klingt inzwischen alles andere als mutig oder stark. Unsicherheit befällt mich und meine Lippe bebt. Was ist, wenn er mich wegschickt? Wenn er mich nicht hier haben will? Verlegen beiße ich mir auf die Lippe und schlage die Augen nieder.

»Hast du keine Angst? Vor uns, vor ihm. Nachdem du gesehen hast, wie es in unserer Welt laufen kann?« Damiens Stimme ist leise und dicht hinter mir. Mein Magen zieht sich zusammen.

»Nein.« Das Wort rutscht über meine Lippen, ohne dass ich auch nur eine Sekunde zögere. Ich bin mir bei vielen Sachen unsicher. Unsicherheit ist genaugenommen das Einzige, worin ich richtig gut bin. Ja, ich zweifle an mir, an ihnen, an allem. Aber nicht daran, dass ich mich nicht vor ihnen fürchte. Deshalb wende ich meinen Blick erneut der Mitte zu, hin zu dem zusammengesackten Mann. Er hat sich bisher kaum gerührt. Ein Stöhnen hin und wieder, doch kein Wort hat seine aufgeplatzten Lippen verlassen.

Ruhe herrscht in dem kargen Raum. Um diese zu durchbrechen, befeuchte ich für einen Moment meine Lippen. »Ich will alles wissen.«

Erneut herrscht eine drückende Stille in dem Raum. Ich höre das Blut in meinen Ohren rauschen. Inzwischen habe ich Mühe zu atmen. Währenddessen scheint auch Blac aus seiner Starre zu erwachen und stellt sich dicht an meine Seite. Sein Atem streift mein Ohr und unwillkürlich streiche ich eine Haarsträhne aus meinem Gesicht zurück. »Wir tun ihm vielleicht ein wenig weh.«

»Wieso jetzt?« Meine Stimme ist atemlos. »Wieso hat er sich gegen euch gestellt, wenn er einer eurer Partner war?« Ich halte den Blick starr geradeaus und fixiere das herabhängende Gesicht.

»Er war ein Partner. Kein Verbündeter. Das ist ein großer Unterschied.« Damiens Stimme ist ebenfalls dicht neben mir und ich blinzle überrascht. Mit geweiteten Augen sehe ich zu ihm auf. »Immer wieder stellen sich Menschen gegen uns. Auch jetzt noch, da Silver längst die Geschäfte übernommen hat. Aber dass sie sich gegen jemand anderen aus unseren Kreisen wenden, das ist unverzeihlich. Erst recht, wenn es auf derart widerwärtige Weise geschieht und sie es schaffen, dass wir uns gegeneinander wenden.« Er klingt gepresst. Ich spüre die Bedeutung seiner Worte und merke, wie schwer es ihm fällt, jedes einzelne von ihnen auszusprechen.

Kurz zögere ich. Es gibt eine Menge Ungereimtheiten und noch mehr Dinge, die ich nicht weiß. In meinem Inneren merke ich, dass Damien mir eine Menge verheimlicht und weiß ehrlich nicht, wie ich damit umgehen soll.

Trotzdem merke ich noch immer diese Verbundenheit, die ich von Anfang an gespürt habe. Verdammt lange habe ich damit verbracht, zu zweifeln und alles in Frage zu stellen. Wenn ich weitermache wie bisher, dann werde ich aus diesem Kreislauf niemals herauskommen, da bin ich mir sicher.

Deshalb schalte ich meinen Verstand aus und lasse mich von meinem Herzen führen. »Jemand wie er wird uns vielleicht schwächen, aber niemals zerstören.« Ich befeuchte meine Lippen. Anschließend strecke ich meine zitternden Finger aus. Vorsichtig taste ich nach Damiens Hand. Mit heftigem Herzschlag halte ich den Atem an, als ich die kalte, nasse Haut streife. Er verspannt sich. Dann streckt er vorsichtig die Finger. Als er meine umschließt, scheint mein Herz stillzustehen. Ich trete vor ihn. Betrachte seinen gesenkten Blick. Meine Hand zittert und fühlt sich eigenartig kalt an. Langsam hebe ich die freie an. Direkt unter sein Kinn. Damien hebt den Blick. Fragend verzieht er den Mund.

»Senke nicht den Blick.« Mir rutscht ein nervöses Lachen heraus.

Kurz ist sein Ausdruck verbissen. So viel Schmerz liegt darin. Dann wird seine Miene weich. Es ist ein stiller Moment der Trauer und Erinnerung. Gleichzeitig ist es ein Zeichen für unsere Zukunft.

Ich beiße mir auf die Lippe.

Zögernd mache ich mich von ihm los. Anschließend trete ich nach vorn. Damien gibt ein warnendes Schnauben von sich. Seine Hand umklammert meine bestimmt. Ich sehe ihn einige Momente an. Bittend. Er soll mir vertrauen.

Langsam löse ich mich von ihm. Dann trete ich vor den Typen, welcher in Ketten hängt. Ich lege meine Hand ebenfalls unter sein Kinn. Kurz erschaudere ich bei der Wiederholung der Bewegung. Schließlich drücke ich sein Kopf nach oben. Ein Stöhnen begleitet seine Bewegung und ich sehe, wie seine Lider flattern. Benommen öffnet er diese, nur um sie sofort wieder zu schließen. Sein Gesicht ist blau und geschwollen. Einige Risse ziehen sich über die Haut. Davon lasse ich mich nicht aufhalten. Um mir meine

Unruhe nicht anmerken zu lassen, bemühe ich mich ruhig zu atmen.

»Erinnerst du dich an mich?«, flüstere ich leise, dicht an seinem Kopf. Er gibt ein Knurren von sich und sieht für einen Moment in meine Richtung. Ich zucke zurück, wenn auch nur leicht. Dennoch kann ich mich nicht dazu durchringen, mich umzudrehen und zu gehen. Auch wenn mein Herz wie verrückt in meiner Brust pulsiert und jedes Stückchen Verstand mir genau das zuschreit.

»Ich habe dich etwas gefragt«, gebe ich deshalb lauter wieder. Mein Blick wandert an ihm herab. Hin zu dem zerrissenen Hemd. Mehrere blutige Schnitte ziehen sich quer über seine Brust. Wie berauscht betrachte ich sie. Beinah haben sie etwas Schönes an sich. Wie ein Muster. Eine hübsche Zeichnung.

Wie ein Tattoo.

Bei diesem Gedanken werfe ich einen wissenden Blick über die Schulter. Damien erwidert diesen.

Dann drehe ich mich zurück.

Die Hose ist noch ganz, wenn auch blutverschmiert.

In einem plötzlichen Impuls ziehe ich meinen Fingernagel durch die Wunde an seiner Wange. Er saugt tief die Luft ein und eine Gänsehaut breitet sich auf meinem Rücken aus. Allerdings muss ich zugeben, dass es nicht seinetwegen ist. Zumindest nicht aus Mitleid. Ganz im Gegenteil. Für einen Moment wünsche ich mir lange Krallen. Das würde die Dramatik auf jeden Fall erhöhen. Sofort erschrecke ich vor mir selbst. Es ist nicht meine Art, so zu denken. Geschweige denn, so etwas zu tun. Jemanden wehzutun.

Ich ziehe meine Finger zurück, als hätte ich mich verbrannt. Meine Wangen fühlen sich heiß an und mein Körper scheint zu kochen. Sanft erschaudere ich, weil ich

Damien in meinem Rücken spüre. Wie er langsam näher tritt und sich gemeinsam mit Blac an meiner Seite aufstellt. Diese kleine Geste sorgt dafür, dass sich ein Lächeln auf meine Lippen schiebt. In diesem Moment fühle ich mich tatsächlich wie eine Mafia-Prinzessin. Stark und Stolz.

»Ja«, knurrt das Häufchen Elend schließlich vor mir, als ich schon lange nicht mehr mit einer Antwort rechne. Seine Stimme ist kratzig und viel zu dicht an meinem Gesicht. Die dunklen Augen wandern lüstern über mich, trotz seines Zustandes.

»Und warst du es, der sich an mir vergangen hat?« Der stille Beistand gibt mir eine enorme Kraft. Ich spüre sie. Trotzdem halten sie sich im Hintergrund. Sie überlassen mir die Führung und die Bühne. Es fühlt sich unglaublich gut an, in dieser Position zu stehen. Zuletzt war ich wehrlos und lag am Boden. Deshalb genieße ich es umso mehr, das Sagen zu haben.

Ich wusste vorher nicht, wie dringend ich mir selbst beweisen musste, dass ich mich nicht unterkriegen lasse.

Das ich kein Opfer bin.

Ich kann aufstehen und das nach dem, was ich erlebt habe.

Diese Einsicht macht mich verdammt stolz.

Genüsslich lehne ich den Kopf zur Seite. Eine Stimme in meinen Inneren erinnert mich daran, dass ich das hier möglicherweise eine Spur zu sehr genieße. Ich schiebe sie weit von mir.

»Ein kleiner Fick am Abend ist immer nett.« Seine Worte sind stockend und hin und wieder spuckt er Blut auf den Boden.

»Und da hast du niemanden gefunden, der sich freiwillig auf dich eingelassen hat?« Ich schüttle den Kopf. Dabei versuche ich krampfhaft, mir meine Nervosität nicht anmerken zu lassen. Jedes Wort fühlt sich wie flauschiges Gift an. Deshalb spucke ich sie ihm beinah entgegen.

»Wie soll ich nein sagen, wenn so eine kleine Schlampe nach meinem Schwanz bettelt? Ich bin schließlich auch nur ein Mann.« Sein Atem geht röchelnd. Bedauerlicherweise hat er noch immer genug Luft, um mich zu verspotten. Ich spüre die dunkle Präsenz der beiden Männer in meinem Rücken, während sein Blick schäumend auf mir ruht. Er lässt den Kopf nach hinten fallen und ein überhebliches Grinsen zeigt sich auf seinem Gesicht.

Mir wird übel. Sein Ausdruck brennt sich in meine Netzhaut. Die Erinnerungen, die ich so krampfhaft versucht habe zu verdrängen, tauchen wieder vor mir auf. Wie er mich angesehen hat. Packte, herunterdrückte. Wie er sich an mir verging.

Mir ist übel.

Wie von selbst führe ich die Hand zu meiner Kehle. Mein linkes Auge beginnt leicht zu zucken und mein Magen zieht sich zusammen. Ich vernehme ein Klimpern der Ketten. Dann rümpft er die Nase. »Du warst ganz nett. Ein wenig ausgeleiert vielleicht …« Weiter kommt er nicht, da spüre ich auch schon den Lufthauch an meiner Seite. Damiens Faust kracht gegen seinen Kiefer und ein schmerzhaftes Knacken lässt mich das Gesicht verziehen.

»Du redest ja noch. Keine Sorge, bald wirst du lediglich den Würmen von deiner Geschichte erzählen.« Damiens Stimme ist dicht neben mir. Sie sorgt dafür, dass ich tief einatme.

Beim Ausatmen versuche ich mich an den positiven Dingen festzuhalten. An ihm, genauer gesagt. Ich wirke kalt, voll Abscheu und distanziert. In meinem Inneren toben die Gefühle, aber es gibt mir unendliche Kraft, dass Damien an meiner Seite ist.

Er ist mein Anker und gemeinsam mit ihnen an meiner Seite fühle ich mich unbesiegbar.

»Hm.« Ein beinah genussvolles Brummen erfüllt den Raum. »Ich habe keine Angst vor dem Tod oder euren Drohungen. Was mir leid tut, ist, dass ich nicht mehr von der kleinen Schlampe haben konnte. Ihr Arsch war wirklich …« Er kommt nicht weiter, da trifft ihn Blacs Faust hart in seinem Gesicht. Sein Kopf wird grob zurückgeworfen. Lediglich ein irres Lachen entrinnt seiner Kehle. »Ich habe Krebs«, spuckt er uns vor die Füße. »Habe ich dank eurer letzten Lektion und meinem unfreiwilligen Aufenthalt im Krankenhaus rausgefunden. Da verrecke ich lieber mit der Erinnerung, dass eure Angestellten käuflich sind und ich Diabolos kleine Schlampe nochmal richtig schön durchgenommen habe, als elendig in einem Krankenhaus.«

Überrascht sehe ich zu Damien. Er scheint es ebenfalls nicht gewusst zu haben.

Aber es erklärt einiges. Zumindest für mich.

Ich muss keine Angst mehr vor ihm haben. Er wird schwächer, leiden und irgendwann sterben. Egal, ob heute durch Damien oder in einigen Monaten durch den Krebs.

Der Gedanke bereitet mir ein Stück weit Übelkeit.

Kurz denke ich darüber nach.

Ich habe kein Mitleid mit ihm. Trotz seiner Krankheit. Es ist schlimm. Ja. Vielleicht hat er sich auch deshalb verändert. Keine Ahnung. Aber er hat sich für das hier entschieden. Dafür, seine letzten Tage für Rache, Zerstörung und Leid zu nutzen.

Verbissen presse ich die Lippen zusammen.

So jemand kann einem nur leidtun. Nicht, weil er krank oder verletzt ist. Auch nicht, weil ich ihn verstehe. Sondern weil jemand wie er niemals die Stärke haben wird, mich zu brechen. Auch wenn er es noch so sehr versucht.

Eins nehme ich mir in diesem Moment vor: Er hat mir zugesetzt und scheiße ja, ich werde Narben davontragen. Aber ich werde umso stärker dadurch werden.

Ein letztes Mal fahre ich herum, grinse diesen lächerlichen Idioten zuckersüß an. Auffordernd strecke ich die Hand zur Seite aus. Damien zögert zunächst. Dann legt er mir das angewärmte Metall in die Finger. Mein Herz pulsiert zunächst wie verrückt. Kurz fahre ich über den Griff des Messers.

Dann stoße ich es mit voller Wucht zwischen die Beine des Mannes. Ich zucke zusammen, als ich auf einen weichen Widerstand treffe und öffne ruckartig die Hand. Das Messer fällt klimpernd zu Boden. Mit schockgeweiteten Augen starre ich darauf. Einige Sekunden vergehen, bis ich mich schließlich wieder bewege.

Ein tiefes Brummen entrinnt seiner Kehle und matt sackt er stöhnend zusammen. Die fluchenden und wimmernden Geräusche, welche er von sich gibt, hinterlassen ein unglaublich befriedigendes Gefühl in mir.

Ja, er hat mich nicht gebrochen und ich werde ihn nicht bis zu seinem Tod verspotten. Das bedeutet aber nicht, dass ich nicht ein kleinen wenig rachsüchtig bin. Zufrieden mit mir werfe ich einen schnellen Blick zu Damien. Sein Gesicht ist finster. Seine Augen strahlen. Ein verschmitztes Lächeln huscht über sein Gesicht. Seine Muskeln beginnen zu tanzen, als er die Arme vor der Brust verschränkt. In diesem Moment erscheint er mir wie mein dunkler Prinz und ich muss bei dem Gedanken unwillkürlich Grinsen.

Ich denke zurück an mein erstes Treffen mit ihm. Das erste, an das ich mich erinnere. Wo ich mir bewusst geworden bin, dass er es war.

Es war an diesem Tag, der der schlimmste in meinem Leben war. In dem Zimmer.

Ich war gebrochen und schwach. Dort hatte ich aufgegeben. Mein Märchen war beendet. Das Buch zugeklappt. Nur, dass es kein Happy End gab. Der Prinz war in Wahrheit das Monster. Ich hatte es verstanden.

Und dann kam er.

Er stand in der Tür. Es kam mir vor wie eine Halluzination. Eine Wunschvorstellung, die ich zunächst nicht glauben konnte.

Aber es war echt.

Es scheint so lange her zu sein. Beinah ein Leben lang. Vielleicht habe ich mein Märchen gefunden. Mein ganz persönliches. Nur ist es nicht unbedingt eine rosa-Zuckerwatte-Welt.

Ich nicke ihm dankbar zu und er erwidert meinen Blick. Er steht erhobenen Hauptes da und Stolz liegt in seinen Augen.

In diesem Moment sieht er mich an, wie ich mich selbst immer sehen wollte: Stark und unerschrocken. Als läge ihm etwas an mir und er wüsste, dass ich einen unermesslichen Wert hätte.

Ich verlasse den Raum, ohne noch einmal zurückzusehen.

Schließlich weiß ich, dass er mir folgen wird.

Dann, wenn er es zu Ende gebracht hat, werde ich auf ihn warten.

Dann bin ich bereit für ihn.

KAPITEL 29

Blossom

Zwei Wochen später

»D…« weiter komme ich nicht, da beugt er sich über mich. Es ist dunkel. Ich sehe ihn nicht, umso deutlicher spüre ich jede kleine Bewegung und jedes Geräusch. Seufzend lasse ich mich gegen ihn sinken, drücke mich an ihn und fühle seinen Körper hitzig auf meinem.

Ich schnappe nach Luft, als meine Knöchel umgriffen werden. »Entspann dich. Lass dich führen.« Damiens Stimme dirigiert meine Bewegungen. Bestimmt schiebt er meine Beine auseinander und mein Körper verspannt sich. Meine Muskeln ziehen sich zusammen und Feuchte sammelt sich in meiner Mitte. Je nachdem, wo er ist, hat er vermutlich einen herrlichen Blick zwischen meine Beine. Einzig der dünne Stoff der Dessous befindet sich noch zwischen seinen Augen und mir. Vermutlich sollte es mir unangenehm sein, ihnen so ausgeliefert zu sein. Stattdessen will ich mehr.

Mehr von ihm.

Ich schnappe nach Luft, als mich etwas streift. Weicher Stoff zieht sich um meine Knöchel und mein Herz spielt verrückt unter der Berührung. Mein Atem wird flacher, als Damien meine Hände nach oben führt. Seine Lippen wandern an meinem Nacken entlang, spielend und verlockend.

»Du willst es, oder nicht? Du willst uns?« Luciens Stimme ist dicht hinter mir, während er meine Kehle verbissen umschließt. Röchelnd schnappe ich nach Luft.

»Natürlich will sie das.« Damiens raues Lachen verspottet mich. Ich versuche mich krampfhaft zu wehren. Langsam geht mir die Luft aus. Mir wird schwindlig und schwarz vor Augen.

Ruckartig schrecke ich auf. Hektisch sehe ich mich um und lasse mich nur Sekunden später zurück in die Kissen sinken. Mein Herzschlag bebt.

»Ein Albtraum?« Damien rollt sich zur Seite. Den Arm legt er schwer auf meine Hüfte. Das sorgt erst recht dafür, dass mein Atem schneller geht.

»Ja«, hauche ich leise. Es gibt eine Menge davon. Dieser war einer der Schlimmen. Er weckt eine Sehnsucht in mir und sorgt gleichzeitig für ein lähmendes Gefühl der Schuld und Unsicherheit.

Ich hasse es.

»Geht es dir gut?

Es gibt vieles, das wir besprechen müssen, doch das ist im Moment das Wichtigste für mich.« Bevor ich etwas erwidern kann, schüttelt er grob den Kopf und lacht trocken. »Ich bin ein Idiot. Ich liege mit dir hier. Dabei sollte ich mich von dir fernhalten. Es wäre das, was ich für dich tun könnte. Stattdessen denke ich nur an mich.«

»Ich ...«, kurz zögere ich, dann hebe ich den Blick und meine Augen treffen seine. Für einen Moment scheine ich mich in dem tiefen Braun seiner Augen zu verlieren, dann zuckt meine Lippe leicht nach oben. »Ich will nicht, dass du mich allein lässt.« Bei diesen Worten kommen die bekannten Zweifel wieder hoch. Es ist das erste Mal, dass ich mich traue, es auszusprechen. Zwei Wochen lang habe ich mich davor gedrückt. Jeden verdammten Abend stand ich wieder vor Damiens Tür und jeden Abend habe ich mich nicht getraut etwas zu sagen. Ich habe ihn gebeten still zu sein. Keine Fragen zu stellen und mich einfach nur festzuhalten.

Mir fällt auf, dass er ruhig bleibt. Nur zu gern würde ich mich zurücklehnen und die Zweifel vertreiben. Es geht nicht. Deshalb richte ich mich langsam auf. »Wieso würdest du mich wegschicken wollen?« Meine Stimme ist leise und ich wende den Blick ab. Diese verdammte Unsicherheit ergreift erneut besitzt von mir. Dann schließen sich seine Hände fest um mein Gesicht und bestimmt dreht er meinen Kopf zu sich.

»Weil ich will, dass du in Sicherheit bist.« Damiens Stimme ist dunkel und leise. Die Worte kitzeln auf meinem Gesicht und sein heißer Atem streift meine Haut. Mein Magen zieht sich zusammen und ich schlucke für einen Moment. Dann spricht er weiter, seine Augen fest auf meinen. »Wir hätten dich nie mit hier hineinziehen dürfen.« Mein Herz beginnt aufgrund seiner Worte wie wild zu rasen. Trotzdem bleibe ich still, während er spricht. »Du hast alles verändert. Einfach alles. Nie zuvor hatte ich solche Angst um jemanden. Nicht einmal um mich selbst oder meinen Bruder. Dich so zu sehen. Ich wollte dich in diesem Moment in die Arme schließen und dich gleichzeitig auf einen anderen Planeten schicken. So weit weg von mir wie möglich. Also sag mir, wie geht es dir?«

»Es könnte mir nie gutgehen.« Verlegen beiße ich mir auf die Lippe und meine Augen huschen zwischen seinen hin und her. »Nicht ohne ...« kurz zögere ich. »Dich.« Setze ich schließlich unruhig hinzu. Ich spüre, wie er die Luft anhält und sich versteift. Dann zeichnet sich ein Lächeln auf seinen Lippen ab und er streicht sanft mit den Daumen über meine Wangen. Behutsam, als würde er ein zerbrechliches Küken halten. »Was ist mit dem, was er dir angetan hat? Damit, was ich getan habe?«

Missmutig senke ich den Blick. »Vermutlich werde ich Zeit brauchen.« Das ist nicht das, worüber ich in diesem Moment eigentlich sprechen will. Etwas, was ich ihm auch sofort sagen werde. »Es geht mir gut.« *Feigling.* Schreit alles in meinem Inneren und ich stöhne leise. Wie kann ich von ihm erwarten, dass er den ersten Schritt macht, wenn ich mich selbst wie ein Angsthase vor den Worten drücke?

»Glaubst du, ich sehe nicht, wie du zitterst?« Er umfasst meine Hand und reißt sie an sich. Ich gebe einen überraschten Laut von mir, da ich in diesem Moment nicht mit so einer Reaktion gerechnet habe, spricht er bereits weiter.

»Oder spüre, wie schnell dein Herz schlägt?« Beinah sanft im Vergleich zu seiner vorherigen Berührung streift er zart über den Ansatz meiner Brust. Verharrt für einen Moment und wendet dann den Blick ab, voll Abscheu.

»Glaubst du, ich sehe die Narben nicht? Die blauen Flecke vor meinen inneren Augen? Ich erinnere mich an jeden einzelnen davon. Ich sehe sie vor mir, selbst wenn ich die Augen schließe. Als könnte ich vergessen, wie du dort lagst.« Ich schlucke schwer. Seine Worte treffen mich. Schließlich will ich alles andere, als dass er mich so sieht, sich immer wieder so an mich erinnert und auch mir die dunklen Stunden erneut ins Gedächtnis ruft. Dabei wünsche ich mir nichts sehnlicher, als dass er mich endlich ansieht. Mich sieht!

»Denkst du nicht, ich verfluche mich selbst für jede einzelne Sekunde, in der ich dich allein gelassen habe? Dafür, dass ich dich dorthin geschickt habe? Mit ihm? Obwohl ich wusste, wie er ist?« Ich beiße mir auf die Lippe und die gleiche Unsicherheit, welche auch in mir herrscht, spiegelt sich in seinem Blick. Er lässt den Kopf nach unten sinken, bettet ihn auf meinen Schoß. Ich erschaudere unter der Berührung, spüre seinen weichen Bart, der über den Stoff meiner Hose streift. Seinen Atem, so dicht neben meiner Mitte, die mit einem Mal feurig zu pochen beginnt. Warum? Vermutlich bin ich inzwischen so durch, dass selbst mein Körper nicht mehr rational reagiert.

»Es tut mir so leid.« Er stößt die Worte an meinen Beinen aus. Seine Stimme klingt belegt und ich schnappe kurz nach Luft. Für einen Moment bin ich sprachlos, ihn so zu sehen. Dann sauge ich die Luft tief ein und rücke von ihm zurück. Er sinkt matt zusammen. Ein Lächeln umspielt meine Lippen. Ich beuge mich herab und hebe sein Kinn langsam an. Er lässt sich von mir führen und folgt sachte meinen Bewegungen.

»Senke niemals den Blick. Für Niemanden. Ein Diabolo senkt nicht den Kopf. So will ich dich nie wieder sehen!« Meine Stimme ist dicht an seinem Ohr. Er lacht leise.

»Jetzt gerade zeigst du mir das, was ich so gern an dir sehe. Du bist stolz und stark. Und das nach allem. Ich kann es kaum glauben, dass du daran nicht zerbrichst. Jedes Mal, wenn ich denke, dass ich zu weit gegangen bin. Wenn ich glaubte, dass er es übertrieben hat. Verdammt, dann hast du den Kopf gehoben und der ganzen Welt ein lautes ›Fick dich‹, entgegengerufen. Und weißt du was? Am liebsten ...« Ruckartig hält er in den Worten inne. Fragend lege ich den Kopf schräg.

Das Blut rauscht in meinen Ohren. »Würdest du was?«

»Dich einfach in den Arm nehmen.« Die Antwort kam schnell. Verdammt schnell.

»Ich glaube, dass du mich bisher noch nie angelogen hast. Vielleicht ist es naiv und ich falle nur deutlich häufiger darauf rein, als mir bewusst ist. Aber wenn ich richtig liege, dann fang nicht jetzt damit an.« Vermutlich klinge ich genauso wirr, wie ich mich fühle. Ich kann es nicht ändern. Trotzdem richte ich mich vollständig auf und fahre mir mit den Händen durch die Haare. Stöhnend senke ich den Kopf. Nervös beiße ich mir auf die Lippe.

Jeden Morgen bin ich mit dergleichen Bitte von ihm aufgewacht. Jeden Abend mit eben dieser eingeschlafen. ›Erzähl mir davon. Von den Albträumen. Von dem, was du denkst.‹ Ich habe es mich nicht getraut und mir jeden Tag erneut vorgenommen. Hektisch atme ich ein und aus. Damien will die Hand an meine Wange legen. Ich schüttle bestimmt den Kopf.

»Das muss ich jetzt machen ...« Damit versuche ich mir selbst Mut zu machen. Er sieht mich fragend an, öffnet die Lippen und schließt sie sogleich wieder.

Leise seufze ich. »Die Träume. Deine Nähe ...«

Ich beachte, wie sein Kiefer mahlt. »Es ist zu viel. Das verstehe ich.«

»Nein.« Meine Stimme ist atemlos. Nervös spiele ich an meinen Fingernägeln. Schließlich gebe ich mir einen letzten Ruck. »Verdammt. Ich will das. Dich. Keine Ahnung, wie es mir damit geht. Ja, möglicherweise haut es mich um und alle Erinnerungen kommen wieder hoch. Vielleicht bin ich danach ein Fall für die Klapse, aber das bin ich vermutlich eh schon. Die Sache ist nur die. Ich möchte es zumindest versuchen. Das mit dir. Es ist ... schwierig. Gelinde gesagt. Und trotzdem kann ich nicht anders, denn irgendwie habe ich die Dinge, die ich nicht haben konnte, schon immer mehr bereut als die schlechten Erfahrungen.« Ich fühle mich schäbig und falsch. Wieso kann ich nicht sagen. Vielleicht weil ich eigentlich etwas mit seinem Bruder hatte. Möglicherweise auch wegen meiner Schuld an seinem Tod.

Ich habe keine Ahnung, wie Damien damit umgeht. Wie er dazu steht. Noch dazu habe ich eine scheiß Angst vor seinen Gedanken.

Und trotzdem kann ich nicht anders.

Mit jeder Sekunde, die ich nicht mit ihm verbringe, sinkt mein Selbstbewusstsein. Ich sacke in mich zusammen. Jeden Tag sehne ich mich mehr nach ihm. Danach, ihn endlich voll für mich zu haben.

Es ist falsch und schlecht. Vor allem in dieser Situation. Vermutlich sollte ich mir die Bestätigung nicht von außerhalb holen und meine Probleme selbstständig aufarbeiten.

Nur kann ich das nicht. Weil ich Angst habe, in der Zeit etwas zu verlieren, was mir unfassbar wichtig geworden ist.

Damien Diabolo.

»Ich möchte dich.« Meine Stimme ist leise. Unbeholfen räuspere ich mich. »Du warst so oft bei mir. Für mich da. Hast dich um mich gekümmert. Wenn er zu mir kam, dann nur um Es zu tun.« Bei meinen Worten erkenne ich mich selbst nicht wieder. Zwar kann ich nicht vollständig offen über alles reden, aber derart schüchtern zu sein ist ebenfalls neu. »Ich will die Erinnerung an ihn vertreiben. Ich will, dass du sie ersetzt.«

Beinah flehend sehe ich zu Damien auf. Dabei merke ich, wie angespannt er ist. Die Frage ist nur, warum?

Liegt es an mir?

Will er mich nicht?

Kann er mich nicht ansehen, nachdem, was ich mit seinem Bruder getan habe? Oder nachdem, was er ihm angetan hat?

»Egal«, schiebe ich schnell hinterher. »Vermutlich war es eine dumme Idee.« Missmutig verziehe ich das Gesicht. Mein mühsam aufgebauter Mut sackt in sich zusammen. Genauso wie mein Selbstbewusstsein.

Es kotzt mich an, dass eine Kleinigkeit mich derart aus dem Konzept wirft.

Erst recht, da ich eigentlich andere Probleme haben sollte.

Vielleicht ist es meine Methode, um mit dem Erlebten umzugehen. Vermutlich würde mir jeder Therapeut davon abraten. Für mich ist es aber eine Art Abschluss. Ein Neuanfang mit dem Mann, den ich nur zu gern besser kennenlernen würde.

Mit dieser Einsicht hebe ich den Kopf. Mein Herz pocht wie verrückt. Ich blende das Rauschen in meinen Ohren aus. »Ich bin kein zerbrochenes Pflänzchen. Genauso wenig benutzt oder manipulierst du mich. Wenn du das hier willst, dann halte dich nicht meinetwegen zurück. Nicht, wenn ich es auch will.«

›Ich bin kein zerbrochenes Pflänzchen.‹
Nein, das bist du nicht. Du bist wie eine stolze Blume, die ihre Blüten in Richtung Himmel reckt. Eine, die so schön wirkt, dass man sie am liebsten pflücken würde. Solange, bis man die Dornen sieht, die beinah tödlich daran funkeln.
Aber soll ich dir ein Geheimnis verraten?
Sie machen dich umso perfekter.

KAPITEL 30

Diablo

Fuck. Das ist der einzige Gedanke, zu dem ich fähig bin.

Ich habe nicht die leiseste Ahnung, wie ich reagieren soll. Noch dazu habe ich das Gefühl, dass hier einiges gehörig schiefläuft.

Blossom sieht mich fragend an. Da ist diese Unsicherheit in ihrem Blick, die ich am liebsten sofort verbannen würde. Leider weiß ich nicht einmal, wo ich anfangen soll.

Ich könnte ihr erzählen, dass ich meinen Bruder in beinah jeder Minute sehe. Er ist ständig da. Gibt spöttische Kommentare zu dem ab, was ich mache. Verhöhnt mich, selbst aus dem Grab heraus.

Mit ihm kommen diese verfickten Schuldgefühle.

Jedes einzelne Mal.

Er war mein Bruder.

Bei diesem Gedanken schlucke ich bitter. Das war er. Mehr als das. Lucien war meine zweite Hälfte.

An diesem Tag, da habe ich impulsiv gehandelt. Keine Sekunde habe ich darüber nachgedacht, wer er ist. Wer er für mich ist.

Ich habe einfach reagiert.

Langsam schließe ich die Augen, um meine Gedanken für einige Momente zu sortieren. Blossom legt ihre Hand sachte auf meine Schulter und treibt meinen Puls sogleich in die Höhe. Natürlich will ich sie. Scheiße nochmal, ich will sie so dringend, dass es beinah weh tut.

Schon seit Wochen kuschelt sie sich an mich. Reibt ihren knackigen Arsch an meinen. Ich bin ein Wichser. Sie hat eine Menge durchgemacht und ich kann nur daran denken, wie ich sie am liebsten herumdrehen und ficken möchte.

Und warum? Um meine eigene Lust zu befriedigen oder Ablenkung von meinen Dämonen zu suchen?

Leise fluche ich.

»Damien?« Blossom klingt unsicher. Ich kann es ihr nicht verübeln. Schließlich benehme ich mich schon wieder wie ein erstklassiger Idiot.

Seit Tagen habe ich mich gefragt, was sie beschäftigt. Was sie sagen will, wenn sie die Lippen öffnet und dann wieder schließt. Um ehrlich zu sein, hatte ich eine verdammte Angst vor ihren Worten.

Am meisten davor, dass sie mich verlassen könnte.

Wie lächerlich. Seit wann war ich derart abhängig von einer einzigen Frau?

Dabei verdient sie etwas Besseres als das hier. Als mich.

Jemanden, der sie wertschätzt und gut behandelt. Und vor allem jemanden, der sie nicht in die nächste Scheiße hineinzieht.

Ich habe mir eine Auszeit genommen. Von allem. Dem Leben und meinen Verpflichtungen. Es war eine Pause. Aber Pausen haben ihr Ende.

Was würde sie dazu sagen?

Und verdammt, warum frage ich mich das überhaupt?

Blossom räuspert sich leise. Deshalb betrachte ich sie kurz mit verengten Lidern. Immer wieder wandern ihre Blicke nach unten. Und immer wieder hebt sie bemüht den Kopf und sieht mir in die Augen. Ich merke, wie schwer es ihr fällt standhaft zu bleiben. Sie kämpft mit sich und ihrer eigenen Unsicherheit. Und fuck, ich liebe sie dafür.

Der Gedanke bereitet mir Angst. Deshalb versuche ich ihn zu verdrängen. »Ich bin so nicht. Ich bin nicht das, was du suchst.«

»Was suche ich denn?« Sie wirkt so fucking stolz.

»Keine Ahnung, Chérie. Aber ich bin es nicht.«

Mit diesen Worten zaubere ich ihr ein Lächeln auf die Lippen. Warum lächelt sie, wenn ich sie doch zurückweise? Und warum mache ich es überhaupt, wenn doch mein Schwanz bereits in meiner Hose anschwillt?

»Du hast mich schon lange nicht mehr so genannt.«

Ich kann nicht anders, als zu lachen. Sie ist einfach ... unfassbar. »Wieso kannst du nicht einmal so reagieren, wie ich es denke?«

»Weil es dann langweilig wäre.« Blossom schmunzelt schief. Mein Blick ruht auf ihr. Ich sehe, wir ihre Brust sich langsam hebt und senkt. Für einen kurzen Moment versinke ich in die Dunkelheit, welche auch in mir schlummert. Das ich Blossom will, ist kein Geheimnis. Aber was ist, wenn ich nicht sanft sein kann? Wenn es ihr zu viel ist und die Erinnerungen wieder hochkommen? Wenn ich ebenfalls eine Grenze überschreite und ihr zu viel zumute?

»Wow, du und die ganzen kleinen Damiens in deinem Kopf haben eine Menge zu tun.«

Verdutzt betrachte ich sie. Stumm schüttle ich den Kopf. Sie ist unfassbar. »Und wenn es dir zu viel wird?«

Blossom zögert keine Sekunde. »Dann wirst du aufhören. Das weiß ich.«

Stöhnend lasse ich mich auf das Bett fallen. Der Stoff des weichen Kissens bauscht sich um mein Gesicht. Abwägend verziehe ich die Lippen. Bedauerlicherweise bin ich mir dabei nicht so sicher. Es ist nicht allzu lang her, da habe ich den Frauen weit mehr angetan als er.

Allein der Gedanke an ihn sorgt dafür, dass sich meine Eingeweide zusammenziehen. Und schon ist er wieder da. Sitzt gefühlt neben mir und betrachtet mich belustigt. Er ist wie ein Teufel, der auf meiner Schulter hockt und mich in die Scheiße reiten will. Sein Blick sieht aus, als würde er sagen wollen: Du bist nicht besser als ich. Irgendwann wirst du das verstehen.

Er hat recht. Auch ich habe Menschenleben auf meinem Gewissen. *Einige*.

Mit ihm und mir war es schon immer explosiv. Etwas, was die Frauen in unserem Leben immer irgendwann bemerkt haben. Trotzdem hat sich unsere angestaute Wut zuletzt auch gegeneinander gerichtet. Vermutlich war es nur eine Frage der Zeit, wann einer von uns abdrücken würde.

Verbittert hebe ich die Hände vor mein Gesicht.

Ich bekomme ihn nicht aus meinen Gedanken. Keine einzelne Sekunde.

»Wieso muss man euch Diabolo-Typen eigentlich immer anbetteln?« Sofort fällt mir auf, dass sie nicht nachgedacht hat, bevor sie gesprochen hat. Sie senkt den Kopf. Trotzdem bemerke ich ihren zerknirschten Blick. Vermutlich hasst sie sich selbst für ihre Worte. Weil er ihr eingeredet hat, dass sie das muss. Dass ein kleines Aufbegehren schon zu viel ist. Dass sie sich zu fügen hat. Ich hasse es, dass sie sich so fühlt. Noch dazu kann ich es nicht ertragen, wenn sie derart gebrochen aussieht. Schließlich ist es das, was mein Bruder macht.

Gemacht hat.

Er hat sich scheinbar starke Frauen gesucht und gebrochen.

Nur bei Blossom lag er falsch. Sie hat eine Stärke, die er niemals begriffen hat. Sie ist wundervoll, gerade weil sie so stur und starrsinnig ist. Sie muss nicht erst gebrochen werden. Stattdessen verdient sie es zu heilen.

Gegen jede Vernunft scheint sie mich zu wollen und ja, ich will sie auch. Deshalb schlage ich jegliche Bedenken in den Wind. Jetzt und hier gibt es nur sie und mich. Das ist alles, was zählt.

Ohne darüber nachzudenken, richte ich mich auf. Mit der Hand packe ich ihren Nacken. Dann presse ich meine Lippen auf ihre. Hitze explodiert in meinem Magen. Ich will mich fallenlassen, sie benutzen und meine Gedanken vertreiben. Leise fluche ich. Für einen kurzen Moment unterbreche ich den Kuss, sehe sie prüfend an. Ihre Augen sind geweitet. Blossom wirkt überrascht, aber keineswegs abgeschreckt. Deshalb zögere ich nicht weiter, ziehe sie nach unten und presse meine Lippen erneut auf ihre. Bestimmt dränge ich meine Zunge zwischen sie. Ich bitte nicht sanft um Einlass, sondern fordere ihn ein.

Blossom gibt ein leises Wimmern von sich. Und Scheiße, es lässt mich noch härter werden.

Ich lasse mich auf sie sinken. Auf ihren zarten Körper, die bebende Brust und ihren weichen Bauch. Sie zittert. Vermutlich geht es mir ähnlich. In dem Moment kann ich mich nicht darauf konzentrieren. Es ist ein Augenblick zwischen uns, der keinen Platz für Ablenkungen oder negative Gedanken lässt. Das hat sie nicht verdient. Wir beide, um genau zu sein. Zwischen zwei Küssen schnappt sie seidig weich nach Luft. Ein Schmunzeln liegt auf ihren Lippen. Blossom scheint etwas sagen zu wollen, aber ich kann mich nicht von ihr lösen. Nicht von ihr. Und nicht, nachdem ich so lange auf sie gewartet habe.

»Was«, setze ich an. Kurz zögere ich. Dann atme ich langsam ein und aus. Wieder habe ich Luciens Grinsen vor Augen. Stumm schüttle ich den Kopf, um ihn zu vertreiben. Dabei presse ich den Kiefer fest zusammen. Ich merke, wie sich Blossom unter mir verspannt. Gedankenversunken sehe ich sie an. »Was hat er mit dir getan? Wie hat er es gemacht?« Meine Worte klingen verbissen und ungewohnt zittrig. Trotzdem habe ich das Gefühl, meine Dämonen am Schwanz packen zu müssen.

Blossom räuspert sich. Sie drückt sich in das Kissen unter ihr, um ein wenig Abstand zwischen uns zu bringen. Ich lasse nicht zu, dass sie mich wegdrückt. Stattdessen warte ich, bis sie schließlich antwortet. »Von hinten. Er hat es immer von hinten getan.« Ihre Stimme klingt belegt.

Langsam nicke ich.

Möglichst unpersönlich.

Möglichst dreckig.

Möglichst schnell.

Das passt zu ihm.

Ein Stück denke ich über meine Antwort nach. Ich könnte ihr sagen, dass es mir leidtut. Oder dass ich es besser machen möchte. Schließlich kommt mir ein anderer Gedanke. »Hat es dir gefallen?« Bei den Worten beiße ich mir auf die Lippe. Vermutlich war das die dümmste Frage, die ich hätte stellen können. *Egal*, jetzt ist sie raus.

»Ja.« Blossom wendet den Blick von mir ab. Ich bemerke das Zögern in ihrer Antwort. Ein unausgesprochener Satz schwingt zwischen uns. *Bis auf das letzte Mal.* Sie wollte es nicht. Das weiß ich auch ohne zu fragen.

»Sorry.« In Gedanken schüttle ich den Kopf. »War eine dumme Frage.«

»Das nicht. Es ist nur das schrägste Gespräch, was ich jemals über Sex geführt habe.« Blossom lacht unbeholfen. Sie streicht sich sanft mit der Hand über ihr errötetes Gesicht. Dann verdreht sie die Augen. Ihre Züge werden weich. Sie lächelt leicht. »Also, wollen wir es noch ein Stück unbeholfener machen?« In dem Moment liebe ich sie. Fuck. Ich liebe sie. Das wird mir jetzt richtig bewusst. Mit niemandem sonst könnte ich so sprechen. Mit niemandem würde ich selbst ein derart schräges Gespräch lieben.

Zittrig legt sie die Hand an meine Brust. Ganz vorsichtig, als könnte ich zerbrechen. Oder sie wegstoßen.

Sie hat recht. Es ist schräg und unbeholfen. Gott, ich erkenne mich selbst nicht wieder. Normalerweise hasse ich es, wenn eine Frau überhaupt den Mund aufmacht. Ausgenommen natürlich, sie will mir einen blasen. Jede von ihnen musste still sein und nach Möglichkeit keinen Ton von sich geben. Aber bei ihr? Scheiße, Blossom könnte den ganzen verdammten Tag über Glitzer, Feen und sonst welchen Mist reden und ich würde begeistert an ihren Lippen hängen.

Ich beobachte, wie Blossom langsam die Hand über meinen Körper bewegt. Bis hin zu meiner Hose. Sie führt diese mit einer weichen Bewegung zurück nach oben und streicht sanft über meine Hüfte. Als sie das nächste Mal an meiner Jogginghose ankommt, gebe ich ein Knurren von mir.

Blossom lacht zuckersüß.

Im Gegensatz zu ihr habe ich keine Engelsgeduld, weswegen ich mich aufrichte und mir die Hose mit wenigen Bewegungen von den Hüften reiße. Keine Ahnung, woher dieser plötzliche Wandel kommt. Ich schiebe es darauf, dass sie mich schlichtweg in den Wahnsinn treibt. Vermutlich bin ich bereits verrückt. Vielleicht sitze ich längst in einer Gummizelle und kuschle mich selbst in den Schlaf.

Kein Schimmer.

Vielleicht ist sie nur eine Halluzination, die ich dank der Pillen habe. In dem Fall kann ich nur sagen: Das wäre geiler Stoff.

»Dafür, dass du mich eben noch hingehalten hast, bist du mit einem Mal sehr fordernd.« Ihre Wangen werden noch eine Spur dunkler. Trotzdem lässt sie mich keine Sekunde aus den Augen. Auch ich betrachte sie genau. Sie wirkt gefasst und ausgeglichen. Nichts deutet darauf hin, dass ich zu weit gegangen bin. Ob Fantasie oder nicht. Ich muss sie haben. Wenn sie mich danach hasst, dann ist das ok für mich. Dann kann ich sie ziehen lassen, weil ich weiß, dass sie über mich hinweg ist.

Und wenn nicht ...

Verdammt, wenn sie bleibt, dann werde ich ihr die ganze gottverdammte Welt zu Füßen legen.

Deshalb lege ich lediglich den Kopf schief, packe ihre zarte Hand und führe sie zu meinem Schwanz. »Sehr fordernd, wenn ich das betonen darf!« Blossom kichert leise.

Sie ist süß. Allein der Gedanke lässt mich den Kopf schütteln.

Süß? Verdammt, seit wann habe ich süßen Sex? Seit wann denke ich so etwas über eine Frau? Diese Frau macht mich zu einem völligen Weichei. Nur weiß ich das bereits.

Wann habe ich sonst mit einer Frau zwei beschissene Wochen in einem Bett gelegen, ohne sie auch nur ein einziges Mal anzurühren? Stattdessen lag ich die ganze Nacht da. Wach und angespannt. Ich nehme mir Zeit. Gehe auf sie ein. Bisher habe ich sie weder gewürgt noch geschlagen. Keine Ahnung, wie das passieren konnte.

Als sie ihre Hand selbstständig zu bewegen beginnt, sinkt mein Kopf stöhnend auf ihre Schulter. Ich spüre ihren schnellen Herzschlag, während ihre Haarspitzen in meinem Gesicht kitzeln. Mit jeder Sekunde treibt sie mich mehr in den Wahnsinn. Ihre Berührungen sind sanft, beinah scheu. Gleichzeitig reibt sie über einen Punkt, der mich beinah zum Explodieren bringt. »Fuck«, murmle ich leise. Mit jeder Sekunde fällt es mir schwerer, mich zu konzentrieren. Das hier ist ungewöhnlich. Es ist eigenartig und neu.

Und es fühlt sich richtig gut an.

Stöhnend lege ich den Kopf in den Nacken. Genau in diesem Moment zieht sie sich zurück. Mit einem verschmitzten Lächeln windet sie sich aus meinem Griff. Zögerlich richtet sie sich auf. »Wenn wir das hier schon machen, dann wenigstens richtig, oder nicht?« Erschlagen sehe ich sie an. Sie zuckt mit den Schultern und ich lasse sie gewähren. Das hier ist eine Premiere. Genau genommen mehr als eine. Fuck, ist das Nervosität, die ich spüre? Was bin ich? Ein kleiner Junge, der das erste Mal heimlich in seine Socke wichst?

»Was wird das, Chérie?« Fragend sehe ich sie an. Ich hoffe, dass sie meine Unsicherheit nicht bemerkt. Ansonsten bin ich gefickt. Dann kann ich mir auch gleich meinen Schwanz abschneiden und meinen Namen wegnehmen lassen.

Sie gibt mir keine Antwort. Stattdessen stellt sie sich vor das Bett und streift den langärmligen Pullover ab. Geräuschvoll ziehe ich die Luft ein, als ich sehe, was darunter zum Vorschein kommt. »Willst du mich verarschen?« Ich klinge belustigter, als ich mich fühle. Mein Schwanz zuckt bei dem Anblick dessen, was sie trägt.

Ein roter Hauch von Nichts und Spitze.

»Naja, ich dachte, ich bin vorbereitet.« Blossom schwingt die Hüfte. Mit jeder Sekunde scheint sie selbstbewusster zu werden.

Langsam schiebt sie die dicke Hose herab. Ich bemerke ein Frösteln auf ihrer Haut. Wie zufällig fährt sie mit den Fingerspitzen an dem dünnen Stoff entlang. Er verdeckt ihren Körper kaum. Statt angezogen, wirkt sie eher wie ein hübsch verpacktes Geschenk.

Eines, bei dem sich das letzte bisschen Verstand in meinem Hirn verabschiedet.

Ich springe auf die Beine und binnen weniger Sekunden bin ich bei ihr. Weitere Augenblicke später habe ich sie am Hals gepackt und gegen die Wand gedrängt. Röchelnd schnappt sie nach Luft. Das Geräusch katapultiert mich zurück in die Wirklichkeit.

Verkrampft löse ich meine Hand. »Du wirst jetzt gehen.«

Ihre Augen weiten sich. »Gehen? Wieso?«

»Wieso?« Beinah hätte ich gelacht. »Weil du eine verfluchte Versuchung auf zwei Beinen bist. Ich gebe dir drei Sekunden, um zu verschwinden, sonst ficke ich dich durch das ganze verfluchte Haus, bis du nicht mehr stehen kannst.«

Sie errötet bis in den Haaransatz. Trotzdem setzt sie einen provozierenden Blick auf und stemmt die Arme in die Seiten. Zunächst zögere ich.

»Drei.« Ich weiß schon jetzt, dass sie bleiben wird. Verflucht, was heißt ich weiß es. Verdammt, ich bete dafür.

»Zwei.« In dem Moment bemerke ich das Zögern in ihren Augen. Sie sieht nach rechts und links. Panik breitet sich aufgrund ihrer Reaktion in mir aus.

»Eins.« Das Wort klingt atemlos. Ich gebe ihr eine weitere Sekunde. Und noch eine. Beinah endlos starre ich sie an. Irgendwie kann ich nicht glauben, dass sie nicht verschwindet. Dann, in dem Moment, als ein feuriges Gefühl der wohligen Wärme in meinem Bauch entsteht, beißt sie sich auf die Lippe. Zögernd geht sie in die Knie. Sie gibt keinen Ton von sich. Stattdessen sieht sie auffordernd zu mir auf und öffnet sanft die Lippen.

»Nein, Chérie. Nicht so.« Ich will sie nicht benutzen. Das hier soll ein Moment für sie werden. Nicht nur für mein Ego. Zwischen uns soll es perfekt sein. Zumindest muss ich versuchen es richtig zu machen.

»Ok.« Sie scheint zu überlegen. »Wer hat gesagt, dass es nach dem geht, was du sagst?« Dabei legt sie den Kopf so verführerisch süß zur Seite, dass ich mich beherrschen muss, mich nicht sofort in ihre Kehle zu rammen.

Stöhnend lege ich den Kopf in den Nacken. Blossom leckt sich über die Lippen. Wie zur Hölle soll ich nein zu einer Frau sagen, die vor mir kniet und beinah um meinen Schwanz bettelt? Wie?

Ohne meine Antwort abzuwarten, lehnt sie sich leicht nach vorn. Ihre Lippen schließen sich um meinen harten Schaft. Augenblicklich entweicht mir ein Stöhnen der Erleichterung. Gleichzeitig nimmt die Anspannung in meinem ganzen Körper zu. Still schließe ich die Augen zur Hälfte. Dann grabe ich die Hand in ihre wirren Haare. Keine Sekunde kann ich meinen Blick von ihr lösen. Sie sieht bezaubernd aus. Mit den rosigen Wangen und meinem Schwanz zwischen ihren zarten Lippen.

Wie von selbst kralle ich die Hand in ihre Haare und lockere sie schlagartig wieder. *Beherrschung*. Ich kenne das Wort, doch die Bedeutung dahinter entgleitet mir mit jeder Sekunde mehr.

Ihre Bewegungen sind sanft. Zart leckt sie über die Spitze, nur um ihn anschließen tief in sich aufzunehmen. Mein Blick verdunkelt sich. Ein Stöhnen löst sich aus meiner Kehle. Beinah zeitgleich sehe ich, wie sie erschaudert. Ist es ok für sie? Zu viel?

Keine Ahnung, woher die Gedanken kommen, aber als sie sich fest in meine Oberschenkel krallt, sind sie schlagartig verschwunden. Sie lässt mich tiefer gleiten. Ein leises Röcheln ertönt. Trotzdem wiederholt sie es. Ich stoße mich in sie, nur um mich dann zurück zu ziehen. Prüfend sehe ich sie an. Ihr Blick ist flehend. Mein Schwanz pocht verlangend. Stöhnend beuge ich mich zu ihr herunter.

»Wenn es dir zu viel wird, dann wirst du es sagen.« Auf meine Worte hin verdreht sie lediglich die Augen. Dieses verfluchte Biest. Das Problem ist nur, dass sie mich unterschätzt. Es gibt ein großes Geheimnis, welches sie noch nicht kennt.

Ich bin nicht der gute Bruder.

Mit verbissener Miene und bebendem Herzen schließe ich für einen Moment die Augen. Sie will es und verdammt, ich auch. Also wieso halte ich mich zurück?

Keine Ahnung.

Ohne eine weitere Warnung greife ich in ihre Haare. Kurz ziehe ich mich aus ihr zurück. Sie gibt einen kleinen Aufschrei der Überraschung von sich, der für ein Lächeln auf meinen Lippen sorgt. »Sei ein braves Mädchen und öffne die Lippen für mich.« Blossom gibt ein leises Kichern von sich. Missmutig verziehe ich den Mund. Ich hatte sie gewarnt. Lucien hat sie gewarnt. Jeder, um genau zu sein. Vermutlich hat ihr selbst ihr Daddy erzählt, dass nicht jeder Mann sie gut behandeln wird. Tja, ich werde sie gut behandeln. Aber nicht im Bett. Das ist meine Spielwiese und sie hat diese nur zu bereitwillig betreten.

Sie ist hier.

Ich will sie.

Es reicht mir mit den ganzen Warnungen.

Blossom kommt meiner Aufforderung nach. Sie schmunzelt auf teuflische Art. Dann öffnet sie die Lippen.

Weil sie brav war, gebe ich ihr einen Moment und ficke nicht sofort ihre Kehle. Kurz wartet sie. Schließlich scheint sie ungeduldig zu werden und saugt an meinem Schwanz. Mit der Hand drücke ich sie weiter in meine Richtung. Sie gibt ein überraschtes Schnauben von sich und stemmt sich für eine Sekunde instinktiv dagegen. Inzwischen bin ich es, der schmunzelt. Ja, gerade hatte sie die Kontrolle. Blossom hat mir einen Blowjob gegeben.

Jetzt bin ich es, der ihre Kehle ficken will.

Bestimmt packe ich sie in den Haaren und stoße mein Becken in ihre Richtung. Immer und immer wieder.

Blossom gibt ein Wimmern von sich. Sie saugt nicht mehr an mir. Stattdessen versucht sie meinen Bewegungen entgegenzuwirken. Die ersten Tränen laufen über ihre Wangen. Der Anblick sorgt dafür, dass sich mein Schwanz zusätzlich regt. Er ist schön und verstörend gleichermaßen. Es erinnert mich an die Vergangenheit, an das, was ihr angetan wurde. Meine Brust zieht sich zusammen.

Wie kann ich ihr das Gleiche antun?

Ich bin ein verdammter Wichser.

»Fuck«, fluche ich leise. Ich packe ihren Kopf und ziehe sie zurück. Sorge steht in ihrem tränenverschmierten Gesicht.

»Warum hörst du auf?« Blossom räuspert sich leise. Sie schluckt und beißt sich nervös auf die Lippen.

So vieles in ihr scheint durcheinandergerüttelt zu sein. Welche gesunde Frau lässt sich auf die gleiche Art von mir erniedrigen, wie von ihm? Noch dazu, da ich sein beschissenes Ebenbild bin? Sie wurde von zwei Typen gegen ihren Willen gefickt und bettelt schon wenige Tage später nach mehr?

Fluchend komme ich langsam wieder zu Verstand. Ich ziehe sie auf die Beine. Zittrig wische ich ihr die Tränen von den Wangen. Ein besserer Mann würde ihr Zeit geben oder sie davonjagen. Nur habe ich nie behauptet, so einer zu sein. Auch wenn ich es für sie versucht habe.

»Wir werden das hier richtig machen, verstanden?« *Lass es mich zumindest versuchen.* Die letzten Worte lasse ich weg. Auch so komme ich mir vor wie ein verdammter Schlappschwanz. Ich habe die Befürchtung, dass ich sie nicht gleichzeitig so behandeln kann, wie sie es verdient und sie so nehmen kann, wie sie und ich es wollen.

»Richtig?«, keucht sie leise. Im selben Moment schiebe ich meinen Arm um ihre Hüfte und hebe sie an. »Damien?«

»Blossom.« Mit einem Schmunzeln auf den Lippen lasse ich sie auf das Bett sinken. Sie richtet sich beinah zeitgleich wieder auf. Begleitet von einem beidseitigen Stöhnen drücke ich sie zurück auf die Matratze. Aufgrund ihres Widerstandes pocht die Vene an meinem Hals verräterisch. Ich liebe ihre Stärke und den Widerstand. Aber nicht im Bett. Und umso mehr sie es versucht, umso dringender will ich sie maßregeln.

»So wird das mit uns nicht funktionieren, Chérie«, gebe ich unzufrieden von mir. Mit einem Murren wende ich mich von ihr ab.

»Ach, komm schon, D. Willst du mich jetzt hier sitzen lassen?« Im Augenwinkel sehe ich, wie Blossom auf die Beine springt. Ich beachte sie nicht länger. Stattdessen gehe ich zu der kleinen Truhe in meinem Zimmer. Mit wenigen Bewegungen habe ich sie geöffnet. Es kostet mich unfassbare Überwindung, nicht sofort zurück zu ihr zu gehen. Blossom schmiegt sich währenddessen an meinen Rücken. Die Frau ist nicht ganz sauber - so viel steht fest. Zumindest besitzt sie keinen Überlebenswillen, wenn ich mir ihr Verhalten ansehe.

»Komm zu mir, Damien.« Ihre zarten Worte triggern

etwas in meinem Schädel. Sie werfen mich in meine eigene verfickte Welt, aus der es kein Entkommen gibt. Ich erstarre. Mir wird kalt.

Dann drifte ich ab und nehme kaum noch etwas bewusst wahr.

»Hinlegen«, befehle ich leise. Sie kommt meinen Worten nicht nach. Das ist sehr bedauerlich.

Seufzend drehe ich mich herum. Ich mache mich von ihr los. Ihr Grinsen nehme ich kaum wahr. Stattdessen führe ich sie bestimmt zu dem großen Bett. Es ist aus dunklem Holz. Mahagoni vielleicht? Ich habe mich noch nie dafür interessiert. Eigenartig, da ich doch so viel Zeit darin verbracht habe.

»Was wird das?«

Mahnend hebe ich den Finger an ihre Lippen. Sie darf keinen Ton von sich geben, sonst wird er kommen und sie mir wegnehmen. Quälende Bilder tauchen vor meinen Inneren Augen auf. Mein Herz schlägt schneller. Wenn er kommt, dann wird es unschön werden. »Sch«, mache ich leise. Sie wirkt unzufrieden, dabei ist es nur zu ihrem Schutz.

Lächelnd lege ich den Kopf schief. Routiniert ziehe ich die Stricke unter dem Bett hervor. Sanft streiche ich darüber. Wir haben uns eine Weile nicht gesehen.

Ich bin tief in meinen Gedanken versunken, während ich die Seile um ihren Körper binde. Mein Blick ruht beinah sanft auf ihr. Er sorgt dafür, dass sie sich nicht bewegt. Sie vertraut mir. Das ist gut. Sie soll mir vertrauen.

Als nächstes lege ich ihr den Ball Gag an. Ihr passt so hervorragend in ihren hübschen Mund. Zuerst wehrt sie sich, doch als ich sanft mit der Hand über ihre Wange streiche, lässt sie es endlich geschehen.

»Gut. Sehr gut.« Zufrieden beuge ich mich zu ihr herab.

Mit wenigen Bewegungen wische ich ihr einen Speicheltropfen vom Mundwinkel. »Wir wollen doch keine Sauerei hinterlassen, oder nicht?«

Seufzend wende ich mich den Dessous zu. Ich hatte nie viel dafür übrig. Wieso sollte man einen schönen Körper verstecken, wenn er doch so rein und unberührt ist?

Zufrieden nehme ich mein Messer vom Nachttisch. Es ist immer in meiner Nähe. Wie ein guter alter Freund. Einer, der mich nicht verlassen wird. Nicht, wie jeder andere. Sanft streiche ich über die flache Seite. Es ist schon eine Weile her, dass ich es einsetzen konnte.

Blossom gibt ein unzufriedenes Murren von sich, als ich den Stoff damit durchtrenne. Mitfühlend sehe ich sie an. Auch ich bin unzufrieden. Nur leider ist sie es, die dieses Gefühl in mir auslöst. »Du solltest still sein, Prinzessin. Aber das lernst du noch. Keine Sorge.«

Ich nehme mir einen Moment, um sie zu betrachten. Die sanften Linien ihres Körpers. Ihre weiche Haut. So süße saftige Titten und eine volle Taille. So rein und perfekt. Sie hat keine Narbe. Noch nicht. Sie stößt ein leises Wimmern aus und windet sich in den Fesseln. Es beeindruckt mich nicht. Stattdessen positioniere ich die Klinge an ihrer Hüfte. Ich sehe, wie ihre Augen sich weiten, als ich den Druck leicht verstärke. Die andere Hand führe ich zwischen ihre Beine. Zufrieden stelle ich fest, dass sie beinah ausläuft. Behutsam ziehe ich meinen Finger durch ihre Nässe. Meinen Blick halte ich fest auf ihre Augen gerichtet.

Langsam verstärke ich den Druck des Messers. Blossom Augen weiten sich. Ich erwidere ihren Blick. Sie wirkt so unschuldig. Beinah wie verzaubert.

Erst dann senke ich die Augen auf den Schnitt. Eine zarte Blutspur rinnt daraus hervor. Zufrieden fahre ich mit dem Finger darüber. Sie bewegt sich, dreht sich, doch es gibt kein Entkommen.

Ich habe sie gewarnt. Jetzt hat sie mein Reich betreten.

Zufrieden summend führe ich das Messer über ihren Köper. Ich fahre ihre Konturen nach. Dabei übe ich keinen Druck aus. Stattdessen gleite ich sanft über ihre Haut, ohne einen Schnitt zu hinterlassen.

Als ich an ihrer Wange ankomme, schüttelt sie panisch den Kopf. Mahnend seufze ich. »Du solltest dich besser nicht bewegen, wenn eine Klinge so nah an deiner süßen Haut ist.« Leise schnalze ich mit der Zunge. Dann ziehe ich eine sanfte blutige Linie über ihre Wange. Ihr Ausdruck ist panisch. Ihre Augen schießen von einer zur anderen Seite. Aber sie rührt sich nicht. Das ist gut. Sehr gut.

Ich entschließe mich, sie dafür zu belohnen. Gemütlich bewege ich mich an ihr herab. Je näher ich ihrer süßen Pussy komme, desto mehr zittert ihr Körper. Sanft verteile ich eine Spur aus Küssen zwischen ihre Oberschenkel. Ihnen folgt die Spitze meines Messers. Jeden kleinen Schnitt belohne ich mit Küssen. Blossom spannt sich an. Entspannt sich wieder und gerät erneut unter Strom. Ein berauschender Kreislauf.

Sie sieht verdammt heiß aus, mit dem Blut auf ihrem Körper.

Noch mehr, als sie die Augen verdreht, als ich mit der Zungenspitze über ihre Klit fahre. Blossom zittert. Ihr ganzer Körper bebt. Langsam führe ich den Griff des Messers durch ihre Feuchte. Ich beobachte, wie sich ihre Schamlippen teilen und der dunkle Griff dazwischen verschwindet. Wie berauscht sehe ich sie an. Beobachte das rein und raus. Ihren sanften Körper, die weiche Haut, die sich immer wieder um den Griff schließt.

Sie ist so nass und bereit.

Ich kann nicht anders, als mich erneut herunterzubeugen. Mein Schwanz zuckt verlangend, doch ich ignoriere ihn. Vorerst. Stattdessen schiebe ich meine Zunge tief in sie. Bestimmt dränge ich gegen den Widerstand. Mit den Zähnen knabbere ich sanft an ihrer Perle, sauge daran und drücke mich zurück in ihren Schoß. Gerade als sie sich aufbäumt, ziehe ich mich zurück. Harsch werfe ich das Messer zu Boden. Mit wenigen Bewegungen löse ich ihre Beine, drehe sie auf den Bauch und ziehe ihre Hüfte nach oben. Verführerisch wackelt sie mit dem Hintern. Dafür bekommt sie einen Schlag auf ihre prallen Backen.

Ich liebe es, wie ihre Haut unter meiner Hand zittert und schlage sie ein weiteres Mal.

Beherzt beiße ich in ihren Arsch. Ihr Wimmern entlockt mir lediglich ein leichtes Lachen.

Dann endlich packe ich meinen Schwanz und schiebe ihn an ihren feuchten Eingang. Sanft fahre ich hindurch und verteile die Nässe auf ihr. In einem plötzlichen Impuls drücke ich gegen ihren Anus. Sie versteift sich. Ihre Bewegungen werden hektischer.

»Nicht heute, meine kleine Kirsche.« Mit diesen Worten versenke ich mich in ihrer süßen Pussy. Meine Hände schließe ich um ihren Hals und ziehe sie daran zu mir hinauf. Sie kommt mir soweit es die Seile zulassen entgegen, während ich mich immer tiefer in sie ramme.

Es ist berauschend. Sie ist perfekt. Es ist ...

Ich sehe auf und habe wieder Lucien vor Augen. Ihn und meinen Vater. Wie sie dasitzen, am Ende des Bettes und mir zusehen. Wie sie mich kritisieren. Dass ich es nicht richtig mache, dass ich sie ranlassen soll. »Nein«, knurre ich leise. Dieses Mal nicht. Dieses Mal werden sie sie nicht bekommen. Nicht sie.

Mit den Händen zerre ich Blossom noch fester an mich.

Dabei habe ich nur sie vor Augen. Ihren starren, eisigen Blick. Die braunen Iriden. Das hohle Lachen. Jeden spöttischen Kommentar.

Das Blut.

Ihr Blut, das an meinen Händen klebt.

Wie in einer Trance versenkte ich mich in Blossom. Mein Körper klatscht gegen ihren und dann, als sich ihre Muskeln um meinen Schwanz zusammenziehen, pumpe ich mein Sperma in ihren Körper.

Ich erstarre.

Einen letzten Blick werfe ich auf meinen Bruder. Meine Familie. Mein Blut.

Du hast es wieder getan. Du kannst nicht anders, oder? Auch damit wirst du leben müssen.

Verkrampft löse ich meine Finger von Blossoms Kehle. Sie zuckt vor Anstrengung. Dann sackt ihr Körper auf das Bett. Hektisch wandern meine Finger über die Gurte an ihrem Kopf und den Händen. Meine eigene Haut ist rot von ihrem Blut. Rot von den Schnitten auf ihrer Haut.

Zittrig befreie ich sie.

Sie regt sich nicht.

Ich stolpere zurück.

Kaum etwas nehme ich wahr. Alles verblasst.

Inzwischen bin ich in meinem eigenen Film gefangen. In meiner eigenen Welt.

Du bist das Monster zwischen uns. Immer bist du es, der zu weit geht, mein Sohn.

Ich habe es getan. Wieder.

Es musste sein.

Er wollte es doch so.

Schäme dich nicht. Du hast es zu Ende gebracht. Das ist gut.

Ich bin stolz auf dich.

Oder nicht?

Mein Herzschlag ist panisch. Schweiß sammelt sich auf meiner Haut.

Bebend hebe ich die Hand vor meine Augen. Wie paralysiert starre ich sie an. Ich habe meinen Bruder getötet.

Und jetzt? Jetzt habe ich es wieder getan.

Ein anderer Mensch, eine andere Situation. Und doch das gleiche Ergebnis.

Blossoms Körper verschwimmt vor meinen Augen. Ich atme schnappend. Beinah spüre ich die Waffe zurück in meiner Hand. Den glatten hölzernen Griff. Er hat eine Riefe an der vorderen linken Seite. Sanft streiche ich darüber. Lege den Kopf schief. Lucien sieht mir in die Augen. Braune Augen. Tiefe, braune Augen. Sie sehen aus wie seine. Die meines Vaters.

»Komm doch zu uns, Damien.« Es sind beinah die gleichen Worte. Sie spielen sich in meinem Kopf ab. Wieso sind es immer die gleichen Worte? Wieso bin es immer ich? Nicht er? Nicht Lucien. Nicht Blac. Ich.

In diesem Moment habe ich abgedrückt.

Dieses Mal habe ich nicht gezögert.

Ich habe es einfach getan.

Weil ich ihn gesehen habe. Vater.

Er rief mich zu sich und ich konnte nicht widersprechen. Damals nicht und auch nicht am letzten Tag. Unzählige Frauen hat er vor mir gefickt. Er hat mich dazu gezwungen, es ihm gleich zu tun. Mich gemeinsam mit ihm an den weinenden Frauen zu vergehen. Und dann, dann habe ich sie getötet. Jedes einzelne Mal. Wenn ich es nicht getan hätte, dann hätte er es getan. Dann hätte er sie leiden lassen. Und mich auch.

Am letzten Abend, da war alles anders. Da war sie es. Meine Mutter.

Als ich sie fand, da hat er mich wieder zu sich gerufen.

Ich habe gezögert und diesen Fehler werde ich mein Leben lang bereuen.

An diesem Abend starb nicht nur meine Mutter. Es war meine Schuld. Und mit ihr ging auch ein Teil von mir verloren.

Ich konnte es nicht ertragen.

Mit einem schneidenden Schnappen reißt Blossom die Augen auf.

Meine Gedanken setzen aus.

Stöhnend richtet sie sich auf. Ihr ganzer Körper bebt. Der Kopf ist rot angelaufen und ihre Augen sind geweitet. Hektisch sieht sie sich um und stützt sich auf dem Bett ab.

In der Sekunde sacke ich auf dem Boden zusammen. Mein ganzer Körper bebt. Ein Zucken geht durch mich hindurch. Tränen brechen aus mir hervor. Verfickte Tränen.

Es ist das erste Mal, dass ich es zulasse. Ich kann sie nicht zurückhalten.

Blossom überwindet die wenigen Schritte bis zu mir. Ein paar Mal taumelt sie. Für einen Moment zögert sie. Ihre Augen huschen zur Tür. Die Hände hat sie fest ineinander verkeilt. So fest, dass die Knöchel weiß hervortreten. Blutspuren bedecken ihren Körper. Ihr Hals ist rot und geschwollen, ihr Gesicht nass von Tränen.

Ehe ich reagieren kann, wirft sie sich in meine Arme. Mein Rücken prallt auf den kalten Boden und ich ziehe sie mit mir herab. Hinein in meine Abgründe.

Sie klammert sich an mich, als wäre ich ihr Halt. Als wäre ich ihr fucking Erlöser.

Als hätte ich sie nicht beinah ermordet.

»Es ist ok«, flüstert sie leise dicht an meinem Hals. »Es ist ok.«

Keine Ahnung, wen von uns beiden sie beruhigen will.

Keine Ahnung, wem sie hier etwas vorlügt.

Ich lasse sie, weil ich mich durch sie besser fühle. Weil mir ihr Puls und ihre Wärme wieder Leben einhauchen. Ungehalten drücke ich sie an mich. Sie zuckt zusammen, lässt es aber geschehen. Wie besessen kralle ich meine Finger in ihre Haut. Beinah, als müsste ich mich davon überzeugen, dass es dieses Mal anders ist. Dass sie noch am Leben ist.

»Es ist ok.« Sanft streicht sie mit den Fingern über meinen Rücken. Die Worte werden ihr Mantra und mit jeder Wiederholung kann ich sie ein Stück mehr glauben.

Sie ist ok. Sie lebt.

Und sie ist noch immer bei mir.

Fuck.

Wieso zur Hölle ist sie noch bei mir?

Ende

Danksagung

Ihr Lieben, ich bin immer noch sprachlos, dass es inzwischen so weit gekommen ist. Diabolo ist zu einem richtigen Buch herangewachsen. Darüber bin ich so happy, das glaubt ihr nicht. Lange Zeit war mein Beziehungsstatus zu dem Buch: Es ist kompliziert. Mehr als das. Glaubt mir. Spätestens wenn ihr ein Buch mit expliziten Sexszenen & ein wenig Gewalt geschrieben habt, könnt mir mich verstehen. Zumindest wenn ein Gespräch mit der Omi so läuft:

Ich: Ach, das Buch brauchst du nicht lesen. Das ist nicht so gut und wahrscheinlich auch nicht dein Thema. *//Panik//*

Omi: Quatsch! Das ist von dir. Natürlich lese ich es.

Omi, es tut mir leid.

Was alle anderen angeht, hoffe ich sehr, dass euch der Ausflug in die Finsternis gefallen hat.

Ein großes Dankeschön an meine beste Freundin und meine Mama. Ich muss an dieser Stelle erwähnen, dass ein Verlag großes Interesse an dem Buch hatte. Bis zu dem Zeitpunkt habe ich nie damit gerechnet, dass diese auf meine Bewerbung reagieren. Ja. Das führte dazu, dass das Buch lediglich als Rohversion bestand. Ich wollte es aber sehr schnell einreichen. Deshalb haben wir über Nacht das ganze Buch korrigiert. Meine beste Freundin hat dabei ausschließlich die „etwas extremeren Szenen bekommen.“ Meine Mama meinte im Anschluss auch noch: So schlimm war es doch gar nicht. Da ist überhaupt nichts passiert.

//*Leichtes Erröten*// Ich hoffe immer noch, sie wird es niemals komplett lesen.

Ein weiteres Dankeschön an meine lieben Testleser.

Vivien, Mandy, Julia, Yvonne, Sarah, Vanessa, Natalie, Madlen, Luna und Jessica.

Ich danke euch von Herzen für die Mühe, die ihr in mein Baby gesteckt habt. Das Ganze war zu diesem Zeitpunkt noch nicht einmal auf Rechtschreibung korrigiert, deshalb – Danke, dass ihr euch das angetan habt und mich so tatkräftig unterstützt habt. Ohne eure Anmerkungen wäre mein Büchlein niemals zu dem geworden, was es heute ist.

Ebenfalls ein großes Danke an Kate & Lou, die jederzeit für mich da sind und mich immer unterstützen.

Jaqueline Kropmanns. Holy Shit. Wie kann man das Cover auch nicht lieben?

Es gibt noch eine Person, ohne die mein Buch nicht das wäre, was es ist: Ally. Du bist für meine Buchwelt eine der wichtigsten Personen geworden. Für die Mühe und Zeit, die du in meine Bücher gesteckt hast, kann ich dir nie genug danken.

Nicht zuletzt: Dir. Danke, dass du auch jetzt noch an der Seite meiner Charaktere bist.

Sie brauchen dich, um ihr rosarotes Zuckerwatte-Märchen in einer dunklen Welt zu finden.

Triggerwarnung

Dieses Buch behandelt folgende potentiell triggernde Themen.

- Dark Romance
- explizite Szenen
- Gewalt
- Vergewaltigung
- sexuelle Gewalt
- Mord
- blutige Szenen
- psychische Probleme
- Für sensible Leser nicht geeignet

WILLST DU WORTWÖRTLICH DEIN HERZ AN EINEN MANN VERLIEREN?

Vicious Doctor

Bad Doc trifft auf provokante Krankenschwester

Das Interessante ist, ich sehe keine Angst in deinen Augen. Und auch keine Wut und keinen Trotz. Alles, was ich sehen kann, ist Faszination. Für mich. Für die Finsternis in mir.

Der Chirurg

Man sagt, ich bin der heißeste Chirurg an Floridas Ostküste. Genauso arrogant wie begnadet.

Dazu berufen, Leben zu retten und die Frauen, die bei mir Schlange stehen, nicht lange warten zu lassen.

Doch das ist nicht alles, wozu ich fähig bin.

Denn genauso oft, wie ich die Leben meiner Patienten rette, entreiße ich es ihnen auch wieder, um ihre Organe auf dem Schwarzmarkt zu verkaufen.

WILLST DU WORTWÖRTLICH DEIN HERZ AN EINEN MANN VERLIEREN?

Die Krankenschwester

Ich will ihn nicht mögen. Dr. Kane bekommt mit seinem charmanten Lächeln jede ins Bett und ich werde mich nicht einreihen. Allerdings finde ich etwas über ihn heraus, das mir gefährlich werden könnte, und mein Pokerface ist nicht gut genug, um es vor ihm zu verbergen.

Er setzt alles ein, um mich zu verführen. Ich muss ihm widerstehen. Denn wenn er mich bekommt, wird er mir das Herz stehlen ...

Und damit meine ich das Organ, das mich am Leben hält. Wortwörtlich.

BIST DU BEREIT, DICH DER KÖNIGIN DER SÜNDEN ZU STELLEN?

QUEEN OF SINS

Die Königin der Sünden trifft auf den König der Lügner

Asra

In Chicago flüstern sie meinen Namen nur, weil sie Angst haben, dass ich vor ihnen stehe und ihnen jede Sehne einzeln durchtrenne. Ich bin Asra, Königin der Sünden. Ich bin nicht dein Albtraum, ich bin dein Untergang.

Dorian

Sie ist mein Untergang und die Einzige, die mir das geben kann, was ich brauche. Der letzte Schritt zur Rache. Diese Frau mit einem Blick, der nach Anarchie und Zerstörung schreit, wird mir den Weg ebnen.

BIST DU BEREIT, DICH DER KÖNIGIN DER SÜNDEN ZU STELLEN?

Wenn Asra eines weiß, dann, dass die Welt ihren wahren Namen vergessen hat. Sie hat all ihre Wurzeln ausgerissen und sich mit Blut an den Händen bis an die Spitze gekämpft. Jetzt gehört ihr der Untergrund Chicagos.
Als der aufstrebende Politiker Dorian Bane vor ihr steht und sie mit dem Einzigen erpresst, das die Königin der Sünden in die Knie zwingen kann, lodert ihr kaltes Blut. Ein perfides Spiel beginnt. Asra weiß, dass das Feuer, das zwischen ihr und Dorian wütet, ganz Chicago in den Abgrund reißen wird.

DU WILLST LERNEN, DOMINIERT ZU WERDEN? DANN FOLGE MIR ZU LEV!

FUCKING HEARTLESS: DU GEHÖRST IHM!
Bad Doc trifft auf provokante Krankenschwester

Ich bin ein böses Mädchen.
Das weiß ich nicht erst, seitdem ich als Escort arbeite.
Als ich Lev gegenüber stehe, ist es, als würde mich der Abgrund locken.
Seine Spielregeln sind einfach, geradezu lächerlich leicht.
Er versucht mich zu brechen, aber er hat keine Ahnung, wie schwer ich es ihm machen werde.
Er nennt mich July.
Und etwas sagt mir, dass ich diesen Namen noch eine ganze Weile behalten werde.

DU WILLST LERNEN, DOMINIERT ZU WERDEN? DANN FOLGE MIR ZU LEV!

Tamara hätte vielleicht noch ein paar Nächte darüber schlafen sollen, bevor sie in den Privatjet steigt, der sie auf direktem Wege nach Russland in eine einsame Gegend bringt.

Dort gibt es nichts außer ihn.
Lev, der sie unterrichten soll.

Aber schon als sie ihm das erste Mal begegnet, weiß sie, dass er unfair spielen wird. Sie wollte bei ihm lernen, wie sie Männern wie ihm die dunkelsten Wünsche erfüllt.

Doch dann ist er es, der sich ihren Wünschen widmet …

Wird er sie fallen lassen wie alle anderen Frauen vor ihr? Oder bedeutet ihr Aufenthalt bei ihm, dass auch ihr Herz in Gefahr gerät?

Leseprobe

FUCKING HEARTLESS

»Du bist dir auch wirklich sicher?«

Ich rolle mit den Augen. »Dein Ernst, Asher? Willst du Brief und Siegel darauf? Soll ich mit meinem eigenen Blut unterschreiben?«

Gespannt beobachte ich seine Miene. Warte ab, ob ich mich mit meinem zwanglosen Benehmen ihm gegenüber vielleicht doch zu weit aus dem Fenster lehne. Asher Grant ist zwar mein Boss – und ein richtig herrischer dazu –, aber seitdem ich ihm vor einigen Wochen gestanden habe, dass ich mal etwas *Spezielles* ausprobieren möchte, gehen wir auf einmal wesentlich vertrauter miteinander um. Von daher wage ich nämlich auch, ihm genervte Blicke zu schenken oder zynische Sprüche an den Hals zu werfen.

Aber na ja.

Ich habe keine Ahnung, wie weit ich wirklich gehen darf. Und was dann die daraus resultierende Konsequenz für mich wäre. Vielleicht …? Ich unterdrücke ein Schmunzeln. Er ist ziemlich heiß. Das muss ich ihm lassen. Heiß und … dominant. Was will Frau mehr?

»Du weißt, dass ich dich das fragen muss.« Er lehnt sich

in seinem ledernen Bürostuhl zurück und beobachtet mich nachdenklich. Offensichtlich stört es ihn nicht, wenn ich mich verhalte als würden wir uns auf Augenhöhe begegnen. Oder die Quittung dafür folgt später. Wenn ich nicht damit rechne. »Und genauso weißt du auch, dass ich tatsächlich deine Unterschrift dafür brauche. Vielleicht nicht mit deinem Blut«, fügt er an und sein Mundwinkel zuckt kurz, »allerdings mit Brief und Siegel. Ich vertraue dir zwar voll und ganz, dass du mich nicht wegen irgendetwas verklagst, aber ich muss mich trotzdem rechtlich absichern. Ich hoffe, du verstehst das.«

»Natürlich.« Ich nicke und schaue für einen Moment auf meine Füße. Mit einem Mal ist das Gefühl von Ungezwungenheit vollkommen verflogen. Der Zeitpunkt, in dem Asher den Boss rauskehrt, ist tatsächlich schneller eingetroffen als erwartet.

Er lacht leise. »Außerdem bist du damit ebenfalls abgesichert, falls etwas passiert, das wir beide gerade nicht beeinflussen können. Eine Schwangerschaft beispielsweise.«

Abrupt schaue ich hoch und reiße die Augen auf. »Das will ich ja wohl nicht hoffen.«

»Ebendrum.« Er grinst. Keine Ahnung, ob er das gesagt hat, um die dünne Eisschicht, die gerade leise knirschend zwischen uns entstehen wollte, zum Schmelzen zu bringen. Vielleicht war es auch einfach nur ein Instinkt von ihm.

Ja, vielleicht verhalten wir uns doch wie gute Freunde – oder zumindest wie vertraute Arbeitskollegen. Man wird wohl noch träumen dürfen.

»Okay.« Wieder nicke ich und weiß auf einmal nicht mehr, was ich sagen soll, aus Angst, dass ich zu sehr ins Private abdrifte.

Möglicherweise habe ich mir eben mit meinen blöden Sprüchen wirklich zu viel herausgenommen. Das Problem ist bloß, manchmal merke ich einfach nicht, wann ich ungezwungen mit Asher umgehen kann und wann ich lieber meine Klappe halten und vorgeben sollte, dass er für mich nichts weiter als mein Boss ist. Und wenn er mich weiterhin derart an der lockeren Leine hält, könnte es echt passieren, dass ich zu weit gehe und damit mehr kaputtmache, als mir lieb ist.

»Mir liegt etwas an dem Wohlsein meiner Angestellten, Tamara«, erklärt er sanft. »Das brauche ich dir nicht zu sagen. Wenn du immer noch unter einundzwanzig wärst, würde ich das hier nicht zulassen. Selbst wenn du vor mir knien und mich anbetteln würdest, weil ... dieser ganze Mist hier die einzige Möglichkeit ist, dein Leben richtig auszukosten, oder was auch immer momentan in deinem Kopf vorgeht. Nach wie vor bereue ich in gewisser Weise, dass ich dich damals eingestellt habe.«

Ja, ich weiß! Er lässt keine Gelegenheit aus, mich daran zu erinnern, dass ich bei der Einstellung seine bis dahin jüngste Mitarbeiterin war, und er bis heute die Entscheidung anzweifelt, mich mit gerade achtzehn Jahren als Escort-Girl einzusetzen.

Obwohl es in diesem heutigen Gespräch *offiziell* nur um den Begleitjob geht. Prostitution ist in den Staaten nach wie vor illegal.

Natürlich schlafe ich mit den Kunden, sofern ich nicht abgeneigt bin, und lasse mich für den Sex bezahlen. Darum geht es ja. Auf das gute Gehalt bin ich als fast mittellose Jurastudentin angewiesen und mit dem *Trinkgeld* kann ich mir den ein oder anderen Luxus gönnen.

»Asher. Bitte nicht wieder die alte Leier.« Ich schüttele den Kopf und unterdrücke wieder ein Schmunzeln. »Es war von Anfang an meine Entscheidung, wenn ich mit einem der Kunden Sex hatte. Ich mache diesen Job, weil es mich nicht stört, meinen Körper zu verkaufen. Es macht mich sogar scharf, wie du weißt.«

Fast unmerklich spannt Asher seine Kieferlinie an, doch dann seufzt er und zuckt mit den Schultern. »Gut. Lässt sich jetzt sowieso nicht mehr ändern.«

»Ich weiß, was du denkst«, füge ich dennoch hinzu und kann mir das Grinsen kaum noch verkneifen. Asher und ich sind vom selben Schlag. Uns machen dieselben Dinge geil. Aus keinem anderen Grund hat er die Agentur gegründet: vorrangig, um seinen eigenen Körper anzubieten. »Du meinst, ich war damals noch ein Kind und meine Kunden an der Grenze zum Pädophilen, weil sie mich gebucht haben. Na und? Da stehe ich drüber.«

»Sagt die Dreiundzwanzigjährige.«

»Ja, na gut! Vielleicht habe ich in zehn Jahren eine andere Haltung gegenüber Achtzehnjährigen, allerdings kann ich dir versichern, dass ich mich zum Zeitpunkt der Einstellung nicht mehr wie ein Kind gefühlt habe.« Ich frage mich, ob ich mich überhaupt irgendwann einmal wie ein Kind gefühlt habe. Ein Kind *sein* durfte ich nämlich in meinem gesamten Leben nicht. »Natürlich ging es mir da vorrangig ums Geld, damit ich meine Mom aus der Wohnwagensiedlung holen und mir gleichzeitig das College finanzieren konnte. Aber ich hatte von Anfang an Spaß bei der Arbeit, und das ist doch die Hauptsache, oder?«

»Okay. Das wollte ich hören.«

Zufrieden schmunzelnd langt er nach seinem Laptop und macht ein paar Mausklicks, um den Mitschnitt zu beenden. Wichtige Gespräche mit Angestellten filmt er nämlich – natürlich mit unserem Einverständnis.

Ich bin inzwischen schon derart daran gewöhnt, dass es für mich gar keinen Unterschied mehr macht, ob er unsere Besprechungen aufnimmt oder nicht.

Jetzt dagegen bin ich ein wenig irritiert.

»Und sonst? Geht's dir gut?«, fragt er im Plauderton und lehnt sich wieder im Stuhl zurück. Dabei komme ich nicht umhin, zu beobachten, wie sich das maßgeschneiderte Hemd um seinen beeindruckend muskulösen Oberkörper spannt.

Gleich.

Gleich reißen die Nähte und ich bekomme endlich einmal ein Stück seiner Haut zu sehen …

Nein. Ich darf mich nicht von seinem fesselnden Äußeren ablenken lassen.

Mit meinem Zeigefinger deute ich auf das Notebook. »Jetzt sag nicht, deine Anwälte sind dir wegen meines damaligen Alters auf die Füße getreten. Weil ich noch nicht einundzwanzig war.«

»Nein. Es geht allgemein darum, dass du sehr jung bist und irgendwer – vielleicht später auch du selbst – behaupten könnte, dass ich dich negativ beeinflusse.« Erneut zuckt sein Mundwinkel. »Andererseits kann ich ja nichts für deine abgedrehten Neigungen.«

Mit gerunzelter Stirn setze ich mich in meinem Stuhl zurecht und schlage die Beine übereinander. »Was soll das, Asher?«

»Na ja, jetzt geht's los, oder? Ich schätze, nach dieser Erfahrung wirst du nicht mehr dieselbe sein. Nicht mehr die Tamara, die du kennst.«

Mein Herz macht einen aufgeregten Hüpfer. »Wäre das denn so verkehrt?«

»Ganz sicher nicht. Da sind einige spezielle Kunden, die sich jetzt schon die Finger nach dir lecken. Wenn sie erst einmal erfahren, was sie mit dir anstellen dürfen, sobald du zurück bist …«

»Moment. Von welchen Kunden redest du da?«

»Diejenigen, von denen ich dich bisher ferngehalten habe. Bei manchen tun sich Abgründe auf, in die du nur einmal hineinschaust, denn danach bist du verloren.«

»Wow. Das klingt ...« *Faszinierend.* Ein Lächeln zaubert sich auf mein Gesicht.

»Hör auf, Tamara. Dieses begeisterte Grinsen lässt mich echt an deinem Verstand zweifeln. Und daran, ob ich dich wirklich wegschicken soll. Ich würde dich ja selbst unterweisen, weil ich dich gut genug kenne und bestimmt einschätzen kann, wo deine Grenzen liegen, aber ... nein.« Das ist es. Darauf habe ich gewartet. Asher bestätigt meine persönliche Auffassung, dass er eigentlich der richtige Lehrer für mich wäre. Doch mehr als diese Worte kann ich nicht von ihm verlangen. Er will es einfach nicht. Er will *mich* nicht. Das muss ich akzeptieren. Es ist nicht leicht, jenen schmalen Grat zu bewandern, ohne dass einer von uns beiden das Gefühl bekommt, zu weit zu gehen. Das Thema ist bei uns irgendwie an der Tagesordnung.

»Danke, Asher«, sage ich schlicht. »Für alles.«

Perplex legt er die Stirn in Falten, doch dann nickt er. »Ich bin zwar dein Boss, und in der Vergangenheit habe ich tatsächlich einige Angestellte unterwiesen und eingearbeitet, aber diese Zeiten sind vorbei. Das hat nichts mit dir zu tun. Glaub mir.«

»Ich weiß. Du brauchst dich nicht zu rechtfertigen. Ich habe da vollstes Verständnis, dass das gegen deine Prinzipien verstößt.«

Trotzdem schade. Ein Teil von mir hat sich erhofft, er hätte mich her zitiert, um mir mitzuteilen, dass er für mich eine Ausnahme macht.

Ja, okay. Ich schwärme echt ein bisschen für Asher. Und sei es nur wegen seiner düsteren Tendenzen. Bis vor kurzem hat er selbst Kundinnen bedient, und das, was er mit ihnen gemacht hat, ist ... heiß. Finde ich zumindest. Ich würde ihn sogar dafür bezahlen, damit er vor mir in die Rolle eines finsteren und vor allem gefährlichen Liebhabers schlüpft.

Geht bloß nicht mehr. Er hat diesen Teil seines Jobs an den Nagel gehängt. Er ist einfach nur noch Eigentümer und CEO der *Grant Agency*. Auf dem Papier eine ›Personalleasingfirma für individuelle Dienstleistungen‹.

Asher gibt ein drohendes Grummeln von sich und seine Miene verfinstert sich. »Themenwechsel, Tamara.«

»Was denn? Ich habe nur gesagt, dass ich Verständnis habe.«

»Nein.« Erneut gibt er dieses Grummeln von sich.

»Was, *nein?*«

»Du hast *kein* Verständnis. Ich weiß, was du denkst. Was ihr alle denkt. Ihr fragt euch, warum ich keine Kundinnen mehr bediene und weshalb ich keine der Angestellten mehr einarbeite, wenn sie mich darum bittet. Es geht euch einen Scheiß an. Das ist auch nichts, worüber ich *reden* möchte. Setz diese Therapeutenfratze, die du gerade aufgesetzt hast, sofort wieder ab.«

»Welche *Therapeutenfratze* denn bitte? Ist mir doch egal, woher diese neuen Prinzipien kommen. Vielleicht hast du ja einfach keine Zeit mehr dafür?« Ich zucke mit den Schultern, gebe allerdings dem Drang nach, seinem stählernen Blick auszuweichen, und mache stattdessen eine weitläufige Armbewegung durch den Raum. »Aber wenn du jeden verdammten Tag stundenlang und ohne Ansprache in deinem Büro hockst, kommt man halt irgendwann auf die Idee, dass du niemanden zum Reden ...«

Mist. Sein angepisster Blick hat meinen eingefangen und schießt jetzt diverse tödliche Salven auf mich ab.

Ich hole tief Luft: »Also. Du sitzt hier, starrst mich düster an und *knurrst* deine Worte mürrisch heraus, anstatt normal mit mir zu sprechen, und dann sollen wir denken, dass alles in Ordnung mit dir ist? Wir wollen doch nur für dich da sein, Asher. Weil du es auch immer für uns bist und weil wir dich wertschätzen.«

Man könnte meinen, dass Asher nichts anderes als ein Zuhälter für uns ist. Das stimmt aber nicht. Er ist unser Boss. Er führt eine Escort-Agentur und bezahlt uns ausschließlich dafür, dass wir unseren Kunden Gesellschaft leisten.

Als Escort hat man nicht immer Sex mit ihnen. Es gibt Frauen – und auch Männer – im Team, die sie tatsächlich nur auf Veranstaltungen begleiten: ins Stadion, ins Theater, auf eine Privatparty oder schlicht ins Restaurant. Außerdem sorgt Asher dafür, dass wir keine Probleme bekommen. Er durchleuchtet die Kunden bis ins kleinste Detail und kümmert sich darum, dass wir bei jedem einzelnen Termin hundertprozentig in Sicherheit sind. Ihm ist es wichtig, dass wir uns wohlfühlen. Das Geld, das wir mit sexuellen Handlungen dazuverdienen, ist unser *Douceur*. Unser Trinkgeld. Davon zieht er uns keinen Cent ab.

»Hör auf, Tamara. Du bewegst dich auf sehr dünnem Eis. Und du solltest langsam echt aufhören, mich zu provozieren.« Wie auf Kommando lässt er seinen ausgeprägten Kieferknochen mahlen. Wenn er das tut, wirkt er auf mich besonders attraktiv. Diese Wut, die ihn manchmal packt, macht mich nervös – und diese Art von Nervosität liebe ich.

»Wo provoziere ich denn?«, beschwere ich mich, obwohl ich genau weiß, dass gerade diese Frage eine reine Provokation an sich ist.

Seine mürrische Art reizt mich.

Ich *muss* ihn herausfordern.

So lange, bis er mich zurechtweist.

Am besten darüber hinaus. Das ist meine Natur. Wenn ich könnte, würde ich meine gesamte Energie dafür aufwenden, gegen Asher anzukämpfen, damit er mich am Ende des Tages doch noch *besiegt*.

Das macht die ganze Sache in meiner Vorstellung so heiß: Ich möchte, dass ein Mann mir seinen Willen aufzwingt, aber das alles soll nicht kampflos stattfinden. Er muss mir jeden verdammten Tag beweisen, dass er die Kraft und Gerissenheit besitzt, sich gegen mich durchzusetzen.

Einem solchen Mann würde ich zu Füßen liegen.

So viel zu meinen Fantasien. Mein Verstand ist da ganz anderer Meinung: Freiheiten, Frauenrechte, eigener Wille stehen an erster Stelle.

Schön für dich, Verstand. Interessiert mich nicht.

»Reiß dich zusammen, Tamara. Ich meine es ernst.« Er funkelt mich warnend an, was mir wohl begreiflich machen soll, dass er die diesbezügliche Unterhaltung jetzt im Keim ersticken wird, bevor hier irgendetwas – oder irgendwer – ausartet.

Wieder senke ich den Blick auf meine Füße.

Stimmt.

Sein Privatleben geht mich nichts an. Aber ich wüsste trotzdem gerne, was in letzter Zeit mit ihm los ist.

Warum er so ist wie er ist. Warum er den Teil seines Jobs einfach so aufgegeben hat, wegen dem er die Agency ursprünglich einmal gegründet hat.

Irgendetwas ist da los und das macht mich verdammt neugierig.

Ich höre die Maus klicken und sehe automatisch auf. *Was denn nun noch?*

»Denk dran: Lev ist *kein* Kunde. Er ist dein Lehrer und du bist seine Schülerin. Er bezahlt dich nicht. Du willst etwas von ihm und nicht umgekehrt. Du wirst nach seinen

Regeln spielen, und zwar vierundzwanzig Stunden am Tag, an sieben Tagen die Woche. Wenn er dir ein Safeword nennt, darfst du dich glücklich schätzen. Das, was er treibt, hat nichts mit irgendwelchen BDSM-Richtlinien zu tun. Er tut ausschließlich, wonach ihm ist. Das Einzige, worauf du hoffen kannst, sobald du dich auf ihn einlässt, ist, dass das Ganze nach exakt drei Wochen vorüber sein wird. Und dann hat er dich entweder gebrochen und du bist ihm hörig oder ich habe eine perfekt ausgebildete Angestellte. Vielleicht auch beides. Doch wenn er Gefallen an dir findet, wird er dich unter Umständen nicht wieder gehen lassen.«

Good Books – Evil Stories

Traust du dich?

Spiegel- und Bild-Bestseller-Autorin
Jane S. Wonda präsentiert:

Black Edition

Dein Zuhause für Dark Romance.

Dein Herz schlägt für die dunkle Seite der Liebe?
Dann komm in die Welt von Black Edition
und lass Moral und Anstand hinter dir.
Dich erwarten raue Kerle, sinnliche Lügen sowie das
Versprechen von Nervenkitzel und Gefahr.

www.black-ed.de

Good Books – Evil Stories

Noch nicht genug?

Dann besuche uns auf www.black-ed.de.
Entdecke unser Verlagsprogramm, stöbere durch den Shop und verlier dein dunkles Herz.

Auf Instagram & TikTok: black.edition.verlag erwarten dich Coverreveals, Schnipsel, Booktrailer und das eine oder andere Gewinnspiel.

Vorbeischauen lohnt sich!

Konnte diese Geschichte dein Herz erreichen?
Dann lass es uns wissen und schreib eine Rezension.
Auf dass noch mehr diesem Buch verfallen können und dir in die Dunkelheit folgen.

www.black-ed.de